大鼓妞儿

卢昌五 ○ 著

中国華僑出版社

图书在版编目(CIP)数据

大鼓妞儿/卢昌五著. —北京:中国华侨出版社,2012.5
ISBN 978-7-5113-2266-1

Ⅰ.①大…　Ⅱ.①卢…　Ⅲ.①长篇小说-中国-当代
Ⅳ.①I247.5

中国版本图书馆 CIP 数据核字(2012)第 053907 号

●大鼓妞儿

著　　者/卢昌五
策　　划/刘凤珍
责任编辑/泓　涛
责任校对/吕　红
装帧设计/胡　博
经　　销/全国新华书店
开　　本/710×1000毫米　1/16　印张21.5　字数445千字
印　　刷/北京紫瑞利印刷有限公司
版　　次/2012年8月第1版　2012年8月第1次印刷
书　　号/ISBN 978-7-5113-2266-1
定　　价/36.00元

中国华侨出版社　北京市朝阳区静安里26号通成达大厦3层　邮编:100028
法律顾问:陈鹰律师事务所
编辑部:(010)64443056　64443979
发行部:(010)64443051　传真:(010)64439708
网　　址:www.oveaschin.com
E-mail:oveaschin@sina.com

大鼓妞儿

内容简介

　　天资聪慧的山东女孩林雪梅随乡亲三伏逃荒流落北平，幸得被人们称作大鼓妞儿的女艺人靳大红相帮，引荐至"北弦王"金三省门下学唱大鼓。很快即学有所成，按照行内的规矩，艺徒头一次卖艺必须到妓院演唱，金三省带她来到八大胡同，"赏春楼"里的所见所闻令她大为震惊，妓女们与大鼓艺人供奉的竟然是相同的神祇，并亲眼见证了前辈章红宝的沦落，近距离地接触到了日本人。白丫头为生活所迫，每日去妓院"串邪钵"。德晓峰借债务逼娶白丫头，其父老贵贪恋钱财，昧着良心把亲生闺女推进了火坑。

　　金三省女儿金盈儿认日本人中村做了干爹，权倾一时。为了摘取"鼓选"的桂冠，先是力图毁坏竞争者的嗓子，此计不成又勾结日军将一干同行抓去了河南……抗日战争进入尾声，金盈儿欲随日本人逃亡东洋，金三省义无反顾用绳子勒死了女儿，自己随后悬梁自尽。

　　雨夜中，靳大红在林雪梅的帮助下生下一对龙凤胎，伴随着新生命的诞生，人们终于迎来了胜利的曙光。

一

春至河开，绿柳时来，

梨花放蕊，桃杏花开，遍地萌芽在土内埋。

农夫锄刨耕春麦，牧牛童儿就在竹林外，

渔翁江心撒下网，单等那打柴的樵夫，畅饮开怀。

——岔曲《春景》

1937年北平的春天，与往年相比并没显得有什么两样，草，该绿的时候绿了；花，该开的时候开了；林子，该喧闹的时候遂有一群群知名与不知名的鸟儿欢叫着飞了进来。四九城里的三教九流，五行八作的各色男女，亦该吃的时候吃，该喝的时候喝，舒筋拔骨，抖擞精神，开始为新一年的生计践行着各自的心经。

眼下，对于北平的大鼓妞儿靳大红来说，当务之急就是能尽早寻觅到一个专拉自己个儿的人力车夫。

大鼓妞儿是个什么概念？按照北平普罗大众的解释，即以演唱大鼓书为业的女艺人也。北平又是个什么地界？这是一块右拥太行、左挹沧海、北倚山险、南控江淮，曾经建立过五朝宫阙的煌煌宝地！中华沃野，万千城郭，孰敢与之攀比？正是因着"得天独厚"这四个字，久而久之，遂令聚居在这座城市里的男人们养成了自以为爷，天尊为老大、爷尊为老二的傲然习气：长了胡子的称大爷，没长胡子的称小爷，有钱的叫阔爷，家无隔夜粮、穷得叮当响的要唤一声穷爷，甚或八月十五供奉的那只玉兔，你也得叫它一声兔儿爷。不消说，既敢称爷，自然就有爷的脾气、爷的嗜好、爷的追求与讲究，于是，吃、喝、玩，便成了北平大爷们每日必读的"三字经"。吃与喝暂且不论，说到玩，时下在北平流行的供人消愁解闷的杂耍即名目繁多、式样纷呈，吹的、打的、拉的、弹的、说的、唱的、变的、练的，五花八门，应有尽有。这其中，仅大鼓书就有着十好几样：京韵大鼓、京东大鼓、西河大鼓、梅花大鼓、梨花大鼓、铁片大鼓、单琴大鼓、奉天大鼓、滑稽大鼓……各有各的腔调板式，各有各的拿人段子，正所谓"麻、木、凉、香，各有所长"，操持此业的艺人们亦术有专攻，各守一门。起初演唱大鼓的只有男性艺人，后来，到了民国初年，渐有女艺人开始携鼓登台，她们独树一帜，聚而族之，北平的大小爷遂对这一伙女子定下了专称，艺不分高低，人不分老少，一律称做了大鼓妞儿，同时，还赐给了她们一个雅号——鼓姬。

鼓姬靳大红擅长的玩艺儿被称做铁片大鼓，原本是发端于平东通州田间地头的一种俗曲，因以两片月牙形的铁片击节而得其名。从拜师学艺算起，靳大红在这个业界里已经扑腾了二十余载，她记得十分清楚，十三岁那年，自己第一次被师父领上了台，身材矮小的她站在小板凳上，一段《妓女悲秋》还没唱完，喝彩声、鼓掌声、跺脚声便在台下响成了一片，震得书馆的顶棚儿几乎往下掉土！打这儿起，这一种俗中透俗的乡音野调，经她活泼灵俏地一唱，那酸不唧儿辣不嗞儿的小曲儿，就像北平人情有独钟的酸豆汁儿一样，立时火炽了起来！与此同时，靳大红亦获得了一个听客们赠送给她的艺名——"十三红"！

不觉景，一晃二十多年过去了，什么叫做大红大紫，什么叫做享誉九城？她经过了，她见过了，她晕晕乎乎地体验过了，现而今虽已青春不再，可她依旧称得上是北平曲坛上的一个"响蔓儿"，遍布四九城的大大小小的杂耍园子，哪一个不是争着抢着以能邀上她这档玩艺儿为荣耀？痴迷说书唱曲儿的那些个老少爷们儿，又有几个不喜好不得意她唱的这一口？只可叹时光过得忒快，真就像大鼓词里所描述的，"看惯了星移斗转，日月如白马过隙"！近日，连番的感叹使靳大红悟到了生命之短暂，敦促她进行了一次深入的人生思考，最后的结论便是，从今往后再也不能憋屈了自己，自当无忧无虑快快活活地过好每一天，为此，她计划采取的第一个实际行动，就是买下一辆自用的洋车，雇佣一个每天只拉自己个儿的车夫。

靳大红每天日夜两场演出要跑两趟杂耍园子，她已经厌烦了满大街寻摸洋车的经历，素常好说，倘若赶上个刮风下雨的坏天儿，往往是淋湿了半拉身子吹迷了两眼，也难看到一个车影儿。更不堪那些个拉散座的车夫，老的老，小的小，黑的黑，丑的丑，什么模样长相都有，令你想挑没的挑，想捡没的捡，赶上哪位算哪位，倘若摊上个头脸碴碜面目可憎的人主儿，真也就能败坏了你一整天的心情。相比之下，自用车便没有了这一切的烦恼，虽说增加了挑费，多了一份额外的开支，可自己终日没白没黑奔命挣钱又是为的什么？再者说，现下北平城又有哪个被人称作角儿的还乘坐那又脏又破、一路叮当乱响的赁车厂子货？靳大红彻底想明白了，自己需要的绝不仅仅是一份舒适，重要的，自用车还代表着一种身份，一种价值，更是一种无言的派势！

为这，她一连数天去了山涧口的穷汉市，却一次次扫兴而归。北平的穷汉市，又称人市，即是那些没有固定职业的穷人拥聚的雇工市场。这日清早，趁着晴天，她又一次踏进了山涧口。

头午的太阳显现出一派慵懒，让人感到周围的一切事物都了无生气、无精打采。墙根下或蹲或站着零零散散被称作"听叫儿的"男人，有的拿着铁锹，有的持着扁担，三个成一群，五个成一伙，垂着眉耷拉着眼。她逐个地打量过去，竟没发现有一个长得顺溜的，不是瘦骨嶙峋，便是五官丑陋，连年的水旱灾害迫使城外甚至外省的庄稼汉们乌乌泱泱地拥进了北平城，饥寒交迫的他们个个脸上挂着菜色，面无表情，死气沉沉，只那偶尔转动几下的黄眼珠才证明着这是一些会喘气的活物。

靳大红摇摇头，沮丧地回转了身。忽然，一个颇为熟悉的男子身影在她眼前晃了一下，随后，朝着远离人群的一个角落溜达了过去。她扭脸看去，见有个十三四岁的女孩儿，怀里搂着个针线笸箩，正神色安详地坐在墙旮旯儿的一块石头上，尽管这女孩儿尚未发育成熟，身子瘦瘦小小，脸色略显苍白，头发有些凌乱，却仍旧难以遮掩她那一份天生的俏丽。

溜溜达达的男子手里拿着一套冒着热气的煎饼果子，凑过去蹲在了女孩儿的面前。靳大红随即认出来，此人正是在天桥摆地弹弦子的德晓峰，业界的人们都唤他小德子。她想不明白小德子这是想要干什么，遂轻手轻脚地尾随过去，隔着两步远站到了他的身后。

"妞儿——"德晓峰刚张了嘴，又立马改变了称呼，"——妹子，怎么，就你一个人在这儿呢？"

女孩儿没言声儿，一双好看的大眼睛盯着他手中的煎饼，暗自咽了一口唾沫。

"怎么着，瞅妹子你这意思，不认识哥哥我了？"

女孩儿摇了摇头。

"嘿，让我说你什么好呢，人不大忘性大！想想，使劲想，想起来没有？年下，在大栅栏，哥哥我是不是给你买冻柿子吃来着？"德晓峰连说带比划。

女孩儿微微一笑，露出了一口整齐的白牙。

德晓峰手举煎饼往前挪了一步，"虽说你忘了哥，哥可没忘了你，瞧见没有，哥一准儿知道这会儿你还没吃早饭，正饿着肚子——天津卫的煎饼果子，吃吧，刚刚摊得的，喷鼻子香，哥可是专门儿给你买的！"

见此，靳大红的心不免有些起急，她早有耳闻，姓德的这小子打小就不学好，平日里四处坑蒙拐骗，一肚子的花花肠子，而且专门儿喜欢找那些个不谙世事的小丫头下手，有谁知道，今日他这煎饼里会不会提前下了什么"作料"？想至此，她紧忙皱起眉头朝着对面的女孩儿使了个眼色，随后又指指德晓峰夸张地摇了摇脑袋。

不承想，女孩儿竟像什么都没看见似的伸手便把煎饼接了过来，顿时令靳大红眼睛里冒了火，她正欲出言阻拦，却见女孩儿瞥了德晓峰一眼，将煎饼放到鼻子底下闻了闻，转手放进了一旁的针线笸箩里，"俺可不能白吃你的东西，你说吧，有啥活儿能让俺干的，给你干了活儿俺就吃，不干活儿俺不吃。"说罢，抿起嘴瞪大眼睛斜向了对方。

从口音上靳大红听出来，这是个从山东过来的孩子，说话的音量虽不大，一副小嗓子却透着格外脆生。

德晓峰焦躁起来，"活儿自然有你干的，甭着急，吃完了煎饼咱再细说。我可告诉你，煎饼就得趁热吃，凉了它有股子豆腥味儿……"

女孩儿依旧端然坐着，"俺跟你说，俺就喜欢那股鲜豆子味儿，干脆说吧，你有啥活儿让俺干？"

见拗她不过，德晓峰无可奈何地站起了身，"你这丫头可真是头犟驴。得，就依你，先说说，你都会干什么呀？"

"缝缝连连，浆浆洗洗，细活儿粗活儿俺全行。"

闻此，德晓峰怪模怪样地笑了笑，眼珠一转，生出了一个念头，"这可是你自己说的，那好，听我告诉你，哥身上穿的这条裤子破了个口子，你就给我补一补吧。"

"行，"女孩儿麻利地扯出一团针线，"你把它脱了，一袋烟的工夫就能缝好。"

德晓峰板起了脸，"什么话呀，大白天的，大庭广众之下让我脱了裤子光屁股，这不是成心要我的好看吗？今儿咱们就穿着补，你可是说过全拿得起来的。"

女孩儿信以为真，从小笤帚上揪下一根笤帚苗儿递了过去，"也成，你用嘴把它叼上，俺娘说，这样就扎不着你的皮肉了。"她边说边在他的裤子上寻找起来，"哪儿有口子啊，你这条裤子不是好好的吗？转过身去，再让俺看看。"

"别费事了，我这么跟你说吧，"德晓峰乜斜着眼露出一股坏笑，"这口子你用眼睛根本看不见，你得下手摸……我告诉你，它是这么回事……"

听到这儿，靳大红不由得暗自骂起来：还真是没瞧错你个坏德子，当众就敢使坏，真不是个好鸟！

在这当口儿，有几个"听叫儿的"庄稼汉溜溜达达凑过来，只见德晓峰面向众人用手划拉了半个圈儿，瞪起眼骂道："看什么看？有什么好看的？一个个都给我滚得远远的！少跟这儿找不自在，小心大爷我翻了脸，抠下你们的眼珠子当泡踩！"

凑热闹的人们听到他的威胁全都缩了脖子朝后退去，德晓峰转回身，蛮横地一把抓住了女孩儿的手腕，直截了当朝自己的裤裆底下塞去……

谁也没料到，此刻，涨红了脸的女孩儿竟用另外一只手将一把缝鞋用的亮晃晃的针锥迅速抄了起来，毫不迟疑地扎向了德晓峰的身下。

德晓峰发出"嗷"的一声怪叫，连退数步，撞到了靳大红的怀里，未及站稳，开口大骂："好你个丫头片子，真敢下黑手呀你！大爷我要不是闪得快，今儿就成了太监！嘿嘿，没什么好说的，今儿算你倒霉，撞在大爷的手上，我这就把你丫当场办了！"

他张开双臂如同恶鹰一般扑了上去，然而，又一个没料到的是，一只斜刺里伸出来的大手牢牢地掐住了他的后脖颈子。

"这是谁活腻歪了，敢在这儿逞强挡横啊？"德晓峰想回头回不了，梗着脖子歪了嘴，"放明白点儿，孙子，这儿可是你大爷我的地盘，敢动我一根汗毛，我让你竖一根旗杆！"

靳大红放眼看过去，见来人是个二十不到的小伙子，高身量，宽肩膀，身穿一件白汗布的坎肩，久经日晒的肌肤闪着古铜色的亮光，浑身上下透着一股似乎永远使不尽用不完的力气。

"三伏哥!"女孩儿惊喜地叫了一声,小鸟一般扑到了来人的身旁。

三伏手往上提,将德晓峰一下扭转过来,脸对了他的脸,"说,刚才,趁俺不在的工夫,你对俺妹子做了什么?"

"他……"女孩儿的脸颊如同红布,两只大眼睛蓄满了泪水,"他是个坏种,平白无故欺负俺……"

面对壮汉,德晓峰立马软了下来,"哪儿的话呢,我跟她……跟你妹子逗着玩儿呢,不信,你问问大家伙儿,一问就知道了……"他一眼看见了靳大红,顿时像见到了救星,"呦,靳老板,您老人家怎么有闲工夫上这儿来了?太好了,好得不能再好,刚才,您一准儿都瞧见了,我根本没把她怎么着,是不是?您给说句公道话,今儿这事儿纯属误会……"

"得了小德子,省两句吧,"靳大红往地上使劲啐了一口,"我瞧得真真的,打一开始你跟人家女孩儿就没憋好屁!"

听到这句话,名叫三伏的年轻汉子扬起小簸箕似的手掌,照直朝德晓峰的刀条脸扇去,打得他原地转了几个圈,身子一歪倒在地上。

"哎呦我的妈爷子,你还真敢下手啊……"德晓峰捂着半边脸哀嚎着,眼见有两粒带了血的碎牙从嘴里掉出来,疼得他一个劲儿地吸凉气,此刻他才知道今日遇上了横主儿,唯一的选择就是设法尽快离开这一险境,于是,一挺身爬起来,咿里呜噜说道:"得了,俗话说,大人不计小人过,大爷我不跟你这乡巴佬一般见识,放我走了怎么都好说。不过,有句话临走我得告诉你,千万别小瞧爷,爷我可不是一般的凡主儿,听好了,爷是在帮的人!往后见了大爷,你丫得放尊重点儿……"

三伏毫无怯意,反手一掌又抡过去,"俺让你这个混蛋给俺听好了,从今往后再不许你欺负俺们外乡人!"

德晓峰彻底尿了,瞬间便换了一副嘴脸,跪在地上一把鼻涕一把泪地哀求起来:"我的哥哥耶,您可千万别再打了,甭多了,再有一下,小的这身子骨儿就散了……"见对方仍立眉立眼紧攥着拳头,随即抱住他的大腿改了口:"爸爸耶,我错了行不行?您就是我亲爸爸,儿子不懂事,惹您老人家生气了,您高高手……就饶了儿子这一回吧,您要是真把我打残了打废了,可就没人给您老人家摔盆打幡养老送终了……"

听到这儿,四围的人全都喷了笑,三伏强忍不住,别过脸吼道:"兔崽子,滚吧!"

德晓峰连滚带爬慌不择路,嘴里嚷着:"小子,有种的等大爷我回来,要不然你就是尿捏的!"说罢,一溜烟地跑了。

靳大红朝那年轻汉子仔细端详过去,只见他长着浓眉毛,高鼻梁,厚嘴唇,一双算不上大的眼睛闪着黑漆般的亮光。她的心不由暗暗动了一下。

"谢谢你了,大姐,"三伏手拉着女孩儿走到靳大红的近前,一脸的真诚,"今天这件事儿要不是你出面……"

"用不着这么客气，我打心眼儿里不待见这种浑虫儿，不过是说了一句实话而已。"靳大红摆摆手，转而问了一句，"你叫三伏?"

"嗯，俺娘三伏暑天生的俺。"

"她呢，这小妹妹是——"

"他是俺哥!"女孩儿爽快地抢过了话头，"俺俩是从山东逃难过来的，俺那里的田土全叫日本人占了，修了飞机场，种不了庄稼没活路了，这才到北平来的。"她语声甜甜，煞是好听。

"现下你俩找着活儿了吗?"

"还没有呢，已经在这地方白白等了三天了……"三伏沮丧地叹了口气。

靳大红引着他俩来到一个小吃摊前，要了两碗豆腐脑，两套火烧夹油条，自己点上一棵烟在他俩对面坐了，"吃吧，完后我有话和你们说。"

三伏站着没动，"俺不能啥活儿没干就吃你的东西，这不合俺乡下的规矩。"

女孩儿一下子想起了什么，"对了，俺这里还有那坏种留下的煎饼呢。"说着，将针线笸箩挪到了桌上，此时，却见原本焦黄的煎饼果子已经变成了灰土一般的颜色。

"丫头，明白我刚才为什么跟你挤眉又弄眼的吗?"靳大红盯着大惊失色的女孩儿，攥住了她的小手，"还真没猜错，这小兔崽子果然在吃的里边下了迷药。"

"迷药? 他迷俺一个乡下丫头干啥?"女孩儿满脸惶惑。

"干啥? 等你迷迷糊糊了，头晕脑涨了，不认东南西北了，他就会把你领走。"

"他……他要领俺去哪儿?"

"窑子"两个字已经到了靳大红的嘴边，她又把它咽了回去，"你想想，能是什么好去处吗? 丫头，记住了，北平这潭水可是深了去了!"

"大姐，你的大恩大德俺俩记下了，有什么话你就说吧，让俺干啥活都行，俺有使不完的力气!"三伏夯夯实实说道。

"既然没找着活儿，三伏，这么着——索性，你就到我那儿干吧。对了，忘了问你，你会拉车吗? 我说的是洋车。"靳大红朝着马路上跑过去的一辆洋车指了指。

"……会。"

"以前拉过?"靳大红有点儿不大相信。

"没。可俺在家拉过送粪的车，俺想，会推磨就会推碾子，大小一个理儿。"

靳大红扑哧一声笑歪了嘴，"怎么说话呢你? 是拉我，人能跟粪一样吗?"她已经开始喜欢上了这个山东小子。"这么跟你说吧，你住在我那儿，每天只负责拉我一个人，也跑不了多远的道儿，一天三顿管你吃，头仁月一个月给你三块钱工钱，过后如果你我双方都觉着满意，就改为长期，每月涨到五块钱。"

"你开着啥大买卖呀? 这么阔! 刚才，俺就听那坏种叫你老板呢。"女孩儿兴奋地问道。

"啥买卖也没有，实在说，连个针头线脑的买卖也没有。"靳大红神色愀然，"我只是个跑江湖吃开口饭的，直说就是一唱大鼓的，在我们这行里就兴这么称呼，有钱的没钱的都叫老板，我这老板和铺户买卖家的大老板是两码事。"

三伏叮问一句："俺妹子呢？她去干什么？缝缝补补洗洗涮涮她全能拿得起来。钱多钱少没关系，管下俺俩吃和住就行。"

"这……三伏，我和你明说吧，你这妹子我可就管不了了，主要是，我那儿没有她能干的活儿。"靳大红自有她的考虑，一来没必要平白多养一个人，二来哥儿俩待在一处多有不便，日后必会多生一份麻烦。

"那……那就谢谢你了大姐，既这样，俺俩就不麻烦你了，日后得机会再报答你吧。"说罢，三伏拉起女孩儿就走。

"别——"靳大红扔了烟头急忙起身拦挡，心里不由犯了踌躇，思忖片刻，才向着女孩儿问道："丫头，你叫什么名字，认识字吗？"

"俺在乡下老家上过三年书房。俺大号叫林雪梅，是书房的先生给俺起的，小名叫钉锦儿，是俺娘起的。"

"钉锦儿？这是怎么个意思？"靳大红怅然不解。

"俺娘说了，院门有了钉锦儿才能锁得严实，无论什么孤魂野鬼都进不来，人心有了钉锦儿才能活得刚强，无论什么邪心杂念都进不来。"

靳大红不禁心内一阵感慨，想想这话还真是有些道理，一个乡下老太太能有这么一番见识，能说出这么一番言语，确乎不简单，"钉锦儿，除了你哥说的那些活儿，你还会什么别的吗？"

女孩儿皱着眉想了想，"俺……俺还会唱唱儿。"

靳大红一时没听明白，"啥……啥叫唱唱儿？"

"就是你们城里人说的唱曲儿，俺村的婶子大娘都夸俺唱得好听呢！"

靳大红骤然来了兴趣，"好好，钉锦儿，这会儿你能不能唱上几句让我听听？"

女孩儿冲口而出："行，俺就唱一个俺家乡的梨花调《十八穷》吧！"

她轻咳两声，端正了身体，大大方方地唱起来：

> 有一个老头儿他本姓丁，又会赶脚又会搬缯。娶个媳妇她不吃闲饭，会跳大神又会收生。养活个儿子不吃闲饭，五黄六月卖西瓜捎带着卖冰。娶了个儿妻不吃闲饭，又会浆洗又会缝穷。四个人学了八宗艺，该当受穷还得受穷。老头儿赶驴驴崴折了脚，老头儿搬缯是网撞窟窿。老太太下神诸神不在，老太太收生生了个妖精。儿子他卖西瓜刀切了手，儿子他卖冰净赶上刮风。儿媳妇浆洗连阴半拉月，儿媳妇缝穷是手上长个疔。四个人学了八宗艺，该当受穷还得受穷。

真想不到，这孩子年纪小小，竟唱得不荒腔不走板，稚嫩的小嗓子高亢嘹亮，透出一股青草浮露珠般的乡土味，靳大红不禁脱口叫了好，"不错不错，真是不错！好听。"转而又问道："除了这段，你还会唱些什么？"

"俺还会唱蒲留仙蒲老先生的俚曲《草木篇》，是俺姥爷教的，俺姥爷是开中药铺子的。"

"嗯，我有主意了。"靳大红伸手将小丫头拽到了自己身边，把脸转向了三伏，"这么着吧，我给钉锦儿找个师父，让她跟随着学唱大鼓吧，俗话说，拉弓要有副好膀子，唱曲儿要有条好嗓子，你妹子有这个本钱！照我看，甭多了，用不了三年五载她准就能成了角儿，到那时候你们哥儿俩吃的穿的就都不成问题了，你看怎么样？"

三伏闷了片刻，显露出几分犹豫，"她……能行吗？"

"行，一准儿行！她嗓子好，人长得俊，脑袋瓜也机灵！"靳大红手摸着下巴思谋了一阵，"有了，今儿恐怕是来不及了，明儿头午我就去找我师哥金三省，我知道，他那儿眼目前正教着几个女孩儿呢，一说准妥。"

"老板，俺……俺就跟你学不成么？俺认准你是个好人。"钉锦儿吞吞吐吐说道。

"跟我不行。"靳大红一口拒绝，"我这人忒懒，身边的啰嗦事儿也多，顾不过来。你放心，我会和你哥经常去看你，再者说，金三爷也不是什么坏人，就听我的吧，没错儿。"

事已至此，兄妹俩再无二话可说，看看桌上的吃食并排坐了。

"快点儿吃吧，都凉了。"靳大红一边让着一边嘱咐道："有一宗我得提前跟你俩说下，既到了北平，就得把你们的家乡话改了，要不，走到哪儿人都得欺负你们。首先，不能一天到晚老是'俺俺'的，得说'我'，另外，见人面儿，不能开口闭口地说'你'，得尊称一个'您'字，明白不？"

两个人嘴里嚼着烧饼，异口同声地回答："你的话，俺记住啦！"

打从金三省买下了新宅子，靳大红还从来没登过他的门，尽管两家住的只有一里之遥。论起这位同门师兄，倒也不含糊，实实在在称得上是北平鼓曲圈儿里的一位字号人物！

金三省是满族人，亦即旗籍子弟的后裔，按照他自己的说法，乃"方字旁"人氏也，可倘若较真，问他祖上具体属于哪个旗哪个固山，却红黄蓝白半天也掰扯不清。十一岁时，他就跟着曾袭过四品武职的父亲厮混在八角鼓票房，后来家境日渐衰败，便投师下了海。因着他头脑聪明，有幼小耳濡目染的功底，又肯下心，没几年的工夫，不仅唱熟了铁片大鼓的诸多长短曲目，还私下习学掌握了京韵、梅花、单弦岔曲中的不少段子，一时间成为了歌台上一个炙手可热的角色。谁知，天有不测风云，人有当日之灾，三十五岁那年，一场天花无情地断送了他的美好前程，一连十几天的高烧不但让他脸上落下了一片斑斑点点的麻子，更令人懊糟的是还烧坏了他的嗓子，从此再也没有了高矮音！容貌姣好的妻子看到茂茂盛盛的一棵摇钱树一夜之间便掉光了叶子，竟抛下未满周岁的女儿金盈儿一去无回。然而，金三省毕竟是"方子旁人"，他并没有被这一场灾难压垮，很快就又挺直了腰板，他明白，人这一辈子，沟沟坎坎实属平常，三灾八难也值不得大惊小怪，由此，一咬牙扔了唱儿，改行学了弹弦子。十年苦功，终不负人，手中活蹦乱跳的一把大三弦让他再一次在北平露了脸，享了名！三尺歌台上，无论你是哪一路的高手，也无论你唱的是什么曲目，只要你张张嘴，出个音，他便能立马抄起弦子紧随而上，且堪称烘云托月、严丝合缝，让人不得不惊叹，不佩服！

时隔不久，有一则关于他这把弦子的故事在圈儿里口口相传播散开来，言说夏日某天傍晚，金三省与三五旧雨新朋泛舟北海，酒至半酣，他乘兴操起了弦子，一曲《平沙落雁》方刚弹奏一半，就见有几条不知名号的大头鱼浮出水面缓缓地游了过来，它们围着木船转了两圈，其中的一条竟然腾身一跃跳上了舱板！由此，业界内便有了"金家弦子妙，水怪船上跳"的赞语。随之，便有好事者刻了一块"北弦王"的牌匾，吹吹打打送到了他的府上。再后来，他被延请做了京韵大鼓名家"白发鼓叟"白雪遗的伴奏弦师。据说，起初二人合作得也算融洽，可三年前不知出于什么缘故，竟掰了交情分了手，自此，金三省便收下了一拨女弟子在家课徒授艺，并到坤书馆坐了弦儿①。

平心而论，靳大红非常欣赏这位大师哥的才气，但是对于他的处世为人却大不以为然，此人不仅重钱财，而且好女色，说到底，乃是有着一身好本事，却"十大俗气"占了七八的一个男人，这也正是她与他虽同属一师之徒，同居南城一隅，却很少互相走动的原因。然而这一次，为了能把三伏留在自己的身边，靳大红不得不主动找上门去。

时下已过了清明，天亮得越来越早，因为心里存着事，靳大红没敢再睡回笼觉，起床下了一碗鸡蛋挂面汤吃了，雇一辆洋车先去人市领了女孩儿钉锦儿，然后直奔了金三省的新家——前门外杨梅竹斜街。

这是一所坐北朝南规模不大的四合院，北平人将这一类宅子称做小四合儿。但见两扇木门涂着新漆，上面镌刻着"春风和煦千门柳，暖雨晴开一径花"的门联。靳大红嘱咐钉锦儿在门道里暂且等候，轻咳一声独自朝院里摸去。院子不大，收拾得非常干净，三间北房，两间半南房，东西厢各占两间，小院的当中有一鱼缸，里边漂了几挂绿的水草，养了几条红的金鱼，有一棵石榴树栽在墙角，隐约可见几个嫣红的花骨朵顶在上面，抬头看去，廊檐下挂着一个鸟笼，里边像是养着一只百灵，一方石灰匾额在堂屋的门楣上砌着，上面写有"三省持家"四个隶字。

金三省的继室徐五姑闻声从堂屋里匆匆走出来，见了靳大红便夸张地拍起了巴掌，"哟，红妹妹，什么风儿把您吹来了，稀客，真是稀客呀，怨不得一早起我这眼皮子就老跳呢！"

她原本是个在天津卫唱时调的二路角儿，五年前带着自己的遗腹子与金三省

---

① 坐弦儿：曲艺行话，指在书馆为多位演员伴奏，此类弦师通晓各个曲种的音乐，知识渊博，大多能担任教学。

父女俩住到了一起，自忖已徐娘半老，老金挣的钱也足够养家，便歇业做了掌家太太。

"我师哥呢，他不在？"靳大红很是看不惯这个天津女人虚头巴脑的做派，不为所动地问了一句。

徐五姑朝着南屋努努嘴，压低了嗓门，"正在里边过热堂呢，昨儿晚上打从天桥落子馆回来就一直铁青着脸，也不知为嘛！"

靳大红一时没反应过来，侧耳一听，便听到从南屋传出一阵女孩儿断断续续的哭泣声。她迈上台阶，手扒了窗玻璃朝里看去，只见金三省手持一根鸡毛掸子虎着麻脸坐在椅子上，有两个女孩儿一站一跪在他面前，跪着的膝下垫着块搓衣板，裤子褪下了半截，从暴露出的一方带着血痕的白屁股看，跪着的似是他的徒弟白丫头，站着的则应该是黑丫头。这两个孩子学艺之前叫什么名字靳大红已没有印象，脑子里只存下了她俩的艺名。眼见金三省再一次舞起了掸子，她推门跨了进去。

"师哥，消消气吧，这又是因为什么呢？"她边说边插空挡在了两个孩子身前。

"为什么？这还用问为什么？你让她俩自己说！"金三省嘴角泛着白沫，一脸的浅白麻子闪着星星点点的亮光。

"得了师哥，看我面儿上，有什么话叫孩子起来说，成吗？挺大的丫头，就这么当人面光不溜丢的，怎么说也不好看不是？"

"不成，没商量！严师出高徒，棒打出人才，这话你应该懂！"说到这儿，金三省似乎也觉到自己有点儿过分，遂自动转缓了语气，"一段小岔曲统共就那么二三十句，唱得磕磕绊绊一嘟噜一块不说，中间还给我落了半句，叫我这当师父的脸往哪儿搁？知道我的也就罢了，有那不知道的还不得说我这心思没往正地方使？"

靳大红由不得想笑，最后这句话怎么听都觉得有点不打自招的意味。"有谁能不了解您呢，北弦王，会唱各式各样的鼓曲，教出来的徒弟个儿顶个儿，满北平城除了您金三爷还有谁？"

"这话说得没错儿，真格的，一般人他还就真比不了！不是吹的，打洗三那天起，我这耳朵里听的就满都是弦子声、鼓声！"

趁着他转换了心情，靳大红将白丫头扶起来，紧忙为她提上了裤子。金三省只好就坡下驴，将手中的鸡毛掸子扔到了桌上，"看在你们师姑的面子上，今儿我就饶过你，不过，这顿晌午饭你不能吃了，要给我站在墙根底下好好遛遛这段活！"

师兄师妹进到堂屋坐了，徐五姑随即将沏好的一碗热茶端到八仙桌上。靳大红侧转身仰脸朝上方看去，见那块黑底金字的"北弦王"匾额正挂在当头。

"真不知道他们弄这个玩意儿来干什么，言过其实，言过其实了！"金三省嘴上如此说，脸上却写满了"得意"二字，"原本我是不想挂的，当不起嘛，可你嫂子她死活非得要……"

"您别说，这匾挂这儿还真好看。"靳大红喝了口茶，转了话头："师哥，我记得，除了这俩丫头，你这儿好像还有一对岁数比她们略微小那么点儿的，叫什么四丫头、五丫头的，今儿怎么没见着？莫非……"

"不瞒你，"金三省不免有些尴尬，"都因为我管教太严，那俩孩子吃不了我这儿的苦，三天前联手跑了，白搭了我的一番心血不说，还白搭了我小一年的吃穿，我这儿正准备找她们的引师、保师算账呢。话说回来，我所做的一切还不都是为她们好，将后来她们成了蔓儿挣了大钱，自然就知道我这当师父的一番苦心了。"

一旁的徐五姑插了嘴："嘛话呢，从根儿上说，这当徒弟的就没一个有良心的，要不人说'宁舍十吊钱，不把艺业传'嘛，就说你那大徒弟胡翠珠吧，刚出师不到半年，就不见了人影！照规矩说，三节两寿徒弟必须要登门拜会老师、师娘的，春节没来，眼见这就快到端午节了，我倒要看看，这丫头片子露不露面！"

说到端午，靳大红不由想起一件事来，"师哥，我差点儿忘了，昨儿晚上在园子里白雪遗白爷跟我说，北平长春会计划五月节组织一拨人去南苑 29 军驻地，要搞一场慰问演出，不知通知你没有？"

金三省随即撇了嘴，"你是知道的，我和那老家伙不过话，不过，也曾有人跟我提起过这档子事。大红，当哥的得提醒你一句，咱们作艺的，穿衣吃饭凭的是本事，无论当官的，还是当兵的，应该是离他们越远越好，犯不着平白无故跟他们打连连。"

"可我听说，这支队伍跟那些个当兵的不一样，纪律严谨，作风正派，再说，人家为咱守着北平的大门呢，现下日本人已经占领了东三省，谁敢说小鬼子哪一天不会打进北平来？我觉着，咱应当表示表示……"

"日本人来了有什么可怕的？他吃人？还是我那句话，无论谁拘管着，也得让咱吃饭不是？这种事我经得多了！"

屋子里一时静默下来。徐五姑觉得无聊，找个由头走了出去。靳大红见时候不早，遂提起了正事，"师哥，今天来你这儿不为别的，就是想问问你，有那合适的，你还想不想再收个徒弟？"

金三省斜楞了眼，"我可不收男徒，这你应该清楚。"

"我清楚。"

"另外，现而今想唱大鼓的女孩儿轰着赶着，所以说，一般的人我不收，必须得讲究几个条件。"

"你说。"

"这一呢，模样要顺溜、周正，二要身材好，再就是嗓音要洪亮，吐字要清楚。不知你要跟我提的是——"

"一个打山东过来的乡下姑娘。"

"什么？乡妞儿？不成不成，好嘛，一嘴的蚂蚱籽儿，两腿的黄土泥，你这不是拿你师哥我打镲吗？"

"乡妞儿怎么了？乡妞儿就低人一等？你清楚，我也是打小从乡下走出来的，有句话怎么说来着？'先天之才，后天锻造'，对吧？人我验看过，是块好材料，明说吧，我这是给你送财来了，收不收的在你，可我有言在先，将来这孩子一旦出息了你可别后悔！"说罢，靳大红起身就走。

"别，别别，"金三省急忙阻拦，"容我再想想……你跟我说句实话，她……人长得怎么样？"

"按我的眼光，人不大，有样儿！"

"既是这样嘛……得，看在师妹你的面子上我就答应了，你清楚，如今晚儿肯照顾大鼓妞儿的那些个大小爷，不看别的，就看个脑袋核儿！"金三省坐回到椅子上，跷起了二郎腿，顺手从衣袋里掏出一个鼻烟壶，往鼻子里抿了两抿子鼻烟，打了个响亮的喷嚏，"回头你把她领来吧，爷儿俩先见个面。"

靳大红眼含深意微微一笑，"暂且别忙，到这会儿该轮着我说一句了。既是我举荐的人，保师肯定是非我莫属，因此，我得对得起这孩子，师哥，你得向我保证一句，日后不许在她身上打主意！什么意思，你明白，我也明白。"

"这话儿是怎么说的呢……"金三省蓦然涨红了脸，"人有话，兔子还不吃窝边草呢，我还能……"

"得了吧您，咱俩在一起多少年了，我还能不知道您那点儿嗜好？只要它是把青草、嫩草，您还管什么窝边不窝边？"靳大红往他脸前凑了凑，压低了嗓音，"你没忘了你那位大徒弟胡翠珠吧？我知道，这会儿你心里兴许正念叨着她呢，跟我说句实话，你是不是……把人孩子给偷偷办了？嫩绰绰的一朵花，是不是叫你给掐了？要不，她干吗那么恨你，即使年节也不登你的门？"

金三省的神情分外紧张，朝着门外偷看了一眼，摆摆手截住了靳大红的话，"打住吧我的姑奶奶，您圣明，没什么能瞒得了您的。得了，您说什么就是什么，我给您下保证，保证不动这孩子一手指头，这还不行吗？"

该说的话都说到了，靳大红站起身，冲着在院里罚站的白丫头唤了一声："丫头，快着，出去把那个叫钉锦儿的女孩儿领进来！"

谁知，此刻门道里竟一个人也没有。

瞅一眼空空的门道，又到大街门口瞭看一番，钉锦儿仍是首尾不见，靳大红不由得犯了嘀咕：一个人生地不熟的乡下丫头，这会儿她又能去了哪儿呢？

二

古道荒山苦相争，黎民涂炭血飞红。

灯照黄沙天地暗，尘迷星斗鬼哭声。

忠义名标千古重，壮哉身死照汗青。

长坂坡前滴血汗，使坏了将军赵子龙。

——京韵大鼓《长坂坡》

天气一天比一天燥热起来，北平正式进入了夏季。

金盈儿顶着炎炎烈日骑着自行车从学校回到了家。她一副标准的女学生装束，剪着齐耳的短发，额前垂着刘海，上身穿着左大襟白绸子短褂，下身是过了膝的黑布裙，足蹬长筒白线袜，横襻儿方口的布鞋。高挑的身材与俊俏的容颜，一直以来就是她引为骄傲的资本，一张鸭蛋形的嫩脸，弯弯细细的黑眉下面嵌着一对风情流动的丹凤眼，唯一令人感到有些缺憾的是，她长了一张吃四方的大嘴。诚然，是逢说书唱曲的人家，没有谁愿意让自己的女儿继续干了这一行，他们心里盼的想的，就是能把女儿培养成知书达理的姑娘，以便将来嫁个体面有身份的男人，从此改换了自家的门庭。同样基于这一种考虑，金三省硬是花钱托人把唯一的闺女金盈儿送进了哈德门里的慕贞女子中学。

她径直走进堂屋，捧起茶壶嘴对着嘴灌了一通凉茶，里看外看，静悄悄的一个人也没有，她估计这会儿父亲去茶馆遛鸟还没回来，继母还泡在街坊家里打牌，便扭头回了西厢自己的闺房。

此刻，黑丫头白丫头两个人正在厨房里忙着，灶台上的瓦盆里泡着江米，铜盆里浸着小枣，一锅红豆馅儿在煤球炉子上用小火糗着。黑丫头两手清理着湿漉漉的苇叶和马蔺，白丫头埋头在堆得满满的一盆脏衣服里。她俩是前后脚拜的金三省，白丫头学的单弦牌子曲，黑丫头学的西河大鼓，如今已待了将近两年，再熬上个年头半载就该出师了。俩丫头年岁相仿，都是刚刚过了十六岁的生日。白丫头是姐，尽管只比黑丫头大了十来天，她生着一张圆圆的脸，两只不大的细眼，相貌虽算不上出众，却长得十分白皙，肌肤胜雪，一白也便遮了三丑。黑丫头肤色黑，但并不晦暗，头发黑，眉毛黑，眼珠也黑，照金三省的话说，她就像一块闪着亮光的黑翠儿。

"妹子，跟你说个事儿，你明白前些天师父为什么打我吗？"白丫头甩甩手上的肥皂沫，擦了一把额头上的汗。

"不知道呢。我也好一阵纳闷，明明那天你没唱错什么，往大了说，鸡蛋里挑骨头，也就是其中的一句在转腔时声音略微弱了点儿，他何至于发那么大的火？"黑丫头停下手里的活计，疑惑地皱起了眉头。

"跟你说，老东西他不是人……"

"怎么？你的意思是……"

"你知道就行了，好几次了，院子里没人的时候，他便趁机抱着我亲嘴，还用手摸我的奶子，我一直都强忍着……"

"干吗要忍？不是我说你，你呀，就是因为胆儿太小，他才……你就不会去告诉师娘？"

"我不敢，我还指着学好艺挣下钱给我爸治病呢。再说，也就还剩一年了。人说'徒弟徒弟，三年奴隶'，起初我还不相信。"

"可我就想不明白了，既然都这样了，那老东西干吗还找你的茬儿？"

"那天，就上礼拜，你们大伙儿都没在家，他竟然要脱我的裤子，我死活不肯，又挣不过他，没法子就在他胳膊上咬了一口，就是因为这个，老东西才找茬儿打我。我现在真的不知道应该怎么办了……"说到此处，白丫头禁不住嘤嘤地哭出了声。

"小点儿声，别哭了，留神让人听见。姐，我也跟你说件事，听了你准得气死。"黑丫头正要说下去，忽然看见金盈儿一步闯进来，立刻闭紧了嘴。

"你俩说什么哪？怎么看我进来就不言语了？好话不避人，避人没好话，我猜，肯定是在议论我爸，对不对？"金盈儿逼问着，见白丫头脸上挂着泪，又说道："没刮风怎么就下雨了？错不了，这里边肯定有事儿，不告诉我我就把我爸叫来，到时候看你俩说不说！"

无奈之下，黑丫头只好半吞半吐把白丫头的遭遇大致叙述了一遍，"求你了盈儿姐，千万别跟师娘说……"

谁知，金盈儿却哈哈笑起来，"我当发生了多要紧的事儿呢，不就是摸一把吗？又没少块骨头少块肉，说白了，这有什么呀，咱们当女人的，早早晚晚还都是那么档子事。"

两个女孩儿你看看我我看看你，都瞪大了眼睛，不知该怎样回应才好。

"事儿过去了就别再想它，走，你俩上我屋，给你们看样好东西。"金盈儿由铜盆里抓起一把小枣，冲她俩发出了指令。

"盈儿姐，这会儿才几点呀，你咋就放学了？"一进屋，黑丫头便去翻看金盈儿写字台上的书本，一脸的羡慕。

"今儿礼拜六，没课。"金盈儿嚼着甜枣儿，吐了口核儿，"其实，我是干重要的事去了，猜猜，我去哪儿了？"

"不用猜，你一准儿又逃学了，对不对？你呀，就是身在福中不知福，上学读书是多好的事呀！"

"福个屁！一打开书本我就脑瓜仁儿疼，你俩是没去过学校，管得那叫一个严！不许烫头发，不许染指甲，不许穿高跟鞋，这不许那不许，一大堆的规矩。

告诉你俩说，过了端午节，姑奶奶我还就彻底不去了！"

"你不想上学了？师父知道了还不得跟你急，再说，不上学你又能干什么？"

"管他急不急呢。我想好了，跟你俩一样，去唱大鼓！"

黑丫头白丫头全都愣住了。

"不许告诉我爸，今儿头午我去白大爷家了！"边说，金盈儿边把一个蓝布书包拖到了身前。

"哪儿又出来个白大爷？是不是……"

"白发鼓叟，白雪遗白大爷，这可是满北平城再找不出比他大的大蔓儿了！要说人白大爷还真是有肚量，虽说和我爸有过节，对我可是好着哪，不光给我拿梨吃，还送了我礼物！"金盈儿一面说一面兴致勃勃地从书包里掏出了几个纸袋，从中倒出了几张圆盘状的物件，"知道这是什么吗？唱片，白大爷亲自灌的唱片，一码上海百代公司制作！"

白丫头从进门一直没说话，到这会儿才瞪着红眼珠开了口："唱片？什么是唱片，干吗使的？"

"怯勺了不是？少见多怪了不是？告诉你们，把这玩意儿放在留声机上，一转，就能听到白雪遗唱大鼓！说多了你们也听不懂，改天，改天让我爸买个留声机回来，我给你俩演示演示。"她一张张翻看着，显摆着，"瞧见没，这张是《大西厢》，这张是《探晴雯》，这儿还有一张《赵云截江》。"

"我知道了，你唱大鼓也是为了去灌唱片吧？"黑丫头若有所悟。

"对极了！你想想，把你的声音刻在这上面，不光北平，连全中国、全世界都能听到你唱的大鼓，都知道天底下有我金盈儿这一号，那该是多来劲的事！啊，来劲——"金盈儿亢奋地尖叫了一声，一番手舞足蹈之后仰躺在床上。

"你打算拜白大爷为师吗？"白丫头问了一句。

金盈儿沮丧地叹了一口气，"唉，我倒是跟他提了，他说他只收男徒，这事儿没的商量……"

白丫头似是自言自语："这说明，说明人白大爷是正派人。"

"那你怎么办？挺好的计划不就泡汤了？"黑丫头深表同情。

"放心，我有招儿。认不成师父，我可以认他做干爹呀，再者说，我也可以自己学，'门里出身，自会三分'，我想好了，以后我就逮谁跟谁学，谁唱得好跟谁学，艺不宗一，不信我唱不出名来！"

此时，窗玻璃上忽然透进一张怪脸——一副大头鼻子与两片厚嘴唇被挤压得变了形，惊得靠窗坐的白丫头不由"嗷"地叫出了声。

"锛儿头，你想干吗？没事儿往人女孩儿屋里瞅什么瞅？"金盈儿一步蹿到门外，冷着脸对窗外的男孩儿训斥道，"回头告诉你妈，说你没出息！"

这个男孩儿就是徐五姑改嫁时带过来的遗腹子，虽说只比金盈儿小着半岁，可年已十六的他仍长得像个半大小子，因他自幼顶着个前锛喽后勺子的脑袋，便落下了一个"小锛儿头"的外号，头年夏景天他拜在艺名"大怪物"的朱小泉的门下学了相声。

"姐，我没想干吗，就是瞅你在不在。嘻嘻。"这半大小子不管什么时候都是一副嬉皮笑脸的表情。

"别叫我姐，听见没有？跟你说好几回了，总记不住，瞧瞧你长的那模样，配吗？"

"咱是一家子，你又比我大，不让我叫你姐叫什么？"

"叫姑奶奶！"金盈儿不假思索，脱口而出。

"成，叫什么都成——"小锛儿头嘴里拉着长腔，鞠了一个九十度的大躬，"姑奶奶，小的给您请安了，您老人家这么早就逃学回来了？"

"放屁，谁逃学了……"金盈儿朝四周看看，这才说道，"行了，别跟这儿逗贫了，找我有什么事，说。"

"就是想跟你约定个时间，明儿一早好一块走。"

金盈儿故意装傻，"明儿是端午，大节下的，我跟你出去？上哪儿？"

"南苑啊。"

"去那儿干吗？荒郊野外的我一大姑娘跟你一大小子去卖单儿？"

"得了姐，你就别瞒我了，昨儿晚上在白大爷那儿我就知道了，名单上有你。"

金盈儿见已没有秘密可言，遂说道："我可跟你说，去南苑慰问29军的事不许告诉我爸，也不许跟你妈说，要不然，我一辈子都不搭理你。"

西屋里，白丫头见没了外人，便向黑丫头问道："妹子，刚才，你不是说有事要跟我说吗？我听着呢。"

黑丫头拉紧了屋门，与她挤着坐了，想了想，才一脸严肃地说道："这件事只能跟你一个人说，千万千万不能再让第二个人知道，你起誓。"

"行，我保证不说出去，要不然，让我舌头上长疮脑瓜顶流脓！"

黑丫头放了心，"这还是去年秋天发生的事，有一天半夜，许是头天晚上水喝多了，我憋不住起来撒尿，刚迈过门槛，就见外屋床上——你还记得吧，那阵子咱俩睡里屋，翠珠姐一人睡外屋，妈呀，吓死我了……"

"怎么了？"

"我一眼看见外屋床上多了个人！你猜是谁？"

"是……是师父？"

"没错，就是那老东西！两个人都脱了个大光光，老东西趴在翠珠姐身上，连呼哧带喘，还一拱一拱的，吓得我一泡尿全尿裤子里了，心扑腾扑腾跳个不停，回屋躺在床上两眼一直瞪到大天亮。你说，那老东西算什么东西？！可话说回来，老东西不是人，翠珠姐又为的什么？"

"你说为什么？还不是为了让师父对她好点儿，私底下多教她几段活，能长点儿真本事！"

"娘的，要是我，非把那东西一口咬下来不可！"

"唉……"白丫头深深叹了口气，"所以说，就凭这，一年多了你还是半瓶醋，我也还是醋半瓶。"

"还有，你知道四丫头、五丫头为的什么跑了？"黑丫头言犹未尽。

"不是说吃不了苦吗？"白丫头一怔。

"那都是蒙人撰鬼。全因为那老色鬼手不老实，逮哪儿摸哪儿，吓得俩孩子见了他就躲。"

正这时，忽听院子里有人喊道："臭丫头片子，全都给我死到哪儿去了？火上糗的豆馅儿都要煳啦！"

徐五姑散了牌局从外面回来了。

端午节的上午，阳光格外明媚，蓝天上飘游着成朵连片的白云，像极了草滩上奔跑着的一群群绵羊。南苑 29 军驻地大王庙的操场上人声鼎沸，一片欢腾。有人早早地在两棵老槐树之间搭好了戏台，还架设了扩音喇叭，台口上方挂着一道红布横幅，上面写着：热烈欢迎衷心感谢北平各界父老！

靳大红是乘着一辆军用吉普车来到大王庙的，她享受到了贵宾的待遇。车上除了弦子、书鼓，还载着两个大号的蒲包，那是她特意从祥聚公饽饽铺订做的两百个粽子，一半是江米小枣的，一半是江米豆沙的。虽说平日里她过得十分节俭，即使花一分钱也要过一番脑子，可这次她觉得自己应当有所表示，这些个当兵的是在用鲜血和生命保护着北平的百姓，自己个儿拿几个钱又算得了什么？透过车窗，看到沿途的树干都贴上了花花绿绿的标语，表达着官兵们由衷的感激之情。她舒展开身子向软软的椅背上靠去，油然生出了一份难得的好心情，坐汽车和坐洋车感觉就是不一样，简直难以同日而语，且不说汽车行走如飞，晃晃悠悠之中还有着一种别样的类似腾云驾雾般的体验。想到洋车，她便想到了三伏，自那天在金三省家不见了钉锦儿，她与这兄妹俩便失去了联系，这期间，她几次去人市寻找，却没有人知道他们的下落。

吉普车径直开到了后台。靳大红发现，今日还真的来了不少人，有好几位都是北平杂耍界的响蔓儿，为首的是长春会副会长京韵大鼓名家白雪遗，余下的还有唱梅花的董茂昌、唱单弦的赵有禄、说相声的"大怪物"、变戏法的"快手卢"、抖空竹的华小妹……

忽然，她觉到有个人在她的腰上轻轻拍了一下，扭头看去，见是金三省的大徒弟胡翠珠站在身后，一左一右还傍着金盈儿和小锵儿头。

"师姑儿，今儿您打算唱段什么？要不要我帮您参谋参谋？"胡翠珠已经画好了妆，原本脸模子长得就出众，经过一番悉心打扮，更显得双眉含黛、二目似水，红唇配着粉腮，透现着一股异乎寻常的妩媚。

靳大红目不转睛地盯在她的脸上，暗忖道：别说师哥金三省看了会忍不住上手，就这小模样儿，连我一个女人看一眼都不免着迷……嘴里却说道："我还真没想好，琢磨了一路，也没拿定主意，你说我唱什么好？"

"当然唱您最拿手的了！"小锛儿头插了一句，"我跟我师父上《大保镖》，这段活他老人家曾经灌过片子。"

"既这样，我就唱《王二姐思夫》吧。"靳大红说道。

"不成，这段不合适，"金盈儿连连摇脑袋，"明显的是动摇军心，勾得当兵的个个都去想家里的媳妇了，谁还想出来打仗啊。"

"要不，上《小寡妇上坟》？"

"这段也不成，咱这是在军营。"胡翠珠扶着靳大红找把椅子坐了，顺手端过来一杯水，"您琢磨，还没打仗，就上了坟了，这不明显的招人骂嘛。"

"有了！"靳大红一拍大腿，"就唱《牛头山》吧，这段一准儿合适，这是蔓子活《精忠传》里的一节，岳飞大战金兵！说起来有年头没使了，我得仔细回忆回忆。"

她不由兴奋起来，独自叨叨咕咕一阵，见金盈儿仍在一旁站着，问道："你来这儿干吗？姑娘家家的，不说好好待在家里念书写字，胡跑乱跑的，这要让你爸知道——"

"这儿多热闹啊，我就喜欢凑热闹！再说了，在这儿还能不花钱白听唱儿，哪儿找这便宜去。"金盈儿兴致盎然。

毕竟是自己师哥的女儿，靳大红不免有了一份担心，"新鲜！就不怕你爸着急？告诉我，跟谁来的你？"

"跟我干爹来的呀。"

"你干爹？这儿哪个是你干爹？我怎么不知道。"

"白雪遗白大爷，不过，还没来得及认呢……"金盈儿一转身跑了。

靳大红看到白雪遗正在不远处向自己招手，急忙起身迎了上去。

只见老人的身边站着一长一幼两个陌生的男子，长者五十上下年纪，一身中山装，蓄着八字胡，戴着一副黑边眼镜；幼者十八九的样子，学生装，留着分头，一手拿支笔，一手拿个本子。

"来，大红，给你们彼此引见引见。"白雪遗拉着靳大红向二人介绍道："靳大红，靳老板，我的老妹妹，专唱铁片大鼓。"

长者热情地伸出了手，"鄙人罗翰文，久闻靳老板大名，您的'豆汁儿大鼓'可说是一枝独秀、享誉九城啊！"一面说一面爽朗地笑起来。

"这位是罗教授的公子，中国大学的学生。少年有为呀！"白雪遗爱惜地拍了一下年轻人的肩膀。

"我叫罗华章，往后还望靳老师您多多指教。"一个青年才俊，自是文质彬彬、谦恭敏捷。

靳大红扑哧笑了，"我只会唱几段大鼓，别的一无所长，你个堂堂大学生，一肚子墨水儿，我又能指教你什么？"

罗华章郑重地说道："是这样，这学期，我开始协助父亲进行有关北平俗曲的调查，包括您唱的铁片大鼓，都在这个范畴之内，认真说，谁也不能小看了咱老祖宗一辈一辈传下来的说书唱曲儿，表面上看是俗的，其实里边有着大学问。"

白雪遗感叹道："大红，你可能不知道，今天这个举动，完全是罗教授一手主持操办的，我只是出出头跑跑龙套罢了。这件事办得好啊，咱不就是个卖艺的嘛，可你看看，人家从士兵到军官，给了咱多大的脸面啊，咱做的这点子事又值个什么！"

不大工夫，部队集合完毕，一行行一列列井然肃然坐到了操场上。靳大红手扒台帘向下看去，只见官兵们一个个腰板笔直，正襟危坐，怀里抱着枪械，后背插着明晃晃的镔铁大片刀，刀柄上一律缀着红布的刀穗，风刮过，一片红穗随风飘舞，就像是一簇簇飞腾的火苗。

胡翠珠趴在她身后，兴奋地小声叨咕着："姑儿，看见没，台上还安着电气儿呢，有了这东西，待会儿上去唱的时候，就不怕人多听不清了。"

这时，一个四十来岁军官模样的长脸汉子走上台来，他一身戎装，英姿勃发，后背也插着大刀，只是腰带上比别人多了一把佩剑。

"这是谁呀？就像是长坂坡上的赵子龙。"靳大红朝身旁的大学生问了一句。

罗华章小声介绍道："佟长官，29 军中将副军长，南苑驻军总指挥佟麟阁将军。"

佟麟阁朗声言道："弟兄们，今天早上一准都听见喜鹊叫了吧？是啊，今天是一年一度的端午节，更是一个大喜的日子，因为有北平的各界父老代表着一百五十万的老百姓到军营看望我们来了！他们给大家送来了酒，送来了粽子，送来了对我们 29 军全体官兵的爱戴与关怀，想想吧，我等一介武夫，何德何能，建功几许，竟让老少爷们儿风尘仆仆来到这穷乡僻壤荒郊野外？大伙儿知道，端午节是纪念爱国诗人屈原老先生的，他们之所以选在这一天过来，是有一番心里话要对我们说啊！他们希望我们要像屈原一样热爱我们的国家，忠于她，保卫她！众所周知，日本人侵占我东三省已经整整六年了，我老佟可是一天一天都给他们数着呢，狗日的小鬼子亡我之心不死，迟早有一天会打到北平来，这一场恶战是不可避免的，日寇进犯北平，我军首当其冲！父老乡亲对我们的要求是：面对日本小矮子，举起我们的汉阳造，抽出我们的大片刀，战死者光荣，偷生者耻辱！荣辱系于一人者轻，而系于国家民族者重，家国多难，作为军人无疑应当马革裹尸，以死报国！大家都知道咱老佟是河北高阳人，可我不是高阳酒徒，我是一个中国军人，大敌当前，麟阁若不身先士卒，弟兄们之中无论哪一个，都可以执我于天安门前，挖去我两眼，割去我两耳！"

台下群情激奋，立时响起一阵"养兵千日，用兵一时""国家兴亡，匹夫有责""以死报效国家"的口号声，举起的手臂宛若一片骤然生出的森林。

"好！"佟麟阁下了命令，"下面，就让我们以一首 29 军军歌，来感谢北平父老对我们的厚爱，作为我们对他们的回答！"

歌声响起，飓风般回荡在广袤的华北大地：

　　大刀向鬼子们的头上砍去，29 军的弟兄们，抗战的一天来到了，抗战的一天来到了！前面有东北的义勇军，后面有咱们的老百姓，咱们29军不是孤军，看准那敌人，把它消灭，把它消灭，冲啊！大刀向鬼子们的头上砍去，杀！！

慰问演出开始了。胡翠珠用一段京韵大鼓《李逵夺鱼》开了场，接着，说的、唱的、变的、练的轮番地登了台，有听的，也有看的，让人耳不得闲，目不暇接。每个艺人都拿出了自己的看家本事，嘴上没说心里有话：咱得让世人看看，作艺的也有一颗良心，当兵的爱国，咱铆了劲儿实实在在地卖把子力气，把他们说乐了，唱美了，不也就等于是为国出力爱了一回国？

压大轴的节目自然非"白发鼓叟"白雪遗莫属。由三弦、琵琶、四胡组成的一支小乐队已安然就坐，一只饱经沧桑的书鼓也提前摆放在了舞台中央——罗汉竹镶铜口的鼓架子，鼓上放着鼓槌和一副紫红色的檀板。只见老人身穿一件藏青长袍，外罩褐色琵琶襟的坎肩，足下蹬一双黑色云字头布底鞋，面带微笑，频频点头，如同见了久违的乡亲们一般大步走了上来。他站定在扩音话筒前，有些不习惯地用手指在上面轻轻弹了一下，然后挽起衣袖，露出了雪白的袖口，开始了演唱前的铺场。

靳大红与白老爷子在同一个园子里作艺已有三年之久，对于他每日必有的那一番铺场的说白早已耳熟能详，不外乎是些"玩艺儿是老的，精气神是新的，唱得好与不好，请诸君多多原谅""闲话少说，以唱当先"大同小异的谦词，然而，今日他的言语却令她耳目一新，周身不禁激荡起一股热流。

"老叟上台，甚感荣幸！为什么这么说呢？因为平日里听我唱曲儿的都是些个闲人，今日则完全不同，今日台下坐着的都是我的弟兄，是我心里总在想着嘴里总在念着的亲弟兄，能当面给自家兄弟唱上一段，老叟可谓三生有幸！现而今我老了，不能像你们一样上战场了，只能哼几句曲词给你们解解乏，宽宽心。好了，不能总听我说话不是？老叟现在就挚挚诚诚献上一段《单刀会》，愿关老爷的英灵保佑我的弟兄们！"

鼓板伴着弦索悠然响起，白雪遗虽然年过花甲，却中气十足，声音嘹亮且透出几许苍凉，几句甫出，真真就是响遏行云、歌成白雪！

> 三国纷争民不安，四面八方起狼烟。
> 曹操占了中原地，玄德刘备他割据西川。
> 东吴立下孙权主，六郡八十一州他占去了江东半边天。
> 这一日孙权驾坐在银安殿，两旁文武都来站班。
> 黄门官站丹墀一声高喊，叫了声文武臣你们听言：
> 哪一家有本出门讨奏，无有本卷帘朝散请驾还……

的确是好手段！果然是清晰的口齿沉重的字，动人的声韵醉人的音！一落儿唱罢，台下立即响起一片震天的"好"来。他唱的是《三国》中的一段故事，说的是刘备久借东吴之地荆州未还，东吴的鲁肃遂设下一计，诱关羽至临江亭赴宴，提前埋伏下了刀斧手，欲以胁迫的手段逼还失地，关云长虽然明知是计，却临危不惧，大气凛然地驾小舟单刀赴会。

在烈日的照射下，白雪遗的一头白发闪着银子似的亮光，他顾不得擦去额头上沁出的汗水，精神抖擞，意气勃然，将一个令万人景仰的大英雄活脱脱地展示在了官兵们的面前：

> 莽周仓肩扛大刀一旁站，关云长二目微合正手将髯。

> 瞧了瞧江中水后浪推前浪，这百岁的光阴如梦一般。

> 某在二十年前打天下，舍生忘死拯江山。

> 年少的周郎今何在？惯战的吕温侯而今在哪边？

> 江中水流的不是水，恰好似当年英雄的血一般……

鼓掌声、叫好声轮番地飘荡起来，震得周围林木的叶子都在哗哗作响。谁说当兵的粗鲁？谁说当兵的只会舞刀弄枪、血拼沙场？台上说的唱的，他们懂，这都是他们打小就听熟了、听惯了的词儿调儿，何况这词儿调儿里还蕴含着一种精气神，这种精气神从打他们一落草就注入了他们的血液里：正直，善良，勤劳，勇敢，为亲尽孝，为国尽忠！他们崇敬英雄，崇敬英雄的热血，然则今日，他们更盼望着能看到日本人的血，他们每个人的身上都背着大刀呢，那是一把明晃晃锋利无比的大刀，这刀不是用来削瓜切菜的，这刀是要让小鬼子们流血断头的，他们要用小鬼子的鲜血来祭奠中华！

靳大红觉得眼角有泪淌下来，她看到，身边不少的人都在揉眼睛。

中午时分，佟副军长引领众人来到军官餐厅。一路上他都陪伴在白雪遗身边，由衷地发表着自己的感慨，"白老先生，虽说鄙人不甚懂得您这大鼓里边的门道，可也能听出好来，听出功夫来，您腔行得稳，韵走得圆，如深山中的泉瀑，叮咚入耳，我认为，您就是说书唱曲中的四大名旦，大鼓界的梅兰芳啊！"

白雪遗赧然一笑，"将军言重了，您所说的正然是老朽一生的追求，白某还需深造，还需继续努力呀！"

"不仅如此，您还是一位深明大义之人，今日这一段《单刀会》选得好，我明白，您这是为麟阁一众在壮行啊！水流如血，山河同泣，悲哉壮哉！"

"蒙将军夸奖，老朽只有这点儿能为，充其量只是为将士们鼓鼓劲罢了。有一条但请将军放心，今后不管时局如何变化，我之所言所行，必不负将军，不负各位弟兄！"

众人见佟总指挥亲自来陪大家用餐，纷纷站立，鼓掌欢迎。

佟麟阁朝着厨房门口喊了一声："老赵，今天你用什么招待北平来的父老乡亲呀？"

一个三十八九的高大汉子闻声从里面跑出来，他身穿白粗布对襟小褂，黄色军裤，外罩一件油渍麻花的围裙，操着一口鲁西方音应道："实在对不起大家伙儿，一大早俺就上了山，转悠一头午，只打了几只山鸡和一只野兔子，于是让俺一锅炖了，其余的就只能是咱29军的老三样——棒子面窝窝头、小米粥和老腌萝卜了。"

众人脸上一时都写满了不解与惊诧，堂堂的正规军整日里就吃这个？要知道，这些个大小伙子正是长身体的时候呀，更何况一天到晚还要摸爬滚打，还要随时准备着出征迎敌！想到这里，不禁人人唏嘘不已。

靳大红酸着鼻子向身旁的罗教授问了一句："说话的这大高个儿是谁呀，厨师傅？"

罗翰文笑得滚出了眼泪，"靳老板，可真有你的……"他凑近了她的耳边，"此人就是大名鼎鼎的 132 师师长赵登禹赵将军，他和佟将军都是咱们国家的大功臣，1933 年率部参加长城会战，喜峰口一役，便一举歼灭日寇五六千人，取得了自'九一八'以来的首次大捷！厨师傅？亏你想得出来……"

佟麟阁面带愧色，慨然言道："不好意思，让各位父老受屈了。这么着，说定了，等打跑了小鬼子，等这帮兔崽子全都滚回了老家，我佟麟阁再补请一次，请诸位到北平的同春园，尝尝他们的响油鳝糊、松鼠鳜鱼！"

赵登禹将军喊了一声："伙计们，乡亲们怕是早就饿了，上饭！"

一伙人端着大盆小碗从厨房里走出来。看到打头的二人，靳大红不由吃了一惊，端粥盆的是三伏，手捧窝头筐箩的竟是钉锦儿！

她想都没想便跨步迎了上去，"老天，你俩怎么跑到这儿来了？"

三

风来喽，雨来喽，
姥姥背着鼓来喽……

——北平童谣

　　堂屋里的自鸣钟接连响了七下，金三省起床下了地。他看到，尚在冒热气的油饼、豆浆已经摆在八仙桌上，知道两个女徒弟已经按照他的要求由外头喊嗓儿回来了。

　　院子里，黑丫头正蹲在地上生火，煤球炉子冒着一股股青烟，呛得她一边咳嗽一边用脏兮兮的手揉搓着眼睛。白丫头把一个盛着清水的砂锅浅儿置放在方凳上，小心翼翼地清洗着一套茶壶茶碗。

　　"别那么毛手毛脚的，留神给我！"金三省冲着白丫头瞪了一眼，"我这可是江西景德镇的玩意儿，万一缺一块，可别怪我不讲情面。"

　　洗脸水、漱口水也早就被徒弟们打好了。他拧了拧毛巾擦了把脸，无意中发现金盈儿住的西屋此时还严严地挂着窗帘，平日她骑着上学的那辆日本僧帽牌自行车仍旧靠在墙边，不由得心里起火冒了油，一边敲着窗户玻璃，一边扯开了嗓子："丫头，怎么还不起呀，瞧瞧这都几分几点啦？麻溜着吧我的大小姐，学校的钟都要响啦！"

　　许久，门拉开一条缝，金盈儿探出了半个脑袋，"大清早您闹腾什么呀，多睡会儿不行啊？"

　　金三省手推门挤了进去，"睡什么睡？你是干什么的你知道不？你是学生，学生就得早起去学校，眼见太阳都快照屁股了，成心不想去是不是？"

　　他清楚，这个自己在世上唯一的亲骨肉，不啻是他的宝贝疙瘩！平日里，给热的怕烫着，给凉的怕激着，给硬的怕硌着，给软的怕黏着，上小学之前，自己无论去哪儿，都是把她像小小子儿一样嘿喽①在脖颈子上。可他更清楚，这孩子也是自己去不掉的一块心病，自打她妈离家出走，便娇生惯养了一身的毛病，好吃懒做，背炕成了最大的本事，更喜欢花钱，能花五个绝不花仨，尤其是极其厌恶上学，端起书本就像咽了苦黄瓜。可一个女孩子，一点知识没有，一脑袋的糊涂糨子，日后又怎么能够嫁个好人家？横是不能让她也跟自己一样，唱一辈子的大鼓吧？

---

　　① 嘿喽：北京话，指两腿分开骑在人的肩膀上。

金盈儿满不在乎，"您说对了，这学，我还真就不打算上了。"

"胡扯！"金三省气急败坏骂起来，"不上学，老子就打断你的腿！"

"跟您说，您还少来这套，死乞白赖逼我我就死给你们瞧！再者说，您老人家又念过几本正经的书，现而今不也大把大把地挣钱？"

"挣钱能说明什么？挣多少钱我也是下九流！"他一扭脸，看到书桌上放着几张木纹唱片，遂伸手抓了过来，细看都是白雪遗灌的京韵大鼓，于是直接问道："这东西是打哪儿弄来的？"

"白大爷送给我的，怎么了？"

"白……你大爷！"金三省出离地愤怒了，他似乎找到了女儿罢学的根源，几张唱片被他一起举过了头顶，"老白毛啊，你这是要从根儿上毁了我呀！"

金盈儿急了眼，一把将唱片抢回到手里，"您摔一下试试？甭说把它摔碎了，就是裂个纹儿缺个角儿我都跟您没完！"说罢，一跺脚跑了出去。

金三省担心生出意外，无奈之下，只好一步差三步地往外追赶。

远远地看见金盈儿直出街口进了大栅栏，之后北行东拐一头扎进了西打磨厂。金三省的一颗心踏实下来，他料到女儿这是去了她师姑靳大红的家，随即平静了心情，放缓了脚步。

西打磨厂路南的一个大杂院里，于东北角的地界单起了围墙单开了小门，这就是靳大红的住宅。小院儿不算宽敞，坐落着两间北房、一间东房，也算是她这些年拼拼打打挣下的一份产业。

金三省站在门外犹豫了片刻，想了想还是走了进去。

停在院子里的一辆崭新的洋车令他不由得睁大了眼睛：乌黑透亮的车身，天蓝色纺绸的车篷，车架、把手、护圈一码全都是铜活，在阳光的照射下闪现着金子般耀眼的光芒。车上安装着胶皮球气动喇叭，踏脚处还设有一对脚铃，左右对称的两个状如小亭子似的电石灯悬挂在车座的下方。此刻，一个青头小伙子正蹲在车前给车轴膏油。

"好派势！"金三省高调门儿赞了一句。

靳大红颠颠地从北屋迎出来，不好意思地一笑，"师哥，是不是有点儿太招摇？早我就打算置办一辆自用车了，不为别的，就为图个方便。"

"不招摇，一点儿不招摇，实话说，只有这样的车，才配得上你这样的角儿。"

"您高抬我。卖车掌柜的说，这车是半月前刚刚从日本国运过来的，车没的说，就是贵了点儿，花了我整整两个月的份儿钱。"

"便宜没好货，好货不便宜。要不怎么说这东西它叫洋车呢，瞧瞧，还就是人东洋鬼子造得地道！"

靳大红一面往屋里让着，一面解释，说自己原本就计划着头午要去金家拜访，没想到他倒先一步过来了。

金三省看到金盈儿果然就坐在北屋里，此时正与一个细高挑的半大女孩儿欢欢洽洽地闲聊。他本能地打量过去，见那小丫头生得俊眉俊眼，唇红齿白，透着一股机灵气儿可人劲儿，一时回不过神，禁不住多瞄了几眼。

"大红，你找我有事？"他嘴里问着，目光却仍停留在女孩儿的脸上。

"还是上回跟您提的那档子拜师学艺的事。"靳大红沏好一碗酽茶递过去，招招手把女孩儿叫到了近前，"钉锦儿，还不赶快见过金三爷。"

钉锦儿大大方方地鞠了一躬。

"这就是你上回说的那孩子？不是说找不见人了吗？今儿怎么又……"

"它是这么回事……"靳大红转动脑筋编着理由，"那天，这孩子憋不住尿上大街去找官茅房①，等解完手回来，嘿，就认不准门了，要不说是个乡下丫头呢。"

在南苑时钉锦儿即向靳大红道出了实情。她说，那天在门道里她听见了一阵阵的哭声，随后不由进了院儿偷偷扒了窗户，于是就看见有个姐姐在跪着挨打，她想不明白，为啥学艺还要遭受皮肉之苦，一怒之下便溜之大吉跑回了山涧口。正巧，三伏哥听说 29 军在招兵，由此就带着她一起去了南苑。哪知道部队只收男的不收女的，为了兄妹俩不离散，三伏只好打消了当兵的念头。她又说，自己显然是三伏哥的一个累赘，细想想，挨师父两下打又算得了什么呢？牛不打还不犁地，马不打还不驾辕呢，只有自己这头先安顿好了，三伏哥才能踏实，才能心安理得地去干他想干的事。老天有眼，正在她不住地谴责自己的时候，偏巧就再一次遇见了到 29 军慰问的靳大红。

"这孩子嘛……"金三省终于端正了神色，"从长相看，倒是没什么显鼻子显眼的毛病，可说是祖师爷已经给了她半个饭碗，只是不知道她的嗓音如何？"

三伏大步跨进门来，"妹子，唱个小曲儿给金三爷听听吧。"

钉锦儿略一思索，爽然说道："行，俺就唱个《青菜名》吧，好不好的别笑话俺。"说罢，小嫩嗓儿一放便唱起来：

> 日出东方一点红，听俺唱个青菜名。白菜打把黄罗伞，前阵的萝卜愣头青。韭菜使一对双峰剑，小葱儿银枪排几层。摘下个葫芦当大炮，拔根山药当火绳。提着剑，挎着弓，去拿黄瓜老妖精。"嘣楞嘣楞"三声炮，不好了，芫荽打了个乱蓬蓬，茄子吓得上了吊，辣椒吓得脸通红，丝瓜吓得树上跑，菠菜吓得浑身青，莴苣一看事不好，把地扎了个大窟窿。

金三省心中一阵窃喜，宛若不经意间捡到了一块璞玉，这孩子不光模样长得好，听她这么一唱，小嗓子儿竟像是没有底儿，可以说天生来就是个唱大鼓的材料！虽说腔调里带着些个怯音，可女孩子历来改话快，归置一阵自然也就不成问题。他感谢师妹把一棵灵芝草慷慨地送给了自己，然而，此刻他的脸上却任什么也没显露出来。

---

① 官茅房：北京的称谓，指设在街面上的公共厕所。

"嗯，嗓子也还成，有点儿亮音。要不，就先跟我那儿待儿天看看？"

钉锦儿见他应允，忙不迭地就要跪下磕头，却被金三省一把拦住了，"大红，这个徒弟我是答应收了，可有些话得先说在前头，尽管说现下时局不稳，但是老祖宗传下来的规矩礼数一样也不能少了。"

"您说——"

"头一样，得签《拜师帖》，引师、保师、代师都得找齐全了，'马踩车轧，投河觅井，各由天命'一类说词也都得明明白白写在里边。"

"这我知道。"

"二一样，得找一处正儿八经的饭庄子，像模像样地摆上几桌。你师哥我在鼓曲界的身份你清楚，不能让我落寒碜。"

"她一个乡下孩子，又刚到北平，上哪儿拿这笔饭钱？您看，咱能不能就在家里……"

"这我不管，既然想办事儿就不能瞎对付。"

"这钱俺能出。"一旁的三伏插了话，"从靳老板给俺的工钱里扣行不行？啥时候扣完啥时候算。"

靳大红无奈地点了点头，"师哥，还有什么，您接着说。"

"这第三条……学徒期是三年零一节，外加效力一年。大红，你先别瞪眼，听我跟你解释，现下世事艰难，物价飞涨，什么东西都涨钱，唯独坤书馆戳活点曲的钱不涨，你叫我怎么办？再者说，你到我那儿看看，看看我院儿里那几个徒弟每日里都吃的什么穿的什么？说句不客气的话，我待她们就跟待自己的亲闺女似的……"

听到这儿，靳大红扑哧一声喷了笑，"得了师哥，亲闺女？亲闺女您还能……"她没敢往下说。

金三省脸上的麻子隐约红了起来，尴尬地咳嗽了一声，"得，瞧你了，就整三年吧，把那一节免了，这总归行了吧？其余的就不说了。"北平人约定俗成把一年分做了三节，即农历二月初一至五月初五为一节，五月初五至八月十五为一节，八月十五至来年二月初一为一节。

靳大红想了想，"那好，这事儿咱就算说定了，饭庄子我看就选这条街上的福兴居吧，此乃北平'四大兴'之一，门脸虽不算大，饭菜却做得不差。依我说，趁天气还不太热，就在这个月里把事儿办了吧。"

一直沉默的金盈儿开了口："我看行，索性俩好并一好，就着这个机会，把我的事也一起操持了吧。"

"咦，这里边又有你什么事？"金三省瞪圆了眼睛。

"我也要拜师学艺，登台唱大鼓！"金盈儿一字一句地回答。

"找打是不是？"金三省站起身抬起了手，"早起这件事还没跟你算账呢，你以为在你姑这儿我就不敢管教你了是不是？"

金盈儿毫不示弱地往前跨了一步，"也好，今儿咱们索性卷起帘子唱个明白，学校我是不去了，我就是一门心思想学大鼓，您同意便罢，您若不同意，我就一天到晚什么都不干地糗在家里，什么好吃我吃什么，什么好穿我穿什么，一直到吃光花光你的家底儿为止。"

"你……"金三省抄起茶碗就要砸，猛然意识到这是别人家的东西，只好哼哼着又放回到桌上。

"您别摇脑袋。还有一样我得事先告诉您，您不是要收这孩子吗，我恭喜您，到时候我一准儿去凑这个热闹，不过，万一我喝点儿酒，口无遮拦，当着众人的面说出点儿什么不好的来，您可别怪我。"

一番话气得金三省浑身哆嗦，一屁股跌坐在地上，手拍着大腿哭喊起来："老天爷呀，我金三省这是做的什么孽哟，怎么就让我养了这么一个拧丧种啊，往后可叫我怎么活哟……早知道有今天，当初，我何不一泡尿把她淹死哟……"

"别说，您这一通长嚎短溜还真好听，一点儿不比您弹弦子差。"金盈儿冷嘲热讽，不为所动。

"得了闺女，不兴跟你爸这么说话，这可是登鼻子上脸了。"靳大红一面申斥着金盈儿一面搀起了金三省，把他扶到椅子上，"师哥，要说这是你家里的私事，轮不着我插嘴，可谁让我是你妹妹呢，我还真得劝你几句。人这一辈子，学什么干什么老天爷早就安排好了，无论你习学什么，首先得看是不是这块料，你有话，咱闺女打小耳朵里听的就满都是大鼓词儿，说白了，又有几句是唐诗？几句是宋词？人世间三百六十行，哪一行能缺得了少得了？唱大鼓怎么了？不错，咱是下九流，可喘气就比饿死强！我看得真真的，盈儿这闺女是咱这里边的虫儿，要样儿有样儿，要嗓儿有嗓儿，人又伶俐聪明，一旦从了艺，三年二载的还愁唱不出名来？再者说，你这下半辈子还能指靠谁，不得盈儿这孩子暖着你孝着你？依我说，就顺着孩子的心思得了，打这儿起，你这心里也就踏实了。"

金三省虽然一时拗不过这个劲儿，可想想她的这席话确实也有些道理，于是带着哭腔说道："即便听你的，她又能拜谁呢？你知道咱行里的规矩，当爹的是不能给自己的子女当师父的。"

金盈儿见事情有门儿，立即缓和了语气，"这还不简单，拜我大红姑不就得了，省得您再四处找人了，再说，一般人想当我师父我还不准看得上呢。"

"拜我可不成，"靳大红紧忙推辞，"我自己唱两句还凑合，根本教不了徒弟，这是两股劲儿。"究其实，她是从心里看不上这个四五六不通的娇娇女。

"大红，你如果推辞，收钉锦儿的事也就得两说了……"金三省也拿了把。

"姑儿，求您了，事情都到这份儿上了，您怎么又打耙了，再想想成不成？"金盈儿央告着。

"师哥，要不这么着吧，"靳大红唯恐钉锦儿的事儿半途而废，思忖片刻，有了主意，"我可以答应，但只限于名分上，对外讲，我是盈儿的师父，可平日里还得由你来教她，就算我口头认可的寄名弟子，好歹别让盈儿弄个海青腿儿①就行了。"

金盈儿却不依，"教不教的没关系，可我得正式拜门。"

靳大红无可奈何，只得点头应允。

金三省的脑子快速地转了一圈，"既然如此，这拜师的帖子又该怎么写呢？"

"比照钉锦儿的那份再划拉一张不就得了。"靳大红没他想的多。

虽然金三省想尽量把话说明白，可实在是难以启齿，"它是这样……当然啦，你是她名义上的师父，人归我自己教，关键是，'三年学艺，效力一年'，这句话又该……该如何表述呢……"

靳大红终于听出了他话里的门道，不由笑了，"三年也好，四年也罢，明确说，这期间盈儿挣的钱无论多少全归你，我镚子儿不要，三节两寿让孩子过来看看我，有份心就齐了。"

"既这样，那咱……就省了这句？"他觉得这一刻实在有点儿挂不住脸。

"随便你吧。"靳大红知道，自己就是再长出个脑袋也算计不过这位大师哥，索性不去多想，转身往他的茶碗里续了水，主动扭转了话题，"你们爷儿俩晌午就别走了，我让钉锦儿给咱们做面条吃，别看这孩子年岁不大，粗茶淡饭全能拿得起来，尤其是她擀的面，筋道着呢！"看到钉锦儿转身要去洗手和面，遂一把拉住了她的手，"听我跟你说钉锦儿，日后拜了师，就不兴再让人喊你的小名了，你那大号叫什么来着？好像跟我说过一回。"

"林雪梅！"钉锦儿响亮地回答。

金三省摆摆手往外走，"让盈儿留在这儿吧，家里还有一大摊子事等着我呢，回去好歹扒拉几口，就又得上书馆去奔命了。"他显得十分疲惫，像刚刚干完了一场重体力活。

"得，既这么说，我也就不好强留了，谁让您家里还有俩亲闺女等着您呢……"靳大红打着哈哈，将他送了出去。

拜师会定在了农历五月二十九。

这天晚上，位于打磨厂路南的福兴居饭庄显得格外热闹。二楼专门打开了一连通的三间雅间，在当中坐北朝南设下了香堂，香桌上供奉着"圣祖先师大周庄王之位"的牌位，两旁贴着大红的对联，写的是：大周君教化臣讲今比古，传门徒留后世唱曲说词。横批：四海为家。

金三省、靳大红站在楼梯口的两侧迎候着来宾，笑眉笑眼，逢人拱手，寒暄不迭。

金三省身着一件驼色九丝罗的大褂，小半截青洋绉的裤子显露在下面，脚上穿着白线袜、黑礼服呢圆口布鞋，半长不短、黑白参半的寸头显然是刚修剪过，

───────────────

① 海青腿儿：曲艺行话，专指没拜过师、没有师承关系的艺人。

一张脸写满了"自得"二字，连浮现在上面的数颗浅白麻子似乎也一并在表露着笑意。

平素从来无心揸饬的靳大红今日也刻意地打扮了一番，头上绾着蟠桃篆，用黑丝网紧绷绷罩着，上身穿着一件藕荷色高领对襟缎子袄，下身是一条葱心绿的绸裤，两只天足套着一双大红底色的彩缎鞋。

即将要行拜师礼的两个小字辈此时就站在他俩身后。林雪梅穿着一身七成新的蓝布裤褂——这是靳大红从箱子底翻出来连夜为她修改的，头上梳着一对抓髻，鲜红的绒头绳扎在上面，表达着她内心的喜悦。金盈儿却好像换了一个人，她卸去了往日那一身素净的学生装，用一袭缀满石榴花的粉白旗袍包裹了自己，穿着高跟的皮鞋，长长的旗袍气口处，毫不掩饰地暴露出两条雪白的大腿。

北平鼓曲界的响蔓儿名角儿该来的都来了，在他们眼里，天底下再也没有比拜师收徒更大更显耀的事了，添丁进口，门庭兴旺，薪火相传，后继有人，这说明什么？说明祖师爷没白白培养了这一拨拨的后世子孙，说明说书唱曲这一行能活人，能挣下钱、吃饱饭，说明自己所操持的这一门玩艺儿不仅在北平扎下了根，而且还开花长叶结了果！人同此心，心同此理，无论一个家还是一个行业，谁不是有了后，才感觉有了奔头！

靳大红忽然看到，罗翰文教授在儿子的搀扶下由楼梯缓步走上来，不禁大喜过望，急匆匆迎了上去。

"靳老板，给您道喜了！"罗教授递上红包，双手抱拳恭贺道，"我们父子不请自来，想是靳老板不会怪罪吧？"

"哎呦，瞧您说的，知道您忙，实在不敢劳您大驾，说归其，您不挑我眼我就知足了！您父子都是文墨人儿，我靳大红算什么？说到底就一大鼓妞儿，而且是一个徐娘半老的大鼓妞儿，今儿您二位能来，真是让我想都不敢想，您瞧，高兴得我都不知道说什么好了……"靳大红有些语无伦次、手足无措了。

罗华章凑近一步，"靳老师，听人说，拜师会体现着你们这行很多传统的行规行俗，这也是一门学问，我们管它叫做民俗学，老早我就盼着能做一次实地考察，一直没遇着合适的机会，听说您今天在这儿收徒，就莽撞地过来了。"只见他手里拿着笔记本，肩上还挎着个照相机。

"嗨，大学生，不认识我了？"金盈儿一闪而出，急急地贴过来，主动拉住了罗华章的手。

"这位小姐是……咱们见过面吗？"罗华章将手挣脱出来，疑惑地打量着眼前这个打扮时髦的女孩儿。

"真是个猪脑子！"金盈儿想去戳他的脑门，手伸出半截又缩了回来，"好大的忘性，端午节那天，在南苑大王庙，想起来没有？那会儿我还是个学生。"

"哦……"罗华章似乎回忆起当时的情景，禁不住摇了摇头，"怎么，今天你也拜师？"

金盈儿引着他来到一个角落，"是啊，所以说，待会儿给祖师爷磕完头，你得好好陪我喝几杯，要不然，我可不依你……"此刻，她那一双丹凤眼似是要汪出水。

吉时已到，拜师仪式正式开始。只见有一白髯老者走向香桌，手捧着一只紫铜香炉双膝跪倒在地，一面口中念念有词，一面将香炉安放在了祖师牌位前："一块彩云空中来，二十八宿两边排。十方弟子来接驾，奉请祖师上莲台。双手捧宝鼎，恭请祖师来。收徒进梅门，同把高香栽。"这是一种蕴含着古老意味的音韵，似说似唱，如吟如诵，听起来令人感到格外的肃穆庄严。接着，老人起身将一把大三弦供到桌上，再一次唱出了赞词："丝与竹来乃八音，三皇治世它为尊。师旷留下十六字，五音六律定君臣。位按宫商角徵羽，后有文武弦两根。祖师传下文武艺，弟子习学入了门。老祖赠我此件宝，得然应手又称心。四海朋友把弦供，高台教化论古今！"随后，又依次供上了书鼓和醒木，且都一一唱着与之相对应的赞词。

金三省、靳大红一路唤着各自徒弟的名字，分别引领着林雪梅、金盈儿，迈过门槛缓缓走进了大厅。白丫头与黑丫头捧着一对盛满清水的铜壶紧紧相随，表明着有两个新的门人自此刻起正式进入了江湖。

师与徒分班跪在了神案之前，林雪梅和金盈儿头上顶着拜师的红帖，先前的老者开始焚香升表，只听他诵道："吉日祖师升殿，文武群臣站班，玉炉中起香烟，八节长香不断。"随后，斟满三杯酒，祭洒在神案前的地上，"祖师面前奠酒规，弟子接驾左右陪。御驾莲台当中坐，俯躬斟上酒三杯！"

跪在最前排的金三省、靳大红跟着吟诵道："手拉弟子进艺门，随师学艺要尽心。四相引你来拜祖，梅门又添一辈人！"

接着，在现场所有人的齐声和唱中，将祖师的神灵送回天界。金三省、徐五姑及靳大红正然坐到椅子上，接受徒弟的叩拜，并分别赐予徒弟一把扇子、一块醒木、一方手帕作为礼物——礼物被提前放在茶盘里，茶盘上垫着红色的绵纸，至此，拜师仪式方得结束。所有的这一切都是先师传下来的规矩礼数，任何人也不敢有丝毫的怠慢和违拗。

罗华章好奇地观察着发生在眼前的这些行为举动，不失时机地举起相机将一幅幅动人的画面拍摄下来。

征得主人允许，他取过其中一份《拜师帖》仔细看着。此帖竖长约一尺，横宽约四寸，数页折叠，内文用标准的小楷工工整整写着：

夫闻大道惟忠惟孝。治国治家乃为至尊之律，人人勤学乃为养性之臻。我教参禅始于东周。庄王姓姬名陀字鸿基，因国太之病，庄王进宫为母讲贤，仁哉义哉！国太病愈，恐民不孝，督促庄王布与天下。八大首相奉旨各州府县置设弘讲堂，宣讲道德仁义，由始至终运释教之典，缘道教之故，抱儒家之理，宣扬我道乃三教之宗，代代弟子口传心授，世世流芳。至大元顺帝年，元明交战，火烧弘讲堂，三宝失踪。待定平领土，余下之两位老先生，乃在金陵提伏宣讲，遂被太祖重视，赐三宝，重开我教之门，分支列户，各有门墙，遂有苏济源收下衡、梅、胡、赵。衡生毕生而成，继者乃为青主，即改为梅、青、胡、赵四大宗支。又有柳敬亭老先师收下开门先师王鸿兴，由此薪火相传，香鼟烟灵于今不绝！

师道大矣哉，入门授业投一技之所能，乃系温饱养家之策，历代相传，礼节隆重。今有林雪梅情愿拜于金三省门下学艺，顶香虚心列于门墙之下。今后虽份为师徒，但情同父女，对于师门，当知恭敬，身受教诲，没齿不忘。学徒期间，如有马踩车轧，投河觅井，天灾人祸，师父概不负责！言明三年学艺，一年效力，供吃供穿，中途辍学，包赔衣饭。情出本心，绝无反悔，谨据此证！

师父　金三省
引师　董茂昌
保师　靳大红
代师　赵有禄

徒弟　林雪梅　手执
农历丁丑年五月二十九日

人都说，学艺苦，行艺难，果不其然！看着看着，罗华章的眼睛渐渐地有些潮湿了。

金三省见桌上的酒菜已然齐备，便站起身，朝着四周作了一个罗圈揖，"诸位同好，师哥师弟师叔师大爷，今儿能前来出席小徒的拜师会，可说是给了金某一个大大的面子，三省心中万分感激！我收了徒，小女盈儿又拜了师，对我来说可谓是双喜临门，心里头高兴，不免就想多说几句。古人云，为师者，传道授业解惑也，然何为道哉？这可真是一道大难题啊！还有一句老话想必在座的都知道，叫做尊师重道，正所谓'行行有门，门门有道'，可如若为师者不知其道，抑或一知半解言不及义，又让弟子如何尊之敬之？所以说，这拜师会上头一样便应该将我业之道向徒弟们讲清楚。不知在座的有哪一位愿意站出来面对两个小徒讲解训教一番？"他看了一眼身旁的靳大红，"师妹，你给她俩说说？"

靳大红紧忙摇了摇头。

"赵五爷，您给讲谈讲谈？"他又向着唱牌子曲的赵有禄发出了邀请，见对方一劲儿摆手，于是嘿然一笑，"看起来，今日只好由金某把这本末源流——"

话音未落，却见唱梅花大鼓的董茂昌挺身站起来，大声说道："我来白话几句吧，说得对与不对的还请各位多多包涵。"他早已经看明白金三省这一套欲擒故纵的小把戏，打心里腻歪他当众表演的这一番虚情假意。

"好，好，请诸位洗耳恭听。"金三省面带三分尴尬坐回到椅子上。

董茂昌首先向着祖师的牌位作了个揖，"要讲明白咱说书唱曲的道，我以为还得从咱们的祖师爷周庄王说起。俗话说，'三百六十行，无祖不立'。众所周知，我祖姓姬名陀，乃东周第三代君王，曾以说书的方式为其母击鼓讲贤。其后，周游列国，遍访贤臣，架设高台，布下讲堂，击鼓为节，劝世人务农耕，守本分，修朝政，罢干戈，自此遂有说书唱曲一业得以流行，故而传下了'只因庄王访贤，其后留下说书'的话头。当年，我祖还特赐说书人一把宝剑、一颗印堂、一道圣旨，只为所倡之道畅通无阻得以弘扬，三千年传而至今，这三宝便演化成了我等人手必备的扇子、醒木、手帕三样物件。话说至此，恐怕有人要问，究竟什么是咱唱大鼓的道？你还是没说明白。那好，且容董某找补一句，庄王击鼓化民奠下基业，因此说，正风化俗、劝人以方，说忠，言孝，明廉，喻耻，正经是我们这一行必尊必守的正道！"

"好，说得真好啊！"不少人竟像听了谭叫天的高腔，忍不住叫了好。

董茂昌谦然一笑，"在下既然做了这两个孩子的引师，理所当然应该把这些当紧当要的先说给她们。列位，见笑见笑。"

金三省真是后悔请董茂昌做了引师，他端起一杯酒再次站起来，"来来，茂昌，为你方才的这一席话，咱兄弟俩干它一大浮白！"话落，一饮而尽。他明显觉得，此时心里生出来的一股子辣意，竟比这酒杯里的老白干还要辛辣了几分。然而，他很快便平复下来，将酒杯斟满，接着说道："排算起来，今日收的这个林姓小徒，已是金某第六个徒弟了，我一直在想，人家唱京戏的有科班培养接班人，什么喜连成、富连成，咱们呢，难道咱唱大鼓的就低人一等不成？咱就不兴也办它几个科班出来？将来让那些个成了名的鼓王、鼓后也能高挺着胸脯说，本人是'某某班''科'出来的！让那些个唱京戏、唱蹦蹦、唱梆子的看看，唱大鼓的里边也有能人，也没比他们矮半截！所以说，从今往后我打算就不干别的了，就一心一意办科班了，全力以付办它个'三省班'，今儿个提前向各位打个招呼，恭请各位把那够材料的、祖师爷给饭的，统统送到我金三省这儿来，我就不相信，我下心教，孩子们下心学，还能出不了成绩成不了气候？"虽说他没喝几杯酒，但已经有些醉了。

靳大红把他扶到座位上，"师哥，你先歇口气，咱们请罗教授给讲几句，好不好？"

金三省闭着眼点了点头。

罗翰文呵呵一笑站起来，"今天这个场合，哪有我说话的份儿？说实话，我喜欢你们唱的各式各样的大鼓，听久了也多少听出点儿门道来，可说到底还是个棒槌。我知道，在你们当中流行着一句俗话，叫做'教会徒弟，饿死师父'，这句话说得对不对呢？我以为很对。你想啊，徒弟上了台，师父自然就少了上台的机会，这就意味着多了个抢饭碗的。等到徒弟唱出了名，成了蔓儿，那就更糟糕，听客热捧了徒弟，又有哪一个记得他的师父是谁？由此说，我便更加佩服了金三爷的胸怀和气度，不记得失，放眼未来，难能可贵啊！当下，日本人亡我之心不死，他们不仅仅要亡咱们的国，还要亡咱们的文化，千方百计要用奴才文化改变咱中国人，就为让咱们服服帖帖给他们当顺民。要知道，各位每天在台上说的唱的就是咱中国文化，所以说，我们不仅要把这些个大鼓保留下来，还要一代一代传承下去，如此，无论谁，想灭掉中国文化都是错打了算盘！"

一番发聋振聩的话语令在场的艺人们都发了愣，虽一时觉得有些深奥，不是十分明白，但全都听得入了神。

一时间觥筹交错，笑语喧阗。靳大红到这会儿才发现，从始至终没看见胡翠珠的身影，作为金三省的大徒弟，今日这个场合她是决然不可不来的。

金三省招招手将林雪梅唤到了身前，"从今儿起，你就是我的徒弟了，我只要求你记住一句话，日后想吃烩虾仁，跟我学；想吃清水熬白菜，你自便。"说完，手指着黑丫头和白丫头，又换上了另一副面孔，"你们互相执执手吧。这是你的两个师姐，不管谁岁数大谁岁数小，先进庙门三日大，这是行里的规矩。今后，你们学艺在一起，吃住也在一起，碟子大碗儿小的肯定少不了磕碰，今日我把丑话说在前头，闹了矛盾，不让我知道则已，一旦传到了我的耳朵里，我可是概而不论，鸡毛掸子人人有份！我只希望你们能处得像亲姐妹一样。对了雪梅，你还有个出了师的大师姐，叫胡翠珠，今天有事没来，只能改天再介绍你们认识了。"

徐五姑不满地一撇嘴，"她有嘛事？这场合也敢不来？我可就奇了怪了，节节的她不露面，拜师会也不见她的影儿，她到底还认不认你这个师父？"

金三省赶紧挥手叫徒弟们避开，"这有什么可奇怪的，谁还能没有个头疼脑热、大事小情的？她没来肯定有不能来的理由。"

"我说姓金的，你怎么总是护着她呢？"徐五姑把怀疑的目光盯向了他，"该不是你有什么短儿攥在她手里吧？"

"小点儿声吧我的五姑奶奶，"金三省慌忙朝四周扫了一眼，"有话回家再说成不成？今儿这日子口儿，总得顾着点儿我的脸面不是？"

林雪梅觉得肚子在不停地叫，到现在她还没顾得上吃一口东西。自进了饭庄，她就一直在听人讲话，这个教诲，那个训导，仿佛被人领进了另外一个世界，心里充满了兴奋、迷惘、企盼，还有几分忐忑。她抓起一个烤馒头大大地咬了一口，抬头之际，看到一个挎着相机的男人向她走过来。

"还记得我吗，钉锦儿？"罗华章笑容可掬地站到了她面前。

"罗大哥，咋会不记得你了呢？看你老忙老忙的，俺就没敢去搅和你。"林雪梅紧忙抹去了残留在嘴角的馒头渣，红着脸站起来，"上一次在南苑，就见你跑前跑后地忙个不停，真怕把你累坏了。"

"钉锦儿，大哥嘱咐你一句，从今往后别再提南苑的事，跟谁都不要提，记住了吗？"

"为什么？"

"怕给你惹下麻烦。"

林雪梅郑重地点了下头，"罗大哥，俺也跟你说个事，往后，就别再叫俺钉锦儿了，俺有大名，叫林雪梅，俺都拜师了，是个大人了。"

"不行，我就喜欢这么叫你，知道不，叫你钉锦儿的时候，我耳朵里就好像能听到丁丁当当的响声。"罗华章故意逗着这个水一样洁净的女孩儿，"要不这么着，当着别人的时候叫你林雪梅，只有咱俩的时候我就还叫你钉锦儿，行不？"

林雪梅迟疑了片刻，点点头同意了，只是刚刚恢复本色的脸，再一次红了上来。

金盈儿举着两杯酒凑过来，直接贴在了罗华章的身上，她好像已经喝了不少酒，红了两腮，也红了眼眶，"华哥哥，这回可让我把你逮住了……没忘吧，刚才咱俩说好的，陪我喝一杯，祝贺祝贺我……"

罗华章后退一步用手挡住了酒杯，"不行，我从来没喝过酒，真的，一滴都没喝过……"

"你怎么这样！"金盈儿撒着娇，"别人的酒你可以不喝，但小妹的这杯酒你必须喝，要不然，我可生气了。放心，这酒不上头，三河老醪，好酒。"

林雪梅看着罗华章窘迫的神情，心中大为不忍，想了想，迈上了一步，"盈儿姐，你就别难为罗大哥了，听俺娘说，有一种男人天生就是不能沾酒的，一沾就醉，你想，他这么高的身量，万一醉倒了，躺地下了，咱俩谁能搬得动他？要不这么着，俺替罗大哥把这杯酒喝了，成不？"

"你会喝酒？"金盈儿不相信地瞪大了眼睛。

"不会，可俺想试试。"说完，林雪梅抢过酒杯脖子一仰灌了下去。真也怪得很，却见她除了冒出一句"好辣"，竟然长气未出，脸色未改。

"一杯不行，按酒场的规矩，替别人喝必须要连干三杯。"金盈儿一心想让这个出来挡横的乡下丫头当众出出丑。

林雪梅犹豫了一阵，二话没说，拿过两个空杯一一斟满，随后一饮而尽。

金盈儿立时傻了眼，不知还能说些什么，她看了看罗华章身上背的相机，有了主意，"华哥哥，酒喝不喝的也就算了，让罗叔给咱俩拍张照片行吗，这总不至于叫你为难吧？"

罗华章考虑了一下，遂把父亲请了过来，转而招呼了林雪梅，"雪梅，来，你俩是今天当仁不让的主角儿，咱们一块儿合个影。"

林雪梅腼腆地站到了他的身旁。就在相机快门将要摁下的一瞬，金盈儿飞快地搂住了罗华章的臂膀。

酒足饭饱的人们迤逦地走出了福兴居，抬头遥望苍穹，见一弯残月浮现在天边，老人一般停下了蹒跚的脚步，几颗若明若暗的星星一眨不眨，像要监视着什么，直瞪瞪地盯向大地。

忽然，"轰隆"一声闷响从西南方传过来，这响声虽然因隔着一段距离未显十分震撼，却也听得清晰真切。片刻之后，又有三五声同样的破空之音接连响起，让人感到了一种莫名的不安与恐慌。

"打雷了，怎么，要下雨？"金三省转动脖子朝天空张望着。

林雪梅摇摇头，"师父，挺晴的天，哪儿就下雨了？俺听着可不像打雷。"她跑到一个高台上，踮起脚向西南方看去。

"林姑娘说得对，这不是雷，是炮，是放炮的声音！"罗翰文侧耳谛听，不由得锁紧了眉头。他捋起衣袖看了一眼手表，此刻是晚上十点三十分。

罗翰文的判断是对的，这几声来自远方的轰响的确是炮声，它是距离此处十五公里的卢沟桥发出的炮声，是日本军队瞄准我宛平县专署大厅射击时发出的炮声，这炮声拉开了日寇全面侵华战争的序幕，由此，令一百五十万北平百姓开始了为奴八年、屈辱艰辛的漫长岁月！

林雪梅永远都不会忘记，自己拜师的这一天，是为农历丁丑年五月二十九日，即公元 1937 年 7 月 7 日。

四

忽然风雨骤，遍野起云烟，

吧嗒嗒的冰雹把山花打，咕噜噜噜沉雷震山川，

风吹角铃当啷啷啷响，唰啦啦啦大雨似涌泉，

山洼积水满，涧下似深潭……

——岔曲《风雨归舟》

7月29日，北平沦陷。8月8日，日军大部队三千余人在驻北平司令官河边正三的率领下，由永定门开进，于前门城楼下举行了入城式。

从这一天开始，北平街头便出现了一队队穿着黄军装的短腿儿男人，出现了令人避之不及的明晃晃的枪刺，以及随处可见的如同雪地上洒了一滩狗血似的日本国旗。

也就是在这时候，林雪梅听到了29军四千多名官兵在对日作战中阵亡，佟麟阁将军、赵登禹将军为国捐躯的消息。

这个消息是被金盈儿当做一件热闹儿说出来的，讲述时她的脸上未见一丝悲伤，相反还有着一种隐隐约约的莫名的亢奋，在她的脑子里似乎从来就没有是与非、正义与邪恶的概念，有的只是热闹与不热闹的区分。作战双方不管谁胜谁负，对她来说都无关痛痒，她需要的仅仅是热闹儿而已。

林雪梅听到这个噩耗不禁泪流满面，当场哭出了声。哭过之后，她偷偷地去了附近的香蜡铺，用自己缝穷时积攒下的几毛钱买了纸钱、银锞，并恳求掌柜的单另给她糊了两个能装下这些祭品的纸包袱，半夜时分一起拿到街口烧了。她认定，佟将军和赵将军都是天上的星宿，他们完成了在人间的使命，于是一起升天回归了神位。

日子一如既往一天天地过着，坏消息却接连不断地传来，先是日军占领了南口，接着是保定陷落，而后上海、太原、南京几大城市相继失守。年底，华北临时政府在北平宣告成立，汉奸们大张旗鼓地组织成立了替日本人鼓噪的新民会。北平百姓的心彻底凉了！

林雪梅毕竟只有十四岁，毕竟还是个孩子，她并没有因为这些个坏消息而荒怠了自己的艺业，她相信师父金三省说过的一句话：不论是什么人拘管着，他也得让人吃饭。为了今后能吃上饱饭，她得下心学。不管刮风下雨、天冷天热，她总是天不亮便赶到天坛坛根儿去喊嗓子，师父说过，"要想台下叫声好，便要三百六十五个早儿"。她按照师父的分派学了梅花大鼓，打这儿起，她的脑子里装

长篇小说 大鼓妞儿

的就全都换上了大鼓调、大鼓词，走到哪儿唱到哪儿，心不闲嘴也不闲，就像入了疯魔。她仔细琢磨、悉心体会那些渗透了一代代前辈艺人演唱心得的艺谚、艺诀，一条条地记在了小本子上，"声分平仄，字别阴阳"，"慢唱听味儿，快唱听字儿"，"字儿不清，唱儿白扔"，"气是声之本，万音气为尊"，"天凭日月人凭眼"，"唱到人情方是书"……诸多有关运气、发声、吐字、表演的经验总结，令她受益多多，一天天地长进。她就像大田里一棵刚刚出土的青苞米，怀着强烈的生长欲望，贪婪地吸吮着雨露拥抱着阳光。几个月下来，聪慧的她不仅改掉了一口山东方言，学会了操弄鼓板，还能唱出长长短短的十几个唱段，且演唱得中规中矩，似模似样，喜得金三省逢人便说，还是小胳膊嫩嗓儿出功快！这小丫头，教她点儿东西，她还真入心经！

然而，不知为什么，这期间师父从来没带她去过书馆。尽管她三番五次地要求，却回回都遭到了拒绝。师父说，不能没吃三天素，就想上西天！

这一天，刚刚吃罢晚饭，金三省发了话："雪梅，赶紧收拾收拾，今儿碰巧没起风，一会儿咱爷儿俩找个地方去抻练抻练。"

林雪梅不由一阵兴奋，"听您这话，您是要带我去坤书馆？"

金三省只顾低头喝茶，一声没吭。

师徒俩简单地收拾了行囊，金三省背着大三弦，林雪梅把装有鼓板、鼓楗子的布口袋拴在鼓架子上，一前一后担在了肩头。去天桥坤书馆本应是朝东走的，师父却领着她脚踏头些天残留的积雪穿小路奔了正南。不多时，二人走进一条贯穿南北的胡同，在路西的一个敞亮门口停住了脚。林雪梅打量过去，只见大门两旁高悬着一对大红灯笼，有"临芳楼"三个大字嵌在门楣上方，此外，门框上还写着"二等茶室"一行小字。金三省一语未发，引着她径直走了进去。

院子里坐落着一座环三面砖木结构的二层小楼，排列着一个个仅有一门一窗的鸽子窝似的房间，房门外面挂着黑粗布的棉门帘，昏黄的灯光零零落落地从遮挡着的窗玻璃上透现出来。院落正中是个可以直接举头望月的天井，底楼的正面有一所三开间的堂屋对着院门，堂屋廊檐下设着香案，有一溜神主牌位与冒着袅袅青烟的香炉摆放在上边。

一个形容猥琐的中年男子小跑着迎过来，抻着细脖子高喊了一声，"候——"待他看清楚进来的人背着弦子口袋，身旁还跟着一个抱书鼓的小妞儿，立马变了脸，开始用手不住地往外轰赶，"走着，赶紧给我走着，这儿没人听你们瞎哼哼！也不想想，凡到这地方来的大爷，谁有闲工夫听你们这破玩意儿？再者说了，这儿的娘们儿，只要是老爷们儿往她身上一趴，又有哪个不会哼哼？说句实在的，她们哼的那调调儿，比起你们唱的大鼓来可是好听多了……"此人不仅势力，而且饶舌。

见此，金三省紧忙掏出一张纸钞塞了过去，"二爷，受累，买碗茶喝，不成敬意，还求您多多照应。"

拿了钱的男子变出了一副挂笑的面孔，"哟，您客气，不好意思……您老可别嫌我话多，说着是一回事，实际是一回事，是不是？细想想，当不住还真有哪位大爷得意你们这一口，和娘儿们玩儿累了，听你们唱上一段两段，许就能解了乏。这么着，您老自己先慢慢打听着，小的我失陪了。"说完，迅速地到一处阴暗角落躲了。

林雪梅弄不明白此地究竟是个什么场所，心存着疑惑，小声问道："师父，这院里连个人影儿都见不着，咱唱给谁听？这地方是干什么的？是专门卖茶的吗？我刚才看见大门口写着'茶室'几个字……"

金三省冷着脸回了一句："这是妓院，照北平人的说法——窑子。"

的确，此处正是一家妓院，它开设在属于"八大胡同"范围之内的大李纱帽胡同，方才那个猥琐男子就是专门负责承应嫖客、为妓女端茶倒水的"站院子的"人，俗称"大茶壶"。提起北平的"八大胡同"可谓尽人皆知，这里汇集了成百上千的乐户女子，她们整日强装笑颜，用自己的青春和肉体换取着度日之资。然而，所谓的八大胡同只是概而言之，实际上，操此生意的大小胡同则有着二三十条之多，广布在北平外二区和外五区的地界里，其中最享盛名的有着八条，人言"王蔡百柳，石寡燕纱"，这一条大李纱帽胡同即占了里边的一个"纱"字。

北平历史悠久，北平的卖笑史也同样悠久。有文字记载，此地的娼寮妓馆正式兴起于明代，当时，朝廷专门设立了"教坊司"作为管理机关，以指导和调教一众女乐、男伶。清初将"教坊司"裁撤，用改组的"和声署"替代。雍正一朝皮肉生意开始火炽，其时，此类经营场所还大多开设在内城，故而便留下了东城的本司胡同、勾栏胡同、演乐胡同、宋姑娘胡同、马姑娘胡同，西城的粉子胡同、大院儿胡同、小院儿胡同等一批带着脂粉气的地名。光绪二十六年，年老的慈禧太后大概是担心京城里日渐增多的洋人看了大清国的笑话，一道懿旨，遂将城里所有的窑姐儿统统驱逐到了九门之外、京城之南的"八大胡同"里。

今晚，金三省把徒弟带到妓院来自然有他的考虑，看着神色畏葸的林雪梅，他的目光显得有些凝重，说了句"跟我来"，便牵着她的手朝廊檐下设的香案走了过去。

"孩子，"他一副心事重重的样子，语调格外低沉，"你认识字，去看看，你去看看这上面供的都是什么神主？"

林雪梅凑近上去仔细端详，只见香案上一溜并排着五个牌位，一码用黄表纸包贴在外面，黑笔大字分别写着：胡三爷之位，黄四爷之位，白五爷之位，柳七爷之位，灰八爷之位。

"知道不，这就是窑姐儿们天天叩头日日奉香的五大真人啊！且听师父我跟你一一道来。"金三省轻叹了一口气，"这胡三爷就是狐狸，黄四爷就是黄鼠狼，白五爷是刺猬，柳七爷是长虫，而这位灰八爷则是老鼠。这些就是保佑她们日享平安的神灵！"

林雪梅大惑不解，默默地盯着师父。

"这会儿你心里一定在纳闷，师父为什么要带你到这种地方来，也想不明白为什么要跟你说这些，是吧？听我告诉你，只因为，咱们唱大鼓的也同样供奉着这五大仙家！"

她不由吃了一惊，"咱们不是供的祖师爷周庄王吗？"

"明天，明天我就带你去书馆，你自己到神桌跟前亲眼看一看，神桌底下，桌围子里头，看看还供奉着什么？你要记住，这些仙家既然是在保佑咱，咱就要敬畏它们，台前幕后万万不可直呼其名，这也正是咱们这行的一个忌讳。"金三省拉着林雪梅在附近的一处台阶上坐下来，"世间有话，'一妓二丐三戏子'，咱是哪个？咱就是这戏子，人们是把卖唱的艺人和卖身的窑姐儿归在一处的，所以，两家供奉着同样的神祇，在世人的眼里，咱们和她们都是下九流，乌鸦和猪一样黑！"

林雪梅看到，师父讲到此处，眼睛里已蓄满了泪水。

"我打算明天就让你到坤书馆登台。前辈传下一个规矩，凡女艺徒登台之前，必须要由师父带领着先到娼寮妓馆唱上一回，行话叫做'靠扇儿'。很久以来我一直不明白为什么要这么做？现而今我终于想清楚了其中的缘由，这就是要让艺徒提前知道自己的高低身份，免得日后台底下有人一叫好，就头昏脑涨忘了自己姓什么！"

"白姐和黑姐也到这儿唱过吗？"

"她们全都来过。尽管现下已经没有多少人照这个要求做了，可我想守下这个规矩。"他拍拍屁股上的土站起来，向她简单交待了一些与"靠扇儿"相关的讲究儿，"走吧，跟我去敲门，经经见见吧，没什么大不了的。"

师徒俩转身走上台阶，来到一处亮着灯的窗户跟前，金三省小心地在窗棂上敲了两下，轻声问道："屋里这位爷，烦您一句，您这会儿想听唱曲儿吗？"

屋内毫无反应，只传出一阵粗重的喘息声。

"是刚出道儿的一个大鼓妞儿，不光曲儿唱得好，人也长得俏式，求您多多照应啦！"他提高嗓门儿又补了一句。

里面终于有人发了话，是一个高腔大嗓的女子声音，"去去，不听不听，一点儿眼力见儿都没有，没见人正忙活着吗？"随之，又有一句呼哧带喘的声音传出来，"我说死胖子，压死老娘了，你就不会小点劲儿吗……"

林雪梅听得脸上直发烧，啐了口吐沫，暗自骂了一句。

她看到，此时有个穿着皮大氅的瘦高男人从大门外走进来，"大茶壶"立马现了身形，站到堂屋门口发出了一声高喊："候——，楼上楼下闲着的姑娘们，出来见客啦！"

工夫不大，遂见有七八个衣着鲜艳的年轻女子前拥后挤着进了厅堂，自觉地站成了一横排，瘦高男人在"大茶壶"的陪伴下凑近到她们跟前，来来回回地巡视，上上下下地打量，像牲口市的贩子在挑牛选马。女子们个个目光流转，翘着嘴角，主动地向男人递送着出售的意愿。

林雪梅觉到有一股酸水从嗓子眼冒出来，紧忙扭转了脸。

把角的一个房间忽地挑起了棉门帘，一个油头粉面的女子探出了脑袋，"唱大鼓的，上这屋来吧，我这屋的大爷想照顾照顾你们。可快着点儿啊。"说罢，她吸溜一口凉气紧忙缩了回去。

林雪梅迟疑着，须臾，听到师父发了话："记住，甭管他横眉还是竖眼，一律装看不见，只管闷头唱你自己的。"她只好硬着头皮撩开门帘先自进了屋。

小屋里亮着电灯，雾气蒙蒙的，陈设十分简单，只有一桌二椅一张床，地上燃烧着炭火盆，床上有一男一女半搂半抱在暗影里。

林雪梅恨不能把脑袋扎进地缝里，眼前的情景让她心跳不止，她踟蹰许久，红着脸顾自支好了鼓架，左手操起檀板，右手拿起鼓槌子在鼓面上轻轻敲了三下。闻此，金三省这才走进来，解开布袋，调好三弦，拽过一把椅子坐了。

"哟嗬，这不是金三爷吗？"床上的男人发出一声夸张的呼叫，"怎么，如今也沦落到这一步，串了邪钵①了？"

金三省觉得耳熟，觑忽着双眼向床上打量过去，发现说话的男人竟是在天桥明地上弹弦儿的德晓峰。他还记得，两年前，此人曾托人三番五次要求拜在自己门下，却都被他无情地拒绝，由此二人之间便结下了仇怨。许久未谋其面，虽说模样没什么变化，却也人五人六地留起了中分头，蓄了八字胡，抽烟也用上了烟嘴。

"我和你好像不认识吧？"金三省面无表情地回了一句。

"你那叫装傻充愣。想当年，为了能跟你学弦子，我就差管你叫亲爹了……"说到这儿，德晓峰顿住了，他猛地辨认出来，站在自己面前的这个大鼓妞儿就是半年前在人市里缝穷的那个山东丫头，不由得一阵兴奋，"嘿，今儿可真他妈邪行，想不到，除了老朋友，这儿还站着一位老相好呢！几天没见，竟出息成说书唱曲儿的大鼓妞儿了！抬起头让爷好好看看，亲妹妹，你可让哥哥我想死了……"说着他便要往床下跑。

身边的女人一把搂紧了他，撅着嘴带出了醋意，"你敢！和她好，从今往后就别想再上我的床……"

林雪梅自然也认出了这个曾经跪在三伏面前连连喊爹的男人，恨不能举起书鼓一下子砸过去。此刻，却听师父说道："想听哪段，你点我唱。我们爷儿俩没工夫陪你聊大天。"

"也好，大爷今儿就好好照顾照顾你们。金老三，我看咱就甭费那个事了，你就让她捡会唱的唱，大爷照规矩给钱，不就两毛钱一段嘛。"

"不成，你听好了，他们是一段两毛，我这儿可是一段五毛，一分也不能少。"金三省只想让他主动回绝，好尽快躲开这小兔崽子。

"行，五毛就五毛，大爷有的是钱，不在乎！跟你说姓金的，我早就不弹那

---

① 串邪钵：曲艺行话，专指到妓院演出。

破弦子了，现而今大爷我成了新民会的人，给日本人干事，由日本人开饷，要不然，我能上这地方来？这儿的娘儿们一码都要现钱，有谁肯让人白干？"

金三省一言不发，只顾把弦子弹奏起来。林雪梅先唱了一段《小下棋》，见对方没有叫停的意思，喘口气又接上了一段《照花台》。

看着金三省低头收拾东西，踌躇满志的德晓峰又开了口："金三爷，不是我说你，你成天摆弄这破弦子，扑扑棱棱够干吗的？说到底，也就够吃两顿窝头！这年月，要想活得舒坦，活得滋润，不能在一棵树上吊死，得想点儿别的辙。"

金三省停下了手，青着脸反驳道："窝头怎么了？好歹是自己下苦力挣的，再混得不济，我也不舔人家的狗食盆子！"

"怎么说话呢你？挺大年纪，怎么学会了骂人不吐核儿啊？"德晓峰气急败坏地要往起蹿，一低头发现自己还光着身子，又慌忙躲进了被子里，"好心劝你两句，没想到，你还不领情。"

"少废话小德子，拿钱！"金三省怒气冲冲。

林雪梅双手握紧了鼓架子，随时准备冲过去拼一场。

德晓峰没好气地从衣服里掏出一张花花绿绿的纸，扔到了金三省的面前。

金三省从来没见过这一种钞票，看看正面，再看看反面，面带了疑惑，"这破纸能花吗？你小子可别蒙我。"

"少见多怪了不是？"德晓峰眼睛一斜，"破纸？这是大日本皇军的军用票，平常人抢都抢不着，一块顶咱好几块呢。"

金三省感觉受到了莫大侮辱，一把将纸钞摔回到他的脸上，"这玩意儿你还是自己留着用吧，甭买别的，拿它买点儿烧纸预备着，免得到时候抓瞎！雪梅，咱们走！"

起风了，狂风挟裹着草屑、纸头在天井的方砖地上打着旋，呼啸的风声带着狼嚎似的尖锐从大门外钻进来，吹得人从心底里感到了寒凉。"大茶壶"迎着风缩着头跑到了师徒二人跟前，大声喊道："弦儿师父，楼上又有人传唤你们，不知还想不想唱了？"

金三省犹豫了，此刻他恨不能立即离开这个地方，但今日是他第一次领着徒弟出来，到这会儿却一分钱也没拿到手，对于林雪梅而言，首次当众亮相便空手而回，实在是不吉之兆。

"咱再唱这最后一回，完了就回家，行吗？"他和徒弟商量着。

"行，我听师父您的，咋都行。"林雪梅的心情似乎已经平静下来。

楼上的这间屋子与楼下的没有什么大区别，一个四十来岁戴一副黑边眼镜的男人斜倚在床上，此人似乎格外扛冻，一床棉被只盖了半截肚子，裸露着生有一丛黑毛的宽阔胸膛，此时，他手里正拿着一个苹果在大啃大嚼。屋里的女人两条胳膊别在胸前站在砖地的当央，看面相年岁不过二十四五，身量不高，一张修饰得恰到好处的圆脸显得异常白净，她穿着宽腿的绸子洒裤，光脚趿拉着一双缎子拖鞋，赤裸的上身披着一件红色碎花棉袄，尽管她左遮右挡，仍不时地将一块块雪白的脯子肉闪现出来。

林雪梅慌忙低下了头，耳旁却传来那女人惊喜的一声呼喊："三哥，怎么会是您呢？"

金三省真的觉得今日过于邪行，走到一处便会鬼使神差遇见一个熟人，而且是在这么一个污水横流的地方。刚一进门他就看清楚了，现时在这间屋子里接客的窑姐儿，即是头些年曾经唱红了半个北平城的鼓姬章红宝。

至今他还记得她当年的模样，小巧玲珑的身材，一双长着长睫毛会说话的大眼睛，像极了西洋进口的布娃娃。听人说她嫁给了一个珠宝商的公子，从此，园子里便不见了她的身影。几年未曾谋面，竟然会相遇在这种地方……金三省实在想不明白。

章红宝把他安顿到椅子上，长长地叹了一口气，"三哥，我知道你想说什么，想当初只怪我年幼无知，贪图富贵，爱慕虚荣，一时看走了眼，嫁了个混蛋玩意儿。什么珠宝商，什么公子哥，全都是蒙人的，说白了他就一混混儿！好日子过了还不到半年，这王八蛋就敛巴了我所有的积蓄拔腿跑了，不仅如此，还给我留下了一屁股两肋的赌债。我章红宝还剩下什么？就剩了这一副老不算老、幼不算幼的肉身子。三哥，我实在是没脸面对园子里的那些个姐姐妹妹，当初她们都没少劝我，我却把好心当成了驴肝肺。混到如今这步田地，我还能说什么？再分有一线之路，我也不会干了这个，我承认我没出息，怕死，除了用自己的身子换几个窝头钱，我真的是没有别的办法了……"眼见着她的眼泪成串地滚落下来。

金三省想安慰她几句，却一时不知该说什么才好。

床上的男人一语未发，仔细地啃着苹果核，眨动着一对小眼睛冷冷地朝这边看着。

章红宝一扭脸，发现了鼓架子后面的林雪梅，上下打量一番，不禁破涕为笑，"三哥，这是你徒弟？好，有眼力，单脖儿细项儿的，再过几年一准儿是个大美人儿！"

金三省向林雪梅招了下手，"认识认识吧，这是你的前辈。"

林雪梅走到章红宝跟前，深深鞠了一躬，甜甜脆脆地叫了一声"姑"。

"别，可别这么叫，妹子，别叫我姑，叫姐就行，我可怕把我叫老了，回头想嫁人的时候没人要了……"章红宝喜不自禁，紧紧地拉住了林雪梅的手。

金三省摇了脑袋，"这可不成，你让她叫你姐，你又叫我三哥，岂不是乱了辈分！"

"乱就乱了吧，江湖上有话，'老少三代皆兄弟'，三哥你较的什么真儿啊。"章红宝亲热地揽着林雪梅半天舍不得松开，"让姐好好端详端详，嗯，和姐当年长得一个样！姐一见你就觉得咱俩投缘对劲儿，让我想想，今儿姐该送件什么东西给你当见面礼呢？"

林雪梅连连摆手，"姑……姐，不用，您千万别……"

章红宝一抬手把腕子上戴的一个玉镯褪了下来，"妹子，听好了，这东西可不是这里的臭男人给我买的，这是姐做姑娘的时候自己置办下的，你留着当个念想吧。"她不容分说地把镯子套在了林雪梅的手上。

林雪梅兴奋地抬起胳膊对着灯光左右映照着，"姐，蟹绿蟹绿的，真好看！"

"红宝，该着让她唱一段了，你屋里的这位爷怕是早就等得不耐烦了。"金三省绑好指甲，手把三弦定了定音，转回头朝着半躺的男人问道："二爷，您想听段什么？"

男人只点点头，依然没说话。

章红宝低语一句："随便唱几句就是，他反正听不懂，问也白搭。"接着，放开嗓门对那男人比比画画说道："他们这就要开始唱了，两块钱唱一段儿，两、块、钱，懂不？"

听了这句，金三省的脸红上来，"红宝，这又是何必呢，咱不能……"他知道她这是在存心照顾自己，也知道对方是个空子①，可他不想讹人。

"听我的，这孙子有的是钱。"章红宝转过身冲金三省悄声嘱咐了一句，"况且，他那钱也不是好来的。"

见此，金三省不好再说什么，一时间，弦子声、鼓声便在小屋里飘荡开来。

林雪梅先用一段《明月五更》遛了遛嗓子，接着唱了最拿手的《摔镜架》，她看到，床上的男人一边听一边摇晃着脑袋，一副无限陶醉的样子，唯一让她猜不透的是，他一直像个哑巴紧闭着嘴。

章红宝手端一杯茶水走过来，"妹子，喘口气，喝口水润润嗓儿吧。"忽然，她像是想起了什么，反手将杯子里的水泼在了地上，"还是渴着吧，这儿的水不干净。"

她坐回到床边上，再一次和那男人比划起来，"听着，人家唱完了，总共是五段儿，十、块、钱！"

男人毫不犹豫地从皮夹子里掏出钱来，笑了笑，开了口："幺希！唱、得、很、好，我的，很、喜、欢！"

生硬的汉话令金三省一下惊呆了，这是个日本人！

他强烈地感觉到，这回，日本人可是真的来了！

金三省没有食言，第二天提早吃罢晚饭，他便领着林雪梅直奔了天桥"二友轩"书馆。

"二友轩"坐落在天桥公平市场的西侧。这是一处坤书馆，北平人又管它叫做落子馆，只因为这一类演出场所与莲花落有着不可分割的渊源。莲花落，又称莲花乐，原本是僧侣募化时唱的一种佛曲，最早可追溯到宋代，后来渐渐衍化成了乞丐行乞时常唱的曲调。民国初，京津两地有一批女艺人开始以演唱莲花落卖

---

① 空子：江湖语，意为外行。

艺为生，人们将其称之为"落子班"，鬻歌的场所也就顺理成章叫了"落子馆"。不久，各种大鼓倡兴，大鼓妞儿们不约而同纷纷涌入落子馆中，渐次竟取而代之，由于聚在此处的演唱者皆是一水儿的坤角儿，便又有了"坤书馆"这一别称。现下，坤书馆甚得其势，生意异常火炽，仅天桥一带就有二友轩、四海轩、合意轩、瑞云轩、中华园等大大小小十几家，二友轩是为其中的佼佼者。

对于林雪梅来说，这里所有的一切都是陌生的、新鲜的，令她处处感到了好奇，甚至有些匪夷所思。书馆内坐西朝东建着一个三尺高的台子，台口当中摆着一张堂桌，上面蒙着白布的桌披、桌围，桌后两侧有两条长条板凳呈八字形摆开。舞台的后墙垂着浅灰的幕布，上方挂了一条横幅，一行显目的大字写在上面：德寿堂康氏秘制牛黄解毒丸。台底下设有十几张八仙桌，一把把高靠背的木椅子围桌而立。南北墙根处分别安置着一座高桩大号的煤球炉子，此时，正有一缕缕残余的青烟从炉口冒出。两根红漆廊柱竖在舞台的左右，上面镌刻着一副黑底绿字的楹联：

穿红挂绿献千娇慢动朱唇调新韵，
着紫披蓝生百媚轻敲牙板唱欢歌。

林雪梅溜溜达达来到后台，见早到的两个师姐正在对着镜子化妆。看到她，金三省手提着一个布包袱迎过来，从里面抻出一件红呢子大衣递到她的手上，"照我说，你就甭跟她们似的瞎捯饬了，洗洗脸，梳梳头，回头把衣裳换上就齐了，你，还是清水脸耐看。"

林雪梅心里牵念着五大仙家的事，眼睛朝四周扫了扫，看到有一个香桌设在背静处，桌上供着周庄王的牌位。她轻手轻脚地凑了过去，趁着没人注意，撩开了桌围的一角瞄向了里面，果不其然，香桌底下端端正正摆着一溜牌位，数了数不多不少正好五个！俺的娘啊！她虽然心里有着充分准备，却还是发出了一声惊叹。"一妓二丐三戏子"这句话，又一次在她的脑海里闪现出来。

"一人在这儿瞎踅摸什么哪？"有人在她的肩膀头上拍了一下，令她蓦然一惊，回头看去，发现金盈儿正站在自己的身后。只见她穿着一件崭新的长毛裘皮大衣，头上烫着曲里拐弯的发卷，一张大嘴涂满了鲜红的唇膏，油油的，亮亮的，像刚刚喝了公牛血。

金三省急匆匆跑过来，没好气地对女儿训斥道："你怎么到这会儿才来？眼见就要开锣了，这又是上哪儿疯去了？"

金盈儿掩饰不住一脸的得意，"有人请我喝咖啡去了，怎么，不成啊？"

金三省看了一眼她身上的新大衣，"这又是打哪儿赁来的行头啊？"

"您说什么？赁来的？开玩笑！告诉您，这是人刚送我的。"

"送的？"金三省的眼珠瞪得像要滚落出来，"非亲非故的，谁能送你这么贵重的东西？这件大衣怎么说也得三四百！"

"我干爹，今儿中午刚从西单商场买的。"她炫耀地以脚跟为轴原地转了两个圈。

"你说什么？你打哪儿又冒出个干爹来？"

"中午吃饭时刚认的，药材行的杜老板，一会儿就过来。对了，他还说，找一天要上咱家跟您正式见见呢。爸，您别老瞪眼，您比我清楚，干咱们这行的没人捧不行，光靠自己傻唱，一辈子也别想唱出名来，再者说，亲爹只能有一个，干爹多点儿又有什么要紧？"

"再怎么说，事先也得和我商量商量啊……"面对这样的一个女儿，金三省一点儿脾气也没有。

"爸，知道不，您那位爱徒胡翠珠今儿晚上在二友轩也有一场活。"金盈儿主动扭转了话题，"刚拿出去的水牌子，上面大字写着：'雏凤凌空，今日驾临，特邀美艳鼓姬胡翠珠到场献艺。'您听听，还雏凤，谁封的她？简直不要鼻子！"

"这是好事，她唱出了名，我这当师父的不也脸上有光？"

"得了吧您，她要是真成了蔓儿，一准儿不认识老二哥您是谁！"

"放心，脖子再长，也高不过脑袋去。"

递活的王十二从上场门探进了一颗脑袋，"三爷，准备开锣，上《发四喜》，就等您了。"

金盈儿赶忙向着金三省叮嘱了一句："爸，回头您跟管事的打声招呼，必须安排我坐当中间，我可不愿意溜边儿。"

每日的开场节目均是一段由前后台的男人合唱的《发四喜》，这是坤书馆演出的惯例，行话称做"拉架子"，不为别的，就为营造个热闹气氛。一时间，弦索齐鸣，锣鼓铿锵，众人放声唱道：

福自天来喜冲冲，福禄善庆插玉瓶。福如东海长流水，恨福来迟身穿大红。

鹿行小路连中三元，鹿叼灵芝口内含。鹿过高山松林下，六国封相做高官。

寿星秉手万寿无疆，寿桃寿面摆在中央。寿比南山高万丈，彭祖爷寿抵八百永安康。

喜花揣来戴满头，喜酒斟上瓯几瓯。喜鹊落在房檐上，喜报三元独占鳌头。

歌罢，一行大鼓妞儿排着队迤逦地走上台来，逐一亮过相，肩膀挨着肩膀地在两条长板凳上坐了——行内管她们叫做"小女班"，也称之为"坐排班"。林雪梅最后一个上的台，只能坐在最靠边的位置上。她用眼睛数了数，场上连同自己在内总共有十二个女孩儿，彼此年龄相仿，大点儿的怕也超不过二十岁。她奇怪地发现，尽管台上冷气呵呵，可有几个人无论穿着单呢子大衣还是穿着皮大氅，却好像事先商量好了似的，全都只套进一只衣袖，大大地敞着怀，显露着半个身子和一条光溜溜的胳膊，手上还都握着个绸布袋子，不住地拿它在赤裸的手臂上来来回回磨蹭。她不清楚那物件叫个什么，但知道它是用来取暖的，方才在后台，她曾看见有人往那里边的一个胶皮口袋里灌热水。她不明白她们为什么要这么做，师父说过，"卖面的凭汤，卖唱的凭腔"，光胳膊露腿又算什么？

此时，台下已经有了七八成的座儿。八仙桌上摆放着盖碗和成碟的花生、瓜子，可见三两个挎着筐子的小贩在座位间穿行，推销着香烟、瓜果和切成瓣儿的水萝卜。

递活的是两个中年男人，一个白净子，一个赤红脸，白净子名叫王十二，赤红脸名叫李木子，都是二友轩的老人儿。他们这一行被人称作"拿扇子的"，所做的营生就是手持一把彩扇，哈着腰，带着笑，梭巡于桌与桌之间。彩扇上用毛笔写着女孩儿们各自擅长的曲目，他们专门负责撺掇、引诱有钱的阔大爷开口点唱——行话叫做"戳活"，因为点唱是要在茶资之外另外单付钱的。

先有两个十二三的小女孩儿分别站到了台桌的两侧，每人面前都摆着一架书鼓，开始一人一句、一递一口地唱起了京韵大鼓《十里亭》。林雪梅听师父说过，业内管这叫做"打铁"，为了锻炼艺徒，更为了消磨时间，以此候着那些迟到的客人。

有人戳活了！王十二朝舞台上亮开了嗓门："台面上，有题目，杜二爷点金盈儿小姐唱《剑阁闻铃》，赏钱两块！"

闻此，金盈儿眉飞色舞地一把甩掉了身上的裘皮大衣，现出一袭奶白色的亮缎旗袍来，她三步并作两步走到台口，首先向着在前排就座的一个男人飞了个媚眼，这才把鼓槌、檀板操起。

金三省利用调弦子的机会斜眼向那男人瞄去，只见他四十往上的年纪，里里外外确有些大老板的派势，头戴水獭皮帽，身穿藏青绮霞缎面皮袄，脸色红润，神采奕奕，有一副金丝边的眼镜架在高挺的鼻梁上，心里不由暗自嘀咕：老小子还真肯下本儿，一出手就是一件裘皮大衣，可也不瞧瞧自己已经多大年纪……

杜老板带来了一帮子人，不间歇地高声叫着好，"好大鼓！""好嗓儿！""好弦儿！"他不容其他客人插空，一连气点了金盈儿三段活，直到看见她饮了两次场已暗哑了嗓音才停止。

接下来，有人点一胖丫头演唱单弦牌子曲《武松杀嫂》，因胖丫头自己带着弦师，金三省便从台上撤下来。

后台鸦默雀静的，有一个年轻的女子正在灯下化妆，身旁站着个为她沏茶倒水、端盆洗脸的女班小妞儿。不用细看金三省就知道，这是自己的大徒弟胡翠珠，今晚她是应书馆老板之邀，以角儿的身份前来赶场的。在坤书馆里演唱的艺人，有着坐场与赶场之别，台上坐的一溜小丫头属于前者，为了提升书馆的人气，组班的老板间或也会将杂耍园子里的二路女角儿邀请过来唱一场，唱完了拿钱即走，是为赶场。

自打出师之后金三省便再也没见过胡翠珠，三节两寿她也从不登金家的门，显然，她是打算彻底切割了师徒之间的这一条纽带。

金三省挥挥手，将在此伺候的小妞儿支走，随后轻轻凑过去，一只手搭在了胡翠珠的肩膀上，"丫头，可让我见着你了，这程子你还好吧？师父我，想死你了……"

胡翠珠顿时僵硬了身体，"别这么叫我，我听着不自在，浑身起冷痱子。"

"那让我叫你什么？得，叫你翠珠总行吧？无论怎么说，我总还是你师父。"

"师父？"胡翠珠鼻子里哼了一声，"你逼我和你干那事儿的时候，想过你是我师父吗？跟你说，我没师父，我属孙猴儿的，是打石头坷垃里蹦出来的。"

"听我说翠珠，你我之间肯定有误会，哪天我得跟你好好解释解释，让你彻底明白我的心。告诉我你住哪儿，抽空我去看你。"

"得，您还是省省吧，我没准地方，满世界打游飞，我属耗子的，喜欢搬家。"

"说真的，我是真想你，想得一宿一宿睡不着啊！现而今，你就要唱出来了，就要成蔓儿了，看在我辛辛苦苦教你三年的份上，你就不能……"

"不能！你怎么不说说，这三年你又从我身上赚了多少钱？您哪，都快奔六十的人了，也该收收心了，别一天到晚净想着裤裆底下那点儿事。"她在脸上扑了最后一层粉，收拾了化妆盒站起来，"你最近又收了个徒弟，对吧？那孩子我见过了，是个美人坯子，可我跟你说，得积点儿德，别在人孩子身上打主意！"说罢，头也不回径直朝上场门走去。

林雪梅一直在冷板凳上干坐着，尽管她紧裹着大衣，可依然感到了难以忍耐的寒冷，眼见着台上的女孩儿已经一个一个轮班上过场，今晚的演出即将结束，然而，从始至终还没有人点她的活，甚至连个正脸瞧她一眼的人都没有，仿佛她根本不存在一样。望着身边的女孩儿们顾盼的眼神，不知怎么，她忽然回忆起了昨天在妓院里看到的那一幕场景，也是这样横列的一排女子，也是个个都在热切期望着能被对面的男人挑选上，二者之间似乎只有站着与坐着的区别，想到这里，她不知道此时此刻自己应该感到庆幸，还是应该感到悲哀。

书馆里沉寂了片刻，已经有听客站起身要走了，此时，忽听红脸的李木子高声喊道："台面上，今晚最后一个题目，罗先生点林雪梅唱一段《摔镜架》，赏钱两块——"

林雪梅一眼看到，这一刻，罗华章正站在后排的人群里向她招手，怀里还抱着一束鲜花，她看得很清楚，那是一束正然怒放着的冬梅，红艳艳的一片花朵似一簇火焰在熊熊燃烧！

她的眼睛瞬间湿润了，周围的一切景物都已变得模糊不清……

五

老婆老婆你别馋，过了腊八就是年。腊八粥过几天，沥沥拉拉二十三。二十三，糖瓜儿粘；二十四，扫房日；二十五，推糜黍；二十六，去割肉；二十七，宰公鸡；二十八，把面发；二十九，蒸馒头；三十晚上守一宿；大年初一扭一扭。

——北平歌谣

大寒刚过，腊月二十三，遵照江湖上的惯例，北平的大小书馆、杂耍园子唱罢岁末这最后的一场，全都封了台。

封台同样有着一些规矩讲究。前三天属于义务演出，业内称之为"募台面"，艺人白演白唱、分文不取，所有的收入要馈赠给一年之中那些帮助过他们的人——台上台下为演出费了心、尽了力的人，腊月二十归前台经理和伙计，二十一归后台管事和检场人，二十二归台底下卖水果、卖茶水、递手巾把儿的这三行。艺人们倡导的就是知恩图报、义字为先。

唱罢封台戏，送走观众，所有演艺人员全部集合在了后台。大鼓妞儿们不分老少丑俊，一个个都是从上到下通身的大红——红衣、红裤、红鞋、红袜子，头顶上还插着火红的石榴绒花，她们要借着"满堂红"这句吉祥话儿，来对整整一年的辛苦劳作做一次总结。众人将弦子、书鼓、简板一一供了祖师爷的牌位前，用写着"福、禄、寿"的整张红纸压盖在上面，接着，开始摆供、烧香、磕头。作艺的人一年到头只能歇上这么几天，只要是封了台，无论你是什么人，人微言轻也好，权高位重也罢，若想再听上一段单弦、大鼓，也只能耐下心烦等待开台的那一天——来年大年初一的晚上。

靳大红和白雪遗、胡翠珠同在位于西单的一家名叫"雅轩茶社"的杂耍园子里作场，胡翠珠唱前场，靳大红唱倒三，名重一时的"白发鼓叟"自是压大轴攒底。今晚刚一进后台，白老爷子就发了话，约请她俩于封台之后去自己家里一起过小年。

女人自是衣装繁琐行为拖沓，等到她二人卸了妆收拾利索来到街上时，白老爷子已然先走了。看到三伏拉着洋车颠颠地跑过来，胡翠珠掩饰不住心中的艳羡，一把挎住了靳大红的胳膊，"姑儿，您可真有眼力，敢说您这辆车是北平的头一份，您的这个车夫更是头一份里的头一份。"

靳大红听着心里舒服，便把笑带到了脸上，"还行吧，这孩子没别的长处，

长篇小说 大鼓妞儿

就俩字：实诚，你说什么就是什么，从来不仔扭①，干活也勤谨，不知道惜力。"

"不光这些吧？人长得不也挺耐看？长胳膊长腿、粗眉大眼的，多顺溜。"胡翠珠觉得仿佛有一口醋灌进了嗓子眼里。

此刻，长安街上已寂寥无人，只有几家商户按照日本人的要求亮着檐下的灯笼，烛光在风中不停地摇曳，映照着附近住户门墙上悬挂的"中日友好""中日亲善"的白布横幅，像是谁家正在操办丧事。两辆铁甲坦克默默地停在街口的黑影里，如同一对匍匐的怪兽，静候着自投罗网的猎物。

胡翠珠一把拽下了车上的棉帘，将三伏隔离在了外面。车篷里立时变得黑黢黢一团。

"姑儿，每日里除了拉几趟车，你还让三伏干什么呀？"胡翠珠攥住了靳大红的手。

"大小活儿呗，扫扫院子挑挑水，顺带手儿归置归置屋子……"

"就这些？你就没让他再帮你干点儿别的？"

"别的？"靳大红觉到有一张热脸贴在了自己的脖子上。

"比方说，黑更半夜就你俩的时候……"

靳大红至此才悟到她话里有话，照着她的手重重打了一下，"死丫头，胡说什么呀你，我多大，他多大？还能……"

"要是我，就什么活都不让他干，成天让他歇着，只要他……"胡翠珠嘴贴了她的耳朵，小声地吐出了一句。

"呸！真不要鼻子，一个姑娘家，这种话你也能说出口？"靳大红觉得，此刻自己的脸也燃烧起来。她暗自叹服现而今的年轻人，既敢想，也敢说，任吗都不吝。

白雪遗的家安置在前门外的大耳胡同，是一处小三合，没有西房，他有一个闺女嫁了人，一个儿子在外地读书，老两口住着倒也宽绰。此时老爷子已换上了便装，热情地礼让着客人。白老太太不善言谈，与人打过招呼，便去忙活自己的事。客厅的间量不算大，却布置得十分雅致，正面墙上挂着一幅《伯牙抚琴图》，两旁是白雪遗自书的一副对联，上写着：观千剑才得识器，操万曲方能晓声。

三伏还是第一次到白家来，自觉是个车夫，有些手足无措，一时间不知该站还是该坐。

白雪遗把他摁到了椅子上，朗声笑道："凡是到我这儿来的，都是自己家里人，谁也不许拘着紧着。记住，我这儿没有贵贱之分，有的只是老少之别。"

白老太太很快便将菜肴摆上了桌，数量不多，倒也齐整，一碟芥末墩儿，一碟羊油炒麻豆腐，一盘炸花生米，一盘从月盛斋买来的酱牛肉，两个热菜是海米白菜炖豆腐、干烧黄花鱼。

白雪遗感慨道："你们几个都是有家没口的人，今儿个正逢小年，就凑一起

---

① 仔扭：北京话，意为公然表示反对、不服从。

吃顿饺子吧。现下咱们都成了亡国奴，既是奴，就肯定不会有好日子过，谁都明白，小鬼子到咱北平来，绝不是看光景的，明年这时候，咱还能不能再吃上饺子真就两说了。"

他拿起酒壶，将众人的杯子一一斟满，随后，举着自己的一杯酒站立起来，神情显得异常庄重，"这半年多，一到过节，我便不由得想起两个人来，因为我和他们认识的那一天也是个节——五月端午节，所以，我要把今日这第一杯酒敬献给他们！他们是谁呢？他们就是为国捐躯为保卫北平老百姓慷慨就义的佟麟阁将军和赵登禹将军！我相信你们几个都会记得，佟将军曾对我们大家说过，等把小鬼子打跑了的那一天，要请我们去同和居吃松鼠鳜鱼、响油鳝糊，然而，言犹在，人却已成追忆……"说至此处，他已声音哽咽，老泪纵横。

在座的人全都默默地举杯站起来。

"佟将军，赵将军，今天过小年，老哥哥我给你们二位敬酒啦！"白雪遗面向正南嘶哑了嗓音大声呼喊着，"老兄弟，你们就是抗击金兵的岳飞岳元帅，就是抗击元军的文天祥文丞相，北平的老百姓永远都不会忘了你们，你们的一颗爱国之心将永照汗青！两位老兄弟，可要一路走好啊……"他躬下身子，引领众人把杯中酒泼洒在了地上……

饭桌上的气氛一时有些沉闷，好半天谁也没动筷子，是啊，存者且偷生，死者长已矣，忠勇的将军死了，可自己还得活下去，还得在东洋人的拘管下活下去，窝囊地活着，憋屈地活着，羞辱地活着，而且不知何年何月才能有所改变。

见此，白雪遗主动扭转了话题，"翠珠，今儿晚上听你那段《子期听琴》觉得大有长进，气口把握得很严实，气为音之帅嘛，气顺唱出来自然就通畅了。可我不太明白，返场的时候你为什么不唱大鼓，却返了一首《何日君再来》的歌曲呢？"

"白大爷，是这么回事，"胡翠珠紧着解释，"有朋友说我唱歌比唱大鼓好听，有点儿周璇的味儿，好几次劝我改行，当然，我不能因此就舍弃了大鼓，不能把我这么些年的努力一下就扔了，可我想尝试尝试，想看看台底下对我唱的歌有什么反映和评价，您都瞧见了，当时叫好的都炸了窝，怎么都不让我下台，要不是怕下一场活接不住，我还得再唱两首……再者说，您有话，艺不压身嘛。"

"这句话不能这么理解，艺不压身是指要多知多懂多学多会，可干什么还得吆喝什么，当然，唱一两回歌曲也没什么了不起的，只是要稳住心神，千万不能这山望着那山高，丢了自己的本业，学海无涯，艺海也无涯啊！"白雪遗不想再和她多说什么，一边招呼众人喝酒吃菜，一边转脸向靳大红问了一句："最近见着金三爷了吗？听说他又收了个徒弟？"

"正想跟您说这事儿呢，春景天，我在山涧口人市遇见一女孩子，一眼就发现是块好材料，这么说吧，天生来就是咱这里边的一只虫儿！说起这孩子也不是外人，就是他妹妹——"靳大红朝着身边坐的三伏努了一下嘴，"当时，我是真想把她送到您这儿来，经了您的手，一准儿很快就能出息了，可我知道您的规矩，不收女徒弟，只好……"

"你这么做是对的，我不挑你。"白雪遗见饺子上了桌，站起身往每人碗里拨了几个，"实话实说，金三省有一身好本事，在咱这行里也算得上一个拔尊的人物，要不怎么会得了个'北弦王'的称号？他当得起！想当年为学弦子他可没少下心力呀，你们琢磨琢磨，三十多岁改行，手指头硬得像铁钩子，他容易吗？我曾听见教他的师父当人面嘲讽他，说他根本不是在弹弦子，纯粹是狗挠门儿！可他没打退堂鼓，白天练一天不算，晚上还要把弦子挂在床头的房梁上，就为半夜醒了睡不着的时候能抱过来弹上一阵。还有，走哪儿你都能看到他随身带着一把黄豆，得空儿就用手指头搓着，就为能把'搓儿'练到家。曲儿在常唱，弦儿在常弹，他明白这个理儿。至今，我身边这几个弹弦儿的，还没有一个能和他一分伯仲。当然，若说到人品人性，那就另当别论了。他这个人哪……"他摇摇头，以一声长叹结束了话语。

胡翠珠问了一句："老爷子，当初，您就是因为两个人人性不同，才和我师父分手的？"

"是，也不全是。"白雪遗依旧给众人留了一个扣子。

靳大红问三伏："这些日子见着你妹子了吗？"

三伏想了想，摇摇头。

"那好，转过天我陪你去看看她，老没见这丫头也怪想她的。"

其实，自从林雪梅拜师学了艺，三伏就没断了去看望她，隔上一两天便起个大早到天坛去一趟，他知道她每天都要去坛根儿喊嗓子，必定能见到她。到了地界，他只是隔着树行草棵远远地瞭望一阵，看到她安然无恙心里便踏实下来，他不想去当面打扰她，让她走了脑筋分了神。他怕把这事儿说给靳老板靳大红会责怪自己，于是才隐瞒了下来。

白雪遗喝了一口酒，转身对三伏说道："哪天方便的时候，把你那妹子领过来，唱几句我听听，趁机会我帮她归置归置。跟她说，想出息，就要一处投师，百处学艺，咱这一门玩艺儿今后要想发扬光大，全指靠她们这些小人儿了！"

三伏乐得几乎要跳起来，连连称谢，"行行，雪梅妹子要是听了您老这话，还不知喜成啥样呢！"

"二八的俏佳人懒梳妆，崔莺莺得了这么点儿病啊，躺在牙床……"白老太太在一旁转动了留声机，立时，白雪遗脆亮甜美的歌声便在小屋里荡漾开来……

靳大红坐在一顶花轿里，高兴得无法形容。她穿着一身红衣红裤，和封台那天的装束几乎一样，唯一不同的是，此刻，她的脸上多了一方大红的盖头。坐轿子的感觉可真好，一摇一晃、一起一落、一颠一动的，颠得屁股不光有点儿疼，还有些痒痒。她满脸写的都是"幸福"二字，逢人便笑，一张嘴咧得像盛开的一朵南瓜花。

她模模糊糊记得，若干年前自己似乎也坐过一回花轿，嫁的谁已想不起来，

051

只记得那天没有今天这般开心，这般快乐。

一时间她觉得有些憋闷，便一把将盖头掀去了，于是，透过轿帘的缝隙，看到了骑在马上的他，他高大，英武，挺拔！她想不起此前自己到底见没见过他，脑子里只存留着一个印象，那就是娶了自己的这个男人有着一个与节令相关的名字，是叫清明，还是叫谷雨？啊，她终于想起来了，他叫三伏，三伏就是自己以身相许的那个男人。

她知道，周围的人全都反对这门婚事，因由几乎众口一词：女的岁数忒大，男的岁数忒小，不般不配，指责她老牛想吃一把嫩草。女人比男人大几岁又怎么了？又碍着谁惹着谁了？想想吧，进了家门既有媳妇又有娘，哪个男人不喜欢？

忽然，她发现又有一顶轿子从大路上飘飘忽忽行走过来，这也是一顶喜轿，一个年轻俊俏的女孩儿正隔着轿窗向她这边张望，脸上挂满了讥讽和嘲笑，似乎还带着几分幸灾乐祸的表情。啊，她看得清清楚楚，轿里坐的竟然是胡翠珠，一个不明事理的丫头片子，一个没羞没臊没正形的女孩儿！很快她便警醒了，急忙撩开轿帘向前方看去，不出所料，真真就不见了三伏的踪影，惊惶之中她禁不住大声喊叫起来："这个男人是我的，三伏是我的！你们听见没有，谁也别想把他从我手里抢走……"

靳大红猛地从梦魇中惊醒过来，只觉得四周漆黑一团，浑身上下湿漉漉的，连额角的头发都被冷汗打成了绺儿。她手按着怦怦乱跳的心，长长地吁出一口气，思绪渐渐变得清晰了，这才知道方才不过是虚惊一场。算一算，三伏到自己家已经有多半年了，那健壮的体魄，清隽的相貌，憨实的品性，综合成了一个令她难舍难离、欲亲欲近的男人。他勤谨，除了洗衣做饭，几乎把这个家里的大小活计全部包揽了下来，小院总是干干净净的，水缸总是满满当当的，那辆自用洋车也总是被他擦得光亮如初一尘不染。他善良，大杂院里不管谁家遇到难处，只要找到他，再忙再累他也是二话不说抬腿跟着就走。他从不挑吃捡喝，吃饭的时候，总是先看着她靳大红吃饱喝足自己才下筷子，剩下的不论好坏全都吃得一干二净。他从不多言多语，家里来了客人，当面与之寒暄几句，转身送上茶水，然后便闪到院子里闷头去干自己的活。靳大红相信自己的眼光，这是一个现而今不可多得的好男人，除去不识字，除去说话有点儿怯，其余再无可挑剔。只可叹自己比他大了十好几岁，只可叹自己不能名正言顺地嫁给他，尽管如此，她也绝不会把他主动地让给别的女人。她细细琢磨着刚才做的那个梦，便回想起胡翠珠晚上在车篷里对她嘀咕的耳语，那是一句十分放荡的话，是一句明确地指着三伏说的很直白、很无耻的话，她说，"要是我，就什么活儿都不让他干，成天让他歇着，只要晚上能让我舒坦了就成。"

靳大红的心像被锥子扎了一下，感到一阵难忍的疼痛，她回忆起来，昨天晚上从白雪遗家出来，是她吩咐三伏用车把胡翠珠送走的，到这会儿，还不知他回没回来。姓胡的小女子可不是省油的灯，什么事情都能做得出来。想到这儿，她一下子慌了神，拉亮电灯，匆匆地穿上衣服，光脚趿拉着棉鞋，直奔了三伏住的厢房。

东屋的门一推便开了，里面黑黢黢的一点儿声息也没有，这令她出离的恐慌，顾不得去开灯，直接朝床上扑去，不出所料，她仅仅摸到了光溜溜的床板，手下空落落一片冰凉……

靳大红一屁股跌坐在地上，眼泪立时流淌下来，这一刻，她连肠子都要悔青了，千不该万不该，不该轻信了胡翠珠，好心待人却酿成了大错！

她任由自己一直在凉地上坐着，不停地抽烟，一棵接了一棵，不住地哀伤，不住地后悔，不住地谴责自己。

不知过了多久，门呼地开了，一个裹挟着冰寒之气的高大身影出现在了她的眼前。她惊呼一声，线儿抻着一般飞快地从地上爬起来，不管不顾地扑过去，将他紧紧地拥抱在了怀里，"三伏……是你吗三伏？快告诉我，你怎么到现在才回来，快说呀，你吓死我了……"

三伏回过身拉亮了电灯，神情窘迫地原地站着，少顷，轻轻分开她的双手，扶她坐到床上，"靳老板，你听俺说，是这么个事儿，俺拉胡姑娘到了她家，就已经快半夜了，她死说活说不让俺走，非让俺进家喝口水，歇歇脚，俺——"

靳大红的一颗心蹦到了嗓子眼，"你就跟她进去了？你就一点儿没推辞？"

"俺想，现下世道乱，你靳老板一定在牵挂着俺，另外，你一个人在家俺也不放心，俺不能在她这儿耽搁，得马上回去，于是，没管她高不高兴转身就往回返。"

靳大红怦怦乱跳的心终于平复下来。

"谁知道，到朝阳门的时候，赶上了小鬼子戒严，连人带车全让兔崽子给扣了，直到天快明了才放俺过来，所以……"

靳大红彻底踏实了，这会儿她才注意到，此刻，窗外已大现了天光。

太阳出来了，昏昏暗暗，无精打采，仿佛极不情愿，仿佛欠着一身账。小贩们挎着篮子、背着褡裢出现在街头巷尾，脚踏着路面上脏污的积雪，迎着寒风一声高一声低地吆喝，兜售着大家小户过年所需的各种物品。

"画咪，买年画了！宪书咪，买新皇历！"

"松柏枝儿咪，踏岁的芝麻秸儿！"

"上等的菱角米，薏仁米！"

"绢花儿，红石榴花！供花咪，买祭祖的供花了！"

金三省手提着鸟笼子走进了观音寺的"紫竹林"茶馆。"闻鼻烟，喝酽茶，提笼架鸟闲溜达"，这就是一帮北平大爷每日必修的功课，也是他们毕生不懈的精神与物质的追求。日本人来了又怎么了？日本人也不能不让人喝茶遛鸟，也不能不让北平开茶馆！

茶馆的掌馆满脸堆笑迎上来，先与金三省施了礼，随后朝着柜上喊了一嗓："香片一碗，酽的——"来的是常客，用不着再多问什么，一切全都了然于心。

屋子里悬着数根挂鸟儿的笼杆，金三省刚刚把笼子举上去，便觉得有一张熟脸儿在眼前晃了一下，定定神，这才看清楚乃是久而未见的董茂昌。他还记得拜师会那天此人的作为，心里立时就有了一种冲动，于是转身凑到了近前。

"哟嗬，董爷，多日未见，您吉祥！"金三省的表情不阴不阳。

见此，董茂昌只好站起来，"您也吉祥！"

"您好闲在。"

"彼此彼此，您也好闲在。"

"您喝我的——"金三省指了指自己的盖碗，透着虚情假意。

"谢了，我这儿有。"董茂昌回了一句，显得不冷不热。

金三省从棉袍里掏出一个翡翠鼻烟壶，"来一抿子？大栅栏天蕙斋的，可说是正宗的金丝薰，既明目，又避瘟。"

"免了，您的忒膻，一股子羊尾巴油味儿。"董茂昌亮开手掌，掌心里也攥着个同样大小的晶莹物件。

"董爷最近没玩点儿什么？"见对方空身空手，金三省回身摘下鸟笼子挪到了他的桌上。

"一直没什么能瞧上眼的，"董茂昌朝着鸟笼子瞥了一眼，"也就凑合养了个小玩意儿。"他一面说，一面从怀里摸出一个蝈蝈葫芦，放眼看去，物件虽小，却打造得十分精致，皮色红中透紫，闪着油光，白象牙口，白象牙盖儿，盖儿的中央还镶嵌着一块抠花镂空的玳瑁。只见他将葫芦盖子打开，反手轻轻一扣，立时，一只嫩翠嫩翠瞪着一对红眼睛的蝈蝈便停落在了他的手腕上。

"红眼翠哥，立秋后十天出的。"董茂昌故作轻描淡写地说道。

金三省是个玩儿家，从小玩到老，自然知道这只小虫儿的分量，他了然，翠哥在各种颜色的蝈蝈中算是头一等，头一等中又有着绿眼、黑眼、红眼之分，红眼的翠哥实属鳌里拔尊，而且只有立秋后十天孵化的蝈蝈身强体健可以越冬，被称之为"早叫"。

"会叫吗？"金三省也不清楚自己怎么会冒出这么一句傻话。

"废话！不会叫能叫蝈蝈吗？"董茂昌有点儿恼怒，"不会叫的那是臭虫！"

小虫儿骤然遇到香茶热气的熏染，不由得精神大长，昂首挺须，振动双翅，"嗝嗝嗝"地鸣叫起来，清脆的声音竟如同拨丝弄竹一般悦耳。

"好听，好听。"金三省言不由衷地夸赞了两句，又逼近一步，"不过呢，我说话您可别不爱听，这东西其实没什么大意思，叫来叫去总是这么一句，归其还是比不上鸟叫好听。董爷，没说的，今儿金某让您开开眼。"说着，他三把两下脱去鸟笼子上的深蓝色夹布罩，将一只色苍白、被黑斑、体长三寸、欢蹦乱跳的百灵显露了出来。

董茂昌漠然地瞥了他一眼，心里发出了一声苦笑。

"在说这鸟之前呢，必得先说说我这个鸟笼子，有这么句话，好马配好鞍，好鸟就要有个好笼子，您瞧真了，我这可不是仨瓜俩枣买的大路货，这是前清宫

长篇小说 **大鼓妞儿**

里的匠人傅三亲手制做的紫漆笼，您再瞧瞧这笼子上的抓手，地道不？此乃内务府造办处督造，敢说满北平城您找不出三个五个来！接下来再听我说一说这只鸟，由隆福寺鸟市把它买回来的时候它还是个雏儿，光给它押音我就用了整整两年的工夫，别看是只雏儿，可是正儿八经口外的货，愣是让我掏了八十大块！话得这么说，花多花少要看是不是物有所值，花钱请它为什么？不就为听个叫嘛，这小东西没别的本事，就是叫得欢势，还一套一套的，前前后后完完整整总共十三套！"金三省的嘴像大河决了口，滔滔不绝。

董茂昌听得有些迷糊，手指按在太阳穴上使劲地掐了两把。

"我说着，您数着，家雀噪林、山喜鹊、家喜鹊、红子、群鸡、胡哨、小燕、家猫、鹞鹰、靛颏儿、柞子、黄鸟画眉络儿、胡伯劳交尾儿，数数，加起来是十三套不是？这儿还有个名称，叫做'北平十三套'！你说嘿，这么多的东西，也不知它这小脑袋瓜儿是怎么记下来的！"金三省洋洋得意，如数家珍，"您等着，用不了多一会儿它准叫，到时候你就是想不让它叫都不行。什么叫百灵？百灵，百灵，百鸟之灵，五音出口，百鸟压言！"

奇怪的是，今日这只百灵竟硬是不给主人面子，不管金三省如何引逗它，撺掇它，哀求它，只是跳来跳去一音不发，急得他转来转去自己抢先叫唤起来："嘿，可真叫邪行，平常不让你叫吧你叫个没完没了，这会儿想让你当众露露脸，你偏偏……"

正这时，徐五姑急急惶惶从街上跑进来，一把扯起金三省就往外走，"当家的，家里出事了，出了大事了，赶紧跟我回吧……"

看到她那苍白的脸色，金三省知道必定是有事，而且此事非同小可，再也顾不上与董茂昌斗嘴，喝了一口凉茶，拎起鸟笼子便跑。

他气喘吁吁地直接进了南屋，一眼看到白丫头正趴在床上放声痛哭，她头发凌乱，衣衫不整，面颊上还带着明显的伤痕，一脸同情的黑丫头和林雪梅围着她在不停地劝慰。

"怎么了这是？不年不节不娶不嫁的，好不央的怎么就吹上喇叭了？"金三省尽量平缓语气问了一句，他想让徒弟们看看，她们的师父是个每临大事有静气的主儿。

只听黑丫头带着哭音说道："白姐姐……白姐她让人给……给糟践了！"

"啊？"他一下子惊呆了，脸上的麻子立时红成了一片，嘴唇也开始哆嗦起来，"谁呀？谁这么大胆儿，敢对我金三爷的人下手？说，是谁干的，说出来我跟他没完！"

"是……是日本人，白姐让一个日本人给强奸了……"黑丫头边说边陪着哭起来。

金三省无论如何也没想到，事情竟然会是这样，脑子即刻混乱起来，"日……日本人？我我……我……"他"我"了半天，终于壮着胆子骂了出来："我操他日本人的姥姥！"

"还有……"黑丫头抹了一把眼泪，"事情到这儿还不算完呢，后来，后来雪梅她……"

金三省再次瞪圆了眼睛，"怎么？这么说，雪梅也让这王八蛋给……"他实在不敢再想下去。

"不是，是雪梅，一怒之下把那个小鬼子给打死了……"

妈爷子哟！这一回金三省算是彻底晕了，哼哼唧唧不住地在屋子里转着磨，好半天也没说出一句整话，宛若一只受了伤的老狼，在荒野中不住地低声哀嚎。

黑丫头断断续续讲出了事情的经过：

按照师父的要求，林雪梅几个学徒每天早上都要结伴去天坛西坛根儿喊嗓子，素常总有小锛儿头陪着她们，可他头几天跟着师父"大怪物"走穴去了南京，如此，几个人在窗外喊了金盈儿几声，金盈儿推说头疼，于是三个女孩儿便走了出来。

出门时天还黑着，大街小巷见不到一个行人，林雪梅便把手里提着的灯笼点亮了。野外喊早儿是吃开口饭的人必练的童子功，台上的"好儿"和台下的"早儿"是紧密相连的，谁让您干上了这一行？既然如此，那就再也道不得辛苦。她们几个故意大声讲话，大声咳嗽，以给自己壮胆。

平日里，坛根儿底下总会有十几个起早儿喊嗓子的人，唱大鼓的、唱皮黄的、唱梆子的，一帮子少男少女凑在一堆说说笑笑也算是一景。可不知怎么，或许是因为头天过小年，这些个人借机偷懒，今日来到这里的竟只有她们三个。

白丫头望望四周旷野，有点儿心虚害怕，便嚷嚷着要回去。

黑丫头说道："亏你想的，到都到了，再回去，就不怕师父用鸡毛掸子勒你？平时他想找茬儿都嫌找不着，这可好，你自己个儿往他门儿上送！"

白丫头嘟囔道："盈儿姐不是连来都没来嘛……"

"你能跟她比？她是谁，咱是谁？"黑丫头往地上啐了口唾沫，"人家是金家的大小姐，是老家伙的宝贝蛋儿。她根本就没指着这个。"

林雪梅点点头，找一道墙缝把灯笼插了，"也是。白姐姐，用不了多一会儿天就亮了，就会有人过来了，没事儿的。"

三个人谁也不会想到，这一刻，正有一队日本兵驻扎在天坛。

她们亮开嗓子由低到高咿咿啊啊喊了一阵，接着又练起了绕口令："出东门儿，过大桥，大桥旁边一树枣儿，拿着竿子去打枣儿，青的多，红的少，一个枣儿，两个枣儿，三个枣儿，四个枣儿……"

天寒地冷，风无处不在，经了一夜的冰冻，坛墙的下方已经结了厚厚的一层白霜。黑丫头一连打了几个寒战，之后就觉得小肚子一阵发紧，她问她俩想不想去撒尿，白丫头摇摇头，只有雪梅跟随了她。

两个人找个荒僻角落方便了，往回走时却怎么也寻不见了那盏亮着的灯笼，好不容易七拐八拐返回到原地，出现在眼前的一幕场景却惊得她俩魂飞魄散：

白丫头脸上带着伤，赤裸着下身躺在一片枯草上，一个同样半裸的男人在她身上强压着，一只手掐着她的脖子，另一只手撑在草地上，插在墙上的灯笼已经熄灭了，有一支带着刺刀的长枪斜靠在灯笼的下方。林雪梅一眼便认出这是个日本兵，狗屎黄的军装和那犹如两片小孩屁股帘似的军帽表明了他的身份。白丫头如同死过去一般紧闭着眼睛，小鬼子一上一下抛动着屁股，两坨臀肉在晨曦中发出了刺眼的白光，他"唧唧唧"地哼叫着，像猪一样喘个不停。

黑丫头转身要跑，却被林雪梅一把拽住了胳膊，只见她食指压在唇上做了个噤声的动作，随后弯下腰在地上踅摸起来，很快她就找到了大半块城砖，双手抱着，蹑手蹑脚地走到了鬼子兵的身后，将城砖高高举起，一言未发，照着他的脑袋直接砸了下去……

金三省听傻了，金三省吓傻了，张着大嘴半天合不拢，他喃喃自语着："怎么会这样？我不信，这不可能，你俩跟这儿编故事呢吧？这事儿上哪儿讲理去？谁给评评这个理？"转而他又向白丫头质问道："你呀你，你怎么就那么老实？你就不会拍他、咬他？不会用脚踹他？往常在我面前你不是有的是能耐吗？"

白丫头只是一劲儿哭，什么也没说。

"今天要不是雪梅，白姐还指不定是死是活呢。"黑丫头找补了一句。

"老天爷，可要了命喽……"金三省终于意识到了问题的严重，遂紧追着林雪梅问道："你确定把那王八蛋一砖拍死了？他就一点儿没挣巴？"

"死没死的我说不好，我只看见红的白的从他脑袋里流出一大堆，然后，歪在一边就再也不动弹了。"林雪梅倒显得十分镇定。

"可让我说你什么好哟，今儿这娄子算是捅大了，这要让日本宪兵知道，咱们几个谁也跑不了，统统都得喂了狼狗！我说小祖宗，你就不会不管这闲事嘛……"话一出口，金三省马上觉到这话说得实在欠妥。

林雪梅立刻把话接了过来："这怎么叫闲事呢，换了您，您肯定也不会把白姐姐一人扔下自己跑了，您肯定也得管。"

"这话错不了，我一准儿也得管。"金三省尴尬地咳嗽了一声，只好说道，"事儿已经出了，再说什么也都没用了，可有一节，哪儿说哪儿了，从今往后无论跟谁都不许再提这件事，尤其是金盈儿，千万不能让她知道了，这丫头嘴忒快。要是有人问你们，就说今天早上你们三个哪儿都没去，昨儿晚上吃东西吃得不对付，都闹了肚子，溜溜在家躺了一天，听见没有？"

正这时，就听金盈儿在院子里喊道："爸，快出来呀，我干爹杜老板上家看您来了！"

六

往后走三层殿参见娘娘的驾，点着了高香忙往炉里插。

朝上鞠躬双膝跪下，口尊声老娘娘在上听个根芽。

您若是赏给我们娃娃或是仁或是俩，我给您登登报声明香火比较发达。

您若是血迷心窍不把娃娃赏下，别说我撕了你的道袍把你皮扒。

祷告多时心愿许罢，平身站起要去拴个娃娃。

见几个黑娃娃锛儿头脑袋大，见几个白娃娃小手那儿打着哇哇。

见几个大娃娃抢着胳膊打群架，见几个小娃娃咧着嘴儿喝杏仁茶。

见几个娃娃把跟头打，见几个娃娃拿蝎子爬。

这些个娃娃全不在话下，就爱我那胖娃娃吱扭扭吱扭扭他会把胡琴拉呀……

　　　　　　　　　　　　　——铁片大鼓《刘二姐拴娃娃》

4月17日，华北临时政府发布通告，将北平正式改称为北京。其实，这一座中国北方的古老城市，自去年7月始，便已经失去了她所蕴含的平顺与平治的本来意义。然而，北平的老百姓叫惯了嘴儿，想来想去还是觉得北平这两个字上口，他们依旧执拗地坚持把北京叫做北平，他们相信，日本人就是再有本事，也不能把封条贴到所有人的嘴上。

几个月以来，林雪梅一直觉得心神不定、惴惴不安，预感到有一场灾祸迟早会降临。有件事她对谁都没说起过，那就是，用砖头砸死小鬼子的那天，自己无意间在现场留下了一个隐患——插在墙上的那盏灯笼慌忙之中忘了带回来！

师父金三省是个把钱财看得很重的人，家里的一应物件几乎都让他用毛笔写下了"金记"两个字，包括扫地的笤帚、簸箕，夏日纳凉的芭蕉扇。她依稀记得，那盏灯笼的罩子上似乎也有这样的标记。日本人显然不会放过这个重要的证据，不定哪天就会拿着它照方抓药找上门来，依照师父平素的作为，想是不用日本人费多大的事，他就会把她林雪梅招供出来。她绞尽脑汁思想着对策，寄一线希望于那天早上的大风能把灯笼刮跑。这件事就像一盘石磨压在了她的心上，让她觉到了沉重，更觉到了势单力薄、孤立无援，只盼着能找个信得过的人当面倾诉一番，商讨出一个应对危机的良策。

她首先想到了三伏，三伏哥是她的保护神，只要她遇有难事，无论事大事小，他都会随时随地伸出援助之手，即使是需要从他身上割下一块肉他也会毫不

长篇小说 大鼓妞儿

迟疑，他不允许任何人对他这个妹子有丝毫的轻慢，尤其容忍不了对她的欺侮。

她又想到了罗华章，不知怎么，从认识他的那一天起，她就觉得这是一个值得自己信赖和依靠的人，虽说只与他见过有数的几次面，却感到彼此之间已十分熟悉十分了解，仿若此前曾做过一家人。她喜欢听他叫自己钉锦儿，这称呼总会让她产生一种说不清道不明的亲近感，好像一下子便消除了他们的间隔。看着床头上那张拜师会的三人合影，他那敦厚而又不失英俊的脸庞即会让她心中生出一股热流。"罗大哥"这三个字，已经深深地刻在了她的脑海里，让她时时想起，时时感到熨帖，时时心生暖意。

金盈儿破天荒第一次没睡懒觉，鸡没叫就起了床，满院嚷嚷着今天要陪徐五姑去妙峰山烧香。

金三省在去茶馆之前把林雪梅叫到了身边，掏出两张新发行的银联券递到她手上，说是弦子上用的丝弦没有使的了，叮嘱她午饭之前务必要买些回来。现下，国民政府发行的法币不让用了，一律要兑换成由华北临时政府设立的"中国联合准备银行"发行的银联券。

乐器行集中在南新华街，林雪梅找了一家老铺子把东西采购齐全，忽地想起罗华章的家好像就在这条街上，看看时间尚早，便从内衣口袋里掏出一张写有住址的纸条，对照着门牌寻找过去。她盼望着能马上见到他，好让他帮自己拿个主张。

罗家的大门轻轻一推便开了，方砖漫地的院子，青砖对缝的瓦房，清清爽爽，干干净净。

"夫人，快来看呀，有一只小山雀飞到咱家啦！"罗教授隔着书房的玻璃窗看到了林雪梅，一边兴奋地叫着，一边向她不住招手。

罗夫人笑呵呵地迎出来，对着她上下一劲儿打量，"啊哟，怪不得这爷儿俩总在我面前夸你，真是好水灵的一个小嫚儿呀！"

林雪梅从口音上听出来，对方也是山东人，忙叫了一声"婶儿"，脸瞬间红了。

书房里满满当当的书籍让她惊呆了，橱柜里，桌子上，甚至木地板上，到处都是书，厚厚薄薄一摞一摞，闻着从里面飘散出来的一股股油墨的香味，她好喜欢。她看到罗教授正在伏案写作，紧忙说道："罗叔，我想找罗大哥说点儿事，他不在呀？今天他学校里有课？要不然您先忙吧，我改天再来。"

"没课，等等他，一会儿就回来。"罗翰文见她只顾盯着墙上的一幅字不住眼地看，便问了一句："你认识字？"

林雪梅点点头，"认不多少，只在乡下书房里上了三年学。"

"都读过什么课本呀？"

"也就是《三字经》、《百家姓》、《千家诗》有数的几本。"

"那你看看，我墙上挂的这幅字写的什么？"

林雪梅仔细辨认着，"按字上写的，应该是抄录的唐朝王昌龄的《出塞》

诗。"她慢吞吞地小声读起来："秦时明月汉时关，万里长征人未还。但使龙城飞将在，不教胡马度阴山。"

见她小小年纪竟如此聪明，罗翰文心里十分高兴，"再看看，这幅字又是什么人写的呢？"

"从落款上看，是一个名叫捷三的人写给您的，不知说的对不对。"

"孩子，这幅字可不寻常啊，它是你我二人都认识的佟麟阁佟将军，在端午节那天亲笔写下送给我的啊！"说着话，罗翰文的眼睛里滚出了泪水，"佟麟阁字捷三，佟捷三就是佟将军，大敌当前，他却壮志未酬身先死，又叫我等何以安然……"

罗华章被母亲从外面找了回来，见到林雪梅，自是喜不自禁，直接把她领到了自己的房间。两个人脸对脸默默坐着，好半天竟不知该说什么才好。还是林雪梅先开了口："罗大哥，知道吗，自从你上次点我唱了一段之后，点我活的就一天比一天多起来，到现在，每个晚上差不多都能唱上两三段呢。"

"还说呢，仅这一次就用去了我半个月的早点钱。"提到此事，罗华章的神情松弛下来。

"那怎么办？岂不是天天早上你都要饿着肚子？你干吗非要花这么多钱点我？想听我唱还不容易？啥时候不成？"林雪梅发出了一连串的疑问。

"我知道，那天是你第一次登台——靳老师告诉我的，对于你来说，这是一次人生的转折，我不想让你感到无助和失望。还有，我想让你知道，你在北平并不孤独，你有朋友，你有一个一生一世都可以信赖和依靠的朋友，所以，不管付出多大的代价，我都要……"

林雪梅被深深地打动了，眼睛里放出了湿润的光。

"罗大哥，今天来这儿，我……我是想跟你说件事，求你帮我拿个章程……"林雪梅遂把那天在天坛坛根儿发生的事从头至尾叙述了一遍。然而，讲到最后她却临时改变了主意，并没把遗落灯笼的情节说出来，她不想牵累他，不想让他替自己担忧，由此在心里压上一份沉重，细想想，这种事谁也不会拿出什么好的解决办法，只能自己勇敢面对，天要下雨娘要改嫁，一切随它的便吧。

听罢她的讲述，罗华章骤然激奋起来，"太棒了，砸得好！钉锦儿，你可真了不起！你一个小丫头怎么有那么大的勇气？难道当时就一点儿没害怕？过瘾，真叫过瘾！"他的脸涨得通红，紧紧攥着的一对拳头在不住地挥舞。

"事后，我的心也扑通扑通直跳呢，拉起白姐姐不管不顾拼命地往回跑。"林雪梅不好意思地笑了。

"等着吧，用不了多久，我也会像你一样，用小鬼子的人头来祭奠29军阵亡将士的英灵！相信我，真的，用不了多久！"忽然，罗华章一下想起了什么，"你没给日本人留下什么把柄吧？"

"没……没有，"林雪梅目光游移地看向了别处，"放心吧，罗大哥，这事儿已经过去好几个月了，我不是一直好好的？真要是有什么麻烦也不会等到今天。"

"漂亮，干得真叫漂亮！"罗华章兴奋地喃喃自语。

"罗大哥，我一直想不明白，日本人也都有家有口的，为什么要千里万里地跑到咱中国来祸害呢？"林雪梅主动转了话题，"妻儿老小就舍得让他们出来？"

"你想知道？好，我就和你说说，这也正是我最近研究的一个课题。"罗华章想了想，他打算尽量使用通俗的语言把问题讲清楚，"这话得从七十年前说起，那一年，刚坐上皇位的日本皇帝明治——日本人管他叫天皇，就发了话，他要'经营天下'，'开拓万里海疆，布国威于四方'，于此，第一步就提出了以侵略中国为主要目标的'大陆政策'。他为什么要这么干呢？因为日本是由几个海岛组成的岛国，全部国土也就相当于咱东北的三分之一，四周围一片汪洋，既缺这个又少那个，比不了咱们中国，地面上种什么长什么，地底下要什么有什么，于是他就一眼盯上了咱中国这块肥肉。1874 年日本政府首先借难民问题武装侵略了台湾；1900 年又乘八国联军侵华之机夺取了在北京、天津的驻兵权；1904 年的日俄战争中他强占了沙皇俄国在中国东北南部的殖民利益，吞并了辽东半岛；1914 年第一次世界大战期间，他借着对德国宣战之机攻占了山东济南和胶州湾，夺取了胶济铁路的经营权，自此，中国的辽东、山东两大半岛便成了日本的控制区。"

林雪梅的神情异常专注，"我听懂了，你接着说。"

"到了 1929 年，资本主义世界爆发了空前的经济危机，致使日本社会一片混乱。"

"什么是经济危机呀？"

"就是和外国做的生意一笔笔吹了台，许多的工厂停了机器关了门，没活干的人一天比一天增多，物价一天三涨。不久，日本又遇上了大灾荒，农民也没了活路，工人运动、农民运动接二连三地爆发，于是，天皇以及他手底下的一帮人只好向外寻找出路，侵略中国就成了他们这些溺水者的救命稻草。1931 年 9 月 18 日日本关东军在奉天预谋制造了'九一八'事变，之后不到半年就宣布成立了伪满洲国；1933 年 3 月占领了我热河全境；1935 年 9 月开始策划河北、察哈尔、绥远、山东、山西等华北五省自治，打算成立第二个满洲国——华北国；去年 7 月 7 日则制造了卢沟桥事变，侵华战争由此全面爆发，致使中华大地尸横遍野、满目焦土、一片狼藉！"说到这儿，罗华章的眼睛里似是在冒着火星，"为了实现长期霸占中国的野心，他们大肆推行军国主义教育，培养了一大批死心塌地为法西斯效命的军人，有一首日本军歌唱道：'越过高山，尸横遍野；越过海洋，尸浮海面。为天皇而死，视死如归！'"

"我听明白了，日本人就好比是一群闯进庄户院里的恶狼，不把它们全都砸巴死，它就要吃完了牛羊再吃人，彻底祸害了你的全家。"林雪梅若有所悟，高高挑起了剑一样的两道黑眉。

"钉锦儿，我有一样东西要送给你。"罗华章转身拉开了桌子中间的抽屉，取出一个正方形的黄铜墨盒——闪闪发亮的盒盖上清晰可见镌刻着几个隶体大字，

"这是去年端午节那天赵登禹赵将军送给我的，这可不是个普通的墨盒，它是29军军官教导团颁发给第一期优秀学员的奖品，你看，这上面刻着八个字：孝、悌、忠、信、礼、义、廉、耻，赵将军还向我一一作了讲解。你留着做个纪念吧，倘若有一天你见不到我了，看见了它就如同见了我……"

林雪梅双手把墨盒接过来，眼睛里随即流出了泪水，"我一定好好保存……可你，干吗要这么说呢，我听了心里好难过……"

罗华章被深深感动，他好想把这个小丫头紧紧地搂在怀里，但他最终还是克制住了自己，她还小，自己不能轻易打破她心中那一方圣洁的净水。

正这时，罗夫人推门走进来，"小老乡，今天可别急着走，等会儿婶儿给你做山东煎饼吃。"

林雪梅这才意识到在罗家已呆得太久，紧忙站起来，"婶儿，罗大哥，谢谢你们了，我得马上走，回去晚了，师父要骂的。"说着，鞠了一躬，一溜烟儿似的跑了。

"四月十八把香插"，金顶妙峰山一年之中数着农历四月十八这一天最热闹。一贯喜好抛头露面的金盈儿陪着继母徐五姑一大早就坐着马车赶往这里。

妙峰山娘娘庙坐落在平西门头沟妙峰山镇，依照惯例每年都要举办春香、秋香各一次，其中尤以春香最盛，白天有花会，晚上有灯会，引得城内城外四里八乡的善男信女趋之若鹜。《燕京岁时记》曾对这一盛况做过记载："人烟辐辏，车马喧阗。夜间灯火之繁，灿如列宿……香火之盛，实可甲于天下。"

此番出行，她二人各有各的想法，徐五姑欲进香求子，金盈儿为赶热闹。

徐五姑改嫁到金家已有六年，现下四十岁的她，一心想和金三省再生个儿子。她知道丈夫花心，整天就只在女徒弟们的身上打主意动脑筋，她唯恐这一场半路夫妻做不长久，自然，若是能有个孩子在俩人中间牵着扯着，事情则必定会大为改观。然而，经过了几年的努力，她却一点儿动静也没有，暗地里只能埋怨自己的肚子不争气。虽然人说四十八也能结个瓜，可她毕竟已是日近黄昏，不抓紧操持便会永无希望。听人说此地供奉的王三奶奶甚为灵验，于是，她便抱着一颗虔诚之心大老远地赶了过来。

金盈儿只对吃的玩的感兴趣，听人说，北平的小吃数这儿品种最齐全，花会的样式也数这儿最多，竟至二三百档，凡北平城里吃不着见不着的好玩意儿，在这儿全能让你得到满足。这一段时间，她和徐五姑的关系已大有改善，一是徐五姑在她认杜老板做干爹的事上替她说了情，平日里遇有大小错儿也总是替她护着短儿，二是经心经意地教了她几段时调小曲，尤其是那段《放风筝》，让她在落子馆里露了大脸。于是，她就坡下驴也就改口叫了妈。

"灌肠儿，又焦又脆啊！"

"荞麦面的扒糕，又酸又辣哎！"

"八宝茶汤，杏仁茶——"

"盆糕啊，豌豆大枣的盆糕——"

小贩们直脖子瞪眼比赛似的呼喊，有腔有调抑扬顿挫此起彼落。

金盈儿强压着肚子里的馋虫儿陪徐五姑走进了俗称娘娘庙的碧霞元君祠，依次敬香、求神、许愿。一个四十岁的半老女人，求子的事儿实难公开启齿，徐五姑只能面冲着神台上的王三奶奶在心里默默祷告，唯祈神仙保佑，让她心想事成。她央求金盈儿把大殿两侧廊柱上刻的对联念给她听，金盈儿觉得好笑，无奈，只好指点着上面的金字念道：

我本一片婆心送这个孩儿给你，

尔必百般善事要留些阴骘与他。

随着金盈儿的念诵，徐五姑的眼泪便簌簌滚落下来。

走出庙门时日已当顶，金盈儿顾不得去瞧光景，直接奔向了小吃摊儿，挑选了一些平日难得一见的吃食换着样儿地享用。徐五姑就着焦圈喝着一碗酸豆汁儿，抬眼看去，山道上依旧有一拨接一拨的香客迤逦地走上来，或三步一揖，或五步一叩，有的人甚至手上戴着镯镣、头上插着耳箭，以一种折磨自己的方式表示着心中的虔诚。看到这些，她不由暗暗谴责了自己，怎么就没想到像他们那样去表达对神灵的敬畏？

庙前广场上扎着五彩牌楼，一档档各色花会穿过牌楼行进过来，耍狮子的蹿高越矮栩栩如生，踩高跷的劈叉下腰各显其能，小车会把一辆彩车推得左摇右摆、欲进欲退，跑旱船的把一叶扁舟驶得如同贴着水皮儿飘飞……

看够了，也吃饱了，她二人开始随着心意四处转悠。拉洋片的、耍中幡的、变戏法的、练把式的，各式各样的玩艺儿都在此地设了场，作艺的人谁也不会轻易放弃这一年一次难得的赚钱机会。

"妈，跟您说，这儿人多，贼也多，您可得多留点儿神。"金盈儿提醒着徐五姑。

"没事儿，钱包在你手上，我嘛都没拿。"徐五姑漫不经心地答道。

不远处一个围得里外三层的人圈子吸引了徐五姑的目光，便拉着盈儿的手强挤了进去。放眼打量，只见场子中央摆着一张小独桌，上面置放着笔墨纸砚，一个三十来岁眉目清爽的男子站在桌后，桌子上罩着蓝布桌围，上面绣着"直言无隐，概不奉承"八个大字。

眼观人已不少，场上的男子开了口，一嘴地道的天津卫口音，"列位，不用我说，您了一准儿看出来了，在下是个看相算命的。袖里乾坤大，壶中日月长，今日我'小卧龙'偶步闲游到在这娘娘庙，不为挣钱，只为结个人缘送个相法。俗话说，人过留名，雁过留声。人过不留名，不知张三李四，雁过不留声，不知春夏秋冬。还有句俗话，名不去，利不来，小不去，大不来。故而今日只送相，我是毫厘不取，分文不要。"

听到这儿，金盈儿拽了徐五姑的胳膊就往外走，"妈，您可别信这个，这都是蒙人攥鬼的把式，嘴上说不要钱，等算完了他可不让你拍拍屁股就走。"

徐五姑说道："放心，我不算，就看看他到底灵不灵。"

男子听了这话，上前一步拦住了她二人，颔首微然一笑，"列位都听见了，这二位既这样说，我还非要给二位算一卦不可，灵不灵的算完了让她们自己说。还有，完了我若提一个钱字，我就是大伙儿的孙子！这位大姐，男左女右，您伸手——"

人家的话已经说到这个份上，徐五姑只能把右手伸到了他的面前。男子轻轻把住她的手腕，将她戴着的一只翡翠玉镯向上推了推，细细端详起来。此时，这一方场地已围得风雨不透。

"看相不看手，必是没传授。有言道，掌为虎，指为龙，能叫龙吞虎，莫叫虎吞龙，指长掌短龙吞虎，掌长指短虎吞龙。大指为君，小指为臣，二指为宾，次指为主。大姐，看过您的手相，我可就要实话实说了——"男子直接盯向了徐五姑的眼睛。

徐五姑已无退身之步，只好说道："您有嘛说嘛，我听着。"

"好，那我可就直言无隐了！"男子有意放大了嗓门，"听好了，您是个二婚改嫁之人，而且，眼目前的这位小姐，别看她叫您妈，她可不是您亲生的闺女！"

若没有金盈儿在一旁扶着，徐五姑就兴许一屁股坐到地上，这人的眼睛实在是太毒了！卦算得不算不准！她只能暗自惊叹，什么都没说，下意识地点了下头。

"还有，我还知道您今天是为嘛来的。"男子脸上现出一丝得意，说罢，贴近她的耳边小声嘀咕了一句，"……您说，对不对？"

徐五姑两朵红云飘到了面颊上，小声道："烦您再给看看，能如了愿吗？"

"能吗？您把那'吗'字去了，简直太能了！"男子大声大气说道，"跟您说，回家以后只管把那老母鸡、红砂糖预备好了就齐啦！"

在场的人们由不得发出了一片赞叹。

男子转回身向着众人说道："有人可能会说，这有嘛呀，这位大姐叫你小子碰巧蒙上了。那好，在下刚才说了，今天要一并送上两卦，接下来，我就再给这位漂亮的大小姐看上一看。"他不由分说托起了金盈儿的手，只瞄了两眼，便开了口："你是一位坤伶，我说的不错吧？而且，用不了多久，小姐你就要鸿运当头、大红大紫！"

好话谁都愿意听，谁听了好话都舒坦，金盈儿也从将信将疑之中摆脱出来，眼睛里即刻放了亮光，"嘿，你还真够神的，说得挺准！告诉你吧，本姑娘是唱大鼓的。"

"好！不过呢——"男子卖个关子，闭了嘴。

"不过什么？你接着往下说，我承受得住。"金盈儿未动声色，心头却觉得开始一阵发紧。

"不过呢，要想唱响了，唱红了，光靠小姐你自己不行，得有贵人相帮相扶。有诗言道：'有木名凌霄，擢秀非孤标，偶依一株树，遂抽百尺条。'《红楼梦》

里有话，'好风凭借力，送我上青云。'这话你懂吗?"

金盈儿摇摇头，又点点头，"您直接说得了，我的运途上有帮助我的贵人吗?"她的一颗心已经提到了嗓子眼。

男子煞有介事地再次盯着她的手掌看了一阵，"有，太有了，这掌纹上清清楚楚落着呢，而且还不止一个！至于嘛时候能遇见，就得看小姐你的造化了，兴许一年，兴许一月，也兴许三天两后响。"

金盈儿的心瞬间亮堂起来，"借您的吉言，真有那一天，本姑娘一准儿给你登报传名！"

徐五姑掏出一张五元的整钞递到男子手上，转过脸对众人说道："各位看好了，这可不是人家先生自己要的，人家的相是白送，这是我们娘儿俩心甘情愿给的，你们信与不信我不管，反正我信，'小卧龙'，就是灵！"待她二人往外走时，已经有四五个人挤到了男子跟前。

两个女人各得其所，心情一时好到了极点，只觉得头顶的天空比着哪一天都蓝，太阳比着哪　天都亮，由此，嘴里说出的话也比哪一天都密都稠。

游逛之间，忽见两个二十上下的小伙子一路呼喊着"借光"从她俩面前跑过，其中一个麻子脸怀里搂着个硕大的爆竹，另一个脑后留着小辫儿的扛着一根丈来长的竹竿，竿头绑着一根冒着青烟儿的鞭竿子香。二人径直来到庙门前的台阶下，一面把爆竹安放在平地上，一面开始叫嚷："游人闪开啦，要放炮啦，崩着可没人管啊！"看上去那爆竹足有三尺多高，小桶般粗细，外皮红得透亮，筷子似的一根药捻直楞楞地插在当顶。

金盈儿岂能放过这个大热闹，二话不说，拉了徐五姑便凑到了近前。此刻，四周遭已经围了不少人，不免议论纷纷，"妈爷子，从来没见过这么大的麻雷子，真够个儿！""可不，跟半截柱子似的，留神吧，让它崩一下可不是玩儿的。"

手持竹竿的小辫儿发了话："跟各位说，我这东西可不叫麻雷子，它叫雷麻子，谁要是让它雷上，一准儿落一脸碎麻子。瞧见没有，我这位小兄弟那一脸麻子，就是叫这玩意儿崩的。后退，都后退啊，我可要点了。"说着，他抢先站出一丈开外，手举竹竿战战兢兢向那爆竹捻儿递过去。麻子脸已提早退到一边，双手紧紧捂住了耳朵。此举引得围观的人们发出一阵大呼小叫，全都有样学样把耳朵堵了。

"哎哟，快看，着啦，着啦……"人群中不知是谁尖叫起来，吓得那小辫儿扔了竹竿就跑。众人也不约而同一齐向后退去。

半晌，爆竹毫无动静，小辫儿回过神来，哆哆嗦嗦凑近到跟前，低头看了看，"起什么哄呀，根本没点着。"众人遂又放心大胆地向前走几步探过头去。

经过如此几进几退，硕大的爆竹终于被点着了，火星子嗤嗤地飞迸起来。金盈儿大声提醒着身旁的徐五姑："捂耳朵，张大嘴，它可就要响了……"在场的所有人全都屏住了呼吸，手堵了耳朵张大了嘴，胆小的则缩了肩膀背转了身体。

然而，眼看着药捻一寸寸地燃烧到了尽头，火却渐渐熄了——这一根爆竹始终没响。

小辫儿不失时机地向前走去，装模作样地用竹竿胡乱扒拉了一阵，面带诧异地嘀咕道："邪行，怎么没响呢？放了也不是头一回了，今儿怎么就……大爷我绝饶不了卖爆竹的掌柜的！"说完，抱起爆竹筒子转身跑了。

虚惊一场的人们总算喘出了一口气，但是，时隔不久便听到有人惊慌地呼喊起来，"坏了，我的钱包怎么不见了？""妈呀，我刚买的一盒老山参上哪儿去了？"

徐五姑缓缓放下了两只手，笑骂道："这叫嘛事儿，俩小兔崽子纯粹是拿人打镲！"突然，她发觉自己的两条胳膊光溜溜的，此前一直戴在右手腕上的翡翠镯子已不翼而飞！

"盈儿，瞧见我的镯子没有？坏了，我那宝贝镯子不见了……"她脸色煞白，惊慌失措地问道。

"不是一直在您手腕儿上戴着吗？怎么会……"金盈儿想了想，恍然大悟，终于明白她俩这是着了贼人的道儿，刚才那两个放爆竹的小子必是有意制造混乱，才让贪图热闹的人们于拥挤推搡之中放松戒备吃了亏，江湖上管这叫做"造乱行窃"。此时再去寻找那两个贼小子，哪里还有踪影？

"我看您就别找了，找也是白找。"金盈儿看着满地趿摸的徐五姑叹了一口气，"认倒霉吧，咱这是入了贼人的套了。"

"这可要了我的命喽！"徐五姑听了这句一屁股坐到地上号啕起来，"这镯子是你爸娶我的时候特意给我买的，花了好几百块呢，你知道，你爸那人把一文钱看得比磨盘都大，这要让他知道了，非把我吃了不可……大老远地上这儿来，我这是为嘛许的呀……挨千刀的小偷哟，你可缺了大德啦，拿了我的镯子你长噎膈呀，生了孩子没屁眼儿呀……"她只顾悲泣，没发现此时正有一个大腹便便的中年男子悄然无声地站在她的身后。

这男人体型较胖，四十七八的年纪，一袭浅灰哔叽长衫，细线白袜，青礼服呢圆口布鞋，留着油亮的背头，一手背在身后，一手贴着肚子拿着一顶灰呢子礼帽。

"这位大姐，看你伤心成这样，是不是丢失了什么心爱的物件呀？"男人开了口，上齿正中有两颗金牙迎着太阳闪着金灿灿的光。

徐五姑听到问话，一骨碌从地上爬起来，泪眼婆娑地说道："可不是嘛，刚才，我戴在手上的一个翡翠镯子一眨眼的工夫就不见了，我这儿都不打算活了……听您这话，莫非说您——"

男人把一直背在身后的右手亮了出来——一只晶莹剔透的翡翠镯子正捏在他的手指中间。

"我的佛祖爷哟！"徐五姑跟跟跄跄跑上前，一把将镯子抢到手里，反反复复看着，接着飞快地套在了手腕上，生怕它再次遁去，"您叫我怎么感谢才好呢……"

金盈儿实在没料到会有这么一出,喜出望外地上前鞠了一躬,"先生,谢谢您了,今儿我们算是遇上贵人了,我妈为这镯子都快急死了,这么着,回头让我妈请您吃饭。"

"算不了什么,小事一桩,举手之劳而已……这东西碰巧让我手底下的两个小兄弟捡着了,没费事,甭客气。"他回身招了招手,两个放爆竹的小子从树后闪了出来。

金盈儿蒙了,她实在搞不懂这究竟是怎么一回事,怎么会一瞬之间老母鸡就变了鸭?

"敢问小姐,您在何处高就呀?"大肚子男人笑微微问道。

金盈儿紧忙还上了一个笑,"我在天桥二友轩唱大鼓,有工夫欢迎您过去坐坐。"

"一定,一定去!"男人转脸对着面前的两个小子训教道:"跟你们说,以后有钱不能乱花,要正经去书茶馆捧捧这位小姐。知道不,那是个教你们学好的地方,能让你们长学问,明事理。"

两个小子连连点头,看得出来,他们很是敬畏眼前的这个大肚子。

男人掏出一张名片双手递给了金盈儿,"往后,小姐和夫人有用得着我刘某人的地方,只管来找我,千万别客气。"

名片印得十分精美,烫着金,上面赫然写着:北京市新民会城南分会会长刘连仲。

金盈儿望着名片发了呆,暗忖道:这一位会不会就是我命中要遇见的贵人呢?

金三省由茶馆回到家,看到三个徒弟正齐齐地守候在饭桌的两旁,一壶老酒已经烫在水盂里,几个荤素搭配的小菜也摆放整齐。他净了手,意得志满地坐到了迎门的主位上。今日,老婆携女儿去了妙峰山,老虎不在家,猴子便可以称大王,虽说徐五姑算不上一只老虎,但总在跟前晃来晃去,到底是个碍眼的角色。

林雪梅把酒杯斟满,金三省吩咐一句"把话匣子打开",黑丫头转身拧开了条案上的收音机。收音机是昨天才搬来的,再生牌,产自日本,也是日本人强逼着北平的住户们买的,为此,小鬼子还在东四六条专门设立了"收音机配给所"。对这件事,金三省并没产生太大的反感,因为,老早他就盘算着要添置这么个玩意儿了,闲时听听戏、听听曲儿,不仅是种享受,还能从中学点儿什么。机型分高中低三档,他一狠心,花十儿块钱买了这个功能最齐全的四个管的高放机。

时值正午,刚好到了十二点,收音机忽然中断了正在播放的京戏,静默片刻,先听到外头街面上放了一声响炮,接着便由收音机里传出了一阵呜里哇啦的喇嘛念经声。金三省听茶馆掌柜的提起过,说这是日本人给北平的广播电台立下的规矩,每天中午十二点必须准时照此放送,它代表着中日亲善的意思。日本人也真会玩幺蛾子,他想不明白,这大炮、喇嘛与亲善有什么关联,好像没听说过有谁用大炮来行善。

他看到，白丫头站在一旁发着呆，满腹心事的样子，几个月过去了，她好像还没有从伤痛的往事中解脱出来，脸本来就白，此时竟白得没有一丝血色。

"该遛的活都遛了吗?"金三省抿了一口酒，问道。

徒弟们纷纷点头。

"你，给我唱唱《霸王别姬》里边的那段【数唱】。"他夹了一筷子菜填进嘴里，朝白丫头吩咐一句。

白丫头只好暂时将思绪收回，正正身子缓缓唱起来："楚霸王能拔山举鼎，称得起是盖世的英雄，九里山一场恶战……"

刚听了三句，金三省便愠色厉声喝住了她："得得，打住，赶紧上一边凉快去吧! 你这叫唱曲儿吗? 纯粹是张着嘴瞎哈哈，正房厢房都倒了，就剩下南厅（难听）了。我看，你一天到晚没想别的，净琢磨吃了。"

白丫头委屈地瘪了嘴，眼睛里即刻含了泪水。

"你，吃完饭，到我屋里来一趟。"他又向着黑丫头叮嘱了一句。

盈儿娘儿俩最早也要明天上午才能回来，金三省知道，今日是个难得的绝好机会。而且，一连三天他和徒弟们都不用再去书茶馆，因为新民会这几天征用了二友轩的场地，要庆祝"徐州陷落"。

正午的太阳透过玻璃窗上的纱帘，在金三省坑洼不平的脸上落下了一片斑驳的光影，他终于盼到黑丫头端着茶走进来。趁她往桌上放置茶碗时，他一把抓住了她的手。

"丫头，这阵子，你可是瘦多了……"

出乎他的意料，黑丫头并没有像往常那样着恼，只是木呆呆地站在桌前，听凭他在自己的胳膊腕上来回摩挲。

"瞧这小身子骨，单薄得让人心疼啊!"触着滑溜溜黑翠一般的肌肤，他的心里产生了一种麻酥酥的冲动，"和你说过多少次了，要知道照顾好自己，你就是不入耳朵。甭跟白丫头学，一天到晚脸绷得跟个正宫娘娘似的，到了怎么样，还不是让日本人白白占了便宜? 人这一辈子得想开了，不能总一根筋，什么人对你好，什么人对你差，不能糊涂，是不是?"

黑丫头面无表情，"您找我有什么事? 您吩咐就是。"

金三省只好暂且把手抽回来，转身拉开抽屉，从里边取出了一本厚厚的装订整齐的册子，"有样东西想给你看看，这个呢，是记录了西河大鼓整整一百段唱词的一本册子，可说是来之不易啊! 怎么讲呢，它是我搭了一个月的工夫，赔了酒赔了饭，跟'西河一杆大旗'马三峰面对面一字一句记下来的，完了还送了他一笔钱。你会唱的、你不会唱的，这上边全有，什么《走马观碑》、《一百单八州》，什么《闹天宫》、《杨八姐游春》，全都记得明明白白清清楚楚! 你想想，你要是把它全都学会了，将来出了师上了杂耍园子，仨月俩月不带唱重样的，那得是什么成色? 还不天天吃香的喝辣的，顿顿不是丝儿熘，就是片儿炒。"

"听您的意思，您打算把它给了我？"黑丫头不由一阵窃喜，气儿已经有些喘不匀。

"是有这么个想法，可眼下我还没拿定主意，"金三省嘴角挂笑盯向了那一双亮漆般的黑眸，"俗话说，俩好儿换一好儿，我还不知道你会拿什么来回敬我——"

黑丫头知道他想要的是什么，沉默片刻，回道："容我想想行吗？我……"

"行，就容你好好想想，只是，别过了今儿个晚上。"他把册子重新放回到抽屉里，上了锁。

黑丫头低着头步履沉重地出了门，这时，她听到师父在屋子里轻轻哼起了太平歌词："天上下雨地下滑，自己个儿摔倒自己个儿爬，想要亲朋拉一把，还得酒换酒来茶换茶……"

吃完晚饭没多会儿天就黑了，难得有这么闲在的一天，姐妹几个洗洗涮涮之后便都躺在了床上。黑丫头闭着眼睛琢磨着自己的心事，她听到，外屋的林雪梅很快就打起了小鼾，对面床上的白丫头却一声长吁接了一声短叹。

"唉，我好悔……"不知白丫头是喃喃自语，还是有意在说给别人听，"想当初，我要是不那么在乎脸面，不那么死心眼儿，也就不会……"

黑丫头已经好几次听她这样说了，她的话意思很明白，应该早一点儿像大师姐胡翠珠那样把自己给了师父。一个女人一辈子就那么点儿值钱的东西，守来守去，想不到却让小鬼子一把抢了，早知有今日，当初何必非得死活不依地和师父硬扛着？弄得现而今人不像人，鬼不像鬼。

"我真后悔，悔得肠子都要青了，人要是能重活一回，我就……"她不停地念叨着，像得了气迷心。

"姐，别总惦记这点儿事了，说多少遍了。早点儿睡吧，明儿一早还要去坛根儿喊嗓子呢。"

黑丫头并不想劝她，想想她说的话的确有些道理，相比之下，大师姐现而今不是过得比谁都好？整天没事人儿似的，吃得安稳，睡得踏实，凭着肚子里宽绰会的活多，前不久已由前场挪到了中场，不用说，份儿钱自然也会水涨船高，如此，谁又能说她缺了点儿什么？

黑丫头对生活本没有什么奢望，只求日后出了师，上园子挣一份份儿钱，能把两个老家儿养了，有合适的机会找个知冷知热的男人嫁了，不愁吃不愁穿一辈子也就知足。可她知道，仅凭着现下自己学的那点本事，在杂耍园子里根本就舞巴不开，时下北平城里的大鼓妞有着白十来位，哪儿就缺了她这一号？眼见还有半年就学徒期满，功不成名不就的，到了日子口儿就这么一拍屁股走了，岂不是白白给金家当了三年奴隶？这时，那本册子开始在她的眼前晃动起来，一摞摞的纸仿佛幻化成了一摞摞的钱，实话说，这些纸就是钱，她渴望能够马上拥有它！她想起了晌午师父唱的太平歌词，"要想亲朋拉一把，还得酒换酒来茶换茶"，这册子是师父用钱和心血换来的，自己不拿出点儿什么来，岂不也有失公允？依了他又能怎么样？会少块骨头还是会少块肉？有白丫头在这儿摆着，难道自己还想学她不成？人啊，有得必有失，遇事掰斤掰两就什么也别想干成！

她的心瞬间平静下来，如一潭死水，没有一丝涟漪。她连叫了两声"白姐"，又喊了一声"雪梅"，全都未见回应。她估摸这二人已沉沉睡去，于是，在被子里脱去了贴身的衣裤，抻过一件在舞台上穿的单旗袍披在身上，蹑手蹑脚地走了出去。

小院静悄悄的，师父的屋子里还亮着灯光，一阵凉风掠过，令她不由得打了个哆嗦。她站在北屋门外停了片刻，狠狠心，一把推开了门。

金三省半靠墙歪在床上，手里翻看的正是那本西河大鼓的册子，似乎他早就料准她必定会来。

她缓步走到床前，抬头看了金三省一眼，两手一松，旗袍顺势滑落到地上，就这样，在灯光下裸裎了自己寸缕未着的身体，"师父，我想明白了，今儿晚上，我索性给你了……"

尽管早有预料，金三省还是吃了一惊，"别抖搂了，小心着了凉！宝贝儿，还不赶紧上来……"

黑丫头光溜溜地躺在了师父身旁，取过那本册子盖在了自己的脸上……

七

小寡妇不要把干儿子认，

大姑娘不可认那干哥哥……

——拉洋片唱词

刚进入夏天，北平就接连降了几场大雨，天上的水与地下的水连成了一片。

金三省料定今日天雨路滑，书茶馆的生意必会受其影响，估计上不了多少人，能有个两三成座就算阿弥陀佛。谁承想，开锣的时候，二友轩台下的十几张桌子已经坐满了。

女孩儿们依次上台落了座，时在暑夏，她们都不约而同地换上了单薄的旗袍，一律是那种上身无袖、下身大开气的样式，几乎每个人手里都持着一把小巧的绢质团扇，用它挡在了胸口，偶尔轻轻摇动几下，便会有意无意地将一道深深的乳沟暴露出来。她们是严格地遵照师父的要求穿装打扮的，师父有言在先，"只许露出山沟，不许露出山峰"。

"拿扇子的"王十二高腔大嗓地喊起来："台面上，有题目，杜二爷点金盈儿唱时调《放风筝》，赏钱两块！"

金三省看到，药材商杜老板带着五六位生意人坐在台前右侧，显然是专门来给他的干闺女金盈儿捧场的。自己生养的自己清楚，只要是她金盈儿想干的事，九头牛也休想拽住，这孩子别的没学会，有关坤书馆的大事小情却摸得门儿清。行内的人都清楚，到坤书馆来的这些个大爷可不全是顾曲的周郎，其中还有着一拨前来猎艳的登徒子，他们玩腻了八大胡同的窑姐儿，便把一双色眼盯向了这里的一些涉世不深的年轻女孩儿。一旦看上了哪个，他就会接二连三地甩钱点她登场，待到相互渐渐熟稔，即开始邀请她出去吃饭，为她买鞋做衣裳，一来二去，几番接触，彼此年龄悬殊的就会认下干爹干闺女，岁数差别不大的则会认个干哥哥干妹妹，待到女孩儿的主家或师父正式邀请这男人登门造访之后，他便可以名正言顺、堂而皇之地与那女孩儿睡在一处。当然，这绝不单单是一厢情愿的事，有些贪财的家主，以及轻佻浮浪追求享受的女孩子，也会寻找机会主动靠卜前去，"拿扇子的"更是乐于从中牵线搭桥，以获取一笔额外的收入。行内对于这种勾当有着专门的用语，叫做"开摄"，还细分了五步的流程，要想把唱大鼓的小姐儿勾搭到手，就得按照这个流程一步步地进行。有鉴于此，了解内情的北平人，往往也把坤书馆称作了"吊膀馆"。

不知出于何种考虑，金三省对于"开摄"的做法一贯深恶痛绝，他不允许自己的徒弟走这条道，当然，更不能容忍自己的女儿沦落为他人的玩物。凡是散场之后到后台来请她们吃饭的，不管那人有着多高的身份，多大的脸面，他一概是断然谢绝。想不到的是，自己的女儿却第一个坏了他的规矩，背着他擅自认下了干爹，吃了人家，也拿了人家。他知道杜老板的身份，北平四大药铺——同仁堂、鹤年堂、千芝堂、万全堂，全都用着他家的中草药，买卖可说是大得没边儿，虽然花在盈儿身上的钱，对于姓杜的来说不过是一壶醋钱，可不管怎么说，人家既然掏了银子就总是要买回点儿什么，谁也不会做赔本的生意。他把这一番道理掰开揉碎地说给了女儿，不料，金盈儿却用一句"都懂"回答了他，并让他把心放到肚子里，说自己既不傻也不茶，完全能够掌握好分寸，自是会让姓杜的干爹只闻香不到口。

金盈儿一段小曲才落腔，左侧的李木子在台下又喊起来："台面上，有题目，刘二爷点金盈儿唱京韵《丑末寅初》，赏钱两块！"

《丑末寅初》是个只有四五十句的短段儿，没一会儿工夫就唱完了，未容金盈儿喘一口大气，又听李木子喊道："台面上，有题目，还是刘二爷点金盈儿唱京韵，一段《剑阁闻铃》，赏钱两块！"

金三省不由得朝左侧的主桌打量过去，点曲儿的同样是个中年男子，留着背头，一笑便闪出两颗金牙，最招人眼的是那圆溜溜凸起的肚子，即便坐着，也像个倒扣着的炒勺。此人前后左右围着足有二三十号人，斜眉瞪眼的，看上去哪一个都不像是善茬儿，不管台上唱的什么，唱得好与坏，只是一个劲儿地叫着好，"好！好唱儿啊！""好腔儿，好做派！""好板，好肥的弦儿……"

金盈儿一副神采飞扬、志得意满的表情，即便口中唱着"叹君王万种凄凉千般寂寞"，嘴角也微微挂着笑，且不忘抽空朝着那大肚子男人飞一下媚眼。

金三省的脑子不停地旋转着，他猜不透这个大肚子又是哪一路的神仙，但有一点他看明白了，盈儿已然早就认识了他。

趁金盈儿端起茶碗饮场的空当，王十二再次亮开了嗓门："台面上，有题目，杜二爷再点金盈儿唱京韵《大西厢》，赏钱十块！外带赏弦师一双礼服呢千层底布鞋！二位，辛苦了您哪！"

再明显不过，台底下的两方人马已经为金盈儿对了阵，叫了板，争相显份儿，谁也不肯让谁。金三省借盈儿擦汗之机，跨步起身走到台侧，向着管事的低声耳语了几句，他担心过后不久将会引发一场恶战，让人难以收拾，一旦乱起来，首当其冲要倒霉的自然是自己的闺女。

"台面上，有题目，赵二爷、钱二爷点林雪梅唱梅花《黛玉焚稿》，赏钱八块！"金盈儿刚把最后一句的腔落下，出现在台下的管事便高扬一把彩扇喊起来。

交兵对阵的杜刘两大营垒终于暂时偃旗息鼓。

王十二颠颠地向中间桌上一个刚刚落座的胖子跑了过去，此人隔三差五便会过来，是二友轩的熟客。王十二谦恭地叫了一声"二爷"，接着一张白脸上便绽开了花朵，"您可有日子没来了二爷，不用说，一准儿净顾着发财了。今儿喝什么茶您哪？"

"照老规矩，茉莉白毫。"胖子的一双眼只顾往台上女孩儿的脸蛋上溜。

"来壶高的，茉莉白毫——"一嗓子喊罢，王十二打开彩扇横在他面前，手指向了坐在台中间的一个女孩儿，"宋晓芸，头几天新来的小妞儿，嗓子好，身上做派也好，您捧捧她吧，甭多破费，够一件旗袍钱就成。"

"出条子①行吗？散场之后我请她吃饭。"

"哟，要这么着您就得换一位了，这丫头不开窍，忒死性。二爷，顺我手，您上眼，右边数第二个成不成？刘翠凤，小名凤儿，不光模样好，一笑俩酒窝，也比其他人开通，回头让她跟您走？"

胖子点了头。

王十二喜滋滋喊道："台面上，有题目，侯二爷烦刘翠凤唱一段《小寡妇上坟》，赏钱两块！"

另一旁，李木子正和一个少爷秧子左右周旋，"二爷、二爷"地不住口，那位少爷似乎有些愠怒，原因是前两天要约个鼓妞儿出去吃饭，那女孩儿没给面儿。

"哪儿那么大架子啊？不就吃顿饭吗？我又没说要和她上床！"少爷余怒未消。

李木子紧着赔笑脸，"消消气吧二爷，您还真别怨她，一行有一行的规矩，您来得次数少，咱这儿有句话您兴许没听说，'要想跟着来，先得捧捧牌'，不能急二爷，您先点她几段活，捧捧她，等熟了，自然就……"

少爷想了想，气哼哼把他手上的扇子接了过来。

演出结束，王十二、李木子高喊一声："明日开早！"看客们听闻纷纷起堂离座，台上的大鼓妞儿们也齐刷刷站起来，面带着微笑，目送观众离去。

事情并非金三省想的那么简单，刚散了场，女孩子们正在卸妆换衣服，大肚子男人便带着一帮人走进了后台。

"哈哈……三哥，您吉祥，小弟刘连仲给您见礼了！""大肚子"双手作揖，话语中透着夸张的近乎。

"咱俩认识吗？"金三省面沉似水，"您客气，我可不记得有您这么个兄弟。"话刚说完，他忽地一下想起来，南城有一个青帮的帮主好像就叫刘连仲，人送外号"刘大肚子"，久居天桥，堪称一霸，莫非说……

金盈儿见了"大肚子"，顾不得去洗脸，一路叫着"干爹"一路跑了过来，亲热地一把拉住他的胖手，将热乎乎的一个身子靠了上去，"谢谢您了干爹，没想到您竟然带了这么多人过来，今儿个我算是露了大脸了，说，让我怎么谢您？"

"怎么谢就瞧你了，要不然，咱出去找个地儿……"刘连仲语带深意晃了晃

---

① 出条子：指妓女、女伶外出陪客人吃饭喝酒，因召唤时须将名字写在一红纸条上，故谓之出条子，此语行于北方。

脑袋，"其实呢，今儿来的人还不到一半，我手底下还有几十号人让皇军派到街上巡查去了，等下回，下回我一准儿把他们一个不落全给你带过来。"

金三省强硬地将女儿拽到自己身边，对着她一通急赤白脸："我说，你认干爹认上瘾了是怎么的？这干爹有满大街认的吗？经过谁了你？行，既然你有这么多爹，从今往后就别认我这个爹了，哪儿呆着舒坦上哪儿去，我还不伺候了！"

刘连仲听出了他的不情愿，一下子冷了脸，"金三爷，听你这意思，你闺女好像是跟着我吃了大亏了？得，既然这样，我就直接告诉你，你闺女倒没怎么着，可你这个当爹的就要惹上麻烦了，而且是个大麻烦！本来呢，我是看在彼此通好的份上，把这件事生给摁下了，我不能让我干闺女受了惊吓，跟着吃了挂落儿不是？可如今你我若没了这层关系，我也就只能公事公办了，您等我一半天，我倒要瞧瞧，裉节①上您够不够个爷们儿！"

金盈儿赶忙凑近一步，话语里带出了娇昵之音，"干爹，您这是干吗呀，用得着发这么大火吗？再把我爸给吓出个好歹的。这事说归其都怨我，没提前跟我爸说，您放心，您这个干爹我认定了，待会儿等卸了妆，我请您吃饭，当面给您赔不是行不行？说嘛……"

金三省自然不知晓刘连仲指着什么说的"麻烦"二字，脖子一梗，翻了白眼，"我还跟你说姓刘的，你还别跟这儿拿大奶头儿吓唬小孩子，姓金的我不吃这一套！说白了，你憋的什么屁我还能不知道？明说，这落子馆里有的是大鼓妞儿，你想开谁都行，可就是不能在我闺女身上打主意，我闺女红籽儿红瓤儿，不是八大胡同里的窑姐儿！"

"行，姓金的，算你有种！既然说到这个份上，我就直接把话挑明了吧，明说，刘爷我看上你闺女了，她不光年轻，长得漂亮，还特别的骚，我就喜欢像她这样的小骚娘儿们，今儿我把话撂在这儿，早晚有一天，你会主动把她送到我门上的。弟兄们，回身走着！"刘连仲向手下发出了指令，气囔囔挺着肚子一摇一晃走了。

"我……"金三省眼见对方没了影儿，这才蹦着高儿把下半句骂了出来，"我……我操你个大肚子亲娘祖奶奶！"

金盈儿坐在椅子上咧着大嘴不住地哭嚎，死了娘似的，仿佛受了天大的委屈。金三省打算过去安慰几句，可又不知该从哪儿说起。

这时，前台管事的拿着一叠钞票凑过来，指着盈儿连声夸赞："三爷，咱这丫头可真叫给劲，有本事，不含糊，您数数，一晚上收了够多少？没见过点曲儿戳活的都排了队，照这样下去，甭多了，再有半年，您那小四合儿就换成大四合儿了。"

金三省手握着厚厚的钞票，心中不免生出一丝悔意，是啊，闺女的确有本事，不是个平庸之辈，不愧是金三省的闺女！说起来这丫头也不易，一个打小没

---

① 裉节：北京话，即关键时刻。

娘的孩子，捡一口吃一口，缺疼少爱的，你又能责怪她什么呢？细想想，她的所作所为也不全都是为了她自己啊……他手抚着女儿的肩膀，深深叹了一口气，"闺女，都是你老爸不好，别哭了。你应该清楚，你爸我是替你担心啊，江湖险，人心更险，万一哪天你吃了亏，后悔就来不及了……"

金盈儿转过脸，抹去了眼角的泪水，"爸，有句话我想问问您，您说，人生在世，一个势力，一个钱财，相比较哪个更重要？"

金三省想了想，"怎么说呢，这两样就好比是老公母俩，谁也离不开谁，只有当官的才有势力，有势力就必然会有钱，'三年清知府，十万雪花银'嘛。反过来说，有了钱财也能买着势力，大清的时候就有纳捐除授一说，只要有钱，白丁儿也可以花银子弄个县太爷做。虽然如此，但仔细比较，还得说是势力比金钱分量更重些，因为，再有钱，也总免不了有拿着猪头找不着庙门的时候，有势力的真要和有钱的较上劲，能让有钱的顷刻之间倾家荡产、镚子儿无存，你说是不？"

金盈儿点点头，似有所悟，"您说得对，想想还真是这么个理儿……"

一道刺眼的白光闪了一下，那是照相机镁光灯发出来的强光，父女俩同时扭头看去，只见林雪梅端端正正坐在化妆台前的椅子上，一个瘦小枯干戴着副金丝边眼镜的年轻男子正手举相机对着她。

"怎么回事这是？你哪庙的呀？"金三省急火火迎上去，没好气地追问道。

年轻男子手疾眼快将一张名片递了上来，"我是《世界日报》的记者孙维本，特地来对林雪梅小姐做一次采访，请多多关照！"说完，弯下腰毕恭毕敬鞠了一个躬。

"看你这意思，是想宣扬宣扬她，给她登报纸？"

"是的，我打算为林小姐写一篇人物专访，题目都有了，叫做《万花敢向雪中出，一树独先天下春》，这一半天就会在报上发表。"

"可你知道吗，她还是个学徒，是个生虎子，你怎么能……"金三省有点不敢相信自己的耳朵，"说归其，你又能宣扬她什么？"

孙维本嘿然一笑，"鄙人留学日本，在东京大学修的文艺美学，我了解林小姐自身所拥有的美学价值。"

林雪梅红着脸站起来，紧忙解释："师父，我什么也没说，这事跟我挨不着，是他主动找的我……"

见此，金盈儿扭着胯走过来，一只手直接搭上了孙维本的肩膀，"哥，你就不能给我也来两篇？事成之后小妹请你吃饭，地儿随你挑。"

孙维本回答得很不客气，"不成，这不是吃不吃饭的事，而是演唱水平的问题。"

金盈儿恨恨地瞥了林雪梅一眼，"她一个乡下丫头，知道什么？一个整段儿还都唱不全，她又哪儿来的什么水平？"

"这位小姐，你说的很对，林小姐缺少的正是城里艺人的俗媚之气，多出来的恰恰是难得一见的乡土气息，她的演唱虽然尚显稚嫩，但却有着一种原生态的美质，声音纯朴，嘹亮而又宏阔，是一块未经雕琢的璞玉，肯定前途无量！"孙维本丝毫没理会面前的这一对父女已变颜变色，只顾顺着自己的思路往下说着。

金三省出离地愤怒了，"跟你说，我是她师父，不经过我允许，你一个字都不许登！要不然，我跟你们报纸没完！"

孙维本一惊，又一笑，"那自然，自然……"说罢，扶了下鼻梁上的眼镜，转身而去。

清晨，天刚放亮，一小队日本兵封锁了金三省家的大门。雨还在淅淅沥沥下着，但明显的比头几天小了，雨点滴滴答答打在士兵的钢盔上，发出了一种怪异的声响。

金家的成员全部被集中到了客厅里。因着下雨，林雪梅她们今日没出去喊嗓子，故而一个人也不少。日本人进来时，金三省正靠在墙根儿刷着半截牙，嘴角上满是奶白色的泡沫，一双惊恐的眼睛四处撒摸着，脸上的麻点也泛了红。

引路的是个中国人，正是昨天晚上从二友轩拂袖而去的刘连仲，站在他身边的是个挎着盒子枪的日本军官，衣领上佩戴着少佐的军衔。金三省打了个愣，接着便把他认出来，此人竟然就是自己在"临芳楼"见过的那个日本嫖客！令他不解的是，德晓峰也混在这群人里，并肩而立的则是那位《世界日报》的孙记者。

"金三爷，不好意思，搅了您的回笼觉了。"刘连仲不阴不阳地笑了笑，"昨儿我说什么来着，您惹下大麻烦了，没说错吧？"他回过身向德晓峰摆了一下头，小德子跨上一大步，将手中提的一盏白皮灯笼放到了八仙桌上。

林雪梅的心骤然间收紧了，只觉得嗓子眼像被什么东西堵住了一般，一口气半天没喘上来。她一眼认出来，这灯笼正是被自己遗落在坛根儿的那盏，她还看到，上面真还就写着两个不大不小的黑字。

"说说吧，这东西是不是你家的呀？"刘连仲的脸上现出一丝狰狞，"是，马上跟我们走，不是，得说出为什么，得把'不是'的理由解释圆全了。看见没有，这上面可写着字呢。"

"干爹！您这是要干吗呀，不就因为昨晚我爸那两句话嘛，他老了，糊涂了，您甭和他一般见识，看在您干闺女我的面儿上，您就不能不这样嘛……"金盈儿抢上一步拽住了刘连仲的胳膊，左右摇晃着。

刘连仲斜挑了金三省一眼，"金小姐，别胡叫八叫的，小心惹你爸不高兴。"

林雪梅看到，姓刘的每说一句话，孙记者便对着日本军官的耳朵咿里哇啦说一阵。

"跟你明说金三爷，它是这么回事——其实，我不说你也清楚，冬景天，有个日本兵在天坛坛根儿让人打死了，凶手虽然侥幸跑了，可他无意间把这盏灯笼落下了，留下了罪证。你该问了，这事儿为什么偏偏找上你了呢？因为这灯笼上写着你家的字号——'金记'，好好看看，它可是写得真真的。每天一大早去坛

长篇小说
大鼓妞儿

根儿的都是些什么人，你比我清楚，除了唱戏的，就是唱曲儿的，这里边姓金的人除了你金三爷还会有谁？至于为什么时至今日才来找你，我想，就不用我再啰嗦了吧。"

金三省自然认得自家的东西，那一根灯笼杆儿还是他亲手安上去的，此刻他才醒悟到，昨天晚上刘大肚子放下的话不是空穴来风，一时搓手跺脚后悔不迭，"刘爷，它是这么回事——"

"先别忙着解释，"刘连仲蛮横地一摆手，"你肯定是想说，这件事非你所为，至多是你家里的什么人干的，跟你一点儿关系也没有，对不？退一万步说，即使是其他人之所为，你也脱不了干系，为什么？因为你是一家之主啊，前不久政府刚刚颁布了《四邻保甲法》，里边一条条规定得很清楚，你自己个儿琢磨，这回你该担个什么罪名！"

"我确实不知道，它是怎么……"金三省至此才明白林雪梅给他留下了后患。

"不知道好办，跟他们走，"刘连仲指了指身后站的几个日本兵，"到了日本宪兵队你就一切一切都知道了。不过，我得告诉你，到了那儿就轮不着我来问你了，可就是狗问你了。"

"八嘎（混蛋）!"日本军官冲着他怒骂了一声，刘连仲即刻反应过来，自己最后的这句话表达得有些毛病，原本指的是日本狼狗，谁知，省了几个字却让日本太君联系到了他自己身上。

"太君，我可绝不是骂您，您就是借我俩胆我也不敢，我说的是您那儿的大狼狗，他这个……这个北平人哪，说话有个毛病，喜欢省字，五个说仨，仨说俩，您不是本地人，听不明白……我可绝不是成心的，下回一定小心注意……"刘连仲唯恐产生误会，紧忙一通解释。

金三省已经坚持不住，他立马想到了日本狼狗，想到了带响的皮鞭子，烧红的三角烙铁，两条腿便开始弹了弦子，甚至感觉有一股热乎乎的水流顺着大腿淌下来，于是，"林雪梅"三个字就滚到了嘴边。

林雪梅已然横下一条心，她紧紧地咬着后槽牙，只等着师父把她招供出来便跟日本人走，甭管上哪儿，打不死就跑，跑不了就拼！忽然，她发现灯笼罩上写的那个"金"字已经变得模糊不清，不知是因着前一阵子的风吹日晒，还是因着方才的雨淋，仅仅剩下了个"人"字头外加底下一横，其余便是一团深深浅浅的墨迹。她的脑子飞快地旋转着，急中生智，竟闪现出了一个主意。

"孙大哥，"林雪梅避开刘连仲，直接站到了记者孙维本的面前，"这盏灯笼根本就不是我们家的，说话得讲良心，胡赖八赖不行，根据什么呀！不信，你挨个儿问问，谁见过这个玩意儿？"

"我们都没见过……"黑丫头、白丫头、金盈儿连带徐五姑全都一劲儿摇头摆手。

"嘿，好你个丫头片子，你这是不见棺材不落泪呀！"德晓峰按捺不住，直接拿起灯笼，指向了上面的字迹，"眼睛是怎么的，这儿明明白白写着——"说到这儿他登时愣住了，当初在天坛西坛根儿捡到它的时候，曾清清楚楚看见有一个"金"字写在上边，可这会儿怎么竟只剩了半截？开春，他作为"新民学院"的成员去日本、韩国参观了两个月，加之刘连仲一再强调要调查清楚了再说，事情便由此搁置下来，谁能想到，这期间唯一的物证就起了变化。

"跟你说不着！你一天到晚蒙吃蒙喝的，又认得几个字？这也念金？嗯？"林雪梅接过灯笼指着那半截字对孙维本说道："宁跟明白人打架，不跟糊涂人说话，孙大哥，你有学问，你自然知道，《百家姓》上带一人一横的字有好些个呢，'俞任袁柳'的'俞'是不是？'全郗班仰'的'全'是不是？对了，还有那句，'伍余元卜'的'余'，凭什么就非得说它是'金'呢？这不是成心欺负人吗？你们不知道，小德子和我师父曾经有过过节，明摆着这就是假公济私！话又说回来，谁愿意让那个日本太君死呀，可他死了也不能平白无故就往我们身上赖呀……"她边说边抹开了眼泪。

林雪梅说一句，孙维本便对着日本人翻译一句。少佐军官的眉宇渐渐锁起来，不住地点着头。

金三省真的是佩服了面前的这个女徒弟，年纪小小，临危不惧，处变不惊，小脑袋瓜里还装了这么些东西，想得快，话来得也快，令他不得不刮目相看。

德晓峰心有不甘地对刘连仲说道："会长，您看这小丫头，急赤白脸的，无理搅三分，这事儿八成就是她干的，依我说，甭跟他们废话，直接把人带走就是。"

林雪梅呼喊道："你这是官报私仇，走到哪儿也得讲理！"

刘连仲显得极不耐烦，"姑娘，我问你一句，腊月二十四一清早，也就是小年的第二天，你们几个在哪儿？"

黑丫头抢过了话头，"本来是要出去喊嗓子的，可头天晚上吃得不对付，第二天早起大家伙儿就全闹开了肚子，茅房门口都排了队，姐妹们哪儿都去不了了，溜溜在床上躺了一天，不信你问我师娘。"

徐五姑紧忙把话接过来，"可不，这几个丫头忒没起子，赛着馋，头天晚上吃饭的时候我还跟她们说过，再顺口的东西也不能贪多，肚子是自己个儿的，可她们就是不听。"

林雪梅跟着又凑了一把火，"一准儿是我师父图便宜，买的海杂鱼不新鲜，吃头一口我就觉得味儿不对。"

"大爷没工夫听你们说废话，有话跟我上宪兵队说去。"刘连仲坚持要带人。

几个日本兵端着上了刺刀的长枪，盯视着军官的脸，只等着上司发话。

半晌，鬼子军官终于开了口，孙维本将他的话逐句翻译了出来，"太君说了，今天暂且放过你们，但事情并不算完，还要继续深入调查，另外，有想明白了的打算自首的，皇军可以既往不咎。"

刘连仲悻悻地咽了口唾沫，把金三省拽到了一旁，"金爷，今儿这一出您都看到了，太君说了，不算完，往后还会发生什么可就不好说了。还有，我是新民会城南会长，你们这些个唱大鼓的归我正管，我手底下有着好几十号人，日后，免不了还要到您那家书馆去转悠，当然，我是不会对你们爷儿俩怎么样的，毕竟盈儿叫过我几声干爹，可那些个混小子我拘管不住，到了您那儿用什么手段捧您那宝贝闺女，就由着他们了。敬酒怎么吃，罚酒怎么吃，您自己个儿掂量。"

听了这番话，金三省刚刚泛上些许活气的脸，又落下了一层霜。

已经走到门口的日本军官忽然转过身来，冲着林雪梅伸出了大拇指，"你的，大鼓唱得，好！话的，说得，也很好！"

雨一阵大一阵小，丝毫看不出有歇息的意思。日本人走后，金三省直接躺到了床上，感到内外发紧，周身寒彻，脑子里乱乱糟糟，像飞舞着一群大头苍蝇。他知道，这一场灾难是决然躲不过去的，即便把林雪梅推给日本人，刘大肚子也不会轻易放过自己，茬口儿就在昨天晚上他二人之间的那一场龃龉，正所谓"福来不容易，祸来一句话"，真真还就是如此。日本人他惹不起，姓刘的王八蛋他同样也惹不起，无论哪一个动一动手指头，都会叫他家破人亡。势力啊，不服不行！他想叫来金盈儿当面纠正自己的说法，势力是一座大山，两相比较，钱财只是一抔细土。人哪，无论老，无论少，都嫌活一辈子不够本，死前都盼着来生转世，三辈子五辈子地继续活下去，可他金三省一辈子还没走到头，脚下就断了路！他后悔自己过于冒失，过于唐突，没弄清水有多深，就想伸手摸鱼，事到如今，要打算彻底摆脱此番困境，只能是自己主动低头，让闺女出面到刘连仲跟前去替自己服个软儿，至于这一去会付出多大的代价，他的心里一点儿底都没有。走一步瞧一步吧，兴许盈儿她还就真能做到毫发无损，让那个姓刘的只闻其香，不到其嘴，干咽一口稀唾沫。现下，别无良策的他也只能这样宽慰自己。

金三省把女儿单独叫进房里，嗫嚅半天，才吭哧出自己的想法。

"丫头，今儿的事你全都看见了，要想躲过初一也能躲过十五，眼下，就只有靠你了……"他的脸有点因羞惭而发红。

"我知道您想说什么，跟您明说，我不去。"金盈儿想都没想，一口回绝。

"就算爸求你了，盈儿，只有你才能挽救咱这个家喽……"

"得了，还不全都赖您，挺好的事，让您几句话就给搅和了，我现在还有什么脸面再去登人家的门？话说回来了，不就认个干爹嘛，又不是把我卖了，您至于跟人家鼻子不是鼻子脸不是脸的吗？"

"我混蛋，我不识时务，我看不出眼高眼底水深水浅！"金三省边说边一下下抽打着自己的脸。

"得，得，别逼我了，我答应还不成吗，这又是何苦呢。"金盈儿不想看他自己作践自己，一甩手站起来，"可话我得说在前头，这回是您死乞白赖央告我去的，到了那儿，我还是得先把干爹认了，其余的，该说什么该做什么，我心里有数，您不能管。"

"成，成，从今往后，凡是你的事，我再多说一句话，我就是三孙子。可你……你也别做得过了杠，你自然知道我指的什么。"

"这用不着您嘱咐，哪头重哪头轻我分得清。"

"得了，这会儿你老爸我死的心都有了！势力，势力呀，惹不起啊……"金三省的话带着苍老的哭音。

老天爷像一个遭人夺妻杀子的软弱无能的窝囊废，只会暗自神伤、向隅独泣，只会一把把地甩下眼泪。雨幕中，一辆洋车停在了刘连仲的家门口，车夫撩开油布雨帘，金盈儿大包小裹地由里面跨了下来。

此间正当睡午觉的时候，她看到，刘连仲的老婆高亚萍独自站在门廊下，身子斜倚着门框，一边嗑着瓜子，一边百无聊赖地观赏着街面上的雨景。她听麻三儿在私底下说过，这个"窑变"女人原本是"九美楼"的一个窑姐儿，三年前，老相好刘连仲花钱替她赎了身，由此而摇身一变成了刘家的太太——论起来，天底下就数北平人嘴头子损，都是些摆弄语言文字的高手，他们竟然套用古玩界的一句术语，把这一类女人称做了"窑变"。促狭且又睿智的北平人哟，又怎一个"损"字了得！

"干妈——"金盈儿拖着长音甜腻腻地叫了一声，小鸟一样扑了上去。

高亚萍故作懵懂地问道："哟，大中午的你怎么来了？还冒着雨，找我们家老刘有事？"

"想你们了呗，想得我午觉都睡不着了，于是，一骨碌爬起来就赶过来了。"金盈儿紧贴着她的膀子，绕着回廊边说边走，脸笑得像一朵大丽菊，"我干爹呢？我猜，这会儿他一准儿是在家躺着。"

"金大小姐，找刘某有何贵干啊？"仰在竹躺椅上的刘连仲双手抚着肚子，眯缝着眼，冷声冷气地问了一句。

"哟，干爹，还真生我的气呀，值当吗您……"金盈儿自己搬个方凳挨在他身旁坐下来，将父亲金三省如何如何后悔，如何如何要来当面赔礼道歉，添油加醋、添枝加叶地叙述了一遍。

"再明显不过，你爸他这是瞧不起我！照理说，我堂堂一个帮主一个会长，也配得上他一个弹弦子的了，难道说我还高攀了不成？"

"不是那么回子事，其实……其实他就是嫌我认干爹认得太多太频了。"

"这我知道，唱大鼓的白雪遗是你干爹，贩药材的杜老板也是你干爹，可你说，他们几个能和刘某人相比吗？"

"根本就不能相提并论，您拔根汗毛比他们腰都粗！干爹，您应该清楚，跟他们我不过就是逢场作戏，跟您才是实心实意！"

"甭管怎么说，这件事气得我肚子疼，不能这么三说两说就算完了。明摆着，你爸他现在有求于我，知道眼前这件麻烦事要想化解非我不成，别说，这事儿还真就凭我一句话，我说它大它就大，我说它小它就小，说它有就有，说它没有就没有。"

"干爹，既然您肚子不舒服，盈儿这就给您揉揉，行不？"金盈儿边说边伸出一只手在他的肚皮上轻轻揉搓起来，"杀人不过头点地，打今儿起，我爸这篇儿就算翻过去了，不许您再绷着脸了。"

刘连仲终于咯咯地笑出来，"行了，小嫩手揉得还怪舒坦的，你不是苏三，我也不是崇公道，得，今儿就瞧我干闺女了，这个面儿我给了。老高，沏茶。"

高亚萍撇撇嘴，"你是不想当崇公道，你呀，是想当那——""王三公子"几个字在她嘴边打了个滚，又强咽了回去。

"您瞧，这些东西都是我爸让我带来的，"金盈儿拿起小裹大包一样一样介绍着，"阿胶枣、益母膏、萨其马，是给我干妈的，这江桃柱是给您用的，这是我后妈的娘家哥哥从天津卫带来给我爸的，我爸没舍得吃，死说活说非让我给您拿来，还说这东西您这岁数的人吃最合适——提肾气。"说到最后一句，她朝一旁摆弄茶壶茶碗的高亚萍瞄了一眼，自觉压低了嗓音。

"盈儿，"高亚萍端了一杯茶递过来，"听说这阵子你在二友轩火得不得了，点你的人都排不上号，是真的吗？"

"那都是我干爹捧我。"金盈儿偷偷向刘连仲送过去一个媚眼。

"这话我信，论别的本事你干爹没有，若论捧大鼓妞儿他可是把好手，想当初，他也这么捧过我。"高亚萍酸溜溜地甩出了一句。

"干妈，听您的话口儿，以前您也登台唱过曲儿？"

"敢情，不是干妈在你面前夸口，那几年，天桥的大小坤书馆全让我高亚萍唱遍了，上了台没三段五段的甭想下来，腔儿没落，那好儿就起来了，只不过我不跟那儿拿钱罢了。"

这规矩金盈儿懂，她知道，妓女们兴之所至，偶尔也会去坤书馆一展歌喉，书馆的老板自然乐得她们光顾，因为无论唱得好与坏，一概是白唱，她们不为挣钱，只为解闷，只为在此能多结识几个熟客。

"你干妈说得没错儿，当年在她们那一帮姐妹中，她也算得上是一等一的唱手，要不然我怎么就偏偏看上她了呢。"刘连仲毫不避讳。

"既这样，干妈，今儿我得求您唱一段，让女儿我好好跟您学学。"金盈儿的话里带着撒娇的鼻音。

"知道你干妈哪段唱得最熟最拿手吗？嘿嘿，那就是《从良后悔》。"刘连仲打着哈哈。

"呸！老娘就后悔嫁给了你！"高亚萍朝着地上啐了一口，转而对金盈儿说道，"这儿既没弦儿也没胡琴，怎么唱？也罢，你好不容易张回嘴，我还能让话掉在地上？就干唱几句吧。"她清了清嗓子，拿好了劲儿，哼哼唧唧唱起来：

　　久未见情哥哥心里头酸，好一似一把杨梅口内含，
　　闭上眼望空亲个嘴儿，接连儿叫上几句"俏心肝"……

金盈儿平生第一次听这种东西，只觉得浑身上下都刺痒起来，内心里竟产生了一种说不出的冲动，她知道，这就是人们通常所说的流行于娼寮妓馆中的"窑调"，无论曲词还是腔调，都与坤书馆里唱的玩艺儿大不相同，怎么听都像墙头

上的野猫在叫春。但她还是鼓掌叫了好儿。

刘连仲忽然一拍脑门，惊叫了一声，"对了老高，有一事儿我差点儿给忘了，刚才珠市口的胡太太来电话，请你过去打牌，说是三缺一，还急火火的，你看——"

高亚萍自然知道他这是嫌自己在这儿碍眼，却也无可奈何，只好换了衣裳往出走，临了，明知说了无用，却还是不甘心地叮嘱了一句："老刘，我可告诉你，盈儿就是我亲闺女，我不在，你可不能……不能慢待了她。要不然，我饶不了你。"

听到街门哐当一声响，刘连仲的一颗心彻底放松了。他从躺椅上站起来，挺着肚子走进里间卧室，一斜身歪在了床上，随后朝着金盈儿招了手，"过来闺女，有句话我要问问你，今儿你上干爹这儿来，就只为替金三爷道个歉吗？"

金盈儿的心里如同明镜儿一般，知道这会儿已来到关键时刻，要想求得日后全家平安，自己能够出人头地，这条杠儿就非得迈过去不可。自然，她更多的还是考虑的自己，正如妙峰山那位看相先生所说，她的运途需要贵人，这几天发生的事，已经让她强烈地感受到了眼前这个男人的威势，白雪遗的功夫、杜老板的钱财，在势力跟前都相形见绌、无法匹敌。再者说，自己已然不是第一次过杠儿，早在半年前她就已经将处子之身献给了姓杜的干爹。

想至此，她粲然一笑主动靠了过去，贴着他的大腿坐下来。"干爹，还真不是只为这事，主要是晌午头我做了一个梦，想想觉得挺奇怪的，就想赶紧过来告诉您，让您帮我破破。"

刘连仲猜不透她的葫芦里卖的什么药，兴致勃勃点点头，"这你可找对人了，行，说完了我帮你破解。"顺势便握住了她的手。

"我梦见，大白天的，咱爷儿俩不知怎么就睡在了一张床上……"

头一句便让刘连仲的心生了痒，喜得立时咧开了嘴，"别说，这梦还真有点意思，你快接着说。"

"睡着睡着我觉着腿刺痒，迷迷瞪瞪一看，发现大腿根上无缘无故地起了好些个红包，不知不觉，包上又冒出了一个个黑点儿，痒得我难受，忍不住伸手去挠，一挠就全都挠破了，您猜怎么着？"

"怎么着？"

"想不到，嘿，从那破了的地方竟然呼呼啦啦飞出一群蚊子来！"

刘连仲忍俊不禁哈哈笑起来，"这梦真邪行！"

金盈儿不失时机地在他的手心里挠了一把，"更邪行的还在后头呢！这当口您也醒了，我就瞧见您那儿也起了包，不多，就一个，还挺大个儿，像鸡蛋似的，痒得您一劲儿嗑牙，没挠几下它也破了，这回您猜怎么着？"

"也飞出一只蚊子来？"

"哪儿呀，就见从里边钻出一只家雀儿来，它直脖探脑瞧了我一眼，就扑棱飞走了！"

长篇小说 **大鼓妞儿**

"嘿！好你个丫头片子，竟敢糟改你干爹！"一番话引逗得刘连仲淫性大发，猛地一个翻身将金盈儿压在了身子底下，"这会儿我就让你亲眼看看……"

卧室里立时响起了一阵紧似一阵的娇喘，夹杂着连续不断的呻吟声……

大鼓妞儿

八

秋末冬初，刷啦啦风打败竹，云囤雾聚。

掩茅屋，万里山河似粉涂，

童儿报道："好大雪，鹅毛片片还未住。"

老叟闻听慌张了，急得他提笔错画《九九图》。

——岔曲《冬景》

下雪了，这是北平 1939 年的头一场雪。大自然的造化之能令人无法估量，头天晚上还晴空万里、月光皎皎，谁知道只一夜的工夫，便彤云密布，大街小巷纷纷扬扬落得一片银白。虽说这也该算得上是一场瑞雪，但人们却没有看到丝毫丰年的兆头。所幸的是没起大风，因此，任凭雪片如席，漫天飞舞，但并不觉得十分寒冷。

清晨，刘连仲带着德晓峰、崇小辫儿、麻三儿几个门徒冒雪来到了东珠市口，日本宪兵队南城司令部就安置在这条大街路北的一所院子里。日本人定下今日上午要在太庙大殿召开"北京杂耍艺业协会"成立大会，少佐中村喜赖吩咐他们到这儿集合一起走。

刚进了院子，便听见高处响起一声呼喊："刘桑！你们的，去我的办公室，等我——"

几个人循声看去，就见对面的三楼，有一个光着膀子浑身上下只着一绺白色兜裆布的男人，正迎着飘飞的雪花双手倒立在楼沿上，远远看过去，像是挂在砖墙上的一条肉虫儿。

众人皆大惊失色，不禁一面出声赞叹日本太君的耐寒能力和超人勇气，一面在心里暗暗嗤笑他的发神经。

"中村太君，小心——太君，您，死过姨（真棒）！"刘连仲冲着楼顶频频挑动着大拇指。

坐在办公室里的沙发上，刘连仲开始向这几个最亲近的喽啰布置任务，"太君说了，杂耍业协会成立之后，还要成立梨园协会，乐户业要成立花节会，咱们的任务很繁重啊！新民会是干什么吃的？就是要担负起把北平各界人等通通改造成新民的任务，所谓新民，就是要老老实实服从日本人的管理和调遣，无论大事小事都不能马虎。这次，中村太君可说是格外器重咱们，虽说我只是个城南会长，可因为杂耍艺人和窑姐儿绝大部分都住在南城，就把这个涉及全北平的差事交给了我！想想吧，日后咱们爷们儿的权力可就大了去了，你们就等着跟我老刘吃香喝辣吧！所以说，你们三个义不容辞要把这几个协会给我分头管起来，一人一摊，分兵把守。就说这花节会吧——"

德晓峰似是漫不经心地插了一句："会长，您说得太对了，往后您就发了，您这手上可就不是一个戒指了，它得戴十个。"明显的，这会儿戴在刘连仲手上的这枚戒指是他德晓峰从日本回来特意送给他的，是从廊坊头条首饰楼定制的，恨不能见天儿长在窑子里的德晓峰，一心想把这个差事揽到手，裉节上自然得提醒提醒。

"花节会——就归小德子管吧，小辫儿管梨园界，麻三儿负责这帮杂耍艺人。"刘连仲懂得什么叫顺水人情。

中村穿戴整齐走进来，看到桌子上堆着几只果篓，径直凑到了近前，俯下身体用鼻子逐个嗅着。

刘连仲连忙指着其中一只最大的说道："西红柿，我送给太君的，敢说是个儿个儿红，一码儿丰台十八村的洞子货。洞子货，您的明白？"

崇小辫儿和麻三儿也不甘示弱地指指另外两只，"这是我们小哥儿俩孝敬您的，里边装的是苹果，一篓子红玉，一篓子国光。"他们了解到，西红柿和苹果是日本人最喜欢吃的食品。

"幺希（很好）！谢谢！"说罢，中村不动声色地把目光瞟向了德晓峰。

德晓峰尴尬地咳嗽了两声——今日只他一个人空着手，他知道自己的毛病，忒抠，尤其是对别人，可他改不了，"太君，您的中国话说得可越来越地道了，纯纯粹粹北平音儿，您猜怎么着？乍一听，还真以为您是本乡本土的呢。"没拿东西，他只能送上两句好话，"其实呢，有不少北京话原本就是从日本学过来的，为这个，我琢磨好些日子了，你比方，你们日本人管'吃'叫'咪希咪希'，管'好'叫'幺希'，还有什么'有娄希'、'死嘎希'、'阿达希'，北京人就有不少土话也带个'希'字，'瞧一瞧'叫'睐希睐希'，'喜欢'叫'好希'，单凭这个'希'字，就说明咱们起根儿就是同宗同祖……"

"你的，很会说话。"中村点点头，迫不及待地从果篓里掏出一个苹果顾自啃起来。

德晓峰得到夸奖更加增添了侃兴，"另外，我们几个对您的体格和胆量可真是太佩服了，佩服得五体投地，大雪寒天的，什么都不穿，跑到楼顶子上拿大顶，谁行？换了我，甭说拿大顶，站那儿瞧一眼当不住就得一脑袋栽下去。"

"你的，很会拿话填人。"中村头也不抬地说道。

这话怎么听也不像是一句好话。德晓峰登时怔住了，紧忙闭了嘴。

上午九点，太庙大殿里已坐满了人。北平杂耍界的老老少少，无论男，无论女，无论师父徒弟，哪一个也不敢不来，下通知时刘连仲当面撂下了话：谁也别想抽签儿，谁也别想拿病说事儿，只要还会喘气儿，就是抬也得把他抬过来。

主席台上方拉扯着横幅，后墙上挂着日本国旗和伪满洲国五色旗，有一把把的昭和糖——包裹着花花绿绿彩纸的日本硬糖块撒在桌面上。

林雪梅已经很久没见到师姑靳大红了，坐在一起热乎得像是亲娘儿俩，一时间有说不完的话。

"我三伏哥没来吗，怎么没看见他？"林雪梅终于把憋了好半天的一句话问出来。

"找搁车的地儿去了。还说呢，知道今儿在这儿准能见到你，高兴得他话比平时多出好几大车。"

"我三伏哥还好吗？总想去看他，可师父管得严，平常不让出去。"

"放心吧，他好着呢，吃得香睡得着，打起呼噜能传出五里地去。"靳大红的话语里带着明显的赞赏。

东张西望的胡翠珠发现了她俩，紧忙凑过来，开口便问："姑儿，三伏干什么去了？找半天也没见他的影儿。"

"干吗？有事儿？"靳大红警惕地瞪圆了眼睛。

"没事儿还不许问问？"胡翠珠挨着她坐下来，贴着她的耳朵小声说道："跟您打听打听，这小子您用着还顺手吧？"

"说什么呢你？"靳大红一下红了脸，"有事儿忙你的，没事儿少跟我扯这种淡话！想男人了就赶紧找个主儿把自己嫁了，省得一天到晚扒别人家的窗户缝儿。"

"哟，我说什么了您就急了？我是想说，最近我也打算添辆自用车，买车就得找车夫，问问您，您若是不想用他了我接着用，省得再麻烦一道手，这话有错儿吗？"

"甭想！"靳大红气急败坏地回了一句，"这个人我用到底了！"

胡翠珠讨个没趣，悻悻地咽口吐沫转身离去，没走几步，被一只手拉扯到了大殿柱子后面，抬眼一看，原来是师父金三省。

"丫头，咱爷儿俩可有小一年没见着了，想死我了……"

"老东西，你放开……"她试图挣脱他，压低嗓音骂道，"再纠缠，我就喊了！你知道，我可是什么都不论。"

"得了，别跟我假装正经了，刚才你和大红说的话我都听见了，你看上拉洋车的那个山东小子了，对不？跟你说，不是自己碗里的肉，吃不到自己嘴里。再者说，他一个乡巴佬，整天臭汗溜丢的，你居然也能看上眼？"

"这事儿跟你没关系，用不着你管！"

"我这不是怕你上当吃亏嘛，要不这么着，今儿晚上散了场你到我那儿去，我和你掰开揉碎说一说——你师娘回天津了，还有好几天才能回来。"

"省省吧您，有那好梦，您还是留着自己个儿做吧。"胡翠珠一甩手走了，把金三省独自晾在了圆柱的后面。

三伏大步流星走到了林雪梅身前，二话没说，一大块包着荷叶的小枣年糕便从他的怀里掏出来，带着热热的体温塞到了她的手上。

林雪梅激动地站起来，忽闪着两只大眼半天没说话，许久没见这个大哥了，看上去他似乎比先前长高了一块，也壮实了许多，圆呼呼的光头顶冒着热气，下巴上还长出了一层青曲曲的胡子茬。不知怎么，这一刻，面前的这一张脸竟让她感到了陌生。

"吃吧，俺放了不少白糖呢。"三伏催促道。

她揭开荷叶包，张大嘴咬了一口，"嗯，好吃，真甜……"

"你师父最近没欺负你吧？他要敢动你一手指头，告诉俺，俺撅巴了他的老骨头！"三伏紧攥着的拳头此时仿佛发出了嘎巴嘎巴的响声。

"我挺好的三伏哥，你平平安安就好，不用总惦记我。"说到这儿，林雪梅的脸莫名地红了。

一旁的靳大红感到有些诧异，她想不明白，妹妹见了自家哥哥干吗要脸红，而且竟一下红到了脖子？

一队手持长枪的日本宪兵无声地走进来，左右分开站到了大殿两旁，随后，刘连仲及三个手下引领着中村少佐坐到了主席台上。一瞬间，台下的人们像得到了什么统一指令，全都扭转了自己的头，仿佛正前方坐着的都是些招魂的黑白无常，生怕让他们瞄上了自己。

刘连仲站起身开始训话，他从1937年7月北平沦陷说起，搜尽枯肠，使用了这辈子学会的所有溢美之词阿谀之语，只为盛赞日本人这一年多的胜绩。他反复强调大日本皇军来到中国的目的完全是为了拯救中国，全因日本人的到来，才给中国人带来了文明和民主。说几句他便停一停，转过脸向中村看上一眼，生怕有哪一句说得欠了妥。

"行，没看出来，这孙子还有点儿道行。"董茂昌向着身边的白雪遗小声嘀咕了一句，"日本人放个屁，他准得说自己屁眼儿痒痒，闹着满世界找茅房。"

白雪遗没说话，只是鄙夷地笑了笑。

刘连仲说道："至于皇军给咱北平人具体都带来了哪些好处，我想，就让小德子说一说吧，他感受最深，最直接，大家伙儿也都有目共睹。"他暂时坐下来，剥了一块昭和糖放进嘴里。

德晓峰一副受宠若惊的样子，回过身先向着太阳旗鞠了个躬，又铆足劲咳嗽了一声，这才开了口："要说，咱就说点儿眼目前自己一低头就能看到的吧。首先，皇军来了之后，北平有了冰棍儿了，这玩意儿好啊，大夏天儿的嘬上一口，敢说是透心的凉，既解暑又败火，没听卖冰棍儿的吆喝吗？'冰棍儿败火，拉稀别找我'。还有，城里边铺了好几段沥青马路，行走在上面人不硌脚洋车不颠，多好！有人说了，那沥青路是为方便日本人跑军车的，那不是为你修的，可军车它也不是老有不是？不跑军车的时候也没说不让您走不是？除此之外，不少路口还安装了红绿灯，有它做安排，来来往往的车就谁也撞不着谁了，可说是秩序井然啊。"他停下来，挠挠头皮，搜肠刮肚地想着，"对了，差点儿给忘了，皇军还给咱们新开了两道城门，东边的启明门，西边的长安门，大家伙儿出来进去的是不是方便了许多？再就是……再就是现在街面上的旅馆比以前多了，白面儿房子、花酒馆也——"说到这儿，他觉到一旁的刘连仲在他腿上掐了一把，紧忙收了口，想想言犹未尽，难得当众露一回脸，不甘心就这么坐下，顿了顿又补充道："还有一条不能不说，日本朋友还教会了我们一种打麻将的新玩法——点炮大包庄！"

听到此处，场内的人全都忍俊不禁哄笑起来。

"真挨骂！"董茂昌偷偷往地上啐了口唾沫。

这一次白雪遗接过了话茬，"没错儿，这路人，不挨骂他长不大。"

刘连仲急忙摁下德晓峰，岔开了话题："咱还是说说杂耍艺业协会的宗旨吧，那就是要团结一心宣传大东亚圣战，维护中日亲善，不管你是说的唱的，还是变的练的，都得这么做，谁也不许背道而驰！我可不是在这儿成心吓唬人，皇军的长枪大炮不是摆着玩儿的，日本宪兵队的狼狗也不是吃窝窝头的。听说没有？前两天唱西河大书的全彩凤就让宪兵队抓了，那天她唱的《狸猫换太子》，说是李太后流落民间收了个义子名叫范仲华，你们听听，再明显不过，她这是用谐音影射大日本皇军'犯中华'，如此，不抓她抓谁？你们这些个吃开口饭的，往后嘴上都得加把锁，记住，打今儿起，《岳飞传》不许说了，文天祥、戚继光也不许提了，《三侠五义》'五鼠闹东京'更不能说，是不是想掏大日本皇军的老窝啊？非要说也成，必须改成'闹汴梁'！总而言之，今后，在台上说每一句话唱每一句词都得要过过脑子，要不然就是自找倒霉，提前和你们说下，真要惹上麻烦可没人救你！"

"唉，看起来，又要大兴文字狱了……"素来胆小怕事的赵有禄低了头喃喃自语着，声音小得像蚊子。

林雪梅没心思听台上的人白话，拿出随身带的铜墨盒递给三伏看，悄悄述说着它的来历。

"这真是姓罗的那个大学生给你的？这么金贵的东西他怎么会舍得送你？"

林雪梅自豪地点了点头。此时，她发现三伏的表情有些怪怪的，显得很不舒展，紧忙解释道："罗大哥是让我拿它练字的，说是将来不管干吗，没文化写不好字不行。"

三伏沉默了，一时不知在想些什么，许久才说道："妹子，咱不能白要外人的东西，俺琢磨，过些日子，俺买点儿什么把他这个情给还上。"

"这可不行，"林雪梅急忙阻止道，"你不想想，这东西是能用钱买的吗？"

刘连仲终于讲完了，最后，他表示，为了体现民主，需要请在座的人提出协会会长、副会长的人选。

"白爷，"董茂昌盯了白雪遗的眼睛，"要说呢，这会长只有您老最堪其任，无论人品无论玩艺儿，您都是北平头一份，再者说——"

"打住！"白雪遗差一点儿要去封他的嘴，"我问问你，茂昌，我没做过什么对不起你的事吧？"

"哟，您这话打哪儿说起呢？"

"那好，平白无故你干吗要刨我们白家的祖坟？给日本人当差，我白雪遗死后还怎么去见列祖列宗？给日本人当差，我还算中国爹妈留的种吗？"

"白爷，您别急，其实，我老董等的就是您这句话！"

此刻，全场一片死寂。虽然时在隆冬，却让人感到有一种大雨将临的憋闷。

刘连仲假模假式地环顾了一周，"既然诸位都不好意思提，那就只能由我说了，会长，兄弟我勉为其难勇挑重担了，副会长就定金爷金三省吧……"

闻此，金三省霍地站了起来，脸上的麻子已经变作了一个个红点儿，"这不成！我不当这个副会长！"一言甫出，他似乎觉悟到了什么，马上又换了另一种口气，"别误会啊，我可绝不是给脸不兜着，怎么说呢？它是这样，我这样的人根本就不能当官，明摆着，我是个麻子脸，哑嗓子，属于六根不全之人，在过去，无论哪朝哪代，凡这种人，即使学问再好能耐再大也不许进宫面圣，所以……哈，承蒙刘会长抬举，金某只能敬谢不敏了……"他拱拱手坐下了，若无其事地和邻座扯开了闲篇儿。

此一番理由似乎再正当不过，似乎让人说不出什么，刘连仲不禁一时语塞。

忽然，金盈儿不知从哪儿钻了出来，高腔大嗓说道："既然我爸不干，由我金盈儿做这个副会长成不成？反正是金家出个人呗，大家伙瞧好了，我脸上可没麻子。"

刘连仲将探询的目光转向了中村少佐，中村想都没想就点了头。

"那就这么定了，从今天起，你们都要听从会长、副会长的调遣！散了！"刘连仲大声宣布。

往外走时，林雪梅猛地发现，原本装在衣兜里的铜墨盒不见了！她立时慌了神，像丢了护身的灵符，急忙挤过涌动的人群，返回到大殿里低头弯腰四处寻找。

"别费事了，你想找的东西在这儿呢。"不远处，德晓峰手举着一个黄灿灿的物件在向着她怪笑。

林雪梅三步并作两步跑上前，伸手就夺，"还我！想不到，你还是个贼！"

"用这种语气跟德爷说话可不大好。我看出来了，这东西对你很重要，告诉我，是哪个情郎哥送你的定情物呀？你得想清楚了，东西这会儿可在我手上，想给我给，不想给我就拿它换酒喝。"

"你敢！"林雪梅下意识地扭头朝大门口看去。

"别找了，你那车夫哥哥早就拉着靳老板走没影儿了。再者说，他就是在这儿也奈何不了我，爷现在是大日本皇军的人，势力大大的，不管是谁，胆敢动我一手指头，我就叫他宪兵队的干活。"

她看到，几个日本宪兵此时依然像木偶一样在大殿里站着，"小德子，你想怎么着？"

"我不想怎么着，很简单，想要回你的东西，晚饭后到万明路东方饭店见我，我在 304 房专候。"德晓峰已在心里构想了一个计划，"要是打算去，金三爷那儿由我去说。"

"到了饭店，你就能把它还给我？"

"没错儿，君子一言快马一鞭，说了不算，让我下辈子做狗。"

无计可施的林雪梅已别无选择，要么冒险，要么放弃，她知道，眼前的这个混蛋肯定没安好心，可再怎么着，也不能让这圣洁之物落在这狗一样的人手里。

"好，就信你一回，吃完晚饭我过去。"

令林雪梅没想到的是，敲开东方饭店 304 房间的门，没看见德晓峰，出来迎接她的却是"临芳楼"的章红宝！

章红宝穿着一身日本和服，脸上精心地画着粉妆，两道弯眉乌黑如黛，嘴唇则涂抹成了一个红艳艳的圆点，宛若咬着一颗硕大的樱桃，脑后绾着高叠如云的发髻，脚上套着木屐布袜，看上去完完全全像个日本女人。

"妹子，我知道来的一准儿是你。"章红宝亲热地牵过林雪梅的手，将她拥在沙发上，"听小德子说的，今儿晚上有金三爷的一个徒弟过来唱曲儿。"

林雪梅举目细看，房间装饰豪华，屋顶悬着黄灿灿的吊灯，地上铺着软乎乎的地毯，靠墙安放着席梦思的双人床，因为烧着暖气，随处都有一股热烘烘的感觉。一个从穷乡僻壤走出来的女孩子，上哪儿去见识这种气派？她的眼睛一时不知该落在何处。

"姐，你怎么上这儿来了，还弄这么一身打扮？"她把目光转回到章红宝身上。

"唉！"章红宝叹了一口气，"让我怎么跟你说呢。自打那老鬼子——就是你见过的那个日本嫖客，在我屋里住过一晚上之后，他就粘上了我，非说我长得和他死了的妻子一个样，从此，隔三差五地就到'临芳楼'来，也不找别的姑娘，总是点名找我。不久，我就知道了他的真实身份，他叫中村喜赖，是南城宪兵队的少佐，由这儿，他就不再去窑子了，说是人来人往的不安全，怕遭人暗算，想见我了，就在饭店里租下间房把我招过来。这身衣服和头饰都是他拿来的，非要求我照日本女人的模样打扮，他还管我叫惠子，那是他亡妻的名字。妹子，可别笑话你这个姐，我一个弱女子，残花败柳的，又能怎么着？为了活命，还不是只能承欢卖笑任人驱使。"

林雪梅沉默了，她没有理由看不起眼前的这个女人，一切都只能归咎于这个让人喘不过气的世道。

"说说你吧妹子，这阵子怎么样？姐可想你呢。"

林雪梅遂把这一段学艺的经历简要说了，并讲述了头午在太庙德晓峰与她的纠缠。

"为了一个墨盒你至于吗？傻妹子，小德子可不是个好鸟，踹寡妇门，刨绝户坟，什么阴招损招都使得出来，难道你就不怕好来不好走……"

"姐，一时半会儿跟你说不清楚，我必须得这么做。放心，我不会让这个混蛋占了我的便宜，我会见机行事的。"

"小德子到这儿来是陪老鬼子的，中村不愿意让手底下的那些日本兵知道自己在外面嫖娼，就特意找了个中国人当小使唤，有事叫他，没事就让他自己在隔壁屋里呆着。这姓德的小子专会溜须子舔屁眼儿，天生的一个奴才。这么着，待会儿你那边要是有什么麻烦，你就——"章红宝四处踅摸了一遭，目光落在了暖气上，"你就敲敲暖气管子，听见响，不管怎么我都会跑过去帮你。"

"姐，你就是我的亲姐……"林雪梅扑到她的怀里，像个孩子似的搂住了她的脖子。

这是个有着一副侠肝义胆的女子，虽流落风尘，卖笑为生，身躯弱小，却不失朋友义气、丈夫胸怀！

一阵钥匙声响过，德晓峰哈着腰引着中村走进来。矮挫子日本人一身便装，还戴了副宽边眼镜，看上去仿佛比头午少了几分狰狞，多了些许斯文。德晓峰一如既往，只是身上多背了一挂大三弦。

章红宝模仿着日本女人的做派，迈着碎步跑上前，双手扶膝行了礼，"先生，辛苦了，欢迎您回来。"

"惠子，你也辛苦。"中村温情地呼唤一声，将脱下的皮大衣递给德晓峰，扶着章红宝的腰坐到了沙发上。

"林小姐，你的大鼓，有新的段子，唱给我听吗？"中村喝了口热茶，抬眼问道。

"有有，太有了，"德晓峰忙不迭地替林雪梅回答着，转身解下弦子，找把椅子坐了，又对林雪梅说道："就《黛玉悲秋》吧，前几天我在二友轩听你唱过，已经有那么点儿意思了，今儿就由德爷给你弹一回，他金老三不在，咱也照唱不误！"

这一段曲目唱了足足二十多分钟，中村边听边用手打着节拍，一副陶醉其中的神情。他兴致勃勃地对章红宝说道："惠子，你知道吗，最近，我有一个发现，一个重大的发现，中国的大鼓，除去悦耳动听，还可以起到按摩的作用，对人的大脑进行按摩，经常听一听，有益健康，非常么希！"

待林雪梅又唱了一段《黛玉葬花》之后，中村示意他二人回避，头靠沙发合上了眼。

德晓峰打开隔壁的房门，推着林雪梅走了进去。

"把东西还我吧，这可是你答应的。"林雪梅一进门就伸出了手。

"别急嘛，说好的，我还能不给你？"德晓峰从衣兜里掏出墨盒在手上晃了晃，又塞了回去，"先坐下，咱俩聊聊天叙叙旧，成不？"他知道这小丫头的脾性，要想办好今日这事儿，直说不行，来硬的也不行。

"我和你有什么旧可叙？自打认识你，你就一直在变着法儿地欺负我。"

"这你可错怪哥哥我了，知道不，我那是喜欢你，所作所为都是想引起你的注意！说真的妹子，由打第一次见到你开始，我这心里就有了你，挥之不去，去之又来，一天想三遍，三天一来回……"

"真的假的？你又在骗我。"

"绝对真的，骗你是孙子，平白无故挨枪子儿！"他一心想着能尽快地把她哄上床，"你长得漂亮，人又实诚，尤其是那副小嗓子，又脆又甜，甭管遇到多烦心的事，只要听你一唱，就全没影了。"

"我哪有你说的那么好。"

"有，太有了，天桥那么多大鼓妞儿，高的矮的胖的瘦的，敢说，没一个能和你比！"

"瞎说，盈儿姐就比我长得好看。"

"说这话的就是有眼无珠，金盈儿算什么，就她？整个一小狐狸。"

"德哥，其实，仔细想想，你这人好像也没他们说的那么坏。"

"那是！哎，这叫怎么句话？我是根本就不坏！说心里话，妹子，其实呢我就是想娶了你，娶你当媳妇，这是我天大的造化，一辈子的福气，直说，你答不答应？"

"娶我？这可不是随便说说的事，我可得好好琢磨琢磨……"她一心想着能尽快地把自己的东西拿到手，然后一走了之。

"有什么好琢磨的？不是吹，现而今像我这样的男人，不愁吃，不愁穿，人长得又派势，打着灯笼你也没地儿找去！"

"可人家还小呢，虚岁才十七。"

"十七还小？《大西厢》里的崔莺莺和张君瑞好的时候多大？整天唱'二八的俏佳人懒梳妆'，二八一十六，比你还小着一岁呢。"

"大小先不说，再怎么着也得先和我娘商量商量啊……"

"还用这么麻烦？听我说，等咱俩办完喜事，我一准儿陪你去山东看望老太太。"

"那……要是那样，你得答应我件事。"

"说！"

"娶了我，你不许再在外面胡混了，就一心一意给我弹弦子，等我出了师咱就搭成夫妻档，挣了钱全归咱自己，省得和弦师二八、三七地分账。还有，从今往后不许你再去招惹别的女孩儿。"

"好说，凡事都由你做主。"德晓峰觉得鱼已上钩，转身从茶几下面拿出来一瓶白酒，还有荷叶包着的酱牛肉、花生米两个小菜，"妹子，这事儿可就这么说定了，今儿是咱俩订亲的大喜日子，怎么着也得陪哥喝两杯。"

"不行，你没打好主意。"林雪梅一口拒绝，"我不会喝酒，沾酒就醉。"

"沾酒就醉"四个字让德晓峰欣喜不已，"俗话说无酒不成欢嘛，就喝一口儿，成不？喝完了就把墨盒还给你，让你走。我保证。"他不知从哪儿又摸出两个酒杯来。

"说话算数？那……行吧，你尽管喝你的，我可就喝一口，就一小口。"林雪梅专等他这句话。

眼看着德晓峰把满满的一杯酒喝下，她皱着眉，故作为难地拿起了自己的酒，先在杯沿上闻了闻，然后试探着轻轻抿了一下，随即便哈出一口气，手掌在嘴唇上扇起来，"辣死我了！酒可真不是好东西，一口下去，我的心都怦怦乱跳呢。"

"好极了……"德晓峰看着有趣，哈哈笑起来，忘乎所以地将第二杯酒又倒进嘴里，"好事成双，这回你大着点儿，等一下习惯了就好了。"

林雪梅迟疑地瞄了他一眼，像下了莫大决心似的抿了一大口……

待她将自己的杯中酒喝完，茶几上的一瓶衡水老白干已经下去了一多半。

"妹子，不是当哥的跟你吹，这两年，经我手的大姑娘小媳妇多了去了，个儿顶个儿的赛着漂亮，可我就偏偏看上了你这个乡下丫头，为……为什么呢？因为……"他的舌头已经开始拌蒜，话语已经囫囵不清，"因为你是旱香瓜，另一味儿，我说的没……没错儿吧？"

"德哥，"林雪梅主动把酒杯斟满，舌头也假装着打了滚，"既然……既然你这么看重小妹，小妹我也……也豁出去了，今儿就不急着走了，和德哥你来……来个一醉方休！"说罢，仰起脖子，一饮而尽。

打死德晓峰他也不会相信，他眼中的这个年纪小小的乡下丫头，竟有着不同寻常的酒量，而且还有着深藏不露的智慧与胆识。

酒不醉人人自醉，更何况你一杯接我一杯，一瓶白酒终于见了底，德晓峰如同一摊烂泥醉倒在沙发上，于梦中开始了与大姑娘小媳妇的甜蜜相会。

林雪梅从他身上掏出自己的墨盒装到衣兜里，随后用空酒瓶在暖气管上敲了两下。不一会儿，章红宝便趿拉一双木屐跑进房来。

"姐，人就交给你了，我得抓紧回去。看样子他一时半会儿醒不过来。"她拿起酒瓶子在德晓峰的脑门上比量了一下，"真想给这坏种留下个念想，可我怕……"

"我赞成，咱不能就这么便宜了他！平日这小子仗着日本人撑腰没少犯坏，就说我身边的这些姐妹吧，几乎没有几个没被他欺负过的，得机会抠一下、摸一把的那是常事。"章红宝低头想了想，"妹子，我倒有个主意，这主意准成，来，你帮我把这孙子架到我屋里去，今儿我要让他长长记性。"

"能行吗？可别为这事儿给姐惹下什么麻烦。"

"放心吧，那边那个也一时半会儿醒不过来，一晚上我都没让他闲着。听我的，别为姐担心，即使真有什么麻烦，姐也扛得住。"

中村喜赖觉得一阵口渴，费力地睁开了酸涩的眼皮，他叫了一声"惠子"，却没听到任何回应，伸出胳膊向着自己身旁摸了一把，床上空空的。就在这时，一阵女人的抽泣钻进他的耳朵里。

他摸索着打开了床头灯，惺忪着睡眼踅摸过去，出现在眼前的情景令他一下子张大了嘴：

"惠子"一丝不挂地仰躺在地毯上，半截身子斜倚着床帮，头发蓬乱如草，脸上布满泪痕，同样赤裸的一个男人靠在她的胸前，嘴角流着涎水，手掌死死地握着她的一只乳房。

"惠子，这是怎么回事？究竟发生了什么？"中村怒不可遏地喝问道。

章红宝扯开嗓子哇地哭出了声，"呜……我对不起你，先生……就在刚才，他，这个王八蛋强奸了我……"

"强奸？"

"我执意不从，他就拿枪……拿枪逼我……"

中村看到，自己随身携带的一把手枪此时就放在茶几上。

他弯下腰朝着那个男人的脸仔细盯过去，这才看清楚是自己带来的随从德晓峰。

"八嘎！"中村如猛兽一般从床上蹿下来，跨上一步，揪住德晓峰的头发左右开弓地扇开了嘴巴，肉与肉撞击的声音在暗夜中显得格外清脆响亮。

未及三五下德晓峰即醒转了过来，脸颊上火辣辣的感觉和口腔里腥咸的味道令他一时不辨南北，只是本能地朝后缩去，"这位爷，有话您好好说，别，别上来就打呀……"

"说，小德子，你的，为什么，要跑到我的房间来？"中村停住了手，一张凶神恶煞般的脸直逼到近前。

德晓峰低头看看自己光溜溜的身体，又看看同样一缕未著的章红宝，仿佛明白了些什么，只是搞不懂此时此刻他怎么会出现在中村的房间里，而且还精赤条条。他依稀记得，方才，他是在隔壁的屋子里和姓林的乡下丫头一起喝酒，莫非说自己由于酒后乱性才导致如此？

"红宝姑娘，我没把你怎么着吧？"他试探着向章红宝问了一句。

"呸！"章红宝一口唾沫吐在他的脸上，"你还想把我怎么着，啊？事儿不都在这儿明摆着，还用我说吗！"

德晓峰看出此事有点儿麻烦，紧忙冲着中村作了个揖，"太君，今儿这事儿都怨我，虽然说她是个窑姐儿，不是什么贞节烈女，可我也不应该没经过您的允许就把她给……给办了，何况还当着您的面。都怪我喝多了酒，酒后无德，这么着，改天小的给您找个嫩的，算小的给您赔不是……"

"奇库肖（畜生）！"中村顺手抄起茶几上的手枪，直接抵在了他的脑门上，"她是我的女人，是我的惠子，明白吗？你的办了她，就死了死了的！"

德晓峰至此才明白问题并非自己想得那么简单，急忙跪到地上对着章红宝连连磕起了头，"姐，亲姐，您快帮我说句话吧，求太君放我一马……姑奶奶妈，亲妈，我就是您亲儿子，从今往后我一准儿孝敬您，您就救救儿子吧……"

章红宝鼻子哼了一声，扯过一件衣裳挡在胸前，厌恶地把脸别转了过去。

德晓峰又把身子向着中村转过去，"太君，饶命啊，小的再也不敢了，从今

长篇小说
大鼓妞儿

往后我要再敢动她一下，您就把我老二一刀切了，这还不成吗?"

　　不知是德晓峰的这句话刺激了中村，还是提醒了中村，中村用枪把在他的前额上狠狠地敲了一下，趁他双手捂头之际，压低枪口照准他的下身扣动了扳机!

　　伴随"砰"的一声枪响，一声惨叫发出，殷红的血流像数条蠕动着的蚯蚓，一股一股顺着德晓峰的大腿游走下来，慌不择路地爬向了地毯……

大鼓妞儿

九

一呀一更里，月影儿呀照花台，

情郎哥哥定下了计，今天晚半晌来。

叫丫鬟忙打上四呀四两酒，四个呀小菜碟摆呀摆上来……

——时调小曲《照花台》

弹弦儿的小德子让日本人劁去半个老二的消息不胫而走，很快就成为了北平杂耍圈儿里的一大笑谈，这件事恰好印证了他曾经大讲特讲的日本人所带来的"好处"，对他而言，这"好处"的的确确是眼目前的，而且一低头准定能够看见。

德晓峰的心里如同打翻了五味瓶，痛恨、迷惘、庆幸、懊恼，交缠在一起，理还乱，分不清。他痛恨章红宝在关键时刻没为自己说句好话，因此，自打苏醒过来之后他就"婊子婊子"地没停口。从始至终他也没弄明白，那天晚上到底是"办"她了还是根本没"办"，虽说自己喝多了酒，可为什么一丁点儿感觉也没有？莫非是两个贱女人联手下了套，让自己偷鸡不成反而蚀了米？他庆幸自己还活着，中村手下留情没直接在他脑袋上凿个眼儿，否则这会儿怕是早就进了棺材入了土。他庆幸日本人没把他那宝贝东西完全劁掉，好歹还给他留下了一截。他懊恼自己已经成为了不全之人，不知道那半根东西日后还能不能再派上用场，性命性命，人若是没了性，要命又有何用？

时光如水般流逝，很快又进入了春天。北平的春季尤其短暂，短暂得就像狗眨巴眼儿，人们刚刚脱下棉衣换上夹袄，没穿上几天便开始觉得浑身发燥，当顶的太阳已经晒得人头皮冒了油。

德晓峰终于可以下地走动了。他溜溜地在床上躺了两个月，躺得浑身都起了皴，现下他最想做的事就是找个地方去洗个热水澡。一帮老爷们儿泡在一处的大澡塘子他是决然不敢再去的，在那儿无疑会当众出丑露了短。他像一条刚刚被阉了的狗，扎巴着双腿，蹒跚着走进了鲜鱼口里的清华园，只有这里设有单间。

"去，上外头给我叫二两老白干，一个焦熘肉片，记着，要宽点儿汁儿，外加半斤白面坯儿。"一进门他便向伙计做了交代，随后又找补了一句："还有，出来进去的要先咳嗽一声，听见没？"

泡在热气蒸腾的池水里，他感到自己又重新活了过来，自从受了枪伤，他便觉得好似一头扎进了冰窖，麻木了身体，也麻木了神经。往常，一泡进浴池里，他的下身便会产生一种蠢蠢欲动的反应，然而，如今却疲疲沓沓浑然无知。他上上下下搓着身上的污垢，却始终不敢朝裆里看，哪怕只是一眼。

洗净之后，他用浴巾将下身包裹严实，生怕无意之中把愧对外人的东西暴露出来。他坐在小床上就着肉片喝干了酒，接着把菜的汤汁倒进面坯儿碗里，拿筷子搅了搅，半斤面条很快就下了肚。他非常得意自己发明的这一种吃法，既实惠，又省钱。

天黑透了的时候，他走进了"临芳楼"，脚步仿佛利索了许多。

"大茶壶"看到来了客人，一路喊着"候——"一路迎上来，然而，待他看清楚是德晓峰时又立刻改了口，"没屋子喽——，二爷您来迟一步，请多包涵！"

德晓峰不悦地骂道："王八蛋！你不是喊'候'吗？怎么他妈又说没屋子了？怕爷兜里没现钱是吗？真他娘的狗眼看人低。"

"大茶壶"似是不经意地朝他小腹下看了一眼，"我是说，候——后半夜我这儿就该着关大门了，不敢骗您，这会儿姑娘们的屋里确实都有人占着，您还是上别处转转吧。"

"那几个娘儿们不都闲着呢吗？"德晓峰指了指在大厅门口晃动的几个窑姐儿，"放心，大爷我从来不赖账。"

"跟爷回，她们都是来了事儿的，不能接客。再者说，即便她们自己个儿愿意，我也不能让她们陪您，有这么句话您肯定听说过，'红马上床，家破人亡'，还真别不信。"

"那个呢？"德晓峰仍不死心，又朝楼上一个正倚了栏杆嗑瓜子的女子指点着。

"她呀？对了，她行。嘻，您瞧我这脑子，赖我，她不光行，还便宜，花一半钱就能成，不过……有句话我得提前和您说下，听当家的妈妈背后嘀咕，最近，这丫头她好像得了脏病。"

"你他妈跟这儿耍我是不？"德晓峰骤然醒悟，恶狠狠扬起了手。

茶壶男人急急后退几步，嬉皮笑脸地说道："敢情您全知道，您圣明。听我一句劝，省省吧德爷，这儿的姑娘个儿个儿都认识您，眼下您都那样了，就别老想着嫖了，有钱就置点房子置点地，没事儿还是老老实实在宫里呆着吧！"说完，几下就跑得没了影。

"我操你八辈祖宗！"德晓峰跳着高地骂着，觉得受到了莫大的羞辱，他听出来了，现下自己已经被人看作了宫里的太监，一个去了势的公公。这一刻，他恨不能把这院子里的女人全都压在身子底下，让她们看看德爷到底还行不行。这一刻，他觉得自己好孤独，好可怜。

"大晚上的，您这又是跟谁怄气呢，发这么大的火？"身后忽然递过一句女人柔软的声音。

他扭头看去，只见金三省的徒弟白丫头手持一面八角鼓站在大门口，旁边跟着一个手拄马竿身背弦子的瞎子，那瞎子已满头白发。

"怎么会是你？"德晓峰知道她是来这儿卖艺的。

白丫头见他一脸疑惑，忙解释道："您还不知道吧，我已经出师了，就在一个月前，还有我师妹黑丫头。"

"噢，恭喜恭喜。我问问，谢师会办过了吗？"

"办了，当时您正在家养……养病，就没去打搅您。"

搁在以往，这种女人德晓峰看都不会看一眼，因为她的相貌实在是稀松平常，可在今天，不知怎么，他发觉白丫头竟蕴含着另一种妩媚，有着一种不动声色的美。

"你不在落子馆好好呆着，干吗要串邪钵呢？这地方又脏又乱的，你就不怕……"他表现出了少有的关心。

"我不是不想在落子馆唱，只因为很少有人点我，好几天就一直干坐着，一大家子人还等着我挣窝头钱呢，我坐不起。实在没辙了，这才……我知道，除了长得白点儿，哪儿哪儿我都不如她们。"

"他们那叫有眼无珠，那叫不识货！"德晓峰意识到话说得有点欠妥，紧忙往回找补："知道不，你长得耐看，越看越好看，说实在的，我就挺喜欢。"

"您就别昧着良心夸我了，长什么样儿我自己知道。"白丫头苦着脸笑了笑。

"你师父金三省是干吗吃的？即便你出了师，他也不能撒手不管呀！"

"您不知道，这些年他一直不待见我。"

"再怎么说你也是三炷香两烛蜡磕出来的，也不能……这么着，明儿你还是上二友轩，我带几个哥们儿去捧捧你，给你长长份儿！"

"可别，就是行，您还能见天过去？再者说，我也不值得您这样。"

"要不……"德晓峰按捺不住勃动的欲望，终于挑明了心思，"要不然，这么着，你也到了该出门子的年龄了，干脆嫁给我得了，跟了我，保你一家人从此不愁吃不愁穿，也免得再这么辛苦不是？我这可全都是为你着想。"

"不不，这可不成，"白丫头连连摆手，"我还小呢，爸妈不让我这么早就嫁人。"

"我明白了，看不起你德哥是不是？跟你说，北平城咱大小也算一号，官私两面，黑白两道，全趟，不敢说踩一脚前门楼子颤三颤，起码它也得落层土！现下我什么都不缺，可说是要钱有钱，要势力有势力。"

"可你——"白丫头只说了半句话，快速地朝他下身扫了一眼，旋即便羞红了脸。

德晓峰哑巴了，他自然知道她那没说出来的后半句是什么。

不知什么时候，瞽目弦师已坐在了院子里的台阶上，一阵苍凉的三弦曲叮叮咚咚飘荡开来，委婉低沉，如泣如诉……

天刚蒙蒙亮，金三省家的西厢里就有了说话声。

"干爹，别睡了，醒醒啊你……"是金盈儿甜腻的话音。

"干吗……"是刘连仲含混不清的嘟囔声。

"人家还想呢……"

"想什么？想起床下地了？"

"讨厌，你成心跟我装傻……"

"哦，明白了，你是说——得，姑奶奶，您饶了我吧，这会儿我可实在不成了，腰疼。"

"这才哪儿到哪儿呀，你就——不是嫌弃我了吧，干爹？"

"怎么会呢宝贝儿，我疼你还疼不过来呢。"

"那你睁开眼，跟我说说话成不成？"金盈儿亮出了手中的牌，"我们家那乡下丫头已经上了好几回报纸了，可我至今还一篇儿也没有，凭什么呀，大小我也是个副会长，怎么着在外面也得有点儿响动不是？你总说你跟报社的主笔有交情，可是连这点儿事都办不成。"

"总得容我点儿工夫嘛。"刘连仲支应着。

"你有工夫吃花酒、逛窑子，到办我的事时就没工夫了？"

"净瞎说，你我都支应不过来，哪儿还有那份精力？"

"敢说你没去？前天晚上——"

"打住。办，你上报纸的事我一准儿办，待会儿吃完早点我就去找人，行了吧？"

"还有，本姑娘还想出一本特刊，人家四大名旦、四小名旦个儿个儿都有特刊，大照片摞着小照片，可打眼呢！他们成，我怎么不成？干爹，你给一块办了，成不？"

"出特刊不同于上报纸，要花不少的钱呢，我得琢磨琢磨……"

"钱，就知道钱，不理你了……"金盈儿赌气地背转了身体，"一点儿当爹的样儿全没有。"

"办，也办，这回成了吧姑奶奶？"刘连仲伸手扳住了她的肩膀。

黑暗中响起"吧"的一声，不知是谁亲了谁一口。

院子里传出一阵窸窸窣窣的响声，金盈儿估摸是林雪梅要去坛根儿喊早儿，便起身下了地，从门缝探出去一个脑袋，"乡下丫头，别急着走，先去买点儿豆浆和油条来，钱你先给垫着，回头跟我爸要。"

林雪梅没好气地回了一句："没那闲工夫，再说我兜里也没钱。"

"跟谁说话呢你？"金盈儿摆开了大小姐的架子，"没睡醒呢是不是？"

"你算说对了，是没睡醒，我这会儿还正做着梦呢。"林雪梅不以为然地说道。

金盈儿一下子竖起了耳朵，"林雪梅，说什么呢你？你敢再重复一遍！"

"怎么了，我说我正在做梦呢，梦见两条狗在窝里打架——"这句话刚一出口，她马上意识到自己出了错，触犯了江湖的大忌，再想往回收已经来不及。

"好啊林雪梅，你犯快了知不知道？有能耐你等着，姑奶奶找人跟你算账！"金盈儿匆匆穿上衣服，一拉门跨到了院子里，扯着脖子喊起来："爸，妈，你们都听见了吧，这乡下丫头一清早就敢犯快！说说该怎么办吧！"

原来，江湖人历来有着诸多的禁忌，"犯快"即为其中的一种。所谓"快"，是指八样事物，即梦、龙、虎、蛇、塔、桥、牙、兔，按照规矩，每日午前绝对不允许提说这八个字，无论是谁，偶然失口道出，便视为大不吉，被称作"犯快"。一旦有人犯了"快"，凡是在场的听之闻之者均不再出门做生意，一天的经济损失便要全部由"犯快"者包赔。设若有人必须言及这些事物，则有相应的江湖术语代替，行内人将这些术语称之为"春典"，又称做"调侃儿"，譬如把梦叫做"团黄粱子"，把虎叫做"海嘴子"，把龙叫做"海条子"，这其中究竟顾忌些什么，会产生什么恶果，却很少有人能说得清楚。"春典"中的词汇有的可以解释，有的却无从考证，如"梦"的替代语"团黄粱子"，应该是从"一梦黄粱"而来。尽管如此，这一条规矩却是圈里人不得违逆的戒律。刚入门时，金三省就反复地向林雪梅强调过这一点，学艺将近两年，她也从没触犯过，可是今天，一恼之下她竟把这些全然忘到了脑后，还一连串地说出了三个"梦"字。

如同着了大火，金三省和徐五姑很快便披着衣裳走出来，只见金盈儿仍旧不依不饶地叫嚷着："我管不了你，有祖师爷的规矩管你！甭废话，恭喜你了林小姐，今儿这一天姑奶奶算沾你的光了，什么都不用干了，由你来管吃管喝！"

"我包赔你的损失就是了，现下我不挣钱，先记着账，等我出了师就还你。"林雪梅的语气显得有些虚软。

"说得轻巧，姑奶奶一天就能挣十块，赶好了还兴许三十五十，你赔得起吗？"

"得了！"金三省怒喝一声，打断了金盈儿的话。平心而论，这二年林雪梅没少为他挣钱，尤其报纸上登了她的专访之后，书馆里点着名请她唱的便日见其多，当然，这个丫头也给自己惹了不少的麻烦，险一险就让他进了大牢。他已经看明白，这是个有心数有胆量的女孩儿，如不严加管束，日后还指不定会再捅出什么娄子来。想到这儿，他板起了面孔，"雪梅，有件事我早就想问你，小德子挨日本人枪子儿那天你正巧也在饭店，他不会是因为你吧？"

林雪梅没料到师父会打探这件事，忙一阵掩饰："这事儿跟我一点儿关系也没有，小德子就是让我陪他喝酒来着，他想灌我……"

"灌你？"金盈儿撇了撇嘴，转脸对金三省说道："爸，您是不知道，这乡下丫头酒量大了去了，四两半斤的根本不在话下，整个一酒漏子。"

"后来呢？"金三省没接金盈儿的话茬。

"后来，我见他醉模愣登进了章红宝的房间，看看没我什么事了，我就回来了。"

"就这么简单？"

"可不，再以后发生什么，我真就不知道了。日本人冲他开枪的事，我也是从别人嘴里听到的。"

"哎，老爸，说她犯快的事，您扯这么远干吗？"金盈儿催促道，"告诉您，

长篇小说

大鼓妞儿

您可不能护犊子，不疼不痒地说几句可不成，必须罚她，重重地罚她！”

这时候，西厢里传出一声咳嗽，刘连仲衣冠齐整地踱出来。

金三省自然知道，此人前半夜就偷偷潜入了女儿的房间，却故意问了一句："哟，刘会长，怎么，一清早就来光临寒舍了？"

刘连仲尴尬地笑了笑，"它是这么回事，会里有点急事要操办，我来找金副会长商量个主意，您瞧，杂耍协会也成立好几个月了，总得干点儿什么正经的不是？"

"瞧您说的，您刘会长干的还会有什么不正经？"金三省语带双关。

刘连仲岂能听不出这弦外之音，一时有点挂不住脸，"正经说，金三爷，上回在太庙，您死说活说不愿意出头当这个副会长，让日本人大为恼火，幸亏我好说歹说给拦挡了，要不然又是一场麻烦。人活着，谁不愿顺心顺气的，多一事总不如少一事的好，您说是不是这个理？"

"那是，就因为这，我得一天三遍念您的好。"金三省不甘心如此轻易地就把一个大闺女奉送给了他，一种酸楚的感觉涌到了嗓子眼，"可是，谁又能知道哪块云彩有雨呢？"

"您放心，我不会让您的宝贝闺女吃亏的，也不会让她白跟我刘某人一场，用不了多久，盈儿她就会红遍四九城！"

"爸，林雪梅犯快的事还没解决呢，您老跟这儿瞎磨叽什么？"金盈儿不达目的绝不罢休，"其实，我早就看出来了，这事您压根儿就不想管，也根本不敢管！因为什么？因为您对她有想头儿！"

徐五姑只怕把事情闹大，急忙阻拦道："得了，快别说了，让雪梅包赔你损失不就完了。"

"妈，这话我不能说。爸，我知道，那一黑一白俩小妖精出师走了，现下，您手头没的抓挠了，就开始在这个乡下丫头身上打开了主意，要不，您干吗事事总护着她？干吗不许人摸不许人碰？"

"不要脸！"金三省忍无可忍，一巴掌扇到了金盈儿的脸上。

就在这时，林雪梅自动拿了一块洗衣板放在地上，什么话都没说，双膝一弯便跪在了上面……

一连串的几档子事，让靳大红的心情沮丧到了极点。

清早起来，她就发现三伏又没了踪影，这已经是第三次。看看，缸里的水挑满了，早点买好热在炉子上，洋车也擦得锃明瓦亮，就是人不知道去了哪儿。这一阵，她一直感到三伏有些神不守舍，常常见他独自蹲在墙角发呆，一副心事重重的模样，问他，他也不吭。此前，她曾几次或明或暗地向他表示了自己的心意，可他不知是心窍未开，还是成心装聋作哑，就像个扎不透的木头人，一丁点儿反应也没有。她甚至舍了脸面勾引过他，洗澡时故意把窗帘留条缝儿，夏景天身着短衣短裤缠着他坐在一处喝酒，然而全都是瞎子点灯——白费蜡。令她不容小视的是，现下有一个比她更年轻更有姿色的女人也盯上了三伏，胡翠珠即是她最具威胁的对手！靳大红暗自下了决心，当断不断，反受其乱，这会儿已经到了该捅破这层窗户纸的时候了，否则，后悔的就只能是她自己。

她大敞了院门，站在门口不住地朝街上张望，企盼着三伏马上就能出现在自己的面前。不经意间，她看到有一张四四方方的白纸贴在自家门外的墙上，上面用毛笔写着两行大字："靳门丧事，恕报不周。"大字下面还有一行小字："五日接三，八日伴宿，九日发丧。"

一股怒火立刻由她的心底蹿到了脑瓜顶，他奶奶的，是哪个混蛋平白无故如此作践自己，大清早的就赶过来给自己添堵？有人生没人养的东西，你们家才有他娘的丧事，你们家才一门三代全都死了个绝！她在心里诅咒着，啐一口唾沫在地上，一把将墙上的"报丧纸"扯了下来。猛地，她回想起昨天晚上在园子里见到崇小辫儿、麻三儿的情景，两个小子死皮赖脸地粘缠着不让她上场，说是这几天手头儿有点儿素，要跟她借俩钱花花。借什么借？明摆着就是抢，就是砸明火！自然，她一分钱也没往外掏，而且也没给他们好脸儿。看来，此事必定是这俩小王八蛋所为，就因着没能从她身上榨出油水，便找上门来报复她、恶心她，虽然这算不上是奇耻大辱，但也决不能就这么轻易地与他俩善罢甘休！然而，她转念一想，又改变了主意，唉，还是算了吧，忍了吧，一个唱大鼓的下九流，就算不忍你又能怎么着？

这时，就见三伏甩着脑门子上的汗珠跑了回来，靳大红怒冲冲劈口问道："一大早你这是又上哪儿了？跟谁说了你，啊？"

三伏连呼哧带喘，"没，没上哪儿，就是出去转转……"

"胡扯！我观察你好一阵了，隔三差五就不见了人影，我问你，这份差事还想干不想干了？干腻了明说！"说出这句她便有些后悔，担心他一旦认了真，真就一去不返。

"咋不想干呢，有饭吃，能挣钱，你又对俺这么好。"三伏满脸的真诚。

一股暖意立时在她心里升腾起来，但表面上仍旧虎着脸，"不许撒谎，说，是不是上她那儿了？"

"她……谁？"

"还有谁，胡翠珠，你是不是背着我去她家了？"

"你想哪儿去了靳老板，俺没事找她干啥？你可真会瞎想。"

"她可是跟我说过，她看上了你，她喜欢你。你是不是也——"

"俺一个卖苦力的，哪能……再者说，胡姑娘也不是啥本分人。"

"你真是这么想的？成，有你这句话我就放心了，我就是怕……怕你上了她的当。"

"既这样，俺照实说吧。"于是，三伏把自己抽空儿去天坛坛根儿探望雪梅妹子的事讲了，"不知为啥，今天她没去，以往，不管刮风还是下雨她从没断过，俺有点不放心。"

"这好办，一会儿咱就一起去看看她，正好我也有事要和金三爷说。"靳大红沉吟片刻，"三伏，说到这儿，我还想问你一句，雪梅真的是你亲妹子吗？我看着可不大像。"

"咋不像？俺和她……就是亲的。"

"没骗我？"

"没……"

当靳大红二人走进金家宅院时，看见林雪梅正头顶烈日跪在搓板上，汗水已经打湿了她的衣领，头发成绺地贴在脸颊上，她两只手扶着膝盖，佝偻着身子，像一张弯弓。

骤然间，三伏火了，靳大红也火了！他俩紧忙跑上前，合力把她往起搀。

林雪梅执拗地扭动着身体，拒绝他们的帮助，"你们别管，我犯了错，处罚我是应该的，师父不发话，我不能起来……"

"金老三！"靳大红手叉腰站在当地，气咻咻叫喊着，"你给我麻溜儿出来！"

金三省闻声从堂屋里慢吞吞踱出来，斜楞着眼说道："大红，你想干吗？家有家训，艺有艺规，我管教自己的徒弟不行吗？又碍着你什么了？纯粹是六个指头挠痒痒，多你这么一道。"

"胡说八道！"靳大红毫不示弱，"你给我听好了，这孩子是我带来的，我有权过问，有事说事，虐待她不行！告诉你，我既然能把她领过来，我就能把她再领走！"

"不管怎么，欺负俺妹子就不成！"三伏几步冲到金三省面前，伸手便要动粗，靳大红急忙把他喝止住了。

还是靳大红的话击中了金三省的要害，他了解这个浑不论的师妹，说得出就做得出，现下黑白两个丫头已经出了师，离开了这个家，唯一能为他继续挣钱的就只剩下了林雪梅一个人。金盈儿倒是不少收入，但他一个子儿也见不着，大钱小钱全都装进了她自己的腰包，就这样还时不时地腆着个脸跟家里要东要西。想到这儿，他的口气顿时缓和下来，"师妹，这辈子让我金三省怕的人没几个，可你得算一个，得，今儿就听你一回。雪梅，谢谢你师姑，起来吧。"

他把靳大红让进客厅，将早晨发生"犯快"的事叙述了一遍。

"古人云，'大车无輗，小车无軏，其何以行？'"金三省边说边摇晃着脑袋，"我之所以这么做，全都是为她好，就为让她长点记性。看着自己的徒弟跪在太阳地儿受苦，当师父的又岂能不心疼？"

靳大红接过了林雪梅递上的一杯热茶，"师哥，现下日本人给咱定的规矩已经不老少了，一句话说不到就有可能招来杀身之祸，咱又何必自己给自己多加一道绳子？就说唱西河的全彩凤吧，一个五十多岁的老太太她知道什么，范仲华只是'草桥断太后'中的一个人物，几代艺人都是这么说这么唱的，日本人来了就非得把他改了？一个人名就让她进了监牢，又上哪儿讲这个理去？"

林雪梅急切地说道："姑，咱得想个办法把她救出来呀！"

103

金三省长叹了一声，"有什么办法？我早看出来了，小鬼子来者不善啊！往后，还不定怎么着呢……"

林雪梅接了话茬："虽说小鬼子可恶，可那些个帮狗吃食的汉奸更可恶！因为他知根知底，日本人想得到的他想到了，日本人想不到的他也想到了，为了升官发财，变着法儿地使坏坑人。"

这句话令金三省一时语塞。

见此，靳大红扭转了话题，"师哥，说起来我一准儿是上辈子欠你的，要不怎么总把好事主动送到你门上？跟你说，我在的那家园子现下缺个唱梅花的，一下我就想到了雪梅这丫头，跟班主一提还真就成了，你说是好事不是？"

金三省的眼睛随即亮了，"不是有董茂昌在吗？"

"还说呢，提起他让人笑死，老董的老婆都四十多了，不知怎么又怀上崽儿了，偏巧他儿媳妇也有了身孕，婆媳俩竟赶在这同一个月里坐月子，家里头还有个白发老娘需要人照顾，你想，他还能出得来吗？"

"那倒是。那么……公事①怎么说？叫雪梅拿'学徒份儿'可不成！"

"虽说雪梅这会儿还没出师，可多少也有了点儿名不是？我和班主说了，非一个整份儿人家不能来，他竟然点头答应了。"

"成，这事儿成！"金三省喜出望外，转回头从条案底下取出一条白金龙香烟推到靳大红面前，"师妹，感谢的话我就不说了，说了显得生分，这是盈儿的干爹送我的，你知道我吸鼻烟儿，你就留着抽吧。"

一旁的徐五姑紧忙把话插了进来，"红妹妹，今儿可不许走，嫂子我给你们烙春饼吃，现成的天福号酱肘子，六必居的甜面酱。"

"我还想喝酒！"此时，靳大红的心里已经云开雾散。

---

① 公事：北京话，意指报酬。

十

沉雷响，云雾生，西北角上起大风。
忽听哗啦连声响，瓢泼大雨往下倾。
好似倒泄天河水，大雨里面带雹冰。
沟也满，壕也平，平地漫水把船撑。
房屋漏，倒敞棚，房倒屋塌家具冲。
奔高地，爬屋顶，男女老少哭叫声。
衣服被褥都冲净，苍天无眼水无情。

——西河大鼓赋赞

古城遭遇了五十年未得一见的水灾！老天爷仿佛和下界生灵结了仇、衔了恨，一气不歇地接连降了五六天的暴雨，万里长空漏若悬河，引得山洪暴发，北运河大堤瞬间决了口子，滚滚河水裹着雨水一起灌进城来。很快，马路变成了河流，没膝的浑浊水面上随处可见漂浮而去的草根、朽木，以至死猫、死狗。窄街小巷变成了港汊，几多房倒屋塌，百姓死伤无数，好端端的一座城池，陷入了一片狼藉与漫漶之中。

终于盼到天放了晴，水渐渐消退，街面上扶老携幼的流民却骤然间多起来，一个个衣衫破烂，面色蜡黄，据说大多数是从天津地片逃过来的，那里也遭了水患，而且比之北平更凶更猛，最为肆虐的时候，洪水已经没过了平房的屋顶。

日本人并没有因水患而减弱了对北平的控制，为了建设所谓的华北新秩序，开始推行强化治安运动，挨家挨户频繁地查户口，打着"清肃共产党"的旗号抓了一批又一批人。他们采纳了汉奸的建议，在街巷中成立了"公益会"，设置了正副里长，借鉴中国封建王朝"连坐"的方法，一心要把全城的百姓统统改造成顺民。

转眼间，林雪梅在雅轩茶社已经唱了三个多月，不仅为金三省挣下了一笔可观的份儿钱，也学到了许多无论在坤书馆还是师父那里都学不到的东西。每日里，她一遍遍聆听着靳大红、白雪遗出神入化的演唱，深深感受到了大鼓说唱的无穷魅力，促使她像海绵吸水一般广纳博收，进而受益多多。这段日子，白大爷成为了她从艺生涯中的又一个引路人，为了教她学艺，教她做人，老人家虽是最后一个登场，却经常早早地就赶到了园子里，他打心眼儿里喜欢这个朴实无华又冰雪聪明的乡下女孩儿，一切出于心甘情愿，爷儿俩已结成了忘年交。

"雪梅，这阵子，你师父对你咋样？"洋车上，靳大红关切地问着。她一手抱着个带藤套的茶壶，一手搂着林雪梅的肩膀，每日黑白两场，她都是叫三伏接上林雪梅一起往返。

"挺好的，什么时候见了都是笑脸。"

"敢情，算算这些日子你给他挣了多少钱？老家伙心里明白着呢。"

三伏回过头问了一句："那个金盈儿没再找你的茬儿吧？"

"没。她好几天都不回一趟家，听说去坤书馆作艺也是三天打鱼两天晒网。"

靳大红忽然想起了什么，"雪梅，虽然说你到雅轩已经时候不短了，可我还是得问问你，当初我跟你交待的园子里的'十大班规'你没忘吧？"

"瞧您说的，每天我都默诵一遍，忘不了。"林雪梅掰着手指数说着："一不许吃里扒外，二不许临场推诿，三不许冒场误场，四不许出口伤人，五不许打架斗殴，六不许夜不归宿，七不许酗酒赌博，八不许欺师灭祖，九不许吸毒嫖娼，十不许拉帮结伙。对不对？"

"对是对了，要紧的是得照办不走样。"靳大红满意地点了头。

"记下啦。您和白大爷全都说过，学艺要先学做人，人也堂堂，艺也堂堂。"

正午的太阳火辣辣的，晒得尚未干透的大地升腾起一片片若有若无的水雾，使得行走在路上的人们像钻进了蒸笼，心慌气短，闷热难当。车入西单南口，走不多远就看到了雅轩茶社的门脸。

四九城中，雅轩称得上是规模较大的一等一的杂耍园子，场地宽阔，布局合理，足可容纳百十号人。观众席分做上下两层，楼上是包厢，楼下是一排排的折叠式木椅，椅背的后面安有搁板，可置放果碟和茶具。一副楹联刻在舞台两侧的廊柱上，写的是：慢起朱唇出妙曲，轻敲檀板放佳音。

北平人活得仔细，凡事都要讲究个清水下面——一清二楚，乱了不行，分不清也不行。论至娱乐场所，坤书馆是坤书馆，杂耍园子是杂耍园子，二者既然称谓不同，便有着高低文野之分。杂耍园子用不着看客点曲儿戳活，节目、演员都是事先安排好的，虽三尺台毯，却也讲究四样齐、八样整，通常一场演出共有十一个节目，即前场三个、中场六个（分前中场三个、后中场三个）、压轴、压大轴，完全依据艺人的名望大小排列次序，说、唱、变、练样样有，听的看的相得益彰。想进园子的一律花钱买票，抑或是把票钱直接打在茶资里。

靳大红走进后台要做的第一件要紧事便是沏茶，眼盯着滚开的水把茶叶泡上了，这才能安下心再干其他的，多年来已经形成了难以更改的习惯。

林雪梅顾不得擦汗，抢先去茶炉间把一个暖水瓶抱了回来。

"开吗？我得要那翻大泡儿的。"靳大红不放心地叮问了一句。

"这我知道，现打的，差一点事儿往后您再别理我。"林雪梅拔下暖瓶塞，一股腾腾热气立时从瓶口冒出来。

靳大红人虽粗放，但使用的茶具却尤为讲究，外面是细藤子皮编织的护套，内里有着一层絮着丝绵的布衬，中间包裹着一件铜胆，开启了铜胆顶面的两片合叶，这才拿出藏在尽里头的紫砂泥壶——既结实又保温。

"糟了!"靳大红失口叫了一声,"晌午头我做的小咸菜忘带来了!"

这里的人都知道靳大红有着一个癖好——喝茶要就咸菜,一根酱萝卜切成指头肚大小的丁,拌上米醋淋上香油,上场前约半个钟头把它拿出来,一块一块叼着吃下,就为了把渴给逗上来。之后开始喝茶,待三壶热茶下了肚,把汗出透了,也就到了登场的时间,如此上台亮开嗓门一唱,才能唱得通心通肺,酣畅淋漓。

"咸菜在这儿呢,您落车座上了。"林雪梅像个变戏法的,一转手从身后拿出了一个玻璃瓶,"您真逗,人家是就着咸菜喝豆汁儿,您可倒好,就着咸菜唱大鼓!"

"说对了,我这是就着咸菜唱豆汁儿大鼓。"

林雪梅唱开场,唱罢一段《摔镜架》从台上走下来,看见白雪遗已经进了门。

"梅子!"老人像在呼唤自己的孙女。

"哎,白大爷,您吉祥!"林雪梅欢快地跑过去,搀起了他的胳膊。江湖的规矩,岁数归岁数,亲近归亲近,辈分万万不能改。

她紧忙帮着把茶泡上,一转脸工夫,小泥壶旁边多了两个又大又黄的京白梨。

"这是怎么回子事?"老人手指着梨,故意板起了面孔。

"这几天净听您咳嗽了,听人说梨能镇咳化痰,我就……"

"你哪儿来的买梨钱?你师父我可了解,他那钱全都拴在了肋巴骨上。"

"钱是我过生日那天三伏哥给的,让我买点儿自己喜欢的东西。"林雪梅主动转了话题:"今儿您打算教我点儿什么?"

"你这个贪心的小丫头哟,我肚子里的这点儿东西都快被你倒腾光了……"白雪遗爱怜地在她头上拍了一下,"还是先说说昨儿你都记住了什么吧,温故知新嘛。"

"行。您跟我说,在台上表现书中人物,要'得其心,成其貌,善其言,仿其行,表其意,传其神',首先是要得其心。"

"这是强调不求形似,重在神似。"

"您还说,无论说无论唱,口齿必须清晰,'一字不到,听者发躁',咬字的诀窍是不能太松,也不能太紧,就好比老猫妈妈叼着虎崽儿过山涧,咬得太紧会把虎崽儿咬死,太松就会从口里脱落,掉落到山涧里。"

"这些都不是最要紧的——"

"最要紧的是,咱唱的玩艺儿是俗的,可谓俗中套俗,但不能让观众把咱人看俗了,也就是说,咱作艺的,行低人不能低,不管世人如何看你,都要懂得自尊自爱,不能自轻自贱,哪怕人把你说得一文不值,你也绝不能去行那苟且下作之事!"

"说得好!"白雪遗带着亮音赞了一句,"孺子可教也,看来,我的唾沫没白费!"

林雪梅将一个削好的梨递到老人的手里。

"今儿我就跟你说说咱这大鼓书中的理吧。"老人沉吟片刻，缓缓言道："艺谚说，'无情不感人，无理不服人'，还有句话叫'造烛求明，听书求理'，咱唱的是古书，讲的是俗理，说忠，言孝，明廉，喻耻，是祖师爷给咱们定下的法理。如此，什么活能使，什么活不能使，心里必须清楚，就是说首先要弄明白这段活在讲什么理，不能不分是非曲直，只图热闹，不能台底下一有人鼓掌叫好，就傻小子卖豌豆——多给。最近，《纺棉花》、《打樱桃》、《戏迷小姐》一些个粉戏纷纷登场，也有不少人鼓掌叫好，苍蝇似的围着宗着，可那不是光彩，那是艺人的耻辱! 说白了，谁高兴这么做? 日本人高兴这么做，中国人都去看台上女人的大腿了，就没人再去关注他们的恶行。梅子，你记住白大爷的话，日本人是兔子的尾巴——长不了，敞开地让他们蹦跶也蹦跶不了几天，岳飞不让唱，咱就唱关羽、赵云，梁红玉不让唱，咱就唱花木兰、穆桂英，就是要让人们明白一个理，爱国可嘉，卖国可耻，从古至今，咱中国人就从来没屈服过谁! 唱字两个曰，曰古曰今，用口醒世，这是咱唱大鼓的本分!"

林雪梅不住地点着头。

这时，董茂昌一撩竹帘进了后台。半个月之前他重返了雅轩，只因掌班的班主喜欢林雪梅台上的脆俏、台下的可人，舍不得放她走，老董又是班子里的老人，难以辞退，于是，一台节目便有了两档梅花大鼓，尽管显得有点儿拧巴，却也只能如此。然而，董茂昌的心里却觉得极不舒展，从两档梅花不同的掌声中他已感受到了观众对他的冷落，认定是林雪梅抢了自己的饭碗，加之她又是金三省的徒弟，所以，见了她便总是冷着个脸。

"董大叔!"林雪梅热情地打着招呼，"今儿天儿热得邪乎，瞧您这头汗，先擦把脸吧。"她边说边主动接过他手里的衣裳包，顺手又递上了一条刚刚投洗过的凉手巾。

"白爷，您来得可够早班儿啊。"董茂昌装作没看见，只顾和白雪遗搭着讪，转过身摇摇头又小声私语了一句："大夏天的，图什么许的。"

林雪梅脸红了一下，很快便恢复了正常，"董叔儿，我那小弟弟、小侄子都好吧? 听说长得可有人缘呢，哪天您把他们抱来，让我亲近亲近行不? 我就喜欢小孩儿。"

"行了，别净捡好听的说了，"董茂昌依旧板着面孔，"我这人有个毛病，好话听多了胀肚。"

白雪遗自然知道他气从何来，赶紧把话接了："茂昌，知道不，日本人要实行计口售粮了，说打下月起就开始执行，我那条街连领粮证都发下来了，明确规定人口按六岁到六十岁计算，余下老的小的都不算数。"

"我操他日本人八辈祖宗!"董茂昌瞬间激愤起来，"提起这事，我这心里正窝火呢! 半拉月前我就领了证了，这规定明显的就是冲着我来的，老娘七十了，儿子孙子刚一百天，还有个四岁的丫头，都不算人口，横不能把他们的脖子全拿绳子系上吧？哪一个不吃不喝能成？还有，这阵子粮价见风涨，两块钱的一袋面现而今已经涨到七八块了，这下可好，不光涨价，有钱你也不能随便买粮食了。这叫什么？这就叫掐人嗓子眼儿！依我说，日本人肯定不是人生父母养的。"

听他骂街，林雪梅忽地想起件事来，昨天晚上不知是谁在桌子上放了张报纸，是一张当日的《新民报》，她闲着没事时瞄了瞄，看到上面登的一篇文章挺显眼，标题是："歌台上骂声不断，董梅花意欲何为。"署名"东亚曲迷"。文章指名道姓地说董茂昌一连五天演唱的曲目都带着个"骂"字，计有《徐母骂曹》、《洪母骂畴》、《击鼓骂曹》、《樊金定骂城》、《胡迪骂阎》，而且，有的原本不属于梅花大鼓的段子，也被他生拉硬拽改了辙韵搬演到了台上，"明显的这就是对华北临时政府不满，对中日亲善不满，公然借古讽今，指桑骂槐，严重地破坏了社会治安。"当时看得她出了一身冷汗，紧忙把报纸藏掖起来，只想对董茂昌当面提醒几句，不料，找他时他已经唱完活走了。

"董大叔，今儿您打算唱什么段子呀？"

"《王婆骂鸡》，怎么了？"董茂昌斜楞着眼回了一句。果然是又带个"骂"字！

林雪梅从抽屉里找出那张报纸递了过去，"您兴许不知道，昨儿有人给您登了报了。"

董茂昌扑哧一声笑了，"现而今，我董茂昌已经是落架的凤凰不如鸡了，谁这么不开眼，还到报纸上去捧我？"

"不是，"林雪梅急忙指着报纸解释道，"这篇文章是说您借着唱大鼓发泄对当局的不满。"

"是哪个孙子这么抬举我呀？还不满了，又岂止是不满！"董茂昌把报纸甩到桌子上，一脸的不在乎，"不就登报纸吗？没什么大了不起的，正好让我出出名，登得越多越好！"

林雪梅想起，刚才在台上，她看到记者孙维本就坐在前排当间，手里还捧着个小本儿，莫非说他就是那个"东亚曲迷"？可他本是《世界日报》的记者，怎么又去了《新民报》呢？

"董大叔，我觉得，写文章的人今天好像又来了，这会儿就坐在台下，您得留点儿神。"

"茂昌，雪梅这孩子是替你担心啊，"白雪遗加重了语气，"小心不为过，这年头，谁不是一肚子的火气？骂两句得了，我看，今儿这段《骂鸡》就免了吧，千万别捅出什么娄子来。"

"谢您了白爷，董某心里有数。"

台上，胡翠珠的京韵大鼓已接近尾声。此时，台下坐有七八成的座，可见几个小贩穿梭其间，有的挎着篮子，有的手托托盘，压低嗓门在不停地吆喝，"瓜子嘞，油焖的瓜子！""卫青啊，萝卜就热茶！""苹果嘞，金桔，润喉清嗓子！"

间或，还有冒着热气的手巾把儿在观众的头顶上方飞来飞去。有买有卖，人见不怪，习以为常，但是，按园子里的规矩，在倒数第三个节目登场时，小贩们的这些个举动都必须自动停止。

检场的撤去了胡翠珠的红缎子桌围，迅速地换上了另外一套，这套用的绿绸子面料，前脸上绣着"岁寒三友"松竹梅的图案，上方走水处则标着"董茂昌"三个大字。

董茂昌登场亮相，依照惯例开始铺场：

"适方才，胡翠珠胡小姐唱了一段京韵大鼓，她唱完了，没她的事了，让胡姑娘到后台休息休息，换上学徒我来，给您改改耳音，伺候您这么一段玩艺儿叫梅花大鼓。说句实在话，听玩艺儿您还是得听老的，怎么呢？倭瓜老呀，它又面又甜！年轻的太嫩，功夫不到，不灵！"说到这儿，他下意识地朝着台底下一个戴金丝眼镜手拿笔记本的男人瞟了一眼，猛一下想起来，此人这几天黑白两场一直都坐在这个位置上，顿时憬悟，随即扭转了话题："刚才有位老观众在门口问我，茂昌，今儿你怎么来晚了？抱歉各位，我确实是来晚了，让事情给耽搁了。它是这么回事，在下不久前添了个小孙子，这会儿已经过了百日，这小子可好玩了，最近又添本事了，会用小腿儿蹬人了，晌午头睡午觉我把他架到自己的肚子上，他就一劲儿地蹬啊，蹬啊，蹬得我这叫一个舒坦！我就说了，'孙子，你蹬（登）啊，使劲蹬（登）啊，你越蹬（登）爷爷我越高兴！好孙子你！'"

这一刻，台下凡是知道董茂昌被登了报纸的看客，都明白他这是在借着谐音骂人，不由得为他的奇思妙语鼓起掌叫起好来。孙维本自然也听出了对方话里隐藏的玄机，脸腾地一红，站起身气哼哼走了。

董茂昌当即提高了嗓门："闲话少说，以唱当先，让弦师把弦儿弹拉起来，诸位赏下耳音，学徒我挚挚诚诚从头到尾伺候您这么一段《王婆骂鸡》，又叫《王婆骂畜类》！"

台帘后面的林雪梅把这一切都看在了眼里，不由得两个手心里冒出了汗。

化妆台前的靳大红有滋有味地享受着玻璃瓶里的咸菜丁，用牙签一块块扎起，嚼得嘴里咯吱咯吱吱响。白雪遗靠在一把椅子上，看上去像是在闭目养神，其实是在心里默默遛着今日要唱的活，这段活不论曾经演唱过多少遍，上场前的这一遍心诵则必不可少，这已是他多年养成的习惯，观众无异衣食父母，绝不能漫不经心，有一丝一毫对不起他们。

忽然，林雪梅从外面气喘吁吁跑进来，惊惶惶地喊了一声："不好了，出事了！"

靳大红停止了咀嚼，白雪遗睁开了眼。

"外边来了不少的鬼子兵，还有新民会的人，把园子大门和后台的小院门都封锁了，只许人进不许人出。看来是冲董大叔来的！"

白雪遗果断地吩咐："梅子，你赶快到台上去，借饮场通知茂昌，让他马上下来。"

给台上的艺人送水饮场也有着固定的规矩讲究，不同的送法暗含着不同的指令：艺人在台上正常使活，一般会由饮场的送上两次水，都是热开水；如果接场的艺人迟迟未到，会给台上的人送温水，提示演唱者需要"码后"，即拖着唱，候一候；接场的艺人已到，若有事想早点上场早点走，会送一只扣着的空碗，提示台上人"码前"，即尽量删繁就简，不要拖沓；如果后台希望演唱者尽快下场，则送口朝上的空碗，表示需要他立即"找底"结束。

林雪梅点点头，端起一只空碗走上舞台，贴着董茂昌的身子绕过去，小声地说了一个字："撬①！"她在用江湖春典告诉他——"赶快撤！"

不大工夫，董茂昌慌里慌张从下场门跑下来，"出什么事了，跟火上了房似的？"

林雪梅把自己的所见简要说了一遍。白雪遗催促道："如此说来，茂昌，你得赶快离开这儿找地方躲躲，刻不容缓呀，一旦落在这帮人手里，就别想再活着出来了。"

董茂昌此时方知后悔，恨不能抽自己几个嘴巴，"躲？我又上哪儿躲啊，再者说，前后门都让他们封了，这也出不去呀！"

林雪梅拉住他的手，向墙角的一个旮旯儿指了指，"去厕所，就那个男女合用的厕所，里边有一后窗户通街西的胡同，您跟我来，从那儿走，谁也发现不了。刚才我就觉得不对劲儿，提前把我三伏哥安排在那儿了，让他用车拉着您先出了城再说吧。"她转回身对靳大红说道："姑儿，这事儿没跟您商量，回头您再骂我吧。"

靳大红摆摆手，"少说这些没用的。董大哥，你尽快拿主意吧。"

"我一抬脚走了容易，可我那一大家子人又指靠谁呀……"董茂昌的眼睛里滚出了泪。

"茂昌，有我和大红在，你尽管放心，"白雪遗从身上掏出几张钞票塞到他手里，"只要有我们吃的，就绝不会让你家里人饿肚子。"

"董大叔，您要是相信我，就把您家住址告诉我，我会隔三岔五去看大婶他们的。"林雪梅正然承诺。

"孩子，你真是个有情有义的姑娘啊，我董茂昌不配当你大叔，心眼儿忒窄，求你了孩子，别记恨我……"

"有什么话留着以后再说吧，赶紧的。"隔着竹帘，靳大红看到崇小辫儿和麻三儿正朝后台溜达过来，身后还跟着两个日本兵，她焦急地推了董茂昌一把，自己一闪身走了出去。

"二位爷，暑热炎天的，不在家待着，跑我们这儿干吗来了？"靳大红迎上去挡在了两个混混儿面前。

"怎么着，这儿不能来吗？"崇小辫儿一脸蛮横。

---

① 撬：江湖语，意即撤离。

"哪儿的话呢，我巴不得二位能经常过来捧捧我。"

"捧你？想的倒美！今儿我们是来捧董茂昌的，这回他可红大发了！"麻三儿面带冷笑。

"捧他有什么用？一个糟老头子，要吗没吗。真要捧，您二位捧捧胡姑娘和林姑娘，年轻漂亮，嗓子又好，捧红了，您二位脸上也有光不是？"靳大红粘缠着，故意拖延着时间，"赶巧了，这会儿台上出演的正是快手卢的古彩戏法，意思大了，不下去瞜瞜？"

"没那闲工夫，闪开！"两个小子甩下她直接就往后台走。

靳大红灵机一动，拦上一步，"有件事得和您二位说说，上回，二位爷说手头素，要跟我借俩钱花花，实话实说，这是二位高看我，可巧那天赶上我兜里也素，也就没能……事后，您猜怎么着，我觉得老大对不起的，总想找个机会找补找补，今儿您二位应该算是来着了，我这儿正好有点存项，不知……"

一个"钱"字拴住了二人的腿，相互瞜瞜，不由扑哧笑了。崇小辫儿说道："靳老板，看来你是领教了我们，知道我们哥儿俩的手段了，那天在你家门口……哈，明说，捧人我们哥儿俩没学会，阴人可有一套，嘱咐你一句，千万别拿小兄弟不当回事。跟你借钱是瞜得起你，况且又没说不还。说实话，我们俩的手头永远素，得了，今儿就领你靳老板这份情了，不拘多少，是个意思吧。"边说边伸出了手。

靳大红浑身上下一阵摸索，好半天，终于掏出了几张毛票，"别嫌少，甭老惦记着还，什么时候有了什么时候再说。"

二人知道被耍，顿时翻了脸，麻三儿恶狠狠将她一把推开，隔着竹帘冲后台里边喝道："董茂昌，你犯事了，没什么说的，别让我们动手，麻利儿地出来跟我们走一趟！"

这几日，北平的街面上出现了两个稀奇古怪的汉字：猤，猠。现下，日本国开始与英、美两国交恶，于是，便把"打倒猤国""打倒猠国"的标语刷得哪儿哪儿都是。明明自己就是野兽，却视而不见，置若罔闻，别出心裁地硬要用一个"犬由"旁把自己的对手归入兽类。

金盈儿从刘连仲家走出来，看到德晓峰正手提一个白灰桶，顶着烈日用刷子在临街的墙上写标语。

"够能个儿的呀小德子，就你那一笔臭字也敢上墙？"她抱着肩膀鄙夷地打量着，不由自主地往他的小腹下方多看了几眼。

"哟，金大会长！"德晓峰紧忙停下了手，"让您见笑，吃哪庙饭，敲哪庙钟，实在是人手不够，赶鸭子上架罢了。您还不知道我那两把刷子。"

"这俩字念什么呀？本小姐这么大学问怎么不认识？"

"一个念猤（英），一个念猠（美），是咱刘会长发明创造的，打字面上就能确定他们都是畜类，连中村太君都说有创意，连连挑大拇哥。"

"我就不明白了，英国、美国干吗要和人日本人过不去呀，弄得现在连西洋电影都看不成了。实话说，日本片儿还就是比不上西洋片儿，连男的女的搂着亲个嘴都遮着挡着，没劲！"

"您圣明，要说还是西洋人放得开。"

"小德子，今儿看没看报纸呀？"金盈儿向着他凑近了一步，"告诉你说，今天的《顺天时报》上可有本小姐的一篇专访，占了多半版呢，还配了好大的一张照片，文章中说我是'仙姿替月，宝镜争春'，'凤眼梨涡，俊绝人寰'，听了我的唱儿，就像三伏天吃冰碗那么过瘾，说白了就是一未来的鼓后！你得替我好好宣扬宣扬，听见没？"

"义不容辞，责无旁贷。"德晓峰一连声地答应着，他看准了，面前的这个女人，日后的势力说不定比刘连仲还要大得多。

金盈儿信步朝天桥走去。原本她是为刘连仲帮她上了报纸，要上门犒劳犒劳这位干爹的，没承想干妈高亚萍也在家，且赖在跟前死活不走，无奈，只好暗地里抠抠摸摸作罢。看看天空，日已当顶，她觉得肚子里开始一阵阵鸣叫起来。

"酒旗戏鼓天桥市，多少游人不忆家"，这钟点，正是天桥各类吃食摊、小饭馆相争相竞的当口，只听叫卖声、揽客声拿腔作调、高起低伏，锅铲、面棍的敲击声节奏鲜明、清脆悦耳：

"瞧一瞧了您哪，刚出锅的，外焦里嫩……"

"里边请了您哪，煎炒烹炸，丰俭由人……"

金盈儿匆匆吃了两块热炸糕，又喝了一碗酸凉粉儿，正打算再趸摸点儿其他解馋的东西，忽然，有几句小曲儿飘进了耳朵里，甜脆的女嗓，格外悠扬婉转：

　　小坠子一响定准音，俺这里请来众先生。

　　爱听文来爱听武，爱听奸来爱听忠？

　　俺一人难趁百人意，一嘴难得两下分。

　　唱得好来别夸好，唱得差来多宽承。

　　宽俺江湖腿太短，容俺学艺艺不精。

　　自古君子多养艺，俺江湖跳腿为谋生。

这会儿还没到摞地的杂耍开场的时间，金盈儿断定，这应该是一档唱板凳头儿①的艺人，遂揣着一份好奇凑了过去。

围观的人并不多，满打满算就十几个，唱曲儿的是个二十出头的瘦小女子，穿一身士林布的灰旗袍，模样难称出众，却也长得细眉细目白白净净，一张嘴便带出了明显的中州口音：

"各位大爷，各位先生，小女子乔七巧，夫妻二人初来乍到，艺业不精，功夫不深，还望各位捧场架势，多多指教。劳您诸位赏下耳音，下面，俺给您挚挚

---

①　唱板凳头儿：曲艺行话，指摞地的艺人临时借用他人的场地，在本主儿尚未开始演出之前卖艺，须尽打扫场地卫生的义务。

诚诚唱上一段河南坠子《偷石榴》。"

说话间，一把坠琴吱吱扭扭拉响了，伴着木梆和剪板的节奏，小女子开始了演唱，料不到她竟有着一身绝好的手段，嗓音爽朗清脆，腔调俏丽柔美，仿若一只黄鹂在翠柳间鸣啭。

金盈儿转过脸朝拉坠琴的男子看去，一眼掠过，不由得便在心中叫了一声"好样儿"，随即，中国电影皇帝金焰的面容便在她的脑海里浮现出来。平日里她最喜欢看电影，国产片中尤其爱看金焰主演的片子，几乎部部不落，什么《情天血泪》，什么《壮志凌云》，说起来如数家珍，金焰就是她心中最为崇拜的偶像。啊，这个拉坠琴的男人和金焰长得简直太像了，同样的一张棱角分明的脸庞，同样的两道浓眉、一双朗目，甚至连身材和眉宇间闪现出的那一股英气都一般同。不知怎么，一时间，她却无来由地为这个拉坠琴的抱起屈来，如此一个好模好样的俊朗男子，竟然娶了一个相貌平平的小女人为妻，老天爷可真是会捉弄人！

一曲唱罢，伴奏的男子放下坠琴站起来，向着四周作了个罗圈揖，"在下冯雨桐，夫妻二人打天津避难至此，脚踏生地，眼望生人。俗话说得好，一个好汉三个帮，一个篱笆三个桩，城墙高万丈，到处朋友帮，各位，有道是千人上路，一人带头，头难头难，起首不难，哪一位朋友肯先出一个钱，帮在下开一下门？我们小夫妻给您行礼了！"他的乡音不算太重，似是经过了学堂的改造。

噼噼啪啪十几个铜子扔进了人圈，见此，站在后面的金盈儿急忙掏出一张两块的纸钞，穿过缝隙甩到了男子的脚下。

男子不由得向她投来感激的目光，张张嘴想说点儿什么，却终是没开口。他弯下腰去捡那张钞票，不料，这时竟有一只大脚不偏不斜踩在了他的手上。

"经过谁允许了，你们就敢在这儿撂地唱曲儿呀？"德晓峰嘴叼烟卷，眯着眼，一脸霸道地出现在场地中央。

冯雨桐直起腰，嘴角堆了笑，"这位爷，您多包涵，天津让大水给淹了，实在没活路了，我们夫妻只好奔北平来了，不怕您笑话，早起到现在还水米没沾牙呢，瘪着肚子唱个板凳头儿，就为挣俩烧饼钱，您高高手，谢您了！"

"大爷我管不着这一出，行客拜坐客，先到的为君，后到的为臣，这是江湖上的规矩，懂不懂？"

"懂，等我俩挣下钱，一定去拜望您！还请爷留个名号。"

"名号就免了，天桥这一片，打听德大爷，敢说没人不知道的。"德晓峰麻利地把那张纸钞捡在了手里，用手指弹了弹上面的土，"得了，看你媳妇的面儿上今儿就不跟你小子计较了，想着，日后挣了钱，别忘了让你媳妇儿陪大爷喝杯酒。"说完，转身就走。

"小德子！"金盈儿怒不可遏，扒拉开身前的人拦在了他的面前，"手够长的你，本小姐的钱你也敢拿？不怕烫了爪子？老老实实给我放下，要不然今儿跟你没完！"

"哟，金小姐！您怎么蔫不出溜上这儿来了？这是您给的钱？"德晓峰一阵装傻充愣，"嘻，您早言语一声啊，要知道是您舍的钱，打死我我也不敢伸手。"

"听好了，这位冯先生是我朋友，你还少跟这儿起哄，说起来你又算哪路的神仙？赶紧走着，哪儿凉快上哪儿待着去，别叫我再看见你。"

"得，算我多事，吃饱了没事儿撑的，我这就走还不成吗？"德晓峰把钱扔回到地上，从头到脚打量了男子一番，"真还别说，比我强，够样儿！"

乔七巧放下手中的剪板，上前拉住了金盈儿的手，话语中充满了感激之情，"大妹子，今儿可多亏你了，不光从钱财上帮俺，还帮俺解了围，叫俺两口子怎么报答呢。"

金盈儿挣脱了手，猛地想起天津有个被誉为"盖中州"的河南坠子女艺人，生意兴隆，颇负盛名，于是脱口问道："有个唱坠子的叫'盖中州'的，你俩认识吗？"

乔七巧不好意思地一笑："你说的就是俺，啥'盖中州'啊，都是听客们瞎叫的，俺可没他们说的那么好。天津是个大码头，九河下梢的地界，能混碗饱饭吃就不错了，全都是因为发大水，要不俺俩也不会到北平来。"

金盈儿心中一阵窃喜，"有住的地方了吗？"

"昨晚在山涧口落的脚。"

金盈儿知道，山涧口、南下洼子一带开着不少的小店，一码都是进门就上炕的土坯房，因着便宜，便成为了贫苦艺人的聚居区。

"冯哥，这么着吧，你俩收拾收拾跟我走，凭你俩的本事，还用得着在天桥平地抠饼吗？凡在这儿撂地的全都是一个大子儿的玩艺儿，更何况这破地方'刮风减半，下雨全无'。我刚才既然说了你是我的朋友，就不能白说，不能干看着你们有难处不伸手，听我的，你们先到我家住下，然后再让我爸帮你们找个书馆，挣多挣少不说，好歹饿不了肚子。"金盈儿的一对眼睛像是拴在了冯雨桐的脸上，一颗心由不得一劲儿猛跳。

冯雨桐看了妻子一眼，见她点了头，这才说道："金小姐，你我二人素不相识，就让您……实在不好意思，眼下也只好麻烦您了，冯某日后必有报答！"

金盈儿笑了，笑得有几分诡异，笑得令人难以琢磨。

十一

荷花未全谢，又到了中秋佳节。
家家户户把月饼切，香烛纸马兔儿爷。
庆中秋，美酒多欢乐，
整杯盘，猜拳行令同赏月。

——岔曲《中秋》

冯雨桐夫妇临时住进了金家小院，被安排在小锛儿头往日居住的东屋里。这事儿一开始金三省是坚决反对的，一来自己独惯了，不能容忍外人来搅扰他的平静生活，想干点儿什么也多了几分不便；二来金盈儿并没有提前和他打招呼，属于先斩后奏，严重地伤害了他这个一家之主的尊严。然而，当他亲眼目睹了这对小夫妻，尤其是面对了乔七巧那有求于人的恓惶的神情时，竟一改初衷满口应承下来。

第二天晚上，冯氏夫妇就出现在了二友轩的舞台上，自然，这完全仰仗的金三省的名望与情面。北平人一贯喜欢追新鲜、赶热闹，平日里哪儿人多奔哪儿去，就为瞧个稀罕儿，素常难得一见这一宗源自河南名叫坠子的新玩艺儿，况且操此艺业的小女子又天生着一副娇小身材、绝佳嗓音，一开口竟如同鸟叫一般清亮脆生，曲词儿又是如此的活泼俏皮，于是，乔七巧在天桥一炮打响，"盖中州"很快也盖了北平！

从这一日起，金盈儿再也没向父亲告过假，安安稳稳黑白两场地守在了二友轩，除去登台唱曲，那一双眼睛便牢牢地粘在了冯雨桐身上，分分秒秒也舍不得离开。她喜欢静静地端详他那明星一般的脸庞，喜欢听他说话，喜欢听他咳嗽，甚至连他伤风感冒打喷嚏都觉得与众不同，她似乎找到了一种少女情窦初开的感觉。

她了解到，冯雨桐还真不是个一般人。他出生在河南南阳一户大富之家，家中广有良田，洛阳城里还开着绸缎买卖，上头有两个哥哥，因是冯家最小的儿子，父母自然非常宠爱。他从小书没少读，却丝毫无意于经济学问，偏偏只对流行于乡间的说书唱曲产生了浓厚兴趣，无论是坠子书、三弦书，还是铰子书、大调曲子，一听便会，过耳不忘，久而久之，不仅能唱，还拉得一手好坠琴。乔七巧本是冯家的一个使唤丫头，料不到也是个"坠子书一听，没有棉袄也能过冬"的痴人，得闲就追随在三少爷身边跟着习学，一来二去两个人便生出了男女之情。老爷太太知晓之后自是怒不可遏，警告冯雨桐如不抛闪了姓乔的丫头，便叫

长篇小说 大鼓妞儿

他净身出户，永远不许再登家门。谁知道一句吓唬之言竟让冯雨桐认了真，他真的就撇下万贯家财携着乔七巧义无反顾地奔了江湖，一路北上一路卖唱，最后来至天津落了脚，时日不多便唱出了名。几年下来，二人渐渐有了些个存项，日子一天天好转起来，不想，突如其来的一场大水把他们的积蓄冲了个精光，没了立足之地，这才辗转到了北平。

转眼间到了农历八月十五。傍晚，众人刚刚放下碗筷，靳大红便走进了小院，来接林雪梅一起上园子，尽管是过节，作艺的也不能歇工。她还是第一次见到乔七巧，不觉眼前一亮，劈口问道："丫头，你就是那个'盖中州'吧？怪不得四九城都传遍了，说是近日打天津来了档坠子书，让人听一回想两回，听两回想半拉月，今儿个一照面，还真就是个角儿的样儿！"

金三省赶忙做了引见，乔七巧拉着丈夫站起来，双双鞠了躬，"靳大姑，您就别跟着他们一起取笑俺了，什么'盖中州'，都是大家伙凑热闹胡乱起哄的，今后，您老还得多照应多指教。"

"行，咱娘儿俩没的说，"靳大红是个直性子，一口答应下来，"只是，凭你这名气在落子馆唱可惜了了……要不这么着，找机会我和雅园的老板说说，看他有没有什么想法。"

冯雨桐搬把椅子让她坐了，"那可敢情好，我们两口子先给您道谢了。"边说边拉着妻子又鞠了个躬。

"别这么多的礼，这有什么，不过多句话少句话的事。"靳大红斜了金三省一眼，"师哥，你不会嫌我挖你的墙角吧？"

金三省尴尬地笑笑，"哪儿的话呢，人往高处走，水往低处流，无论怎么，杂耍园子也比落子馆挣得多，我替他俩高兴起来不及呢，又怎么会……"这个师妹让他总是急不得也恼不得。

金盈儿拿着两包月饼两瓶白酒凑过来，"姑儿，今儿十五了，三节两寿徒弟拜师父是行里的规矩，可我这阵子忒忙，赶巧您今儿过来，我就不专程去您家里了，打小您就疼盈儿，别生我的气。"

靳大红白了她一眼，"你有什么可忙的？忙着选女婿嫁人吗？对了，不说我还忘了，你现在是金副会长了，给日本人当差了，可是得紧着忙活一阵。得，去不去的没关系，有份心就算齐活。"

金盈儿的脸一阵红一阵白，再也没说出一句话。

行在路上观望着街景，靳大红强烈地感受到今年的中秋节显得格外冷清，往年的这会儿，从初十开始，街市上就摆满了大小摊位，卖月饼的、卖兔儿爷的、卖灯笼的，人来人往，挤挤插插，闹闹哄哄。月饼讲究各式各样，北式的、南式的、粤式的、枣泥馅、豆沙馅、五仁馅、莲蓉馅、自来红、自来白……兔儿爷制做得各形各状，纸画兔儿、泥塑兔儿、绒布兔儿，穿马褂的、着甲胄的，大将军、小货郎、剃头匠、算命先生、卖油郎，一律的兔脸人形，光那坐骑就有老虎、狮子、麒麟、大象、神鹿许多种的区分……正所谓"一双玉兔满人间，满街争摆兔儿山"。大小的灯笼更是五花八门，纸的、纱的、玻璃的，莲花灯、白菜灯、西瓜灯、蝴蝶灯、走马灯……可今年，走老半天才能看到有一两家铺子开着门，且多数是下着半板，货物稀少，品种单调。小日本儿呀，缺了八辈儿德呀……一句粗话到了嘴边，又让靳大红咽了回去。

"雪梅，忘了问你，董茂昌你董大叔那儿去了吗？照咱北平的老礼儿，至少头午就得把节礼送过去。"

"放心吧，一早儿我就去过了，有您和白大爷凑的五十块钱，还有两包月饼、五斤白面、一斤猪肉。"

"成。听没听说老董他最近怎么样啊？大家伙都打听呢。"

"他这会儿在妙峰山呢，投靠了八路军平西游击队，也算有吃有喝的，这一切都是董大婶告诉我的。董大婶让我替她谢谢大伙儿，说是来生当牛做马也难报万一。"

"江湖倒了江湖扶，没什么可说的。下回去你给我带句话，跟她说，用不着把谢总挂在嘴边，也用不着报答，这都是应当应分的。"

忽然，三伏一扬车把停下了脚步——白丫头正走在车前的马路牙子上，手里还抱着个双穗八角鼓。

"丫头，急急火火这是奔哪儿呀？"靳大红从车里探出了头。

"师姑，大节下您老吉祥！雪梅妹妹吉祥！"白丫头紧忙行礼，"回您话，去石头胡同'悦芳楼'，今儿她们那儿开市，赶巧就碰上您了。"

"怎么着，窑子你也敢去？"靳大红瞪了眼，"你就不怕让人把你拐带了？"

眼见着白丫头有两串泪水流了下来，"不怕您笑话，自打出了师，我白天在天桥摆地，晚上去妓院串邪钵，就这样也难保挣出一天两顿的窝头钱，我爸至今仍瘫在床上，药罐子整日价不离手，弟弟妹妹又小，不瞒您，现下我已经欠下了一大笔印子钱，就差把我自己卖了顶债了。三年的工夫师父就教了我不到十段活，您说，我不去那地方又能去哪儿？今儿过八月节，好歹也得给两个老的弄口月饼吃不是？可到现在还一点儿抓挠没有呢。再者说，不管怎么，八月节也是一年里头的一个大节，我总得去看看师父，甭管他曾经对我怎么着，我不能坏了江湖的规矩，就这也不能空着手。我可是真没辙了，实在不行，就求窑子里的当家妈妈把我收下得了……"说到此处，她已经泣不成声。

靳大红知道，白丫头的父亲老贵是一名泥瓦匠，两年前从脚手架上摔下来跌断了双腿。母亲在一家织袜厂做工，累死累活也挣不下几个钱，加之她还有两个年幼的弟妹，一家人的生活自是过得十分艰难。

她陪着抹了把眼泪，转手将金盈儿送的月饼解下来一包，"孩子，可千万别这么想，天无绝人之路，这包月饼你拿给两个老家儿①吧，你师父那儿就不用去了，由我跟他去说，谁让咱赶上这活不活死不死的年月呢，讲不了那么多礼

---

① 老家儿：北京话，指父母长辈。

长篇小说
大鼓妞儿

儿了。"

林雪梅劝慰道："姐，你得想开了，好日子还在后头呢，没有过不去的火焰山，过两天我抽空去看你，咱姐儿俩好好倒倒苦水。"

目送了白丫头，方行几步，就听身后传来一阵高腔大嗓的吆喝："借光嘞，行人闪开，少回身，留神剐着蹭着……"伴随着的是叮叮当当响个不停的洋车脚铃声和呜呜啦啦的气喇叭鸣叫。

靳大红扭头向后方看过去，尚未看清车上坐的是何人，先就有两道贼亮的光柱照射过来，晃得她一时睁不开眼——真有邪的，明明是辆人力车，却安装了两盏带着蓄电池的汽车灯。

这辆车跑得飞快，明显的带着一种招摇过市的欲望，然而，待跑到与三伏并驾齐驱之际，却自动放慢了脚步。

"姑儿，吃了吗您？"出声的是胡翠珠，"打老远就瞧见您了，哈，实说，是瞧见我三伏兄弟了。您瞧我这辆车怎么样？头午刚从西单商场拉出来的，双铃铛，双喇叭，地道的日本货！车夫也是我刚找下的，您上眼给评判评判，这模样，这个头儿，这身板儿，是不是一点儿也不比您的三伏差？"

拉车的是个眉清目秀的壮小伙，身穿白布小褂，外套青布坎肩，脚上是白布袜、双道脸的洒鞋，裤腿上绑着青腿带子，透着几分潇洒，几分飘逸。

无疑，胡翠珠是在叫板，在显摆，在出那口勾引三伏而未达目的的怨气，靳大红一时气顶了脑门，"不错，够派势！不过，有一点我没想明白，你一刚出道儿的大鼓妞儿，哪儿来的买车钱啊？该不是拿自己身上的什么零件换的吧？再者说，这天光大亮的，太阳还没完全落山，开这么大的灯，也不怕晃瞎了眼？"

"姑儿，您就损吧。用不着您老人家劳心费神，钱自有来处，灯再亮也晃不着我，它往前照，天光大亮又怎么了，我不过就是试试新……"胡翠珠嘎嘎笑着，支使车夫超了车向前跑去。

林雪梅和往常一样，使完了自己的活——专应八月节的《露泪缘》，便搬个小板凳坐在了台帘后面，撩开一条缝儿，专心专意地观赏着其他人的演唱，她认准，尺有所短寸有所长，无论哪个人都有自己足以学习借鉴的地方，白大爷说过，要想不断长进，就得一学二看三偷四练。

相声《三节会》下了场，下面轮到了胡翠珠的京韵大鼓，就见她袅袅婷婷走至台口，穿着打扮招人眼目，身穿一袭短领子肥袖口的桃红缎子旗袍，一串金银丝盘成、中嵌蓝宝石的鸡心坠项链戴在白皙的脖子上，两只耳朵分别挂着翠绿的葡萄状的耳环，一张俊脸被胸前铺缀着的一排雪白的瓣儿兰花衬得越发娇艳。

"人都说，薹下韭，莲花藕，吃的就是一个嫩劲儿。人同此心，心同此理，到园子里听玩艺儿您也得捡嫩的听，陈年老药丸子不行，那东西只能凑合治治哮喘咳嗽，还不定管用不管用。"她不管不顾地说了几句开场白，然后操起了鼓板。

熟悉的乐曲照例响起来，想不到的是，就在弦子与鼓奏响的同时，她的旗袍里突然亮起了一片灯泡，灿灿齐明的小灯泡在她前半身组成了三个大字：胡翠珠。

"好！好旗袍！""好啊，好角儿，好摩登！"喝彩声、怪叫声立时响成了一片，甚至还有尖锐的口哨声夹杂其中。

林雪梅觉得新奇，闻所未闻，见所未见，不由瞪大了眼睛。

今天胡翠珠使的是她的拿手段子《大西厢》，七八句顺顺溜溜唱过去，当她唱到"乜斜着她的杏眼，手儿托着她的腮帮"这句时，更为意想不到的情景出现了，只见她随着一个妖媚的亮相，猛地一扭腰身，"啪"的声，钉在旗袍开气处的两排子母扣便齐刷刷迸开，将她裹着透明丝袜的一双丰腴的大腿齐着根地暴露了出来。

"好啊，好身段！好大鼓！""好腔儿啊，好做派！好妹妹！"一时之间怪好喧嚣，甚至有人把"好腿"都喊了出来。

"作！天作有灾，人作有祸，就让她自己个儿作吧！"

林雪梅回头望去，看到靳大红站在自己身后，眼盯着台上的胡翠珠，恨恨地诅咒了一句。

"真够新鲜的！我还从来没见过这个景儿。"林雪梅只觉得好玩。

"我可跟你说，雪梅，甭管到什么时候，你也不许学成她这样。知道她这叫什么吗？这叫拿着肉麻当有趣儿！唱大鼓的得在唱儿上下功夫，净琢磨歪门邪道不行，漂亮脸蛋儿值几个钱？青春饭又能吃上几年？得跟我学，素面素装，照样能要出满堂的好儿来。"

"姑儿，记住了，我心里也是这么想的。"

她俩看到，此间有两个中年男人一左一右走上台来，每人手里都举着一幅锦缎的贺幛，一水红，一大粉，一个绣着"色艺双绝，珠圆玉润"，一个绣着"风华绝代，艺压群芳"，起首、落款都是"翠珠小姐惠存"、"嗜曲者某某赠"，先向着观众展示一番，然后分别落放到了台桌上。

胡翠珠得意非常，手贴嘴唇将两个飞吻送了过去，此举惹得台下又腾起一片热浪。

这时，林雪梅忽然感觉有人在拽自己的衣角，一声久违的轻唤随即响在了耳旁，"钉锦儿，你还好吗？"

罗大哥！没错儿，准定是罗大哥，这世上，除了自己的亲娘，只有他会这样称呼自己！林雪梅扭头看去，果然是罗华章满脸含笑地站在她的跟前，一年多没见，他还是那样意气风发，还是那样神采飞扬。

林雪梅激动地站起来，好半天都没说话，只是瞪着一对湿润的眼睛牢牢地盯着他，笑中带着羞怯，多少显得有些不自然。

二人走出后台，来到小院里的一棵柳树下，满当当的一轮明月挂在当头，透过树的枝叶，将它那细碎的银屑洒在了一对年轻人的身上。他们面对面站着，默默无语，只有眼睛在灵动，在搜索，都想从对方的脸上寻找到自己所企盼的答案。

长篇小说 大鼓妞儿

"钉锦儿，看我给你带什么礼物来了？"罗华章率先打破了沉默，一只手从背后闪出来。

啊，兔儿爷！好一只造型精巧的"呱嗒嘴兔儿爷"，溜圆的一对眼睛，细长的两只耳朵，三瓣红唇竟还能张张合合，"钉锦儿，祝你中秋快乐，百病不生！"罗华章故意压挤着嗓子，用小兔子的口吻夸张地说道。

"快给我！"林雪梅孩子似的一把把它抢到了手里，摆摆弄弄，掩饰不住心中的喜悦，还用得着再问他什么吗？不用，他并没有忘了自己，佳节之际，一只保佑平安的小兔子就是最好的回答！

"喜欢吗？这是我自己个儿做的。"

林雪梅使劲儿地点了一下头，随后，把那兔儿爷举起来，凑近到他的脸前，捏动着三瓣嘴，仿照他刚才的语调说道："罗大哥，钉锦儿也祝你中秋快乐，一生平安！"

欢笑过后，又是一阵沉默。

"为什么这么长时间才来看我？"这次是林雪梅率先开的口，"一年零四个月了，你是不是——"

"对不起，我出了趟远门，来不及告诉你，我去了一个……一个非常好非常好的地方！"罗华章恨不能立刻就把他的延安之行说与她，但想想还是忍住了，"以后，我会详详细细地讲给你听。"

"我不怪你，只是……只是有点儿担心。"她想起了上次在罗家他最后说的那句话。

"别，我不会有事的。"他神情凝重地在她的肩膀上轻按了一下，"对了，上次我送你的墨盒还在吗？"

"在，我一直把它放在我的床头，压在枕头底下。"

"还记得那上面刻的字吗？"

"记得，孝、悌、忠、信、礼、义、廉、耻。"

"想不想听我解释——是赵登禹将军的解释？"

"想。"

"他说，只因日寇燃起战火，犯我中华，这八个字在当下就有了全新的含义。孝，孝敬国中父老；悌，悌爱军中弟兄；忠，忠心赤胆保家；信，信守中华一统；礼，礼敬抗日友军；义，义无反顾追凶；廉，廉洁无私抗敌；耻，耻做亡国之翁。"

"说得太好了！"林雪梅感叹道，"可惜，佟将军、赵将军都死得太早了，要不然小鬼子也不能像现在这么猖狂。"

"事情应该这样看，"罗华章一脸凝重，"不甘为奴的中国人有千千万万，不管是军人还是普通百姓，只要心存'国家民族'四个字，团结一致，奋勇抵抗，不怕牺牲，小鬼子就一定会滚出中国！西方有一句民谚，说是'上帝欲其灭亡，必先令其疯狂'。"

"我懂了。你一个人在外面千万要多加小心，"林雪梅欲言又止，"我好怕……"

罗华章立时觉到有一股暖意流遍全身，终于鼓起了勇气，"钉锦儿，让我……我想看看你的手，行吗……"

"手有什么好看的？打小摸粪叉，拾柴火，这几年又整天握鼓槌，操鼓板，粗粗拉拉的，一点儿不好看。"林雪梅羞红了脸，但还是侧过身子，把一只手伸了过去，"爱看，你就看。"

罗华章一把拽过她，紧握着她的手，把它轻轻地贴在了自己滚烫的脸上……

不远处，一个壮硕的男子站在树后，把这一切全都看在了眼里，此刻，有一包月饼正抱在他的胸前。

白丫头刚迈上"悦芳楼"的台阶，就被德晓峰堵在了门道里，他二话没说，先就从怀里掏出几张宽宽窄窄的纸条来。

不用细看，她也能认出这些都是自己给棺材铺的许老七打的借钱手续，只是不明白怎么会到了小德子的手中，更不明白他打算干什么。

德晓峰叫了声"妹子"，接着跟了一句"不好意思"，他说，这几笔钱原本就是姓许的从他手里拆兑的，前不久许老七的棺材铺倒闭了，便把这些借据转给了他，又说最近他看上了一处宅子，出奇的便宜，只是苦于手头缺少现钱，没法子，只好找她来商量。

"德哥，"白丫头一下慌了神，"我知道这几笔钱已经到了期限，可我这会儿实在是没能力还，再宽限我个把月成不成？到时候就是砸锅卖铁我也……您知道，利钱我可是月月准时送过去的，一分都不少。"

德晓峰微然一笑，"妹子，大节下的，我可不是成心逼你，再分有别的辙，也不会叫你为难，谁让事儿赶在这儿了呢？求你了，帮帮我。"

"我……我实在是拿不出钱来呀……"白丫头几乎要哭出声来。忽然，一阵叽叽嘎嘎的谑笑声传到她的耳朵里，扭脸看去，见是几个窑姐儿在院子里嬉笑打闹，她一狠心脱口而出："实在不行，我就只能把自己卖给这儿了，反正早晚都是一个死！"

"别，千万别这么想，哥可舍不得！"德晓峰现出了一副怜香惜玉的表情。

"那你让我怎么办啊……"白丫头终于放声大哭起来。

"听我说，我倒有个主意。"德晓峰忖度着，仔细斟酌着字眼，"这话我以前跟你说过，你呢，已经到了出嫁的年龄，我呢，想娶你，干脆你就嫁给我得了，我娶了媳妇，房子就不买了，一喜换一喜嘛，欠我的钱打这儿也就两清了，我能跟自己的媳妇要钱吗？再者，一个女婿半个儿，我还能帮着你照顾你的父母。"

"可你——"白丫头直截了当朝他下身指了一下，"你都那样了，还能……"

"能，我能，到时候你就知道了，说不上是一条龙，可也不是一条虫。当然，我自是比不上那全须全尾的人，可怎么着也比你当窑姐儿强不是？千人压万人骑的，你就甘心？"

"你的话当真？"

"骗你是你儿子！"

白丫头犹豫了，行里的人都知道，小德子不是个正经八百过日子的主儿，难道说自己这辈子就让这么个人打发了？况且，残疾不残疾也不能全凭他自己说，那东西剩多剩少又当如何验证，难不成扒下他的裤子亲眼瞧一瞧？她实实在在不甘心。

她知道，印子钱是必须要还的，小德子不是个善茬儿，什么坏都使得出来，今儿这一出亦绝非偶然，准定是思谋已久、有备而来，料想这一关他是不会轻易把她放过去的。唉，低头吧，认命吧，自己天生就是一条贱命，一个被小鬼子糟踏过的贱身子还能再挑拣什么？她打算把这一件耻辱明明白白告诉他，兴许他知晓了真情就会自动打了退堂鼓，天底下有哪一个男人会娶一个破烂货？

她张张嘴，踌躇一阵，到底还是没能说出口，一个钱字压得她茫然不知所措，"德晓峰，容我想想行吗？况且，这婚姻大事怎么着也得和自己的老家儿商量商量啊。"

"成，给你三天，三天之后我听你回话。"

整个晚上白丫头都处在六神无主、心绪不宁之中，唱曲儿的时候总出错，不是打磕巴就是忘了词，惹得听客几次瞪了眼。勉强对付着唱了三两段，她便再也无心在此盘桓，只好提前往回转。

她几乎是拖着身子回到家的。大杂院里坑坑洼洼，满地的碎砖烂瓦，几次欲把她绊倒。她看到，自己家的小屋里还亮着煤油灯，显然，两个老家儿都还没睡。

"饭在锅里焐着呢，今儿回来的倒挺早。"母亲杨氏就着灯光在缝补衣裳。

白丫头放下手里的东西，看看弟弟妹妹都已经睡熟，便顺手解开了月饼包，拿出一块递给了床上的父亲。

"都要睡了，这会儿吃它干吗呀……"父亲老贵嘴上拒绝，手却慌不迭地伸了出来。

锅里放着一个棒子面窝头，一碟卤虾酱，她的肚子已经闹腾了老半天，一边忙着往嘴里填塞，一边说道："头仨月您就跟我念叨月饼，好不容易有了，也算是没耽误您过节，这年月，过一天算一天，过了今儿就先别想明儿。"

杨氏满怀希望地问了一句："这么说，今儿晚上挣钱了？"

"唱了三段，拿到手的总共六毛钱，加上下晌天桥撂地挣的八毛，勉强够明儿一家的嚼谷儿①。搁过去日本人没来那会儿，这些钱足够两顿白面饺子了。对了，忘了跟您二老说，月饼是我靳师姑给的。"

老贵贪婪地大口咀嚼着，"不知是因为我有病嘴里没味儿还是怎么的，这月

---

① 嚼谷儿：北京话，又称嚼裹儿，指衣食费用。

123

饼怎么一点儿不甜呀？好像还有点儿牙碜。"

"您就凑合吃吧，"白丫头从缸里舀了半瓢凉水灌进肚子里，深深叹了口气，"估计明年这会儿，别说月饼了，就是烙饼，恐怕也见不着了。"

这时候，一阵敲门声响起，令屋里的人一齐睁大了眼。片刻，伴着一声"吱扭"，提着两包月饼两瓶酒的德晓峰推开门走进来。

"你怎么追到这儿来了？"白丫头的脸上挂出了几分厌烦，"不是跟你说了，和我爸妈商量完了，三天之内给你回话吗？"

"哈哈……这不是过八月节了嘛，我来看看老丈杆子和丈母娘。"德晓峰涎着脸，一副十足的无赖相。

"少跟这儿胡叫八叫的，告诉你，我可还没答应嫁给你呢。"白丫头爱搭不理地扭转了脸。

一间屋子半间炕，说句话谁都能听见，老贵登时竖起了耳朵，"小子，你刚才称呼我什么？我没听清楚，你敢再说一遍！"

德晓峰打开自己带来的月饼包，掏出一块凑过去，"您老尝尝我这个，专门给日本人做的，特供品，又香又甜又软和，别提有多地道！"

"问你话呢，小子。"老贵逼问一句，伸手把月饼接了过来。

"大叔儿，是这么回事，老早我就看上您闺女了，打心眼儿里喜欢她，一心一意想娶她，所以，一不留神嘴就冒了场。"

"先问问，你在哪儿高就呀？"

"新民会，偶尔也帮人做点儿生意买卖。"

"能挣钱养家吗？"

"没的说，只要您老人家点个头，连您二老一起养了。"

"爸，您不知道，"白丫头急忙插上一句，"他在给日本人办事！"

"甭管给谁干事，说到底，能挣钱才是本事……"老贵让吃的占着嘴，话说得呜里呜噜。

"这么说，您老同意了？"德晓峰喜出望外。

白丫头强硬地把德晓峰推到一旁，凑在父亲的耳边小声嘀咕着，一面说脸一面红上来。

半晌，老贵抬起了头，强撑着坐直了身体，咄咄问道："我闺女说的可都是真的？"

德晓峰尴尬地咳了一声，"差不离吧，不过……"

"她要是嫁过去，这几笔印子钱真就免了？"

"老爷们儿说话，吐口唾沫一个钉，借据归您，愿存愿扯您随便。"

"还有，那个事儿也是真的？"老贵毫无顾忌地朝他的下身指了指。

"也不像人说的那样，只是……"此刻，德晓峰竟也红了脸。

"那好，虽说我老贵人穷，可志不短，我不能让闺女跟你受了屈，让人说嫁了个不中用的太监，就为这个，今儿我必须得亲自验看验看。"

德晓峰登时窘在了原地，脸涨得像块猪肝，进不得，也退不得，"老爷子，您不能这样，满屋子大男小女的，让我这张脸往哪儿搁？您要验看，可以，咱另找个日子，换个地方，您想怎么着都成。"

"甭废话小子，真打算娶我闺女，你就乖乖地过来，要不然，就趁早回家做梦去吧。"

"你……"德晓峰想开骂，脑子一转又忍下了。

"你俩把身子背过去，不许回头！"老贵向妻子、女儿发出了指令，随后朝德晓峰阴阴地笑了笑，"到我跟前来，挨近点儿，别怕小子，你大叔儿不会把你怎么样。"

德晓峰思忖片刻，狠狠心，咬着牙帮向床头走过去。他直挺挺地站在老贵的面前，仰起头，抿着嘴，眼睛死死盯向了污渍斑斑的顶棚。

屋子里变得死一般寂静。好一阵过去，他没有任何的感觉，确切地说并没有手向他伸过来。茫然之际，却听到老贵兴奋地发出了一声喊："没什么可说的，这下我就彻底放心了！哈哈，我这个老丈杆子算是当上了，说不定，明年这时候我就能抱上外孙子啦！"

刚一进门，三伏便摸着黑直奔自己的小屋，僵尸一般躺倒在了床上。适才后台小院里的那一幕情景，不停地在他眼前浮现，雪梅妹子和那个大学生拥在一起的身影，就像一把火红的烙铁灼烫着他的心，令他感到了一种难以忍受的疼痛。他羡慕，他嫉妒，甚至还有恨。事到如今，又能怨谁呢？他只能怨自己。他好后悔，千不该万不该，不该把雪梅妹子带到北平来，更不该让她离开自己，尤其不该让她去学大鼓。

不知过了多久，啪的一声灯亮了，靳大红嘴叼烟卷出现在他面前。她瞄了一眼桌子上那包尚未启封的月饼，咧着嘴笑了，笑得有些不怀好意，"怎么，没送出去？人家不领情？"

"俺根本就没送！"三伏闭着眼回了一句，鼻孔里仿佛在向外喷火。

"你呀，净跟我要小聪明，明明是乡亲，偏说是自己的亲妹子，明明喜欢她，却又不敢直接说出口，我没冤枉你吧？"

三伏未置可否，清晰可见他的眼角处滚出了两颗硕大的泪珠。

"瞧你这点儿出息！"靳大红撇撇嘴，坐到了床边上，"我知道，一准儿是看到林雪梅和那个大学生在一起，你心里头不舒坦，吃醋了，对不对？早我就跟你说过，别做不切实际的梦，你不听，她是什么人，你又是什么人？今非昔比了，现而今人家是日渐走红的大鼓妞儿，年轻貌美，你呢，说到底就是个拉车的，上下够不着啊。我明白，你对她好，处处护着她，事事想着她，可这又能怎么着？实话说，雪梅不是个薄情寡义的人，她心里必定也会记着你对她的好，可她是个心高的女孩儿，这辈子只会把你当做她的大哥哥。傻孩子，听姐一句劝，从今往后就断了这个念想吧……"她像个慈爱的母亲，温柔地轻抚着他的额头。

"靳老板，家里有酒吗？"三伏一个鲤鱼打挺坐起来，骤然之间像换了一个人。

"废话，今儿过节，还能少了你的酒？"靳大红不由一阵窃喜，"吃的喝的我全都备下了。记住我的话，甭犯傻，打今儿起，她过她的，咱过咱的，这一篇儿就算翻过去了，这会儿咱姐儿俩好好过个团圆节！"

北屋炕上摆放着红漆炕桌，揭开扣着的纱罩，现出了四样菜肴：月盛斋的烧羊肉，全素斋的素什锦，冒着热气的盒菜盖帽，挂着卤汁的焦熘丸子，配搭的是一碟子白长叶绿的小葱和一碗蘸酱。另外，还有切作了八瓣的两块五仁月饼摆在中间。

"这都是啥时候整出来的？"三伏惊讶地瞪大了双眼，"你该不是俺娘故事里说的那个田螺姑娘吧？"

"要是，也得是田螺她妈。"靳大红满心喜悦地盘腿坐到炕上，打开一瓶衡水老白干，将一对牛眼酒杯斟满，"听着三伏，今儿这酒可不能白喝，有几句话，答应下我，上炕，不答应，就滚一边去。"

三伏茫然地站在她面前，"说。"

"从今往后不准再想那件烦心事，得把它撂在脖子后头。"

"成。"

"二一条，没外人就咱俩的时候，不许你再叫我靳老板。"

"那叫啥？"

"你想想……"

"俺……想不出来。"

"叫姐。"

"靳老板，这……"三伏抓抓脑瓜皮犹豫起来，"俺一个拉车的下人，这恐怕不大合规矩。"

"甭废话，我这儿就这规矩，一句话，成还是不成？"靳大红板了脸，显得有些懊恼。

"俺……俺答应你。"

"行嘞，我的傻兄弟！记好了，打现在起，叫错一句，我罚你三杯！"

三伏端起酒杯一饮而尽，呛得眼泪滚了出来，"靳……姐，这酒真叫霸道，辣心。"说着，紧忙拿起一根小葱蘸了酱塞进嘴里。

靳大红看着好笑，夹了一块烧羊肉递到了他的嘴边，"真傻还是假傻？嫌辣还吃葱，这不辣到一块去了？"她深深抿了一口酒，稳下了心，"这些天我总在琢磨一件事，想来想去也想不出个道理来。你说，大凡人的行为举止都听从自己脑子的指派，比如说喝酒，你想喝就喝，不想喝就不喝，比如说上园子作艺，今儿想去就去，不想去就在家歇一天，再比如你拉车，想跑快点儿就快点儿，想跑慢点儿就慢点儿，可唯有一样行为是个例外，你根本指派不了你自己。知道我说的是什么吗？"

三伏想想，摇了摇脑袋。

"告诉你三伏，是梦，是做梦。你一心想做梦，兴许一觉到天亮，半个梦也没有；你不想做，兴许就一梦接一梦，梦个没完没了。你想做梦娶媳妇，兴许就梦见一群小鬼子追得你满大街跑。你说，这是怎么个理儿？"

"这个理儿挺简单，俺听一个一起拉车的伙计说过，这叫……叫'日有所思，夜有所梦'，就是说，人白天总想着某个人某件事，晚上就会梦见那个人那件事。"

"那你说，这一年多，我梦过来梦过去，总是梦见同一个人，这又是怎么个原因？"靳大红放下筷子，隔着饭桌死死盯住了三伏的眸子。

三伏不傻，他岂能不知道对面这个女人的心思，握着筷子的手一下僵在桌面上，接着，缓缓地低下了头，"那是因为你总想着他，心里放不下他……"声音小得像蚊子哼哼。

"我问你，你梦见过我吗……"

"梦见过一次。"

"就一次？说说，梦里边我在干什么？"

"俺看见你在个土坡上站着，手里拉扯着一个小闺女，她五六岁的模样，头上还梳着对小抓髻。"

听到这句，靳大红不由心中一惊，差点儿咬了自己的舌头，好半天才缓过神挤出一丝笑，"人都说，梦里的小丫头是贵人，小小子是小人，这说明你该当走运了。"

三伏把脸转向了她，"不光这，俺还看见你俩身后跟着个男人，胡子拉碴的，干瘦干瘦，像个痨病鬼。"

靳大红的脸立时变得像电光纸一样煞白，一颗心扑通扑通狂跳起来，她不知该说些什么，恍恍惚惚抓起酒杯，把多半杯酒灌进了喉咙里。

"你怎么了，姐？"三伏发现了她的异常，关心地询问道。

"都怪你，这梦说得太瘆人了。"靳大红极力掩饰着，借机转过桌子挪到了三伏的身旁，定定心，伸出胳膊猛地抓住了他的手，"好弟弟，你知道姐的心吗？你知道姐日里夜里想的是谁吗？那就是三伏你呀……"

"姐，俺知道，知道你对俺好，待见俺，疼俺……"三伏的喘息变得粗重起来。

"傻孩子，姐那是喜欢你呀……"靳大红顺势躺到了他的腿上。

灯灭了，皎洁的月光透过窗上的玻璃，笼罩着炕席上一对交缠一处不断翻滚的男女……

"当家的，该醒醒啦，太阳都快照屁股了！"

朦胧中，三伏觉得有个人在捏他的鼻子，强迫自己睁开了眼，于是模模糊糊看到靳大红正手拿一把牛角梳子，披散着满头长发坐在炕沿上。猛地，他发现自己光溜溜赤着身子，遂慌忙地躲进被子里。

"得了，一大男人还知道害臊呢，说说，你身上哪块肉我没见过？"

一句话提醒了他，这才想起昨天夜里发生的事，紧张的神情慢慢松弛下来，"姐，你刚才叫俺什么？"

"当家的呀，怎么，你不愿意？"

"哪能啊，可，俺还没娶你呀。"

"娶不娶的又怎么了，那事儿咱俩都做了，你还怕姐跑了不成？"

"不是。俺寻思，俺必须对姐有个交代，不能黑不提白不提，光想着占姐的便宜。"

"这话我爱听，这说明你小子还算有良心，说吧，你打算怎么给姐一个交代？"

"俺要三媒六证，吹吹打打，用五彩花轿把你光明正大地娶进门。"

"不错，想的挺好。可钱呢？你有钱吗？办喜事是要花不少钱的，就凭你拉洋车挣的那仨瓜俩枣，打不过鬏儿绾不过纂儿的，能娶我吗？"

三伏瘪了，严酷的现实让他无话可说。

"行了，你有这份心姐就知足了。"靳大红再次催促他："赶紧麻溜儿下地，再晚一会儿让街坊看见就瞎了，还指不定会说出什么来呢。"

"说什么？说什么俺都不在乎。"

"说你一个乡下人上赶着巴结城里人，说我老牛吃了把嫩草。"

三伏打个长长的哈欠坐起来，手扶着腰眼咧了下嘴，"不知怎么了，俺这腰觉得有点儿不得劲儿。"

靳大红扑哧笑了，"谁让你昨晚上使那么大劲儿来着？像头牛！"说着，一只食指点向了他的脑门。

她站起身，从腰带上解下一串钥匙扔给了三伏，随后打开衣柜门，指了指里边的一个木匣子，"这些年我所有的积蓄全都在这里边了，打今儿起，这个家就由你来当了！"

"姐……"三伏大为感动，喉头一紧，眼睛顿时变得湿润了。

十二

黑老婆，白老婆，你娶媳妇我打锣，喤喤！
黑老虎，白老虎，你娶媳妇我打鼓，嗵嗵！

——北平童谣

时逢九月，正值秋高气爽的大好时节，然而，在北平人的感觉里，1939 年的秋天自始至终是冷飕飕的，飕得人骨头缝里一阵阵发凉，因为人们心头始终笼罩着一片驱除不尽的阴霾，让人莫名其妙地就打起了寒颤。

头天晚上金盈儿即与冯雨桐夫妇约好，今日头午要引领他俩去拜见白雪遗和刘连仲，"行客拜坐客"是江湖上通行的规矩，谁也不得违拗，这二人一个是北平长春会的副会长，一个是北平新民会南城会长，哪一个都是响当当的坐地户，哪一个都不容小视。不承想，早起要出门时，乔七巧却病倒在了床上，头疼、恶心，浑身乏力。冯雨桐提出往后错几天，金盈儿反倒心头一阵暗喜，强调说礼品已然买下，放置几天就兴许会长了毛，此番拜访有他代表即可，反正就是走个过场，多个人少个人也没有什么大妨碍。再者，家里有林雪梅帮着照顾，也尽可放心。无奈，冯雨桐只好安慰了妻子几句，提着东西随同金盈儿一起走出来。

他从心里感激这位金家大小姐，不想违拗了她的一番好意，在他夫妇二人最危难的时刻，是她鼎力相帮，才使他俩在北平安顿下来。上个礼拜乔七巧在雅园登了场，按照江湖上的惯例，头一次登台的新面孔是必须要在台前摆设花篮的，没人赠送就得自己花钱买，正在他两手空空一筹莫展时，又是金盈儿慷慨解囊，把一溜姹紫嫣红的八个大花篮摆到了两侧台口上。

"冯哥，会骑车吗？我不喜欢坐洋车，颠得浑身疼。"金盈儿把自己那辆僧帽牌自行车推了出来。

"会，在学堂读书时学的，只是有些年没骑了。"

"那好，说，你带我还是我带你？"

冯雨桐想了想，"还是我带着你吧，我一大男人怎么能……"他边说边接过车把，把果篓和点心匣子拴在了上面。

金盈儿趁机一屁股坐到了车梁上，回过头冲他发出了妩媚的一笑。

"金小姐，你……你还是坐到后边去吧，这样，我不大习惯……再者，让街上人看着也不好看。"冯雨桐窘迫地僵在原地，瞬间涨红了脸。

"嘿，你还挺封建！"她越发觉得他憨得可爱，顺从地溜下来，退后一步，分开双腿骑坐到后座上。

行不多远，她便伸出两条胳膊搂住了他的腰。

"金小姐，好好坐着行不？我……"

"我这全是为你好，懂吗？万一把本小姐摔出个好歹的你赔不起。"

俄而，见他没再说话，她索性把头靠在了他厚实的脊梁上。

车捏了闸，停驻片刻，冯雨桐扭转车把毅然决然朝来的方向蹬去。

"按你说的，我好好坐着还不行吗？"金盈儿一下慌了神，随即坐直了身体，两只手也松脱下来，"你这人，可真不识逗。"

白雪遗正自操琵琶在堂屋里吊嗓，他似是并不欢迎这二人的到来，顾自微合双眼，旁若无人地弹唱着，表现出了明显的冷淡。金盈儿明白，老爷子的这种态度完全是冲着自己，只因为在太庙她毛遂自荐当了杂耍协会副会长。她不顾冯雨桐被冷落一旁，溜溜达达地在地上来回走着绺儿，一抬头，看到墙上挂着个小黑板，上面是白雪遗用粉笔写的每日里要练习的曲目。

"干爹，您的大鼓可以说是出神入化、炉火纯青了，京津两地有谁不知道您的大名，还用得着见天儿练？"她纯属没话找话。

"一遍拆洗一遍新，观众是我的衣食父母，既看得起我，我就得讲良心，不能有一丝一毫对不起他们！"白雪遗停下来，话里带着气，"我跟你说，打今儿起，这干爹就免了，我姓白的高攀不起。"

"干爹！"金盈儿从果篓里掏出一个橘子，把皮剥了，亲亲热热递了过去，"我知道您因为什么不高兴，左不过就是为我自告奋勇做副会长那件事，我没说错吧？这事儿得看怎么说，当时您也在场，我爸死说活说不肯点头，日本人当时十分气恼，显然不会轻饶了他，就我爸那人缘，我不替他解围又有谁肯替他解围？我是他亲闺女，是福是祸我一人担了，这也算尽孝不是？说归其，谁愿意在日本人跟前听喝呀？"

白雪遗沉思良久，掰了一个橘子瓣塞进嘴里，"这倒也算是个理由。不过，我还是得嘱咐你一句，给日本人当差不会有好下场，从古至今，秦桧、潘洪、石敬瑭、吴三桂，这些个当汉奸的哪一个得了好死？孩子，'身在曹营心在汉'，这句话你应该懂，甭管到什么时候，心里头得永远向着咱中国人，如其不然，咱俩桥归桥路归路，从今往后永远别往一块儿掺和！"

冯雨桐主动上前施了礼，讲明了来意，又引出白雪遗的一番感慨："说什么'行客拜坐客'哟，这年头讲不了这么多规矩了，说书唱曲这碗饭是老祖宗留下来的，凡传习者人人皆可食之，用不着求谁拜谁。要说行客，日本人才是真正的行客，大老远漂洋过海到咱中国来，他又拜过谁？相反，他倒是强迫你成天价给他鞠躬！这又叫他娘的什么规矩？"老人家平生从来不动粗口，这次确实是动了真怒。

说罢，白雪遗转回身拉开抽屉，拿出五十块钱塞到冯雨桐的手里，"年轻人，你的礼物我收下了，我知道，买礼物的钱不是管人借的，就是从牙缝里省的，小夫妻俩初到北平不容易，需要钱的地方多着呢，眼见天气就一天天转凉了，拿这钱添两件过冬的棉衣吧。"他语气坚决，不容推辞。

冯雨桐的泪水夺眶而出，扑身倒地向着老人磕了个头。

走进刘家客厅时，刘连仲两口子正和麻三儿、崇小辫儿在一起打麻将，德晓峰躬身一旁负责端茶倒水伺候局。

"多咱到的北平啊？"刘连仲斜叼着烟卷，瞄了一眼放到茶几上的点心和水果，倨傲地问了一句。

"大概8月底9月初，具体哪天记不准了。"冯雨桐小心翼翼地回答着。

"架子可够大的啊！"刘连仲用力地把手中的一张牌拍在了牌桌中央，"看看今儿都几儿啦？小一个月才想起刘某人来，你到底懂不懂规矩？"

德晓峰忙里偷闲插了话："那天在天桥我就提醒过他，进北平头一件要紧事就是得先拜望我们刘爷，他老人家不发话，北平就没有你的容身之地。谁承想，这小子偏就是个木头脑袋不醒攒儿①。"

金盈儿走过去用力搡了他一把，"哪儿都少不了你，你跟这儿瞎起什么哄啊，人家两口子原本打算第二天就过来的，不料想水土不服一下子就病倒了，至今他老婆还躺在床上，不信你就去我们家瞧瞧。"

高亚萍忽然有了意外发现，"盈儿，你说怪不怪，我怎么看着这位冯先生有点儿眼熟呢？似乎以前在哪儿见过。哦，我想起来了，他长得有点儿像……"

"像金焰，电影明星金焰！"金盈儿抑制不住心中的兴奋，脱口而出。

"金小姐可真能抬举他，人家金焰是电影皇帝，就他一乡下脑壳，也配……"崇小辫儿眼睛离开牌面抬起了头，对着冯雨桐上下一番打量，"嘿，也别说，还真有几分像！"

"和了！各位，掏钱吧您哪，清一色一条龙！"刘连仲哗地把牌推倒，兴致勃勃地对着冯雨桐开了口："得了，冲这把和牌，今儿刘爷我就不和你计较了，不过，有些话我得和你强调强调，现而今北平归日本人管，你们夫妻要安分守己，千万别给皇军添乱，尔等艺人又归我们爷们儿管，如此说就不能让我们鸡孵鸭子——白忙活，月头月尾逢年过节总得意思意思，这么一来，有我刘某人罩着，也就没人再敢找你们的麻烦。看上去你是个明白人，该怎么做你自己掂量着办。"

冯雨桐紧抿着嘴唇一语未发。

德晓峰手持两张大红帖子凑到了金盈儿跟前，"赶巧了，金小姐，后儿我大喜，娶媳妇，恭请您大驾光临！这一张是给您的，另一张烦您呈送给金三爷。"

金盈儿怀疑地瞪大了眼睛，她尽量克制自己，可还是不由自主地朝他下身扫了一眼，"怎么个事儿？新鲜，你也娶媳妇？"

"什么叫'也'呀，"德晓峰瞬间拉长了脸，"男大当婚，女大当嫁，轮到我怎么就不能？"

"别瞎想，我是说，你这人压根儿就不适合结婚，结了婚可就有人拘管着了，

---

① 不醒攒儿：江湖语，意为不醒悟、不开窍。

有些场所，比如……比如那什么胡同的，你也就不能去了，你能挺得住？"当着众人，金盈儿不想招惹他，紧忙往回找补，"说说吧，新娘子是打哪儿划拉来的呀？一准儿是个大美人吧？"

"没什么模样儿，就一般人儿。"

刘连仲一边码牌一边点头，"一般人儿就对了，娶妻娶德，娶妾娶色，这是在讲儿的。"

德晓峰说道："忘说了，我媳妇你金小姐认识，而且熟，就是金三爷的二徒弟白丫头。"

金盈儿心里一惊，虽说平素自己与白丫头没有多大交情，却也感到一阵凄恻，"你俩怎么就凑合到一块儿了？真新鲜！打算在哪儿办啊？不会是院儿里搭棚吧？"

"您寒碜我，同春园行吗？请金小姐务必屈驾，我那儿还正缺少个伴娘呢。"

"到时候再说吧，看本小姐的心情，高兴呢，就兴许过去瞧瞧。"她边说边拽起冯雨桐往外走，"诸位，洒油娜拉（再见）！"

难得有机会和自己心爱的人单独出来，金盈儿不想轻易放过，她不容商量，骑车带着冯雨桐直接奔了东华门华宫西餐厅。

"冯哥，你吃过天津起士林，可我敢说你肯定没吃过这家的菜，罐焖虾、鸡朵汤是这儿的一绝，味儿绝对地道！"

"我……七巧她一人在家，况且还病着，我看，咱还是别吃饭赶紧回去吧……"冯雨桐显得极不情愿。

"哟，瞧不出你还是个疼老婆的人！平日谁还没个头疼脑热的，她这也叫病？今儿既出来了，一切就得听我的，要不然，往后你再遇到什么事我就不管了，再者说，家里有我爸和林丫头照顾，你还不放心？"

菜上得很快。金盈儿很少动筷子，只是不停地喝着葡萄酒，一双眼睛始终停留在对面冯雨桐的脸上，心中的欲望像一盆火烈烈腾腾燃烧起来。她真的是喜欢这个男人，心里早就打好了主意，只要他答应娶自己，她就会毫不犹豫地放弃现下这种放浪不羁的生活，什么钱财呀，势力呀，都不会再去考虑，一心一意和他过一份安稳日子，为他生一堆孩子，做个人见人夸的贤妻良母。

"你为什么不吃？"冯雨桐放下了手里的刀叉。

"这你还不明白？"金盈儿莞尔一笑，半天才又说道，"你呀，真应该去演电影。"

餐厅对面就是真光影院，此刻正在放映李香兰主演的《蜜月之旅》。金盈儿跟他说，她早就惦着要看这部片子了，却一直没腾出工夫，今日已然是映期的最后一天，好歹也得陪她这一回。冯雨桐暗自叹了口气，只好硬着头皮随她向电影院走去。

"冯哥，你说，明明是个日本女人，她干吗非要起个中国名字？"金盈儿指着海报上李香兰的大幅头像问道。

"说不好，大概，这就是他们所谓的中日亲善吧。"

电影是循环放映，落座之后，才发现已经演过了一半。其实，金盈儿对这部片子毫无兴趣，脸冲着前方的屏幕，眼睛却一直用余光扫着身旁的男人，欣赏着他那棱角分明的俊秀脸庞，感受着他那特有的粗重的呼吸。她感谢老天爷为她创造了今日这一个绝好机会，黑暗之中用不着再去掩饰什么，一切都变得可以肆无忌惮、直截了当。她相信，一个曾经的使唤丫头绝对不是自己的对手，只要她把功夫下足，就一定能够心想事成、如愿以偿！

此刻，她能准确地感觉到，冯雨桐的一只胳膊正搭在间隔着他俩的木扶手上，于是，假作无意地把自己的手臂也搭了上去。啊，他并没躲闪，由是，她真切地觉到了他灼人的体温，触到了他温润的肌肤。她果断地一把攥住了他的手！

冯雨桐像被蝎子蛰了一般腾地站了起来，一语未发，转回身径直朝大门口走去。

金盈儿的心刹那间坠入了冰谷，毫无疑问，他恼了，尽管黑灯瞎火看不清他的表情。

冯雨桐前脚刚走，金三省后脚端着一杯茶溜进了东屋。

乔七巧蒙着薄被直挺挺躺在床上，坐在一旁的林雪梅正在用毛巾替她擦嘴，床前放着痰盂，里里外外一片狼籍，显然，她刚刚呕吐过。

他把茶杯放到桌上，伸出手摸了摸乔七巧的额头，"嗯，烧起来了，有点儿烫。"好半天他的手都没舍得抽回来。

林雪梅跟着试了试，"我怎么觉着挺凉的？应该不碍事，一会儿我给她弄碗热汤喝，多搁点儿姜和胡椒粉，发散发散许就好了。"

金三省掏出一张钞票放到桌上，"你我都不是大夫，碍事不碍事谁也说不准。这么着，你抓紧收拾收拾，然后去药铺找坐堂的大夫问问，抓几服药回来。人既住在咱这儿，咱就得为她负责。"他只想把这个小丫头支走。

看着林雪梅在一旁忙活，金三省端起茶杯喝了口水。杯子里泡的是菟丝子，多年以来，除了上茶馆，每日里他总是靠它生津解渴，他深切地体会到了这东西的效用，不仅便宜，而且管事儿，要不然年届六十的他怎么会依旧雄风不老？然而，这东西也给他增添了不少的苦恼，老婆徐五姑现下已经有了身孕，为保胎气便再也不许他侵扰，曾经有过肌肤之亲的胡丫头、黑丫头全都远远地躲避了，瞧不见，摸不着，他有劲儿没地方使！娼寮妓馆他是决然不肯去的，那地方忒腌臜，要紧的是，逛窑子嫖娼有失他方字旁人的尊严。如此，最近他便总有一种憋着尿的感觉，急起来，浑身较劲，转腰子，想上房。

林雪梅打扫完毕，抄起了桌上的钱。

"打算去哪儿呀？"金三省急切地问道。

"雅观斋，就在咱家东边。"

"那儿可不行，那儿的大夫忒嫩，要去同仁堂，找姓乔的白胡子老头。如果他不在，就去鹤年堂。"他只想把这个小丫头支得远一些，以给自己多留下一点儿时间。

终于，屋子里只剩下了他和乔七巧两个人。他蹑手蹑脚地来到床前，一眨不眨地盯着那一张略显苍白的脸，他意外地发现，这个娇小的女人，竟有着一种不同寻常的平淡之美，细细的眉毛，长长的眼睫，因着二目微闭而更加招人惹怜。

"水……我要喝水。"乔七巧呢喃了一声。

金三省端过瓷碗，用羹匙舀了一勺温水送进她的口中——元宝形的嘴唇在轻轻翕动，直接诱惑着他那不安分的神经，他好想立刻就把这个女人压到身子底下，然而，这女人毕竟是在病着。

残存的良知让他犹豫起来，甚至担心乔七巧受了凉，爱怜地拽起被角欲把她的身体包紧。谁想，此时一只光脚竟从被底显露出来，强烈地吸引了他的目光。仔细端详着这只白得令人目眩的女人的脚，他的喉咙不由弹动了一下，那一排见肉见骨的脚趾，那一串闪耀着晶莹光泽的趾甲，那浑圆小巧的足跟，那光洁得就像曾被山间清泉冲洗多年的肌肤，综合成了一只堪称完美的脚，似是造物主专门设计出来要撩拨他的心，践踏他的灵魂。

他想把它看得更加清楚，于是，弯下了腰，脸一点点凑近过去……

正这时，院子里发出了一声呼喊："师父，师娘叫你！快着点儿吧，她肚子疼得厉害，在床上来回打滚儿呢！"

德晓峰举办的是时下流行的新式婚礼，没有花轿，不见披红挂彩，也没有鼓乐班的吹打，只在同春园饭庄由证婚人刘连仲当众宣读了婚书，夫妻二人相互行了鞠躬礼，一切便万事大吉。

同春园位于西单的东北角，是一座拥有三十几间大房的连套四合院，素以所经营的江苏风味菜肴居北平"八大春"饭庄之首。令人不解的是，婚礼上德晓峰居然"不计前嫌"把日军少佐中村喜赖请了来，跟随中村的还有他最近从日本接过来的幼子和几个下级军官。餐桌中央特意摆着一盘西红柿和一盘苹果，餐台上林立着一瓶瓶日本清酒和太阳牌啤酒——这些都是日本人青睐的食品。

"德桑。"中村招手把德晓峰唤到了近前，怀里搂着儿子，操着夹生的汉语说道："假如，因为我的那一次的鲁莽，影响了你今后的夫妻生活，我的，深表歉意。"

几句话惹得德晓峰小肚子一阵发紧，瞬间竟有几滴尿液渗了出来，他转动脑筋，赔着小心，"太君，要说这事儿还得怨我，我酒后无德，我色胆包天……往后还得靠您提携，您千万别往心里去。"

"作为对你的补偿，我的，要介绍一桩生意给你做。"中村向身旁坐的一个黑瘦子指了指，"他的，叫崔洁实，韩国人，最近在北平开了一所白面房。我说的不是那种蒸馒头的白面，而是——"

"我明白，就是抽白面儿的地方，您接着说。"德晓峰竖起了耳朵。

长篇小说 大鼓妞儿

"你的，可以介绍一些中国朋友去他的那里，这样，他会给你介绍费，你就会大大的发财。吃过饭你们俩单独谈。放心好了，他的后台就是我们的宪兵队。"

"这事儿成，我的朋友大大的，多多的，准定能去不少人！"德晓峰喜不自胜，隔着中村与姓崔的韩国人拉了拉手，顺便摸了摸中村儿子的小脑袋，"这是太君您的小少爷？叫什么名字？几岁了？"

"中村太郎。五岁。"

"好，好名字，相貌也好，天庭饱满，地阁方圆，将来一准儿有一番大作为！"

中村转过脸向闷坐一旁的白丫头看了一眼，言不由衷地挑了挑大拇指，"德桑，你的妻子，幺希，很漂亮。"

"哪里，哪里。"面对对方的虚情假意，德晓峰故作不知，谦恭地点着头。

"你说哪里？"中村愣了一下，费劲地想了想，"她的，皮肤很白，很细，像我们日本女人。"

"哪里，哪里。"

"还有哪里？还有就是，她的……身材很好，很丰满。"

"哪里，哪里。"

"……"中村实在不知还能再讲点儿什么。

大碟子小碗次第端上桌来，德晓峰拽住白丫头，要她张罗着来宾入席。

"今儿没请我师父吗？他怎么……"白丫头极不情愿地站起来。

"能不请吗？帖子早就送过去了，可我知道他准定不来，我太了解这位金三爷了，除去砍头难，再就是出钱难，你想，到这儿他好意思空着手？"

靳大红是作为送亲太太跟到这里的，她了解小德子结交的这些狐朋狗友，没有一个是省油的灯，只怕性格软弱的白丫头受了他们的欺侮。人坐在这里，她的心却飘向了远方，"同春园"三个字深深地刺痛了她，使她再一次想起了佟麟阁将军，想起了佟将军在南苑的许诺，原本她是要到这里参加庆功宴的，谁知，现而今却成了泡影，她的眼圈渐渐红上来。看着面前这些个狂吃滥喝的短胳膊短腿的男人，她便联想起乡下豢养的那一种串了秧儿的板凳狗，此情此景，就像一群雎狗在撕掳一块腐肉！

"靳老板。"一声呼唤把她从遐思中牵引出来，是德晓峰在喊她。"中村太君发话，请您靳老板给唱一段，助助雅兴！"

靳大红白了他一眼，"今儿我可不是跑你这儿唱堂会来了，再说，听我的唱儿是要掏银子的。"

"放心，钱少不了您靳大姑的——从我媳妇这儿论，我得叫您一声姑儿对吧。"德晓峰现出一副无赖像，"弦师现成，由我给您露一手。"

靳大红想了想，"非唱不可，那就唱一段《王二姐思夫》吧。"

"哎，这可不成，"德晓峰一阵急赤白脸，"人家办喜事都唱《天河配》、《诸葛亮招亲》什么的，您可倒好，我这儿媳妇还没进洞房，您就让她守活寡？今儿也就是您靳大姑，搁别人，我非一脚把他端出去不可！"

"就这段，爱听就听，不听拉倒。"靳大红一时犯了拧。

"好嗨，我们哥儿几个还就是喜欢听这段，"崇小辫儿带头叫了好，"我说德子，你最好跟张廷秀一样进京赶考一去不回，嫂子一思夫，正好由我们去补空儿。"

麻三儿跟着起哄："没错儿。艳福不浅呀德子，新嫂子肉皮儿又白又细，整个就是一白素贞——白娘子啊！跟你说，今儿可不能光让我们过眼瘾，回头怎么着也得叫哥儿几个过过手瘾！"

靳大红暗自啐了一口，"都是些个下三滥，没一个好东西！"

黑丫头是白丫头请来的伴娘，不知怎么，她总觉得今日会有什么事发生，寸步不离地跟随在新娘子左右。趁着师姑唱曲儿的空当，她把白丫头悄悄拽到了一旁。

"姐，我问你，那事儿跟小德子说过吗？"

"还没……"白丫头知道她指的什么，瞬间便反应过来。

黑丫头一下起了急，"怎么还没告诉他？你就不想想，能瞒得住吗？"

"我是想，虽说德晓峰是个半残，可他毕竟是男人，哪一个男人不是把这事儿看得比天都大？"

"呸！"黑丫头不禁愤愤然，"这世道真不公平，就许男人花天酒地，三妻四妾外带逛窑子，女人一旦有个什么闪失，就比天还大？"

"唉，谁让咱这辈子托生了女人呢……"白丫头深深叹了口气。

"不过我觉得，还是应该找机会告诉他，早说早了，再拖下去，还指不定会惹出什么麻烦呢。"

"我害怕……"

"怕什么？大不了这婚不结了，哪儿还找不着个男人？"

"我是怕连累了雪梅妹子，万一……"

"傻呀你，提雪梅干吗？事儿是事儿，经过是经过，说你不会开枪开炮，我信，说你不会编瞎话，鬼都不信。"

"容我再想想行吗？这会儿我心里好乱，好烦……"

德晓峰扭扭地走过来，要白丫头去给来宾敬酒，得便与黑丫头搭讪了一句："妹子，什么时候请哥哥我喝你的喜酒啊？"

黑丫头余怒未消，"去，一边儿呆着去，姑奶奶没工夫搭理你！"

主桌上坐的大都是日本人，一个个神情专注地在大嚼大啃，新娘子过来敬酒，竟令他们像得到了一纸命令，刹那间全都停下了手，圆睁了双眼开始围着女人的身体打转。

中村的小儿子太郎顾自喝着汽水，看到德晓峰走到这桌，忽然神神秘秘地向他招了招手。德晓峰不知道这小日本儿想要和自己说些什么，便弯了腰凑近过去。只见那孩子脸上现出坏坏的一笑，猛地揪住了他的衣领，不容分说，直接将手中的半瓶汽水倾倒进他的脖子里。

"哈哈哈……"如同看到一幕最最搞笑的喜剧，所有的日本人全都笑得只见牙不见眼，有的还挑起了大拇指。

白丫头感到一阵眩晕，眼前的这些个令人憎恶的面孔，让她再一次回想起那年冬天的情景，同样的黄狗皮似的军装，同样的短胳膊短腿，同样厚颜无耻的表情，她再一次感觉到了压在身上的沉重，感觉到了那锥心般的刺痛，眼前忽地变得一片漆黑，身子一歪，如同一条布口袋委顿在了地上……

林雪梅刚从台上下来，就被黑丫头一把拽住，二话不说，往外就走。

"火上房了是吗？大晚上的什么事这么急？"她已经许久没见到这个师姐了，诧异地问着。

黑丫头匆匆忙忙把德晓峰娶亲的经过叙述了一遍，"要紧的是，我问白丫头，坛根儿那事儿跟没跟小德子说，你猜怎么着？她竟然说没告诉他。你想，照这样，今儿晚上俩人进了洞房，还不得打成一锅粥？"

"你说的有道理，"林雪梅皱紧了眉头，"小德子不是什么好鸟儿，一定不会轻易放过咱姐。"

"他就是一吃红肉拉白屎的主儿。"黑丫头紧着央告，"大家好歹姐妹一场，这事儿咱可不能不管，妹子，你主意多，脑子快，快想个办法吧。"

林雪梅沉默了，眼望星空，久久无语。明摆着，这件事十分棘手，德晓峰是一块出了名的滚刀肉，软的硬的横的竖的都不吃，再说，自己一个手无寸铁的小女子，又能有什么好办法？想着想着，忽然，她眼前一亮，顿时有了个主意。

德晓峰的家在西河沿，是祖上留下来的一所老宅，除去属于他的两间南房，院里住的都是他的本家亲戚，无非三姑二大爷一族。北平人睡得早，此刻虽未到十点钟，小院里却仅有两间南屋亮着灯光。

林雪梅怀抱着书鼓手拉黑丫头凑到窗户跟前，果然听到了屋里传出的吵闹声。

"跟老子交代，这到底是怎么回事？"德晓峰在气哼哼发问。

"我也不知道啊……求求你，别问了，小德子，我实在没法说……"白丫头在苦苦哀求。

"行啊你，想把大爷我灌醉了，明儿一早起来就可以大模大样蒙混过关了，就查无实据了，你那是错打了算盘！就这样还腆着脸说我不行，说我只有半个老二，说我不是男人？半个老二我也不能当王八！"

黑丫头扑哧笑了，又紧忙捂住了嘴。

屋子里传出一阵嘤嘤的哭泣声，林雪梅慌了神，贴近耳朵仔细再听，却是德晓峰在抽咽，凄凄切切像个女人。突然，伴着一声呼啸，响起一声哀号，似是有什么东西击打在了人的肉体上。

"臭娘儿们，今儿你必须告诉我，是谁把你给办了，要不然，我就剥了你的皮！"德晓峰咬牙切齿地威胁道。

"我不能说，真的是不能说呀……"白丫头不停地哭叫着。

"其实，你不说我也知道，这事儿除了你师父没别人！四外扫听扫听，谁不知道金三省这个老王八蛋专门好喜女徒弟？我真傻，娶了你这么个破货，早我就应该明白！"

"不是他，相信我，真的不是我师父……"

"成，金麻子，你个老棺材瓢子，算你狠！今儿搁着你的，放着我的，早早晚晚我小德子必报这一箭之仇！"

屋子里噼噼啪啪连声响，白丫头发出一阵又一阵的惨叫："德子，饶了我吧，我爹我娘还要靠我养活，这会儿我还不能死呀……"

林雪梅忍无可忍，隔着窗户厉声喝道："赶紧给我住手！听着，小德子，我姐再有什么不是，也不许你打她！"

黑丫头紧随着喊了一句："再打我姐，我俩就砸开门进去了！"

德晓峰已经听出外面的人是哪个，不由发出一阵冷笑："真他妈邪行，大半夜的竟然蹦出两个挡横的！行啊，有胆量你俩就进来吧，今儿我这新郎官还没正经办事儿呢，正百爪挠心浑身较劲呢。"

"放狗屁！"林雪梅放大了嗓门，"小德子你还甭吓唬人，明跟你说，既上这儿来了，我俩就没打算囫囵个儿回去。好说好商量怎么都成，要不然，我们就把你这些个臭事儿编成大鼓词儿，隆福寺、护国寺，五大庙会挨排儿去唱，好好给你散散德行！"

"行啊，唱吧，缺弹弦儿的您可言语一声，我还正愁没机会扬名呢！我也明跟你说林雪梅，你唱到哪儿，我跟到哪儿，唱完了，我小德子若是红一红脸，就是你养的。"德晓峰摆出了一副死猪不怕开水烫的架势。

林雪梅四下望望，天佑神助，此时偏巧就有一架木梯子在墙角靠着，遂拉着黑丫头顺梯子爬到了房上。她二人在南屋屋脊上站定，支好了鼓架子，安放上书鼓，立时敲击鼓板放开嗓门唱起来：

> 鼓板一打书就开了正宗，听我来表表德晓峰。
> 您若问我唱的什么事，我就把，他吃喝嫖赌、坑蒙拐骗、阴毒损
> 坏、歪门邪道，一宗宗、一件件、一件件、一宗宗，
> 仔仔细细地唱给您听……

这是林雪梅一路上临时纂弄的急就章，虽说时间仓促，倒也编得合辙押韵，不打牙不绊嘴。歌声震荡着寂寥的夜空，随阵阵秋风飘向了四方。一时间，左邻右舍纷纷亮起了灯光。

德晓峰敞胸裂怀从屋里跑出来，冲着房顶扯着脖子喊："还玩儿上真的了，下来，快点儿给我下来！我……"他很快寻到一根打枣的杆子，照着房上直杵了过去。两个女孩儿抱着书鼓小心地躲闪着，他追到东，她俩跑到西，他往西追，她俩又跑回来，轻盈的身体扭扭转转于屋瓦之上，像是在跳着一种古老的舞蹈。

德晓峰折腾几个来回再也跑不动，气喘吁吁一屁股坐到了地上。

屋顶上的林雪梅发了话："跟你说，小德子，我俩自打学艺，什么场合都唱过，坤书馆、杂耍园子，就是没在房顶上唱过，别说，感觉还真不一样。你不是说要给我俩弹弦儿吗，行，回屋拿去，我俩跟这儿等着，今儿咱们好好合作一把，不唱到大天亮咱不散场！"

德晓峰仰着脖子无可奈何地冲着屋顶作开了揖："二位姑奶奶，求求你们别再往下唱了，就给我留点儿脸面吧，我知错了还不行吗？我小德子不是人，从今往后，您二位说什么就是什么，我绝不敢跟您二位矫情，快点儿下来吧我的小姑奶奶！"

"说话算数？"黑丫头脸朝下逼问一句。

"骗你，让我生孩子没屁眼儿。"

林雪梅蹲到房瓦上，扑哧一声笑了，"让我说你什么好呢？你这叫牵着不走打着倒退，好言好语劝你你不听，非得再让我俩费一道手。你也不想想，你能算个男人吗？我姐能嫁给你是你的福分，你还不知好歹挑这挑那地找寻她，我要是你，一头扎茅坑里淹死算了……"

黑丫头靠着膀蹲下来，"听着小德子，往后，你要再敢打我姐，姑奶奶就把你剩下的那半拉东西也劁了。你以为是谁把我姐弄成这样的？想瘪了脑袋你也想不出来，那是——"

林雪梅一把掐住她的胳膊，用手封住了她的嘴。

十三

油盐店，卖大葱，一头白，一头青，

一头土里长，一头土外生，

一头实轴一头空，一头重来一头轻，

一头吃来一头扔，掌柜的就卖一棵葱。

——数来宝唱词

眼看着春节的脚步一天天走近了人们的身边。

腊月三十，金三省破例起了个大早，拦挡了欲去天坛喊嗓儿的乔七巧和林雪梅，要她俩留下来帮自己把年画和春联张贴上。年画全都是杨柳青的木版画，不外乎《吉庆有余》、《老鼠娶亲》、《竹报平安》一类，大红大绿，透着无限的喜庆。等各间屋里都贴完，他书就了几幅福字，接着开始琢磨门对儿的词句，提笔写了一副"接天瑞霭千家乐，献岁梅花万里香"，看一遍，想了想，又把它扯了。

"这副对子不能贴，贴了招骂。"金三省喃喃自语，"你们说，这年月能乐得出来吗？千家乐，屈心啊……"

踌躇半响，他重新舒腕落笔。

"天增岁月人增寿，春满乾坤福满门。"林雪梅逐字念着，"师父，这副成，就它吧。"

"费劲啊，现而今连写副对子都这么难……"金三省不由叹了口气。

林雪梅指着神荼、郁垒一副门神问道："这两张贴哪儿？"

"贴街门上。"金三省调侃道，"让两位爷辛苦辛苦，替咱挡挡鬼吧，什么鬼咱都不怕，只别让日本鬼进来就行。"

街门门框冻得邦邦硬，乔七巧手持春联一连贴了几次都粘不住，风一吹便剥落下来。

见此，林雪梅找了一块干抹布，凑到炉火上把它烤了烤，趁热飞跑至门外，用抹布在门框上反复擦了几遍，示意乔七巧再贴。之后又一次把抹布烤热，按在对联的纸面上从上到下一寸寸把它捋平。如此，对联牢牢实实地留在了门框上。

"妹子，你还真成，啥事都难不住你。"乔七巧夸赞道。

林雪梅谦然一笑，"打小在老家看我娘就是这么做的。"

说话间，三五个破衣拉撒的乞儿从街东走过来，见这家门口站着人，便敲打了手里的竹板唱起了喜歌：

新年新月打新春，花红彩对贴满门，

前院种的摇钱树，后院放着聚宝盆，

聚宝盆上插荣花，富贵荣华头一家……

唱罢，几个小孩儿冲着院内齐声喊道："我们给大爷大奶奶提前拜早年来啦！"

乔七巧忙从身上掏出一张钱票递上去，不料，乞儿们却纷纷摇头摆手，林雪梅知道他们心里想的什么，返身回到院里，偷偷去厨房抓了几个馒头和一块枣年糕，跑出来塞给了他们。这年月，手里有钱也未准能买到东西，能即时吃进嘴里的就比什么都金贵。

三节两寿徒弟拜望师父，是江湖上的规矩，刚吃过午饭，白丫头就提着点心包和两瓶酒到了。点心是大栅栏聚庆斋的藤萝饼，金三省平日最得意这一口。然而，师徒一见面他就绷起了脸，没露一丝笑模样。

"大年下的不是我这当师父的数落你，俗话说，一日为师，终身为父，嫁人这么大的事，你为什么不提前和我商量商量？心里根本没我对不对？"金三省正眼不瞧地絮叨着，"再说，嫁谁不行，干吗偏要嫁给小德子？三条腿的蛤蟆没地儿找，两条腿的男人有的是，就凭他那臭德性，那赖模样，那……破身子骨，也敢腆着脸娶我金三省的徒弟？他也配！"

"师父，您别说了，我就这个命。"白丫头的眼睛里已蓄满了泪水。

"跟你说，今晚就跟这儿住了，不走了，这儿就是你的娘家，看他小德子能怎么着？"金三省歪着头朝卧室偷窥了一眼，屋门挂着厚厚的棉帘，不久前刚刚小产了的徐五姑此刻正躺在床上蒙头大睡。他壮着胆子一把攥住了白丫头的手，"你呀，就别东想西想了，归其谁疼你？还是你师父我，晚上咱爷儿俩好好唠扯唠扯。"

林雪梅见了白姐姐自是欢喜非常，拉她进了自己住的南屋，搂在床边问这问那说个不停。

"姐，打上回我和黑姐走了之后，小德子对你咋样？"

"挺好的。"白丫头凄然一笑，"真得好好谢谢你俩，那天晚上要不是你们，我恐怕就活不到今天了。"说着话她又想掉泪。

"那混蛋没敢再打你吧？"

"没，可他……"白丫头自觉眼泪已经滚出来，忙转移了视线，"他还真就怕了你了，我一直纳闷，你一个身量不高的小丫头，怎么就偏偏能把这个浑人给降住呢？"

林雪梅扑哧笑了，"鼓词儿有话，树大招风风撼树，恶人自有恶人磨，我就是他天生的冤家对头。说白了，无论什么事，你只要敢豁出去，神鬼也要怕三分。"

"大白天的，谁又跟这儿装神弄鬼呢？"话音未落，黑丫头如一阵风手挑门帘闯进来，她神采飞扬，满脸喜气，身后还跟着个二十出头的健壮小伙。

看到来了生人，林雪梅两个紧忙站起来。

"给你俩介绍介绍，他，张子强，是我——"黑丫头见那男子只是一个劲儿傻笑，立时瞪了眼，"发什么愣啊，没见过漂亮姑娘是怎么着？还不赶紧给我找地方坐下！"

林雪梅逗趣地说道："如果没猜错的话，这位大哥就是我未来的姐夫吧？"

"就你鬼机灵，"黑丫头现出了灿烂的笑容，"跟咱也算是半个同行，天桥耍石锁的。"

白丫头插了一句："怎么从来就没听你提起过呢？"

"这事儿还有满大街刷戏报子的？"黑丫头亲热地拉住了她俩的手，"帮我看看成不成，不成，回头我就一脚把他蹬了。"

林雪梅撇撇嘴，"你就是过过嘴瘾吧，这么好的姐夫你上哪儿找去？"

"就他？大街上一抓一大把！"黑丫头忽然盯住了林雪梅，"我说林丫头，该不是你也看上他了吧？告诉你，敢跟我抢，我立马把你撕巴了喂狗……"几个女孩儿叽叽嘎嘎笑闹成了一团。

年三十祭祖师，是江湖中人铁打的规矩。早早的，堂屋里便摆好了神主桌，红纸书写的周庄王的牌位立在中央，香烛以及蜜钱、水果、月饼三堂供摆在神位的前方。天一擦黑，金三省便把众人集合起来，他领头跪在了神桌前，身后并排跪倒的是三个徒弟——胡翠珠依旧没来，先是嘴里嘟嘟囔囔默念一阵，无非是赞颂祖师功德无量，祈求老人家保佑后辈子孙来年富足安康一类话，然后带领弟子依次上了香，祭了酒，磕了头。至此祭祖仪式结束，只待正月初五再聚会一起把神主送走。

年夜饭也摆在堂屋里，师徒几个连同冯雨桐夫妇坐了满满一桌，金盈儿也于饭前赶了回来。桌上摆着四样凉菜：芥末墩儿、猪头肉、姜汁松花蛋、油炸花生米，四样热菜：焦熘丸子、干烧黄鱼、羊肉烧萝卜、白菜虾米咕嘟豆腐，虽然算不上多么丰盛，却也都是些普通人家素日向往的足以解馋的菜肴。

金盈儿从身后抱过来一个广口的玻璃瓶，橙黄的酒浆中浸泡着一些长长短短说不清道不明的物件，"爸，您上眼，这是我杜干爹送您的，他自己选用上等材料泡的三鞭酒。"她的表情极尽显摆与自得，"想不想尝一口？"

金三省点了下头，"这老杜还真够意思，逢年过节从来没把我忘了。"

"您说的了，我刘干爹不也是总想着您？就说今儿这桌上的鱼和肉吧，哪一样不是他让我拿来的？平时您是不过这份脑子，现下去鱼市、肉市瞧一瞧，不蒙您，敢说连条鱼尾巴也没有。就这样，您还总嫌我干爹太多。"

金三省一口喝干了杯中的药酒，"过一天算一天吧，国将不国喽！"

金盈儿心里有话存不住，只想说个痛快，"有件事我得在这儿说说，古语说：'三人行，必有我师焉。'我上过学，知道这是孔老夫子的话，可有人愣把它安到了我身上，说我金盈儿是'三人行，必有我干爹'，明摆着这是在骂我！"她边说边向着对面的林雪梅瞟了一眼，"其实，她这是瞧着眼热，嗓子眼儿里冒酸水儿，有本事你也出去认几个干爹给我们瞧瞧？也还别说，街上那些个卖豆汁儿、卖切糕的孤老头子，兴许还真想有她这么个干闺女。"

众人面面相觑，不知所以。林雪梅张张嘴欲站起来，却被坐在旁边的黑丫头拉住了胳膊。

徐五姑夹了块鱼肉放到金盈儿的布碟里，"歇歇吧，趁热吃口鱼，凉了就该腥了。"

金盈儿一眼瞥见乔七巧此时正歪着头与白丫头说话，趁机端着酒杯靠近了冯雨桐，小声问道："冯哥，还生小妹的气吗？"

"没有。"冯雨桐眼冲前方闷闷地回应了一句。

"那干吗那天把我一人甩在电影院，自己单独走了？"

"……那片子太气人，坐不住，从头至尾都是在往咱中国人身上泼脏水！"

"不就一部电影嘛，何必当真呢？说好了，改天放金焰的片子，我再请你。其实，在我眼里，你比金焰帅！"

"金小姐，"冯雨桐把脸转了过来，"你的心思我知道，明说，我是个娶了妻室的人，我不能和你……请你今后别再胡思乱想，以免让我小瞧了你！"

听到这句，金盈儿把脸一沉，高挑了眼角，"冯哥，既这样，我也有句话跟你说，别让我恨上你！我金盈儿有个毛病，轴！凡我看上眼的，甭管人还是物，就一定要想方设法把他弄到手！"说罢，站起身拂袖而去。

接连喝了几杯三鞭酒，金三省觉得浑身上下热腾腾地躁上来，体内似是有一只小兽在不住冲撞，急切地寻找着出口，尤其小肚子下面憋得难过，只想赶快上厕所。然而，待他方便一场回来，却发现白丫头不见了。

他招招手把黑丫头叫到院子里，急火火问道："你白姐去哪儿了？一眼不到，她怎么就没影儿了……"

黑丫头忍不住想笑，却没敢，"小德子找上门来，把她接走了，说是俩人要回家一起守岁。"

"嘿，这太监小子还挺恋媳妇！"金三省由不得跺了脚，引着黑丫头往门道走，"说好了的，她要跟这儿住一宿，怎么说走就走了呢？"

"现下人家结婚有了爷们儿，哪儿还能由她自己做主？"

"那你呢？你今儿就别走了，我这儿有几段掏心窝子的唱腔打算过给你。"

"这恐怕不大合适吧？"

"为什么？"

"您知道，我和张子强还没结婚，怎么能住在一起？"

"成心跟我绕脖子是不是？我又没说把这小子也留下。"

"得了师父，您也别绕了，我知道您心里想的什么，不就是想偷鸡摸狗，让我再陪您乐和一回？"黑丫头鄙夷地一撇嘴，"明告诉您，门儿都没有！"说罢抬腿便走。

"成，想不到你这个丫头片子如此绝情！"金三省一声冷笑，使出了撒手锏，"你就不怕这会儿我把咱俩的事告诉姓张的那小子？"

他料定，此言一出必定会令黑丫头服了软，但他无论如何也没想到，黑丫头眉毛一扬笑起来，"随您便！不瞒您，我破身的事早就和他提前说了，他说他不在乎。但有一宗，至今我也没告诉他毁了我的那个男人是谁。"

金三省把心一横，"我就说是我——金三爷！顶大舍了我这张老脸。"

"有胆量！"黑丫头再一次撇了嘴，"不过，有句话我得事先跟您说下，张子强您此前兴许没听说过，可提起他的父亲您一准儿熟悉。"

金三省面露迟疑之色，"谁?"

"天桥耍把式的石锁张！子承父业，张子强也练的这个，一对鸳鸯锁，一百八十斤。"黑丫头主动让开了通道，"您请，我站这儿等着，看看您待会儿会怎么着从屋里爬出来！"

金三省彻底傻了，看着黑丫头，再也说不出一句话。

夜深人静，躺在床上的金三省却毫无睡意，望望身旁的徐五姑，按捺不住地在她的胸口上捞了一把，徐五姑不耐烦地背转了身，不久便打起了呼噜。他叹口气，找了一件棉大氅披在身上，悄无声息地溜到了院子里。

此刻，四面房间都亮着灯，北平人有这个习俗，年三十守夜必须灯火通明，说是为了防御恶鬼的偷袭。西屋里空无一人，显然金盈儿外出还没回来，于是，他踮着脚朝东屋的窗户凑近去，虽然窗帘紧闭，但耳朵贴上玻璃仍隐隐听到了从里面传出的阵阵娇喘，以及吱吱扭扭木床摇动的声音。

他感到一阵莫名的口渴，接连咽了几口唾沫。忽然，他发现此时窗边正裂着一道缝隙，相信从那里必定能窥到一线光景，便觑忽了眼朝里探去。映入眼帘的是一只赤裸的脚，正是那只曾让他心旌摇动的细白粉嫩的脚，然而，此时此刻这只脚却是带着一种欢愉，在不停地伸缩摆动……他的心不禁颤抖了一下，额头无声地伏在了窗外的砖台上。

良久，他拖着沉重的脚步走向了南屋。看来，今晚只有这里或许能够让他如愿以偿。他并没忘记此前自己对师妹靳大红的承诺，为信守这份诺言，两年多以来在与林雪梅朝夕相处的日子里，他一直都在努力地克制，可是，这会儿他已经浑身较劲忍无可忍，令他难以为师，难以为人，他只想肆无忌惮痛痛快快地做一回鬼！

让金三省没想到的是，林雪梅此时并没睡下，正坐在椅子上凑着灯光一针针地纳着一只鞋底。

见到师父，林雪梅莞尔一笑，什么话也没说。

"你这鞋是给谁做的呀?"金三省咳嗽一声，没话找话地挨近到她身旁，似乎只是为了瞧得真切，低下头将下巴贴到了她的肩膀上——这是一只男人的鞋底，一针一线密密匝匝。

"您猜。"林雪梅直起了腰。

"你三伏哥?"

"不对。您再猜。"

长篇小说 大鼓妞儿

"要么是……是那个姓罗的大学生？"

"也不对。"林雪梅直截了当地说道："这鞋是给您做的。"

金三省愣了，他想不明白她这是为了什么。

"再有半年我就要出师了，就不能再像现在这样天天守着您了，我想给您留个念想。"林雪梅将鞋底放置在胸前，麻绳缠上手腕使劲勒着，"知道您喜欢内联升的千层底，它那儿的鞋好是好，可保准比不上我做的耐穿。"

金三省猛地想起来，那天头午他倚在床上给林雪梅遛活，临了她要走时，曾伸出手掌在他的脚底板上比量了一下，当时还让自己好一阵纳罕，原来她竟是为了这！于是，他的心中开始生出些许感动，想不到这丫头小小年纪，却知冷知热，懂得珍惜一份师徒感情。

"眼见您的岁数一天比一天大了，腿脚也自会一天不如一天，出门在外必须得有双合脚的鞋，这双您若是穿着舒坦，告诉我，以后年年我都给您做。"

"看起来，师父我还真是没白疼你……"

"您对我的好儿，我一辈子也忘不了，没有您教导我，培养我，哪会有我的今天？说不定早就……"

"快别这么说，雪梅，我看准了，你是个重情重义的好孩子！"

"人都说'师徒如父子'，'一日为师，终身为父'，我应该的。"

金三省顿时感受到了一种为人师以至为人父的庄严，这一刻，他已经忘却了深更半夜到这儿来的目的，徒弟一番温情的话语竟将他的一腔欲火不知不觉浇灭。

"大半夜的，您找我有事？"林雪梅停下了手里的活计。

"是这样……"听了她的问话，金三省有些慌乱，不免一阵支吾，"过年了，师父也没什么好东西送给你……你知道吗，自梅花馆主玉瑞玉大爷于清代中叶创下了这一字九唻的梅花调，流传至今共存留了多少段活？现而今你又学会了多少？"

林雪梅想了想，"这两年多，您总共教了我十九段。"

"告诉你，记住了，大大小小共有三十三段。所以，我打算在这剩下的半年里，把我压箱子底的那十几段活统统过给你。"金三省也没搞懂自己的这一番话究竟是怎么溜出的口。

林雪梅不由一阵惊喜，"您说的可是真的？"

金三省郑重地点点头，"一点儿不错，我不能让这些好东西烂在肚子里。交给你这样的徒弟，值！"

"可我……没什么能回报您的，人都说，要想让人拉一把，还得酒换酒来茶换茶。"

"哪儿那么多废话！"金三省瞬间红了脸，别过身子边向外走边说，"别忘了，明儿早上喊嗓儿回来就去我屋里找我，带着纸笔，一面学腔儿一面记词儿。"

林雪梅放下了手里握的针锥，松了一口气。

145

午夜的钟声敲响了，中国人由此迈进了龙年。开年大吉、财源广进、万事亨通，是人们心中的热望和企盼，然而，北平一百五十万龙的子孙却无缘于此，反倒陷入了更加深重的磨难之中。春节刚过，粮价便大涨，比之"七七"事变之前涨高了将近十倍，大米、白面成了稀罕物，小米面做了一日三餐的主食。紧接着，煤与肉的价格也翻着跟头暴涨起来，普通百姓的饭桌上再也难见荤腥。饽饽铺没有了饽饽，二荤铺也不见了面条和大饼，大小饭馆一家接一家地关张倒闭，市场一片萧条。

这天晚上，金盈儿好歹强咽了半个小米面窝头，喝了几口萝卜汤，便撂下碗筷直奔了东方饭店——为她出特刊的事，来赴记者孙维本的约会。刚刚走进大堂，就看见有个熟悉的身影与她擦肩而过，想想好像是中国大学的罗华章，遂返回身追了上去。

"华哥——"金盈儿娇昵地唤了一声，从身后拽住了他的胳膊。

男青年停住了脚步，却没回头，"小姐，侬是在叫阿拉吗？"

不知怎么，她觉得今晚的罗华章怪怪的，穿着一身花格子的西装，戴着一副玳瑁框眼镜，一张嘴还是一口浓浓的上海口音。

"你不认识我了？我金盈儿呀！"她转到他的对面，不满地噘着嘴，"才几天没见，你就把小妹我忘了？人家可是总在心里想着你，头些日子还去学校找过你呢。"

"侬认错人了，对不起。"青年男子再无多话，绕过她径直朝大门口走去。

金盈儿好生奇怪，一路嘀咕着上了二楼。突然，从一个房间里蹿出来两个小个子男人，张开手臂迎面拦住了她。

"幺希！花姑娘！"其中一个面露喜色，一把拽住了她的手。

"你的，我们的，新交新交的（交朋友）！"另一个则把双手的拇指并在一起，在她脸前不住地摇晃。

金盈儿看出这是两个日本人，不好生硬地拒绝，只得先笑笑，然后拍拍对方的肩膀，"你们，大大的朋友！只是，我的，现在有事，等我办完了事情，就去找太君新交！"

日本人岂肯听她解释，再也不说什么，一前一后挟裹着她，蛮横地往自己的房间推去。

"听我说哦，你们不能这样，放开我……"金盈儿无助地大声呼喊着，她自然知道这两个小鬼子想干什么。

值此危急时刻，孙维本闻声从隔壁的客房里跑出来，直接挡住了他们的去路，只听他嘴里叽里咕噜了一阵之后，两个日本人松开了手，双双向着金盈儿鞠了一躬，悻悻地走回了屋。

"成啊孙哥，想不到你还有这两下子，一语退兵！"金盈儿扭搭着身子在房间里转悠着，"跟我学学，你都和这俩色鬼说什么了，就这么管用？"

"我告诉他们，这位小姐是中村太君的干女儿，宪兵队的座上宾，就这么简单。"孙维本一脸的得意。

金盈儿停住了脚步，若有所思，"你还别说，这句话倒提醒了我，我还真应该找机会认个日本干爹。真要这样，看以后谁还敢有事没事找寻姑奶奶。"

"行，够胆儿！"孙维本赞了一句，"不过，你就不怕人说你认贼作父？"

"别说得那么难听好不好？没听过评书吗，胜者王侯败者贼，现下人家日本人可是大赢家！"

"服了！"孙维本打开桌上的皮包，掏出两个造型小巧的玻璃瓶递了过去，"送你的，日本香水，一瓶'欢乐'，一瓶'双妹'。"

金盈儿喜不自胜，拿在手里反复欣赏着，又拧开其中一个的瓶盖凑近鼻子闻了闻，话语中却保留了一份矜持，"不年不节的，干吗要送东西给我呀？"

"怎么不是节？今儿才正月初七，没过十五就都算是春节。"孙维本溜到她的身后，双手扳住了她的肩膀。

"礼下于人，必有所求，说吧，想让本小姐干什么？"她乜斜着一对凤眼转过了头。

"这你还能看不出来？"他抓准时机把嘴唇凑了上去。

"看出个屁！"金盈儿扭身摆脱了他的束缚，"打一进门我就知道你没安好心，有事上哪儿说不成，干吗非把我约到饭店来？总归，男人没一个好东西！"

"看不上我是吗？"孙维本沮丧地一屁股跌坐在椅子上，"嫌我长得不够男人？"

金盈儿朝着他那副单薄的身板瞥了一眼，"好男人倒也不在身量长相，只看能不能讨女人一份欢心。两瓶破香水就想打发我？做梦去吧。"她脱去身上的裘皮大衣，迎上前，一只手抚上了他的脸颊，"先说正经事，告诉我，本小姐的特刊你运作到哪一步了？"

孙维本紧忙从皮包里拿出一摞照片摊在桌上，"您上眼！看看吧，这角度、这用光、这姿势、这表情，敢说张张都是大摩登！"

金盈儿压抑不住内心的喜悦，一张张拿起又一张张放下，细细端详，爱不释手。

"不是吹的，纯粹的日本相机、日本技术！"孙维本一副邀功请赏的表情。

"狗屁，说到底还是本小姐天生底板儿好！"金盈儿故意不买账。

"还有，配合照片的文字我也写好了，溜溜占用了我三个晚上，绞尽了脑汁儿，保管您满意！"他边说边抽出几张稿纸放在了她面前。

金盈儿甩去脚上的高跟鞋，斜身靠到床头上，翻动稿纸一篇篇地阅读着。

首页写的是：以天仙化人之姿，度白雪阳春之曲。容貌绝佳，丽质天成，虽年仅二九，会曲之多，却令人叹服！《三国》常唱，《西厢》通熟，珠喉婉转，字句清幽，其声洪而不散，高而不爆，低而不靡，细而不断，其腔尽而不滞，速而不追，抑扬得法，顿挫成宜。噫，此曲只应天上有，人间哪得几回闻！

第二页又是数行文字：门里出身，色艺双全，且守身如玉，怜贫恤寡，真大鼓界第一流人物也！演崔莺莺，唱杨玉环，其声其情，其身其影，形神兼备，惟妙惟肖，雾里看花，似幻如真，日后北平鼓坛之领袖，无疑必此小女子也！

金盈儿清楚，孙维本真的是下了功夫，有些话她虽然看不大懂，但知道都是些个好词儿，便挪挪屁股让他坐到了自己身边，"想不到，你小子还真有两把刷子，不愧在大日本留过学！"

孙维本受宠若惊，正要往床上爬，却被金盈儿的一只脚抵住了腰。

"先别忙，我问问你，什么时候我能拿到特刊？"

"这我可就说不好了，"孙维本就势握住了她的脚腕，"该我做的我全都做完了，往下就得靠您自己个儿了。"

金盈儿不解地瞪圆了眼睛，"这是句什么话？"

孙维本眨眨眼，"设计费、排版费、纸张费、印刷费、装订费，需要好大一笔钱，这笔钱我可拿不出来。"

"少跟我说这些个三七四六的！玩儿我，是吗？"金盈儿勃然大怒，狠狠地踹了他一脚，"离我远远的，哪儿凉快哪儿待着去！"

"不过……"孙维本非但没恼，反而嘿嘿地笑了，"我这儿却有一个能让你拥有这笔费用的好主意。"

"有屁快放，有话快说。"金盈儿余怒未消，却自动地把脑袋下的半个枕头让了出来。

"这事儿得这么办，不能操之过急。"孙维本用手楼了她的腰，嘴巴贴到了她的耳边，"过不了几天就开春了，一开春，势必会有大批的灾民拥进城来，然后，咱就……说，这法子好不好？"

"好是好，可你就不怕中村知道了说你假传圣旨？"金盈儿不放心地叮问了一句。

"不怕，日本人也知道有粉往脸上搽，绝不会傻到往这儿抹。"他趁机把手掌按在了她的屁股上。

"讨厌！"金盈儿娇嗔地在他脸上轻轻打了一下，"臭小子，我可是守身如玉的，这是你自己说的。"

孙维本一个翻身骑到了她的腰上，"得嘞，就别跟我来这假招子了，那四个字你还是留着日后跟你自己的老爷们儿说去吧……"

此时，隔壁房间里忽然传出"砰砰"两声闷响，惊得金盈儿不由打了个寒战，"孙哥，是在打枪吗？你听见了没有？我好怕……"

孙维本只顾忙着脱衣服，"净瞎说，哪儿来的枪响啊？没瞧见……"

天光大亮，金盈儿于睡梦中被人搅醒，她奋力将孙维本从身上推下来，不耐烦地嘟囔道："让人踏踏实实睡会儿不行啊？一晚上你都没消停，总跟不够本儿似的。乖乖躺着，听见没有，往后咱俩的日子还长着呢……"

话音未落，楼窗外一阵警笛大作，汽车轰鸣，惊得他二人呆若木鸡直溜溜坐在床上。须臾，隔壁的房间里响起了杂沓的脚步声、尖锐的叫喊声，乱乱糟糟一团。

金盈儿不知道究竟发生了什么事，一贯喜好热闹的她由不得披上睡衣开门来到走廊上。

只见隔壁房门洞开，两个血肉模糊的男人正被几个日本士兵往担架上抬，她看清楚这两具死尸就是昨天晚上在楼道里欲与自己"新交"的那一对日本人，吓得她差一点儿咬了自己的舌头。随后，她又看到了屋内墙上张贴着的白纸黑字的标语：血债必须血来偿！落款是：北平抗日杀奸团。

她再也控制不住自己的身体，像一团软鼻涕似的瘫倒在了冰凉的地上……

十四

国难当头出良将，我表一表出乎其类、拔乎其萃、肝胆义气、义气肝胆、人前显贵、鳌里夺尊、能征惯战、文武双全、为国为民的民族英雄叫岳飞，他挺身抗金邦，可称卫国的忠良。

——西河大鼓《八百破十万》

有关"北平抗日杀奸团"的消息似一股强劲的东风，迅速吹遍了四九城，令老老少少的百姓感到了振奋，看到了希望。

二月二，龙抬头，这时候又有一则颇具神秘色彩的新闻四处传扬开来，说是上天派遣一员名叫"小白龙"的神将驾临了北平，其力可上天入地、驱云布雨、披坚执锐、所向无敌，此番下界只为杀鬼子、诛汉奸，拯救北平百姓于水火。啊，庚辰龙年，龙颜大怒，苍天垂怜，让人好不快哉！

当林雪梅把这一连串的好消息一股脑地告诉给师父时，金三省只说了一句话，"这就对了，孩子，记住，谁也不会老是那正午十二点。"

每日一趟的茶馆金三省是不能不去的，否则，谁还承认你是北平的一位爷？林雪梅看到，师父拎着鸟笼子往外走时，脸上挂着多日以来少有的笑容。

"紫竹林"还是原来的老样子，大门两侧那副"南山采得高龙井，北海汲来水底泉"的招牌对子依旧挂着，可现下茶馆里面却只有名曰"高碎"的茶叶末子堪以提供。这阵子，光顾茶馆的人骤然之间多起来，显而易见，茶客之意不在明前、龙井，茶馆成了当下人们交流信息最为理想的所在。金三省进了门，寻个僻静的角落坐了，眼睛盯着茶碗，耳朵却伸向了左右两旁。

"听说没？前儿，东方饭店有俩小鬼子让人给宰了，脑门儿当间，不偏不斜，一人一个枪眼儿！"邻桌一个留着山羊胡子的老者压着嗓门说道。

"谁干的，知道吗？"紧挨老者的一个中年汉子追问了一句。

"'北平抗日杀奸团'！我儿子亲眼所见，不藏不躲，大字标语直接就贴在了现场的墙上！你们说，有种不？'杀人者，打虎武松也！'还告诉你们，这'杀奸团'的成员可不一般，一码全都是血气方刚的小青年，而且个个识文断字、学问高深。"老者挑起了大拇指。

"您老这已经不是什么新闻了，我还知道，他们无一不是富家子弟。"一个少掌柜模样的后生插进话来，"嘿，我就想不明白了，放着舒坦日子不过，他们干吗非得干这些个血乎漓啦的悬事？"

老者立时瞪了眼，"屁话！你小子懂吗，这叫爱国，这叫替天行道，这叫民族大义！"

另一桌上一个中年胖子在手舞足蹈侃侃而谈："诸位，光听说，没见过'小白龙'吧？本人可是有幸亲眼目睹过一回！您猜怎么着，他老人家现身人间之时，乃是白盔白甲素白罗袍，胯下一匹白龙马，手中一杆亮银枪，亚赛小将罗成，堪比赵云赵子龙！所到之处，日本人是丢盔卸甲、落荒而逃……"

"打住，没人听您跟这儿说书。"一个瘦高个儿截了他的话语，"说真格的，我一个对门街坊倒的确是见过'小白龙'，说他落脚在怀柔、密云一带，身穿白衣白裤，手使两把驳壳枪，指哪打哪，百步穿杨，后背插一把大片刀，削小鬼子的脑袋如同砍瓜切菜——"

突然，茶馆里变得一片死寂，人人都缩了脖子，自觉地端了盖碗闭了口。金三省心中纳闷，抬头四外一扫，见刘连仲陪着记者孙维本从门外大摇大摆走进来，遂急忙把脸向墙角转了过去。

楼上的雅间里，麻三儿、崇小辫儿、德晓峰在嗑着瓜子闲聊。和楼下不同，他们几个人都自觉地避开了"小白龙"的话题——这三个字会让他们不同程度地感到周身寒凉。

麻三儿在发布新闻："有一句老话老麻我是深信不疑，叫做'江山易改，本性难移'，你就说咱当家的那位太太高亚萍吧，原本是八大胡同的一个窑姐儿，现而今从了良，跟了咱刘爷，吃不愁穿不愁，可归其她还是改变不了她那闹骚的本性。"

"说说，你小子都瞅见什么了？"崇小辫儿显得有些急不可耐。

"别看咱刘爷在北平街面上是个人物，可他只要一出城，前脚接后脚，准有一个小白脸儿迈进他家的门槛。"麻三儿脸上的麻子个个泛着红光。

德晓峰问了一句："你说的是——"

"新民报的记者孙维本。"麻三儿得意洋洋。

"别胡放屁！"德晓峰隔着桌子踢了他一脚，这一刻，他看到刘连仲和孙维本一前一后迈进门槛，悄然来到了背门而坐的麻三儿的身后。

"骗你是孙子！"麻三儿不明就里，唯恐他俩不信，"我亲眼所见，高亚萍和姓孙的那小子搂在一起亲嘴儿！"

刘连仲发出了一声响亮的咳嗽，德晓峰注意到，他眼底的冷峭已泛出霜来。麻三儿听到身后的响动，瞬间如同死尸一般僵在了椅子上，此时，雅间内静得掉根针到地上都能听见。

"小哥儿几个聊什么呢？"刘连仲手搭在麻三儿的肩膀上，若无其事地问了一句。

麻三儿慌忙站起来，回转身磕磕巴巴说道："正……正商量，下月，该，该如何给您老人家过五十大寿呢……"

刘连仲淡然一笑，"什么大寿小寿的，左右不过就是个生日，过不过的不吃劲。"

151

嘿，好个刘爷，真有你的，够着光棍儿！德晓峰不由得在心里赞叹一句，暗自钦佩了刘连仲的城府，此时他若是当场发作起来，反倒恰恰证明此事不虚；如此隐忍了，假装没听见，一切便消于无形。

孙维本自称受中村喜赖太君的委托，来向他们几个分派两项重要任务：第一，眼见春荒将至，必有大批灾民拥进北平，为体现大日本皇军忧思民间疾苦之善良本性，特组织鼓曲界于近日举办为期三天的义演，所得之票款将全部用于开设粥厂。第二，7月7日乃是日军卢沟桥战事三周年，官方准备在社稷坛举行一次大规模的庆典，要求新民会及杂耍协会全力予以配合。

刘连仲感到有些奇怪，素常中村有事情要他办，总是把他叫到宪兵队面授机宜，可今天怎么只派了个假洋鬼子来？

"孙记者，中村太君他——"

孙维本当即截住了刘连仲的发问，"刘爷，这两天没看报纸是不是？3月30日汪精卫汪先生已还都南京，同意与日本人合作，在青天白日旗上加了三角的黄飘带，宣布成立了新的国民政府。中村太君作为北平日方的代表，已前往南京祝贺。怎么，太君他没跟您提前招呼一声？"

"好事，好事啊……"刘连仲未置可否，尴尬地咽了口唾沫。

"为什么要开粥厂呢？日本人也知道怜贫恤寡啊！"孙维本言归正传，摘下金丝眼镜，揉了揉干涩的眼球，"青黄不接的，总得让父老乡亲们弄碗热粥喝吧。"当然，打死他他也不会说出筹划这一场义演的真正动机——这就是那一天在东方饭店他对金盈儿说的那个"好主意"，印制她那本特刊的钱就从这里边出。他了解到，杂耍界历来有着"募台面"一说，有的时候，某些强势人物会打着给自己儿子做生、给爹妈做寿的名目，要求艺人们白尽义务为他演上几场，可这样做，一是自己不够身份，二是到手的钱毕竟有限。

孙维本强调说，开粥厂可不是仨瓜俩枣能对付得了的，必须合全社会之心，举全社会之力。由此，他提出了一个别开生面的设想——搞它一个"群芳会"，演员全部使用坤角儿，一律挑选年轻漂亮的，长得不端不正、老眉喀嚓眼的一个不要，就为了提升人气，另外，还可以把那些擅长唱曲儿的窑姐儿吸收进来，让她们也登台票上一把，试想，到时候园子里还不得乌泱乌泱往里进人？除此，还可以印制一些高价的红票，直接送到那些个大财东、大掌柜的手上，国难当头，此时不从他们身上拔毛又从谁身上拔？

"这主意不错。"刘连仲点点头，"可票款归谁掌握？"这是他最为关心的问题。

"我！"孙维本不容置疑地回答了一句，"结算完了直接送宪兵队。"

刘连仲悻悻地看了看几个手下，"忘了跟各位说了，孙记者现下已经兼职做了宪兵队的翻译，看来，往后这称呼也得变变了。"

"孙翻译官，"崇小辫儿讨好地往前凑了凑，"您给说说，这庆典，为什么一年、两年不搞，偏选在这第三年上呢？"

"吉祥！"孙维本鄙夷地看了他一眼，"小辫儿，说出来你可别不爱听，这里边有学问。道家有言，一生二，二生三，三生无限，三年庆典，意味着大日本皇军武运长久。"

"别看您年轻，还真有墨水，有道行！"麻三儿挑起了大拇指。

"另外，"孙维本踌躇满志地从皮包里抽出了两张纸，"闲着没事，我写了两段大鼓词，一段《东亚进行曲》，一段《兄弟阋墙之和》，过几天就要在《顺天时报》上发表。中村太君看了之后是大大地赞赏啊，他指示，一定要安排人在这次庆典上演唱，而且指了名道了姓，一段归金盈儿，一段归林雪梅，刘爷，没说的，这件事就得劳烦您了。"

"德子，你去办办吧。"刘连仲接过那两页纸，转手扔给了对面的德晓峰。他觉得好生可笑，一个乳臭未干的毛小子，仗着自己会说几句东洋话，竟敢在他们爷们儿面前指东道西。

孙维本拍了拍麻三儿的肩膀，"好好干，皇军不会亏待你们。知道不，北平马上就要成立侦缉队了，中村太君说了，由我负责组建，说起来侦缉队的权力可是大了去了，想跟我干，就得可劲儿表现。"

麻三儿立现一脸谄媚，"您就瞧好吧。孙哥，哪天得空儿，我请您喝酒，借机会跟您好好讨教讨教。"

刘连仲已忍无可忍，况且，刚才一进门时他就清清楚楚听到了孙维本和自己老婆的风流事，不由手拍桌子站起来，"姓孙的，听你这话，想挖我墙角是不是？就凭你？老喽！"

孙维本岂能不知他所怒为何，忙拱拱手说道："刘会长，您误会了，您身边的人，无论哪一位，打死我我都不敢打他的主意。你我都是为皇军效力的，我这不过是替您勉励勉励他们小哥儿几个而已。"

"甭跟我揣着明白装糊涂，想当初我刘某人往外掏坏的时候，你小子还尿尿和泥呢！"刘连仲不顾手下劝阻，蹦着脚地骂起来。

"怎么了这是？我一会儿没到，这儿怎么就吵成蛤蟆坑了？"话到人到，金盈儿挎着小包扭扭地走了进来。

自从嫁了人，白丫头就再也没回过娘家。她无比痛恨自己的父亲，只为贪图钱财，竟然明目张胆地欺骗她，把亲生的女儿推进了万劫不复的深渊。

新婚之夜，她才真正了解到德晓峰已经不再是个男人，他完全丧失了一个男人应有的功能，残存的那半个物件不仅丑陋不堪，而且徒有其名。每当想起父亲老贵说的那句"抱外孙"的话，她便会泪流满面。她还年轻，才刚满十八岁，她不敢想象今后的日子将会怎样过下去，何年何月是个头。然而，让她痛不欲生的是，动物的本性依旧驱使着德晓峰，越是无法得到的东西，他越是执著，越是贪婪，以至于疯狂，每天晚上他都要不停地折腾她，横摆竖放，手掐牙咬，从床头撵到床尾，任凭她大呼小叫，百般求告，他却麻木不仁，无动于衷，直到气急败坏筋疲力尽昏昏睡去。

白丫头想过死，死了便万事皆休一了百了，但是，这个世界上并非只有她自己，她还有个家，有疼爱她的亲娘，有需要她呵护的弟妹。想到这些，她便没有了死的勇气。她只能乞求德晓峰不要弄伤了自己的手和脸，好让她第二天能够上场去面对观众。德晓峰是个出了名的钱串子，留给她的钱仅够她勉强对付一日三餐，为了那个难以抛舍的家，她必须咬紧牙关坚持活下去，必须强颜欢笑去卖唱。

一大早德晓峰就不见了影。白丫头弄不清这个有名无实的丈夫每日里都在忙些什么，本业早就被他丢弃，挂在墙上的一把大三弦已经落了厚厚的一层土。

她刚刚梳洗利索，就听见有人在敲门，接着，巡警刘豁子便堵着门口嚷嚷起来："德太太，响应'献纳'运动，交铁了您哪，今儿可是最后一天了！"

白丫头打开门，没好气地瞪了他一眼，"跟你说过，我们这是刚结婚新安的家，锅碗瓢勺全是新买的，哪来的废铜烂铁献给你们呀！"

"这我不管，上峰差遣，要求北平住户每户一个月交二斤铁，有铁的出铁，没铁的出钱！一斤铁折钱一块，没铁您拿钱，连这月带上月您总共欠四块。还跟您说，下月不光要献铁，还要献铜，连剩茶叶、锡箔纸都要献纳。"

"邪行，献铜献铁我能想明白，他们造枪造炮缺这玩意儿，可要些个剩茶叶干吗使？"

"不好说，许是日本人在咱这儿水土不服，没事儿嚼点儿剩茶叶败火。"

她忽地想起德晓峰经常挂在嘴头的一句话，"您许不知道，我们爷们儿是新民会的人，是不是可以免了？"

刘豁子半点也不通融，"不成您哪，现而今这会那会的多了去了，把您这儿免了，当不住那高跷会、小车会的也得要求免。"

"可我这会儿拿不出这么多钱怎么办？"她身上确实分文没有。

"那您就赶快想辙吧，"刘豁子压低了嗓门，"不是吓唬您，宪兵队说了，凡今儿晚半晌之前没交的一律贴条封门。"

白丫头立时着了慌，思量着要尽快找到小德子才好，好一阵才想起德晓峰像是和自己说过，这些日子他一直在帮一个韩国人做买卖，那是一家开在煤市街的类似当铺的小押儿店，其中还有着他的两分干股。记得当时她还问过当铺和小押儿店有什么区别，德晓峰回答说，二者的当期不同，估的价儿也不同，当铺的当期一般是半年至二十四个月，所当之物给价儿偏低，小押儿店的当期最多只有两个月，给价儿偏高，到期不赎即死。她琢磨小德子这会儿应该就在小押儿店里，可那家的字号是什么呢？想了会儿，终于想起来，好像叫做什么"仙岛屋"，她不明白，一个当铺干吗要起这么一个古怪的名字。

她简单地收拾一番，锁上房门直奔了煤市街。隔老远便看到了悬在店铺门楣上的那块"仙岛屋"的牌匾，果然，德晓峰这会儿正在店里背倚着栏柜与人寒暄。

"晓峰，大老远地把我扯到这儿来，有事？"与之说话的是德晓峰的堂兄德瑞峰，白丫头曾在自己的婚礼上见过一面，遂上前打了招呼。

"没错儿，绝对好事！"德晓峰故作神秘，"您是我二哥，有好事儿我首先就得想到您，是不？"

"我可是没什么东西好当的。"德瑞峰四处张望着。

德晓峰牵着他的手，引他来到了后院的一间小屋，屋里只有一张木桌，两把椅子，一铺板床，"如果兄弟我没记错的话，二哥您闲来无事喜欢来上两口，对不？"他伸拇指翘小指，凑近嘴边比划了一个鸦片烟枪的手势。

德瑞峰不禁赧然一笑，"为兄就这点儿嗜好，惭愧。"看到白丫头尾随进来，又找补了一句："让弟妹您见笑。"

"男人嘛，没点儿嗜好岂不白来这世上一遭？所以，我把哥哥你请到这儿来，是有一样好东西要请您品鉴品鉴。"边说，德晓峰边将一个小玻璃瓶从裤兜里摸出来——里面装着小半瓶白色的粉末。

"这是——"

"白面儿，正名叫海洛因，这可是好东西，高科技！知道不，这会儿大烟不行了，落伍喽，只属于乡下土财主的嗜好，现而今但凡有点儿身份脸面的主儿全都改了这个，这才叫时尚！"

"这……"德瑞峰显然知道这种东西，"听人说，这玩意儿可比大烟邪乎！"

"比大烟过瘾，舒坦！"德晓峰纠正道，"一口儿下去，保准赛过活神仙！"

"可我听说这东西老贵老贵的，一小两就得百十来块呢。"德瑞峰已然有点儿心动，"哥哥我今儿没带够钱，要不……"

"瞧您说的，上小弟我这儿来，还能让您自己掏银子？"德晓峰拿出一包老刀牌的烟卷，拆开封取出一支在桌子上蹾了蹾，接着打开玻璃瓶，用耳挖子扛了一撮白粉末倒在烟卷前端的空处，示意堂哥把烟卷叼在嘴上，随之划着了火柴，"吸吧二哥，您就是一位活神仙！"

只见德瑞峰大张鼻翼猛吸了一口，之后，脸色煞白两眼一翻一屁股跌坐在椅子上，手抚胸脯好半天才将一口大气喘出来，"啊哟，妈爷子，好他娘的有劲儿……"

德晓峰难以掩饰心中的喜悦，把玻璃瓶和一包香烟一齐塞到了他的手里，"这两样全都归您了，没说的，用完了您就再来找我。"

德瑞峰撑持着站起来，打着晃，一脚高一脚低地走了出去。

白丫头已然看明白，这家所谓的小押儿店其实就是一所白面儿房子，由不得一声斥问："小德子，你还嫌孽作得不够是吗？这么做你到底是为了什么？"

"不为别的，就为来钱冲！"德晓峰大言不惭。

"这话我就听不懂了，你这儿不是白送吗？"

"白送一回，听清楚了，就一回。不光他，谁第一次来都是白送。跟你说，等他把这点儿东西用完了，他就自然而然会来找我，到那时候，只要能让他再抽上一口，你就是让他把裤子当了他都干！"

"不要脸！为了钱，连你自己的亲戚你都坑。"

"这可怨不着我，刚才你都听见了，原本他就是个大烟鬼，我不过是帮他把鸦片换成了白面儿。街面上有首顺口溜唱得好，'一二三四五，小押儿赛老虎，先吃大烟鬼，再吃失物主。'二哥他正经就是我这儿的主顾。"

"德子，听我一句，咱不干这缺德事儿成不成？你弹弦儿，我唱曲儿，咱也能养活自己。"白丫头苦苦相劝。

"说得好听，就凭你挣的那仨窝窝俩枣？"

"我挣得虽少，可那钱来路干净！"

"少废话，大爷我没工夫听你扯闲篇儿，说，找我有什么事？"德晓峰已经不耐烦。

白丫头把献铁交钱的事告诉了他，"有钱你就给我，没有拉倒，顶大让人把门封了，我回娘家就是。"

"新鲜，回娘家？你回一次我瞧瞧！"德晓峰发出了一声嗤笑，"不是我说，见了我那位老丈人，你俩就得人脑袋打出狗脑袋来！"

"你才是狗！"一向软弱的白丫头瞬间像变了个人，"你就是一只被人骗了的逮谁咬谁的疯狗！"

"臭娘儿们，你找打是不是？"德晓峰抬起手，气势汹汹一把揪住了她的脖领。

"德掌柜，干吗要发这么大的火呢？"一个中年男子不知从哪里走了出来，拉住了德晓峰的胳膊，"换了我，这么漂亮的太太，我可不舍得下手。"

白丫头转脸看去，见此人面色黧黑，浓浓的眉毛，长长的下巴，鹰一样的一双圆眼闪着令人难以捉摸的目光，似乎曾在什么地方见过他。

德晓峰一下松了手，脸上即刻现出了笑容，"让您见笑，我们两口子这是……在闹着玩儿呢，您说得对，谁的老婆谁不疼？哈，不光您，我也不舍得真下手。"转而对白丫头介绍道："崔老板，仙岛屋的东家。"

"请多关照，崔洁实，叫我老崔就行。"崔洁实向着白丫头鞠了一躬，一口中国话说得还算标准，只是带着一点点东北味，"冒昧地问一句，德太太今天可否赏光，留下来在我这里吃一顿便饭？"

白丫头厌恶地白了他一眼，二话没说，回身便走。

"我说，床底下我的毛窝①里有几块钱，你自己拿！"德晓峰急忙追出来，"还有，后儿开始有三场赈灾义演，我替你报了名……"

"群芳大会"在雅园如期举行——主办方挑选了北平最好的杂耍园子，聚拢了北平最具台缘儿的大鼓妞儿，凑成了一场平日难得一见的大热闹！提前一周，

---

① 毛窝：北京话，棉鞋。

"义演"的海报就上了北平的大小报纸，而且全都安排在了显著位置，一长溜儿冠以各种溢美之词的鼓姬的名单，让人看得眼花缭乱。操持者还特意在雅园安装了霓虹灯，"群芳会"三个大字一忽儿由蓝变绿，一忽儿又由绿变红，闪闪烁烁，变幻不停。另外，不知从哪儿又调遣来了一支童子军的鼓号队，排列在园子门口吹吹打打呐喊助威。

前来捧场的除了闲人便是富人，闲得发慌的大爷小爷终于有了一个打发无聊时光的好机会，富得流油的老板掌柜也终于有了一个炫耀财富显示身份的理想场合。至于北平老百姓现下那一种捆着发麻吊着发木的感受，于他们似是毫无关联，这一群饱食终日无所用心的行尸走肉，甭管让谁拘管着，他们也依旧照吃、照喝、照玩。

林雪梅埋头在后台换装，觉到有一只软和和的手搭在了自己的肩膀上，转回脸看去，见章红宝正笑吟吟地站在身后。

"姐，想死你了！"林雪梅兴奋地招呼一声，回身挽住了她的胳膊，"你怎么有空过来了？"

章红宝鼻子里哼了一声，"不知是哪个缺德鬼把我给想起来了，点着名儿要我到这儿来票一把，不来吧，惹不起，来吧，好长时间都没张过嘴了，上了台还不定唱成啥奶奶样呢。"

林雪梅一下想起来，大门口的水牌子上确实有章红宝的大名，好像还列了在头牌。"老日本中村会同意你抛头露面？"她也不知道自己怎么会问出这么一句。

"还说呢，我已然好长时间没见到他了，"章红宝凄然一笑，"最近，老鬼子身边又多了个小鬼子——他把他小儿子从日本接过来了，这小王八蛋可是他的心肝儿五脏，走到哪儿带到哪儿，形影不离，我去了，把他儿子往哪儿安排，总不能仁人睡一张床上吧？"

林雪梅问道："高亚萍是干什么的？怎么从来都没听说过？名号还挂在了头一个。"

章红宝撇撇嘴，"刘大肚子的老婆，跟我一样，早先也是个卖的。你问她凭什么挂头牌？借他男人的势力，假公济私呗。"

这时，黑丫头从上场门探进了脑袋，"雪梅，大门外头有人找你。"

林雪梅披件夹袄来到园子门口，看见三伏正独自一人坐在洋车上啃窝头，右手食指插在窝头眼里，拇指和中指合捏着一块老腌咸菜，左手端着一碗大碗茶，咬一口窝头啃一口咸菜喝一口水，一副自满自足的神情。最近这些日子林雪梅为了锻炼身体，已改为单独跑步到园子来，因此便少了和三伏的接触，另外，她感到三伏似乎在有意无意地躲避着自己，尽管他照旧每天两趟到园子接送靳大红，可经常是一转脸就不见了他的身影。

"三伏哥，是你找我？"她急急地走了过去，"怎么，你天天顿顿就吃这个？"

三伏憨憨地笑了一声，"靳老板不在，俺一人吃口就得，省钱又省事。"

三伏告诉她，靳大红借着园子义演的三天空当回了通州老家，自己没事可干便出来拉拉散座，挣多挣少总比闲呆着强。

"原本没啥要紧事俺就不见你了，可……"三伏三口两口把窝头塞进嘴里，引着她来到一个僻静的胡同，"可俺觉得这件事和你有关，应该让你知道。"

他说，方才他从东方饭店往这儿拉了一男一女两个散客，两个人他都认识，男的是报社的记者孙维本，女的是金三省的闺女金盈儿。但是他们俩似乎并没认出他来，谈起话毫无顾忌。从一上车，两个人就像刚捡了一个金元宝，兴高采烈地聊个没完。

孙维本拍拍怀里搂的一个皮包，"没骗你吧，三场票一张没剩，爆满，真就像相声里说的，再卖就得卖挂票了。"

金盈儿说："我只想知道最后咱究竟能落下多少钱？"

孙维本说："甭管多少，反正，印你的特刊绰绰有余。"

金盈儿说："开粥厂不也得花上一笔？"

孙维本说："开粥厂花多花少全凭咱自己，反正是打发要饭的，只要有几个米粒儿漂着就得管它叫粥。"

金盈儿问："中村不知道这事儿吧？"

孙维本回答："瞧你这点儿胆儿！等他从南京回来，黄花菜都凉了。不过，我还是得再嘱咐你一句，这事儿天知地知你知我知，万一泄露出去你可知道将会有什么后果。"

金盈儿说："还是多嘱咐嘱咐你自己吧，我没那么傻。"

孙维本沉沉又说："盈儿，有件事儿想和你通融通融，咱这本特刊往后放放再印成不成？"

金盈儿说："嘿，刚见了钱，你小子就想反悔是不是？这事儿没商量。"

孙维本说："你误会了，是这样，现下物价一天三涨，咱应该先拿这笔钱做点儿差不离的生意，比如说囤点儿粮食、药材什么的，过俩仨月一出手保准翻倍，到时候——"

金盈儿马上接过了话头："要想让我答应，到时候你得另外再送我一件礼物——芭拉首饰店的脚戒，人家都想小半年了。"

孙维本说："仨油俩醋，小事一桩。"

说罢，两个人便旁若无人地搂在了一起。

片刻，孙维本问："通知林雪梅了吧？今儿打炮头一场，缺谁也不能缺了她！别看小丫头还没出师，玩艺儿可是越来越地道，小嗓子跟火车鼻儿似的，听一句，比六月天喝口雪花酪还过瘾。"

金盈儿一把推开了他，"滚一边去！瞧谁好找谁去，男人就没一个好东西，全都是吃着碗里的看着锅里的，当初姑奶奶就不该让你上我的床。"

孙维本紧着解释："我的话还没说完呢，她地道，你比她多个更字，更地道，随便哼哼两句就比她强，尤其是在床上……"

金盈儿扑哧笑了，骂了一句："你这狗嘴永远吐不出象牙来，长得像个书生，心里边却一天到晚就想着那点儿事。”

孙维本说："我这可是在讲儿的，坊间早就有'四大好听'的总结，叫做'撕绸缎，敲茶盅，百灵哨，妞儿哼哼'。"

金盈儿笑成了一团，末了还是没忘说一句："我可告诉你，别打林雪梅的主意，要不然我跟你小子没完！"

讲到这儿，三伏朝着地上啐了一口，先骂了句"狗男女"，又说了句"妹子你得多加小心"。

林雪梅静思片刻，骤然间明白了，"真卑鄙！敢情他们这是在挂羊头卖狗肉，借赈灾义演的名义贪图钱财、中饱私囊！"此刻，气得她咬牙切齿，怒火在胸中熊熊燃烧，她真想马上变作一个金刚力士，当着面把孙维本手里的皮包一把夺过来！

十五

文王八卦算阴阳，算了算，星星月亮长在天上。

算了算，五谷杂粮就属蚕豆大，算了算，地里的庄稼就属高粱长。

算了算，爷儿俩相比当爹的岁数大，算了算，媳妇的妈是丈母娘。

算了又算，皇宫里边有皇上，算了又算，皇上的媳妇是娘娘。

算了又算，土地庙里有小鬼，算了又算，老爷庙里有周仓。

文王八卦算得准，娶媳妇的倒比出殡的强。

——铁片大鼓《文王卦》

徐五姑的儿子小锛儿头由南京回来了。离家两年多，他似乎变得成熟了，不像以前一睁眼就话痨，从早贫到晚。个头儿长高了不少，样子也老成了许多，让徐五姑竟好一阵没认出来。然而，不知什么缘故，无论屋里屋外出来进去他总是戴着个毛线帽子，这让众人很是不解。

清早起来，小锛儿头主动提出要陪林雪梅去坛根儿喊嗓儿，说是借机会一起说说话。然而，一路上他都紧闭着嘴，像揣着一肚子的心事。

林雪梅不免感到一阵纳罕，到了天坛坛根儿，有一搭无一搭地叫嚷了几声，便搬了两块城砖拉着他一起坐下来。

"锛儿头哥，你到底是怎么了，从进家就没听你说过几句话，变得像个闷嘴儿葫芦？"她真诚地问道，"还有，不阴不晴的你干吗总弄顶帽子捂在头上？"

小锛儿头手拿一根树枝茫然地在地上划拉着，半晌，终于开了口："因为……它掩盖着我的一份耻辱！"他一把扯下了帽子，把脑瓜顶向着林雪梅凑近过去——清晰可见，光秃秃的头顶上面落着好几个指头肚大小结着疤的紫红色伤痕。

"这是——"林雪梅不由得惊呆了。

小锛儿头眼睛里闪动着泪花，对着知心朋友道出了事情的原委。一日，他和师父在南京的一家园子里做场，使的是老段子《打灯谜》，他逗，师父捧。那天的观众显得格外热情，竟让他俩接二连三地返了好几次场。最后一次返场时，他看了看台下，没见有日本人在座，就临时加了一个自撰的新灯谜，是个荤谜，当他最终揭开了"日本人"这个谜底时，场子里笑得几乎要掀翻了顶棚。可不承想，此时偏巧有个穿着便服的日本军官正坐在下面，旁边还带着个翻译，那翻译居然就掰开揉碎地把这句话翻了出来。小锛儿头还没下场，就被人叫到了台下，那翻译一把搂住了他的脖子，日本军官二话没说，便将正抽着半截的雪茄烟一下

长篇小说 **大鼓妞儿**

下摁在了他的头顶上……

"我恨他们，尤其恨那些个汉奸，我要是手里有把枪，就把他们一个一个……"小锛儿头的眼睛里冒着火星。

林雪梅深表同情地把他的帽子轻轻戴回到头上，"我和你有同感，数这些个帮狗吃食的汉奸最可恶，要是没有他们给日本人牵马坠镫，小鬼子就不可能在咱中国呆这么长久。"她对他提起了刘连仲、德晓峰、孙维本，说这伙汉奸如何献媚取宠，如何为虎作伥，如何助纣为虐，一直说到了头几天孙维本、金盈儿借操办"群芳会"之机侵吞赈灾款的事。

"他俩怎么这么大胆儿，就不怕知情的把这事儿捅给日本人？"

"你忘了，日本人和他们原本就是一狼一狈，再怎么着，狼还能把狈给吃了？"

"这也太拿咱作艺的不当回事了！"小锛儿头义愤填膺，攥起了拳头，"难不成这事儿就这么算了？一大帮子人费劲巴拉接连唱了好几天，挣的钱全都进了这俩孙子的腰包，咱就不能想个法子把这钱夺回来？"

听到这句，林雪梅猛然间灵感一现生出了一个主意，她试探着问道："在外边这几年，除了说相声，你还演过什么？"

"有时候演演双簧、唱唱数来宝，还演过笑剧，就是那种类似上海滑稽戏带包袱儿的时装剧。"

"你又能扮演什么角色？实在想不出。"

"也就小偷、骗子、店铺小伙计什么的，就这，好多人还都说我天生就是演戏的料，偶尔我再加上几句倒口①，敢说活灵活现！"小锛儿头的情绪渐渐恢复正常，话也开始稠起来。

"这次，你能在北平呆几天？"林雪梅突然转了话题。

"顶多三天，从北平去长春，师父他们在那边等着呢，演出合同都跟当地签了。"小锛儿头不明白她问这个干什么。

林雪梅想了想，拉住了他的手，"想不想帮我演一出戏？就像你说的，让金盈儿他俩把这笔私吞的钱吐出来！"

"太想了！"小锛儿头兴奋得两眼放光，已经跃跃欲试，"快说，你想让我怎么干？"

"小时候听我那开药铺子的姥爷说过一句话，'吃什么药，下什么引子'。"一个近乎绝妙的计划正开始在林雪梅的脑子里形成，"他们不是打算以钱生钱吗？我想，咱索性就帮这两个财迷做一场白日梦……"

华灯初上，孙维本从新民报社的楼里一出来，就看到有个小伙子在大门口转悠。此人的穿戴让人感到有些滑稽，4月天，正当阳气上升、和风煦煦，他却捂

---

① 倒口：曲艺术语，指学说各地方言。

着一身棉袄棉裤，头上还戴着顶皮帽子，眼见着一绺绺的汗水顺着他的脑门儿在往下淌。

"这位大哥，俺跟您老打听个道儿，去绿米仓往哪疙瘩走啊？"小伙子主动迎上来，他肩上背个捎马子，手拿一封信，满嘴的东北口音。

孙维本打量过去，见他二十上下，锛喽头，小眼睛，模样虽丑，却透着几分憨厚。"绿米仓？还紫米仓呢。"一听说话就知道他是第一次到北平来，"知道不，那叫禄米仓。"

"对对，是禄米仓，俺脑子笨，让您老见笑。"小伙子又点头又哈腰。

"禄米仓地儿大了，你究竟要去哪儿啊？"

"俺刚下火车，有人就把俺支到这疙瘩来了，不知怎么，总感觉不大对劲儿呢。"小伙子把手里的信封递了过去，只见上面写着：北平禄米仓 8 号兴源药材公司杜兰斋先生亲启。

孙维本之于杜兰斋并不陌生，他知道，这是一位北平城数得过来的大老板，也是金盈儿的干爹之一，买卖做得顺风顺水，包揽着北平四大药铺的供货，几天前自己还亲自登门给他送过"群芳会"的红票，一张红票五十块，姓杜的竟二话没说抬手就取了十张。

孙维本不由多了个心眼儿，"小兄弟，你去禄米仓干吗呀？"

"俺家掌柜的让俺过去送点儿东西。"

"什么要紧东西，大老远的还专门派人跑一趟，能跟我说说吗？"

小伙子往后退了一步，下意识地拽紧了捎马子，"没啥要紧东西，就是点子草药。"

孙维本看到那捎马子上写着"白忍堂记"几个字，不免心生疑窦，随着诈了一句："该不会是麝香、人参吧？"

小伙子一阵惊慌，"你咋一下就猜准了呢？"他压低了音量说道："几苗人参，一路人多嘴杂，俺掌柜的不让说。"

"人参"两个字让孙维本的心即刻产生了震颤，他马上回想起那天和杜兰斋闲谈时，杜老板曾经提到现下人参成了紧俏货，价格打着滚儿地涨，自己的库房目前已经抄了底，虽说现价已是一两参半两金，可还是有多少就收多少。

"兄弟，让老哥我开开眼，成吗？"孙维本逼近了一步。

"这可万万不成。"小伙子躲闪着，"不告诉俺路咋走就算了，俺再找别人打听，还得抓紧去见杜老板呢。"

"这人你见不着了，他死了！"孙维本也不知道自己怎么就冒出这么一句，想想，索性把谎言继续编下去，"他私通共产党，三天前让日本人枪毙了！"

"胡说，你骗俺！"小伙子转身便走。

"瞧你说的，咱俩素不相识，平白无故我骗你干什么？"孙维本挡住了他的去路，"我跟杜老板是莫逆之交，实话跟你说，今儿头午我刚刚在平则门外参加完他的葬礼。"他编得有鼻子有眼儿。

"真的啊？要是这样，可叫俺咋回去交差啊……"小伙子气馁地蹲在了地上。

"急也没用，这么着，先把你这封信让我瞧瞧，回头再帮你想办法。"

小伙子思忖了片刻，无可无不可地把信递给了他。

信笺上用极好的行书写着：

兰斋兄钧鉴：

兄前日所托之事业已办妥，所购上等人参五株计重四十两八钱由伙计王五福奉上，验后请将货款八千一百六十元交王伙计带回。因日本人封山数月，获取甚难，方耽搁至今，万望杜兄体谅。余事容后见面再晤。

弟　张德成

信笺的背后还别着一张名片，上面印着：牡丹江德隆贸易货栈经理张德成。

孙维本翻来覆去看了几遍，不由得喜上心头，肚子里暗暗紧拨了一通算盘，结果是若能将这几株人参掌握，转手到了杜兰斋那里就是成倍的利，禁不住连连感谢老天眷顾垂怜。

上个礼拜他曾在天桥的一个卦摊上算过一卦，有位自称"赛半仙"的老者问了他的生辰八字，又问了他的姓名，随后将一把草棍儿放到桌上摆弄了一番，接着便下了断语，说他身属木命，恰逢龙年得水相济，今朝势必本固枝荣、财运大发。作为一个留过洋的年轻人，他原本是不相信这些个江湖术士的诳语的，可没想到，老家伙的话还真的挺灵验，自己刚刚起了做买卖的念头，一笔生意就主动送上了门。

孙维本拉了小伙子的手来到路旁的一棵大树后面，强压着心头的激动说道："小兄弟，你看这么着成不成？杜老板你肯定是见不着了，索性把你带来的人参趸给我吧，我有个老娘身子骨虚，正需要这东西，钱该多少是多少，余外，我再多付你十块住店吃饭的钱，两全其美，皆大欢喜，你也不用发愁交不了差了，成不成，就听你一句话。"

小伙子头摇得像拨浪鼓，"这不可成，现而今这东西是稀罕中的稀罕物，轻易见不着，日本人派兵把俺那疙瘩的大山全都封了，山坡上到处埋着地雷，挖棒槌的山民越来越少，是人谁不怕死呢？这次见不成杜老板，俺就把这批货再带回去就是了，想是俺掌柜的也不能埋怨俺。"

"再加二十。"孙维本心里直冒火，"你干脆说怎么能成吧？要不，先让我看看你的货，只当开开眼。"

"你这人真难缠，也罢，也算求了俺一回，就让你看一眼吧。"小伙子显得有些无可奈何，先抬头看看四外，然后从捎马子里掏出一个布包，解开了捆绳，里边又现出一个红绵纸包，他小心翼翼地把纸包展开，赫然可见有五株人参并排着用红线绷在上面。老山参个个足够半尺长、拇指粗，通体金黄，表皮带着精致的花纹，有胳膊有腿儿，像极了襁褓中娇嫩的婴儿。

"七两为参，八两为宝，俺这参每苗都在八两以上，个个都是宝啊！"小伙子感叹着。

孙维本将绵纸包轻轻捧起，凑近鼻子闻了闻，一股清幽的药香立时袭过来，令他精神为之一振，"我说，咱俩再商量商量成不？打今儿起你我就是朋友了，往后再到北平你尽管来找我，这次就当是帮大哥我一个忙，把这些东西直接转给我得了。"

"唉！"小伙子叹了口气，"好话都让你说尽了，也罢，将在外君命有所不受，看在大哥你如此孝顺上，今天俺就私自做一回主吧。但是，话说在前边，钱可一分都不能少！"

"那是那是，小兄弟，这回你可是积了大德了，我先替我老娘谢谢你！"孙维本从皮包里掏出一个牛皮纸包，又从皮夹子里数出一沓零钞，正欲递过去，又一下缩了手，"我说，你这人参该不会是假的吧？"

小伙子怒不可遏，起身就走，嘴里大声骂道："娘的，好心当做驴肝肺，又不是俺死乞白赖非要卖给你，竟和俺扯这个臊！"

孙维本哈哈笑着拽住了他的手，"跟你小老弟开句玩笑，你还就当真了，信不过你我掏钱干吗？"

小伙子铁青着脸半天没动，见他一直赔着笑脸，只好把装钱的纸袋接过来，认认真真清点了两遍，这才把布包交到他手上，临走还气哼哼地说了一句："你可仔细看好了，假了别来找俺！"

孙维本不想耽搁，雇了一辆洋车径直去了禄米仓。

杜兰斋闻听有山参送上，且都是过八两的六品叶的大号人参，不免一阵兴奋，他把孙维本让到客厅，未及叙谈，先就急切地将那布包打了，揭开那一层红绵纸，取过一柄放大镜对着参体上上下下地照看。过后，又掰下一根参须放到嘴边用舌头舔了舔。

"这东西哪儿来的？"他皱皱眉，歪着头看了孙维本一眼。

"从一个东北老客手里趸过来的。"孙维本得意洋洋。

"孙老弟，沉住气听我说一句，这些个东西根本不是人参，你这是上了人家的当了！"

"胡说！"孙维本脸色煞白，只觉得如雷轰顶，脚底一个不稳跌坐在椅子上，"不是人参，那这是……"

"一毛钱就能买一大把的香菜根儿！这是用参渣水泡过的香菜根儿！"接着，杜兰斋发出了一声感叹："真的是好手艺，做得和真的一模一样，令杜某佩服，佩服啊！"

听了这句，孙维本一屁股出溜到了地上……

亲眼看到小锛儿头登上了北去长春的火车，林雪梅终于松了一口气。爽心，称愿，痛快！她实在没想到，鱼儿就这么轻易地上了钩，一个留过洋的大记者竟钻了她一个小丫头的套！由此，她明白了一个道理，贪婪就是恶魔，它能使人神

长篇小说
大鼓妞儿

魂颠倒，能使智者瞬间变成一个傻瓜。她手里抱着厚厚的一包钞票，喜悦之中又犯了踌躇，把钱分发给参加"群芳会"的人肯定不行，给白大爷拿去开粥厂也不行，涉世不深的女孩儿被这一大笔钱难住了。

此番是三伏接应的小锛儿头——把他直接拉到了前门火车站，林雪梅并没把实情告诉三伏，不是信不过，而是不想把这个对自己关怀备至的大哥哥牵扯进来，一旦事情败露，惹下麻烦，她只能独自承担。

林雪梅走到站前广场，老远看见三伏正与一个女子指手画脚地纠缠。她三步改作两步跑过去，却发现是大师姐胡翠珠喋喋不休地粘着他。

"师姐，您这是——"

"知道不，你这个哥忒差劲，他敢做不敢当！"身着俏丽春装的胡翠珠莫名其妙地甩出一句话。

"她胡扯，她平白无故找寻人！"气咻咻的三伏脖子上涨起一片青筋。

"雪梅，你听我说，刚才我问他，三伏兄弟啊，你有了媳妇咋不请姐姐我喝杯喜酒呢？嘿，你猜怎么着？话没说完，他就炝了蹶子！"胡翠珠的表情极尽夸张。

林雪梅感到一阵诧异，"三伏哥，你娶亲了？啥时候的事儿，我咋不知道。"

"没影儿的事。"三伏转身蹲到了地上。

"哟，两个人睡都睡到一块去了，还嘴硬。你当是别人看不出来？"胡翠珠嘴角带着嗤笑。

"师姐，这种事可不能瞎说，没凭没据的。再者说，娶亲这么大的事，三伏哥还能不和我说？"

"他还真就是不能跟你说，不信，你问问他，那个雇他的老女人——"

"你是说我师姑？"

"除了她还能有谁？想不到吧，这回，一头缺牙少齿的老牛可是吃了把湛青碧绿的嫩草！"胡翠珠的话里带着一股醋意，接着，又凑到了三伏的身后，"尽管你不爱听，我还是得嘱咐你一句，知道不，靳大红毕竟老了，你得知道心疼人，那可是我姑儿，夜里上了床别老想着往死里折腾她！"

三伏忍无可忍，腾地站起，攥紧了双拳，然而，当他面对了林雪梅质询的目光时，不禁一下松懈了身体，低下了头。

林雪梅不想再与胡翠珠继续缠磨下去，迈上洋车叫了一声"走"。不料，胡翠珠却抢先一步挡在了他俩面前。

"妹子，能问问你，你今儿上火车站干吗来了？"她有意无意地朝林雪梅手上的布包看了一眼。

"来送个人。"

"谁？"

"锛儿头哥。"

"这傻小子回来了？"

"是。师娘说他脑子里缺根弦儿，怕他上错了车，特意叫我来送送他。"

胡翠珠顿了顿，"那你知道今儿我上这儿干吗来了吗？告诉你，我过来接几个日本朋友。"

师姐的自问自答令林雪梅警觉地瞪大了眼睛，"啥时候你又和小鬼子打上了连连？你就不怕人说你……"

"放心，我当不了汉奸，他们不是军人，只是日本'国乐'唱片公司的几个艺术家，来北平和我商量灌唱片的事。还有，他们说我特别上镜头，下一步还打算邀请我去东北拍电影呢。"

"姐，我觉得这并不一定是什么好事，日本人什么坏招使不出来？你可得留个心眼儿，别轻易答应他们。"

"你不是在妒忌我吧妹子？你要也想出名，我完全可以把你介绍给他们。"

"我？"林雪梅反问一句，"跟你说，我现在还不想死！"

三伏拉着空车回到了打磨厂，隔着老远就看到自家的小院里亮了灯——想是靳大红从通州老家回来了。

果然，此时靳大红正盘腿在炕上吃饭，一同围着饭桌的还有个四十来岁的男人，一个六七岁的小丫头，无拘无束地边吃边聊着，洋溢着一种和悦的气氛。

看到三伏走进来，靳大红显得有些窘迫，但很快便恢复了常态，她告诉他，这男人名叫曹二奎，是自己娘家的表哥——乡下亲舅舅的儿子，前不久，村子让日本人一把火烧了，没了栖身之地，只好带着闺女键儿随她一起回了北平。

"你就喊他老奎吧，叫奎哥也行，他比你大。"靳大红下了地，取过布掸子为三伏周身上下掸了一个来回，"吃了没？我刚熬得了一锅小米粥。"

三伏没接她的话茬，闷声闷气地问了一句："到了北平他们又能咋着？"

"还能咋着？"靳大红撇撇嘴，"他一个瘸子，只能挑挑子收破烂儿，破烂儿换洋火呗。"

三伏由不得朝老奎仔细看过去，只见他胡子拉碴，一脸憔悴，一条细腿软软地耷拉在炕沿上。

"住哪儿？"三伏又问了一句。

"我早就想好了，大杂院里还有空房，赁一小间，明儿一早就让他爷儿俩搬过去。"

自三伏进门老奎便一直沉默无语，匆匆喝净了碗里的粥，怪模怪样地看了三伏一眼，拉起键儿下地走了出去。

不知怎么，三伏总觉得有一腔火在心里憋着，始终找不到发泄的出口，遂拿起靳大红放在炕头的一包烟，抽出一棵点了。

"哟，涨行市了，什么时候又添了嗜好？"靳大红收拾着碗筷，鼻子里哼了一声。

"俺心里烦。"

"平白无故烦什么？有你吃，有你喝，有个大活人陪着你，还要怎么着，还不知足？"

"俺也说不明白。"

"瞧你这点儿出息，看上去像让人勾了魂儿似的。想我了是不是？我不过连来带去才走了五天，就耐不住了？"靳大红斜倚在被垛上，蹬去了脚上的布鞋，"去，给我打盆热水来，坐了多半天的马车，两只脚都木了，我想好好烫烫。"

三伏掐灭了烟卷，端了一铜盆冒着热气的水放到了她脚下，见她垂着两条腿没动，无可奈何地上前扒下了她的袜子。

"人都说女人有三张脸，这脚就是其中的一张，打小我娘就夸我这两只脚长得好看，又周正又细粉！"靳大红得意地活动着脚趾，"干吗傻站着，没见过是怎么着？快着点儿……"

三伏知道她在想什么，只得蹲下身，搋着她的脚踝把两只脚摁到热水里，回过脸抻了一条毛巾塞到她手上，"你又不是没长手，自己洗。"

靳大红不由愣住了，想了好一阵也没想清楚他究竟是怎么了，满脸狐疑地盯向了他的眼睛，"我自己洗，要你干什么？不对，我问问你，晚半晌一人去哪儿了？"

三伏不假思索地回答："送雪梅妹子去了趟火车站，碰巧还撞见了胡姑娘。"

"哟，我说呢……"靳大红似乎明白了，"敢情是这么回事啊，我这才几天没在，你就有了外心了，学会和漂亮小姐儿在外边幽会了。嫌我没她俩年轻是不是？嫌我长得没她俩好看是不是？早说呀你！让你帮着洗个脚，看把你不乐意的，一张脸拉耷得像挂猪大肠。甭管乡下还是城里，男人就没一个好东西，全重色轻友！你不把我当女人成不成，就当你的一个朋友成不成？朋友累了，乏了，懒得动弹了，求你帮着洗洗脚，不成？换了胡翠珠那个小狐狸，你会是这样吗？一准儿巴不得呢，回头许连洗脚水都得偷着喝了！"

"俺跟你说不明白！"三伏不想与她争辩，赌气地搬起一床铺盖往外就走。

"你给我回来！那屋老奎和键儿占着呢。"靳大红也觉得自己刚才的话说得有点儿重，急忙起身去拉他的胳膊，弄得脚盆里的水洒了一地。

灯熄了，两个人背对背躺着，谁也不想理谁。

"三伏，傻兄弟，还在生姐的气呢？"靳大红率先把身子转了过来，"姐一时糊涂，错怪你了，别往心里去，全当姐发高烧说胡话还不成吗？"

三伏没吭声，依旧脸朝墙侧卧着。

"疼疼姐行吗？五天了，姐都五天没见着你这个傻弟弟了……"她爬了过去，在他赤裸的手臂上来回蹭着，"抱抱我……"

"俺累了，"三伏推开她的手，喘着粗气开了口："俺不想……"

人算不如天算，机关算尽的孙维本无论如何也没想到，到了手的一笔钱财还没把它焐热，就长了翅膀转瞬之间飞走了！

167

金盈儿得知几千块钱化为了乌有，自己出特刊的事就此泡了汤，便直接把手掌扇到了孙维本的脸上，打得他一副眼镜掉在地上变作了一把碎片，"做生意，做生意，就凭你丫这副猪脑子？"她毫不迟疑地跑到了刘连仲的住处，把这件事从头至尾原原本本地告诉了他。

"盈儿，不是我说你，你还是不信任我这个干爹呀！"刘连仲的表情看不出是喜悦还是哀伤，"答应你的事，我能不办吗？出特刊只是迟早而已，可你偏偏——"

"已经到了手的钱，谁又能想到……"金盈儿抹开了眼泪。

"人心不足蛇吞象啊！"刘连仲悻悻地问了一句，"和这小子上床了吧？要不然他怎么会这么大方？"

"你——干吗把话说得这么难听呢！"金盈儿竟然红了脸。

"我就想不明白你究竟瞧上他哪儿了，长得跟一根儿线儿黄瓜似的，表面看去像个文墨人，其实是半肚子屎半肚子屁。"刘连仲的话带着一股醋味儿。

金盈儿抬起屁股坐到了他的腿上，"从今往后，您说什么就是什么，还不行吗。"

喜悦暗暗藏在刘连仲的心里，他庆幸自己终于盼到了一个"公报私仇"的机会，乳毛未退的一个臭小子竟然敢在刘爷的面前放肆，那一副志得意满的模样，那一种颐指气使的派势，实在叫人难以忍受，尤其是竟然当着自己的面就毫无忌惮地招降纳叛，背地里还公然霸占了属于自己的女人，一个不行还要再搭上一个！他仿佛已经看到，中村霍地抽出了雪亮的倭刀，将孙维本一刀劈成了两半，那叫一个麻利，那叫一个解气，那叫一个痛快！然而，当他领着金盈儿走进东珠市口宪兵队时，却发现中村搂着儿子太郎与孙维本在办公室里聊得正欢。

刘连仲跨上一步刚要张嘴，中村一抬手把他拦住了，"刘桑，这件事情我的知道了，孙桑已经向我坦白交代，他年轻，口袋里缺少钱，我们的，应该理解，应该原谅他一次。"

"可他……他欺骗了太君，他利欲熏心，他瞒天过海，他胆大妄为，他狗急跳墙……"刘连仲一时语无伦次。

中村拉过他的手，让他和孙维本的手握在一起，"你们两个，都是我的爱将，大东亚需要你们，没有你们的配合，日本人的，在北平一天都呆不下去，因此，需要你们顾全大局，精诚合作。你们中国有句俗话，你们是一根线上拴的两个麻子，跑不了他，也跑不了你。"

刘连仲想告诉他，那句歇后语说的是蚂蚱，而不是什么麻子，可他没敢。他感到有些失落，眼看着一出好戏刚刚开场就匆匆关闭了大幕。

金盈儿只顾与中村太郎逗弄着，表现出了一种十分喜爱的意愿，中村拍拍儿子的脑袋，吩咐道："叫姐姐，小孩子的，要懂礼貌。"

"巴卡翁那美（臭娘儿们）！"那孩子用日语呼唤了一句，金盈儿不管听没听懂，紧忙答应一声，咧着大嘴开心地笑了。

"刘桑，"中村搂着刘连仲的肩膀让他坐到了自己身边，"组建侦缉队的事就不让孙桑管了，这也算是对他的一个惩戒，我决定，由你来全权负责。"

刘连仲受宠若惊，紧忙站起来，以军人的姿态并着脚跟行了个鞠躬礼，"太君，交给我您就踏好吧，为了皇军在北平的安全，刘某肝脑涂地，在所不辞！"说罢，示威似的瞥了孙维本一眼，有句话同时在心里冒出来："孙子，看看到底是你行还是刘爷我行！"

中村转过脸对孙维本安抚道："你的，要集中精力把三年庆典办好，到那天，满洲映画协会要来拍电影，他们的要把这一盛况记录下来，让全世界的人都看看，中国人是如何真诚地欢迎大日本皇军为他们提供帮助的。做好这件事，不仅可以既往不咎，而且会给你记功！"

"哈伊！"两个汉奸肩并肩地站到了一起。

十六

从打那庚子年洋人作乱，八国联军各占一方。

那时候各怀着吞并之意，奸谋设计要咱的边疆。

德国人要占我国青岛，法国人要占咱的南洋。

英国人要吞并咱西藏，美国人要夺咱的长江。

日本人要取远东南满，俄国人要夺满洲以北伊犁新疆。

似这等国势危弱无法设想，稍有那知识的人儿应记在心上。

——京韵大鼓《灯下劝夫》

林雪梅又一次遇到了为难之事。不知所措的她，直接想到了罗华章。

走进罗家小院，隔着客厅的玻璃，她看到罗翰文和白雪遗坐在里面相谈正欢，罗华章在一旁专注地聆听着，遂径自推开门，悄然地站到了木隔断的外面耐心等候。

"白老，头些天听了您一段《游武庙》，感觉有句唱词似乎有误，也不知当讲不当讲。"罗翰文斟酌着。

"瞧您这话说的，当讲。上您这儿来，就是想听您当面指教，你我二人不用讲这么多客套。"白雪遗表现出极大的兴趣和真诚。

"我记得，您唱的那副山门上的对联是：'剑气冲霄汉，赤胆忠心安社稷；文光射斗牛，三韬六略定华夷。'三韬六略不对，正确的应该是六韬三略。"

"六韬三略？白某愿闻其详。"

"这四个字指两部古代兵书，《六韬》为西周姜尚姜子牙所著，分文韬、武韬、龙韬、虎韬、豹韬、犬韬六卷；《三略》是汉初黄石公的著作，分上略、中略、下略三卷。合在一起便是六韬三略。"

"一字师，真乃一字师啊！"白雪遗异常兴奋，紧紧拉住了罗翰文的手，"我唱了这么些年，竟然就错了这么些年，实在是对不起捧我的衣食父母啊！"

罗翰文见他如此诚恳，丝毫没有名家大蔓的虚荣，索性说道："你我知心，互为师友。说到这儿，我就再指摘一处吧，《华容道》里有句唱词也似是不妥，'想当初赤壁鏖战'，《三国》中火烧赤壁与曹操败走华容相隔多少时日？"

白雪遗想了想，"只有一天。"

"这就是了，您想，一日之隔可是不好称作'想当初'的。"

"没错儿，那咱就改作'都只为赤壁鏖战'，可否？"

"改得好！妙哉！"二人如同一处玩耍的两个孩子愉快地笑起来。

"罗老弟，看来，您不仅喜欢我们这一门玩艺儿，而且颇有研究，只求您能利用余暇编纂几个足以鼓舞人心的段子，由老朽搬上歌台，也不枉你我相知一场。"

"其实我也早有这个想法，既是白爷相托，我就试一把，等打跑了小鬼子，天下安澜了，咱好好给北平的父老唱上几天。"

罗夫人端着一盘水果走进来，看到林雪梅独自站在外间，惊喜地唤了一声，罗华章闻听紧忙迎出来。

"罗伯伯，白大爷！"林雪梅行了礼，把手里拿的一张报纸递了过去，"赶巧您二老都在，有件事难为死我了，想来想去也不知应该怎么办才好。"

她说，三天前德晓峰专程到金家找了她，给了她报纸上登的一段新编大鼓词，要求她在7月7日社稷坛的一个集会上演唱，说这是新民会指名定下的，不得推辞，否则就以反日抗日论罪。她仔细读了这篇唱词，虽说表述的是一段家庭和睦的故事，可总感觉有些别扭，心里没有底。

罗翰文拿起报纸，找到那篇题为《兄弟阋墙于和》的段子逐行默读着，看罢转手递给了白雪遗。

"白老，前辈留下的唱段有这块活吗？"罗翰文问了一句。

"没有，但我听说过这个故事。"白雪遗回答道。

"兔崽子真下功夫啊！"罗翰文感叹了一声，"如果我没记错的话，这段故事应该出现在明人冯梦龙《醒世恒言》'三孝廉让产立高名'里，是这篇小说'得胜头回'中的一节，也就是通常话本小说所谓'入话'的部分，说的是三个兄弟闹分家，院里的一棵紫荆树忽然无端地就枯死了，后来兄弟们不分家了和好了，那树又活了，故事本意是劝人兄弟和顺，可写这个段子的人是醉翁之意不在酒啊，用意全在这结尾上。"

众人围在一起看去，只见鼓词最后写道：

昔日曹丕与子建，也是兄弟起争端。七步成诗兄垂泪，弟兄和好胜从前。

离合悲欢皆前定，天上人间总一般。我愿天下兄与弟，长枕大被一同眠。

家下闲事是这样，国际相交也一般。我愿东亚中日满，三国和合亿万年。

同种同族多欢好，建设新秩序，人民享平安。

"日本人跟咱是兄弟吗？还要多欢好，大被一同眠，简直是屁话！"罗翰文忍无可忍，一掌拍在报纸上。

罗华章朝鼓词作者署名看去，"孙维本？看来，这小子是死心塌地要当汉奸啊！"

林雪梅急切地问道："你们说我该怎么办？唱这玩意儿我不也成汉奸了？我可不愿意替小鬼子做宣传。"

"难办啊，"白雪遗在地上不停地踱着，"执意不唱，你可就要受苦了，那帮王八蛋个个心狠手辣啊……"

罗夫人焦急地催促道："你们几个大老爷们儿，得赶快给咱闺女想个辙啊！"

"光唱前半截，把结尾甩了不唱成不成？"林雪梅到底天真，她看到几个人全都摇了头。

白雪遗忽然转了方向，"你师父金三爷怎么说？是由他给你安腔儿给你伴奏吗？"

"当时他什么都没说，德晓峰倒是这么安排的，可昨儿头午我师父帮师娘剁白菜馅时，不小心把自己的手指头切了，连指甲带肉掉了一大块呢。"

"老小子真滑！"白雪遗嘴角挂着笑，不知是称赞还是讥讽。

"您是说——"

"他虽不是个良师，可我知道，他也不想心甘情愿当汉奸！"白雪遗停下了脚步，"梅子，既如此，你师父伤了手，给你弹弦儿的又换了谁了？"

"换小德子了，他自告奋勇的，紧着跟我说好话，我还没答应他呢。"

"答应他！"白雪遗看到林雪梅一脸怅然，微微一笑，嘴上挂了京戏的韵白："丫头，附耳过来，待老夫告诉你一个只唱前半截的方法……"

林雪梅把一只耳朵贴近到老人的嘴边，一边听一边不住地点头，紧锁的眉宇渐渐纾解了。她心里没有了疙瘩，情绪放松下来，主动坐到了罗华章的身边，问他道："金盈儿跟我说，说她那天在东方饭店看见你了，可你没理她，好像根本不认识似的，她心里别扭，好一通跟我抱怨。"

"金盈儿？哪天？我怎么没印象？"

"就是俩小鬼子让人杀了的那天晚上，她还说，当时你打扮得怪里怪气的。"

"一准儿是她认错了人，我想起来了，那一天我和几个同学去了三河，根本没在北平。"

"罗伯伯，"林雪梅把脸转向了罗翰文，"现下北平人全都在议论'抗日杀奸团'和'小白龙'，传得可邪乎了，您说，真的有小白龙吗？"

罗翰文哈哈大笑起来，"哪儿会啊！这只能说明咱北平人太具有想象力，说明人们被日本鬼子欺压得太苦！"他下意识地看看窗外，对着众人压低了嗓音："究其实，'小白龙'确有其人，可他不是什么神仙，他的名字叫白乙化，原籍东北辽阳，是我曾经教过的中国大学的一个学生，现而今参加了共产党八路军，在怀柔、密云、延庆一带领导开辟了平北抗日根据地，他智勇双全，屡出奇兵，沉重地打击了日寇的嚣张气焰。我为有这样的一个好学生感到自豪，他是中国大学的骄傲，更是咱全体中国人的骄傲！"

罗华章担心林雪梅没边没沿地继续问下去，站起身，引着她来到了自己的房间。

"编故事，是吗？"林雪梅盯着罗华章，眼睛里闪着狡黠的亮光，"为什么不和我说实话？那两个日本人就是你打死的，对不对？"

长篇小说 大鼓妞儿

罗华章没说话，无言即等于默认。

"你参加了抗日杀奸团？"

这回，罗华章郑重地点了头。

"那你刚才……"

"当着父母的面，我不想让他们知道，他们年纪大了，我不想让父母整日替我提心吊胆。"

"可你知不知道，还有一个人和他们一样，天天在为你担着心？"

"怎么会不知道？钉锦儿，我会小心的。"罗华章一把攥住了她的手，把她轻轻揽在了怀里，"为了你。"

"以后，我不叫你罗大哥了……"

"为什么？"

"因为……因为你不像个大哥哥。"

"那我像——"罗华章明知故问。

林雪梅羞红了脸，"像什么你自己还不知道……"

"钉锦儿，今年你多大了？"

"干吗，查户口？"

"没听说日本人要让办居住证了吗？"

"我又不是你家的人，跟我有啥关系。告诉你，再过俩月我就十八了，怎么？"

罗华章猛地抱紧了她，"听着钉锦儿，我好想娶你，真的，好几次做梦我都梦见你做了我的新娘！亲朋好友都来祝贺，乐得我哟……可是，现下显然不是办这事的时候，再等我一年半载好不好？等彻底打跑了日本人。"

林雪梅回过身望着他的黑眸，用力地点了点头。忽然，她似想起了什么，问了一句："我参加你们的杀奸团行不行？"

"不行，你太小，况且随时随地都会有生命危险。"

"只要能和你在一起，我就什么都不怕！"

"绝对不行，我不能让你……"

"那……你们的组织缺钱吗？"

罗华章不由一阵诧异，"怎么想起问这个？实话说，缺，现下正缺少买枪买子弹的钱。"

"听人说，杀奸团的成员不少都是富家子弟，还能没钱用？"

"家里有钱不等于自己有钱，从家里往外拿钱总得说出个理由吧，再说，十块二十块又不解决问题。"

林雪梅拽过自己的布包，直接放到了他的腿上，"拿去吧，总共八千块，不知能不能帮上你们。"看着他大为疑惑的眼神，她笑了，笑得十分自豪，"既然你告诉了我一个秘密，作为回报，我就也告诉你一个秘密。"于是，她把自己请锛儿头哥帮忙，设下圈套将孙维本贪污的义演票款如数收回来的事情从头到尾叙述了一遍。

"你不是也跟我这儿编故事呢吧?"罗华章难以置信地瞪大了眼睛,然而,厚厚的一大包钞票实实在在就摆在面前,"你一个小丫头怎么会有这么大胆儿?"

"我就是不甘心,不甘心让坏人得逞,原本只是想试一试,没料到还真就成了。"

"钉锦儿,谢谢你,你可是帮了我们大忙了,这钱我收下了,日后,等抗战胜利了,我会把这些钱一分不少地还给你的姐妹们。"

这时,只听罗夫人在院子里喊了一声:"闺女,出来吃饭了,小米面的煎饼,还有山东大葱!"

转眼到了夏季,用北平人的话说:"夏景天又来了。"金盈儿一年四季最喜欢夏天,这样,她就可以有理由穿得无拘无束,有理由露出胳膊露出大腿,去吸引路上的那些青年男子,令他们频频顾盼,两厢错过也会再回头。只是,她实在想不明白,为什么独独冯雨桐从来不多看她一眼,宛若一个柳下惠,抱守中元,神思不乱。渐渐地,她终于找到了问题的症结,冯雨桐不是不想,而是不敢,全只为有个碍事扒拉脚的乔七巧挡在他俩中间,才使得自己难以如愿。她好想让这个女人立即从她眼前消失,消失得无影无踪,一去不回,可她办不到。

夏日昼长夜短,没容金盈儿把一个好梦做完,天就放了亮。她不想早早地就起床下地,因为她还没打算好这个上午要去赶个什么热闹。百无聊赖的她靠在床头,哼哼起几天前新学会的一段《探晴雯》来:

冷雨凄风不可听,乍分离处最伤情。

钏松怎忍重添病,腰瘦何堪再减容……

不经意间,她想起了段子里晴雯和宝玉"嗑指换袄"的情节,脑子里立时便生出了一个歪点子,由是不禁一阵亢奋,这个招数一旦取得成功,必会让冯雨桐和那个小女人产生嫌隙,相互疏远,甚至会吵成一锅粥!想至此,她紧忙找出一把小剪子,伸出手,打量着保养得水葱似的尖尖翘翘的十个手指,然而,掂掇再三却哪一个都舍不得下剪子。继而,她又朝光溜溜的脚看去,嘴角便浮现出了一丝坏笑,即刻搬起一条腿,决然地把剪子伸向了脚趾。之后,她脱下了胸上水红色的乳罩,挑拣几块完整的趾甲裹在里面,仔细折叠成了一个小布包,只待寻找机会把这东西派上用场。

院子里响起了女人有意压低的说笑声,接着,又传来了大门开启的声响,金盈儿知道,这是乔七巧和林雪梅相约着一起去坛根儿喊嗓儿了。

她由不得一阵窃喜,撩开一角窗帘紧盯了对面的房门,耐心地等待着屋里的男人出现。不大工夫,果然看到披着外衣的冯雨桐走了出来,一手拎着尿桶一手拿着草纸,急匆匆地朝拐角的茅房奔去。

天赐良机!时不我待!金盈儿强压着雀跃的心,连续几个跨步闪身走进了他们夫妻俩住的东屋。她用眼睛迅速地朝床上、地下扫了一过,看到一个洗衣裳用

长篇小说 大鼓妞儿

的瓦盆正放在门后，有一些长长短短的衣裤堆放在里面，于是，从中找到一件冯雨桐穿的贴身布褂，毫不犹豫地将自己准备好的东西塞进了褂子下方的口袋里……

现时，她哪儿都不想去了，只盼着过后能在自己家里观赏到一场天大的热闹。

喊嗓儿的两个女人终于回来了，金盈儿隔窗看去，见乔七巧的身后跟着一个沿街卖水的汉子，一挑井水直接挑进了东屋，倒进了她屋里的水缸中。

林雪梅顾不得梳洗便开始一通忙活：先把煤球炉子生着了，趁着拔火罐还在冒烟，走进师父的房里端出尿盆、痰盂到茅房去清理。之后，净过手，取出头天用过的茶壶茶碗，逐个地放到砂锅浅儿里洗涮，等到洗净擦干，炉口也吐出了红舌头，再紧忙打好一铁壶冷水坐在炉子上面，接着，拎了小铝锅出门去给师父买早点。

金三省刷完牙洗完脸，安坐在八仙桌旁，只等着徒弟的豆浆和油饼。好半天，才见满头大汗的林雪梅空着手跑回来。

"师父，今儿您改棒子面粥得了。"林雪梅一脸沮丧，"没辙，我都跑到前门楼子了，一家家早点铺子都关了张，人家说这阵子根本买不着白面，更别提黄豆了。"

"喝粥上茶馆？我干吗，涮肠子？"金三省压抑不住心中的愤懑，开口骂起来："你们说，这叫什么世道？"

话音未落，巡警王豁子腋下夹着个文件夹走进了院里，一脸神秘莫测的表情。

"怎么着，又献铁呀？"金三省坐着没动，冷冷地问了一句，"再献就得砸锅了！"

王豁子一笑，露出了两个残缺的豁齿，"这回是办户口单，也叫居住证，人人必备，今后没这张纸，日本人许就把你当共党暗探抓了。"

"暗探有我这样的吗？那他们可纯粹是瞎了眼。"也不知道金三省说的"他们"指的是谁。

所有的人都被集中到堂屋里，一个个在证件上填写了姓名，按要求摁了手印。

金三省牢骚满腹，"不打官司不告状的，摁什么手印呀？"

徐五姑紧忙掐了他一把，"得了，少说一句能憋死你？"

林雪梅问道："拿这证能领什么呀？"

徐五姑撇撇嘴，"想得美，明说，连个热乎屁都领不着！"

"三爷，提前跟您打声招呼，"王豁子走出几步又回了头，"下月不要铁了，改献铜了，铜盆、铜锁、铜把手、铜钉锦儿全行。老规矩，有铜出铜，没铜的可以出钱，一斤三块。"

"要钱没有，要命有一条！"金三省气不打一处来，"干脆把我扔炉里炼了

175

得了！"

王豁子前脚刚走，黑丫头引着张子强后脚到了，他俩是专程来给师父送结婚的喜帖的。

"定在几儿呀？"金三省翻看着大红喜帖，心里有着一种酸溜溜的感觉。

黑丫头一笑，"北平的老规矩我懂，一日为请，两日为叫，三天叫提拉，我可是提前一礼拜请您。"

"想好了？就这么嫁了？"金三省斜睨了她一眼，"请我去，我还指不定活不活得到那一天呢。"

"瞧您这话说的。子强说了，到时候要好好和您喝两盅呢，诚心谢谢您这些年对我的培养和照顾。"黑丫头似是话里有话。

金盈儿阴阳怪气地插进话来："我得先问问，到那天请我们吃点什么呀？总不能让来宾每人啃俩小米面窝头吧？"她一脸的不屑，"说实在的，这年头根本就不适合办喜事。"

黑丫头白了她一眼，"照你说的，这年头人们就都别结婚了？日本人就盼着咱中国人断子绝孙呢，我还就不信这个邪，偏要生出一堆中国种给他们看看！"转而又对金三省说道："子强去乡下弄来俩猪头，还有几挂下水，到时候保管让您满嘴流油。"

"可得把那一副耳朵给我留着，你知道你师父我就好这一口！"说到这儿，金三省不免叹了一口气，自嘲地摇了摇脑袋，"想不到我堂堂金三爷如今也混到了这步田地——为嘴屈尊。"

"妹子，有什么好事可别忘了你德哥我呀！"德晓峰不知从哪儿钻了出来，身上还背着一挂大三弦。

黑丫头厌恶地瞟了他一眼，"一边儿呆着去，人说话，狗搭茬儿。"

"出去！你上这儿干吗来了？"金三省用手轰赶着他，像看见了一只绿豆蝇，"这会儿我自己还瘪着肚子呢，没剩骨头打发你！"

"我这不是给林姑娘和弦来了吗，眼见'七七'没几天了，不得抓紧点儿？"德晓峰见对方人多势众，虽被羞辱也不敢发作，一时却把阴鸷的目光盯向了金三省，"三爷，我就奇了怪了，您这手早不伤晚不伤，怎么褃节上偏偏就不能使了呢，该不是成心吧？"

金三省给了他一对眼白，"怎么着，听你这意思，打算朝我身上下药捻儿？就凭你？老喽！"

见此，林雪梅急忙跑回自己的房间，将床底下的一个瓷碗往尽里头推了一把。

德晓峰讪讪地凑到了金盈儿的面前，"金副会长，您的伴奏落实了没有？离正日子可没几天了，我毛遂自荐您还看不上。"

金盈儿鼻子哼了一声，"你那叫弹弦儿吗？纯粹是狗挠门儿！我好不容易做碗槽子糕，搁你一个臭鸡蛋？"

金家今日犯邪，来访的人竟扎了堆，黑丫头两个还没坐稳，又见杜兰斋手拎着一摞药盒迈上了台阶，"金兄，听盈儿说您伤了手，我不放心，给您送两瓶云南白药来。"

金三省大为感动，紧忙让座，吩咐雪梅沏茶。金盈儿也像蝴蝶一样朝着干爹飞了过来。

"三爷，看您这气色，怎么觉着精神不大老好呢？"杜兰斋关切地问道。

金三省掩饰道："实不相瞒，昨儿夜里兴之所至，与老妻敦伦①了一场，故而有些倦怠。让老弟见笑了。"

杜兰斋不禁嘿然，"人之常情，倒是老哥雄风不减，令小弟委实佩服。"

林雪梅插问道："师父，敦伦是怎么个意思啊？您能不能给我讲讲……"

金三省随即打断了她的话，"哪儿都有你，小孩子家家的，不该知道的别问。"说罢，与杜兰斋对视一眼，不约而同哈哈大笑起来。

至此，林雪梅已经明白了个大概，不由得一下羞红了脸。

金三省拿起药盒仔细端详着，半开玩笑地问了一句："杜老弟，这药不会是假的吧？"

杜兰斋眉毛一挑，"我知道您想说什么，敢情那档子事您也听说了？姓孙的小王八蛋在我面前充蒙事行②，他还嫩了点儿，拿一把破香菜根儿就想让我掏钱，纯粹是做梦！您猜怎么着，我一语揭穿，他愣说是上了别人的当，就他，长了毛比猴儿还精的主儿，鬼都不信，说白了，就是他自己想钱想疯了。"

听了这句话，金盈儿仿佛悟到了什么，一时恨得牙根痒痒。忽然，她看到乔七巧端着一盆脏衣服从屋里走出来，冯雨桐紧随其后，先把一个小板凳放到了她的屁股底下，随之又拎出一桶水放在一旁。金盈儿的心不由怦怦乱跳起来，料定这一场热闹即将开始。

"我这件衣裳才穿了半天儿，咋又洗呢？"冯雨桐从瓦盆里抻出一件白粗布小褂，向着妻子责怪道，"穿不坏，洗都洗坏了。"

"甭管穿多长时间，大夏天的，一沾身就满都是汗味了。"乔七巧转身提起水桶把清水倒进盆里，"掏掏衣兜，别有什么东西落在里面。"

金盈儿的一颗心瞬间顶到了嗓子眼。

冯雨桐一手抻了衣领一手在衣兜外面捏了捏，感觉鼓囊囊的，于是一伸手就掏出了一个水红色的小布包，看看不像是自己的东西，神情马上变得紧张起来。

乔七巧查觉到了丈夫的异样，抬眼盯在了他的手上。冯雨桐似有所悟，但是，再想掩藏已然来不及。

"你手里拿的是什么？"乔七巧问了一句，发现丈夫窘在了原地，脸颊微微有些泛红，"给俺看看。"

---

① 敦伦：古语，即敦睦夫妇之伦，泛指夫妻之间行房事。
② 蒙事行：北京话，即骗子手。

冯雨桐迟疑着，话说得磕磕绊绊，"这、这不是我的东西，相信我，我也不知道这是什么，不知道它怎么……怎么会在我的衣兜里……"

乔七巧站起身，一把将那布包抢了过来，两只手随即开始颤抖，东西尚未完全打开她便已经看明白，这是一件女人的乳罩，而且绝对不是自己的，她平常只穿自己手工做的肚兜，从来不舍得买这种价钱昂贵的奢侈品。她将乳罩放到板凳上轻轻打开，遂看见有几片弯弯的涂着红色蔻丹的趾甲裹在里面。一瞬间，她的眼睛里冒了火苗，胸口不住地上下起伏，"冯雨桐，俺说你刚才为什么不让洗这件衣裳，敢情里边藏着宝贝！俺可真是小瞧你了，背着俺喜欢上了别的女人不算，还演了一出'嗑指换袄'的好戏！"

"七巧，不是这么回事，你听我解释……"冯雨桐一时百口莫辩。

"俺什么都不想听，俺就问你一句，她是谁？"乔七巧说过这句，便蹲在地上委屈地哭起来。

金盈儿这才知道敢情坠子书里也有宝玉探晴雯的段子，直乐得心里开了花，只盼着这一对夫妻能立时撕掳起来，打它个皮开肉绽头破血流才好。赶巧今日院子里一下来了这么多人，越是人多才越显得热闹，得让冯雨桐好好领教领教姑奶奶的厉害，看你今后还敢不敢再对我如此冷淡！

此时，冯雨桐已然悟出此事是何人所为，他看到金盈儿这一刻正站在窗玻璃后面向外张望，一副幸灾乐祸的表情。

听到乔七巧的哭喊声，南屋、北屋的人全都走了出来，欢喜得金盈儿独自在房里拍开了巴掌。

不料，却见冯雨桐拦腰一把将乔七巧抱了起来，"七巧，大家伙都在看着呢，听话，跟我进屋，我会把一切都告诉你。"然后，贴近她的耳朵嘟囔了几句，细声细气，像是在哄着一个孩子。

谁也没有估计到，乔七巧还就真像个得到了棒棒糖的小孩儿，立即止住了哭声，于众目睽睽之下，任由丈夫抱在怀里迈开大步回了自己的屋。

金盈儿大惑不解，她想不明白，自己精心策划的这一出好戏，怎么会这么快就散了场？

日本人把"七七"事变三周年的庆典活动安排在中央公园里的社稷坛，可谓煞费苦心、别有深意。

社稷坛建于明朝永乐十八年（1420），是专供明清两代皇帝祭祀土地神——社、五谷神——稷的场所。坛为正方形，垒做三层，坛面铺设着五色土，即中黄、东青、南红、西白、北黑，昭示着"普天之下皆为王土"，坛中央镶嵌着一根方形的"社主石"，象征着"社稷长存，江山永固"。凡是中国人都知道，社稷即国家，金木水火土乃神州万物之本。小鬼子的心肠好阴险，好歹毒，他们之所以要在社稷坛搞庆典，就是想让人们看到，中国的万物已经归大和民族所有，中国的江山已经更换了新主。

这天，坛口上方拉扯上了横幅，四周数百棵古柏也都贴上了标语，无外乎"中日满一体，大东亚共荣"一类陈词滥调。专程从东北赶过来的"满洲映画株式会社"的工作人员更是早早地就支好了摄影机，他们要把今日的庆典活动排成电影纪录片，拿到世界各地去放映。

坛北的拜殿暂且做了艺人化妆、候场的地方。金盈儿提着一包演出用的服装，走向了墙角处用竹竿支起来的临时换衣间，她撩开布帘探头看去，见穿着内衣内裤的胡翠珠正坐在里面，小心翼翼地往身上拴绑着成串的灯泡。

"哟，我说翠珠姐，大白天的您整这个景有嘛用？"金盈儿极尽夸张地用天津话调侃着，"再者说，您也不怕这玩意儿万一跑了电把您电着？"

胡翠珠一边往身上套旗袍，一边冲她翻了白眼，"这事用不着你金大小姐操心，电死我不正好遂了你的愿？"

金盈儿讨个没趣，没话找话："倒也是，今儿这日子口的确是个露脸的机会，问问你，打算拿哪段活要好儿呀？"

胡翠珠爱答不理，"今儿我不唱大鼓。"

金盈儿不免有些吃惊，"为什么？不唱大鼓你唱什么？"

"反串一把，改唱时代歌曲了！"胡翠珠一步跨了出来，高挺着胸脯得意洋洋，"日本'国乐'唱片公司专门给我写的歌，还专门为我配备了乐队，今儿这场演出就是我的歌曲攒底！"

金盈儿干咽了口吐沫，一时无语。

德晓峰颠颠地凑了过来，冲着胡翠珠挑起了大拇指，"胡小姐，成，您真成！真有魄力！我欣赏过您的歌，那可真是应了那句话，'此曲只应天上有，人间哪得几回闻'啊，那嗓儿，那味儿，直追周璇、龚秋霞，远超李丽华、陈云裳，没说的，您就是歌坛上一颗闪亮儿的新星！等您唱片上市的时候，您可得送我一张。"

"行，我给你留着。"胡翠珠感到十分受用，转过身，对了镜子踌躇满志地端详着自己姣好的面容。

德晓峰从衣兜里摸出一个小纸袋，递到了胡翠珠的面前，"翠珠，来几粒不？日本'无笃'牌仁丹，不仅清凉败火，还润喉。"

胡翠珠张开手心接了几粒，眼瞧着金盈儿扣进自己嘴里。

德晓峰对金盈儿不用自己伴奏仍耿耿于怀，瞧了瞧她脖子上戴着的一根金项链，开口问道："金副会长，您这副链子可够粗儿，是真的吗？"

金盈儿没好气地回了一句："废话，你媳妇才戴假的。这是我杜干爹送我的生日礼物。"

"不像，可真不像。"德晓峰一劲儿摇脑袋，"瞅这亮劲儿，也应该是镀金的。"

金盈儿气撞脑门，"你直接说是铜的不就得了？孙子，知道这叫什么吗？你这叫恨人有，笑人无！"

德晓峰眨眨眼，露出一丝坏笑，"有句话您可别不爱听，现而今人都说，真正有钱的主儿全都不戴金项链了，得弄条金腰带围在腰上。"

金盈儿毫不示弱，紧跟一句："你要是发财有了钱，一准儿得在嘴上镶个金边儿！"

德晓峰顿时败下阵来，他岂能不知道，金盈儿这是在骂他，骂他"夜壶嘴儿镶金边儿"，毫无疑问，这句话正是冲着刚才他奉承胡翠珠的那一番言语。

不远处，林雪梅一直在不露声色地盯着德晓峰，偶尔也会不自主地朝身旁戳着的他那把大三弦瞥上一眼，耐心地在等待着实施计划的时机。她已经打定主意，今日万一没有机会下手，便上台把紫荆树的故事唱完，然后扭身就走，日本鬼子全都是该杀的畜生，什么"我愿东亚中日满，三国和合亿万年"，这种狗屁话决不能由自己的嘴里说出，该豁出去的时候就得豁出去，是死是活随他的便！

此时，林雪梅看到有一个短头发、戴着白边眼镜的年轻女子迈过了拜殿的门槛，向人打听德晓峰先生，自报家门说她是《顺天时报》的记者，要对德先生进行一次采访。目视着德晓峰乐陶陶地跟着女记者走出大殿，林雪梅毫不迟疑地拎起手边的三弦，一头钻进了换衣间……

今日，可谓是孙维本最忙活的一天，也是他神情最为紧张的一天，他清楚，日本人已对自己十分不满，让他来操持这场庆典不过是给他一个将功折罪的机会，因此，容不得再出半点纰漏。他殿里殿外地跑，亲自拉横幅、贴标语、调试扩音话筒，挨个儿地叮嘱、检查参加演出的艺人，细致到了该穿什么色的袜子、佩戴什么款式的首饰。正在他擦去脑门上的汗端起一杯茶水时，金盈儿迎面一把揪住了他的脖领。

孙维本看到，金盈儿身上裹着一件缎子睡衣，光脚穿着一双红色的高跟皮鞋，不由扑哧笑出了声，"哟，今儿您就穿这身行头上场？新鲜是新鲜，可人还以为进了澡堂子……"

"甭废话，我跟你有话说。"金盈儿扯着他到了柱子后面。

"怎么，耐不住了，今儿想约我？"孙维本故意打着哈哈，"成，只要把这场庆典满盘子满碗不洒汤不漏水地拿下来，哥就尽心尽意陪你一晚上。"

"做梦！"金盈儿满脸怒气，拿出了北平胡同串子的做派，"我问你，是不是你把上次义演的钱独自密了，还编出一个东北伙计来骗我？不说实话，姑奶奶就把你老二捏下来，让他和小德子一起做伴！"说着就要动手。

"别，你可千万别听人瞎说，千真万确我是让人蒙了，骗你我就是王八大爷、爪儿大爷。"孙维本一边比划一边往后躲，"你放心，下月，头拱地我也得把你那本特刊出了……"

"此话当真？你小子可别狗掀门帘——拿嘴对付。"

"对天发誓，不能够。"

"那好，我就再信你一回，"金盈儿松了手，"别忘了，还有脚戒！"

德晓峰兴高采烈地从外面跑进来，对着林雪梅一通眉飞色舞，"妹子，知道我刚才干什么去了？专访，报纸要发我的专访！知道不，报上为一个弦师发专访可是破天荒头一回，那女记者说我是伴奏的新宠，弹弦儿的新秀，题目都起好了，叫《缓如高天飘彩云，疾如珍珠落玉盏》！金老三算什么？用不了多久，他那'北弦王'的牌匾就得摘下来挂到我那儿！"

林雪梅悄然一笑，"恭喜您了，我师父那块匾肯定归您。没说的，今儿这场活就瞧您的了。"

"庆典"开始了，首先是一些头面人物的发言，不管是日本人还是中国人，上台讲话的都没离开鼓吹和奉承，唱的都是这几年让人听得耳朵都要起腻子的老调。林雪梅觉得，这些人里最无耻最招骂的还要数刘连仲，竟然声称日本军队侵略中国是"面对世界各国的怀疑而不避讳，触犯亿万民众的怨艾而不推辞，功劳如同替梁上之人解悬，向溺水之人伸出救援之手"。她只盼此时天空能响个炸雷，把这大汉奸劈死在台上。

刘连仲发言时，主席台上曾出现一阵交头接耳，林雪梅听见有人在小声嘀咕，一个安排重点讲话的什么吴总编直到现在都没到场。

鼓噪一番之后便是杂耍演出。开场的第一个节目是金盈儿的京韵大鼓《东亚进行曲》，伴奏的一上来就让台下的人瞪大了眼，没看到三弦、四胡、琵琶，却见两个身穿和服的日本男人，一个拿着把大正琴，一个怀抱个扁鼓，目中无人地坐到了一侧。少顷，金盈儿咧着大嘴一脸媚笑走到了舞台中间，坐在前排的一伙日本军人立即像一群发了情的鸽子唧唧咕咕欢叫起来：她上身穿着裸露了半个肩膀的针织套头衫，一对乳房高高耸起，顶得胸前隐隐约约透露出两个圆点，下身是一条粉红色的制服短裤，丰腴的大腿在头午阳光的照射下，显得格外白皙惹眼。

"作死！"台边的林雪梅觉到一阵干哕，忍不住蹲到了地上。金盈儿在场上究竟唱的什么，她一句也没听见。

演过一档古彩戏法和一档抖空竹，便轮到了林雪梅的梅花大鼓《兄弟阋墙于和》。往台上走时，她感到了一种从未体验过的紧张，手心里已经浸满了汗水，两条腿也显得异常僵硬。她拿不准白雪遗教给她的方法到底管不管用，击鼓打板的同时眼角的余光瞥向了坐在她左侧的德晓峰——大三弦叮叮咚咚响起来，听上去和往日没什么两样。她不免有些发慌，只能硬着头皮先唱起来："日月星辰光灿烂，照遍了大地山川，日月如梭催人老，转眼青丝换白髫。人间有离便有合，月亮有缺亦有圆，诸位不信听我表演，我唱一回紫荆树复生枝叶，这事儿载在了《今古奇观》。"唱罢这一落儿，她把檀板撂到了鼓面上，扭脸向着德晓峰喊了一句："劳烦弦师，涨弦儿！"这个段子不长，只有八九十句，她必须得抓紧，能赶早便不赶晚。

所谓涨弦儿，即是要求伴奏的弦师把现有的音调调高，此举在鼓曲演出中虽不多见，但也属于可行之事，个别心高气傲的艺人往往临场发挥，借此来抖机灵、显能耐。

德晓峰一愣，嘴里不由叨咕了一句："真是乍穿新鞋高抬脚！"他不得不暂时停下，手拧弦轴把三根丝弦调高了一个音节。

"我表的是田氏之家昆仲三位，各有妻室配姻缘……"林雪梅口中唱着，心里却不停地在祈祷："折弦儿！折，快点儿给我折呀……"她看到，台下有两台摄影机正面对着自己，发出了咔啦咔啦微弱的响声，台前两侧各有一人手举着一张贴满了锡箔纸的三合板，将阳光反射到她的脸上，晃得她几乎睁不开眼。

突然，耳旁传来"叭"的一声响，林雪梅兴奋得几乎要跳起来，她听得十分清楚，是德晓峰的三弦断了弦，而且是那根最粗的老弦！她真真佩服了白大爷，姜还是老的辣，是白大爷给她出的主意，把将要使用的丝弦放进白醋里浸泡，子弦泡半天，中弦泡一天，老弦泡一天半，然后捞出晾干。刚才，她正是趁着德晓峰出去接受采访的机会，偷偷把用醋泡过的三根丝弦换到了他的弦子上。

看看吧，可不是我林雪梅不想唱，而是伴奏的断了弦没法往下唱！她心里在乐，脸上却毫无表情，静观着台下人们的反应。此刻，只见有五六个打扮俏丽的女孩儿迤逦着走进了会场，分散到观众群里往人们手中递送着什么。远远的，罗华章站在人群里正朝她微笑。

没料到，德晓峰极其迅速地在断弦上绾了个扣，定定音再次弹奏起来。

林雪梅继续唱了两句，想都没想，又一次放下了鼓板，"劳烦德师傅，您再涨涨弦儿！"

无可奈何的德晓峰，只能再次把弦轴紧上一扣，心里骂了一句：小丫头片子，真是脾气随着能耐涨！

林雪梅觉得，今天真得要好好谢谢自己的嗓子，顺溜，给劲，两次涨弦儿，声音不劈不哑，高亢嘹亮的歌喉直赢得场下一片喝彩！

须臾，"咔吧咔吧"连续几响，大三弦上的三根丝弦齐刷刷断了，且全都是折成了好几截！德晓峰立时吓麻了腿，脸色煞白地瘫在椅子上，冷汗从脑门直淌下来。袖手旁观的林雪梅，一副事出无奈深表遗憾的表情，她等待了片刻，晃晃脑袋长叹一口气，转身走下了舞台。

台下的中村喜赖怒发冲冠，挥挥手，随即有两个日本兵跑上来，架起德晓峰的两只胳膊把他拖了下去。

就在这时，观众席里突然发生了一阵骚乱，不少人的手里都捏着一张传单，惊惶的议论声此起彼伏，沸沸扬扬。传单上只有两句话：《新民报》总编辑吴菊痴今天上午在南新华街土地寺被击毙！这是一个汉奸应得的下场！

在场的中国人谁也不敢再继续呆下去，纷纷起身，冲破日本兵的防线，潮水般地向公园门口涌去……

林雪梅已经忘了，今天正是她三年学徒期满的日子，回到家里她才发现，饭桌上正然摆上了酒，师父金三省端着满满一碗打卤面笑吟吟地放到了她的面前。纯粹的北平人都好这一口，手擀的面条透着筋道，面卤且更是讲究，须使用煮白肉的原汤，放入切得薄薄的带着皮的五花肉片，此外，黄花、木耳、口蘑一样都不能少，勾芡之后还要撒一把蒜末，淋上一层鸡蛋花。按理，这日子口徒弟是要办谢师酒的，可现下这一种行为举动已经成了难以实现的奢望，北平城里多数的饭馆都因缺粮少菜停灶熄了火。林雪梅知道，看似寻常的这一碗打卤面，显然让师父师娘做了难。

金三省和她对脸坐了，说了一句"鬼丫头"，又站起来似是赞许地拍了拍她的肩膀。林雪梅猜想，师父大概已经知道了上午社稷坛发生的事，"庆典"砸了锅的消息肯定会如同长了翅膀一样传得飞快。

她回身取了一个空碗，将面条给师父拨了一大半，见他一再推让，于是说道："您忘了您教我的那句话了，'有美食先生馔，有事弟子服其劳'。"

金三省满意地笑了，"金某此生课徒数人，平心而论，得我真传者，唯林丫头一人也！"

师徒二人就着面卤喝开了小酒，一口酒，一口卤，看上去，像一对久违的朋友。

十七

八月里秋风阵阵凉，一场白露一层霜，
小严霜单打那独根草，挂打扁儿甩子在荞麦梗儿上……
　　　　　　　　　　　——梅花大鼓《摔镜架》

正所谓春风得意马蹄疾，一连串的好事令刘连仲踌躇满志欣喜若狂。7月底，北平组织起了侦缉队，日本人任命他为南城分队的队长，还特意给他配备了一把盒子枪。8月底，新民会宣布成立"劳工总署"，日本人又指名让他做了南城分署的署长。三天前，为表彰他效忠天皇鞠躬尽瘁，宪兵分队的中村少佐代表日军驻北平司令部，将一枚"樱花"勋章颁发给了他——上面清晰地刻着"功勋"两个汉字，并亲手为他佩戴在胸口上。

然而，于刘连仲而言，这枚勋章平日里他是决然不敢佩戴的，他觉得自己还没到忘乎所以的份上，出门在外，这个小牌牌无疑会让自己变成一个靶子，前不久被打死的新民报总编吴菊痴就是榜样。因此，他只能在家里当着亲朋、下属的面把它拿出来显摆一番，只能用它激励自己把日本人交给他的差事尽心竭力办好。他心里如明镜儿一般，日本人不是人脾气，翻手为云，覆手为雨，小德子只因为"庆典"演出弦子断了弦儿，搅了场，就被下了大牢，打得皮开肉绽、缺牙少齿。

论起来，侦缉队的活并不难干，每晚6点九城城门全部关闭，之后大街小巷便很少见人，看谁不顺眼抓起来即是，管他究竟是个什么分子。发愁的是招募劳工的任务十分棘手，有时限，有定额，光是他分管的南城片年底之前就要凑足三千人。现下日本军队战线越拉越长，前方吃紧，后方空虚，需要大量的人力去生产紧缺物资，中村曾列举过，崇文门内的大和医药厂、东直门内的北支兵工厂、安定门内的小系铁工厂、朝阳门外的野田酱油厂都需要大批的工人，平谷、密云二县的金矿、钨矿也需要补充人力，开滦煤矿、抚顺煤矿则更是急需下井干活的人。刘连仲还听说，倘若有富余的人员则要通过海船运到日本去，其中年轻体壮、相貌端庄的还会被选去做人种，日本本土现下已鲜见青壮男子，他们要为长期的战争做好人员的储备。两个月过去了，他仅仅招收了百八十人，为了能定期定额完成指标，他把手卜的几十号人马全都撒了出去，人市是据点，难民是重点对象，要求他们公开地打出"招工"、"募工"的旗号，开动脑筋想办法，能蒙的就蒙，能骗的就骗，各个招募点均配备有一辆卡车，只要装满了人二话不说拉上就走。当然，日本人也承诺将会按所招的人头付给他钱。一想到钱，刘连仲便又

长篇小说 **大鼓妞儿**

重新建立起了信心。

这几天，山涧口人市比之往常显得热闹了许多，大槐树底下支着一张长条桌，桌后戳着一个布幌子，上面写着"招工"两个醒目的黑体大字，崇小辫儿和麻三儿站在一处声嘶力竭地呼喊着："快来瞧快来看了您哪，工厂干活把钱赚了您哪，大把大把的银联券了您哪，一天还管三顿饭了您哪，除了白米就是白面了您哪，顿顿烙饼摊鸡蛋了您哪，晚上还有电影看了您哪，错过机会就是傻蛋了您哪……"

高高矮矮的几十个"听叫儿的"男人迎着初冬的寒风远远地站着，眼睛盯向这边，却没有一个主动走上前。或许他们觉得这二人不像个正经主儿，或许觉得这二人给出的条件过于优厚，优厚到了令人难以置信的程度。

"小辫儿，你说，这儿的人怎么都这么不开窍呢？咱哥儿俩吆喝一上午了，敢情瞎子点灯——白费蜡！"麻三儿悻悻地嘟囔道。

崇小辫儿想了想，似有所悟，"过了，三儿，明白不？你这词儿编得忒过了，不像是招工人，倒像是招姑爷，一过就假，把人吓住了。"

麻三儿扑哧笑了，脑子一转，随即换了一套词："工厂干活把钱赚了，轻松干净又体面了，除去发钱还管饭了，白面馒头加稀饭了……"

许久，依旧无一人靠前。

崇小辫儿叹了口气，"看来，今儿算白耽误工夫了，一分钱也甭想见着了。"

麻三儿撇了撇嘴，"还提钱呢，你知道招一个人老日本究竟给多少吗？"

"刘爷不是说了，一人两块，你没听见？"

"两块？你也就认识两块的票。据我所知，招一个工给十块，大头儿都叫姓刘的一人密了。"

"三儿，你可别瞎说，这事儿……"

"瞎说？瞎说叫我烂嘴！"

"既然这么说，你敢找刘爷当面对证吗？"

"不敢？不擗（敢）我是煎饼！"

"三儿，我劝你还是别去找他，咱人微言轻，弄不好就让人给双小鞋穿。再者说，挣点儿就比一分没有强。话说回来，刘爷他也不易，一人管着好几摊子事，现而今，身子骨已大不如前，总跟我说腰疼，痰多咳嗽，一咳嗽还不敢使劲，眼睛里时不时老冒金星儿。"

"他那是卖煎饼的剩了货——摊（贪）多了。"麻三儿一脸的坏笑。

"你这意思是——"崇小辫儿看似有些不解。

"你想啊，他家里有个老徐娘，外头还养个小娇娘，隔三差五还要往窑子里跑，明显的，他这是往前使劲儿使大发了！"麻三儿双手比划，做了个猥亵的动作。

"你小子，这张嘴忒损。"崇小辫儿不想继续这个话题，忽然灵机一动，"俗话说，人无头不动，鸟无头不飞，我有招了，看我的。"说罢，附在麻三儿的耳边嘀咕了一阵，转身跑了。

工夫不大，有两个蓬头垢面的男子找到了长桌前，开口便问："伙计，你瞧瞧我们哥儿俩当工人行不行？"

麻三儿装模作样地在他二人胸脯子上敲了敲，又在肩膀头上捏了几下，"浑身净是排骨，得，凑合了。"

其中一个男人大声地说道："其实，我还真在你们厂子里干过几天，你说的还真靠谱儿，活儿轻省不说，每日里吃的不是米饭、熬鱼，就是烙饼、炖肉，还能洗上热水澡，另外，还发裤子，一发就是两条，让你套着穿！要不是我死了爹赶着回来奔丧，我还真舍不得离开。"

另一个紧接着说道："我虽然没干过，可我兄弟的话我信，只是不知道你们那儿管不管给配个老婆？"

麻三儿知道这两人是崇小辫儿找来的托儿，打着哈哈说道："这可不管，不过，等你们挣了钱，有了积攒，娶仨娶俩就由着你了。"

两个汉子喜滋滋报上了名姓，按了手印之后，主动爬上了停在一旁的卡车。

见此，有几个一旁观望的穷汉凑近到了桌前，探问几句，开始报名。

黑丫头和丈夫张子强吃完晌饭去天桥上买卖，路过山涧口时，看到喧闹的人群不由停住了脚步。黑丫头认得人堆里这两个新民会的混混儿，知道哪儿有他们哪儿就不会有好儿，观察片刻，便看清了事情的原委，素来喜好抱打不平的她挤了几下站了过去。

"你看我行吗？"黑丫头闷声闷气问了一句。

麻三儿翻翻眼皮，没好气地说道："你去？你是公是母呀？"

"眼瞎了？你爹你妈都分不清？"黑丫头挑起了剑一样的两道黑眉。

"嘿，你个小娘儿们，怎么张口就出言不逊啊？"麻三儿正待发作，一眼看到在女人身旁站立的铁塔般的男人，咽口吐沫又坐了回去，"好男不和女斗，大爷这会儿正忙，没工夫搭理你。"

"忙什么呀？该不是忙着去给日本人溜沟子吧？"

崇小辫儿赶紧出面打圆场，"这位大姐，您别把话说得这么难听行不？我们哥儿俩也是听人差遣，身不由己，不过就是帮着日方招几个工人，去不去的听凭自愿。应该说，这事儿和您没什么关系。"

"说的轻巧！日本人给你们什么好处了，你俩就如此地蒙人攥鬼？还一天三顿大米白面了，新鲜！说公鸡下蛋、母鸡打鸣我都信，说日本人对中国人好，打死我我都不信！"

听了黑丫头的话，几个打算按手印的人立刻缩回了手。

麻三儿难容一个女人当面拆台，眼看到手的钱财要飞走，不由涨红了麻子脸，一把抓向了黑丫头的头发，"臭娘儿们，我看你纯粹是找打！"

然而，没等他的手掠过黑丫头的发梢，一只粗壮的胳膊就到了他的胸前，指掐脖颈，如提拉一只小鸡一般将他从桌后生生地提到了桌面上，伴随着的是男人的一声闷吼："想死说话，孙子！"

麻三儿宛若一只提线木偶，跪在桌上不住踢蹬着两条细腿，嗓子里发出一阵呜噜呜噜的声响，像是地沟里在流淌污水。

"爷，爷，"崇小辫儿不停地朝着张子强作揖，"您高高手，放他一马，我这兄弟打小就嘴臭，他妈生他的时候一准儿是用洗屁股水给他洗的嘴，您大人大量，小的求您了……"

黑丫头不想把事情闹大，暗自抻了抻丈夫的衣角。于是，张子强松开了手，"记住小子，别一天到晚净想着坑人，积点儿德，死的时候也好落个全尸！"

夫妇俩信步朝前走去，张子强回了下头，看到留着小辫儿的小子竟偷偷尾随在后面，遂夸张地瞪了下眼，吓得他缩了脖子转身顺原路跑了。

三伏百思不得其解，靳大红冲着什么竟对曹二奎父女俩那么上心？只要是"破烂儿换洋火"的吆喝声在大门外响起，靳大红便不由支楞起了耳朵。平日里，只要是做了稀罕可口的饭食，像萝卜丝虾皮菜团子、玉米面韭菜糊饼一类，必支使三伏去后面的大杂院给这爷儿俩送上一些。他问过靳大红，这里边到底存在什么因由，靳大红回答说，自己个儿想去，估计你就是想睡着了也想不出来。他也曾悄悄问过键儿，问她娘在哪儿，是干什么的？键儿回答说，娘在老家种庄稼，三年前生小弟弟时受了风，小弟弟死了，娘也死了。三伏这才放了心。

这天早上，白丫头忽然找上了门，三句话没说完，眼泪就淌下来。

靳大红不明就里，逗着笑地问道："孩子，响晴白日的，怎么进门就下雨啊？"

白丫头一下哭出了声，"姑儿，小德子被日本人抓进了大牢，到现在已经三个多月了……"

"瞧你这点儿出息，"靳大红不为所动，"刚结婚几天，就离不开男人了？"

三伏白楞了她一眼，转身端起一杯热茶默默地递到了白丫头的手上。

"他算个男人么？他根本就不是人！可是……"白丫头哭诉道，起先她得到德晓峰被抓的消息，也是只觉得解恨，狗一样的人，整天就知道围着日本人的屁股转，这回倒好，让屁把牙崩了！由这儿起自己独自过生活，没人打，没人骂，倒也消停。然而，没消停几天，德家的叔叔大爷、婶子大娘就一起找上门来，携家带口，一跪一大片，央告她不看僧面看佛面，无论如何也得想个法子把小德子给救出来。坐下之后细想想，自己好歹也是和他拜过堂的，是他明媒正娶的老婆，他再怎么不仁不义，自己也不能不尽妇道，更不用说，舌头底下能压死人。

靳大红从鼻子里喷出一股气，"知道小德子这叫什么吗？叫咎由自取，叫自作自受！"

三伏拽过一条手巾递给了白丫头，"你有啥事需要俺帮忙，就说话。"

靳大红把话接过来，"你帮不了她，她需要钱，你有吗？丫头，我这话没说错吧？"

白丫头说，她四九城找了一个溜够，最后才知道德晓峰就押在东珠市口宪兵分队的地牢里，昨儿托人见了侦缉队的刘大肚子，姓刘的一开口就是两千块，少一分都不行，自己就是把被卧、褥子都卖了，也只能凑出百八十块。没法子，为了把他救出来，她只能找人借钱。

"人冷冷在风里，人穷穷在债里，为他，你值吗？"

"我只能这么做，姑儿……"

靳大红叹了口气，弯下腰从袜筒里抽出一卷钞票塞给了她，"我这儿只有这么多了，明说，这完全是冲着你，谁让你叫我一声姑儿呢。若冲小德子，甭说钱了，我恨不能把他剩下的那半拉老二也剁了！"

白丫头含着泪把钱接了，她说，恨只恨自己是个女人，啥本事也没有，昨天她从山洞口经过，看到那儿正大张旗鼓地招募工人，管吃管住还能挣工资，比她擩地、串邪钵强多了，只可惜人家只要男的不要女的。说完，朝着靳大红鞠个躬，红着眼珠走了。

靳大红搬了炕桌招呼三伏吃早饭，却见他只顾在一旁闷头抽烟，一副若有所思的神情。

"哟，你这是怎么了？瞅见年轻女人心又痒痒了？"靳大红酸溜溜地甩出一句。

"俺不是畜生，有一个女人就够了。"三伏端起粥碗，想想又放下了，"姐，俺想和你商量个事。"语气显得异常郑重。

"有屁放，有话说。"靳大红在嘴边转着粥碗，发出了吸溜吸溜的响声。

"俺想去工厂当工人，拉车的差事你另找个人吧。"

靳大红大吃一惊，"为什么？嫌我了？"

"你想哪儿去了，俺只是想出去挣点儿钱，能早一天光明正大地把你娶了。"三伏似乎决心已定。

"就是刚才白丫头那几句话就让你动了心？"

"不是，日本人招工的事没几个人不知道，俺想了有几天了……"

"我的傻爷们儿哟！"靳大红挪到了他身边，一把抓住了他的手，仿佛这一刻他就要离她而去，"这种工人咱可不能当啊，他们骗得了别人骗不了我，什么管吃管住外带挣工资，狗屁！"

"你根据什么这么说？是不是怕俺——"

"知不知道这是谁开的工厂？日本人！日本人是什么东西？全都是吃人不吐骨头的狼，咬人不撒嘴的狗，信鬼都不能信他们！天生来你就没长脑子是不是？这会儿用你那猪脑子给我好好想一想，小鬼子占了咱北平三年多了，有没有给咱中国人带来半点儿好？就说这吃吧，自打他们来了，咱田里的庄稼都不打籽了？还是咱养的牛羊都不下崽儿了？不是！可粮食呢？肉呢？都上哪儿了？还不是都让小鬼子抢了！他们那工厂根本就是个火坑，跳进去你就别想再爬上来。你想死是不是？活腻歪了是不是？想死容易，家里有切菜刀，你拿一把出去，满大街都是日本人，杀一个够本儿，杀两个赚一个，为这个死了，我靳大红佩服你，夸你是条汉子，我情愿披麻戴孝，站在你的灵前唱上三天三夜大鼓！可要是你主动送上门去让人宰了，我连领破席都不会给你！"

三伏眉头紧锁，半晌无语。

"说话呀你！"靳大红热泪盈眶，甩了一把鼻涕，一脚把三伏踹到了地上，"去死吧，你个知冷不知热的浑蛋玩意儿！"

不知什么时候，曹二奎搂着键儿出现在了屋门口，冷着脸说道："她是个好女人，不许欺负她，要不然我曹二奎跟你没完！"语调不高，却带着一股威慑力。

"俺听姐的，这还不行吗……"三伏终于开了口。

12月1日清晨，卖报纸的报童们如同炸了窝一般奔跑在大街小巷，扯着脖子高声呼喊："看报嘞，看特大新闻，俩日本军官遭人枪击，双双丧命！""看惊天大案，警察局悬赏五万捉拿杀人凶手！"

发行于北平的《新民报》、《顺天时报》、《武德报》全都在头版报道了这一"枪击事件"，消息说，11月29日上午，两个骑马的日本军官在皇城根被人用枪打死，有目击者称，凶手为一骑自行车的麻脸男人。《新民报》使用了"京师一大不幸事，日本军官被狙击"的大字标题，同时登载了警察局的通缉令，附带还有作案人所骑的自行车以及所戴帽子的照片。只是关于死者的身份众说纷纭莫衷一是，有人说是华北方面军的两个中佐参谋，有人说是日本天皇派来北平的一对特使。一时间，抗日杀奸团和小白龙再一次成为了北平百姓口口相传的大英雄！

日本华北方面军司令长官米内寿一大将召集相关人等到段祺瑞府，亲自布置了在北平"抓麻子"的任务，要求他们要像篦头发一样，一个月之内务必将凶犯缉拿归案。

这阵子，金三省在位于观音寺街的"中国"广播电台包下了两个钟点——每天上午9点至11点。这是一家商业电台，以播放商家广告为主要经济来源，为了吸引听众，扩大影响，便出钱聘请了一些大鼓、评书、相声艺人到此分段直播节目。

金三省和林雪梅商量，说她虽然出了师，可还有"效力一年"之说，鉴于此，他俩每日在电台的收入，就不再分给她，权且当做为师父效了力。林雪梅想都没想就点了头。

"丫头，等等我。"金三省发现，最近自己的腿脚已大不如前，林雪梅背着弦子扛着鼓，空身的他却走几步就落下一截，不由嗟叹一声，深感老之将至。

林雪梅返回来，搀住了师父的胳膊。

"真好，归其还是咱爷儿俩亲。可是，眼见着你跟我这儿也呆不长喽，想起来我就……"金三省长吁了一口气。

林雪梅善解人意地说道："甭管出没出师，甭管走到哪儿，我永远都是您的徒弟，您放心，往后，我吃馒头，绝不能让您啃窝头，我喝茶，就绝不能让您喝白水。"

"说说，为什么要对我这么好呢？"金三省觉得有两股水从眼角渗出来。

"一日为师，终身为父。这也算不上是我说的，可我会照着这么做。"

金三省一激动便掏了心窝子，"多少年了，我一直活得不踏实，总觉得这辈子没生下个儿子，到死连个抬头抽脚的都没有，养个闺女又不争气，贪图享受，好赖不分。可自打遇见了你，我这颗悬着的心就落下了。"

没几步道就到了"中国"电台，师徒俩在走廊里调好了弦子支好了鼓，等不多时便轮到了他们的钟点儿。此时，直播间里正在播放唱片，是周旋的《五月的风》，等到唱片放完，接着的就是他们的梅花大鼓。

林雪梅首先自报家门："各位先生、太太、小姐，下面这个时段，将要由享誉九城的'北弦王'金三省携爱徒林雪梅为您演唱梅花调，希望您能喜欢。"

电台有电台的规矩，三十分钟为一节，一节之中须播报三次广告。

一段《黛玉焚稿》唱到三分之一，林雪梅停了下来，按照纸条上写的广告词念道："万锦堂药店的回生救急散，专治小孩儿急热惊风，一包下肚，立时见效。"

金三省又念道："石碑胡同满博良、满达元大夫，三代名医，祖传秘方，专治各种疑难杂症，手到病除。"

林雪梅接着发布："太太小姐们，年根里家家忙，家家忙做新衣裳，要问谁家料子好，大栅栏里瑞蚨祥。瑞蚨祥绸缎布匹花色鲜艳、结实耐用，欢迎各位前去选购。"

金三省收尾："各位先生，各位女士，早晨起来您不想喝杯茶吗？报告您一个好消息，张一元茶庄最近派专人赴南省产茶名区，采办了各种红绿花茶，独家精心熏制，西湖龙井，铁叶大方，清香适口，气味芬芳。"

弦子和鼓又一次响起，林雪梅抖擞精神对着话筒继续往下演唱。

十分钟不到，歇音息鼓，再度播送广告："寿星牌生乳灵，断乳产妇的福音！""生化牌滴滴涕，苍蝇蚊子一扫而光！""宝善堂万年筋骨膏，一贴就灵！""张氏追风丸，祛风的良药仙丹！"

就这样，时断时续，师徒俩用三段活撑满了两个钟点儿。

承接他们的是袁如海的评书《包公案》，彼此打过招呼，寒暄三五句，师徒俩便收拾收拾走出来。然而，怎么也没料到，未及迈下台阶，就被刘连仲一伙人堵在了电台的大门口。

"三爷，刚才站在商店外边从匣子里听了您一段《摔镜架》，好，好弦儿！"刘连仲一副皮笑肉不笑的表情。

"承您夸奖，金某还当继续修炼。"金三省发现，这帮人大部分都背着枪，一脸的煞气，不禁感到有些奇怪，"几位，你们这是——"

"三爷兴许不知道，我们哥儿几个已经在这儿等您老半天了！"刘连仲话里有话。

"等我？等我干吗？我可没工夫跟你们扯闲篇儿。"金三省抬腿便走。

刘连仲蛮横地伸出手臂拦住了他，"有工夫没工夫由不得你说，好歹今儿得跟我们爷们儿走一趟。"

"凭什么？"金三省不由蹿了火，"想抓我？老喽！"

"先别着急上火。头些日子有两个日本太君让人杀了，这事儿您不会不知道吧？"

"知道不知道的跟我有什么关系？"

"关系大了去了！知道作案的凶手是个什么样的人吗？他是个麻子脸！"

"嘿，这话真邪行，麻子脸怎么了？我是麻子我就是凶手？总得讲个理由吧！"

林雪梅抢上一步，挺胸挡在了师父身前，"刘会长，日本人被人杀了的时间是上月 29 号上午 9 点吧？报纸上可是这么说的。"

"一点儿不假。"

"可那天的这个钟点我和师父都在这家电台做场，北平人只要打开电匣子全能听见，他就是有这个心，也没这个工夫，我师父总不能是神仙，有什么分身术吧？"

刘连仲一时语塞，"这……这我可管不着，有什么话直接上宪兵队和日本人说去。"

林雪梅质问道："再说了，北平城里的麻子多了，没三千两千，也得有三百五百，你们还能一个不落都抓起来？"

刘连仲语气坚决，"没错儿！凡成了年的有麻子的男人，统统都要先抓起来！"

"这可是你说的？"

"不是我的话，这是米内寿一司令官下的命令，无论谁也不得违抗！"

电台紧靠大栅栏西口，是个热闹的所在，此时，闲人看客已经围拢了不少。

"那好，"林雪梅朝着刘连仲身边的麻三儿指过去，"我问你，刘会长，你这位手下，他是不是麻子脸？他是不是成年男子？这你又怎么说？"

刘连仲愣了，看看越围越多的路人，转头盯了麻三儿那张坑洼不平的脸，之后，目光又下移到他的嘴上，心里即刻有了打算，一挥手说道："林姑娘提醒得好。来人，把金老三和麻三儿一起绑了，押回宪兵队受审！"

十八

一道黑，两道黑，三四五六七道黑，八九道黑十道黑。买了个烟袋乌木杆儿，抓住它的两头一道黑。二姑娘描眉去打鬓，照着镜子两道黑。粉皮墙上写"川"字，横瞧竖瞧三道黑。象牙的桌子乌木的腿儿，放在炕上四道黑。买了个小鸡儿不下蛋，圈在笼里捂到（五道）黑。挺好的骡子不吃草，拉到街上遛到（六道）黑。买了个小驴不推磨，拉到街上骑到（七道）黑。姐儿俩南洼去割麦，丢了镰刀拔到（八道）黑。月窠儿的孩子得了疯病，点了把艾草灸到（九道）黑。卖瓜子儿的没注意，刷啦啦撒了一大堆，笤帚簸箕不凑手，一个一个拾到（十道）黑。

——西河大鼓《绕口令》

腊月二十七，北平下了雪——1941 年冬天的头一场雪，农田久旱的墒情得到了些许缓解，可北平百姓的心却如同龟裂的硬土，留下了一道道的伤痕。

饥饿的人们感到了忍无可忍，现下，排队买粮已经成为了每个家庭的第一要务，每天早上一睁眼，男女老少个个张着嘴，总不能用绳子把他们的脖子勒上。粮店门口天不亮便排起了长龙，人人手里攥着领粮证，衣袖上用粉笔写着顺序号码，拥挤着，企盼着，像溺水之人渴望呼吸到一口新鲜空气。尽管如此，一家粮店通常卖不上三五十份，就会看到"粮已售罄"的纸牌子无情地挂了出来。

有亲属被招募为日本劳工的家庭，更是无端地增添了一份忧虑和恐慌，好几个月过去了，眼瞅着就到了合家团圆庆新年的时候，且不说曾经许下的工资镚子儿没见着，最后连人也没了消息，谁也不清楚他们在干些什么，更不知道他们身在何方。

还有一些人家，仅仅因为丈夫或儿子脸上长着几颗麻子，就被侦缉队五花大绑地押进了大牢，令一家老小终日以泪洗面。

金三省蜷缩在监房的一个角落里，阴冷的天气让他一阵阵打着哆嗦，身下铺的草苫子又凉又硬，潮湿得几乎能攥出水来。这多半间的狭小空间里共关押了十几号人，他们无论老少，无论高矮胖瘦，都有着一个共同的特征——脸上多多少少落着或深或浅的坑点。

他漠然地看看四周，摸了摸自己臃肿不堪的面颊，不禁发出了一声苦笑，这世道真叫邪行，闻所未闻，见所未见，麻子居然也会成了罪证。伴随着每日数次阵发性的头痛，他已记不清自己究竟是哪一天进的牢房，也记不清到底被拘押了多少时日，但他却清楚地记得到这儿之后过了几次堂，挨了几次打。

想至此，第一次惨遭毒打的情景，又像放电影一样在他的脑海中映现出来。那天，审问他的是一个岁数堪以做他儿子的青头日本军曹，因为不懂中国话，一直由姓孙的翻译官陪在左右。

平生他还是第一次被当做人犯，一时间找不到感觉，依旧昂头挺胸，一脸不屑。

"姓名？"孙维本毫无表情地问了一句。

金三省将他晾在一旁，直接对日本军曹说道："错了，长官，你们抓错了，这可好，烧窑的没逮着，反倒把我一个卖瓦罐儿的弄进来了。"

日本军曹嘴里叽里咕噜一阵，像含着一把炒豆。

"废话少说，太君问你，姓什么叫什么？"姓孙的听一句，翻一句，谦卑得像个孙子。

"人都叫我金三省（shěng），其实我叫金三省（xǐng）。"他冷眼看着孙维本，觉得此人面目格外可憎。

"太君问你，为什么叫这么个名字？"

"既然问到这儿，我就帮你长长学问。曾子曰：'吾日三省吾身，为人谋而不忠乎？与朋友交而不信乎？传不习乎？'家父寄希望于金某能以三省为人，以三省持家，故而为金某起下如此大名。"金三省傲慢地瞥了孙维本一眼，"小子，这些你用不着翻译，甭费那个事，我估计，即使翻了他也不懂。"

孙维本心里甚是不悦，"金老三，你还腆着脸往外说？就你，还三省为人，还这乎那乎的？别挨骂了！听人说，你手底下教的那几个女徒弟都叫你老小子给拾掇了，也不瞧瞧你自己多大年岁了，还净捡花骨朵掐。要不你长一脸麻子？那不是别的，那都是些个坏点子！"

金三省一时被戳了肺管子，"孙子，你算北平人吗？知道该怎么和大人说话吗？打人不打脸，骂人不揭短，你妈打小没告诉过你？我再不是东西，也比你强，谁像你，整天撅着屁股心甘情愿为日本人卖命……"事后，他反省自己，那一天，"打人不打脸"这句话无论如何也不该说，不该为专门喜好打人脸的小鬼子提了醒。

话音刚落，只见孙维本朝着那个军曹一阵嘀咕，青头小鬼子随即冲到了金三省的面前，厉声吼道："东洋鬏的给！"轮圆了手臂，左右开弓地在他的脸上连续扇起了耳光，只打得他眼冒金星、鼻蹿鲜血……

自此开始，每审问他一回，日本人便会吼一声"东洋鬏"，在他的脸上抽打一回，他的一张麻子脸肿了消，消了又肿，已经变样儿走了形，以至后来，他的脸上竟然没有了痛感。他弄不清那姓孙的孙子到底和日本人说了什么，竟让小鬼子如此气急败坏，还记了仇。

金三省觉得，自己的脑子似是被打坏了，要不然，怎么会连哪一天被抓都回忆不起来了。他一直祈盼着闺女金盈儿能把自己搭救出去，凭着她和刘大肚子的那一层特殊关系，这么大点儿个事儿还办不了？然而，约摸一两个月过去了，金

193

盈儿却一直没露面，令他感到了难以遏止的心痛。他也经常会想起林雪梅，他认定，这是个有情有义的徒弟，必是有着绕不过去的难处，否则，她绝对不会把自己的师父撂在监牢里不管。他心生了些许后悔，后悔不该对林雪梅那般苛刻，这些年，自己不曾给过她一分的零花钱，不仅如此，为防止她私自截留收入，背着自己买东西吃，竟要求她每次从外边回来，都必须当着自己的面冲着痰盂漱漱口，以示清白。他又有些羞惭，羞惭自己竟不止一次地对林雪梅动过那种龌龊的念头，虽然没有付诸行动，可她一个绝顶聪明的女孩儿，又怎么可能会一点儿不知道？愧为人师啊，你个心胸狭窄、寡廉鲜耻的金三省！

二目紧闭的金三省迷迷糊糊觉到有人在轻轻摇晃他的手，他懒得去理会这个搅扰了他人生思考的人，只是从鼻子里发出了一声"嗯"，表示他还活着。

"师父，您醒醒，快醒醒啊……"

清脆的女声犹如天籁之音，瞬间激活了金三省周身上下的所有神经，刻不容缓地睁开了肿成两道细缝的双眼，摸索着一把拉住了林雪梅的手，"丫头，你怎么才来呀……想死我喽！"哽咽的话语未尽，泪水随即成串地流淌下来。

林雪梅跟他说，自从打听清楚了他准确的关押地点，她几乎天天都跑过来，然而狱警得到了刘连仲的指令，为防止串供，任何人都不准探监。好话人家不想听，给钱人家不敢要，就这么一直耽搁到现在。

"那今儿你又是怎么进来的呢？"

"今天是几儿您知道不？"林雪梅没接他的话茬，反问了一句。

金三省想了好久，最终摇了头。

"金三爷，今儿是除夕，大年三十！"一个哑嗓子的监犯提醒道。

"师父，转过天儿就是蛇年了。您猜猜，今儿我给您带什么来了？"林雪梅没等他回答，便从怀里掏出一个荷叶包，一股诱人的香气立即钻入了他的鼻孔，接着，有一只肥嫩鲜香的红烧鸡腿举到了他的面前。

啊，金三省的眼睛再一次湿润了，他怎会不知道，现下这东西可是金贵物，有价无市，梦都梦不着，难得这孩子的一片心啊！

林雪梅告诉他，白雪遗白大爷听说她要来看望师父，特意把自己家唯一的一只下蛋的母鸡宰了，做熟了让她带了来。

金三省难以置信，使劲地搓了搓耳朵，"你说的可是真的？"

"我骗您干吗？白大爷说了，江湖倒了江湖扶，咱江湖上讲究的就是义字为先。"

金三省一时老泪纵横，眼望着窗外，声嘶力竭地喊道："老哥哥呀，我服你啦，姓金的是个小人，有愧于你呀……"

林雪梅伸出手抹去了师父眼角上的泪水，理顺了他的一头乱发，"白大爷还说了，等您出去了，要和您好好合作一把，正儿八经灌几张片子，给后人留个念想。"

金三省这回什么都没说，只是不住地点头。

林雪梅把鸡腿移送到了他的嘴边，金三省不禁惨然一笑，"想吃吃不了喽，牙让日本人全都打活动了……"

闻此，林雪梅用手将鸡肉撕碎，一条条慢慢地朝他的嘴里擩去。金三省紧闭着双眼，任由热泪流到嘴边，合着鸡肉一起咽了。

"看了让人眼热啊三爷，你这徒弟比闺女还亲啊！"哑嗓子不由赞道。

林雪梅对着师父喃喃说道："大家伙全都惦记着您哪。我打听清楚了，关在这儿的全都属于参考犯，估计交点钱就能把人赎出去，为此，白大爷提议，明儿大年初一——开台就在雅园演几场搭桌戏，募集一笔钱好让您早一点儿回家。"

"有劳大伙儿了，这可叫我说什么好哟……"

"这都是应该的。其实，您就是嘴不饶人，换了别人遇难，我相信，您也绝不会站在干岸上看着不管。"

"是这么句话，是这么句话哟。"徒弟的这几句话让他觉得极其受用。

"还有，您得好好活着，别整天胡想八想的，尽量少说话，用不着招惹那帮孙子，这样会少挨点儿打，记住了？"林雪梅像在叮嘱一个不懂事的孩子。

一条鸡腿下了肚，金三省忽然觉悟到一个问题，"丫头，不是说宰了一只母鸡吗？除去大腿儿，其余那些个零七八碎的——"

林雪梅扑哧笑了，"还说呢，大门口那俩狱警，别看给钱不要，看见这只鸡就挪不动腿了，要不我今儿怎么能进来？这条鸡大腿儿还是我好说歹说央告下来的。"

金三省悻悻地骂了一句："奶奶的，凡是给日本人效力的，全都是他娘的狗！"

这时，只听有人喊道："麻子们，都机灵起来了，老老实实坐着，查监的长官进来了！"

话音未落，林雪梅飞快地向着一堆乱草扎了进去……

正月初一晚上，两块大号的水牌子戳在了雅园的门口，上面明明白白写着：搭桌戏——为"北弦王"金三省募捐。

江湖上的规矩，大年初一开台时，园子的主人是要给艺人们发放"财神份儿"的，即一人一个红包，名曰"台封"，红纸包上写着"黄金万两"、"五福临门"一类吉祥话，里边装有少许钱，谓之"新春见喜"。今日，众艺人在道过一声"谢谢"之后，都不约而同地将自己的台封投入到后台的捐款箱里。

靳大红素衣素脸走上台来，一番直白的铺场感人肺腑，"各位，今儿您可算是来着了。为什么这么说呢？因为，今天我要唱的这段《宋江坐楼》是学徒我压箱子底的一块活，足足有十几年没使了。为什么不使？不瞒各位，我怕台下的爷占我便宜！可是，今日的这场演出非比寻常，是为我师兄金三省募台面，欲救'北弦王'早日脱离苦海。台下有个木匣子，听我唱罢，方便的您多扔几个钱，不方便的您少扔几个，只要您有一份善心，甭说让我当妹妹，就是当您闺女我靳

195

大红都乐意。"

此时，坐在前排的一个胖子插进话来："靳老板，你的心情哥儿几个都理解，咱谁跟谁呀，金麻子既是你师哥，也就是我师哥，钱我都预备好了，少说几句，留点儿劲儿使到活上吧。"

这胖子是个水果商人，多年来一直坚持不懈捧靳大红的场，是个被人称作"茶腻子"的每日必到的熟座。只见靳大红操起鼓板，粲然一笑，"行，就听你的胖子，既这样，咱闲话少说，打板就唱！"

好个靳大红，几十句一唱而过，长气不出，短气不喘，将那黑宋江和阎婆惜演得活灵活现，一时间叫好声、跺脚声此起彼伏，小小的园子里热烘烘一片喧闹。

只听她唱道："宋三爷没敢惊动一旁落了座，我再表婆惜梦入了黄粱，她梦见旁人还则罢了，嘿，大不当梦见她的情人张三郎，'我的三哥哥啊——'"

就在靳大红未及换气的当口，台下有十几个男子整齐地发出了一声应答："哎——"

做了一回"三哥哥"的男人，个个兴奋得像是抽了一口大烟，立时，嬉笑声、怪叫声闹嚷嚷响起来。

站在台帘边的林雪梅笑得直将一口热茶喷到了地上，由打作艺她还从来没见过今天这个场景，觉得甚是好玩儿，至此也才明白刚才师姑所说的"占便宜"指的是什么。

靳大红莞尔一笑，待声浪渐渐平息，又接着唱下来："'三哥您啊上楼吧上楼吧，咱二人定计好害宋江。'这梦中说话她哪能知道，您看她絮叨叨地三哥短来，哎哟我的三哥哥——长。"

不出所料，又是一片应答与"三哥哥"接了榫，不早不晚，严丝合缝！占了便宜的男人全都乐得合不拢嘴，仿佛得到了极大的精神满足。随之，这些人次第起身离座，哄着，闹着，推搡着，走到钱箱跟前，将手中的钞票塞了进去。

这一晚，参演的艺人个个都使出了浑身解数，只为凭借自己的努力能够多增加一份收入。

散场后，白雪遗招呼三伏，拉着靳大红、林雪梅一起去了他的家。

黑魆魆的街面上不见一丝年节的气氛，只有偶尔响起的稀稀拉拉的鞭炮声，在提醒着人们历史又翻过了新的一页。虽然北平城数年前就布设了供电网，可大多数的人家都用不起电，依旧靠着煤油灯照明，现下煤油也成了紧缺货，寒冷伴着黑暗，饥饿伴着困窘，使得这一座古城俨然成为了一方鬼蜮。

客厅里十分阴冷，因为买不到煤，坐落在地当间的花盆炉子已经熄了火。白雪遗取出一支洋蜡点着了安放在桌上，紧紧身上的棉袍，哈一口热气搓了搓手，"今儿我可管不起饺子了，大过年的只能用面条汤委屈几位了，不过，面虽说没几根，可汤却是好汤——鸡汤，至于那只鸡嘛，昨儿已经便宜金老三了。"

说着话，白老太太端着托盘把四小碗汤面拿到了桌上。

"今儿的成绩不错，刨去场子钱，估计怎么也能落下四五百块，如此三场下来，凑够两千差不许多。"白雪遗用热碗焐着双手。

靳大红说道："我手头还有点儿存项，原打算年前给三伏农村的老家儿捎去，现下人命关天，时间紧迫，还是先紧着我师哥吧，三伏，你说呢？"她见三伏一碗汤面很快见了底，转手将自己剩下的半碗倒进了他的碗里。她知道在座的这几个人对她与三伏的关系已经了然，便不再加以掩饰。

三伏点点头，"行，虽说那姓金的不咋地，可他也不该死。"

林雪梅把手腕上的玉镯褪了下来，"按说我不该把红宝姐姐送我的东西给卖了，可眼下实在顾不了这么多了，想是这个物件也能值些钱。"

"梅子，镯子你先拿回去，钱不够再跟你要。"白雪遗转而问靳大红，"忘了问了，两千块的数是刘连仲自己提说的吗？"

靳大红回答："倒也不是。小德子也被关进了大牢，是刘大肚子跟白丫头提出来的。"

白雪遗陷入了沉思，"要是这样，这事儿可就有点儿麻烦了，他俩的案情不一样啊。金三爷是因着鬼子军官被杀抓起来的，现下，刘连仲还没找出凶手，他敢放人吗？此事料定日本人决不会善罢甘休，你们想想，咱能使钱，别人就也能使钱，这当口他姓刘的若把人一个个都放跑了，日本人找他要凶犯他又找谁去？换句话说，只有定了案他才敢往外放人，哪怕是冒名顶替找出个屈死鬼。"

一番话让众人迷惘起来，感到了极大的失望。

靳大红急切地问道："那您说该怎么办？"

"难办啊……"白雪遗一时没了主张。

林雪梅一直在低头沉思，忽然说道："我这儿倒有个主意，也不知行不行？"

"说，快说！"几个人异口同声地催促道。

"我的意思是，咱能不能想个法子敦促姓刘的尽快把凶犯确定下来，那样，我师父不就有救了……"

三伏刚刚舒展的眉头又锁紧了，"俺不明白，刘大肚子能听你的？"

"是刚才白大爷'冒名顶替'这句提醒了我，我是这么想的，刘连仲手下有一个叫麻三儿的这会儿也关在牢里，咱找人写一篇稿子送到报社去，可劲夸奖夸奖刘连仲，说他效忠天皇、大义灭亲，同时，明里暗里点出，牢里关的那一大些麻子谁会有枪？就他的喽啰麻三儿有！如此，只要能把文章登出来，在北平造出影响，就等于把姓刘的架到了火上，让他没有了退身步，案发到现在已经两个多月了，日本人能不见天地催他吗？催急了，他想这么办也得这么办，不想这么办也得这么办，反正那麻三儿也不是什么好东西。"

白雪遗仔细地听着，半晌，领首说道："我看，梅子这办法可以试一试，咱两条腿走路，一方面筹着钱，另一方面给姓刘的起起哄，目下，也只能这么着了。"

初二的下午，林雪梅拿着一篇题为《刘会长恪尽职守，抓凶犯大义灭亲》的稿件找到了孙维本。文稿是她和罗华章琢磨一头午，由罗华章动笔写下的。在罗家，她获知了一个令人无比振奋的喜讯，罗华章告诉她，自1940年8月20日起至1941年1月24日止，八路军晋察冀军区、129师、120师等部队，出兵四十万，达一百零五个团，在华北地区与日寇进行了一场"百团大战"，共歼灭日军两万六百多人，伪军五千余人，给日本侵略者造成了重创！林雪梅知道，北平的大报小报都不会刊登这个消息，那么，既然报纸骗人，咱就给他来个人骗报纸。

没承想，一篇千把字的小文，竟让孙维本如获至宝。

"好，非常好，本报当下还真就需要这么一篇东西！"孙维本边看边点头。作为一个多年混迹于报界的记者，他又岂能揣摩不出这篇文章意欲何为？但是，他的心中仍不免一阵窃喜，总惦着要回报刘连仲的一箭之仇，没料到竟神佑天助，送一个小丫头来帮助自己。

"准能上报纸吗？"林雪梅不相信地问了一句。

"能，太能了，三天之内一准儿见报！"

"孙哥，要不要你再帮着给改一改？我第一次写稿子，没经验，怕达不到你们的要求。"

"蛮好，就这样，一个字都不用改。"

"那……发这一篇文章，能给……给多少钱？"林雪梅现出一副贪婪的模样，"我已经出师了，头午什么事都没有，要是能挣钱，我以后还可以多写。"

孙维本正打算问问是谁指使她写下这么个东西，听了她的话遂打消了心中的疑虑，"林小姐，明说，钱可给不了多少，比不了你唱大鼓，指着它吃饭你得饿死。至于今后写些什么，你听我的就行。"说着，他从衣袋里掏出十块钱交到她手上，想想，又补了一张。

"孙哥，和你商量个事，我能拜你为师吗？我可佩服你了，你不光会说日本话，和日本人聊起天来连个磕巴都不打，还写得一手好文章，我好崇拜你！"林雪梅满脸虔诚。

一碗米汤灌得孙维本异常舒服，望着眼前这一张娇美的脸庞，他喜不自禁，"好说，你这个徒弟我收了，放心，这篇文章就包在师父我身上了！"

刘连仲手捧着《新民报》陷入了深思，署名"凌寒"的一篇文章将他推到了绝地，以至让他瞻前顾后、左右为难。

两天前，中村喜赖把他叫到了宪兵队的办公室，明确地告诉他，根据最新的侦查结果，"11.29"事件的杀人凶犯作案之后直接逃往了南城，这个危险分子十之八九就隐藏在他所控制的一群麻子脸里。同时给了他一个最后的期限，要求他在2月底之前必须要找出元凶。他自然知道日本人话语的分量，更知道一旦违背了他们的意志又将意味着什么。牢里关押的那几十个麻子他逐一地研究过，平心而论，一个个老的老，小的小，不是瘦骨嶙峋，就是虚胖囊肿，没有一个像是能做出那种大事的人，包括自己的手下麻三儿。这阵子已经开始有人托关系给他送钱，以求能把自己的家人尽早保出去，可他因为不敢擅自放人，便也就不敢收下他们的钱财。花花绿绿的钞票在不断诱惑着他，现时他需要钱，想买地，想买房子，想为金盈儿出了那本特刊，以期拢住她那颗不安分的心。实话说，这些年麻三儿没少为他效力，虽然他长着一张令人厌恶的破嘴。原本他只是打算让这臭小子受点儿皮肉之苦，长一长记性，可这一篇赞许他"大义灭亲"的文章却把麻三儿托出了水面，也将自己逼到了墙角。

一只留着长指甲的素手搭在了他的肩膀上，高亚萍轻佻地问道："又让哪个小娘儿们把你的魂儿勾走了？这么神不守舍的？"

"烦死人了。"刘连仲扒拉了她一把，"现下我哪儿还会有那份闲心……"

"哟，这可是不打自招，快跟我说说，等有了闲心你又打算去勾引谁？"

刘连仲长叹了一口气，把他的烦恼与无奈和盘托出。

高亚萍撇撇嘴，"亏你还是个爷们儿，这有什么难办的？看老高给你开个药方：量小非君子，无毒不丈夫！"

"今天是几儿啊？"刘连仲像是没听见她说什么，抽冷子问了一句。

"正月二十，阳历2月15。离日本人给你的期限就剩俩礼拜了。"

是时候了，不能再往后拖了，高亚萍说得对，自己是个爷们儿，优柔寡断乃妇人之仁！刘连仲拿定主意，穿上大衣，顶风走了出去。

审讯室里生着炉火，温度很高，刚刚遭过毒打的麻三儿浑身上下大汗淋漓。见刘连仲走进来，行刑的崇小辫儿紧忙为他搬过来一把椅子。

"三儿，这几天过得好吗？"刘连仲冷冷地甩出一句。

麻三儿可怜巴巴地哀求道："刘爷，您老人家打也打了，骂也骂了，事到如今，您就把我当个屁放了吧！"

刘连仲狠下一条心，继续问道："跟我说说，11月29那天你去了哪儿了？"

"您忘了？您不是派我上妓院要保护费去了吗？"

"去了哪几家？"

"九美楼，翠云楼。"

"头些日子我检查过你的枪械，弹夹里为什么少了两颗子弹？"

麻三儿想了想，"是这么档子事，那天，翠云楼楼顶上落了几只鸽子，赶巧儿，有个姐儿跟我说想吃鸽子肉——就是您那老相好凤喜，我就用枪给她打下来两只。"

"好，编得好！编得挺圆全！"刘连仲拍了拍手，转而一下瞪圆了眼，"可老鸨子告诉我，那天上午你根本就没露面！"

麻三儿扑通一声跪到了地上，"不是这么回事呀刘爷，您信她还是信我？这么些年，我鞍前马后跟着您，没有功劳也有苦劳，三儿求您了，您就放过我这一马吧……"

"三儿，你不说我都忘了，你是什么时候开始跟了我的？"刘连仲一时动了侧隐之心。

"十三岁那年我跟的您，至今已经整整八年了……"麻三儿鼻涕眼泪糊了满脸。

"不是我老刘心狠，事出无奈，让我不得不当一回挥泪的诸葛亮啊！"刘连仲很快便克制了自己的情绪，"别扛着了，我看，你还是赶紧招了吧。"

"招什么？我没的说。"

"可我听说，你老家通州的几间老房子让日本人一把火烧了，有这回事吧？"

"不假，这又怎么了？"

"这就对了，这说明你跟大日本皇军有仇啊！这也就是你谋杀日本军官的动机！"

"胡扯！"麻三儿想要往起蹿，却被两个打手死死摁住了肩膀。

刘连仲朝着崇小辫儿使个眼色，一条皮鞭遂被崇小辫儿持在了手上。

"三儿，"崇小辫儿皮笑肉不笑地唤了他一声，"今儿兄弟我给你介绍个新朋友——'懒驴愁'，让它跟你套套瓷。"说罢，挥舞皮鞭朝着他没头没脸地打去。凄惨的哀号声立时响彻了审讯室。

刘连仲点了一棵烟，接连抽了几口，"平日你不是挺能说的吗？说吧，招了供就等于帮了我老刘，论起来，这也是你最后一次为刘某人效力了……"

长年的混混儿生涯，让麻三儿练就了一身滚刀肉的本事，硬是死活不开口。

"行啊，三儿，"崇小辫儿赞了一句，"你还真是个吃软食拉硬屎的主儿。"

见此，两个打手把麻三儿拖到了一把椅子上，崇小辫儿扯过一团裸露着铜丝的电线系住了他的手脚，"既是不喜欢这个朋友，得了，小辫儿我就再帮你换一个。这回这个好啊，人称'赛娘儿们'，搂着它和搂着个娘儿们一样有趣，一样可以使人浑身发麻。"说着话，直接把两根线头朝着墙上的电闸板杵去。

"啊——"伴着一声凄厉的惨叫，麻三儿浑身乱颤瘫在椅子上，一股黄色的液体顺着裤管流了下来。

这一招果然奏效，麻三儿断断续续地说出了刘连仲所需要的供词，并在供状上摁了手印。

"姓刘的，能和我……和我说说，究竟……因为什么，叫我……叫我顶这个缸吗……"麻三儿满嘴血沫，口眼歪斜，气若柔丝地问了一句。

"好，既然你这么想知道，老刘我今天就满足你这个要求。"刘连仲慨然应允，"因为什么？就因为你这张嘴啊！知道吗，作为一个人，嘴是嘴，屁股是屁股，千万不能换着使，信口雌黄，满嘴喷粪，不管不顾，那可就招人不待见了！你不是跟人说我把招募劳工的钱都私自密了吗？好，今天我就告诉你，那是我存心留着给你买棺材的。你记住我一句话，下辈子再托生为人的时候，一定要想着让你妈用盆干净水洗洗你这张臭嘴！"

说罢，刘连仲如释重负，拿起供状转身离去。他听到，此时，背后响起一句声嘶力竭的叫骂："刘大肚子，我操你八辈祖宗……"

十九

可恨你廉耻全无不知羞惭见财起意你是把人欺骗，
你本是人间的败类世上的小人利欲熏心你是禽兽一般……
——单弦牌子曲《杜十娘》

起风了，积攒了一冬的枯枝败叶被刮得如同水流在地上四处乱淌。虽说时下已经立了春，风势却依旧凌厉，冰寒丝毫未减。

清晨，金三省瑟缩着从宪兵队里走了出来。"11.29"事件业已找出了元凶，案子审结了，刘连仲开始理直气壮地放人，这也就意味着，他可以理直气壮地收取囚犯家属们送上的钞票，钱就是钥匙，只有它才能打开牢门上的铁锁。

金三省呵了口凉气，向着急急奔跑过来的林雪梅大声喊道："今儿的天儿好冷啊，冷得伸手不见五指！"

林雪梅一阵懵懂，不明白他说的是怎么句话，接着，又听师父说道："丫头，日本人都是有珠无眼，关了我这么些日子也不知道我是谁，我是一般人吗？我是'北弦王'！北平的老少爷们儿还给我专门送了块金匾呢！不是吹的，怎么抓的我，他就得把我怎么放出来！"

师徒二人乘坐洋车回到了杨梅竹斜街，手摸着光溜溜的两扇油漆大门，金三省发了慌，"我说丫头，我这门上原来安的那俩……铜圈圈上哪儿去了？那可全都是新的呀！"他已经忘了，门上的铜环包括木箱子上的铜把手早都被拆下来做了纳献。

至此，林雪梅才知道，师父的脑子八成被打坏了。

望着走进院里的金三省那臃肿变形的面庞、磕磕绊绊的脚步，徐五姑"老头子"三个字没说完，眼泪就像珠串一般扑簌簌落下来。

得知金三省出狱的消息，靳大红、白丫头、黑丫头几个人早早地就赶到了金家。望着师哥那泛着亮光的一张"胖"脸，靳大红不由心内一阵酸楚，"师哥，你受苦了……"话只说了一半，便抽咽起来。

金三省麻木地一笑，"大红，我考考你，知道什么叫'东洋鬓'吗？"接着自问自答："就是大嘴巴的干活，左右开弓。"

靳大红不忍再看他，转身拉住了徐五姑的手，今日，她特意带来了一篮子红薯和大枣，还有几个卞萝卜，"嫂子，别嫌弃，虽然东西不起眼儿，可俗话说，'家有三红，肚里不空'，就这，还是三伏拿旧衣裳偷偷去口外换来的。"

安顿金三省躺好在床上，林雪梅问道："师父，您想吃点儿什么，跟我说，我给您做去。"

金三省像个撒娇耍赖的孩子，想都没想便开了口："我想吃都一处的烧麦，月盛斋的酱牛肉，门框胡同老冯家的爆肚儿。"

林雪梅扑哧笑了，"您忘了现在是什么年月了，可真会要短儿。这么着吧，白大爷让我带过来十个鸡子儿，咱家面口袋里还存了一点儿白面底子，我给您做瓠瀌子吃。"

她麻利地来到厨房，将面袋里残余的面粉全部抖落到瓦盆里，卞萝卜去皮后用礤子礤成了细丝，又磕进去两个鸡蛋，捏了一撮盐，随后对水搅成了面糊。待饼铛烧热了，很快便摊成了两张又软又香的薄饼。

金三省如同一只饿狼，三五口两张瓠瀌子就下了肚，临了还把掉落在被头上的几粒碎渣也捡进嘴里，看得众人皆背身而泣。

"几位，有句话我得嘱咐嘱咐你们，"这一刻金三省显得格外清醒，"今后不管谁，有了孩子可得小心把他照顾好了，得什么病也不能让他得了天花，少条胳膊少条腿都不要紧，唯有一条，千万不能叫他脸上落下麻子！"

听了这句，黑丫头、白丫头全都哭出了声。

忽然，他似想起了什么，"盈儿呢，我闺女盈儿上哪儿了？怎么至今也没见她露面？"

黑丫头刚想张嘴说话，却被一旁的白丫头扯住了手。

金三省长叹了一声，"你瞧我这记性，她死了，早就死喽，是我自己个儿把她扔到尿盆里淹死的……"说罢，转头昏昏睡去。人们看到，他的眼角上挂着两颗豆粒大的清泪。

这天上午，从东珠市口日本宪兵分队的大门里开出来一辆军用卡车，西行拐过十字路口，由北向南朝先农坛二道门外驶去。车头上架着机枪，车厢里押着一个五花大绑的人犯，一根书写着"抗日分子杀人凶手"的断魂牌插在他的身后。车前方行走着一支作为先导的鼓乐队，两人敲着军鼓，四人吹着铜号。队伍行进得异常缓慢，宛若蜗牛一般朝前蠕动，只为更有效地吸引街面上行人的目光。北平人历来是喜欢扎堆儿凑热闹的，但今天的这一种活动他们却无心参与，他们知道，不管被杀的人犯是个好人还是个恶棍，有一条可以确定无疑，这是日本人在杀中国人，是日本人娶媳妇中国人打幡儿。只有一群半大不小的孩子被几颗日本昭和糖哄骗到了行刑的场地，有心无心地围观着，仿佛即将开始的是一场好看的京昆大戏。

刘连仲独自站在人群的后面，看着不远处跪在瓦砾上的麻三儿，心中不禁掠过一丝悲凉。麻三儿始终低着头，单薄的身子在料峭的风中发出轻微的抖动，如此证明他还活着，一支日本三八大盖贴着他的头皮抵在他的后脑上。

两团湿气渐渐地蒙上了刘连仲的双眼，他并非良心发现，更不是在暗自忏悔，他只是隐隐约约地感觉到，今日麻三儿的这一场厄运说不定什么时候也会落在自己的头上。他知道，这件事做得有点损，有点屈心，可为了保住自己的前程，为了能获取一笔钱财，他不得不做出这个有些痛苦的选择。

此时，他看到中村喜赖站到一个土丘上，放大嗓门冲着四周的人群发出叽里咕噜的一通喊，孙维本随即把他的话翻译出来，"太君说了，尔等要和大日本皇军一条心，自觉地做一个维护北平治安的新市民，有哪一个胆敢违抗，今日的这个麻子就是他的榜样！"

铜号低垂，只有军鼓再次敲起来，像一阵杂乱的雨声，中村缓缓举起了戴着白手套的一只胳膊，僵持数秒，果断地落了下去。"砰"的一声枪响了，麻三儿的脸上立时腾起一团血雾，瘦小的身体像一捆秫秸栽在了地上。

刘连仲用手捂住了自己的双眼，骤然觉得一颗心抵在了喉咙口，堵得他连呼吸都困难了，他不想再继续看下去，回身便走，心里不住地念叨着：活一天算一天吧，人活一世，草木一秋，有口气，吃点儿喝点儿玩点儿乐点儿就是赚的。金三省说得对，人啊，谁又能知道哪块云彩有雨？

没想到，刘连仲竟然一语成谶，转过天开始的一场所谓"币制改革"，让他已经到手的一摞摞钞票几乎变成了一堆废纸，日本人指令"中国联合准备银行"印制发行了 50 元、500 元和 5000 元面额的大钞，随即，所有的日用之物全部提升了价格，玉米面上涨了 65 倍，白面上涨了 500 倍，仅猪肉一项，一斤就卖到了一万元！一时间，北平城里怨声载道，骂声震天！

看着摆了一桌子的 1 元、5 元和 10 元的老钞，刘连仲顿足捶胸、悔之莫及，他后悔没能及时地把这些钱花出去，哪怕把它全都吃了，也能臭臭屁股香香嘴。他无奈地拿起两张新钞端详着，50 元的票面上印着太庙和不知属于哪朝哪代的皇帝像，500 元的印着天坛祈年殿和孔丘老夫子，崭新的钞票飘散着一股浓烈的油墨气味。

窗外有一群孩子在齐声唱着一首新编的歌谣，声音渐行渐近，清晰地飘进他的耳朵里："孔子拜天坛，五百当一元；皇帝逛太庙，白给没人要……"

刘连仲不由叹了一口气，"响晴白日的，怎么就突然下了雨呢？"

自打从牢里出来，金三省就像变了一个人，整日浑浑噩噩，无精打采，头脑一阵清楚、一阵糊涂，弦子已经弹不了了，书馆和电台也再去不成。林雪梅为他请来了九城闻名的老中医满博良大夫，诊断的结果是——大脑因外力遭受严重损伤。

为了给师父治病，林雪梅毫不犹豫地拿出了自己小半年以来所有的积蓄，为了能多增加一些进项，她开始频繁地赶场。上午 8 点走进"中国"电台，10 点出来，接着又转道奔向了"华生"电台。北平的电影院在放映影片之前，通常都要先搬演两三档的杂耍，她经常是走出了"新新"影院，又登上了"大光明"的舞台。但凡是能两条腿跑着去的地方，她绝不会雇车，只为能节省下几个铜板。她心中抱定了一条信念，人生在世，百善孝为先，人若不孝又何以为人？师父就

203

如同父亲，虽说自己已经出了师，虽说已经过了"效力一年"的期限，但只要能让师父恢复如初，即使让自己再效力三五年她也心甘情愿。

靳大红早已看出事情的端倪，趁着演出的空当，把林雪梅叫到了后台的院子里，"孩子，想挣钱是吗？想挣钱也不能玩儿命啊！也不瞧瞧最近你都瘦成了啥样？再这么下去你可就成了画儿了。"

"您知道，我师父他……"

"什么都甭说了，师姑我心里明明白白的，可话说回来，再怎么着也不能作践自己不是？真打算挣钱，我可以帮你找个活儿。"靳大红一语甫出，又有些犹豫了。

"您说——"林雪梅不由得一阵兴奋。

"去唱……唱堂会。"靳大红思忖再三，到底还是开了口。

所谓堂会，又称家档子，即是富庶之家遇有红白喜事，招延艺人到家宅里演唱娱宾的一种方式，因着赏赐较为丰厚，故此被艺人们认作"上等买卖"。

"孩子，唱堂会倒是能挣着钱，一天混下来怎么着也能挣上个三五十的，可是，对于你们这些个年轻姑娘来说，它又实实在在不是个好活儿啊！"靳大红摇摇头，长长地吐了一口浊气。

"怎么着，它还敢吃人不成？"林雪梅满不在乎。

"这话怎么说呢……"靳大红努力地斟酌着词句，"我一说你就明白，能够请得起堂会的都是些什么主儿？不是达官贵人，就是豪门富户，除了有钱的，就是有势的，其中不少人还有日本人给仗着腰眼子，你想想，凡这种人又有几个不是长着一颗花心？家里头虽然养着三妻四妾，可还总惦记那些更嫩更小的。只要踏进了他的大宅门，一切就由不得你了，看家护院的一大堆，连个鸟儿都别想飞出去……所以，那些年我从来不唱堂会。"

"真有这么邪乎？"

"当然，也并非家家如此，可一旦让你赶巧碰上一回，一辈子就毁了！"

"您曾经遇见过这种事吗？"

靳大红的心情一下子沉重起来，脸上布了阴云，"去年夏天，我应邀去兵马司吴大舌头家唱堂会，一起去的有个唱西河的女孩儿，记得当时才刚满十六岁，不承想就让姓吴的老色鬼一眼瞄上了，临了死活不让走，说是要让她陪着打麻将。那是个大号的汉奸，平日里还有小鬼子在他家门口站岗，如此的势力，咱一伙子作艺的谁敢出面阻拦？无奈，我和她师父只好蹲在高墙外边忍气吞声地等，结果，天快亮了那孩子才被放出来，只见她撇拉着两条腿，连道儿都走不稳了……"

"就不会去告他？告他老王八蛋！"

"孩子，你怎么傻了呢？'衙门口朝南开，有理没钱莫进来'，谁活腻歪了敢惹他？"

"唉，我要是个男的就好了。"林雪梅感叹道。

"男的怎么着？男的也保不齐，一般来说男艺人可以唱完了拿钱就走，除此之外还能混上一顿好吃喝，可若是有年轻小伙让主家的哪个风流的二奶奶、姨太太瞄上了，也足够他喝一壶的。"靳大红停了片刻，追问了她一句："雪梅，听我说了这么许多，还想去唱堂会吗？"

林雪梅毫不迟疑地回答："想去，为了师父，我豁出去了！"

靳大红眼望星空喃喃祈祷："老天爷啊，多保佑保佑这个善良的孩子吧！"

"放心吧，姑儿，我不会有事的。"

靳大红告诉她，唱堂会不同于在杂耍园子演出，其中有着不少的规矩讲究，首先说，绝非艺人自己想唱什么就能唱什么，不是只求个热闹就行，必须要依据主人起堂会的名目和由头选择所唱的曲目，反了不行，乱了也不行。喜事与丧事自然有着本质的区别，其中喜事又分为若干种，得子要唱《九子图》、《周仓送子》，小儿弥月、百岁、周岁要唱《满床笏》、《五子夺魁》，大婚要唱《天河配》、《卖油郎独占花魁》，请客宴宾要唱《孟浩然踏雪寻梅》、《羊角哀舍命全交》，祝寿要唱《白猿偷桃》、《麻姑献寿》。至于丧事，则要奉上《王祥卧冰》、《孟母三迁》、《秦雪梅吊孝》一类言孝颂德的段子。

靳大红说，要想多挣钱，还必须掌握唱堂会的一些门道，于是便把"打山阵"等一类手段对着林雪梅细数了一遍，听得林雪梅连连点头。

没过几天，靳大红就把一笔"上等买卖"推荐给了林雪梅——北平市副市长俞晋南为其八十老母祝寿，要在家宅中举办三天堂会，头一天便是什样杂耍。

这天中午吃罢饭，林雪梅跟着师姑靳大红走进了俞宅。堂会通常都是下午3点正式开始，一直会延续到夜里的一两点钟。

这是一所三进的大院落，地界宽畅，装饰豪华，原为前清一个贝勒爷的府第。林雪梅一路前行，一路细细观察着四周围的环境，只为一旦遇到麻烦能够做到全身而退。她看到，二门外的前客厅里有一伙人正在打麻将、推牌九，一阵吆三喝四，又一阵大呼小叫。二门内的大客厅坐的都是男宾，有几个白衣白裤的杂役穿梭其间，点烟倒茶忙个不停。第三道院里高搭着彩棚，摆满了宴客的圆桌，此时酒席已经撤去，间坐在一起的一群男女，彼此拉扯着闲篇儿，显然，这里才是招待内亲及贵客的主场，也是艺人们献艺的地方。姑侄二人被直接引进了西面的一间厢房——是为临时开辟出来的艺人的化妆间和休息室。

令她俩无论如何也没想到的是，金盈儿竟嘴叼着香烟人五人六地坐在屋里！

靳大红压不住心头的火，抢上一步斥问道："行啊你，从你爸被抓直到放出来，压根儿没见你的影儿，这会儿你又是打哪儿冒出来的？"

金盈儿弹弹烟灰，扬起了脸，"去日本了，昨天晚上才回来，怎么了？"

"还怎么了，你爸差不丁点儿就死在了大牢里，你知不知道？亏你还有脸往外说！"

"得了，哪儿有您说的那么邪乎，我见过他了，哪儿哪儿都和往常一样，连根毫毛都没少。再说了，让我爸蹲几天监狱也有好处，可以去去他的心火，省得整天都跟个教师爷似的走到哪儿训到哪儿。"

"你这叫人话吗?"靳大红忍无可忍,举手便打,"今儿我就替你爸好好教训教训你这个不孝的东西!"

在场的众人见势不妙,纷纷好言相劝,拦住了靳大红。

半晌,守在门边的金盈儿朝着正在化妆的林雪梅招了招手,破天荒第一次没叫她"乡下丫头","梅子,过来,我跟你说句话。"

林雪梅刚站起来就被她拉扯到了门口,"今儿你算是来着了,平常要打算一下子见这么些个有头有脸的大人物,想都甭想。"金盈儿掀开门帘的一角,一边介绍一边指点,"你瞧,主桌当间那戴眼镜的,是华北政务委员会的行政总长王克敏,紧挨着他的那个秃脑门儿是北平新民会会长江朝宗,一边的瘦子是副会长张燕卿。我刘干爹也来了,不过,今儿这个场合可就没他露脸的份儿了。"

林雪梅看到,刘连仲果然一脸失落地坐在一个角落里。

"那留小胡子、斜一只眼的是谁呀?"

"他叫齐燮元,是华北绥靖军的总司令。"

"鱼找鱼,虾找虾,乌龟找王八。"林雪梅低声嘟囔一句,鄙夷地朝地上啐了一口。

"你说什么?"金盈儿追问道。

"我什么也没说呀……"林雪梅紧忙找补了一句,"我是说,这儿怎么跟河滩似的,乱乱哄哄、叽里呱啦的。"

家宅的主人俞晋南搀扶着老娘从后宅的台阶上走下来,引得众人一片喝彩。俞晋南身量不高,五十上下年纪,微笑中透着一种行伍出身的威煞。老太太满头白发,步履蹒跚,尽管衣着华丽,却显得精神萎靡,满脸的倦容。

堂会演出开始了,一挂"八仙庆寿"的台帐支在了小舞台上。开场的节目依照惯例是群唱《发四喜》,随后便是林雪梅的一段梅花大鼓《群仙庆寿》。她无意中发现,自己演唱时,那位老寿星似是听得格外专注,神色仿佛也渐渐疏朗了许多,还时不时赞许地点一点头。

一档古彩戏法接了林雪梅的场,穿着肥大长袍的艺人已经缓步走上来,不料却被老太太出言拦挡了:"这位师傅,你先下去等等,刚才那姑娘唱的挺对我的心思,老身我还没听够呢,叫她再接着来上一段吧。"

见寿星佬如此吩咐,林雪梅只得又唱了一段《今日大喜》。唱罢,她溜向了观众席,默默地游走在桌与桌之间,临时充当起了杂役的角色,为这个倒杯水,为那个递盘瓜子,悉心地观察着每一个客人的身份,从言谈话语中揣摩着他们各自与主人的关系,不大工夫,便把老太太的亲支近脉摸了个一清二楚。堂会上的规矩,凡有来宾单独点唱、另出题目,都要单另付给演唱者一份赏钱。林雪梅的目的非常明确,为了让师父早一天恢复健康,能多挣一块就要多挣一块。她在为晚间的点唱悄悄地做着准备。

艺人的晚饭就摆在化妆间里,八大碗菜,有荤有素,外加馒头米饭,照例没有酒水。说白了，艺人就是艺人，再怎么捧你、夸奖你、欣赏你，你也属于下九流，家宅的主人绝不会允许你和贵客嘉宾坐在一处。

林雪梅注意到，刚才在场上唱奉天大鼓的一个小女孩儿，眼睛盯着一碗白米饭许久没有动筷，喉头却在不自住地蠕动，一口口咽着唾沫。

"你怎么不吃？"她诧异地问了一句。

"我，我不敢……"女孩儿怯怯地回道。

"为什么？吃饭还有什么敢与不敢的？"她越发感到了奇怪。

"我听人说，头些日子有一辆日本军车在街上轧死了一个中国小孩儿，把他的肚子轧破了，发现他肚子里有白米饭，就因为这个，不光人白轧了，还把他的爸妈全抓了起来，说是中国人不准许吃大米，吃了就是犯法，所以，我……"

听到这里，林雪梅的心一阵刺痛，两滴眼泪直接落到了饭碗里，她搂了下女孩儿的肩膀，安慰道："妹子，别想那么多，有姐在，吃吧，咱不怕……"

金盈儿手捏着半块馒头蹚了过来，不屑地拍了拍女孩儿的脑袋，"吃吧，小心别噎着。就这也叫大米？喊，和我在日本吃的根本没法比，那儿一天三顿全都是一水儿的油乎乎的东北好大米！"

靳大红筷子一拍站起来，"金盈儿，这会儿我正式通知你，从今往后不许你再说是我的徒弟，我靳大红跟你丢不起这个人！"

金盈儿撇撇嘴，想说点什么却没说出来，转过身悻悻地走了。

晚饭后的演出，节目之间将会有点唱穿插。一时间，闲下来的唱手全都不约而同地分散到了宾客当中，去主动寻找"打山阵"的机会。林雪梅看到，金盈儿周游了几处，均无功而返，对方或视而不见，或婉言谢绝，很快，她那甜不唧唧的脸便僵成了一张面板。

"这位爷，您想听点儿什么？"林雪梅朝着老太太的大女婿径直走了过去，不卑不亢地问了一句。

女婿得到一个向自己老婆买好的机会，又岂能放过，紧忙应道："随便唱吧，只要喜庆唱什么都行。"

林雪梅开口唱了几句《寿歌》："空中香烟缭绕，上厅瑞彩千条，好似王母赴蟠桃，众位群仙来到。也有骑龙跨凤，各乘梅鹿仙鹤，站在堂前走一遭，愿寿星长生不老……"

七八句唱罢即算做一段活，点到为止，见好就收，这也是堂会点唱的惯例。林雪梅拿过赏钱，道一声谢，又奔向了老太太的两个外甥。正如所料，两个外甥也各自点了她一段。

"打山阵"来钱快，来钱容易，可也得看你会打不会打不是？今晚，林雪梅有的放矢，连连被点，寿星佬儿高了兴，她挣到了钱。

内客厅的自鸣钟敲了两响，宾客们纷纷起身告辞，俞晋南吩咐管家放赏。

林雪梅眼睁睁看着众人都拿到了赏钱，唯独把自己闪在了一旁，心中不免一阵疑惑，抬头一望，只见不远处俞晋南的一双肉泡眼正在自己身上打转，不禁暗忖：莫非说，今日刚进坟茔，就偏偏遇见了鬼？

果然，只听主事的管家说道："诸位可以打道回府了，烦请林雪梅小姐暂缓一步，我家老爷另有安排。"

一直担心的事情终于发生了！林雪梅的心怦怦狂跳起来。今日之行令她思谋了很久，也提前做好了各种应对的准备，听靳师姑说，但凡出现留人的情况，男主人往往会要求女孩儿和他一起饮酒，待到把人灌得半醉，便会趁机行那强暴之事。她了解自己的酒量，纵然有一斤烈性白酒下肚也绝不会把她放倒，不过多出点儿汗，多跑几趟茅房而已。另外，她还把纳鞋底用的针锥带在了身上，一旦对方欲行不轨，她就再管不了那许多，大不了拼个鱼死网破两败俱伤。方才，她已经利用演出的空当摸清了周边的地况，内宅的后墙外是个夹道，里头栽着几棵香椿和大叶杨，只要破窗而出，自己便可以爬到树上翻墙而去。想至此，她的心反倒沉静下来，默默地等待着下文。

靳大红不由慌乱起来，"管家老爷，她一个什么都不懂的孩子，把她留下来干吗？"

管家抿嘴一笑，"说起来你靳老板也算是个老江湖了，还能猜不透我们老爷的心思？不过是陪着喝喝酒、打打牌罢了，除此之外还能干些什么？"

"我了解这孩子，她既不会打牌也不会喝酒，准定会扫了您家老爷的兴。"靳大红一咬牙，"要不然，我替她留下。"

"你？"管家面现鄙夷之色，"挑水的回头——过井（景）喽！这要是二十年前嘛，当不住还可以考虑考虑。"

他一摆手，随即有十几个荷枪实弹的士兵从前院拥进来，蛮横地把一众人等推搡了出去。

后宅的堂屋里只剩下了俞晋南与林雪梅两个人，红木的八仙桌上摆着一壶烫在热水盂里的酒，另外还有几个精致的小菜。

"林小姐，你会喝酒吗？"俞晋南一口的江浙口音，直截了当问道。

"会，能喝几盅。"林雪梅迎着他的目光，毫无惧色。

"好，有性格！"俞晋南呵呵笑起来，"没想到林小姐不光长得漂亮，人也蛮爽快！"

林雪梅主动坐下来，提起酒壶将两个酒杯分别斟满，"说吧，怎么喝？"

"听林小姐你的，我也做一回爽快人！"

"那好，我不喜欢喝慢酒，磨磨唧唧黏黏糊糊没意思，咱俩一对一，一杯见底，成不？"

"好的，就依你。"俞晋南在她对面坐了，举起酒杯与她对撞了一下，一饮而尽。

"你长得好美哟……"几杯酒下肚，俞晋南的眼睛渐渐布上了血丝，变得迷离起来，"林小姐，知道我今天为什么要单独把你留下来吗？猜猜吧，你肯定是猜不出来的。"

"不用猜，我知道你的用意。"林雪梅捡着可口的菜肴尽兴吃着，这会儿她已经觉得有点饿了。

"依林小姐的脾气秉性，你本应该是个男人，"俞晋南轻轻叹了口气，"可惜，可惜你不是哟！"

林雪梅愣怔地瞪大了眼睛，她实在听不懂他话里的意思。

"不要这个样子看我好不好？你以为我把你留下来干什么？是要借机行那男女之事么？错了，大错特错，实话告诉你，俞某人我不喜欢女人！"俞晋南独自端起酒杯一口喝干，"不相信是吗？你去打听打听，像我这种身份的男人，哪一个不是金屋藏娇、三妻四妾？可我没有，我只有一个糟糠之妻，就因为我平生不喜欢女人，不待见女人，照林小姐这般美貌，如果是个小伙儿，今日我肯定是不会放过你的。"

林雪梅瞬间听明白了，顿时觉得喉咙里一阵干哕，几欲把刚吃下去的酒食呕吐出来，她抚抚胸口，不解地问道："既这样，那……那你留下我干什么？就只为陪你喝喝酒？"

"所以我刚才说，你根本猜不出来。"俞晋南站起身，缓缓推开隔壁卧室的门，向着林雪梅招了招手。

"晋南，让小姑娘进来吧。"是他母亲虚弱的声音。

俞晋南答应一声，转脸对林雪梅说道："我家老娘一直神经衰弱，经常是几夜几夜地睡不好觉，她告诉我说，她很喜欢听你林小姐唱的大鼓书，听得心里好舒坦，好放松，所以，我把你留下来，就是让你待在这里，好好陪陪她，为她唱唱曲儿，什么时候把我家老娘唱得睡着了，睡安稳了，你就可以走了。"

"没有弦师，就这么干唱吗？"

俞晋南点点头，掏出一摞银元放到了桌上。

好一场虚惊！至此，林雪梅心里的一块石头终于落了地。

德晓峰被释放回了家，据说是"仙岛屋"的崔老板出面做的保，宪兵队的中村才批了"立即开释"的手令。小一年的监狱生涯让德晓峰面无血色，骨瘦如柴，但他那无赖的本性却丝毫未见改变，白天依旧厮混在一帮狐朋狗友中间，吆五喝六充着大爷，夜晚则仍是缠磨着白丫头，折腾起来就没个完。

天未大亮，白丫头夹着个粮食口袋出了门，将近晌午才手提半袋子小米面走回来，为了能买到这点果腹之物，她被挤得浑身仿佛散了架，还踩丢了一只鞋。让她感到奇怪的是，此时却见德晓峰正悠闲地坐在屋里的破椅子上。

"麻溜地，找一身体面点儿的衣裳换了跟我走。"德晓峰一见她便催促。

"上哪儿？"白丫头越发感到了蹊跷，"好不央的换衣服干吗？"

"仙岛屋的崔老板请吃饭——是我请崔老板吃饭。"德晓峰随即改了口，"你也不想想，为救我出来，人老崔搭了多大的人情，咱怎么着也得表示表示不是？"

此话确乎在理，白丫头未及细想，简单梳洗一番跟着他走出来。

跨进"仙岛屋"的客厅，白丫头再一次觉到了诧异，只见一张圆桌设在当央，上面已提前摆满了各色酒食，韩国老板崔洁实安然端坐，一双鹰眼闪现着令人难以琢磨的亮光。

"德子，不是说上饭馆吗？怎么……"白丫头扯着丈夫的衣襟小声嘀咕道，"就是在家里摆酒，也应该是在咱家呀。"

"没那么多讲究，"德晓峰把她强按在椅子上，"我们哥儿俩谁跟谁？好得穿一条裤子的交情！"

白丫头不安地低着头，实在不敢与对面的男人对视，她觉得那人的眼睛里仿佛是有话要说，但肯定不是什么好话。

"二位，"崔洁实举起了酒杯，"今日德太太能够远劳芳趾光临寒舍，令崔某感到十分荣幸，因此，略备小酌以表谢意。"

白丫头听得明白，德晓峰骗了自己，这顿饭根本就不是为了答谢崔老板，其中肯定另有隐情。想到这里，她的心急促地跳起来。

崔洁实顾自推荐着桌上的菜肴：这个是生拌牛肚，那个是狗肉汤，这个叫打糕，是江米做的粘食，所有的食品全都是地道的韩国风味。白丫头有一搭无一搭地支应着，只捡那不酸不辣的东西吃上几筷子，无论姓崔的如何相劝，硬是坚持着不喝一口酒。

未几，她觉得肚子里已有了八成饱，便主动站起来，"崔老板，再一次感谢您出手相助，把我丈夫从大牢里搭救出来。这会儿我已经吃好了，下午还要去天桥作艺，就不陪您了，你俩慢慢用。"说完转身就走。

德晓峰瞬间慌张起来，一把拽住了她的衣袖，"你可不能走，你走了我找谁去？"

白丫头立时瞪圆了眼睛，"你说什么？"

崔洁实冷然说道："有件事一直没得着机会和你德太太说，你可能不知道，为了能走出大牢，你家先生可是在我的店里支了钱的！"

白丫头一下子愣在了原地，她想不明白他两个今天到底要唱哪一出。

"你以为怎么着？这世上就没有不花钱能办成的事！"德晓峰虽语气强硬，却遮掩不了他的心虚气短。

"德太太，索性我就把话挑明了吧，"崔洁实从上衣口袋里掏出一张纸，朝着白丫头晃了晃，"这是一张押票，上面清清楚楚摁着你丈夫的手印，明人不说暗话，德先生已经把你抵押给本店了，从今日起押期两个月。按照协议，在此期间你要听凭崔某支配，如过期不赎，将永归崔某所有！"

"姓崔的，打一进来我就知道你没憋好屁！"白丫头破口大骂，"你这叫什么小押儿店？连大活人你都敢押，还有没有王法？"

"你说的那个王法我不懂，我只知道，当下日本人说的话就是王法。明说，凡是具有使用价值或者欣赏价值的东西，大到秦砖汉瓦，小到旧衣旧帽，我都感兴趣，何况德太太你还二者兼而有之。"

长篇小说 **大鼓妞儿**

德晓峰双手拽住了她的胳膊，现出了一副可怜相，"媳妇儿，就算我求你了，谁让咱穷呢，谁让咱拿不出钱呢？我也是实在没招儿了，才想出这个法子，你总不会甘心让你爷们儿在大牢里呆一辈子吧？请你相信我，咱就在这儿呆两个月，到期我一准儿把你赎出去，一天都不耽误，说了不算，我就是你养的！"

白丫头怒不可遏，迎头把一口唾沫啐到了他的脸上，"小德子，你不得好死！"她挣脱了他的手，转身就跑，不料，却被闯进来的几个壮汉挡住了去路。

崔洁实挥挥手，一帮壮汉便把她按到了墙角，"德先生，你要不要暂且回避一下？"他一脸坏笑问道。

"没事儿，用不着顾忌什么。"德晓峰走到近前对着白丫头一阵淫笑，"好言好语你不听，非让人来硬的。有句老话你知道不？朋友如手足，老婆如衣服，我穿他穿都一样，当然，要说我们俩也有不一样的地方，崔老板比我强，绝委屈不了你，顺便嘱咐你一句，日后可不许得着便宜还卖乖。"

白丫头泪流满面，一张脸扭曲得变了形，"你杀了我吧小德子，老天爷绝不会放过你这个狗杂种……"

崔洁实伸手抬起了她的下巴，"德太太，说实话，从第一次见到你我就喜欢上了你，请你放心，我崔某人是不会强迫你的，你们中国有句话是怎么说的来着？对了，叫做'霸王硬上弓'，我不会这么做。我有我自己的方式，如此，用不了三天五天，你就会主动地跪在我的面前求我，信不信由你。"说罢，他向手下发出了指令。

壮汉们把牢了白丫头的身体，其中一个用手死死地捂住了她的嘴巴。与此同时，另一个拿过来一张锡纸，将一些白色的粉末倒在了上面，手举着凑近到她的鼻子下方，紧接着，划着了一根火柴递到锡纸下面灼烤起来。

白丫头的嘴被人封闭，导致鼻翼大张，本能地急速呼吸着，只见锡纸上冒起了一股袅袅的白烟，直接钻入了她的鼻孔。她一阵心跳加剧，不由得闷哼一声，歪了脑袋昏厥了过去……

二十

古代列国多奇闻，俞伯牙汉阳抚琴遇知音。

巧逢钟子期对答把琴问，意气相投又把香焚。

他二人分手太急未得细谈论，约会了汉阳相会再等来春。

——京韵大鼓《伯牙摔琴》

　　自 7 月 7 日起，为期两个月的第二次强化治安运动又开始了，北平百姓的神经再度紧张起来，唯恐稍有不慎而招致杀身之祸。7 月 8 日，"华北劳工协会"在北平成立，日本人加紧了招工的步伐，只因一时未能奏效，宪兵队、侦缉队便借强化治安之机罗织各种罪名大肆抓人，将一批又一批的青壮男子押运到了塘沽港。

　　秋冬之交，不知日本人又触动了哪一根神经，责成新民会出面大张旗鼓地发起了"鼓选"活动，号召各界人等踊跃参与，拟于年底组织北平所有的大鼓妞儿进行连场演出，市府所属的北京广播电台予以现场直播，采取当场投票的方式评选出一批色艺双绝的大鼓妞儿，其中的前三甲将被冠以"北京三艳"的荣誉称号，届时还要举行隆重的仪式当众授奖。

　　说到北平大鼓妞儿的评选，可谓由来已久。有资料显示，该项活动最早见于 1919 年《燕风报》发起的鼓选，一时导致九城喧阗。1922 年《小公报》薪火相传再行此举。1923 年有两名鼓姬被评为才艺科博士，十位鼓姬被评为博士学士。1924 年，一批好事者又别出心裁地评选出了合意轩鼓姬内阁，竟为一些个大鼓妞儿加封了总理、内务总长、外交总长、交通总长、财政总长、陆军总长、海军总长、农商总长、教育总长、司法总长、参谋总长、国务院秘书长等头衔。随之，又有人戏拟了鼓界之十二公主，分别命名为桃花公主、玉兰公主、桂花公主、莲花公主、芙蓉公主、李花公主、牡丹公主、海棠公主、桃根公主、柳叶公主、落叶公主、飘红公主。时隔十年之后，1934 年《真报》重开鼓选，1935 年《篑报》紧紧相随，但均已后续无力，此一项活动由此渐显式微。

　　这一次鼓选，是北平新民会会同《新民报》共同发起的，闻知此事，金盈儿的一颗心便像秋风吹动的湖水荡漾起来。唱曲这一行她已经干了四年，虽说每日里总有人不断地前来捧她的场，虽说姓刘的干爹已经为她出了特刊，可她依旧感觉功未成名未就，至今还没有人找她灌唱片，更没有人找她拍电影。现下，她必须把握住这一次绝好的机会，争取力拔头筹，名冠群芳，做到一举成名！自然，她清醒地知道，自己的周围还有着几个实力相当的竞争者，要想实现所愿，要想大路亨通，则必须首先把这几块绊脚石搬走。

这天晚上，金盈儿在万明路的新丰楼饭庄定下了包间，邀请德晓峰前来一起喝酒。

华灯初上，德晓峰如约而至。他发现，这一家饭庄竟异乎寻常的火爆，刚刚临近饭点儿，大厅里已坐满了食客，而且大多是日本人，有的穿着军服，有的便装打扮，还有三三两两捯饬得花枝招展的窑姐儿与他们黏缠在一起。他想起来，新丰楼距日本兵营不远，离大森里那家专门接待日本人的"群英"妓院也很近，许是因为如此，才拥有了得天独厚的人气儿。他下意识地哈着腰，向那些并不认识的人们频频点着头，小心翼翼地顺着楼梯登到了二楼。

金盈儿此时正候在二楼的包间里，桌子上已经摆上了凉菜和酒。

"金副会长，德某何德何能，竟让您屈尊驾临如此破费？"德晓峰双手抱拳行了礼。

金盈儿扑哧笑了，"收起来吧小德子，甭跟我这儿装大瓣蒜，这也叫破费？不就俩人一起吃顿饭嘛。"

"此言差矣，老话儿说得好，礼下于人，必有所求，您先把打算要我办的事说明白了，这顿饭我才敢吃。"

"没有比你小子更精的！明说，本小姐的确是有件事要找你帮忙。"

"瞧瞧，我说什么来着？搁平常，您金大小姐可是正眼瞧都不瞧我一眼的。"德晓峰就坡上驴，邪心顿起，"要说呢，凭咱俩的交情，妹妹你的事就是哥哥我的事，义不容辞，根本用不着请吃请喝，只要——"说着，便朝着金盈儿的手摸过去。

"德子，把你那脏爪子缩回去！犯葛，我让你站着进来爬着出去！"金盈儿到底是金盈儿，嬉笑怒骂皆成文章，"告诉你说，本姑娘可不是谁想摸就摸谁想搂就搂的，什么事都没办，就要占我便宜，想得美！"

说话听声，锣鼓听音，德晓峰料到此事对于这个小女子必是十分重要，"得，您先说事儿，我得看看办得了办不了。有一节，能办，办成了，让您老人家满意了，又怎么说？"他贼心未死。

金盈儿岂能不知他的心思，想了想，"你要真能帮我把这件事办成了，本姑娘就恩典你一回！"她极尽夸张地朝着他的下身瞄了一眼，"不过，你还成吗？我可听说……"

德晓峰拿起一杯酒倒进嘴里，把尴尬顶了回去，"先说事儿！"

金盈儿迟疑片刻，吞吞吐吐开了口，"德哥，你……你知道有什么法子，能……能使人塌钟①吗？"

德晓峰不禁一怔，转而明知故问道："你说什么？塌钟，这句话是怎么个意思？"

---

① 塌钟：江湖语，意为喑哑了嗓子。

金盈儿撇撇嘴，"得了吧小德子，少跟我这儿装傻充愣，咱这行里的事儿还有什么你不懂的？直说，知道不知道吧？"

"回家问你爸不就得了，他不就是塌了钟，又何必跑这儿来问我？"德晓峰有意卖着关子。

"废话，我爸的嗓子是出天花发高烧烧坏的，能一样吗？不想说是不是？不说就滚！"金盈儿真的生了气。

"先告诉我，你究竟想让谁塌钟？谁又跟你有这么大的仇？"

金盈儿看看再也难以隐瞒，遂将自己鼓选拔筹的忧虑表述了一遍，她说，思来想去，眼目前最大的竞争对手只有三个——林雪梅、胡翠珠和唱坠子的乔七巧。论"色"，自己的模样长相与她们相比毫不逊之，可若论"艺"，比较之下却还真就差着那么一截。她百思不得其解，林雪梅一个刚刚出道的乡下丫头，怎么会那么招人待见，隔上仨月俩月就有人在报上为她写文章捧场；胡翠珠更是狂得不可一世，不仅有日本公司为她出了大鼓唱片，而且听说还要邀请她去东北拍电影，怨只怨自己的父亲金三省，竟亲手为自己的女儿培养出了两个冤家对头。至于乔七巧，虽然相貌平常，可那一副好嗓子脆得像个笛儿，令她这"云遮月"的喉咙不得不相形见绌。

"现而今她们几个还都在雅园吗？"德晓峰问道。

"都在。"

"找人把她们仨一堆儿撮了不就得了，还用得着费那个事？"

金盈儿知道他所说的"撮"指的什么，连连摆手，"打住，杀人放火的事我可不干！也就你能想出这缺德主意。"

德晓峰本欲反驳她几句，想想还是忍了，"那就用不太缺德的主意，白马汗混茶，人耳秽泡酒，据说对使人塌钟有奇效，不过我从来没试过。"

金盈儿立马亢奋起来，"既然有此一说，那就肯定管用！"她夹起一只卤鸡腿放到了他的布碟里，"德子，这件光荣而又艰巨的任务本姑娘就交给你了！说话算话，干好了，日后有赏！"

这一阵子，林雪梅总觉得嗓子不大给劲，往常无论唱多高的音儿从来没感到过吃力，可最近一段时间却让她有了强努的感觉，有几次竟然还分了岔。每天起床之后，喉咙里总是辣蒿蒿的，像头天晚上喝了大酒，而且过好半天才能开口讲话。她弄不清这究竟是什么原因，只以为是伤风感冒的先兆。

从天坛喊嗓儿回来，按惯例她先去北屋看望了师父。经过几个月的药物调理，金三省的病情大有好转，头痛已减轻，嗜睡的症状已见缓解，偶尔也能坐起来弹上一会儿弦子，只是出言吐语还时不常不着边际。

"丫头，嗓子怎么哑了？着凉了？"金三省此时的思维倒是很清醒。

"没大事，啥都不耽误。"林雪梅把顺道买回来的一块热炸糕递到了他的手上。

"听我的，去药铺买几颗胖大海，泡水喝，管用。"

林雪梅点点头，嘱咐他记着按时吃药，转身走了出来。

此时，街对面的后窗里传出一阵叮叮咚咚的弦索声，像山间流动的溪水潺潺溪溪。最近，她几乎每天都能听到这断断续续的乐曲声，透过临街的窗户钻进自己的耳朵里，曲子虽然新鲜好听，但悠扬之中仿佛带着一丝忧伤，间或，还会有一个女子伴着弦子放歌，依依呀呀抑扬顿挫的，却听不明白她唱的什么，似是使用的日语。近来，不时地就会有三五穿着艳丽的日本女人出现在北平的街头巷尾，那高叠如云的发髻，闪耀着丝光的和服，一路走一路响的木屐拉板儿，不断地吸引着北平人的目光，已经成为了四九城的一景。或许对门这个弹唱的女子也是她们中的一员吧，林雪梅在心中暗暗揣摩，饶有兴趣地站到了对门小院的窗根底下，只想静静地欣赏一番，她甚至企盼着能再次听到那女子悦耳的歌声。

忽然，只听"咔吧"一声响，乐声戛然而止。林雪梅不免感到有些失落，转身欲走，不料，却被脑后传来的呼唤叫停了脚步。

"这位姑娘，请留步，我们俩说几句话可以吗？"

林雪梅扭脸看去，见走出来的果然是个日本女人，她二十七八的年纪，足蹬木屐，身着白色锦缎的日本和服，肩头上还印着家徽——纹付，方脸素面，细目长眉，相貌清清爽爽，仪态落落大方。她的汉语说得有些缓慢，但发音却不失标准。

"你有事吗？"林雪梅不卑不亢地问了一句。

"我的乐器弹着弹着一下子就莫名其妙地断了弦，这说明什么？这说明我遇到了知音啊，你们中国不是也有这一种说法吗？"

"你弹得很好听，你唱的小曲儿更好听。"

"真的吗？"日本女人显得格外兴奋，"什么都不要再说了，你真的很懂我呢。姑娘，冒昧地问一句，现在，你能到我家里和我坐一坐吗？我知道，你也是个以唱曲为业的艺人，常听见你在对面的小院里演唱呢。"

林雪梅不由警觉起来，莫非说这里边有着什么文章？要不她怎么会清楚我的身份？然而，凝望着对方那一双充满真诚的眸子，她很快便打消了疑虑，点点头，随着她走进了路南的小院里。

整座院落好像只住着她一个人，空空荡荡的。"这两间北房是我租下来的，从我住进来之后，别的人家就都陆陆续续地搬走了，大概因为我是个鬼子吧。"她自嘲地苦笑了一下，表情有些尴尬。

日本女人沏好一杯热茶递过来，自我介绍说，她名叫冈本幽兰，是东京的一个净琉璃艺人，到中国来是为寻找自己的父亲和两个弟弟的，战争爆发伊始，家里的三个男人就全都被征了兵，几年过去杳无音讯，母亲忧伤成疾，抑郁而亡，孤零零的她便于去年春天跟随一个慰问团来到了中国。

"现下你找到他们了吗？"林雪梅关切地问道。

"这一年多，我几乎跑遍了大半个中国，最后才得知，一个弟弟阵亡了，一个弟弟前不久在作战中被炸断了一条腿，现正在北平的一家医院里养伤，唯有父亲一直没有确切的消息，只知道他作为随军医生在黄河两岸辗转。"冈本幽兰的眼睛里闪着泪花，她大声地诅咒道："这是一场令人憎恶的战争！我们的天皇已经彻底疯了！"

林雪梅不想就这个话题与她深谈下去，毕竟她是个日本人，而且彼此刚刚相识，对她并不了解，于是问道："净琉璃是一种什么样的玩艺儿呢？就像你平常唱的那样吗？"

"对，就是用说和唱来讲故事。这种演唱形式大约产生在五百年前的日本室町末期，说到它的起源还有一个美丽的传说呢。"冈本幽兰眯缝了双眼，陷入了神思遐想之中，"很久以前，三河国有一个富家少女，名叫净琉璃，她不仅相貌俊美，为人善良，而且精通古代的诗文、乐理，尤其擅长弹奏琵琶。东行一带有个年轻的武士名叫牛若丸，与净琉璃姑娘于偶然之中邂逅相逢，二人遂产生了纯真的爱情。女孩的父亲嫌弃这个穷困潦倒的武士，百般逼迫净琉璃嫁给当地的官绅，可她宁死不从，由此牛若丸便遭到了残酷的迫害，重病之中被人无情地抛弃在了海滩上，最后不治而亡。净琉璃姑娘闻听噩耗赶到了大海边，抚尸恸哭，痛不欲生，此情此景终于感动了上天的诸神，于是众神仙施以法力，使牛若丸得以复活，有情人终成眷属。由此，净琉璃的故事便由艺人们传遍了四方……"

林雪梅被深深打动了，"这故事像中国的梁山伯与祝英台。"

冈本把自己的伴奏乐器取了过来，只见这一件东西形制与大三弦相仿，仅仅略微小了一号，也是使用的三根弦，"这是三味线，看着是不是和你们中国的三弦很像？所不同的是，它蒙的不是蟒皮，而是猫皮，也有使用狗皮的。其实，我们两国的文化有着很多的相通相似之处，就拿你们的杂耍来说吧，日本也有，只不过我们称之为艺能，比如我们的长歌、义太夫，以及我唱的净琉璃，就类似你们的各种大鼓书，还有，我们日本也有引人发笑的相声，叫作漫才，也有专门讲古的评书，叫作落语，同样，我们也拥有自己单独的表演场所，叫作寄席，光东京一地就有好几家寄席呢。日本的普通老百姓都很喜欢看我们的演出。"

林雪梅把三味线操起来，轻轻拨弄了几下，随即发出了一阵清脆的乐声，几与大三弦无异。

"日本的文明以及文化很多就直接来源于中国，比如文字，比如茶道，比如中医中药，本应该努力学习、相互交流才是，可那些疯子却想消灭我们的老师，简直是忘恩负义、大逆不道啊！"冈本正然说道。

林雪梅把自己的姓名告诉了冈本，说她是个卖艺的大鼓妞儿，唱的玩艺儿叫梅花大鼓，属于中国许多种大鼓书中的一种，并欢迎她有空到杂耍园子里去看看。

"依照你们的说法，我就是一个日本的大鼓妞儿了，哈哈……"冈本幽兰畅笑起来，继而真诚地问道："雪梅姑娘，我们可以做朋友吗？"

林雪梅思索片刻，点了点头，"那么，我能跟你学唱净琉璃吗？"她突发奇想地问了一句。

冈本很是诧异，"跟我学唱？这是为什么？"

"我师父说过，艺多不胀肚，多学没坏处。"

"可你不懂日语呀？净琉璃是要用日语演唱的。"

"这有什么，你也可以教我说日本话嘛。"

冈本十分高兴地接受了她的请求，二人讲好，每天上午林雪梅过来学习两个小时。闲聊中，冈本关心地问道："林小姐，我怎么觉得你的嗓子不如以前了呢？高音唱得有点不顺畅了——以前你每次在家里练习我都会跑过去听的，而且，说话也感觉有些沙哑。"

经她一提醒，林雪梅方意识到了事情的严重，她忽然想起来，这几天胡翠珠和乔七巧也都在闹嗓子，每人手里都捧着一杯胖大海、麦冬泡的水，怎么会这么巧？还有，那一天，许久未曾露面的德晓峰莫名其妙地来到了雅园的后台，而且表现出了少有的谦恭和热情，记得他还主动为她的茶杯里续了一回开水，莫非说这里边有着什么猫儿腻不成？想至此，她的眉头紧紧地锁在了一起。

"别担心，我有办法帮你。"冈本的话打断了林雪梅的思绪，只见她从衣箱里取出一个玻璃瓶，随后又倒了一杯白开水，"家父冈本千树是个有名的医生，这是他专门为我配制的中药丸，主治嗓子疾病，很管用的，你试一试好不好？"

林雪梅从心里感激她的热忱，毫不迟疑地接过她递上的药丸，用水送了下去，"谢谢你！"

冈本转手又将一张印刷精美的小纸片呈到林雪梅的面前，伴随着的是一个九十度的鞠躬礼，"这是我的名片，还请以后多多关照！"

暗夜中，白丫头独自躺在榻榻米上，辗转反侧，难以成眠，她感觉身体里面到处都如同有蚂蚁在穿行，成行成对地攀爬，寻了她骨头的缝隙往里面钻，啃噬着她的肌肉，吸吮着她的骨髓，痛痒得直想一个跟头把自己摔死。

她清楚地知道，崔老板连续几次的强迫她吸食白面儿，已经令她养成了瘾，只是没料到这毒瘾竟会如此的强烈，如此的霸道，无论你有多么坚强，也休想与它抗衡，简直到了它叫你干什么，你就会服服帖帖地去干什么的地步，哪怕要干的事情无比肮脏，无比下作，无比恶心。十几天熬过去，一头原本浓密的黑发已被她揪扯得稀稀拉拉，雪白的胸口上清晰可见她自己抓挠后留下的道道血痕。

今晚，她已经几次于难忍难耐之际自动爬到了崔洁实的门前，但羞耻心最终还是令她咬破嘴唇一次次退缩了回去。一日之中少有几刻的安然与平静，每当此时，悔与恨便充填了她的大脑，复仇的怒火便燃烧在她的胸膛，她痛恨崔老板这个畜生，竟然使用如此龌龊的方法逼迫自己就范。她痛恨父亲老贵和她的"男人"，是他们联起手把她推进了万劫不复的深渊，她暗自下定决心，一旦能走出这座牢笼，首先要做的事，就是去买一把刀把他们的脑袋切下来！然而，她最痛恨的还是她自己，恨自己有眼无珠，恨自己轻信人言，不如黑丫头那般凡事拿得起放得下，敢爱敢恨，不如林雪梅那般遇事豁得出去，即使在神鬼面前也无所畏惧，敢打敢拼，甚至连胡翠珠也不如，正然缺少了胡翠珠那一种为达目的不择手段的敢作敢当。她好想转世投胎再重活一回，倘有这一回，她要让自己来主宰自己的命运！

不知不觉间，欲望再一次偷偷地袭扰了上来，此一轮竟然比上一轮更加蛮横，更加跋扈，让她的四肢都抖动起来，如同发疟子一般，身子热上一阵又冷上一阵。她大口地喘着粗气，像一只临产的母兽匍匐在地上，用牙齿不停地撕扯着铺在身下的草席，那草席顷刻间便断作了一绺绺的短棍，随着她疯狂的咀嚼，一团团合着唾液的碎渣宛若牲口的粪便落到了榻榻米上。她心中了然，这一次发作是绝对扛不过去了，此刻脑子里一片空白，只有一团白色的烟雾在眼前缭绕，诱惑着她再一次向着眼前的格扇门爬过去。

大汗淋漓的白丫头无语地呼叫着，喉咙里像有什么东西在滚动，她挣扎着探出一只手，虚弱地拍打着木门。

房间里啪地亮了灯，立起了一个放大的人影，"有事吗，德太太？"

"快……求求你崔掌柜，我愿意，只要能让我吸一口儿……我好难受，实在受不了了，一口就行……我需要你……"

"想明白了？我不大相信。"

"我想明白了，真的，趁我还活着……我马上就要死了……"

格扇门拉开了，赤身裸体的崔洁实宛如一尊恶煞，直挺挺地站立在了白丫头的面前……

没想到，嗓子这么快便恢复正常，而且，胡翠珠和乔七巧在服用了冈本幽兰送给她们的药丸之后，暗哑的症状也都迅速消失。林雪梅高兴万分！嗓子就是大鼓妞儿的本钱啊，某种程度上，它甚至堪比艺人的生命！原本这件事并没有让她挂怀，但胡翠珠的一番言语却使她陷入了深思，胡师姐说，"想想吧，为什么我们三个不约而同地都闹开了嗓子？该不是与年底要举行的鼓选有关？"粜石灰的见不得卖面的，同行如敌国啊，江湖险，人心更险！打这儿起，林雪梅便格外多加了小心。

秋去冬来，转眼就到了年末。今晚，将是班社在雅园的最后一场演出，从明天开始，这里就要集中北平城里的一众大鼓妞儿进行连续七天的鼓选，两个红色的票箱已经提前搬进了后台，一些用作实况转播的电讯器材也散放在园子的角落里。开场前班主就挨个儿下了通知，凡今天在雅园的坤角儿，谁唱完了也不准马上走，要等着散场之后抽签确定鼓选的出场次序。

林雪梅独自坐在后台一隅，念叨着这几个月冈本幽兰教给她的日语，经过一番努力，现下她已经学会了两段净琉璃的短曲，能够听懂几十句日常用语。

靳大红走过她的身边，奇怪地看了一眼，"一人跟这儿叽里咕噜瞎叨咕什么哪？没事儿吧你？"

林雪梅不好意思地笑了笑，露出了一口雪白的牙齿，"姑儿，没事儿，我练绕口令呢。"

"新鲜，打算改行说相声？我可听说现而今女相声火得厉害，比男爷们儿能挣钱。"靳大红打着哈哈。

"今儿您唱哪段活？"林雪梅转移了话题。

"还是那段——《宋江坐楼》。"

"您就不怕台底下那伙子人再占您的便宜？"

"无所谓。不过，今儿我有招儿对付那帮小子。"

随着捧场的人日见增多，林雪梅在业界已经小有名气，三个月前即由一个唱开场的"小角儿"，被班主调到了中场的第一档。除此之外，园子的掌柜每个月还会给她单另发放一份菜金，以之作为对她的奖励。前辈留下的梅花大鼓三十三段正活她已烂熟于心，足以做到每天一个段子不重样。人都说，业精于勤荒于嬉，她清楚，自己之所以唱得有了一点儿出息，归其就在一个"勤"字上，师父说的一点儿不错，"要想学得会，就得受点罪，起早又贪黑，不怕苦和累"，为了能够好好活着，活出自己的尊严，她不敢有丝毫的懈怠。

唱完一段《黛玉焚稿》，又返了两次场，之后，林雪梅照老规矩搬个小板凳坐在了台帘后边，悉心聆听着别人的演唱。

师姑靳大红上场了，甫一露面就是一阵碰头彩，别说，还是真有台缘儿！要不人怎么叫"豆汁儿大鼓"？听她的玩艺儿就如同您在厂甸喝豆汁儿——上瘾，几天不见必然想得慌。

唱了不大会儿，靳大红便觉得有些口渴，猜想是因为方才的小咸菜吃得有点多，上场前热茶水也没喝痛快，于是在一落儿之后停了鼓板，端起书桌上的茶碗深深地灌了一口。

"你要歇歇嘴儿呀，你要喝点儿水儿呀！"前排坐的水果商人调侃着，大声地向着台上发出了戏谑之语。

靳大红朝那胖子斜睨了一眼，继续往下唱去。

未几，一落儿唱罢，靳大红再一次端起了茶碗。

"你这是又要喝点儿水儿啦，你就接着擦擦嘴儿吧。"胖子继续玩着他的游戏，"我说靳老板，今儿你可是总喝水了，留神一会儿憋急了找不着茅房……"

没等他的话音落下，只见靳大红一低头，"噗！"将嘴里含着的一口水朝着胖子直喷了下去，瞬间滋了个满头满脸。立时，台上台下哄笑成一团，叫好声、喝彩声响成了一片。靳大红带着一嘴水痕，毫不掩饰地乐得手扶着桌角弯下了腰。

料想不到的是，那胖子竟然丝毫未见恼怒，一面用手抹着脸上的水渍，一面站立起来，转回身向着众人笑道："哈，这回倒好，晚上回家不用再洗脸了，享受，真享受啊！不过，就是带点儿酸头儿……"

坐在台帘边的林雪梅先是一惊，接着又是一喜，惊喜过后便忍俊不禁地溅出了眼泪。

眼见这段《宋江坐楼》唱了一半，就要唱到紧关节要处，台下的一帮汉子提前竖起了耳朵，卯足了劲，只待靳大红一声"三哥哥"叫出口，就凿凿实实地捞她一个便宜。

然而，在场的谁也没有估计到，当靳大红唱到"我的三哥哥"时，出其不意地在"三"字后面略微停顿了一下，接着便有"孙子——"二字响亮地喊了出来。一帮老爷们儿猝不及防，依旧按照预先的设想齐声答应道："哎——"

满场的畅笑之后，接着便是炸了堂的"好儿"，如同热水开了锅！再看看几个吃了亏的男人，竟然感觉比占了便宜还要开心，只乐得前仰后合，见牙不见眼！好个聪明机敏的娘儿们，好个爽快泼辣的女人，还真是看得起咱爷们儿，识逗，知趣，有道行，真够意思！

林雪梅乐得一屁股蹾到了地上，只觉得小肚子抽着筋儿地疼，她怎么也没想到，靳师姑跟她说的"招儿"竟会是这般！想想便笑一阵，一直笑到靳大红下了场。

"姑儿，可真是太逗了，哈哈……"林雪梅上前几步搀住了靳大红，"话说回来，您就不担心他们跟您恼了？"

"哪儿会呢。"靳大红神色坦然地说道，"艺人和听客的关系就像是鱼和水，谁也离不开谁，我心里有数，这么做只会让这一层关系更和谐，更融洽，就好比乡下的老嫂子和小叔子，小婶子和大侄子，不打不骂不近乎不热闹，这里边本没有谁吃亏谁占便宜的事儿。如此，他们有点儿闲工夫，手头有俩闲钱，才会上这儿来捧你，闹一回、笑一回，临了心里头才觉得舒坦，才觉得畅快。我这铁片大鼓原本就是乡间地头的玩艺儿，俗得不能再俗，一本正经就失了本意。说起来，台缘儿对于一个艺人比什么都重要，没人喜欢听你的玩艺儿，再好的玩艺儿也就一钱不值。我这么说可不是要求你学我，真学我你就成疯丫头了，门门有道，道道不同，梅花不同于铁片，讲究的是'高雅'二字，自有你的一帮听众，没听你白雪遗白大爷说过吗，他上台就觉得像是去会见久违的老乡亲，想想，他这话里边是不是又另有一番道理？"

林雪梅没有想到，平日里大大咧咧的靳师姑竟然胸藏着这么一篇充满哲理的大文章，不由暗暗挑起了大拇指。

此时，忽见胡翠珠惊慌失措地从外面跑进来，话不成句，一脸煞白，"坏了，出……出事了，出大事了！刚才，不知从哪儿开来两辆卡车，是两辆军用卡车，上面……上面坐的都是日本兵，下了车就把园子的大门封锁了，这会儿又有十几个人直奔后台来了……"

她的话音未落，果然就有一群头戴钢盔手持长枪的日本兵拥进来，明晃晃的刺刀在灯光的映照下，发着瘆人的白光。一时间，所有的艺人全部被集中到了后台，谁也弄不清这伙人究竟要干什么，唯见一个军官向着众人哇哩哇啦说个不停，冷冰冰的脸像一挂猪大肠。

孙维本一闪身从兵队里钻了出来，"太君说了，大家伙不要害怕，他们今天到这儿不是来抓人的，而是来请人的。诸位都是怀有一技之长会说会唱的能人，为此，大日本皇军特向你们发出邀请，请你们大家去军营里做客！当然，到时候也需要你们施展各自的才能为他们制造一些欢乐，让他们在精神上得到一些安慰，为中日满一体、大东亚共荣作出应有的贡献！"

白雪遗往前站出一步，"既然是邀请，就是说可去可不去，我的理解没错吧？"

乔七巧一个没拉住，冯雨桐也站出来，"还说不是抓人，天底下请人做客有你们这架势的吗？"

"我们不去！""对，不去！"艺人们壮着胆子纷纷叫嚷起来。

孙维本向那军官嘀咕了几句，脸上立马变了颜色，"太君说了，不要敬酒不吃吃罚酒，不想去的也可以，统统地死啦死啦的！"

打这儿开始，谁也不敢再说一个不字，只能默默地收拾好自己的东西，在日本兵的押解下上了卡车。他们不知道这些鬼子兵要把自己拉到哪里，更不知道什么时候才能回来。既做了亡国奴，还能有你说话的份？

车开了，靳大红冲着紧追不舍的三伏喊道："记着，帮我照顾好老奎和他的闺女……"

林雪梅也喊道："三伏哥，告诉我师娘，让我师父按时吃药……"

二十一

一夜北风吹，山河乱银垂，
恰似那剪碎的鹅毛半空飞，
乌鸦带粉把巢回……

——岔曲《雪》

时近午夜，两辆覆着篷的军用卡车一路向南奔驰而去。

林雪梅努力睁大眼睛默默地清点着人数，车厢里漆黑一团，只能勉强分辨出人的身形轮廓，算过来点过去，这才统计清楚有白雪遗、靳大红、胡翠珠、乔七巧和丈夫冯雨桐，唱牌子曲的赵有禄，变戏法的"快手卢"，说相声的"二傻子"和"土豆泥"，还有三个抖空竹、踢毽儿的女孩儿及几个弹弦儿拉胡琴的师傅，连同她自己，总共是十四个男的、七个女的。她看到，此时，有两个怀抱长枪的日本兵正坐在车厢的最外沿，像两座凶神，一动不动地监视着他们的举动。她有一种预感，此一去必定凶多吉少，一时半会儿怕是很难回到北平。她想不明白，这一场灾难怎么竟会凭空而降，莫非说有人在暗中使坏，欲置他们于死地而后快？疲倦和困意渐渐地袭上来，她不知不觉昏昏睡了过去。

一股冷风从帆布篷的缝隙中吹了进来，令林雪梅在哆嗦中清醒了，她听到靳大红说了一句，"雪梅，过我这边来吧，大伙儿挤在一块堆儿能暖和些。没看见吗，外面下雪了。"

林雪梅猫起腰撑着麻木的双腿站起来，透过布帘的开口看到大地已变得一片银白，脑袋向外探了探，一团雪霰便随风打在她的脸上。

她转回身朝靳大红摸过去，忽然发现白雪遗白大爷不见了踪影。

"姑儿，我白大爷呢，白大爷去哪儿了？"林雪梅一下慌了神。

"刚才，小鬼子停车把他撵下去了。"靳大红回道，"许是看他年纪太大了，拉过去也没什么用。说不准的事儿。"

林雪梅的一颗心放下来。

"姑儿，这可不像是让咱们去演出啊，"说话的是胡翠珠，嗓子里带着颤音儿，"您说，日本人不会让咱们去当劳工吧？要不干吗还分岁数大岁数小呢？就我这小身子骨儿……"

"当不当劳工的我说不好，可我知道，一准儿没咱好果子吃。"靳大红的回答像块冰。

顿时，车厢里响起了一片抽泣和叹息。

第二天的傍晚，卡车驶进一座营房停了下来。

众艺人相互搀扶着，挪动着麻木的腿，在几个鬼子兵的呵斥下走进了一间四面透风的房子。房子间量很大，凄清空旷，没有床也没有桌椅，只有一些稻草铺在地上。时间不长，日本兵拿来了几床脏兮兮的破军被，端来了一笸箩窝头和几个咸菜疙瘩，数数窝头正好一人一个，大伙儿已经将近一天水米没打牙，早就饿得前心贴了后心，转眼之间便把窝头吃了个净光，连渣儿都抿进了嘴里。

靳大红向一个领头的军曹问道："就让我们睡在这儿？大男小女的怎么住啊？"

军曹蛮横地摆摆手："支那人，男的女的一样的，区别的，没有的。"

靳大红知道，既到了这里就再无理可讲，只好将几个姑娘家安排在最靠里的墙角处，自己则挡在了她们外头，见此，一帮男人也都自觉地选个能尽量避开的位置各自躺了。

果然不出所料，从此没有人再提什么演出的事。第二天一早天刚蒙蒙亮，人们便被小鬼子叫醒，男人女人被分别安排了活计——男的去马厩为牲口铡草料，女的去院里的井台边为日本兵洗衣裳。

洗衣裳的水要用辘轳从井里打上来，一伙子城里女人有谁干过这个？不由得一个个大眼瞪了小眼。得亏了林雪梅这个乡下丫头，从小摸着辘轳把长大，驾轻就熟，得心应手，很快就为几个洗衣盆注满了水。

需要洗涤的东西堆了一大堆，除了衣裤就是褥单，脏兮兮，臭烘烘，不少的还带着斑斑血迹。她们每一个人都是手插在冰冷刺骨的水里，脸却别向了一旁，恶臭的气味熏得人睁不开眼，一阵阵干哕勾得人只想呕吐。

"这会不会是从死人身上扒下来的呀？"乔七巧产生了疑问。

胡翠珠摇了摇头，"不像，你看，"她拎起一床褥单，手指着上面白花花的一团污渍说道："这玩意儿显然是昨儿晚上刚弄上去的。"

靳大红白了她一眼，"你就对这东西感兴趣。"

"您倒没兴趣，可您把三伏弄到您床上干吗？"胡翠珠毫不示弱。

靳大红正欲发作，却被抖空竹的一个小丫头抢过了话，"翠珠姐，怎么每个单子上都有这玩意儿呀？打好几遍肥皂都洗不干净，这究竟是什么呀，恶心死了。"

靳大红没好气地申斥了她一句："不该你知道的别瞎问，干活！"

早上没吃饭，头天晚上又没吃饱，干了没多久，女人们便全都停下来，强忍着饥饿，不住地用嘴呵着冻得像两把红萝卜似的一双手。

"看来小鬼子还真拿咱们当劳工了，这熬到哪天算一站？累不死也得饿死……"靳大红无助地叹了口气。

"姑儿，咱不能在这儿干熬着，得想办法跑！"林雪梅看看周围，不远处有一队日本兵在广场上练操，四面高墙全都架着一米多高的电网，两个荷枪实弹的哨兵正把守在大门口，"话又说回来，也真跑不出去。"

她搓洗着一件军上衣，只觉得有个物件硌手，遂从胸前的口袋里摸索出了一张折叠着的硬纸，打开后看去，见上面用钢笔写着几行小字，像是一份账单，虽然她不认识日文，但这份东西竟都是些她认得的汉字，反复辨识一番，终于看出了个大概：

藤原昭和十六年之战绩

7 月 13 日：首战，毙三人
8 月 20 日：砍头，一人
9 月 15 日：汽油烧，四人
10 月 2 日：再战，毙二人
11 月 6 日：水溺，七人
12 月 4 日：刀刺，妇一人及其腹中一人

毋庸置疑，这是一份杀人记录，是一份屠杀中国人的记录！此时，林雪梅仿佛看到那纸片上面正在滴淌鲜血，尤其是最后一笔让她无比愤恨，恨得牙齿咬破了嘴唇，显然，"妇一人及其腹中一人"表示的是用刺刀把一个孕妇和她肚子里未曾出生的胎儿一起捅了！她听冈本幽兰说过，昭和年加上二十五就是公元纪年，那么，昭和十六年就应该是 1941 年，这肯定是一个姓藤原的鬼子兵准备用来邀功请赏的笔录。两条腿的畜生，毫无人性的恶魔，应该下十八层地狱！她不停地诅咒着，眼睛里已经没有了泪水，只剩下两团火在燃烧！

她不想去刺激身旁的这几个女人，让她们本就惶恐不安的心再划上一道刀痕，只默默地把那张纸片折叠好，放进了自己的衣兜里。

中午饭被人直接送到了井台上，窝头还是窝头，可成色却与头天晚上的大不相同，说不上是用什么面捏成的，黑不黑，黄不黄，咬一口直辣嗓子。胡翠珠掰开窝头仔细看着，发现里面竟夹杂着草棍和树叶，还有零零星星的小米似的黑色颗粒。

"啊，耗子屎——"胡翠珠惊叫了一声，接着便"哇"地吐出了一摊酸水，手里的窝头立时被她扔出去老远。听她这么一说，其余的人个个拿着吃了半截的窝头打了愣，想吃又不敢下口。

见此，站在马厩外面透风的赵有禄紧走几步赶过来，捡起地上的窝头在袖子上蹭了蹭，"胡姑娘，这么金贵的东西怎么能把它扔了呢？我明白了，人都说女人胃口小，我还不信，看来还真是这么回事。"他边说便往嘴里塞去。

胡翠珠急了眼，一把将窝头夺了回来，"我说我不吃了吗？这是我不小心没拿住掉地上的，想不到你挺大的岁数还这么爱占便宜。"

冯雨桐走到了妻子身边，"七巧，知道咱这是到了哪儿吗？"

乔七巧摇摇脑袋，"人生地不熟的，俺又上哪儿知道去。"

"到咱老家了——河南，河南周口。"

"咋说？"

"周口古称陈州，位居沙颍河、涡惠河、西淝河与洪汝河的交汇处，是当年包拯放粮的地方，昨天下午我在车上看见西淝河的木桥和洪汝河的渡口了，你忘了，头些年我和你从这儿走过，我还给你买过周口的特产豆腐干？"

河南？周口？俺的娘哟，咋一下子就到了这么远的地方呢？身在异乡的艺人们不由个个神色黯然，连声嗟叹：北平啊，四九城啊，请告诉我，究竟哪一天才能让我再见到你？

1941 年 12 月 8 日，美、英两国对日公开宣战，太平洋战争由此爆发。12 月 11 日，中国政府亦对德、意、日三国正式宣战，中国的抗日战争开始进入了一个新的阶段。

当孙维本把这一消息传达给金盈儿时，窝在饭店客房里的她不由自主地打了个寒战。

原本，金盈儿是满心欢喜请孙维本前来一起庆功的，此次鼓选她终于如愿以偿，三个强劲的对手因无故缺席未能参加比赛，她顺理成章、轻而易举地被评选为"北京三艳"的第一名，获得了"群芳首席"的荣誉称号。说起来，这一次还真是得亏了孙维本，德晓峰施展的塌钟手段根本未能奏效，眼见着到了最后的关键时刻，是孙维本大老远地搬来了两车日本兵，把林雪梅她们整锅地端走。她佩服他的智谋，更感激他对自己的忠诚。然而，今晚孙维本带来的这一消息却令她产生了一丝不安和忧虑。

"孙哥，我看这回娄子了，知道不，大老美可不是闹着玩儿的，要钱有钱，要飞机大炮有飞机大炮。万一——"

"没什么万一，"孙维本倒是显得十分坦然，"你得这么想，希特勒是闹着玩儿的，还是墨索里尼是闹着玩儿的？三大帝国结了同盟，必将是攻无不克，无坚不摧。"

金盈儿依旧紧锁着眉头，"我是怕，怕万一日本人打败了，林雪梅他们回到北平，知道了这件事的根底，还不得把我生吃了。"

"你说什么？他们还想回来？做梦去吧！知道这一次这帮人去了哪儿吗？河南周口！你还真以为让他们去演出？实话跟你说，只要到了兵营，男的统统去卖苦力挖战壕，女的统统去充当慰安妇，知道什么是慰安妇吗？说白了就是一分钱也拿不着的窑姐儿，那帮日本兵个个都是色中饿鬼，岂能白饶了她们？"

"咱这事儿是不是做得有点儿过了？我可不想缺这么大德……"金盈儿转而问道："你又是怎么找到这伙子日本人的？不早不晚正在跟节上。"

"那天下午我陪中村太君去粮库视察，正碰上他们开着卡车来送小麦，我跟领头的军官一嘀咕，问他们需不需要劳力，那小鬼子一听这里边还有花姑娘，立马就同意了。"

突然，室外响起了"嗷嗷"的警报声，拖着长音，如鬼哭，似狼嚎，惊得金盈儿身体不由一阵颤抖，皮肤上蓦然起了一层密密麻麻的鸡皮疙瘩。紧接着，所有的灯光全部熄灭，客房里变作漆黑一团。金盈儿尖叫一声，扑进了孙维本的怀里。

"宝贝儿，别怕，这是在进行防空演习呢。"孙维本贴着她的耳朵嘘着气，"日本人怕老美空袭，实行了灯火管制，没大事儿，一会儿就过去了。"

金盈儿长出了一口气，怦怦乱跳的心渐渐恢复了平静，此刻，她觉到孙维本的一双手正按在自己的乳房上，而且在一下下地揉捏。她娇嗔地在他的手背上打了一下，"死鬼，这时候你还有这份闲心。"

孙维本二话不说，一把将她抱起来，摸着黑朝床边挪去。二人正待解扣脱衣，室内灯光骤亮，与此同时，房门发出了当当的敲击声。

孙维本极不情愿地下了地拉开了房门，却见德晓峰一身光鲜地站在门口。

"找谁？"他有意挡着对方的视线和去路，厌恶地问了一句。

德晓峰毫不理会地直闯进来，嬉皮笑脸地朝着床上的金盈儿点了点头，"金副会长，我这儿给您道喜了！"

金盈儿自然清楚他来这儿的打算，手扯衣襟遮掩了半裸的胸口，没好气地问道："大晚上的，有事吗？"

"您真是贵人多忘事。忘了你我二人的约定？既然您已经荣登榜首，目的达到，我自然要来讨一杯喜酒喝。"

"就你还想喝酒？想想我就有气！凭你干的臭事，有泡尿给你就不错！"金盈儿仍为林雪梅几个未能塌了钟而耿耿于怀。

"也行，只要是你金小姐的。"德晓峰显露了十足的流氓本色。

孙维本只想尽快把他打发走，走上去拍了拍他的肩膀，"兄弟，不就想喝酒吗？好说，去一楼大堂里等我，等哥哥我和盈儿谈完事，一准儿请你。"

"少来这一套！"德晓峰扒拉开他的手，"我影响你上床了对吧？我耽误你办好事了对吧？可她金盈儿答应大爷我的好事儿至今还没兑现呢！没什么可说的，识时务的出去待一会儿，用不了多大工夫，有十分钟就得，完了事儿我一准儿把她让给你！"

金盈儿恼羞成怒，蹿上前一个巴掌扇到了德晓峰的脸上，"放狗屁，也不撒泡尿照照你自己什么德行，本小姐再怎么需要男人，也不会让一个太监上我的床！"

"行，金盈儿，你行。"德晓峰并未在乎脸上那火辣辣的感觉，"知道你这叫什么吗？这叫过河拆桥、卸磨杀驴，这叫念完经打和尚！你是不是以为没人知道你俩背地干的那些个缺德事？告诉你，变戏法瞒不过打锣的，大爷我门儿清！行，你够狠！别急，等着我，我倒要看看，一旦事情暴露在光天化日之下，你金大小姐还怎么在北平地面上混！"

孙维本忍无可忍，掏出一把手枪抵在了他的太阳穴上，"姓德的，再跟这儿胡搅蛮缠，大爷我就一枪崩了你！滚出去！"

德晓峰自然知晓好汉不吃眼前亏的道理，只好啐一口唾沫，悻悻地退出了房间。

孙维本转过身，一脸坏笑搂住了金盈儿的腰，"还生气哪？狗一样的东西，理他干吗？要不，我帮你揉揉？"说着，一只手又伸向了她的胸口。

"少来啦，我还不知道你小子打的什么主意？"金盈儿就势挽上了他的脖子，"等不及了是不是？那就快着点儿，说真格的，我也想了……"

灯光下，一对男女再一次搂抱在一处，伴随着疯狂的扭动，相互撕扯着对方的衣服……

未及入港，敲门声重新响起，孙维本怒不可遏，不顾身躯半裸，拿起枪直奔门口，"孙子，不信我敢开枪是不是？今儿大爷就让你见识见识……"

门开了，他愣住了，料想不到的是，白雪遗一脸肃然地站在他的面前，身后跟着黑丫头和一个五大三粗的壮汉。

"你想干吗？想杀人是吗？"张子强抢上一步挡在了白雪遗身前，"跟你说，你这枪膛里肯定是颗臭子儿，不信你就试试，看看咱俩究竟是谁先躺下！"

孙维本一时有些慌乱，不自觉地垂下了持枪的手，"白爷，您怎么回来了？莫非说，你们那伙子人全都回了北平？"

"你倒想让他们全都死在外头呢！"白雪遗眼里喷着火，"说，你究竟把他们弄到哪儿去了？"

"干爹！"金盈儿一面系着衣扣一面趿拉着鞋跑过来，"这事跟他没关系，刚才他还跟我说，要找关系把咱这伙子人解救回来呢。"

"别叫我干爹，我听着想吐！"白雪遗厌恶地瞪了她一眼，"想我白雪遗这辈子做的最窝心的一件事，就是认你做了干女儿！"

张子强不失时机地一把揪住了孙维本的脖领，将他挤到门边，曲起一只膝盖顶在了他的裆下，"问你话呢孙子，靳师姑他们到底去哪儿了？打算当太监你就扛着。"说着，大腿向前施加了力量。

"我说，哎哟，我说还不行吗……"疼得孙维本出了一头的冷汗，"河南，河南周口……"

"说具体点儿！"

"再具体我可真就不知道了，应该是在一座日本兵营里……"

张子强看看白雪遗，放下腿，松了手，"孙子，若要人不知，除非己莫为，这笔账我先给你攒着，等靳师姑他们回来再跟你一起算！"

黑丫头插了一句："金盈儿，我知道这一切都是为的什么，别以为别人都是傻子，不怕遭报应你就接着作！"

眼看着三个人转身下了楼梯，孙维本一屁股瘫在了地毯上。

"瞧黑丫头爷们儿那德行，改天非让我刘干爹抓了他的劳工不可！"金盈儿恨恨地咬着牙。

"今儿出门没看皇历，不仅仅是不宜婚嫁，简直就是诸事不宜！"

"哟，我可没说要嫁给你，陪你找回乐子罢了，你可别胡想八想的。"

"那好，既这样，咱就抓紧时间好好地乐一回……"孙维本抱起她朝床上扑过去……

"砰！砰！"急促的敲门声将一对沉睡的野鸳鸯惊醒，金盈儿接连打了几个呵欠，取过一件睡袍披了，慵懒地打开了房门。

眼前的景象令她惊呆在原地，只见父亲金三省由徐五姑搀扶着站在门外，一脸幸灾乐祸的德晓峰躲在了一旁。

"爸，大半夜的您怎么找到这儿来了？"金盈儿心虚地问了一句，双手紧紧地拉着睡袍的开口，"有事，明儿一早回家再说行不？"

"真讨厌，这一回又是谁呀？"孙维本揉着惺忪的睡眼，手捂着下半截身子颤颤地凑了过来。

"想不到啊，你还真叫便宜！"金三省不知哪儿来的力气，大喊一声"东洋鬓的给"，一巴掌将金盈儿打倒在了地上……

周口是个冬季寒冷少有雨雪的地方，然而今冬偏偏就降了一场鹅毛大雪，仿佛老天在有意和这些北平来的艺人为难作对。

冯雨桐屈指算算，他们二十个人被囚禁在这里已经整整一个月了。这座兵营好像是个中转站，一拨鬼子走了，接着又有一拨人马开进来，因此，便有着永远洗不完的衣服和永远铡不完的草料。劳累尚可忍受，而饥饿却让他们难以坚持，每顿饭都是限量的窝头和咸菜，赶好了能喝上半碗温吞的刷锅水。从打进来就没见过一片菜叶，人人都烂了嘴角，长了口疮。潮湿的居住环境不仅让他们浑身瘙痒难耐，而且还沾染上了虱子和跳蚤。每天晚上睡觉之前，女人们总是要先把男人赶出去避一阵，以利用这个机会脱光衣服抓捕一阵小虫。在这里，没有谁会理会他们的窘迫和苦难，只有闪亮的刺刀在发布着无言的命令。

天没亮透，冯雨桐就被日本人喊起来，吩咐他去打扫厕所。当他挑着一对尿桶走进男厕所时，眼前禁不住一亮，尿池子里竟泡着一个硕大的白菜根，上面居然还连着好几片菜叶！他第一时间想到了妻子乔七巧，平日她最喜欢吃的东西就是青菜和豆腐，一天三顿都吃不腻。尿池子里的这个菜根对他产生了极大的诱惑，想都没想便伸手把它捞了出来，转回身看看，见四外无人，遂径直跑到井台上，打上来一桶井水好一番洗涮，之后仔细闻闻，觉得没有什么异味儿了，便拿着它兴冲冲地奔向了他们所住的大屋。

他掀开门帘，把正在梳头的乔七巧悄悄唤了出来，拉着她来到一个墙角，随即把手里的菜根亮在了她的眼前。

"哟，哪儿来的这东西？俺的娘哎！"乔七巧喜不自禁，像见到了什么宝贝。

"日本人丢的，我碰巧儿捡的。"

"那……俺现在就把它吃了？"

"吃。抓紧着点儿，就这么一个，让别人看见了不好。"

乔七巧推让着："给，你吃一半……"她的眼睛里流露着似水的柔情。

冯雨桐笑笑，"你吃。你没见，那上边的叶子都叫我先吃了。"

乔七巧手捧菜根贪婪地啃咬着，与此同时皱了眉，"咋觉得有一股子尿骚味儿呢？"

冯雨桐极力掩饰道："菜根子还能和那绿菜叶子比？搁往常谁吃它？"

转瞬之间，一个白菜根就进了乔七巧的肚子。

让冯雨桐没想到的是，未过半日，妻子乔七巧便病倒了，先是肚子疼，接着开始上吐下泻，一连趟地往厕所跑，到了晚上勉强吃了几口窝头，就再也爬不起来。他知道，这一切都是那个菜根惹的祸，然而，心中悔恨却为时已晚。

几个女人全都围在了乔七巧的身边，惶惶然不知所措。

靳大红猛地想起来，营房里好像有个医务室，时常见一些缠着绷带的伤兵出来进去，偶尔还会看到有个五十来岁的穿着白大褂的日本人站在门口。

"丫头，"她把正在为乔七巧掐合谷穴的林雪梅叫了过来，"没招儿了，不能再耽搁了，再这么吐下去，人就完了，你去那间医务室找老鬼子要几片药吧，好好央求央求他，说不定……"

"日本人能有那好心眼吗？"冯雨桐不相信地摇着头，话语里带着哭腔。

林雪梅答应着，"行，我去试试。"边说边跑了出去。

俄顷，只见林雪梅空着手跑了回来，呼呼带喘地说道："那间屋子一直黑着灯，等了这半天也没见老鬼子的人影儿，也不知他上哪儿了……"

"七巧，是我害了你呀，我不该让你……我对不起你呀……"冯雨桐趴在妻子的身上，毫无顾忌地哭泣着，其情其景引得众人纷纷泪下。

乔七巧勉强睁开双眼，撑起虚弱的身体，再一次哇哇地呕吐起来，毫无血色的脸像一张白纸，她喃喃地说道："哥，俺不怪你，俺知道你是因为疼俺，才……好歹是到了河南老家了，等俺死了，你就把俺埋在这儿吧，俺这也算是叶落归根了……"

"命该如此，这都是命啊！"靳大红一连声地叹息着。

"有了，我怎么把这茬儿忘了？"林雪梅忽地一拍脑门叫了一声，转过脸对冯雨桐说道："冯哥，我这儿倒是有个治拉肚子的偏方，你敢让七巧姐试试吗？"

靳大红愕然地问道："这叫什么话，怎么还敢不敢的？"

林雪梅说道："这办法是我姥爷跟我说的，在老家见他使过一回，也是临时药不凑手，管用，只是……"

胡翠珠提醒了一句："梅子，人命关天，你可千万别胡来！"

靳大红不耐烦地呵斥道："少废话，现下只能死马当做活马医了。丫头，快说，到底怎么办吧。"

林雪梅二话没说，搬起一个凳子跑到门外，踩着高凳从屋檐底下掰了几根胡萝卜粗细的冰凌柱，转回来放到一个吃饭的大碗里，拿一副鸳鸯板把冰凌捣碎，直接端到了乔七巧的面前，随后对众人说道："把所有的铺的盖的都拿过来给乔姐姐盖上，对不起了各位叔叔大爷，只能让你们冻一宿了。"

赵有禄说道:"救人一命胜造七级浮屠,要真能把乔姑娘治好,冻三宿也不在话下!"

林雪梅示意冯雨桐扶起乔七巧,把碎冰凌一块块塞进她的嘴里,要求她嚼一嚼咽下去。

半晌,满满的一碗冰凌见了底,林雪梅吩咐众人用棉被、大衣将乔七巧兜头盖脑地蒙起来,只露了一副口鼻供她喘气,然后,安顿她躺了下去。

谁也没有想到,天助神佑,第二天一早,乔七巧真就止了泄泻,安然无恙地坐了起来!喜得冯雨桐跪在当地给林雪梅磕了一个响头。

雪化了,河开了,春姑娘慢慢吞吞走来了。然而,1942年的春姑娘失却了往日俏丽的容颜,明显地带着一副欲哭无泪的苦相。值此草长莺飞的季节,羁留在周口兵营里的艺人们心里也都纷纷长了草,盼望着能够早一天离开这个魔窟一般的地方。

晚饭后是他们一天里最悠闲的时光,每个人都在整理着自己的行装,棉袄棉裤已经穿不住了,又都没带着单的、夹的,只好拆开棉衣,把棉花从里面掏出来,再薄薄地絮上一层。

"桃花江是美人窝,桃花千万朵,比不上美人多……"胡翠珠哼着歌走进来,手里拿着一个刚出锅的热馒头,得意地朝着众人晃了晃,"有想吃的吗?说句让我高兴的,就拿走。"

踢毽的小姑娘刚想往前凑,被林雪梅一把拉住了。

"哪儿来的?日本人给的?"靳大红鄙夷地瞪了她一眼。

"没错儿,一下给了俩,我刚刚吃了一个,说实话,比肉还香。"胡翠珠一阵飘飘然。

"管日本人叫爹来着,对不?要不然,凭什么?"靳大红一脸不屑,语带锋芒。

"瞧您说的,就给他们唱了几首歌,就手也遛遛嗓子。"

"你那叫遛嗓子?那叫闹骚儿!"

林雪梅皱皱眉,话里带着关切,"师姐,听妹子一句劝,离小鬼子远点儿,没亏吃。"

"这话说的,想让我胡翠珠吃亏的人还没生出来呢!"胡翠珠满不在乎,"都说小鬼子色,可咱在这儿都呆仨月了,谁又把咱怎么着了?"

靳大红强忍着火气,"你能!等着瞧吧,早晚有你哭的那一天!"

胡翠珠毫不理会地坐到了乔七巧的身旁,"七巧,觉出来没?咱马上就能回北平啦!"

"咋说呢?"乔七巧不解地问道。

"这还用说?你想啊,天儿一天比一天暖和了,日本人猫了一冬,全都要出去打仗了,就没人再上这儿来了,也就不用咱洗衣裳了,照这样,他们还留着咱这帮人干吗？"

靳大红愤愤地插了一句："你就不怕小鬼子看你没用了，挖个坑儿把你活埋了？"

话音未落，一个头缠绷带的日本军官傲气十足地走进来，直指了胡翠珠，操着蹩脚的汉语说道："你的，出来，我们的，有事情找你。"

胡翠珠掸掸屁股上的草屑站起来，"是不是还想听我唱歌啊？商量商量明儿再唱不行吗？这会儿人家都困了。"

"不行。"军官的态度很是强硬，"快快的！他们都在等你！"说完，脸上浮现出了一丝难以察觉的坏笑。

望着二人消失的背影，林雪梅不无担心地问道："姑儿，你说，翠珠姐她不会有事吧？我怎么觉着有点儿不对劲儿呢……"

"有什么也是她自找！"靳大红鼻子里哼了一声，"没听出那小鬼子话里有话？指定没她好果子吃。"

"不行！"林雪梅一下急了，"咱不能眼瞅着翠珠姐往火坑里跳！"话还在，人已经追了出去。

天黑透了，此时，整座兵营只有最后排的一间屋子里亮着灯光，林雪梅不管不顾地直扑过去，扒在玻璃窗上往里面窥探，她看见有五六个日本伤兵光着脚站在榻榻米上，面朝里围做了一个圆圈，有的在脱衣服，有的已经光了膀子。她判定，胡翠珠一定在里面，应该就在日本人合围的圈子里。她很清楚这里即将会发生什么，也明白，自己一个人绝对救不了师姐！

林雪梅慌不择路地急忙往回跑，不成想，黑影中与迎面走来的一个人撞了个满怀。

"救救她，快，快去救救我师姐……"她顾不得仔细辨认此人究竟是谁，只是死命地扯着他的衣袖苦苦哀求。

"出了什么样的事情？"说话的是个男人，汉语说得有些磕磕绊绊。

林雪梅终于看清，被自己拽住的竟是那个日本老军医。事情紧急，她别无选择，回身指向亮灯的屋子喊道："强奸，日本人要强奸我姐姐……求你去救救她吧！"

老军医听懂了她的话，甩开她的手，大步跑过去，一脚踹开了房门。

"奇库肖（畜生）！"他怒喝一声，令在场的几个日本人全都惊愕地回过了头。林雪梅看到，此时，胡翠珠正泪眼婆娑地蜷缩在屋内一角，浑身上下被扒得只剩了一条内裤，两个裸露的乳房上布满了唾液和抓痕。

令林雪梅不解的是，一伙赤裸的日本伤兵竟不约而同地全都停了手，像孩子一样低下了头，面带谦恭地聆听着老军医的训话。她没听懂他在说些什么，但是从他的话中却清楚地听到了"母亲"、"姐姐妹妹"、"无耻"几个词语，从他的脸上看到了义愤和同情。

片刻，伤兵们纷纷开始穿回衣服，之后，一齐向着老军医深深鞠了一躬，悻悻地退了出去。

林雪梅紧忙帮着师姐穿戴整齐，目送她抹着眼泪走了出去，这才转身向老军医行了个礼："谢谢了！"

老军医几乎在同时也行了礼："对不起！"

"能问您一个问题吗？"林雪梅实在难以压抑内心的好奇。

"请讲。"老军医示意她一起坐到了榻榻米上，他的汉语说得很慢，有点儿生硬。

"刚才，您对他们讲了什么？这些士兵又为什么那么听从于您？莫非说您是这里的最高长官？"

"我和他们说，你们个个都有母亲和姐妹，她虽是支那人，但和你们的母亲、姐妹一样都是女人，怎么能做出这种下流无耻的事情？至于他们为什么听从于我，道理很简单，他们是病人，我是医生，他们惧怕我，因为他们每个人的健康都要由我来掌控。"老军医的眼睛里闪动着诡谲的亮光。

就在这时，林雪梅忽然从对方的脸上读出了另一个熟悉的面孔，不由心中一动，想了想，委婉地说道："我一无所有，为了感谢您对姐姐的搭救，我给您唱个曲儿吧。"

"好是好，就怕我听不懂啊……"老军医感叹道。

"我相信，您一定能听懂。"林雪梅轻嗽一声，手打节拍用日语唱起来：

　　我唱的是，在那很久以前室町的末期，有一个美丽的姑娘名叫净琉璃，

　　善良的心如同金子无人堪比，吟诗作画抚琴对歌更是百里挑一……

"净琉璃？"老军医骤然惊呆了，"你……你怎么会唱净琉璃？"

林雪梅冷静地盯着他的眼睛，"一个朋友教的我，是一个日本朋友。"

"她叫什么名字？能告诉我吗？"老人开始激动起来。

"冈本幽兰。"林雪梅注意到了他的表情变化，从内衣口袋里掏出一张名片递了上去。

老人颤抖着双手把名片接了，仔细端详着，随后将它拿到嘴边深情地亲吻起来，眼睛里涌出了成串的泪水，"幽兰，我的女儿，我好想你啊……"渐渐，他恢复了理智，问道："快告诉我，幽兰现在在哪里？她还好吗？"

林雪梅已了然于心，一切都在证实着自己的判断，眼前的这个日本军医，无疑正是冈本幽兰的父亲冈本千树，于是，她把自己与他女儿在北平相识的经过述说了一遍，并告诉了他两个儿子的不幸遭遇。

老人低声啜泣着，不停地耸动着瘦弱的肩膀，"罪恶的战争，令人诅咒的战争，老天绝不会放过这些制造罪恶的疯子！"

林雪梅不知道应该如何安慰他，只能以叹息表达着自己的同情。忽然，冈本千树抹了一把眼泪，正色说道："孩子，你们不能在这里继续呆下去了，刚才你已经看到了，他们什么事情都会做出来，你们要想办法尽快离开这里。"

林雪梅无奈地说道："非常感谢您的提醒，可我们实在是一点儿办法也没

有啊!"

"我很愿意帮助你们,可我的权力小小的,实在无能为力,请你谅解。"冈本千树思考片刻,"这样,你把幽兰在北平的住址告诉我,今晚我就给她写信,说不定她会有办法!"

"有楼西库(承蒙关照)!"林雪梅一句生硬的日语,让冈本千树破涕为笑。

二十二

来的是真定府常山将，赵子龙在长坂坡前曾把美名扬！
但则见在马上端坐一员将，嚯，真是威风凛凛相貌堂堂！
明亮亮的烂银盔上生杀气，风飘飘的九曲簪缨在顶梁，
神烁烁阔目浓眉精神满，端正正鼻直口阔地阁方，
厚奄奄两耳垂轮银盘面，雄赳赳膀乍腰圆器宇轩昂。
穿一件素罗袍衬银叶甲，悬两面护心宝镜放毫光，
系一条勒丝绦棕攒九股，锋利利青虹宝剑鞘中装，
密匝匝壶中密摆雕翎箭，飞鱼袋铁背铜胎宝弓一张，
蹬一双虎头战靴飞薄底，悬一对点银二镫在两旁，
骑一匹赶日追风银獬豸，攀一杆兵惊将怕的五钩神飞枪，

——京韵大鼓《赵云截江》

半个月后，北平总算来了人，周口兵营里的艺人们不禁一阵欢呼雀跃，将近四个月的拘役生活终于结束了，大伙儿终于可以活着回家了！

让靳大红感到疑惑的是，此番领头的竟然是个谁也不认识的身着和服的日本女人，跟在她身边的则是那个曾在园子里被自己滋过一脸水的经营果子局的胖子。

胖子旁人不理地直奔了靳大红，手指着开来的一辆小型卡车说道："和这儿的日本人谈妥了，二十筐苹果换你们二十个人，靳老板，叫你们的人归置归置赶紧上车吧。"

靳大红心里一阵酸楚，"合着在日本人的眼里，一个大活人还抵不上一筐苹果。"

"多新鲜！"胖子朝着那年轻的日本女人扬了扬下巴，"就这，要不是人冈本小姐牵线搭桥从中斡旋，也甭想。"

靳大红看到，林雪梅亲热地拉住了冈本小姐的手，像一对久别重逢的故友，又见日本老军医踉踉跄跄从屋里跑出来，热泪盈眶地与冈本小姐紧紧拥抱在了一起。不禁皱紧了眉头。

胖子凑近了一步，"说真的靳老板，小半年没听您的豆汁儿大鼓了，浑身上下哪儿哪儿都觉着不得劲儿，像犯了大烟瘾似的。没说的，这次回到北平，您得拿出几块压箱子底的活来，铆足劲唱上几场，老少爷们儿都盼着等着呢。"

"一定！"靳大红一时湿了眼眶，"胖子，这一回让您破费了！还大老远地亲

234

自跑一趟，真觉得不落忍。"

"瞧您说的，花几个钱算什么？钱是王八蛋，没了咱再赚，只要您几位能平平安安的，不缺胳膊不缺腿儿，就值！"

靳大红再一次被他的话打动了，眼泪直淌下来，一个徐娘秋老的大鼓妞儿，能让老少爷们儿如此看重，如此记挂，还能再说什么呢？你就是唱破了嗓子唱吐了血，也难报万一啊！

卡车点火发动起来，众人都争先恐后地爬了上去，此时却唯独不见了林雪梅的身影。靳大红的心里不由得起火冒了油，好一阵焦急，才看到林雪梅乐颠颠地从马厩的方向跑了过来。

"在这儿待上瘾了是不是？舍不得走？"靳大红面色铁青，开口就是一通训斥，"不像话，没见大家伙儿就等你一个人了？"

林雪梅并没辩解，脸上始终挂着笑。

车开了，她凑到了靳大红的身边，"姑儿，您猜我刚才干吗去了？"

靳大红没好气地白了她一眼，"还能干吗？除去拉屎就是撒尿。"

"您说，咱总不能让小鬼子白关好几个月吧？临走好歹也得给他们留个念想是不是？"林雪梅从怀里掏出一个干辣椒，在靳大红的脸前晃了晃。

靳大红诧异地瞪圆了眼，"你这又是唱的哪一出？"

林雪梅贴近她的耳朵小声告诉她，马厩里拴着十几匹等待出征的大洋马，趁着小鬼子都在院里抢苹果，没人注意，她溜进去在每匹马的鼻孔里都塞了两个干辣椒。小时候在乡下，她就和小伙伴做过这种事，以此报复放狗咬他们的村里的财主。马鼻子里一旦塞了干椒，就会不住地流口水、淌眼泪，浑身发软，别说奔跑，就连站着都打晃，重要的是，还轻易发现不了。相信这一回，肯定能让小鬼子们喝一壶！

靳大红听得眼睛里放了光，喜得眉毛都跳动起来，"嘿，我就奇了怪了，你一个小丫头片子，哪儿来的这么多歪歪点子？"

有一点林雪梅没告诉她，辣椒是她自己半夜从伙房墙外偷的，备了足有一个礼拜。

经过将近一天的颠簸，一行人终于又看见了久违的前门楼子，它巍峨依旧，雄伟依旧，像一个见多识广的老人，透显着宠辱不惊的沧桑。两盘鸽子鸣着悦耳的哨音从人们头顶上盘旋而过，传递着自由之身的欢愉。众人大口地呼吸着北平清晨流动的空气，只觉得格外的清新，格外的香甜。四个月了，裹着棉袍离去，披着单衣归来，让人如何不感叹韶光易逝，世事无常！

靳大红急火火从汽车上爬下来，面对着前门城楼扑通一声跪倒在地，接连磕了三个响头，如同见了亲娘一般呼喊着："做梦也想不到啊，前门楼子，我靳大红还能活着回来再看见您老人家啊！"

眼见一行艺人全都不约而同地面向城楼趴伏在了地上，头磕得咚咚作响。

白雪遗不顾年老体弱早早就赶了来，挨个儿地与众人寒暄、道乏。

家属们无论老幼能来的都来了，一时间，大人哭，孩子叫，乱作一团。没人比三伏想得更周备，他不仅带来了吃的，还提来了靳大红平日所用的那把藤套茶壶，让靳大红当场就哭了鼻子。

林雪梅一眼看到，师父金三省在金盈儿的陪伴下站在五牌楼跟前，遂急跑上去，紧紧拉住了师父的手，嘴里嗫嚅着，不知道该说什么才好。

金三省未曾开口眼泪先流下来，一双布满青筋的手不住地拍打着林雪梅的肩膀，"想死我了孩子，你这一走，就像割了我的心头肉哟……"

金盈儿不满地撇撇嘴，转身朝冯雨桐凑过去，像一贴狗皮膏药黏在了他身上，"冯哥，知道是谁把你们救出来的吗？是我！要不是我跑前跑后四处求人，就凭你们几个？在外乡待一辈子吧！可你知道我为什么这么不辞辛苦吗？就因为这伙人里边有你！"

冯雨桐不想与她纠缠，"得，那我就谢谢您了。"

"说说，拿什么谢我？光吃饭喝酒可不成。"金盈儿咧嘴一笑，话里带着明显的挑逗，"要不这么着，我去找个地儿……"

乔七巧鄙夷地剜了她一眼，拉着丈夫转身就走，甩出的话一语双关，"省省吧，金小姐，别以为别人都是傻子！"

靳大红忧虑着日后的生计，走近白雪遗问道："白大哥，雅园的生意还能接着做吗？这一大帮子人都需要吃需要喝啊。"

白雪遗叹了口气，"自打你们被日本人抓走，雅园的东家就又组织了一拨新人，实话说，他这么做也情有可原，谁能知道你们究竟哪一天才能回来？江湖上讲究义字为先，这会儿咱可不能……"

"您说得对，就是饿死，我靳大红也绝不会去呛行。"

"不过，现下倒是有一笔买卖，可我一直没敢应下，就是怕你心里边膈应。"

"您说，只要不是让我去当汉奸，怎么着都成。"

"大后天，百顺胡同春喜小班开市，要组织三天的'开市大鼓'，你看——"

"接，这活儿我们接了！"靳大红一点儿都没犹豫，"虽说我历来不去窑子里演唱，可现下顾不了这许多了，老少爷们儿总得挣钱活命啊！"

妓院的所谓"开市"，与商家买卖的开张庆典无关，乃是老鸨子和妓女们为了集中赚钱择机举办的一种专项活动，如同大小店铺筹划的促销手段，届时会聘请一些大鼓艺人前来演出助兴，窑姐儿们会分头去邀约自己的熟客，熟客会带上各自的朋友，一起前来听曲儿凑热闹。毋庸讳言，妓院里男人多了嫖客就多，嫖客多了老鸨子赚的钱自然就多，故而，这一项活动就被称作"开市"，大鼓艺人的助兴演出就被称作了"开市大鼓"。一般说来，通常每户妓馆一年之中要举行两三次的开市，多的可达四五次，按规矩，一等的"小班"办三天，二等的"茶室"办两天，三等的"下处"则只办一天。"开市大鼓"对于艺人也算是上等的买卖，一天唱下来甚至比堂会挣的还要多。

靳大红自嘲地说道："从打学徒跟师父去过一次窑子——那是不得不履行的

手续，再我还真不知道这种地方冲南冲北。说起来，还得感谢日本人，要不然老了老了，我也不至于一改初衷又串了邪钵！"

第二天一早，白雪遗便派人送来了准信儿。于是，靳大红作为此次的大鼓掌班，开始挨家挨户递送通知，人们实在没想到，刚回到北平这么快就又有了生意，个个欢喜非常，都说白雪遗白爷仗义。

开市的时间定在下午一点，大部分艺人都按照约定提前到了，聚在春喜小班的下房里准备着演出用的大小乐器。

院子里高搭着天棚，处处挂满了红灯笼和五彩丝带，里里外外打扫得一尘不染，如同新春过年一般。打扮得花枝招展的窑姐儿们一个不落全都簇拥在了大门口，见了属于自己的熟客便飞跑上前，彼此哥哥妹妹地叫着，携肩搭背引向了各自的房间。

靳大红站在一旁冷眼观瞧，"淫贱"两个字便开始在脑子里不住地盘旋。一扭脸，见林雪梅搀扶着金三省穿过人流走进来，急忙大跨几步迎了上去。

"师哥，您不在家好好养病，跑到这儿干吗来了？"

金三省佯装气恼地瞪了眼，"靳老板，怎么，没接着您老人家的红条儿，我就不能来了？"

按演唱开市大鼓的规矩，掌班的一旦选好了唱手，就要送过去一张五寸长、两寸宽的红纸条儿，上面写着"诚邀某某某老板于某月某日赴某班开市"等字样，权当是下了一份聘书。

靳大红赔了笑脸："哪儿的话呢，当妹妹的还不是心疼您，怕您累着？一旦有什么闪失，回头我嫂子不得埋怨我？"

金三省叹了口气，"你是知道的，雪梅挣的钱全都填我药罐子里了，我总不能眼瞧着让她一人忙活不是？再者说，老没动弦子，手也有点儿痒痒了。"

"您要这么说，我可忒高兴了，开市的活忒杂，点什么的都有，有您'北弦王'在这儿坐镇，我就彻底踏实了。"说到这儿，靳大红向林雪梅问了一句："怎么到这会儿还没见着你师姐胡翠珠呀？莫非说你没通知她？"

"哪儿呀，您不知道，打今儿起，人家不唱大鼓了，彻底改了行了！"林雪梅从衣兜里掏出一张报纸递了过去，"还正儿八经发了份声明呢。"

靳大红狐疑地朝报纸上看去，只见在一个角落印着一个小方块：

郑重声明：从即日起，本人自动放弃大鼓艺业，专事时代歌曲演唱，并接受拍摄电影之请，同时，自此更名为胡蝶影。胡翠珠启。

"行啊，屎壳郎变唧鸟儿①，她这是要飞啊！"靳大红撇撇嘴，对着金三省说道："瞧见没有，你这徒弟算是白教了，打现在起，人家可就不是大鼓妞儿了，见面得尊一声歌星影星了，不过这也挺好，从今往后您也就不用总惦记着了。"

———————————

① 唧鸟儿：北京话，即蝉。

金三省的脸倏忽红了，"嘿，你这话说的，我没事儿总惦记她干吗？现而今我就惦记雪梅一个人！"话一出口即觉不妥，忙找补道："我就想着怎么能让雪梅扬了名，成了蔓儿，到死我也就合上眼了。"

靳大红呵呵一笑，"你要这么说，我就放心了。"

金三省余怒未消，"改天我也发个声明，和姓胡的彻底断绝师徒关系，把她逐出师门，永不录用。"

林雪梅放眼看去，觉到一等的清音小班的确与二等的茶室不同，院落比"临芳楼"宽敞，各处的建筑亦都是雕梁画栋，显得雅致清爽，一帮姐儿的岁数看上去也更为年轻。

此时，院子里像赶大集，人进人出，乌乌泱泱，络绎不绝，老鸨子看看客人到得差不多了，遂宣布开市演出开始。正厅的前方临时搭建了一个两尺高的小舞台，一干艺人齐聚台上，各人操起各人的家伙，一时间锣鼓齐鸣，弦索铮钹，热热闹闹地唱起了群曲《渔家乐》。

唱罢了开场，众人即按窑姐儿房号的顺序分拨去她们的房间里"响房"，三五个人组成一伙，每人手持一件乐器，无论铙，无论钹，无论竹板、三弦，先唱上一段《一门五福》之类的小岔曲，接着就是一通火爆的敲打。听不听的自不用管，房间里有人没人也不用管，只要响一间房，艺人就能挣到一份钱。

两层楼二十几间屋子挨着排地响过一遍，众艺人再次回到下房，接下来，就等着屋里的主人点活，单独到姐儿的房间里去演唱了。

靳大红端着一杯热茶走向了林雪梅，"丫头，有句话憋在我心里好几天了，我问你，你和那个日本女人是怎么回事？竟然亲亲热热像姐妹一样。"

林雪梅紧忙站起来，"您是说冈本幽兰？她是日本人里的好人，和咱一样也是个唱曲儿的，说白了，就是一日本的大鼓妞儿。"

"小鬼子里边还会有好人？喊，说出大天来我也不信。"靳大红嘴咧得像个瓢。

"她反对这场战争，同情咱中国人。这次，要不是她出面帮助，咱这伙人一准儿得死在河南。"

"反正……小鬼子就是小鬼子，你得留点儿神，别让人骂你是汉奸。"

工夫不大，就听到站院子的"大茶壶"在外面高声喊起来："有题目，3号房的姑娘烦靳大红靳老板唱《妓女告状》！"

靳大红一杯热茶刚喝了两口，心不甘情不愿地站起来，"得，为挣俩窝头钱，我这也算是老不要脸了。"

"有题目，12号房的姑娘烦乔七巧乔老板唱《宝钗扑蝶》！""大茶壶"再次喊道。

金三省正歪在一旁冲盹，这当口，林雪梅便听到了呼唤自己的喊声，"有题目，8号房的姑娘烦林雪梅林老板唱《摔镜架》！"她取过一条热毛巾为师父擦了把脸，轻声唤道："醒醒吧师父，有人点咱爷儿俩的活呢。"

刚才响房她去的二楼，8号房则在一楼，屋里的姐儿是个十八九的姑娘，操着一口浓浓的天津卫音儿，此时，正有三个男人围着她起腻。林雪梅听师父说过，妓院里把这种行为叫做"打茶围"。屋里的陈设倒也不俗，雕花木床，硬木桌椅，墙上挂着字画，条案上还摆放着笛、箫、琵琶等一些乐器。她安顿师父坐好，随后支起了书鼓，静等着主人发话。

几个男女只当是他俩不在，公然继续着调情的游戏。

"傻站着干嘛？只管唱你们的就是。"姐儿转脸对着林雪梅吩咐一句，扭身坐到了临时丈夫——胖子的大腿上。

林雪梅只得敲击鼓板唱起来。她知道，凡到这里来的男人没有一个是真正为了听曲儿的，之所以把他们爷儿俩叫来不过是显份儿摆排场，只为讨屋里的女人一份欢心。她有一搭无一搭地哼唱着，有意侧着脸，只想装看不见，然而却实实难以做到，这三个自称在市府缉查处公干的男人委实闹心。

姐儿悠闲地嗑着瓜子，并不时地用舌尖把嗑好的瓜子仁递送进搂抱着她的男人嘴里。

林雪梅看到，其中一个青白脸的男人把一根烟卷横着裹在了双唇间，点手示意让姐儿过去为他点烟。烟不用嘴抽是点不着的，姐儿只好起身凑近过去，嗔一句"讨厌鬼"，弯下腰，粉脸紧贴了他的腮，撅起嘴叼住烟卷的一头，划了根火柴点向了另一头。

青白脸像捡了块狗头金，得意洋洋，一边笑一边在姐儿的屁股上捏了一把。

林雪梅羞红了脸，强迫自己低下了头，此时，她忽然发觉弦子声愈来愈弱，竟至慢慢地停了下来。她转回头朝师父看去，却见他已经微闭了双眼，靠着椅子背轻轻打起了小鼾。

她走过去晃了晃师父的肩膀，金三省随即醒转过来，"丫头，我是不是眯瞪着了？这是怎么话儿说的，人有话，'财发精神爽，愁来瞌睡多'，一点儿不错。"言罢，大三弦又接着弹响了。

好在屋里的男女并没把心思放在听曲儿上，这一刻，只见另一个茄皮紫男人指指八仙桌上的一盘瓜子说道："嫂子真是偏心眼儿，只知道照顾我们处长，好东西都让我大哥一人独享了。"

姐儿听得明白，轻佻地一笑，"这叫嘛话？他是我爷们儿，不照顾他我照顾谁？不就是想吃瓜子吗？这容易，只要兄弟你保证下次还来，嫂子我就便宜你一回。"说着，走到他面前，伸出一只手捏开了他的嘴巴，将舌尖上的一粒瓜子仁送了进去。

茄皮紫夸张地吧唧着嘴，"冲这个我一定还来，可不知嫂子敢不敢留下我？"

姐儿斜睨了主座的胖子一眼，"这有嘛？只要不怕你大哥把你小子劁了，让嫂子干嘛都行！"

林雪梅不由在心里咒骂起来：恬不知耻的狗汉奸，哪天让杀奸团碰上，准叫你们个个跪在地上喊爷爷！

妓院开市和唱堂会不同，此处不管饭，到了饭口，艺人们只能抽空轮流出去，找个近处的小饭铺匆匆填饱肚子再急急返回来。这一下午，林雪梅一直没闲着，唱了足有六七段活，看看天色已渐渐昏暗，便开口对师父说道："您先安心在屋里眯一会儿，我给您去买吃的。"

暮色中，她看到有一对老人在大门外面徘徊，细一打量，发现竟是罗翰文教授和他的老伴。

林雪梅心知有事，急跑两步迎了上去，一颗心随着跳荡起来，"您二老怎么找到这儿来了……我还说，忙过这几天就上家里去看你们呢。"随后又忐忑地追问了一句："罗大哥他好吧？"

"好，他挺、挺好的……"

林雪梅发觉，罗教授说这话时有点吞吐，而一旁的老伴则痛楚地别过了脸，即刻意识到一定是罗华章出了差池，"罗大哥他怎么了？别瞒我，求求您快点把实情告诉我……"她的话语里已经带出了哭音。

罗翰文把她拽到一旁，告诉了一个令她难以承受的消息：头天晚上，罗华章被日本宪兵抓走了！

林雪梅只觉得眼前一黑，几乎要跌倒在地上，一直担心的事情到底还是发生了！但她很快就恢复了平静，理智在提醒她，两位老人既然来找她，就是把她当做了家里人，此时自己必须含悲忍泪咬牙挺住，老人家需要她安慰，罗华章需要她营救，自己不能沉陷于伤痛的漩涡之中，当务之急，就是要想尽一切办法早日让罗华章脱离险境！

"您二老放心，今天晚上我就去寻找他！"

林雪梅觉得自己好笨拙，好无能，想不出一丁点儿办法，只能先去确定罗华章关押的地点。她辞掉了小班开市的演出，开始奔波于北平的大街小巷。没有人知道罗华章的具体下落，她只能按照听闻来的日本人的监狱地址一家挨一家地去打问。一连三天，她几乎跑遍了四九城，第一站去了东珠市口的日本宪兵分队，缠磨许久，也没问出个所以然来，转而，她去了灯市口东厂胡同黎元洪旧宅的日本监狱、东直门外炮局胡同的日本军法部监狱，仍旧一无所获，最后，又去了北大红楼日本宪兵队总部和东公街老顺天府的日本陆军司令部监狱，皆失望而归。她弄不清小鬼子在北平到底关押了多少中国人，只听说仅炮局胡同一处就圈着三千多人犯，她的心一下子凉了，凉得像一块河冰，偌大的北平，有着成千上万被囚禁的人，又让她一个小女子如何能寻出一个罗华章来？

她了解到，监狱里几乎每天都有中国犯人被处决，日本人无疑是一群惨无人道的恶魔，竟使用着各种不同的手法来残害中国囚徒，一曰捅铳——枪毙，二是活埋，三是砍头，四是狗吃，听得她毛骨悚然，心悸之余更加忧心如焚。

她想求助于白雪遗白大爷，老人家历尽沧桑，足智多谋，说不定就能帮她出个好主意。但是，当她真的来到老人的面前时，还是把到了嘴边的话咽了回去，

长篇小说 大鼓妞儿

她想明白了，这是一件极具危险的事情，只能自己独自承担，要死就死她一个，绝不能再让别人搭上性命。

万般无奈之下她奔去了妙峰山，她听说八路军平西游击队就在这一带活动，企盼着能在这里碰见董茂昌，董大叔就是游击队的人，八路军抗日，杀奸团也抗日，相信他们只要知道了罗华章被捕的消息，肯定不会不管，肯定会发兵把他解救出来。然而，她跑了整整一天，却没寻到游击队一丝一毫的踪影。

林雪梅的脑子如同被掏空了一般，拖着灌了铅似的两条腿回到城里，坐在一家茶馆的台阶上，手托下巴陷入了无望的沉思之中。

"妹子，大中午的，干吗一个人跟这儿傻坐着？像丢了魂儿似的？"一个熟悉的声音从她身后传过来，她扭脸看去，只见章红宝从茶馆里款款地走了出来。

林雪梅紧忙站起身，未及开口说话，眼圈先红了。

"哟，这是怎么了？谁又欺负我妹子了？告诉我，姐找他算账，替你出气！"章红宝仍是一副侠肝义胆，边说边攥住了她的手。

她二人走进茶馆找个偏僻角落坐了，章红宝不无担心地开了口："我瞧出来了，事儿还不小，跟我说说吧，只要你信得过你这个姐。"

林雪梅自觉已经到了山穷水尽的地步，再也没有了任何顾忌，遂把罗华章被捕、自己百般寻找却毫无结果的事对她讲了。

"他是你什么人？心上人，相好的？"

林雪梅的脸红得像个熟透的苹果，默默地点了点头。

章红宝料到她必是没吃午饭，起身叫了一碗烂肉面，"说起来，老天爷是真照应你，让你在这个节骨眼儿上遇见了我！"显然，她话里有话。

林雪梅瞬间明亮了双眼，放下了筷子，"听你这话，你知道他关在哪儿？"

"没错儿，我知道，这个叫罗华章的小伙子现下就关押在东珠市口，我是当面听一个翻译官对中村说的，上头催促中村把人送到北大红楼，他怕让别人抢了功劳，坚持要留下来由自己审。"

"姐，你说，咱能不能凑点钱把他赎出来？"

章红宝摇了摇头，"我听说，他是抗日杀奸团的一个负责人，钱怕是解决不了问题。"

"那又怎么办……姐，告诉我，日本人打没打他？"林雪梅眼见就要哭出来。

"没听说，可我想……"

此时，茶馆的书台上有一个男艺人在说评书《水浒》，正说到"智取生辰纲"一节。

"我真想变成水泊梁山的一条好汉……"林雪梅紧咬着后槽牙。

"怎么，想劫牢反狱？就凭你？"

"我知道不成，就是……就是心里急，想把他解救出来，只要能让他活着出来，即便让我去死我也愿意！"

"姓罗的这小子有福气，有眼光！妹子你是个讲情讲义的人！"章红宝赞了一句，沉吟片刻说道："这不成，那也不成，我这儿倒有个主意，不知你想不想听？"

"快说，姐，我想听！"林雪梅急切地抓住了她的手。

章红宝喝了一口热茶，压低了嗓门，"有句老话，'大姐做鞋，二姐照样'，中村抓了你的人，你就不会乘其不备也抓一个他的人，两相交换岂不是省事得多？"

"这主意好！"一番话点燃了林雪梅心中的希望之火，高兴得禁不住拍了桌子，见四外的人都向自己这边看过来，遂吐了吐舌头，强压了兴奋之情小声问道："可……抓谁合适？又怎么抓？"

"兵头将尾肯定不行，抓了兴许中村也不换，要抓就得抓他一个心尖子，抓一个让他难以割舍的人，到时候他想不换都不行。还有，这事儿硬来不行，得像梁山好汉取生辰纲一样，用智！"

"谁又能算他中村的心尖子呢？"

"想来想去只有一个——中村的儿子太郎，只有他才是老鬼子的心肝宝贝！"

"为什么这么说？"

"他是中村的第一个儿子，所以叫太郎，也是他唯一的儿子，四十岁上才有的，照北平人的说法——老来子，头顶着怕摔了，搁嘴里怕化了。"

"可……说到底他还是个孩子，这么做，是不是有点儿……"

"这会儿管不了那么多了。你不知道，这小鬼子比他爹老鬼子还坏呢，平日专找中国孩子欺负，我亲眼瞧见他骑在一个中国小女孩儿的身上，手里还拿把刺刀，吓得那孩子当场就尿了裤子。"

"那……又怎么才能把他弄到手呢？"

"要不我怎么说老天爷照应你，具体说，后天就是个机会，中村当晚要给他的儿子庆生，在大光明影院包了一场电影，两部片子连放，你想，三四个钟头的时间里这孩子不可能不上厕所吧？到时候趁黑灯瞎火正好下手。"

林雪梅思索了一阵，"这种场合肯定是戒备森严，我怎么才能混进去呢？"

章红宝皱了眉，"这就得靠你自己想办法了，我了解到的是，凭请柬入场。还有，这事儿单凭你一个人肯定办不成。"

林雪梅沉默了，许久才问道："姐，后天你去吗？"

"说不准，如果我在场，自会找机会帮助你。"

林雪梅的脑子在急速旋转，天赐良机，机不可失，时不再来，虽说这件事办起来难度非常之大，但要想把罗华章解救出来，成败唯此一举！

转眼间，满满一碗烂肉面被她一扫而光。

二十三

张二哥他有个心疼病，奴给他绣了一个护心兜兜。

兜兜里儿本来是苏白二洋绉，兜兜面儿原是江南白川绸。

上边绣上了几出戏，一出一出全有个讲究。

——河南坠子《王二姐思夫》

胡翠珠深为她的大胆决定感到自豪，她认准，这一次乃是自己改换门庭的最好机会。

那天，从河南回到北平，她顾不得与众人道别，叫了一辆洋车直接回了家。

离老远，她就看见有一辆黑色的小轿车停在她所住的院落门口。未及走到近前，车门一开，记者孙维本满面春风地迎了出来。

"哈，胡小姐，一路辛苦，辛苦了……"孙维本透着十分的热情，"知道您今儿头午必到，我已然在这儿等您老半天了。"

"找我有事？"胡翠珠狐疑地盯向了他，自己从不曾与这个油滑的瘦小男人打过交道，弄不清他来干什么。

"没错儿，有事，而且是好事！俗话说，'大难不死，必有后福'，瞧见没有，您这福说到它还就到了！"

"我一个大鼓妞儿，除了遭人白眼儿，还能有什么福？"

孙维本没接她的话茬儿，抢先替她付了车钱。说话之间，汽车里又走下两个男人，孙维本紧忙转回身："给胡小姐你介绍一下，这两位是满洲映画株式会社的松本先生、西园先生，专程从东北赶过来，来邀请您拍电影的。您说，是好事不？"

胡翠珠简直不敢相信自己的耳朵，慌忙把人往家里引。伙居的大杂院里停靠着她那辆瘪了轮胎的自用车，显然，她雇用的车夫早已另谋了生路。一间小北屋窄窄憋憋，因着几个月没人住，到处土气扬长，凌乱不堪。

见此，孙维本说道："胡小姐，这么着，您跟我走，这两位先生已提前在东方饭店为您订下了包房，往后您就是大明星了，再住这小破屋也不适合您的身份。"

松本操着一口流利的汉语附和道："胡小姐风华绝代，前途大大的！"

胡翠珠自然乐于依从。一路上，她的心都在不停地唱着歌，真的是好事啊，可谓天大的好事！这些年，她日日想夜夜盼的不就是这一天吗？大鼓妞儿算个什么玩艺儿？那是下九流里的下九流！单说那些个唱皮黄的戏子吧，虽然同属下九流，可唱大鼓的却比着他们还要低人一头，经常有京戏艺人召唤大鼓妞儿去他家唱堂会的，谁又见过唱大鼓的请几个京戏的大小角儿到宅子里唱一出？老早她就鄙视了自己的这个行业，每天都在盼望着跳槽，然而，当机会从天而降时，她还是感到有些如真似幻，有些迷惘甚至慌乱。

东方饭店的餐厅里，松本从皮包中取出两份合同放到了桌上，"胡小姐，请先听我说一说具体的安排和打算。这第一部影片名叫《满洲之恋》，是孙维本孙桑创作的，剧本此时正在日本文部省审查，估计用不了多久就会批下来。其中的女主角决定由你担任。计划从下个月开始造型试妆，然后到奉天拍外景，整个拍摄期大约一年左右。这部电影不仅会有中日两种版本，而且还会配上英语、韩语、马来语，拿到世界各地去放映，所以，必须把它拍成一部精品。至于胡小姐你的薪酬，一切都好商量。"

胡翠珠喜不自禁，她注意到了对方话里的"第一部"这三个字，心中暗自揣测：听他这意思，拍完这部《满洲之恋》，还会有第二部或者第三部？她禁不住把亢奋带到了脸上，瞬间现出一片潮红，如同喝了美酒。她从没拍过电影，不知道该提出一个什么价码才合适，遂试探着说道："我，不想要银联券，也不要法币，成吗？"

"那你想要什么？"松本问了一句。

"硬通货，金条。"

"完全可以。多少？"

胡翠珠放开胆子说道："三……三根。"

"幺希，成交！"松本把合同递了过去，同时从皮包里取出三根黄灿灿的金条放到了胡翠珠的面前，"待影片杀青时，我们还会再付你两根。"

孙维本掏出自己的钢笔交到她的手上，"瞧见没有，人日本人就是豪爽大方，连个磕巴都不打，成交！敢说您唱一辈子大鼓，也挣不出这么多钱。"

胡翠珠匆匆看了一遍合同，见一切写得倒也顺情顺理，随即便在上面签上了自己的姓名。不知怎么，签字时，她感到自己拿笔的手在微微颤抖。

饭后，两个日本人夹着皮包走了，孙维本陪着她走进了三楼的包房。这是一套装饰豪华的套房，外间是客厅，摆着沙发、茶几、麻将桌，里间是带卫生间的卧室，席梦思的软床上摆着未曾拆包的睡衣，摞着提花的彩缎被。

"哟，我可住不起这么好的房子，"胡翠珠看看四周的陈设，不觉有些慌乱，"这一天下来得花多少钱啊！"

"您就踏踏实实跟这儿住着，住多长时间都行，实话说，日本人全包了，一个子儿您都不用掏。您是大明星，您不住这儿谁敢住？"孙维本一脸的巴结。

胡翠珠觉到浑身一阵酸懒，无形无状地倚在了沙发上，"孙记者，虽说咱俩没少见面，可从来没真正过过话，我想，今后要总叫你孙记者未免显得生分，可到底叫你什么才好呢？人家姓李的可以叫小李子，姓德的能叫小德子，你姓孙，叫你小孙子？这也不好听啊！"

"骂我是不是？"孙维本紧贴着她凑了过去，"我比你大，商量商量，叫孙哥成不？"

"成。"胡翠珠忍不住扑哧笑了，"孙哥，你说，等这部电影拍下来，是不是我就可以买上一所小四合了？"

"你可别不爱听，翠珠，你这眼皮子忒浅！用不了三年二载，甭说小四合，一准儿你能买下一座小洋楼！信不信？"孙维本说着，把手悄悄地伸向了她的大腿。

胡翠珠佯装不知，"人都说拍电影有不少的讲究呢，你学问大，多知多懂，能不能和我说说？"

"成，这我内行。拍电影首先讲究的就是镜头，远景、全景、中景、近景、特写，俯拍、仰拍、摇拍，一个大特写拍下来，甭说鼻子眼睛，就连头发丝儿都一根一根看得真真楚楚。还有蒙太奇，嗐，现下说多了你也听不懂。"

"这有什么难的？拍一回不就全知道了。"

"可你知道演员要想拍好一部片子，最关键的靠谁吗？"

"靠导演呗。"

"非也。听明白了，得靠编剧！我给你多写几场戏，多写几句台词，你就是主角，我少给你写几场戏，删你几段话，你就成了配角。"孙维本趁机把手朝她的腰间伸去。

胡翠珠恼了，在他的手背上恨恨地打了一掌，"姓孙的，把你的爪子收回去！哪儿学的这一套？日本人教的？你也给我听明白了，本小姐可不是金盈儿，裤腰带任男人随便解，你帮我，我知你的情，不帮我，拉倒！"

孙维本知道自己操之过急，讪笑着说道："翠珠，对不起，主要是你长得太漂亮了，尤其是你这张脸，可以说是美轮美奂，无可挑剔，我忍不住就……对了，还有件事想跟你说说，你这名字得改改，别怪我嘴直，翠珠这两个字忒土，怎么听都是个唱大鼓的。"

胡翠珠兴趣盎然地说道："有道理。你有墨水，这会儿你就替我想一个好的。"

孙维本故作高深地沉吟半晌，"改叫胡蝶影怎么样？一听这仨字就知道是个大牌明星。"

胡翠珠想了想，感到十分满意，"不赖，就叫胡蝶影了，明儿我就在报纸上发个声明。"转而又问道："孙哥，扯了这半天，我还不知道你这部《满洲之恋》讲的是什么事儿呢，趁这会儿就和我说说呗。"

孙维本扶扶眼镜框点点头，"故事得从 1936 年讲起，你扮演的女主人公叫米兰，是奉天的一个中学生，不仅人长得漂亮，而且歌唱得也好，知书达理，守身如玉。"

"嗯，你还别说，这一点和我本人还真一样。"胡翠珠附和道。

孙维本搞不清她指的究竟是会唱歌还是守身如玉，想笑却没敢，于是接着说下去，"一天，放学之后，她被一伙地痞流氓堵在了小胡同里，几个坏蛋欲行不轨，米兰姑娘誓死不从。"

"好女孩就应该这样，这是本分。"

"正在万分危急的时刻，一个年轻的日本军官正好由此路过，小伙子身材高大，英俊威武，凭着一身的拳脚功夫，只手对群狼，舍命救下了米兰。"

"你这可说的不对，日本人个个都是小矬子，又哪儿来的身材高大？一听就假。"

"干吗要这么较真呢？男主角万里挑一，还怕挑不出个高个儿的来？我必须要这么写。听我往下说，后来，一来二去米兰就喜欢上了这个名叫平田一郎的日本军官。"

"这又假了，中国姑娘怎么会如此下贱，竟然爱上了一个小鬼子？"

"你说错了，她可不是中国姑娘，而是一个满洲国的姑娘，要不怎么能叫《满洲之恋》？"

"这有什么区别吗？满洲原本还不就是中国的地盘？"

"打住，胡小姐，说这话可是要杀头的！"孙维本提醒道。

"行，行，满洲姑娘，你接着说。"胡翠珠撇了撇嘴。

"简短截说，从此，米兰不顾父母的反对，天天到军营去找一郎，可一郎军务繁忙，二人很少见面。一年后，一郎调防去了北平，米兰遂自动放弃了学业，千里跋涉寻到北平，一路艰辛自不必说。不料，好不容易到了目的地，一打听，一郎又随部队去了南京……"

"等等，"听到这里，胡翠珠由不得紧锁了眉头，"拍这种片子，我会不会招人骂呀？日本人在中国干的事，人人有目共睹，让我去爱他们？"

"不就一部电影嘛，哪儿有那么多说头？再者说，哪儿没好人？日本人也有那行侠仗义的不是？你不是一直想改行从影吗？这部影片一拍完，你必会名利双收，有得必有失，你可得想清楚。"

胡翠珠一时有些心乱，推了他一把，"得了孙记者，省省吧，你这儿一通花说柳说的，把我都说糊涂了，我坐了一整天的汽车，乏了，你回吧……"

拍不拍？事已至此，只能拍，兴许这就是一部单纯谈情说爱的片子。胆小不得将军做，开弓没有回头的箭，不就拍个电影吗？什么电影还不都是为图个热闹？机会真的是难得啊……胡翠珠昏昏睡去，她梦见，印着自己头像的电影海报，已经贴满了北平的四九城。

"三伏哥，你睡着了？"

"没。"

"那……咱俩说说话好不好？"

"你说吧，俺听着。"

林雪梅趴伏在大光明影院的顶棚上，三伏四脚朝天躺在一旁。在午夜最后一场电影结束之前，他俩偷偷跑到了后台，撬开天花板钻了进来。天一亮，这里就会戒严，再想进来就不容易了。为了晚上的行动，他俩必须在此坚守十几个小时。此刻，影院里已人去楼空，漆黑一片。

"和靳师姑过得好吗？"

三伏一声未吭。

"说嘛，好还是不好？"林雪梅催促着。

"她倒是挺在乎俺。"

"那不就挺好。你难道不在乎她吗？"

"不是，俺只是……只是心里一直放不下你。为了你，俺可以去死！"三伏鼓足勇气说出了存在心底多年的话。他知道，墨墨暗夜，雪梅她看不到自己已经涨红的脸。

这回，轮到林雪梅沉默了。

"他对你很重要，是吗？"三伏问了一句。

林雪梅自然明白这个"他"指的是谁，想了想说道："比命还重要，用你的话说，为了他，我可以去死！"

三伏沉吟半晌，"俺一定帮你把他救出来，不为别的，只为了你！"

"哥，谢谢了……"林雪梅的眼睛湿润了。

绑架行动志在必得，林雪梅只好来到白雪遗的家，将事情的来龙去脉和盘托出。白雪遗思虑再三，也认为这件事除此再无良策，于是唤来了三伏和黑丫头夫妇，先去勘察了大光明影院的地形，之后，反复掂掇，做出了一番安排。

林雪梅掏出白雪遗让她带来的荧光怀表，看了看才将将午夜两点。她不敢沉沉睡去，耳朵一直紧贴在棚板上，悉心地捕捉着下面的动静。饿了只能啃几口窝头，虽然干得噎嗓子，却也不敢喝一点儿水。一个蓝布包袱放在她的身边，里面装着专为这次行动准备下的服装及物品。

时间过得异常缓慢，表针仿佛胶着了一般。不知过了多久，她终于听到有人开始在舞台上走动，间或还有几句叽里呱啦的日语传出来，估计是日本人在清场。

生日晚会定在七点，当怀表的时针指向六点时，林雪梅示意三伏，先后从顶棚上溜了出来。他俩躲到银幕的后面，换上了事先备好的服装，林雪梅改了一身男装打扮，花格的薄呢西服，鸭舌帽，还戴了一副茶色的养目眼镜。三伏见她这副模样便忍不住笑了，趴在她的耳边告诉她，说她像极了报纸上登的女汉奸川岛芳子。三伏穿着黑府绸的衣裤，扎着宽宽的板带，看上去俨然是个权贵人物的贴身保镖。

场子里已陆陆续续开始进人，林雪梅发现，前排的座位是一组沙发，沙发前面的茶几上摆着茶杯、香烟和一盘盘的水果，最中间的位置还单独放有两瓶可口可乐。她吹着口哨，一副优哉游哉的样子，溜溜达达向着中间那张茶几凑过去，这时，有一串钥匙从她的裤兜里哗啦啦掉在了地上，于是，她便弯了腰，谁也没有注意，就在她捡钥匙的同时，以极快的速度从随身携带的皮包里掏出了两个玻璃瓶，与茶几上的那两瓶可乐做了调换。

好容易盼到中村喜赖牵着他的儿子太郎进了场，身后跟随的是穿了一身和服的章红宝。坐在他们左右及后排的是一水的佩戴着枪械的日本军官，显然，小鬼子也担心今日有什么意外发生。

林雪梅找到一个靠柱子的边位坐下来，一双眼睛一眨不眨地紧盯着前方。此刻，三伏正躲在不远处一个通向厕所的太平门的帘幕后面，静等着她发出行动信号。

影院的钟声响了，中村站了起来，什么话都没说，只转回身向着全场的来宾挥了挥手，随后灯光便渐渐暗下来。放映的第一部片子是中国出产的《火烧红莲寺》，看着银幕上一个个飞檐走壁的黑衣侠客，中村太郎欢喜得手舞足蹈，旁若无人地不时发出了一声声的尖叫。

林雪梅神情专注地盯视着目标，她预料不到这孩子喝下她制作的"可乐"究竟会有什么反应，只盼着他能尽早起身去厕所，届时，由三伏出手对付一个小孩儿无疑会手到擒来。茶几上的那两瓶"可口可乐"是她比照着原装饮料的口味和颜色，用槐米、车前子、瓜皮等几味利尿的中药熬制成的，还加入了姜丝和红糖。她唯一担心的就是中村的儿子会整场一直赖在座位上，不撒尿，不上厕所，真要是那样，就将功亏一篑，竹篮打水一场空。自己的这伙人当中没有一个拥有侠客的本事，能在众目睽睽之下把这孩子凭空掠走。她从章红宝那里获知，这小日本儿酷爱可口可乐，于是就想了这么一个"帮助"他排尿的主意。

十几分钟过后，她看到中村太郎拿起了"可乐"瓶，可他仅仅喝了一口便放下来，还朝着瓶子上下仔细打量了一番。落败的感觉随即攫住了她的心，马上意识到这孩子恐怕是体验出了口味上的差异，恨只恨这小日本儿忒精忒贼。然而，片刻之后却见他再次拿起了玻璃瓶，对着嘴大口大口地畅饮起来。

啊，林雪梅总算喘匀了一口气，暗忖道：早知道如此，就应该再抓一把巴豆放进去，让这小兔崽子跑肚拉稀才好，当初只因顾虑巴豆性寒味苦，怕他接受不了。

眼见着一部片子放到了结尾，两瓶"可乐"被中村太郎喝了个净光，但他却仍旧窝在沙发上，一点动静也没有。紧接着放映的是冈让二、逢初梦子主演的日本片《多情佛心》，未及五分钟，太郎终于坐不住站了起来，章红宝也随即陪着他站起身，林雪梅心中大喜，一把摘下鸭舌帽，向三伏发出了行动信号。

不料，中村喜赖却将章红宝按住了，挥手叫过来一个背着长枪的宪兵，指令他跟着自己的儿子。

林雪梅估计这会儿三伏已经潜入厕所，此刻突然生变，再想通知三伏已然来不及，只好起身尾随在宪兵的后面来到了走廊上。

宪兵示意中村太郎在厕所门外稍候，端起上着刺刀的长枪，准备自己先进去查看一番。

林雪梅急中生智，操着半生不熟的日语喊住了他："喂，当兵的，有件事情你去替我办一下！"

宪兵回过头愣住了，"先生，你是在叫我吗？"

林雪梅傲慢地挥了下手，"是的，我口渴了，你到大街上给我买一瓶汽水回来。"随说随从口袋里掏出了一张钞票。

太郎似是忍耐不住，手捂着小肚子来回跺着脚，不管不顾朝着厕所一头扎了进去。

"我脱不开身，正在执行任务。"宪兵一时摸不清对方的身份，不敢轻易拒绝，拖着枪凑过来，"请问，你的，什么的干活？"

林雪梅一下子想到了川岛芳子，"我是川岛芳子，满洲国安国军总司令的干活，难道你从来没见过我吗？"

宪兵不仅知道川岛芳子其人，而且知道她有着一位赫赫有名的日本干爹，更重要的是，现下这个女人正与自己的司令长官田宫中佐混得极熟，但他确实没见过她。"请长官等我一会儿，等我把小少爷送回去之后——"

林雪梅未容他把话说完，朝着他的脸就是一掌，"八嘎，东洋鬓的给！"

这时，厕所里忽然传出一阵响动，惊得宪兵顾不得再去解释什么，端着枪径直朝里冲去。

林雪梅紧追一步，"三伏哥，小心，有鬼子兵进去了！"话音未落，便听到"嗵"的一声闷响，像是有人跌扑在地上。

厕所里的景况让她看到了成功的希望，宪兵口吐白沫头靠尿池子躺着，一支三八大盖握在了三伏的手上，后窗洞然大开，中村太郎不见了踪影，显然已经被运送到了窗外的胡同里。

三伏朝着宪兵踹了一脚，"要不是怕闹出动静，俺就一枪崩了这狗日的！"

林雪梅兴奋得涨红了脸，从衣兜里掏出一个信封放到了宪兵的身上。

张子强的脸在窗户口上晃了一下，接着便有一双大手伸进来，三伏托起林雪梅往上一送，她的多半个身子就蹿了出去。

洋车里坐着黑丫头，怀里紧搂着那个黑布遮了眼睛、胶布贴了嘴巴的小日本儿。林雪梅一步蹿到车上，对着太郎的耳朵叮嘱道："别怕，只要你老老实实呆着，我们就不会杀了你。"

三伏抄起车把，回头看了一眼，发出一声"走"，两个男人一个在前面拉，一个在后面推，朝着茫茫的暗夜急速奔去——他们必须连夜出城，否则将前功尽弃。

北平的外七门每晚六点就要关门上锁，且有重兵把守，此时若打算出城只能另辟蹊径。张子强引着一行人来到了永定门西边的一处城墙下，只见他从怀里掏出一条钩索，先朝雉堞的豁口瞄了瞄，然后奋力一甩手，铁钩便牢牢地挂在了高墙上，接着手抓绳子如猿猴一般攀爬了上去。

黑丫头从洋车上取出一个柳条筐，用从墙头垂下来的绳索系好，转手便将中村太郎塞进筐里。

林雪梅主动留在了最后，料想中村老鬼子此刻肯定已发现儿子走失，必是一副热锅上蚂蚁的模样，忍不住扑哧一声笑出来。

突然，她觉到有人在她的肩膀头上轻轻拍了一下，只惊得霍然出了一身冷汗，待她慢慢地转回脸看过去，却见一支黑洞洞的枪口正抵在自己的胸前。

"别怕，梅子，是我……"面前的男人率先开了口。

林雪梅由不得高兴地跳起来，"天，怎么会是您啊，董大叔！"

中村喜赖：

　　你的儿子太郎现正在我们手里，请不要惊慌。我们无意伤害他，只打算用他和关押在你处的罗华章进行交换。交换的时间与地点是：明日下午两点妙峰山娘娘庙（届时，双方各距交换场地200米）。过时不候。奉劝，千万不要自作聪明耍花招，拿你宝贝儿子的性命当儿戏！勿谓言之不预也！

　　祝你早日驾鹤西归！

八路军平西游击队
即日

中村喜赖的确像一只热锅上的蚂蚁，心中燥热，手脚却冰凉。对他而言，与其说这是一封书信，不如说是一份通牒，一份战书，通篇语气坚决，毫无商量的余地。

当得知儿子失踪的消息时，他仿若进入了世界末日的一个疯子，对着身边的几个人一通捶打，即连一直被他当做妻子的章红宝也挨了他一个耳光。儿子是他的心肝宝贝，且是他中村家族三兄弟唯一的一棵苗，没有了儿子，他便失去了生活的全部意义和全部希望。他庆幸自己没把罗华章递解到红楼总部，否则，他就没有了换回儿子的本钱。他庆幸自己尚未开始对罗华章动刑，否则，又岂能指望换回一个完整无缺的太郎？换吗？换，他只能交换，必须交换！时间不允许他犹豫，他也不想过多地考虑，别说是一个小小杀奸团的负责人，就是八路军的总司令他也得这么做。他不得不佩服对手的智慧和计谋，这一次他们真的是抓住了他的软肋。然而，尽管如此，他还是提前安排好了一名狙击手，以备不时之需。

翌日中午，林雪梅一行早早地来到了娘娘庙，与此同时，有两组游击队员埋伏在了两翼山坡上。

林雪梅对董茂昌说道："大叔，一直忘了问您，怎么那么巧，昨儿晚上就让我们碰上了您呢？"

董茂昌告诉她，自己是奉命到城里侦察的，有情报称，小鬼子最近在北平集中了3000万担粮食，打算择日运往日本，一时引得国人震怒，八路军岂能眼睁睁看着日寇的这一计划得逞？必须想尽一切办法把这批粮食截下来。他完成任务往回返，没承想就遇上了他们几个。

林雪梅说，怨不得小鬼子对北平的老百姓那么狠，打着"支援圣战"的旗号，想方设法地压缩居民的口粮，一人一月只配给二十斤的定量，而且唯有献了铜的人家才发放配给证，不仅如此，真正能买到手的粮食却少得可怜，好长时间了粮店只供应土豆，五斤土豆折合一斤粮。

董茂昌转了话题，话语中满含着感激之情，"梅子，我离开家的这几年多亏你了，要不是你截长补短地去照顾他们娘儿几个，我又怎能安心地在这儿打鬼子……"

林雪梅没接他的话茬，"要不是碰见您，我们几个还真不知道这出戏该怎么往下唱呢！这下好了，罗大哥肯定有救了！"

"对了梅子，你罗大哥的父母该不会这会儿还待在城里吧？"

"放心吧董大叔，白雪遗白大爷昨天一早儿就把他俩送到乡下了。"

两点整，一团涌动的黄色出现在前方不远处，在午后阳光的照耀下，一片枪刺闪着亮银般的白光。

董茂昌搂着中村太郎走出了庙门，高声喊道："中村，你听好了，这里到处都是八路军的人，没你的便宜可占，千万别动歪心眼儿。我们说话算话，只要你把罗华章放了，我自然会把你的儿子完好无损地还给你！"

中村喜赖真想一枪把董茂昌打死，可他心里实在没有把握，对方躲在太郎的身后，忽高忽低，忽左忽右，狙击手只要枪口稍微偏离一点点，就有可能伤及自己的儿子。他无奈地叹了口气，"有一件事，我的不明白，罗华章本是杀奸团的人，和你们八路军有什么相干？"

"只要打鬼子，我们就是一家人，说了你也不懂。"董茂昌催促道，"别费唾沫了，要想早点拉上你儿子的手，就赶紧放人！"

终于看到罗华章从人群中走出来，他走得很稳健，一边走，一边伸出一只手臂遮挡着刺眼的太阳。

林雪梅激动万分，正打算呼喊，却被三伏的大手捂住了嘴。

董茂昌看准时机向前推了太郎一把，自己一闪身迅速地躲进了娘娘庙。中村太郎开始与罗华章相向而行，他一路哭喊着，鼻涕眼泪流了满脸。

趴伏在中村喜赖身边的狙击手看了长官一眼，等待着他发出射杀罗华章的命令。无动于衷的中村中佐如泥塑一般呆呆地站着，他不敢下令开枪，谁又能保证此时对方不会也有一个狙击手正在瞄着自己的儿子？

中村喜赖只能不住地在心里咒骂着，历来是两军交战不斩来使，连来使都不忍斩，你们却怎么忍心把手伸向了一个孩子？当然，他知道，换了他自己，他也会这么做的，战争不相信慈悲和怜悯。

他眼睁睁地看着罗华章站到了大庙的台阶上，甚至在走进去之前，还回过头来对着他发出了轻蔑的一笑……

罗华章彻底消失了身影，中村喜赖终于挥了手，一时枪声大作，子弹横飞——他必须给上司一个能说得过去的交代。

三天后，一份"罗华章越狱潜逃，我部追至妙峰山"的报告，由中村喜赖亲自送到了红楼日本宪兵总部。

长篇小说 **大鼓妞儿**

二十四

> "立春"过半"雨水"接连，"惊蛰""春分"和暖天，
>
> 来到"清明"野鸟喧，"谷雨""立夏"交"小满"，"芒种""夏至"栽稻田。
>
> "小暑""大暑"接炎热，"立秋""处暑"水虫儿欢。
>
> "白露""秋分"黄白草，"寒露""霜降"将冰见，
>
> 到"立冬"冷几天，"小雪""大雪"冻河滩，
>
> 交"冬至"与年连，"小寒""大寒"又是一年。
>
> ——岔曲《二十四节气歌》

光阴荏苒，时间的脚步迈进了公元 1943 年。元旦过后的第二天，乔七巧把林雪梅叫到了自己住的小东屋。

冯雨桐在一旁默默地收拾衣物。桌子上放着两碗泡在开水里的豆饼，一疙瘩一块像小孩子拉的稀屎。粮价虽一日三涨，但经常是有价无粮，现下，连土豆都难得一见了，豆饼成了北平百姓一日三餐的主食。

看着堆在床上的大包小裹，林雪梅觉到了奇怪，"你们这是……要走？"

乔七巧拉着她的手坐到床边，轻叹了一口气，"怎么说呢，这日子眼见就过不下去了，上顿下顿的豆饼，连个菜毛儿都见不着，而且我——"说到这儿，她不由羞红了脸。

冯雨桐面带喜色插进话来："这还有啥不好意思的？雪梅也不是外人，直说，七巧她有了！"

林雪梅由衷的高兴，眼睛盯向了乔七巧的肚子，"几个月了？咋没看出来呢？真是天大的喜事！"

"才刚刚三个月。"乔七巧娇昵地瞥了丈夫一眼，"所以说，为了俺肚子里的孩子，俺俩也得离开北平这鬼地方。碰巧，头几天俺一个在天津'小梨园'结识的姐妹从奉天捎过话来，说他们那儿需要人手，开出的条件还挺优厚，茶园的老板承诺四管：管接、管送、管住、管柴火，另外还管两顿饭——上马的饺子下马的面，艺人唱曲儿的收入全都归自己，老板就为多赚点儿茶钱。可心的是，那儿不实行粮食统制，能吃到正经粮食。"

林雪梅为他们感到高兴，想想，提醒道："可我听说东北那地方冬天冷得邪乎，风嗖嗖的，你带着个身子能受得了？"

"人只有享不了的福，没有受不了的罪。另外，这金家俺也真真的住够了。"

乔七巧倒了一杯热茶递到林雪梅手上，"你也都瞧见了，只要金盈儿在家，一上午恨不能往俺这屋里跑八趟，黏着你冯大哥，开口金焰，闭口还是金焰，她这点儿心思俺还能不明白？她就是盼着俺嘎巴一下死了，好让冯雨桐娶了她。挺大的一个姑娘，不说张罗着嫁人，一天到晚总盯着别人的爷们儿，俺就从来没见过这么不要脸的！行，惹不起俺躲得起，看她还能不能追到奉天去！"乔七巧气得小脸煞白。

林雪梅实在不好说什么，只能劝她放宽心怀，别因此动了胎气。忽然，她灵机一动，问道："七巧姐，我跟着你俩一起去成不成？"不久前，白雪遗曾提醒过她，虽说在那次解救罗华章的行动中，她没被日本人认出来，但小心不为过，要她这一段还是少抛头露面为好。为此，一连几个月，除了承应了为数不多的几家堂会，唱了几回妓院的开市大鼓，她从没在园子里亮过相。现下，借这个机会出去避避风，倒也不失为良策。

"咋不成？你七巧姐正巴不得呢。"冯雨桐放下了手里的活，凑近过来，"有你助阵，咱这趟东北之行肯定能火。"

"好倒是真好，可是——"林雪梅又有些犹豫起来，她想到了师父金三省，"我走了，我师父他怎么办？让谁照顾我都不放心，虽说头疼的毛病好多了，可他的脑子让日本人打得留下了后遗症，弹着半截弦子就能睡着了。"

"这好办，带上一块走呗，到了那儿找郎中接着治。"冯雨桐兴奋起来，"我估摸，'北弦王'一到，奉天的杂耍园子一准儿炸了窝，就是……老爷子的脾气有点儿个。"

"有这么句话，'人有大脾气，必有好手艺'。没事儿，我师父听我的。"林雪梅站起了身，"我这就去找师娘商量。"

"冯哥！"随着一声娇滴滴的呼唤，金盈儿手举着两张电影票推门走进来，"今儿真光影院放映金焰的《情天血泪》，我好不容易才搞到两张票，午夜场，吃完晚饭我就来接你。"

"什么金焰银焰的，我去不了，你找别人吧。"冯雨桐冷了脸断然拒绝。

"你——你可是答应陪我的。"金盈儿扭脸看见了林雪梅，"咦，你怎么在这儿？"

"这地方我不能来吗？犯忌还是犯法？"林雪梅头没抬眼没瞧，顾自喝着水。

"嘿，林雪梅，吃枪药了是不是？行，你能！对了，我可听说，那个杀奸团姓罗的是你的相好，没错吧？"

"哪个姓罗的？我怎么没听说？"

"成心跟我装傻是不是？就那个中国大学的大学生，抗日分子，进了大牢又被人救出来了。起先我也挺看好他的，人长得帅，肚子里又有墨水儿，可谁能想到他竟然是……"金盈儿忽然似有所悟，"哦，我明白了，那件事该不是你这个鬼丫头出的招儿吧？"

林雪梅瞬间警醒，看来，自己真的是应该出去躲一躲了。

白丫头离开了"仙岛屋",回到了西河沿她自己的家。

一年多的时间里,她一直被崔洁实囚禁在内室,染上的毒瘾如同旷野的鬼,想找它找不着,不想见它的时候,它却从暗中突兀地现出形来,对她百般戏耍,百般折磨,令她求生不能,求死不得。每一次毒瘾发作,每一次索取白粉,她都会遭到一次奸淫,起初只是崔洁实自己,后来又添加了他的手下。她早已经没有了羞耻,心甘情愿受辱,只为了能得到那一点点儿白色的粉末。她知道,如今自己之所以被放出来,绝不是德晓峰出了赎金,只是那姓崔的开始对她失去了兴趣。

家里只剩下了几床被褥和几件做饭的家什,结婚时添置的一些器具想是都被德晓峰拿出去当了。她犄角旮旯翻了个遍,最后才在一个破手套里找到了几块钱。她决心践行自己的誓言,要报仇,要雪恨,杀了父亲老贵,杀了德晓峰,然后自己就去死。为了报仇雪恨,她必须得先活下来。

天未大亮,白丫头夹着面口袋奔向了粮店。西北风刮得张狂,专门往人的脖子里钻,冻得排队买粮的人们一个个像皮影戏里的影人儿,僵硬地活动着手脚。太阳也似乎存心惩罚这些个懦弱的生灵,始终躲在云层后面不肯出来。当白丫头感到周身麻木时,才终于排到跟前买到了几斤豆饼。

返身往回走时,她忽然在队列中看到了一个熟悉的身影。啊,妈!我的亲妈!她禁不住在心里呼喊起来。已经很久不曾见到母亲了,看上去她竟像个年迈的老太太,佝偻着腰,头发一片花白,算算应该还不到五十岁呀!

她心情激动地凑到了母亲的跟前,木呆呆地望着,许久都没开口。

杨氏发觉有人在不住打量自己,于是开口问道:"闺女,你老瞧着我干什么?有事?"

白丫头的泪水即刻涌出来,虽然她知道自己现下已变得人不人鬼不鬼,可也不敢相信竟然连亲妈也认她不出,"妈,您不认识我了?我……我是您的大丫头啊……"她只说了这一句,便扑到母亲的怀里抽泣起来。

杨氏揉揉自己的眼睛,扳起了她的脸,从眉毛看到嘴,话未出,嗓音先哽咽了,"丫头,真的是你吗?一年多没见,你怎么瘦成了这样,就剩了一把骨头了,让妈都认不出来了……这些日子我到处找你,你又是去了哪儿啊……"

白丫头撒了谎,她告诉母亲,自己和几个唱大鼓、说相声的走穴去了东北,最近几天才回到北平,她不想让母亲再为自己增添一份忧愁,"我弟和我妹还好吧?"

听了这句问话,杨氏再也控制不住,嚎啕大哭起来:"你还知道有他们俩呀,去年春上,你弟弟小路被日本人抓了劳工,到现在连死活都不知。夏天,就是热得最邪乎的那几天,家里断了粮,你妹妹瓷儿活活地给饿死了,临咽气之前,想喝一碗凉粉,我都没能给她买啊……"

一席话如雷轰顶,白丫头头脑昏昏,任由泪水横流,许久才喘过一口气。瓷儿,一个皮肉细白如瓷的小妹妹,一个整天眯着笑眼的小妞儿,正如一枝方刚吐绿的嫩柳，就这么一下折断了……

"老东西呢，他还活着？"她也不知道自己怎么就问出了这么一句。

杨氏用衣袖擦了擦红红的眼角，"活着，老不死的比谁活得都硬朗。丫头，妈不糊涂，妈知道你恨他，恨不得一刀捅了他，可他怎么说也是你爸呀，当初他那么做，也不全是为了他自己……求求你，就别跟他计较了……"

望着未老先衰的母亲，白丫头那颗如铁一般的心竟渐渐变软了，不由叹了口气，把剩下的几块钱塞到母亲手里，转身而去。

就是在这一刻，白丫头改变了主意，她不想死了，准确地说，她不想马上就死。眼下，母亲只剩了她一个子女，只要老娘还存一口气，她就不能先走一步！她要为这个家再出一把力，为母亲养老送终，报仇的事只能等到尽了孝之后了。

刚跨进院门，她就看见有一伙披麻戴孝的人堵在自家的门口。一个中年妇女见了她，立时扑通一声跪到了地上，"弟妹，救救我们娘儿几个吧，不能活喽……"

白丫头知道这是前来报丧的人，一时搞不清究竟是哪一门的亲戚，只好先把她搀扶起来，"您是——"

"我家爷们儿……你二哥瑞峰，他死了！"

白丫头这才听明白是小德子的堂哥德瑞峰过了世，"嫂子，快起来，这是怎么话儿说的，二哥他好端端的怎么说没就没了呢？"

瑞峰媳妇哭诉道："都怨他自己不学好呀，抽大烟嫌不过瘾，又学会了抽白面儿，抽得家不像个家，人不像个人啊！不怕弟妹你笑话，三间大瓦房让他抽没了，一套明朝的硬木家具也让他抽没了，这还不算，抽得他一天到晚嘿喽带喘，临死的时候就剩了副骨头架子……也不知是哪个缺德鬼，缺了八辈子的大德，引着他上了这个窟窿桥啊……"

白丫头一阵恻然，她又怎会不知道这件事的始末根由？心中骂道：千刀万剐的小德子，猪狗不如的德晓峰，老天爷绝饶不了你！她不知道此时该说些什么，身上又拿不出一分钱，只好劝慰道："嫂子，现下我手头没什么存项，有几块现钱刚才都买豆饼了，这么着，你先领着孩子们回去，在家等我，让我看看家里还有什么能当的东西没有，好歹也得帮你把二哥他发送了！"

瑞峰媳妇千恩万谢，一边抹着眼泪，一边领着几个孩子走了。

话好说，钱打哪儿来？看着屋里光光溜溜的四面白墙，白丫头只怪自己一时冲动，眼下衣食无着，自身难保，还豪横地答应别人助一臂之力，想想，便有些懊悔。

正这时，吱扭一声门响，德晓峰缩手缩脚地走了进来。自从白丫头被押在仙岛屋，她还是第一次看见他，禁不住怒火中烧，瞪圆了双眼。

"媳妇耶，分别多日，你可想死我喽……"德晓峰张开双臂，嬉皮笑脸地凑了上来。

见此，白丫头麻利地从枕头下面抽出一把剪子，"小德子，离我远点儿，再往前多走半步，别怪我跟你来狠的！"

"哟嘿，一年多没见，长能耐了！得，我怕你了，怕你一溜跟头，行了吧？"德晓峰看着她眼里跳动的火苗，知道此时绝对不能招惹她，否则，她什么事情都能干出来，于是，退后几步躲到了一旁，"我知道你恨我，想一刀宰了我，实话说，我罪有应得。可我毕竟还是把你赎了回来，虽说时间上长了点儿。说出来你肯定不信，这次为你回家，我可没少花钱。"

"放屁！我能出来，那是因为——"白丫头欲揭实底，一时又觉得羞于出口。

德晓峰找把椅子坐了，"这事咱留着以后慢慢掰扯。真格的，媳妇，这会儿我饿了，有吃的没有？"

白丫头指指桌上的一碗水发豆饼，"眼瞎是怎么着？想吃自己动手。"

德晓峰端起饭碗放到鼻子底下闻了闻，"就这？我不吃，这东西根本就是喂牲口的。"

"你以为怎么着？日本人就从来没拿中国人当人！"

"我说媳妇，刚才，是不是瑞峰家的来咱家了？是不是我二哥死了？"德晓峰赶紧转了话题。

"你是怎么知道的？"白丫头觉得奇怪。

"大老远我就看见她了，寡妇失业的，我没敢往跟前凑。"

"小德子，跟你说，这个孽可是你造下的，二嫂子求上门来，你可不能坐视不管，一毛不拔，怎么着也得出个棺材板儿钱。"

"凭什么？"德晓峰翻了白眼，"他死了跟我有什么关系？不错，是我把白面儿引荐给他的，可他是姜太公钓鱼——愿者上钩，事情的前后经过你都瞧见了，我没拿枪逼着他吧？再者说，现下我又上哪儿弄钱去？"

"小德子，你……你真不是人揍①的！"白丫头好想痛痛快快地骂他一顿，可一时没找着合适的词语。

"媳妇，我跟你说，你可不能背着我给她钱，要不然……"

"我倒想呢，你睁开眼看看，这屋里还有一样值钱的东西吗？除了几床破棉花套子、几个破碗，还有什么？"

德晓峰朝着她从头到脚打量了一遍，现出一丝坏笑，"说起来，这会儿咱家还真有一样能换回钱的物件，就看你舍不舍得了！"

白丫头瞬间便听明白了他话里夹藏的意思，隔老远把一口吐沫啐了过去，"想钱想疯了是不是？想让我卖肉是不是？真打算卖，让你姐去卖，让你妹妹去卖呀！"想起自己这一年多的苦难和屈辱，她不禁嘤嘤地抽泣起来。

"你瞧，还下上雨了！你好好想想，咱俩还得活着不是？还得过日子不是？没钱怎么活怎么过？更何况你还染上了嗜好，想要过把瘾解解乏，也得需要钱，还有，你爸你妈也得靠你养活……"德晓峰耐下心烦循循诱导。

---

① 揍：北京骂人语，指交配。

白丫头听呆了，语气却依旧强硬，"甭想！我是人，不是牲口！你要是敢逼我，我就一刀宰了你，然后自己抹脖子！"

德晓峰掏出一根烟点了，静静地等候着，他从崔洁实口中得知，白丫头每天一午一晚都会有一次毒瘾发作，相信到了那个时候，无论多难办的事情都会变得迎刃而解。他悠然地吐着烟圈，不急也不躁。

果然，没过多长时间，便看到白丫头有了反应，吃了一半的豆饼被她扔到了一旁，害冷似的蜷缩在床上，接着，四肢抽搐，眼睛翻白，大口大口地急喘起来，"啊，难受，我好难受，越来越……我扛不住了，快来救救我，有虫子爬在我身上，在咬我，咬我的肉，咬我的骨头……啊，不行了，我要死了，活不了了，小德子，快，快救救我……"她如同一个溺水之人，两只手不停地在半空中抓挠，像要寻求一根稻草，瘦弱的身躯左右来回翻转，豆粒般的汗珠从她的额头滚落到了胸口上。

德晓峰不失时机地站起身，缓缓地踱到她的跟前，掏出一个小玻璃瓶在她眼前晃了晃，"媳妇，看看这是什么？你现时最想要的东西！这会儿，谁都救不了你，也只有我能帮你，给我句痛快话，卖，还是不卖？想明白了，你不是什么黄花大闺女，也不是什么贞洁烈女，仙岛屋的男人哪个没上过你的身？这跟卖又有什么区别？"他再次把玻璃瓶凑到了她的脸前，"我的话你可以不听，难道它的话你也不听？"

"我不卖，至死也不卖……混蛋，快把它给我，给我呀……一丁点儿就行……可怜可怜我吧，小德子，我要死了，我什么都听你的，你说怎么着就怎么着……我不卖，绝不能卖……"她已经癫狂得语无伦次。

"再问你一句，到底卖还是不卖？"德晓峰把小瓶子放到她的鼻子跟前，瞬间又迅速地抽了回去。

"卖，我卖了……都听你的还不行吗，快把它给我……给我呀……"白丫头已经气若游丝。

"不怕你反悔！"德晓峰取过一个茶盅，将玻璃瓶中的白粉倒了一点儿在里面，然后拿出一支针管，从她的胳膊上抽出半管血对了进去，先用一根筷子搅了几下，再重新吸进针管，为她缓缓地注射到身体里。

"啊……"白丫头出了一口长气，起死回生一般仰靠在被垛上，"你这个混蛋，不如……不如就这么让我死了……"

德晓峰将小瓶子揣进怀里，皮笑肉不笑地说道："媳妇，你先跟这儿喘一会儿，养养精气神，我这就出去找人，既然买卖开张，就赶早不赶晚。"

工夫不大，他真就领进来一个男人，还抱回一盆烧得正旺的炭火。白丫头至此才明白，德晓峰其实早有预谋，后悔自己又一次中了他的圈套。

"瞧瞧，还得说是我心疼你，"德晓峰把火盆放到床前，看一眼躺在被子里的白丫头，嘴咧得开了花，"空屋子冷炕的，冻着你还是我的麻烦。"

男人摘下头上的皮帽子，沉吟着转过了身。白丫头望过去，不由倒吸了一口凉气，这挺着个大肚子的嫖客居然是刘连仲！

这趟火车的目的地是山海关，到了山海关就意味着到了"国界"，想去东北奉天的人，必须在出关之后再倒一趟满洲国的车。

林雪梅平生还是第一次坐火车，看见什么都觉着新鲜，像火炉子一样冒烟儿的车头，比磨盘还大还圆的车轮子，哪儿哪儿除去钢就是铁。

金三省自打上车就一直靠着椅背迷迷糊糊睡着，不时地打着一阵阵小鼾。冯雨桐警觉地瞪着双眼，不仅要防贼，更要防着日本人的侵扰。几个戴着白色袖标的日本宪兵隔一阵便从车厢里走一回，没碴儿找碴儿，无事生非。他亲眼看到，就在刚才，一个穿戴时髦的富家小姐被宪兵从座位上叫起来，一伙小鬼子打着搜查嫌犯的旗号，轮番地在她的身上摸来摸去，女孩儿的脸涨得像一块红布，却也无可奈何，只能忍气吞声。日本人不仅色，而且贪，看到有旅客拿出了好吃的东西，便嘻嘻哈哈凑过去，二话不说，大言不惭地抓起来就啃。他们俨然就是这里的皇帝，所有的行旅之人无疑都是他们的臣民。

林雪梅粘着乔七巧，姐妹俩低声地说着悄悄话。

"姐，一路上总怎么咣咣当当地颠，你肚子里的孩子能受得了？"

"哪儿有那么娇气？这才几个月，他就知道颠了？嗐，说多了你也不懂，等你自己有了就明白了。"

"姐，说什么呢你？"林雪梅立时羞成了一个桃花脸。

"你都多大了，这还不快？梅子，你是不是已经有了相好的？能不能跟俺说说他是个啥样的人？"乔七巧有意逗她，"俺听出来了，金盈儿那天说你的都是真的。"

"他……"林雪梅犹豫着，"他善良，刚强，聪明，有学问，最主要的是不甘心给日本人当奴才。"

"长得咋样，俊不俊？妹子你可是一等一的漂亮女孩儿，他要是长得丑，俺这当姐的首先就不答应。"乔七巧一面说一面盯着她的眼，"告诉姐，到底俊不俊？"

林雪梅终于明白了她的意图，"丑着呢，就像高老庄的猪八戒！"说罢，与乔七巧搂在一起叽叽嘎嘎笑作了一团。

到达山海关时已是半夜，隔窗望去，只见黑黢黢的站台上晃动着一盏盏的小红灯笼，打灯笼的无一例外都是客栈的伙计，灯笼上面各自写着"双盛"、"连升"、"天成"等字号。

四个人找了就近的一家名叫"连升"的小店住下了，只等第二天上午到罗城去领"入国证"。

鸡叫天明，打算出关的人们像囚犯一样被日本人集中到一个小广场上，然后，排成一行长队，在士兵的押解下，一路北行来到罗城入国登记处。有人悄悄告诉冯雨桐，要想去东北，必须得先通过日本大东公司的审查，然后才能去照相领取证件。

公司门前露天处摆着一张长桌，一个戴眼镜的日本书记官坐在桌后，三五个手持木刀、皮鞭的二狗子围在了四周。冯雨桐注意到，有的人经过一番询问之后被领去照相了，而有的人则被一阵乱打轰赶到了一旁，心中不禁忐忑起来。

半个小时之后，轮到了他们四个，按照要求一一报了姓名。站在前边的一个长着蚕豆脑袋的二狗子问道："跟大爷说说，尔等都是干什么营生的呀？嘱咐你们一句，可不许撒谎！"

冯雨桐立时赔了笑脸，"我们几个都是作艺的，唱坠子，唱大鼓的。"

"蚕豆脑袋"现出一脸鄙夷，"敢情都是下九流啊，满洲国缺的是人才，不需要下九流！哪儿来的回哪儿吧。"

冯雨桐赶紧解释："您听我说，我们已经和奉天茶馆儿的掌柜约好了，不去不行啊……"

"没工夫听你们白话，""蚕豆脑袋"举起手里的木刀，蛮横地砍在了冯雨桐的肩膀上，"滚！"

"滚吧！"几个二狗子手举家什齐声呐喊。

见此，几个人谁也不敢再争辩，只好垂头丧气地转回了客栈。

客栈掌柜的从他们的脸上已经知道了结果，好心地劝慰道："得了，多住一天吧，明儿一早再去试试。话说回来了，不去奉天不行吗？"

冯雨桐回道："都答应人家了，咱哪能失信呢？"

"这事也怨我，忘了嘱咐你们几句，跟这帮孙子打交道，不能说实话。"

林雪梅不无忧虑，"明天去了再让他们撅回来怎么办？"

掌柜的想了想，"只能出点钱，抹抹他们的嘴了。我有个朋友叫刘大鼻子，就在大东混事儿，要不，我去求他帮帮忙？"

林雪梅抢先掏出一叠钞票，塞到了掌柜的手上。

第二天，果然看到有个"大鼻子"替代"蚕豆脑袋"站在了前头。

冯雨桐拉着乔七巧抢上一步，先冲着"大鼻子"鞠了个躬，随后自报了家门，"我姓冯，她姓乔，我俩是织洋袜子的，想过去找个营生。"

刘大鼻子装模作样问道："干几年了？"

"三年了。"

"把手伸出来我瞧瞧。"

夫妻俩紧忙把手伸到了他的面前。

刘大鼻子煞有介事地看了一眼，"嗯，还真像是织了几年袜子的手。做苦力、耍手艺的可以过去，行了，到那边填证吧，完了交钱照相。"

他转过脸盯向了金三省和林雪梅，"你俩怎么回事？"

金三省忙不迭答道："我姓金，做饭的，厨师傅，这丫头她姓林，是给我打下手的。"

"红案还是白案呀？"

"回您话，红案。"

"说说，你都会做什么拿手菜呀？"

金三省猛地想起小锛儿头经常背诵的《菜单子》，"我会做蒸羊羔、蒸熊掌、蒸鹿尾儿，烧花鸭、烧雏鸡、烧子鹅，卤煮咸鸭、酱鸡、腊肉、松花、小肚儿……"

"大鼻子"拍拍他的肩膀赞了一句："满好，满洲国还真就需要你这样的人！过去吧！"

填写完证件便是去照相。只见照相机的正前方竖着一个长方形的木框，像个没镶玻璃的窗户，一个身穿协和服的家伙站在旁边，喝令照相的人依次站到木框的后头，把自己的脑袋框在中间。逢有没对准的，这家伙也不吱声，只是揪了照相人的耳朵或左或右或上或下地一拽，接着便响起一声"咔嚓"。紧随着，框子里又换上了另一个脑袋。

四张"入国证"终于到了手，端详着上面贴的本人的照片，表情呆滞，直眉瞪眼，连自己都几乎认不出来，几个人只觉得哭笑不得。

深更半夜，众人睡得正香，忽听有人在大街上喊叫起来："想出关、领了'入国证'的，都起来啦，火车到了，收拾收拾跟我走了……"

金三省一个愣怔直挺挺坐起了身，呐呐道："谁能跟我说说，难道，这就叫闯关东吗？"

二十五

丑末寅初日转扶桑，猛抬头，遥望见，天上的星，星和斗，斗共
辰，渺渺茫茫，恍恍惚惚，密密匝匝，直冲霄汉，减去了辉煌。

——京韵大鼓《丑末寅初》

　　鼓楼前的万泉茶社，是奉天市规模较大的一处听玩艺儿的场所，时下，北平
的杂耍园子全都顺应潮流改叫了游艺社，而这里却仍沿袭着旧有的名称。

　　茶社掌柜的见一直盼望的北平的角儿到了，自是喜出望外，赶紧里外一通张
罗。他在园子的后院为冯雨桐几个人单另腾出了两间房，院墙下也备好了高高的
一垛子松木桦子，看上去烧个一年半载都不成问题。说好了是上马的饺子下马的
面，当天的头一顿迎客饭果然就是雪白的面条，山蘑、木耳、肉片打的卤，香喷
喷引人垂涎。乔七巧吃下了满满一碗又要了第二碗，看得冯雨桐心里一阵打鼓。

　　"七巧，不至于吧？虽说小半年没见过白面了，可你……"

　　乔七巧呜里呜噜说道："甭管俺，你是一个人吃，俺是俩人，俺孩子悄悄跟
俺说了，他就喜欢吃面条。"

　　金三省顾不得与人说话，只顾低着头一劲儿扒拉，手上还捏着个大蒜瓣，嚼
得嘴里叭叭作响。林雪梅一面吃饭，一面不时地用毛巾给师父擦一把头上的汗。

　　领班的王彩霞是唱西河大鼓的，围着饭桌前后地忙活，她就是乔七巧在天津
结识的姐妹，人长得五大三粗，性情也豪爽，行为做派像个爷们儿。"巧儿，"她
总是如此称呼乔七巧，"慢慢吃，管够！说起来你这还算是秀气的，想当初我怀
孩子那会儿，吃面条不论碗，论盆。老冯他一个男人懂什么。"

　　"彩霞姐，"林雪梅是个自来熟，"听说你们这儿使的全都是奉票，这种钱到
北平能花吗？"

　　"花是肯定花不了，可咱这地方能买到金子，临到你们走的时候，拿钱换成
金条不就成了。"王彩霞盛了一碗面条递到了她面前。

　　金三省打了个响亮的饱嗝，拍拍肚子站起来，"你别说，这一趟还真是没
白来！"

　　看到掌柜的信守承诺，众人对这次东北之行都充满了信心。

　　吃罢晚饭分房子时，大家伙犯了踌躇。统共就两间屋，分男女住，就得把冯
雨桐两口子拆开；按家口住，照顾了这对小夫妻，林雪梅就要和师父金三省住在
一起，思来想去，谁也拿不出好办法。

　　林雪梅爽快地说道："找几块木板在师父这屋给我搭个床吧。别说没房了，

就是再有一间屋子，我也不能让师父自己一人睡，他的病还没好利索，我不放心，这样，他睡热炕我睡床，挺好。"

乔七巧拽着她的衣角闪到了一旁，"妹子，你就真这么相信他？我可听说……这要是深更半夜的他万一起了什么念头，你一个小丫头可怎么办？"

林雪梅呵呵一笑，"放心吧姐，我师父待我像亲闺女似的，他就是再怎么，还能把自己闺女怎么样？"

第二天晚上即是他们的首场演出，贴黄纸写黑字的两块木牌子老早就摆在了园子的大门口。左边的一块写着：

特邀河南坠子"盖中州"乔七巧由平入奉，日夜两场，准演不谎，风雨无阻，请君早临。

右边的一块写着：

梅花大鼓新秀林雪梅携师"北弦王"金三省驾临奉天，每日两场，机会难得，错过必悔。

王彩霞安排林雪梅唱倒三，乔七巧则压轴攒底。奉天这地方通常只见西河大鼓、奉天大鼓，坠子和梅花自然就成了稀罕玩艺儿。果然，刚过了饭口，园子里就开始乌乌泱泱进人了。

林雪梅走进后台，洗了一把脸，正端了脸盆要去倒水，忽然，一双从身后伸过来的手蒙住了她的眼睛。

"谁呀？"她猜想不出在这个地方还会有什么相识的人，"别闹了，回头洒一身水。"

"哈哈哈……"伴随着一个男人沙哑的笑声，对方把手松开了。

"锛儿头哥！"林雪梅不禁兴奋地叫起来，回头看去，真就是小锛儿头神气活现地站在自己面前，"天，你怎么也在奉天？"

小锛儿头告诉她，这两年他和师父"大怪物"就一直没离开过东北，大小城市差不多跑了个遍，上个月刚到的奉天，偏巧就和她同在万泉茶社做场。

两年多没见，小锛儿头粗壮了许多，已经长成了一个成熟的男子汉。

金三省闻声凑近过来，顺手在他的脑后来了个脖儿拐，"让我看看这是谁呀？小子！"

小锛儿头紧忙回头喊了一声"金爸"，由打进了金家门，他就一直这么称呼这个后爹，在他看来，多一字与少一字有着本质的区别，"我妈她还好吗？"

"你还知道有个妈？"金三省话里带着刺，"说说，有你这样的儿子吗，两年多不回家看一眼，这叫什么？这就叫不尊不孝！想想你妈身上还有谁？除了我不就是你吗？有什么说什么，你要是我亲生的，今儿我非打断你小子的腿不可！"

"金爸，您骂得对，我小锛儿头的确不孝，你瞧好了，我自己罚自己！"说着，他接连抽了自己几个嘴巴，眼睛里瞬间蓄满了泪水。

只有林雪梅知道他不能回家的真正原因，忙说道："师父，您别怪他，这事不怨锛儿头哥，等有了工夫，我自会向您解释清楚的。"

263

金三省狐疑地看了看他俩，想不明白这又是怎么档子事。

"知道这会儿还有谁在奉天吗？猜猜，是一个咱们仨都认识的人。"小锛儿头岔开话头，有意卖着关子。

金三省、林雪梅全都摇了头。

"金爸的大徒弟胡翠珠！想不到吧，现下，她正在奉天拍电影。"

金三省闻听此言气不打一处来，"老子压根儿就没她这个徒弟，以后永远别再跟我提她！"

目视着小锛儿头，他不由得想起了自己的女儿，心里默默念叨：盈儿，这会儿你在北平吗？你又在干什么呢？

金盈儿彻底走上了她的人生不归路，经孙维本穿线搭桥，她拜在日本人中村喜赖的脚下，认他做了干爹。

原本中村喜赖是不想接纳这个轻狂的中国女孩儿的，他觉得，这件事对他来说毫无意义，在北平，他有一个惠子——章红宝已经足矣，章红宝完全可以满足自己的性欲，也完全可以平复自己思念家乡留恋亡妻的心绪。然而，不知怎么，自己的儿子太郎竟然喜欢上了金盈儿，总是缠磨着他去召唤这个小女子，搞不清金盈儿究竟使用了什么手段，由此，他再也没听到太郎叫她一声"臭娘儿们"，反而一见了她便"姐姐、姐姐"地不停嘴，还几次央告他答应让这个"姐姐"和他们住在一起。他当然明白这个女孩儿的企图，无非是要凭借着日本人在北平的势力，去更多地谋求一些利益，因此，当孙翻译官找到他提及认亲的事项时，他便以毫无商量的口吻断然予以了拒绝。

但是，金盈儿似乎并没有气馁，反倒每天或早或晚都会到他的住所来一趟，见了他亦无多话，只点头示意一下便直接去找他的儿子玩耍，虽说每次她都会给太郎带来一些好吃好玩的东西，可他了解自己的儿子，那小子是不会轻易被人收买的。一天，偶然间被他撞见的一幕终于让他解开了心中的疑团，终于明白了这一切结果都是怎么造成的，他看到太郎竟然和金盈儿偷偷地搂在一起亲嘴，甚至，金盈儿还敞胸露怀，主动让太郎去摸她的乳房。他岂能不知道儿子性早熟，龙生龙，凤生凤，遗传的作用是一种不可抗拒的力量。于是，中村自看到了金盈儿那一对嫣红的乳头开始，他便改变了主意。他盘算好了，他要把这一件不正经的事情当做正经事来办。

认亲的仪式被安排在东方饭店举行，餐桌上摆放的一码都是日本料理，以及日产的清酒和太阳牌啤酒，正面墙上还特意张挂了"中日一家，中日亲善"的横幅。北平各大报社的记者来了一大帮，镁光灯从始至终都在不停地闪烁。中村喜赖不仅请来了北平宪兵司令田宫中佐，即连华北方面军司令长官冈村宁次也应邀到了场。几位上司对他此举均表示了高度赞赏，称他为"中日一家"做出了表率，带了一个好头。冈村宁次还兴致勃勃地发表了一番演讲。

中村喜赖专门为金盈儿定制了一套华丽的彩缎和服，并为她起了一个日本名字——中村美子，指令她跪在地毯上行了标准的日式跪拜礼。他当众喊过来自己的儿子太郎，让他对着金盈儿叫了一声"姐姐"，随后，把一柄小巧的倭刀当做礼物赠送给了她。孙维本特意为他们"一家人"拍了合影。

作为见证人和嘉宾的刘连仲也被请到了现场，望着金盈儿那一张兴奋得变了形的脸，随即有一股酸水从他的喉咙里冒出来。

宴会厅内觥筹交错，笑语喧阗。崇小辫儿端着一杯清酒凑到了金盈儿的面前，哈着腰呈献了笑脸，"金小姐，恭喜恭喜！"

金盈儿似是没听见，不满地白了他一眼，"一边去，叫谁呢你？挺大的人竟这么不懂事。"

崇小辫儿意识到了自己的失误，紧忙改了口："中村美子小姐，您说得对，我不懂事，我该死！"边说边在自己的脸上拍了一掌，"早我就跟人说过，美子小姐前途不可估量，今儿还真让我说着了，往后还指望您多多关照！"

金盈儿嘴噙着笑，"这还差不多，行，今后你小子跟着我就是，本小姐绝亏待不了你。"

孙维本强硬地把崇小辫儿挤到了一旁，"盈儿——美子小姐，你凭良心说，今儿这事儿孙哥我办得咋样？"

"还行吧，我记你一功。"金盈儿表情漠然，继而压低嗓门对他说道，"有句话我得嘱咐嘱咐你，往后你别有事没事地就去找我，让我干爹看见了不好。还有，打今儿起，你小子嘴上得安个把门儿的，别把咱俩那点儿事儿逮谁跟谁说，像捡了多大便宜似的。要不然，可别怪我跟你翻脸。"

孙维本热脸碰了冷屁股，虽想发作，却实在不敢，只好悻悻地转身离去。

宴会接近尾声，刘连仲再也忍耐不住，起身把金盈儿叫到了外面。

"盈儿，知道不，今儿这事儿你闹大发了！"他一脸铁青，没有一丝的笑容。

金盈儿仍旧沉浸在极度的亢奋之中，"闹大发了还不好？我这人平时就喜欢热闹。"

"信不信，明儿各大报纸把这事一发表，你就成了众矢之的，人人欲讨之，个个欲诛之。"

"有那么邪乎吗？您可别吓唬我，行这种事我金盈儿又不是头一个，别人成，我为什么就不成？"

"还有谁敢这么干，你说！"

"远的不提，就说金璧辉金司令吧，她还不是因着认了个叫川岛浪速的日本干爹才改名叫了川岛芳子？她姓金我也姓金，她是旗人我也是旗人，我天生来就该比她低一头？再者说，我比她年轻，漂亮，她算什么？男不男女不女的，整个就一二尾子①。"

刘连仲想对她说，人家她爸是王爷，世袭罔替的铁帽子王，你爸算什么？要

——————————————

① 二尾子：北京话，即两性人。

265

说也是个王，可充其量只是个弦子王。想归想，到了他还是把话咽了回去。

"你倒是说呀？我怎么就不能认一个日本人做干爹？"金盈儿仍喊喊不休。

刘连仲一时语塞，好半天才迸出一句："你已经有了这么些个干爹，还嫌不够使的？"

金盈儿扑哧笑了，"哟，干爹，敢情您老人家是吃醋了，放心，甭管到什么时候，我永远都是您的干女儿。"

"那好，"刘连仲把心一横，"我这就去楼上开间房，待会儿等你完了事，你去房间找我。"

"您就不怕我干妈打上门来？她可不好惹。"金盈儿开着玩笑，安慰地拍了一下他的脸腮，"今儿肯定不成。您就别跟自己较劲了，想开了，来日方长，今天晚上我可是属于那位日本干爹的。"

"行，你行，"刘连仲眼睛发红，醋意大发，"既然有那老日本，你以后就永远别再找我！"

金盈儿顿时把脸拉下来。

刘连仲想了想，又把语气缓和下来，但绵里仍藏了针，"盈儿，求求你，咱别这么无情无意好不好？知道这几年我为你花了多少钱吗？加一块儿够我在窑子里快活一辈子的了！"

听了这句，金盈儿恼羞成怒，不由得将一口吐沫直接啐到了他的脸上，"放屁！你把我金盈儿当什么人了？姓刘的，你等着，我要让你后悔一辈子！"

正这时，只听到有人在宴会厅门口呼唤："美子，我的好女儿，我想听你唱大鼓，你的，去我房间里唱一段儿好吗？"

真是冬季里一个难得的好天，一大早，太阳就露出了融融的圆脸。胡翠珠的心情亦如这初升的太阳，充满了温馨的暖意。

到奉天拍外景已有一个多月了，她切实地感觉到，自己距离电影明星的目标仅仅剩了一步之遥。离开北平之际，她就看到自己的大头像已经摆在了大北照相馆的橱窗里，而且是和赫赫有名的明星胡蝶的照片并排在一起。她相信，再过几个月，只要《满洲之恋》一放映，"胡蝶影"这三个字必定是尽人皆知、家喻户晓，自己也无疑会名利双收、大红大紫。那天在片场，她听人议论，说举凡明星都是有经纪人的，这人专门负责替明星谈生意、订合同、安排活动日程，吃喝拉撒再不用你费半点儿心。她想，过些时候我也要找个经纪人，嘎七码八的全都有人管了，这该是一件多么惬意的事情！可是，选谁好呢？孙维本吗？这小子犾油，犾色，整个就是一把破椅子——靠不住。除了他，还会有谁合适？对了，自己应当先挑选一个好男人，把自己风风光光嫁了，由自己的爷们儿做经纪人，岂不既贴心又放心？

"胡小姐，准备开机！"导演田园一声喊，把她从美梦中唤醒过来。

按计划，今日总共需要完成五个镜头，外景地选在了市中心一所中学的大门口，规定情景是日军少尉平田一郎即将随部调防，临行前到此与米兰姑娘话别。

当男演员站到胡翠珠的面前时，她禁不住扑哧笑了，此人明明和自己的身量相仿，可为了突出他的高大，竟然在脚底下垫了几块青砖，由是，她便想起了北平一句嘲骂人的话：你丫充什么大个儿的！

第一个镜头顺利完成，趁摄影师改换机位的空当，她找把椅子坐下来。拍电影实在让她感到有些莫名其妙，不像演文明戏，顺着情节的发展一幕接了一幕，而是零七八碎哪儿都不挨哪儿，她几次找导演索要完整的剧本，田园都没给她，只是需要拍哪几个镜头，便把相关的几页文字撕给她。因此，直到现在她也不清楚这部片子到底讲了个什么故事，临了会不会让她背上一个汉奸的骂名，这正是她和日本人合作以来唯一的担心。

田园递给她一杯滚烫的咖啡，坐到了她身旁，"胡蝶影小姐，你知道吗，你天生就是一个影星，因为你有着一张非常动人的脸，等到胶片冲洗出来你自然会看到。听我说，不是所有漂亮的女人都可以拍电影的，重要的是五官要搭配得当，且富有神采。你的这张脸就是你的资本，你的财富！"

"谢谢！"胡翠珠矜持地喝了一口咖啡，心里升腾起一种难以名状的得意和快感，脸是天生的，爹妈给的，又有什么办法！

忽然，从围观的人群中她看到了两张熟悉的面孔，不由精神一振，站起身主动迎了上去，热情地拉住了他们的手。

"师妹，锛儿头，你们俩怎么会在这儿啊？"

小锛儿头抢过了话头："梅子和我金爸到奉天来作艺，刚到不几天，赶巧我也在同一所园子里说相声。我跟梅子说你也在奉天，在这儿拍电影，她还不相信，今天头晌正好没什么事，就领着她过来了。"

林雪梅对着胡翠珠上上下下好一番端详，"姐，你真是越来越漂亮了，尤其是穿上这身学生装，就像十七八的小姑娘。"

"得了，你这丫头就会捡好听的说。"胡翠珠转而问道，"我改行拍电影，金三爷没少骂我吧？"

"还说呢，"林雪梅在她的胸口上轻轻擂了一拳，"见了你在报纸上登的声明，他差一点儿就吐了血。"

"人往高处走，水往低处流，人各有志，不能勉强，连我爸妈都管不了的事，他能管？他算老几呀？"胡翠珠撇撇嘴，"话说回来，我这又算得了什么？不就不唱大鼓了吗？他要是知道了金盈儿的事，肯定连寻死的心都有！"说着，回身从桌子上拿起一张报纸，递到了林雪梅的手里。

报纸的头版头条印着一行大字标题："中日亲善，成为一家"。下面的文字详细地报道了金盈儿认日本人做干爹的整个过程，还配发了她和中村喜赖父子的合影。

"认贼作父！无耻，无耻透顶！"林雪梅顿时气炸了肺，大声骂着，"这世上还有她这么不要脸的吗？！"

小铸儿头啐了口吐沫，踏上脚使劲碾了碾，"把自己的祖宗八代都忘了！杂种，纯粹就是一杂种！"

林雪梅瞬间恢复了理智，郑重地叮嘱他俩："这件事可千万不能让我师父知道，一旦听说了，非要了他的老命不可！"

导演田园晃悠悠走过来，看到林雪梅便是一怔，像发现了新大陆，"请问这位小姐，你的，和我们的胡小姐是朋友？"

林雪梅听出他是个日本人，冷眼看向了他，"我俩是姐妹。"

"太好了！"田园兴奋得鼓了鼓掌，"实话说，小姐你长得非常美丽，而且是一种野性的美，十分难得，非常适合拍电影，请问，小姐你想不想——"

林雪梅没容他把话说完，断然拒绝："我不想！"

田园耐心劝道："希望你不要这么快就作出决定，拍电影是许多女孩儿梦寐以求的事情，名和利大大的，请认真考虑考虑再回答好不好？相信我，小姐你的确是个难得的人才！"

"用不着考虑，我是不会为日本人做任何事的！"说罢，林雪梅把脸转向了师姐，"翠珠姐，你是受过日本人的欺负的，可别好了伤疤忘了疼，凡事要多想一想，一旦上了日本人的当，再后悔可就来不及了！"

小铸儿头拉起林雪梅就走，走几步转回头冲着田园骂了一句："小丫的，大爷没工夫跟你在这儿逗咳嗽！"

"小鸭子？"田园愣住了，莫名地摇了摇脑袋，"小鸭子这句话是个什么意思？"

刘连仲无论如何也没想到，自己一个老江湖，竟然栽在了一个丫头片子的手上。自己和金盈儿同床共枕好几年，却不了解她的报复心竟如此之强，而且是说到做到，立竿见影。就在二人反目的隔天，他被中村喜赖唤到了宪兵队的办公室，中村当众宣布免去了他侦缉队长的职务，并且把他的新民会南城分会会长降为了副会长。至此他才明白，自己所担当的这些职务，不过是水牌子上的官，仅凭日本人一句话，说抹就抹了。他第一次体会到了枕边风的强大威力，后悔不该与金盈儿过于较真，结果落了个既赔夫人又折兵的可悲下场。然而，他更不会想到，这件"公案"到此并未完结，其后还有一桩令他更加窝心更加懊悔的事在等候着他。

他垂头丧气地从东珠市口宪兵队走出来，往北一拐到了前门大街，走进老正兴上海餐馆，找了个僻静的角落坐下来。他点了五香蚕豆、雪菜黄鱼和一壶老酒，想浇一浇心中的块垒。一杯酒刚刚端起，他就看见有一个身着貂皮大衣戴着金丝眼镜的男人照直朝自己奔过来，面带惊喜双手抱拳行了礼："刘爷，幸会，幸会！"

刘连仲迟疑地打了个愣，"认错人了吧？你是……"

"怎么会呢，新民会刘会长，侦缉队刘队长，九城闻名，无人不晓，阿拉岂会认错？久仰，久仰啊！"眼镜男人三十来岁的模样，一口的上海国语。

"这么说，咱俩曾经见过？"

"岂止见过，阿拉还和侬一起喝过花酒呢，去年夏天，在八大胡同赏春楼，刘爷莫非忘了不成？"

这种事之于刘连仲实在是经历得太多，一时回忆不起，只好点点手请来人坐到了自己对面。

"刘爷好心情，敢莫是闲来无事，小酌几杯？"眼镜男人毫不客气，"实话说，一个人喝酒没意思，今日阿拉能得遇刘爷，实在是缘分，小弟一定陪侬好好喝几杯。"他回身叫过跑堂，添加了油焖大虾、芙蓉鸡片、清炒笋丝等几个招牌菜，和一坛绍兴女儿红。

见此，刘连仲暗自摸了摸钱包，心中不免一阵忐忑，"忘了问了，老弟尊姓大名？在何处高就？"

眼镜男人双手递上了一张名片，"小弟与大哥同宗，也姓刘，刘达人，上海嘉佑洋行总经理，专门和日本人做生意，这一次到北平来，阿拉就是要和日本大和洋行谈一笔绸缎买卖。"

刘连仲猛地想起来，听人说，近日北平城里涌现了不少南方来的大佬，他们住饭店，吃美食，逛窑子，看大戏，行为阔绰，出手大方，莫非这个小赤佬就是……

饭吃得舒畅，话聊得也舒畅，临了，刘达人掏出几张崭新的钞票主动结了账。他说，北平是他日后需要常来常往的地方，所虑者人生地不熟，只希望刘连仲多多予以关照。刘连仲自是满口答应。

饭后，刘达人提出想听大鼓，刘连仲当然也乐于前往，二人遂勾肩搭背、称兄道弟奔向了天桥。

"刘哥，"由于渐渐熟络，刘达人已自动改换了称呼，"知道不？阿拉上海滩也有这种玩艺儿，只是不叫大鼓书，而是称作评弹，作艺的小姑娘一个个绝顶的漂亮，有机会侬到上海，小弟我笃定介绍几个给侬认识。"

一想到细皮嫩肉吴侬软语的江南女子，刘连仲禁不住一阵心猿意马，"兄弟，北平的大鼓妞儿虽然比不上你们上海小姑娘，可也别有一番韵味，撒起娇来也是能要了人的命的！待会儿，兄弟你看上了哪个，就跟大哥我说，我一定把她约出来叫她好好陪陪你。"

刘达人话里已带了七分醉意，"叫俩！不对，是……是每人俩，所有的费用全包在小弟身上，这点儿钞票阿拉还是出得起的……"

刘连仲的脸上现出一丝淫笑，"不过，有句话我得和兄弟你先说下，大鼓妞儿可不同于窑姐儿，初次见面你可办不了真事儿……"

"既这样，咱们就去堂子，对了，阿拉上海人说的堂子，就是你们北平人所说的窑子，找一家窑子，咱哥儿俩真刀真枪地痛快一晚上！"

在二友轩听罢大鼓，两个人又相携着到一品香澡堂子去泡澡，叫了酒饭在卧榻上吃饱喝足，略微眯瞪一阵之后接着奔了八大胡同，挑选了两个头等小班的姐儿直接回了东方饭店。这一整天，他二人所有的花销都出在刘达人一人身上，而且给付的全是一码的新票。

第二天共进早餐时，刘连仲再也沉不住气，试探着问道："兄弟，哥哥我想问问你……你究竟做的什么买卖，能发这么大的财？花钱如流水，一点儿不心疼……"

刘达人没接他的话茬，思虑片刻，仿佛下了很大决心似的从钱包里拿出一张新簌簌的银联券递了过去，"大哥，侬仔细看看这张钞票，与侬手头的比一比，看一看有无有什么差别？"

刘连仲好生奇怪，疑惑地从自己的钱包里摸出一张同等面额的钱，两张凑在一起认真地比对着，"这……没看出有什么不一样啊？"

"可我给侬的是一张假钞！而且，昨天一整天阿拉花的都是这种钱！"

刘连仲大吃一惊，再次两相比较，依然没发现任何破绽，"这是——"

"美国人印的，好手段吧？可以说与真的丝毫不差！"

"这我就想不明白了，美国佬印这玩意儿干吗？"

"美日两家是交战国，他们恨日本人，此举就为搅乱北平的金融经济，让日本人首尾难顾。"

刘连仲似有憬悟，"怨不得，昨儿你竟然……"

刘达人一脸凝重，"既然大哥问到这儿，阿拉也就不瞒侬了，洋行的生意毕竟有限，说实话，阿拉这次来北平，就是找朋友兑换这种假钞的，一换五的比例，阿拉不久前刚趸了两千万，全都是面额五千的大票，已经派人送往了上海。"

此时，刘连仲觉得有一把火在心头燃烧起来，"兄弟，恕我直言，你帮大哥我趸一笔行不行呢？"

"这恐怕不大好办。"刘达人面呈难色，"虽说阿拉的朋友手头上还有两三千万，可他公开表示不愿卖了，打算自己留着慢慢使用。"

刘连仲感到有一瓢冷水泼了头面，"费心替大哥我疏通疏通怎么样？多说几句好话，就让他把这点存货转给我得了！算我求兄弟你了，谁让咱一笔写不出两个刘字呢，放心，日后大哥必有一份报答。"

刘达人嗑了下牙花，沉吟了半晌，"也罢，看在咱兄弟情谊的份上，阿拉就硬着头皮去试试，成不成的可说不好，侬别抱太大的希望。"

二人约定午后听信儿，刘达人嘱咐他，要预先把现钞准备好。

刘连仲喜不自胜地回到了家，第一时间把这笔意外之财告诉了高亚萍，高亚萍自然也是乐得合不拢嘴。他搜敛了家中所有的现金，拿上了房契，又让老婆把身上佩戴的大小金银首饰全部摘了下来，用皮包一起装好直接去了街口的"诚源当"，当铺的掌柜袁三爷曾经和他拜过把子，当天当物当天赎回，不会要他一分钱的利息。

他顾不上吃午饭，饿着肚子拿着连凑带当的三百万元现钞直返了东方饭店，坐在客房里等着、盼着，心内如汤浇火燎，直到下午两点才看到刘达人终于推门走进来。

"怎么样，兄弟？"一只兔子此时正在他心头乱撞。

"费牛劲了！"刘达人摘下貂皮帽子，一脸疲惫地歪在沙发上。

"不成？"刘连仲的手心里已经冒了汗。

"阿拉求爷爷告奶奶直说了一上午，说得唾沫都干了，他……他总算是答应了。一会儿咱就去六国饭店他的住处取货。"

刘连仲大喜过望，禁不住一阵手舞足蹈，"太棒了！爽心，痛快！兄弟你功劳大大的，晚上哥哥请你喝酒！"他拉起刘达人的胳膊往外就走。

"别这么心急好不好？怎么着也得让阿拉喝口水嘛。"刘达人不满地瞪了他一眼。

刘达人的朋友姓黄，是个五大三粗的黑脸胖子，人虽长得鲁，却同样操着一口吴侬软语。

彼此寒暄一过之后，遂直奔主题——一比五，真钞换假钞。两厢交割完毕，刘连仲的心不知怎么竟有点儿发毛，手捏着一沓假钞票，向着黑胖子问了一句："这钱真能花吗？"

黑胖子瞬间恼了，"达人，阿拉说不想换，侬非要求换，侬看到了吧，这个人根本不信任阿拉上海人，以后，像这样的人再不要往阿拉这里领！"说着，劈手将刘连仲手中的假钞夺了过来，"这位先生，算了算了，咱们只当没见过面，侬拿上侬的东西走好了！"

刘达人由不得埋怨起刘连仲来，"大哥，不是小弟怪侬，这种钱侬又不是没使过，无论用到哪里都是没有问题的，再要不信，侬随便从里边抽出一张，先到外面去花花好了！"

刘连仲彻底踏实了，紧忙赔了笑脸，"我不过就是随口一说，黄先生，您千万别往心里去，这笔买卖我做定了！"他边说边把那一沓假钞抓了回来。

看着满当当一皮箱崭新的钞票，刘连仲已将这几天所有的不快全都抛到了脑后，他和刘达人约好了吃晚饭的时间地点，单独叫过一辆洋车，径直去了"诚源当"。高亚萍小心眼儿，不好惹，他需要尽早把她的首饰和房契赎出来。

袁掌柜盯着一堆嘎嘎响的新票，不由得犯了嘀咕，他拆开其中的一摞，捏了一张凑到眼前，细细审视了一番，随后，又抽出一张再一次凝睇端详，脸色渐渐阴了上来，"连仲，我问问你，你这钱是哪儿来的？"

一句问话让刘连仲打了个哆嗦，"怎么了？有话三哥您直说无妨……"

"这些钱是假的，明说，除了浮头的一张，其余的全都是假的！"

刘连仲平地打了个趔趄，"这话是怎么说的……我刚从银行取的，怎么会……"

"骗我，是不是？兄弟，告诉你，你上了人家的当了！"袁掌柜从身上掏出一张旧票，指点着票面上的图案说道："你看，看仔细了，你这钱上印的宫殿，屋

271

顶子上全都缺了一个角！"

老天爷哟，真真是要了人的命喽！这下可是没法活了！刘连仲的脑袋里嗡地一响，蓦然麻木了半边身子，两腿一软出溜在了当铺的栏柜前，随之，有一挂黏连的涎水顺着他歪斜了的嘴角流淌出来……

崇小辫儿急匆匆走进了侦缉队的办公室，已被日本人任命为队长的金盈儿正坐在椅子上等待着他的消息。

"怎么样，办妥了？"她掐灭了抽了半截的烟卷，起身迎过来。

崇小辫儿一脸的兴奋，"妥了，我亲自送那俩小赤佬上的车，眼瞧着火车开走了才回来！"说着，把手里拿的一个皮包放到了办公桌上，"整整三百万，全在这里边。"

"漂亮！"金盈儿满意地打了个响指，转而问道："那俩小子没说我什么吧？"

"哪能呢，您这是在帮他们，感激您还来不及呢！倒卖假钞是个什么罪过？要不是您给他俩指道儿，他俩能活着从大牢里出来？"

"对了，回头从我这儿拿点儿钱，给侦缉队的弟兄们每人置一身新行头。"

"敢情好，说归其还是您美子小姐想着我们。"

"听没听说刘连仲那边怎么样了？"

"没，可我知道，这回足够老小子喝一壶的了。"

"小辫儿，知道我为什么要让你来办这件事吗？侦缉队副队长的职位还空着缺呢，虽说由你干再合适不过，可你寸功未建，难以服众，我也不好替你在中村太君面前开口。"

崇小辫儿受宠若惊，"美子小姐，我一定努力表现，您老人家就是我再造的爹娘，重生的父母！"

金盈儿忍不住扑哧笑了，"得了，让我多活两年吧，我一个姑娘家，可养不了你这么大一个儿子。"

"我的意思是，从今往后，您只管把我崇小辫儿当儿子使！"

"这事儿我看成！"金盈儿一时笑得直不起腰，"对了，小辫儿，我还有个活儿要派给你。"她招招手，把他唤到了近前，从抽屉里拿出一封信交到他手上，压低嗓门仔细叮嘱了一番，"……记住，我不管你使用什么招，只要能达到目的就成，但有一宗，你得给我格外关照一个人，不许伤了皮破了肉……"

"哪个人？"崇小辫儿不明就里。

"就他……听好了，你要是敢动他一根汗毛，回头我让你给我竖一根旗杆！"

一时间，金盈儿默默无语，陷入了深深的忧思之中……

二十六

俺借你头上的元宝纂，还借你的银镯子，

借你的胭脂借你的粉，还借你的耳坠子，

借你上身大红袄，借你下身绿裤子，

这些东西还不算，俺还借你心爱的、爱心的、

翠翠的、玉玉的、珍珠玛瑙琥珀的，

上面的花草是活的，你头上戴的花鬏鬏。

——河南坠子《借鬏鬏》

奉天的生意确实火，尤其是春节那几天，每日两场，园子里几乎座无虚席。然而，就在这挣钱的好时机，乔七巧却主动撤了档。已经怀孕四个多月的她近日有了明显的反应，恶心，呕吐，一天十几次，没时没晌，她觉得，自己应当主动歇一歇，好歹不能让台下的观众花着钱陪着自己一起难受。剩下冯雨桐一个人，只能上台表演坠琴拉戏，即是用坠琴演奏京戏、河南梆子的一些著名唱段，或是中州乡间的小曲儿，倒也声情并茂，惟妙惟肖，别有一番情趣。

这天傍响，日场的演出散了，林雪梅约着小锛儿头一起到街上去找饭，通常他两个都是在外面找个实惠的小铺随便吃点儿什么，临了再给师父金三省带回去一份。冯雨桐两口子则是单起炉灶，只为了能让乔七巧吃点儿顺口的，冲着老婆，更冲着老婆肚子里的孩子，再怎么着冯雨桐也不觉得麻烦。

奉天与北平有着一些不同，满大街挂的除了日本国旗，还有伪满洲国的五色旗。买卖铺户的神台上不见了赵公元帅、武圣关公的身影，取而代之的则是日本"天照大神"的画像，百姓们无论老幼，但凡从此处经过，都必须向她鞠躬行礼。小锛儿头指着神像上的胖女人小声地告诉林雪梅，这天照大神被奉为日本皇室的祖先，别光看人们给她鞠躬行礼，实际上，背地里管她叫什么的都有，有叫她"天照大婶"的，有叫她"天照大嫂子"的。

二人信步闲逛，看到有个穿皮衣戴皮帽的腌臜老头儿坐在一家面包铺的台阶上，手里缓缓地拉着一架风琴，他生着一对褐色的眼睛，留着棕红色的连鬓胡须，一张脸和两只手似雪一样白得瘆人，乞讨用的一个铁皮罐头盒放在腿前，几只或黑或黄的卷毛狗簇拥在他的身旁。

"这老头儿咋长得这么白呀？像得了'白不老'[①]!"林雪梅好奇地问了一句。

---

① 白不老：北京话，指白癜风。

"他是个老毛子，俄国人，皮肤天生就白，和咱不是一个人种，属于白种人。"小锛儿头介绍道，"你可别小瞧他，他是被苏联红军驱逐过来的，听人说，早先他可有钱呢，是个侯爵。"

"啥叫侯爵呀？"

"嗯……大概和咱大清的王爷差不离吧。"

行不数步，迎面看到一家无牌无匾的小饭铺。门店很是简陋，三间连搭的小屋里摆着几张油桌，屋外檐下即是厨房，靠窗并排着两个汽油桶，燃着大块的乌烟煤，一个用来做主食，一个用来做菜。他俩要了两张豆面煎饼，外加两碗素烩儿。所谓素烩儿，就是把素丸子和碎粉条连汤带水烩在一起，不图别的，就图一个便宜。虽说他们在奉天挣下了一些钱，可终归是穷怕了的人，还是舍不得铺张。

堂倌很快就将饭菜端了上来。林雪梅单给师父要了一张白面烙饼、一盘猪头肉，用自带的砂锅装了一碗馄饨。

"梅子，要我说，你们几个干脆就别回北平了，在奉天呆着不也挺好？一天三顿饱饭，还能有些个存项。"小锛儿头咬一口煎饼就一口热汤，嚼得牙崩骨连声响。

"这可不成，"林雪梅回道，"七巧姐再有几个月就要生了，总不能在奉天坐月子吧，人生地不熟的。再者，师父惦记着师娘，我惦记着白大爷、靳师姑他们，不能在外边待长了。"

"其实，我也想我妈了，她一个人不容易……"小锛儿头轻叹了一口气。他告诉林雪梅，只要那姓孙的还在北平，他就不能露面，否则后果不堪设想，但是，他一点儿都不后悔，每当想起卖"人参"那件事，他都会兴奋得喝二两。

"都怨我拖累了你……"林雪梅一脸歉疚，转而问道："锛儿头哥，这几年你在东北就没遇见一半个相好的？师娘几次跟我说，她就盼着抱孙子呢！"

"这辈子我不结婚了，耍一辈子单儿也挺好。"

"为啥？"

"因为，我心里早就存了一个女孩儿，白天总念着她，夜里总梦见她，可我实在配不上她。"小锛儿头深情地望着林雪梅，眼睛里闪着湿润的亮光，"跑遍东北数省，也没见到有谁能和她相比！"

林雪梅心知肚明，不敢再问下去，只顾闷头喝着碗里的丸子汤。

此时，两个身穿黄军装脚蹬高筒马靴的人走了进来，其中的一个盯了林雪梅几眼，便径直来到了她的跟前，"嘿，少见，这不是唱大鼓书的小林子吗？怎么，现而今用不着大爷我了，就假装不认识了？"

林雪梅抬头一打量，觉得确乎有几分面熟，再看看他那蚕豆形状的脑袋，猛地想起这人竟是山海关大东公司的那个二狗子，于是不卑不亢地回道："先生认错人了，我不认识你。"

"那好，我就给你提个醒，出关的时候，你不是说你是厨行的小帮手吗？既然如此，放着自己做的饭不吃，倒跑到饭馆花钱搭伙来了？"

"这你管不着，有钱难买愿意。"

"蚕豆脑袋"气哼哼拍了拍斜背的盒子枪，"现而今大爷是奉天侦缉队的人了，还就正管你！信不信，我随便找个茬口，就能把你这个四五六不懂的臭丫头送进大牢！"

小锛儿头忙往起站，作了揖赔了笑脸，"爷，您消消气，她眼拙，她初到贵宝地，您别跟她一般见识……"

"你是干啥的？""蚕豆脑袋"不依不饶。

"我是说相声的，您瞧我了……"小锛儿头不急不恼，笑容不改。

"说相声的除了会骂人，其余啥能耐也没有，你也得给老子放老实点儿！""蚕豆脑袋"问道："爷问问你，今儿晚上你们园子里有没有乔七巧的坠子呀？这一趟，我俩可是专门奔她来的。"

"回您话，您来得实在不凑巧，乔七巧她得了病，暂别舞台，前后有半个多月了。"

"怎么着，专等大爷我来了，她就病了？我要是非听不可呢？"

"这您就得和她商量了，我们俩说了不算。"说罢，小锛儿头拉起林雪梅就走。

开锣的时候，林雪梅看见"蚕豆脑袋"果然就坐在台下，周围还有七八个歪戴着帽子的同伙，虽然坐没坐相，站没站相，时不时地喊着邪好，倒也没有什么大妨碍。

眼见着一个个节目演过去，最后就要轮到压大轴的奉天大鼓了。攒底的女艺人名叫朱玺珍，在东北也是个远近闻名的响蔓儿，正当她满脸带笑走向台口时，不料，台底下瞬间就炸了堂！

"压轴的明明是乔七巧，怎么换了这娘们儿？"

"大爷要听河南坠子，不想听什么鸟大鼓！"

"门口的水牌子上清清楚楚写的是'盖中州'，为什么她乔七巧不出来？"

"朱玺珍，滚下去！乔七巧，滚上来！"

"退票，退票，包赔大爷的损失！"

林雪梅看到，带头起哄的正是"蚕豆脑袋"，一时间，茶壶、茶碗、手巾、烟碟全都扔了上来，台面上顿时一片狼藉。

乔七巧闻讯从后院急急赶了过来，在冯雨桐的搀扶下站到了台上，连连鞠躬作揖，"几位爷，有话好说，小女子就是乔七巧。俺真的是病了，不敢撒谎，已经有半个月没登台了，常来的老观众全都知道。水牌子上不可能有俺，写的就是朱玺珍朱老板攒底。请各位大爷多多包涵，等七巧病愈，俺一准儿给几位爷把票送到府上去，挚挚诚诚地给老几位唱几段压箱子底的活。"

"我问你，水牌子上要真是有乔七巧三个字，你怎么说？""蚕豆脑袋"一个箭步蹿到台上，指着乔七巧的鼻子质问。

乔七巧一时起了犟脾气，"真要是这样，或打或罚你随便！"

"这可是你说的。""蚕豆脑袋"嘿嘿一阵冷笑，冲着台下的一个手下喝道："刘四，去，到门外把那水牌子搬进来！"

工夫不大，刘四从外面搬着一块糊着黄纸的木牌子来到台上，众人搭眼看去，尽皆一惊，只见那上边果然写着一行大字：今日大轴攒底——"盖中州"乔七巧！

金三省知道这是有人布的局，却也无可奈何，忙把冯雨桐拉到了一旁，"爷们儿，紧着掏钱吧，到这份上，咱宁叫钱吃亏，也不能叫人吃亏啊！"

冯雨桐不敢怠慢，搜出身上的大小钱票紧忙往"蚕豆脑袋"手上递去，"这位爷，您消消气，这事全怪我们夫妻俩，我老婆确实是病了，您大人大量，别跟她一个女人计较，这点儿钱不成敬意，几位爷拿去喝杯茶吧……"

"蚕豆脑袋"挥手一掌，将一沓钞票打得满台飞舞，"想得倒美！你耳朵不聋吧，你老婆刚才说了，果真如此，或打或罚随我的便，那好，今天大爷不想罚她，我要打！"

话音未落，七八个有备而来的二狗子一齐蹿了上来，二话不说，便把乔七巧摁倒在台板上，随之举起了各自的竹尺、木棍。

冯雨桐立时跪倒在"蚕豆脑袋"的跟前，双泪横流，苦苦哀求："大爷，可不能打呀，她已经有了四个月的身孕，经不住啊……要打，您就让他们打我吧……"

"蚕豆脑袋"一脸狰狞，"这可替不得，打谁不打谁，我做不了主。"说着，向手下人发出了指令。

说时迟那时快，就在棍棒落下的刹那间，一个身影扑了过来，迅疾趴伏在乔七巧的后背上，死死地搂住了她的身体。

密集的棍棒像雨点儿一般落到了此人身上……

就在林雪梅被打的隔天上午，一辆军车开到了茶社后院的门口，跳下来几个日本兵，不由分说押走了冯雨桐夫妇俩。

"蹊跷，真蹊跷啊！"金三省惊魂未定，在屋子里不停地走着绺，"说是为了钱吧，给那帮孙子钱他们不要；说是为了寻仇吧，老冯他俩此前从没到奉天来过，又能跟谁结下梁子？"

林雪梅趴在床上，强忍着后背的疼痛，"这件事确实难以捉摸，但有一点可以肯定，他们是受人指使，是预先谋划好了的。师父，您还记得那'蚕豆脑袋'说过这么一句话吗？打谁不打谁他也做不了主，这叫什么话？这就说明他们后面还另有一只手。"

"嗯，有道理……"金三省点点头，不无担心地说道，"可这一大早日本人又干吗来了？乔七巧她一个女人碍着小鬼子什么了？这一趟恐怕凶多吉少，回得来回不来得两说啊！"

林雪梅也想不明白这件事的原委，一阵突然而至的痛令她咧了一下嘴，舞台上的那一顿暴打并没伤到她的筋骨，好就好在时下是冬季，穿的衣服厚，但也让她皮开肉绽，流了不少的血。是小锛儿头托朋友连夜为她买来了云南白药——这种疗伤的特效药现下在奉天已经成了禁售品，才使得她的伤口很快结了痂。

小锛儿头端着一个热腾腾的砂锅走进来，关切地问道："梅子，疼得轻点儿了不？我给你炖了锅鸡汤，一只养了三年的老母鸡，肥得流油。你猜怎么着？早起刚买的时候在摊上约了约，整五斤，拎回来我再一约，剩四斤了，嘿，敢情半道流走了整整一斤油！"

"哪有那么邪乎！"林雪梅被他逗得忍不住笑出声来，身体的晃动牵扯了伤口，又紧忙咬住了嘴唇。

小锛儿头把一碗鸡汤端到床头，令她侧了身子，一勺勺喂进她的嘴里，"我可真是服了你了，就那阵式，你愣是一点儿没害怕，没犹豫，噌一下就扑了过去……"

"我离得近，要是你在跟前，你也会这么做的。"林雪梅不好意思地红了脸，"真要是七巧姐挨了打，她肚子里的孩子一准儿就没了。"

金三省感叹道："师不如徒啊！话说回来，你这也是替师父我长了脸！"

"您就别夸我了，"林雪梅羞赧地说道，"再多夸我两句，我就该不知道自己姓什么了……"

"不行，得夸，强者抑，弱者扶，江湖上讲究的就是一个义字，雪梅你称得上义字当先！"

外出打探消息的王彩霞惊惶失措地跑进来，"金三爷，我打听清楚了，巧儿两口子被直接送往宪兵队了！那地方可是个虎狼窝啊，从来都是只见人立着进去，没见人立着出来，您说，这可咋好啊……还有，刚才我看见几个侦缉队的小子正往园子的大门上贴封条，领头的还是那个扁脑袋，他说了，只要你们几个北平来的在这儿呆一天，万泉茶园就一天别想开门营业。您说，该咋办呀？"

"你说咋办？"金三省略一思忖，"此处不留爷，自有留爷处，我们回北平就是！"说着，便开始收拾东西。

林雪梅挣扎着坐起来，阻拦道："师父，咱这会儿还不能走，怎么着也得等冯大哥他们回来，即便他俩让日本人打死了，咱也得把尸首背回去。"

话音未落，屋门大开，众人不由一阵惊喜，只见冯雨桐搀着乔七巧安然地走了进来。谁也没料到今日这事会是这么一个结局，全都瞪大了眼睛。

王彩霞迎过去拉住了乔七巧的手，"巧儿，吓死我了，这究竟是怎么一回事啊？"

冯雨桐说，他俩确实是被押往了宪兵队，一进去，就有个日本军曹审问，开口就说"盖中州"是他们通缉的一个土匪首领，后来又说他俩是共产党派到奉天的密探。本以为此一去肯定是有去无回，至少一顿毒打是绝对免不了的，可谁知，到最后日本人竟一指头没动，说是念他俩是初犯，勒令三天之内必须离开伪满洲国，于是，黑不提白不提就把他俩放了出来。一路上琢磨来琢磨去，只觉得好生奇怪。

金三省说道："甭管怎么说，人回来就好。看来奉天这地方咱不能呆了，收拾收拾麻溜地走吧。"

乔七巧插了一句："对了，刚才在宪兵队俺看见一个人，觉得有些面熟，好像曾经在北平见过，再想细瞧瞧，他一闪身就躲了。"

"能有这等怪事？"林雪梅问道，"他长什么样？有什么特别之处没有？"

乔七巧想了想，"好像……脑袋后边留着条小辫儿，像根儿猪尾巴。"

"崇小辫儿？"林雪梅皱了眉头，"他是刘连仲的人啊，难不成这件事和刘大肚子有关联？他的手也伸得忒长了点儿吧！"

一时难以找到答案，只好收拾行李准备打道回府，然而，看着这两个多月辛辛苦苦挣下的一叠奉票，他们尽皆嗟了牙，这些钱带回北平也不能花，无异于一堆花花绿绿的废纸。临了还是小锛儿头帮他们解了难，答应替他们换成金子带回去。

两天后，一行四人踏上了归程。暮色中，回望这一座中国的东北城市，别有一番滋味在心头。

火车站里乱乱哄哄，携带着大包小裹的旅客挤成了团，像蚂蚁在盘窝。他们费了不小的劲才找好座位安顿下来，林雪梅附在乔七巧的耳朵上小声说道："姐，把你那点要紧的东西交给我，我去找个稳妥的地方放着，出门在外，小心不为过！"

乔七巧自是对这个妹子信任有加，点点头，背过身体，小心翼翼地从腰里摸出一个布包塞到了她的手上。

林雪梅独自下了车，由车厢的尾部悄悄绕到了另一侧，看看四外无人，便一头钻进了车厢的底下。她寻到一处厕所的下水管，掏出提前备好的一绺麻绳，把裹着油纸的小包牢牢地捆绑在了铁管子上。包里装着他们奉天之行的收获，还有锛儿头哥托她带给徐五姑的一个金手镯。目前仍处在日本人的监管之下，她不得不多存一个心眼儿。

火车刚刚驶离了奉天站，有一个瘦猴儿似的男人便急火火地跑进了车厢，登上一排椅子，一阵扯脖子的呼喊："各位老少爷们儿，听我说，小鬼子是不会让咱们把钱财带到关里去的，赶紧把自己的金银细软藏好，那边已经有日本宪兵在搜查了！"

听了他的提醒，旅客们不免一阵惊惶，不少人都忙活起来，藏的藏，掖的掖，唯恐让日本人得了手。登高而望的瘦猴儿不动声色地将这一切全收在了眼里。

片刻之后，果然有几个荷枪实弹戴着黄袖标的日本宪兵闯进了车厢，尽皆一副不讲理的面孔，领头的军官厉声喝道："听好了，你们的，把值钱的东西统统交出来，不许带到关里去，否则，死了死了的!"

旅客们不约而同地都低下了头，心存侥幸，大气不出。

想不到的是，那瘦猴儿竟主动引着宪兵来到旅客近前，有的放矢地指点着，准确无误地告诉日本人，这个人在何处藏了个金戒指，那个人在何处藏了个玉手镯。没用日本人多费神，不大工夫，旅客们所藏的能值点儿钱的物件全部落到了宪兵的手里。

没看透啊你个二狗子，好歹毒啊你个狗汉奸! 老天爷，雨天打雷让雷劈了兔崽子吧，大河涨水让水冲了狗汉奸吧! 人们只能在心里暗暗诅咒，个个敢怒不敢言。

乔七巧神色坦然地站起来，手抚胸口长出了一口气，把感激的目光投向了林雪梅……

7月，是北平一年当中最燠热的时节，大天白日里，太阳高悬当顶，火烧火燎，人走在街上没地儿藏没地儿躲。尽管如此，百姓们依旧要忍受着烈日的炙烤每天去粮店排队买粮，由于实行了"粮食统制"，人多粮少，要想稳住自己的肚子，就只能拼了体力去争去抢。土豆没有了，豆饼也见不着了，现下能供应的只有一种被称作"混合面"的东西，颜色说黑不黑，说黄不黄，用它蒸出来的窝头似石头一般硬，粗粝得刺人嗓子。然而，报纸上却连篇累牍地在宣扬这东西的好处，说是此乃由十几种杂粮混合而成，"制作繁杂，营养丰富"，含有人体必需的多种维生素和矿物质，健脾健胃，有利身心健康。究其实，它却是日本人从禄米仓、东门仓等北平几个上百年的老粮仓中搜罗来的陈糠烂谷，是些连耗子都不肯吃的东西。就是这样的令人难以下咽的所谓粮食，每人每月也只配给二十斤。北平的百姓啊，苦日子何时是个头?

在这数米而炊的日子里，一个幼小的生命不合时宜地降临到了世上——乔七巧生了，生下了一个男孩。

"哥，给俺儿起个名吧，到明天就三天了。"乔七巧躺在暗影里，侧过脸轻轻亲吻着在襁褓里安恬熟睡的儿子。

"容我想想。"冯雨桐盯视着那一张娇小的脸庞，心里反复据量，"这小子是傍晚生的，正逢酉时，依我看——就叫个酉儿吧。"

"酉儿，酉儿……"乔七巧十分满意，不住嘴地念叨，"挺好! 等将来俺儿要上学的时候，你还得给他起个大名。"说罢，她轻叹了一口气。

"好好的，咋又不高兴了呢?"冯雨桐关切地问道。

"俺在想，俺儿来的不是个时候啊，俺一点儿奶水都没有，你叫他吃什么? 总不能和咱俩一样也吃混合面吧? 大人吃了都好几天拉不出屎来，他这么小的一个孩子又……"

"办法总会有的，下晌我听靳大姑说，偶尔有四郊的乡民偷偷跑到城里来卖粮食，就是贵得很，只要咱舍得花钱，弄些白面打成糊糊也能将就喂孩子。"

从奉天回到北平，两口子就搬到了靳大红的小院，住进了三伏早先住的那间厢房，不为别的，只为能躲开金盈儿粘糕一般的纠缠。

"哥，你说，俺儿长大了，你想让他干啥？"

"容我想想……反正是不能让他再唱曲儿了，对了，让他去当兵吧，上阵打鬼子！"

"你说的了，俺可舍不得……"

"国家兴亡，匹夫有责，打鬼子人人有份，谁该去，谁又不该？"

"那你为啥不去？就知道在俺面前说嘴。"

"你说为啥？还不是为了你？你想想，我一抬腿走了，你和酉儿咋办？"

乔七巧甚为感动，一头扎进了丈夫的怀里……

一阵"咩咩"的羊叫打破了小院清晨的宁静。冯雨桐披件衣服开门走出来，看到林雪梅坐在台阶上，手里拿着一把青草，一只肥大的卷毛羊正匍匐在她面前。于是，不解地问道："林姑娘，你这是——"

林雪梅莞尔一笑，"冯大哥，我知道七巧姐生了孩子没有奶，就去平西妙峰山找山民买了一只羊，这是一只刚产了羔的母羊，奶水正冲，这下我小侄子就不愁没东西吃了。"

冯雨桐的眼睛瞬间湿润了，声音颤抖地说道："梅子，你对你七巧姐的好，我俩一辈子都忘不了……"

还有件事林雪梅没说，这次在妙峰山她见到了自己心爱的人，罗华章已正式加入了八路军游击队，而且不久前还立了战功。

靳大红和三伏并排出现在北屋门口，看到母羊，都说林雪梅是雪中送炭，想得周到。

"我和你们几个说个事。"靳大红一边梳着披散的长发，一边言道，"知道不，最近北平又闹开了瘟疫，说是叫什么虎……虎烈拉，开始是上吐下泻，接着就发高烧，吃什么药都不管用，最后拉死了算完。而且听说还传染，染上就没救。"

三伏接了话茬，"俺也听说了，日本人要求每家每户都要准备一口盛石灰的大缸，哪儿哪儿都得撒上石灰，就为了消毒。先前是怕美国飞机轰炸，家家要预备一缸水，这回倒好，又改石灰了。"

"所以说，"靳大红叮嘱着众人，"这一段，人多的地方还是少去。"

今天是酉儿洗三的日子，刚吃罢早饭，接生姥姥潘老太太就赶了过来。虽说洗三只是给孩子洗个澡，但按北平的老例，这一洗意义重大，关乎着孩子的整个一生。

小厢房里一时挤满了人，大家都想借此机会表达自己对孩子的良好祝愿。老太太先是对着婴儿一通夸奖，说的无非是天庭饱满、地阁方圆、长命百岁、财运亨通一类套话，接着取过一个铜盆，放入了自己带来的槐条和蒲艾，用一壶开水沏开了，拿一根洗衣的棒槌在铜盆里不停地搅动，随着搅随着唱起来："一搅二搅连三搅，哥哥领着弟弟跑，小三儿、小四儿、小五儿、小六儿、歪毛儿、淘气

长篇小说 大鼓妞儿

儿都来了!"

"好啊,歪毛儿、淘气儿都来了!"众人齐声赞和。

待到盆里的水变得不凉不热时,潘老太太将光溜溜的婴儿接了过来,一手抱着,一手往孩子身上撩泼着水,并再次哼哼唧唧唱道:"洗洗头,做王侯;洗洗腰,长大官位比人高;洗洗蛋,做知县;洗洗沟,做知州;洗洗脚,顶门立户挣元宝……"尽管都是大白话,倒也有腔有调,合辙押韵。

冯雨桐兴奋地说道:"我不指望别的,就指望酉儿能结结实实地长成个男子汉,小鬼子不是盼着咱中国人断子绝孙吗?那好,咱就偏要多生几个,生个男的就是赵子龙,生个女的就是穆桂英!"

乔七巧拉住了靳大红的手,"靳大姑,下一回可就该轮到你了。"

靳大红斜睨了三伏一眼,"我倒想呢,可我眼见就奔四十了,还生什么呀!"

林雪梅不知深浅地插进话来:"咋不能生呀,人都说四十八还结个瓜呢。"

靳大红佯怒地瞪了她一眼,"你这丫头,哪儿都少不了你。行,借我们家梅子一句吉言,下回我也凑热闹生一个,就是不知道能生出个黄瓜还是倭瓜。"

最后这一句,逗得大家伙全都笑弯了腰。

一场被人们称作虎烈拉的霍乱在北平迅速蔓延开来,时至9月,已导致数千人死亡。日本人开始强迫市民注射防疫针,挨家挨户地搜查患病之人,只要发现有上吐下泻的症状,无论是老是幼是男是女,一律架起来就走。随后,病人所住的房间里所有的物件都会被撒上石灰,喷上消毒水。

为此,市政府专门发布了公告,鼓励市民主动举报霍乱病人,并开列出了奖励办法和金额。同样为此,通往郊外的七座城门只准许开阖四座,无论什么人,无论是出是进,只有拿着新民会开具的交通条儿才能放行。每道城门口均放置了一口装着消毒水的大缸,凡出入者无一例外都要被喷洒一遍。

善良的百姓又岂能知晓,其实,这并非是一场天灾,而是由日本人一手制造的人祸!数月之前,日军1855部队强占了天坛神乐署的原中央防疫处,在此秘密开始了霍乱病菌的试验,并有意拿到人群中进行了散布,然而,连他们自己也不曾料到,此举竟闹得一发而不可收。

德晓峰从心里感激父母给了他一副异于常人的脑子,眼瞅着白丫头已经没有了任何利用价值,几乎成了一个废物,偏偏这个时候日本人又为他提供了一次借她挣钱的机会。

时下,出来嫖的男人日渐稀少,俗话说饱暖思淫欲,整日里吃着混合面,屎都拉不出来,还有哪个会有这份心思?因此,往往德晓峰顶着烈日在街上站够一头午,也难以寻觅到一个想打野食的男人。况且,白丫头毒瘾愈来愈大,他再也难以满足她的需求,致使她变得面无血色,骨瘦如柴,又有哪个男人会对一把骨头产生兴趣?掰掰手指算一算,白丫头已经有十几天没接过客了,每天却依旧要吃要喝,他小德子岂能做这种赔本的买卖?原本今日一清早他就计划着要把她赶出门的，是一张北平市府的公告让他临时改变了主意，举报一个虎烈拉病人即能得到一笔奖金，钱虽不甚多，但足够了他一个礼拜的挑费，于是，中午他破例为白丫头蒸了两个玉米面的净面窝头，还切了半个酱萝卜，沏了一碗虾皮汤，竟令白丫头好一阵感动，频频嘱咐他说外边正闹虎烈拉，这几天最好哪儿都别去。

不出德晓峰所料，刚刚睡醒午觉，白丫头便开始了上吐下泻，弄得炕上地下臭气哄哄、一片狼藉，几番下来，她的身体便抖动得如秋风中的树叶，再也爬不起来。

"小德子，你……你给我吃了什么东西？我怎么忽然间就这样了……"白丫头情知不妙，强打精神质问道。

"吃什么了？不就俩净面窝头嘛。"德晓峰自然知道其中的原因，他事先在玉米面里放了泻药，"许是因为你饿了好几天，一下吃多了。"

"胡扯！我明白了，你这是看我……看我不能给你挣钱了，就打算……"

"看来你还没傻！"德晓峰几步蹿到炕上，掏出事先预备好的绳子，按住她的身体，把她的双手和双腿紧紧捆在了一起，接着，扯过一条毛巾塞进她的嘴里，"别着急媳妇，用不了多一会儿，我就送你去一个好去处……"

为了保险起见，他除了在大门外上了锁，还在屋门和窗户上都钉上了木条，以防备白丫头万一挣脱绳索跑出来。

拐出街口，只见前门箭楼底下停着两辆军用卡车，一个身穿白大褂戴着口罩的日本人正在指挥一伙士兵往汽车上抬人，无疑，将被运走的都是些被认定的霍乱病人。

德晓峰急跑几步，上前拉住了"白大褂"的胳膊，"太君，我的举报，虎烈拉的，那边的有！"

"白大褂"听他如此说，不敢怠慢，立即招呼了几个士兵跟着他向西河沿奔去。

进了院子，看着钉得死死的屋门和窗户，"白大褂"犯了疑惑，二目圆睁瞪向了德晓峰，"这个的，是怎么回事？告诉我，为什么？"

德晓峰一面拿锤子起钉子，一面回答道："虎烈拉的就在这里面，我怕她跑出来传染了别人，所以就……"

"白大褂"挑起了大拇指，"你的，好好的，良心大大的！"

炕上的白丫头已无力挣扎，死人一般仰面躺着，一股恶臭弥漫了整间屋子。德晓峰一手捂着鼻子一手朝炕上指过去，"太君，虎烈拉就是她，您瞧见没有，这几天她拉得都脱了相了。您只要给了奖金，只管把人抬走！"

"白大褂"似是没听见他说的话，凑近过去，一把将白丫头嘴里的毛巾抻了出来，翻了翻她的眼皮，问了一句："你的，得的是什么病？真的是虎烈拉吗？"

此刻，白丫头已经彻底明白了德晓峰的意图，不知怎么，心里反倒一下子轻

长篇小说
大鼓妞儿

松下来，她知道，自己死期已至，很快就会得到解脱，但她不想就这么孤零零地一个人上路，她必须想办法找个人陪着自己，而德晓峰就是最好的人选，于是，强打起精神说道："没错儿，我得的就是虎烈拉，已经好几天了。"边说边把脑袋向着德晓峰歪了过去，"是他，他传染给我的！"

德晓峰万没想到她会有此一说，瞬间慌了手脚，"太君，您可千万别听这娘们儿的，她烧糊涂了，她胡说八道，信口开河，不是我传染的，我没病，我身体好好的……"

"白大褂"没理会他的辩解，继续向白丫头问道："他的，是你的什么人？"

白丫头的眼睛倏忽明亮了，话说得字字清晰，"他是我丈夫，街坊四邻全都知道，他就是和我一个炕上睡觉、一个锅里吃饭、用一个碗喝水的人，你明白吗？我不敢胡说，我的病真的就是由我丈夫传染的。"

德晓峰歇斯底里地叫骂道："臭娘们儿，你好狠毒，临死还要咬我一口，我……"他冲上前想去撕她的嘴，不料却被两个日本兵按住了肩膀。

正在这时，一个翻译官走进门来，"白大褂"遂手指着德晓峰向他问道："孙桑，这个支那人，你的认识？"

德晓峰扭头看到来的竟是孙维本，如同见了救星，大声呼唤道："孙哥，您来得正好，您快给证明一下，我小德子没病，我结实着呢，这些年我一直效忠大日本皇军……"

孙维本向着"白大褂"正色说道："太君，我可以证明，这小子得了虎烈拉，附近这一片全都是他传染的！"

"这屋里的两个人，统统地带走！""白大褂"下了命令。

德晓峰拼死反抗，一个日本兵举起枪托直接朝他的脑后击去……

一股干土的气息呛得德晓峰醒转过来，他发现此时自己正躺在一个两米见深的穴坑里，前后左右横躺竖卧着二三十个人，而白丫头就紧挨在他的身边。

"小德子，你醒了？"头靠着头的白丫头开了口，声音虽然微弱，却一字一句清清楚楚，"趁这会儿土还没埋到胸口，有句话我想问问你……你说，你老婆我有本事没有？临死还能拉个垫背的！我好高兴啊，高兴得真想唱几声……"

"你……"德晓峰想去掐她的脖子，却发觉自己的两条胳膊已经被绳子死死捆绑在了身后，"臭娘儿们，你等着，老子绝饶不了你！"

"别做梦了！没什么可等的了。临咽气之前，你还是好好想想下辈子该如何托生吧，我估摸，人，肯定是没你的份了，下辈子你只能做一条狗了，而且，指定是一条掉了毛的癞皮狗！"

德晓峰刚想开骂，却被从天而降的一团黄土封住了嘴。他拼命地睁大眼睛朝上方看去，只见十几个日本兵正围在土坑的四周，各自挥动手里的铁锹，开始不住地向坑内填土。

德晓峰急忙连啐几口泥土，声嘶力竭地呼喊道："太君，饶命啊，我不是虎烈拉，我没有病……放了我吧，我小德子还能为皇军效力呀……"

他一时弄不清自己的这一番话到底是喊了出来还是没喊出来，然而，已经到了这会儿，喊不喊的又有什么意义呢？

天倏忽间就黑了，黑如锅底。他困了，想睡了……他梦见，自己果然变成了一条狗，夹着尾巴在荒野间踽踽独行……

二十七

八角鼓儿响烧热炕，奶奶弹弦子爷爷唱，
闷上壶高末儿嗓音好，嗅一口鼻烟儿精神旺，
一唱唱到天麻麻亮，天麻麻亮。

——北平童谣

得知白丫头被日本人活埋了的消息，林雪梅悲痛欲绝。她不住地谴责自己对师姐关心太少，只顾忙于生计，疏淡了彼此之间的友情，假如能够经常去看看她，或许她也不会走到今天这一步。

她独自出了平则门，在当地乡民的指点下，寻找到了那块埋葬着一大批冤魂的坡地。这里没有坟丘，也没有墓碑，只显露着一片寸草未生的黄沙砾土，静默地表达着死难者难以平抑的愤怒和抗议。以泪洗面的她只能用燃烧的纸钱来抒发自己内心的忏悔，哀悼师姐短暂而又屈辱的一生，祭奠师姐那无辜的亡灵！

直捱到来年的春天，林雪梅才把这个噩耗告诉给了师父，金三省听罢，一时间哭得像个孩子，不住声地说着"对不起"，"这孩子命好苦啊！都怪我，早知道这样，我就不会……原本，我还打算找个机会把随缘乐的《武松开吊》过给她，可这会儿说什么都晚喽……"

林雪梅自责道："全都怨我，我没能和师姐多走动走动……"

"得了，你我谁都不怨，要怨只能怨小鬼子不是人揍的！话说回来，死了死了，一死百了，死了比活着省心。"金三省长叹一声，转了话题，"好歹咱还得喘着这口气不是？自打从奉天回来，咱爷儿俩就一直没有个稳定的差事，唱一天歇三天，照这样下去，停了辘轳干了畦，又靠什么生活？现下真得想个辙了。"

林雪梅想了想，"既这样，您就挑头儿拴个班吧，把和咱相知相近的集合在一起，人多势众活路宽，彼此之间还能有个照应。"

"嗯，这主意不错！"金三省赞了一句，随后又犹豫起来，"可是，凭我……有人愿意来吗？"

"据我了解，这些日子白雪遗白大爷也在家闲着，您把他请过来，老哥儿俩一联手，还怕没人？"

"我倒是想呢，可……"

"您只要点点头，白大爷那边由我去说，他可不是您想的那样，心胸宽着呢。"

不出林雪梅所料，白雪遗听了这个计划，二话没说，慨然应允。没出两天，

金三省便邀集了唱铁片的靳大红、唱坠子的乔七巧、唱西河的黑丫头、唱单弦的赵有禄、变戏法的"快手卢"、抖空竹的华小妹等十几号人，唯独缺少一档相声。

金三省说道："要是能把小铹儿头爷儿俩搬请过来，就算齐了！"他忽然想起在奉天时林雪梅曾经说过，她会找机会把小铹儿头不能回北平的原因告诉他，于是旧事重提。

林雪梅思忖片刻，只好把这件事的前因后果叙述了一遍。

金三省气冲脑瓜门，"你说，我怎么就养了盈儿这么一个孽种？还学会了坑蒙拐骗！话又说回来，你俩这事儿办得实在是既正派，又高明，叫臭丫头也知道知道什么叫恶人自有恶人磨，什么叫天外有天，人外有人！"

等到找好了"大饭桶"和"烂酸梨"的一档相声，班儿就算是正式拴起来了。这一天，众人齐聚金家堂屋，商议着相关的事宜，说到起堂号时，白雪遗提议叫"三省堂"，金三省却主张叫"遗雪堂"，两个人你推我让，莫衷一是。

林雪梅一拍脑门，"我倒有个主意，叫'三遗堂'行不行？罗教授曾经和我说过，各样的杂耍都是咱中华民族的文化遗产，不能让小鬼子平白糟蹋了，必须想方设法保留下来，三，取三足鼎立的意思，稳当；遗，指的是老祖宗留下来的文化遗产。"

在座的都觉得这个堂号起得好，于是，马上写下了"三遗堂专应杂耍演出、喜庆堂会"的木牌子，即时挂了出去，还在大门外燃放了一挂千头的鞭炮。

大家伙刚回到屋里，忽见金盈儿扭扭搭搭迈进了门槛，身后还跟个斜背匣子枪的随从。她穿着一套崭新的日本军服，足蹬着油黑的长筒马靴，头上戴一顶花呢子鸭舌帽，有一副茶色眼镜架在鼻梁上，先冲众人扫了一遍，接着就是一句带了醋味的嘲讽："哟，年都过去俩多月了，这会儿怎么又全神下界了？"

她看到，在座的所有人都不约而同侧了脸，于是讪讪地轻咳一声，指了指跟来的崇小辫儿，"给你们大伙儿介绍介绍，这位是新上任的侦缉队的崇副队长。"

乔七巧盯了小辫儿一眼，附在林雪梅的耳旁小声嘀咕道："俺看准了，这小子就是俺在奉天宪兵队看见的那个人。"

林雪梅斜眼瞥向了崇小辫儿，"恭喜呀崇队长，愿您步步高升！打听一句，原来的刘连仲刘队长这会儿干什么去了？"

崇小辫儿一脸的幸灾乐祸，"你说谁？刘大肚子？哈，提起他来其中的乐儿可就大了，现而今他成了金三爷的同行——弹了弦子了！"看到众人皆是一头雾水，他又手做鸡爪状，一边抖动一边补充道："就像《大西厢》里边唱的，他'走道拄着拐棍儿，要离开了拐棍儿呀，手儿就得扶墙'！"

林雪梅顿然了悟，刘连仲中风了，崇小辫儿在奉天的作为必是受了金盈儿的指使。

金盈儿朝着冯雨桐凑了过去，"冯哥，你本事挺大呀，躲得还真够远的。怎么不在奉天多呆些日子呀，是让人赶回来了吧？这阵子搬到哪儿住了？能不能告诉我个地址，回头我也好抽空去看看你。"

　　她瞟了一眼冯雨桐冷若冰霜的脸，又走到了黑丫头的面前，话里暗含着一种威胁，"师妹，你家爷们儿最近还好吧？莫非说还在天桥明地上耍石锁？他姓张叫张子强对吧？明着告诉你，我这心里可还一直惦记着他呢。"

　　金三省已经忍无可忍，"哪儿来那么多废话？说，今儿找我有什么事？"

　　金盈儿只好把脸转过来，"爸，打您从奉天回来我就一直没见着您，有件事我得和您当面说说——"

　　听到这儿，林雪梅不容分说，起身拽住金盈儿的胳膊往外就走，全力把她推到墙角，瞪起眼睛质问道："金盈儿，你想说什么？我就知道你没憋好屁！你干的那些事还好意思往外抖搂？"

　　金盈儿一把甩开了她的手，"乡下丫头，你是不是管得太宽了点儿？我和我爸说话碍着你哪根筋了？"

　　"我就问你一句话，他是不是你亲爹？"

　　"废话，我不是亲的，你是亲的？"

　　"那好，我明白地告诉你，你若还念及这一份父女亲情，不想让你爸这会儿就死在你面前，就别提你认贼作父的那件丑事！"

　　金盈儿哑了，半晌才迸出一句："你那叫咸吃萝卜淡操心，今儿我根本就没打算提这档子事！"

　　此时，众人跟着金三省一起来到了院子里，金盈儿跨上一步对父亲说道："爸，是这么回事，大概其您也听说了，现而今日本人提倡中日一家、中日亲善，北平有不少的日本侨民开始主动和咱中国人交朋友，有和中国人拜把子的，有认中国老太太当干娘的，归其这也算一件好事，既没动枪也没动炮，彼此之间就成了亲戚，照这样，今后还有什么事是不好商量的，您说是不是？"

　　金三省拦了她一句："有话直说，别跟这儿仙鹤打架——绕脖子。"

　　"成，我直说。"金盈儿咽了口唾沫，"昨儿我干……宪兵队的中村太君找了我，提出要和您拜把子，您年长为兄，他年幼为弟，永结金兰之好，您说，这是不是一件打着灯笼也难找的大好事？"

　　"放屁！"金三省怒不可遏，手指着金盈儿骂道，"这种话你也能说出口？和小鬼子拜把子，我金三省成什么了？如此我就成了一条狗！你巴结日本人不算，还要把你亲爹搭上，你这还算是人揍的吗？"

　　白雪遗申斥道："金盈儿，你难道忘了，是谁把你爸抓进大牢的？打个半死不说，至今还留下了后遗症，弹着半截弦子就能睡着了。给你爸上刑那会儿中村怎么不说和他交朋友？这些年小鬼子杀了咱多少中国人，他早怎么不说和中国人交朋友？现下眼见快完蛋了，倒充起善人来了，中国人还没那么傻！"

　　黑丫头插进一句："白大爷说的一点儿没错，知道不，现下《新民报》又开展了'施棺运动'，这说明什么？说明日本人这会儿净打败仗，死的人越来越多，棺材不够使了！"

　　金盈儿撇撇嘴，"甭净说那些八竿子打不着的事，给脸不兜着才真正叫傻。"

靳大红朝着地上啐了一口，"丫头，这辈子我见过不少不要脸的，可还没见过你这么不要脸的，日本人放个屁你都得说是香的。"

金三省抓起廊下的一把扫帚拽了过去，"滚！从今往后永远别让我再看见你，我姓金的压根儿就没你这个闺女！"

《满洲之恋》已经拍摄过半，胡翠珠却依旧没看到完整的剧本，这俨然成为了她的一块心病。平心而论，自改行拍电影以来，她的生活的确发生了巨大的变化，有了名，也有了钱，报纸上隔三差五就会出现"胡蝶影"三个字，虽然影片尚未面世，但各方各面都对她充满了期待，期待着有一颗新星在影坛上冉冉升起。此外，她再也用不着为衣食发愁，每到一处都有人高接远迎，住豪华宾馆，吃美味佳肴。此时，她即是刚刚洗完热水澡，穿着丝绸浴衣，躺在东方饭店的席梦思软床上，悠闲地翻看着日本的电影画报。

此间她要在北平呆上三个月，等拍完所有的外景之后再坐船去日本，到东京的摄影棚里拍内景，一并参加后期制作。她心里十分清楚，现下自己已陷入了两难的境地，一方面名和利在诱惑着她，满足着她，而另一方面汉奸的恶名又令她的脊梁骨时不时一阵阵发凉。无疑，如今已到了关键时刻，她必须想方设法拿到一份完整的剧本，必须在这三个月内做出最后的抉择。

为此，她找了林雪梅，把自己的忧虑和烦恼全都告诉了她，这个小师妹最令她信服，不仅聪明，而且仗义，刀架在脖子上也不低头。

"姐，我不是埋怨你，你的胆儿也忒大了点儿，连日本人的活儿你也敢接！"这是林雪梅开口说出的第一句话。

胡翠珠立时眼里含了泪，"想想我真的挺后悔，当初，真还不如和你们一起踏踏实实唱大鼓……"

"你刚才说，直到现在你还没看到全部的剧本？"

"我要了好几次，那个日本导演总是推脱。所以，我觉得这事儿有点儿玄。"

"如此就已经说明了问题，瞒人没好事，好事不瞒人，可以肯定，小鬼子没憋好屁！"

"那我该怎么办？急死我了，快帮我拿个主意吧师妹。"

"把酬劳退给他们，姑奶奶不拍了！"

"这可不行，真要这样，他们还不得一刀宰了我？"

"实在不行……不行就跑，上平西找八路军去，董茂昌董大叔就在那儿。我可以陪你一起去。"

"我可不想去平西，穷乡僻壤，吃不上喝不上的，即使跑到那儿也是受罪。"

不过，一个"跑"字倒是提醒了胡翠珠，在她看来，这的确不失为一个良策，先设法搞到剧本，看着不妙就脚底板抹油——溜之乎也。这事儿成！

胡翠珠瞬间变得聪明起来，责怪自己不该在一棵树上吊死，导演田园手上有剧本，写本子的孙维本自然也会有，既是日本人不给，难道就不能在姓孙的身上打打主意？看得出，这个瘦小的男人对自己垂涎已久，多次撩拨挑逗，唯求一逞，只要自己肯给他一点儿甜头，还愁此事办不成？做个浪女总比做汉奸强，况且自己也不是头一次失身。也罢，舍不得孩子套不着狼，反过来说，假如这部片子还真就只讲了一个男女的爱情故事，岂不是烟消云散，丽日如常？又何必再担惊受怕、庸人自扰？

几下敲门声响起，胡翠珠扔下画报起身打开了房门，将打扮得油光水滑的孙维本迎了进来。

"急三火四把我宣了来，有什么要紧事？"孙维本的眼睛不由自主地在她的身上打着转，瞟过高耸的胸脯，又盯上了雪白的大腿。

"也没什么事，就是一个人闷得慌，想找孙哥你聊聊天。"胡翠珠倒了一杯热茶递了过去，有意无意地在他的手背上蹭了一把。

"想我了？"孙维本涎着脸问了一句。

"不知怎么，每到开春，我就总感觉浑身上下不得劲。"胡翠珠答非所问，身子一倒歪在了床头。

孙维本发觉有机可乘，急忙凑了过去，"这事儿好办，我帮你按按，松松筋骨，可否？"他边说边挽起了衬衣的袖口。

胡翠珠似是犹豫了一下，"行是行，你可不许乱来。主要是两条腿有点儿发酸。"她甩去了脚上的拖鞋，把双腿挪到了床上，乜斜着两眼盯向了他。

孙维本的手和心在同时颤抖，掌下那细如凝脂的温润感觉，令他周身的血液几近沸腾，他例行公事地在小腿肚上匆匆揉捏了几下，顺势把手朝上方游去，浴衣的下摆敞开了一道缝隙，让他看到了她的水红色的内裤。

胡翠珠微闭着双眼，不失时机地按住了他不断深入的手，"你真的喜欢我？"

孙维本咕嗵一下跪在了床前，两条胳膊紧紧搂住了她的大腿，"我对天发誓，我喜欢你，你就是我心中的女神，是杨贵妃，是维纳斯……"

"我有你说的那么好吗？"胡翠珠伸手抚上了他的脸颊，"那金盈儿呢？她和我比谁更漂亮？"

"拿天比地，金盈儿整个就是一骚狐狸，她哪能——"

"一旦你得到了我，会不会在别的女人面前也这么说我？"

"不能够！真要是这样，你就拿刀骟了我，让我成为德晓峰第二。"

"行了，起来吧，男人的嘴天生都是抹了蜜的，哪一个不是说的比唱的还好听？不过，看在你对我一片痴心的份上，我可以和你好一次，但是，你必须要先为我做件事！"

"说，上刀山下火海我孙维本也在所不辞！"孙维本一边说一边开始解衣裤。

"用不着说得这么邪乎，这件事对于你只是举手之劳——把你写的电影剧本给我看看就行。"

孙维本半裸着身子僵在了原地，"这……这可不行，日本人早有交代，不能让你看全部剧本，我要是私自把它给了你，他们会要了我的脑袋……"

"瞧瞧，我说什么来着？还上刀山下火海呢，不就一个破剧本嘛，至于吗？再者说，我看没看除了你又有谁会知道？"

"我听说了，你曾经五次三番向导演提过这个要求，告诉我，究竟为什么？"

"不了解整个剧情，表演起来我就找不着准确的感觉。除此之外，还能为什么？"胡翠珠故意朝他裤裆的隆起处扫了一眼，"我明白了，你压根就不是个男人……"

孙维本的脸腾地红了，瞬间便做出了决定，"得，我豁出去了！话说在前头，这事儿跟谁都不能说，说了我完你也完。"他转身打开皮包，从里面抽出一本打印的册子，用手掂了几掂，这才交到了胡翠珠的手里，接着，一个纵身向床上扑去，"骚娘儿们，这会儿我就让你看看，我到底是不是个男人……"

发泄完了的孙维本倒头睡去，胡翠珠顾不得清理自己，急忙打开剧本细细地读起来。

这是一册文学本，她发现，其中有些场景已经拍完，而有些情节她却闻所未闻，尤其是与她没有关联的战斗场面。随着一页页翻过去，她的心开始狂跳起来，额头上渗透出滴滴汗珠，来不及流淌就已经变得冰凉。她没念过几年书，但她毫不费力地就能看清楚，男主人公平田是个屠杀中国人的刽子手，卢沟桥攻击29军有他，813上海开战也有他，南京屠城还有他，他甚至在南京创造了杀人第一的记录，由此获得了日本最高司令长官的嘉奖。就是这样一个疯子，中国姑娘米兰竟爱得如醉如痴，为他做棉鞋，缝肚兜，一路穷追不舍，最后竟东渡日本，跪在日本公婆面前请求与他成婚，之后，满心欢喜地为平田家族生下了一群孩子……

不行，这片子不能再继续拍下去了，否则，自己的祖宗八代都要遭人唾骂，日后死了都不会有葬身之地！汉奸是个什么东西？汉奸是茅坑边上的一块石头，是顶风臭十里的一摊狗屎，是人人诅咒的杂种，是万众鄙弃的畜生！胡翠珠打了个哆嗦，她感到自己仿佛身陷冰窟，寒彻肺腑，看了一眼身边熟睡的男人，来不及多想，急忙下了地，匆匆换上了外出的衣服，她必须立刻离开这是非之地！

孙维本一个愣怔睁开了眼，"胡小姐，你这是要去哪儿？莫非说——"

胡翠珠只好停住了脚，"孙哥，这片子我不能再拍了，我得走。"

闻听此言，孙维本赤身裸体跳下了地，伸开双臂挡在了门口，"走？说得轻巧，你可是和电影公司签了合同的，还拿了人家的定钱。"

"钱我可以如数退还给他们。"说着，她从包里掏出三根金条扔在了床上。

"嘿，你怎么是属孙猴儿的说变就变呀？你以为退了钱就没事了？告诉你，日本人为这部片子所投的资远不止三百根金条，中途变卦，你要赔偿全部损失！"

"一条活命，活命一条，你们看着办吧，反正我不能当汉奸！"

"汉奸？这话说得忒没文化，忒幼稚！何为汉，何为奸？现而今是中日满一体，大东亚共荣，哪儿还有什么汉？至于奸嘛，那就得看怎么说了，过上十年八年，当不住人们还会为你的所作所为叫你一声前辈，尊你一声先贤呢。"

"甭跟我说这些个三七四六的，我主意已定，说破大天，姑奶奶也不拍了！"

"看你这身打扮，想一走了之是不是？明跟你说，休想！跑到天涯海角日本人也能把你抓回来，报纸上、画报上哪儿哪儿都有你的照片，除非你换一张脸！"孙维本顿了顿，转换了语气，"归其日本人还就是看上了你这张脸，艳若桃花，美丽动人。千万别跟自己较劲，拍都拍了，眼见大功告成，再坚持坚持不就完了？难道你还想重新回到园子里去唱大鼓？"

胡翠珠无言以对，大脑里变得一片空白。

"三遗堂"班社挂牌后的第三天，金三省一众就接下了"小上海"游艺社的生意。园子虽然不大，却异常火爆，日夜两场全都能上到九成的座儿。

这天晚上，眼见着就要到了"开锣"的钟点，却依然未见黑丫头的身影。她唱开场的头一档，素常这个时候准定是在张子强的陪伴下早早就画好了妆，静静地候在了台帘的后头。小夫妻已经结婚三年多，尽管至今没有孩子，可彼此的感情却仍旧像新婚一般，终日里卿卿我我，形影相随。

"这孩子今儿是怎么了？病了？"金三省在后台急得转开了磨，"不能够啊，下晌还好好的，欢蹦乱跳的，没听她说什么呀。"

场上不等人，救场如救火，无奈之下，白雪遗只好临时换将，安排林雪梅先顶上。不曾想，直到一半时间过去，华小妹的抖空竹演完了，这才看见黑丫头满头大汗跑进了后台。

"怎么档子事？你怎么这会儿才来？忒不像话！知不知道你一落空，整个后台全都乱了套？看你待会儿怎么跟大家伙交代！"金三省劈头盖脑一通申斥。

黑丫头一脸惊惶，气喘吁吁，"出事了！子强到现在都没回家，往常我都是提前做好了晚饭，等着他摆地回来一起吃，然后我俩再一起上园子。今儿可倒好，天都黑透了也没见他的影儿，我上天桥找了一个遍，也没人知道他去了哪儿。刚才我又去他家见了他爸，还是没有……"说着眼泪便淌下来。

林雪梅安慰道："姐，别胡思乱想的，兴许张哥临时让什么事绊住了腿，或者遇见了什么朋友一起去了酒馆，千万别着急，说不定待会儿他就过来了。"

黑丫头不住地摇着头，话语里带了哭腔，"不可能，他滴酒不沾，从来不和人喝酒。这几天我的眼皮总在跳，我有预感，肯定是出事了，有人想要陷害他……"

果然，直到演出结束散了场，张子强也没露面。林雪梅陪着黑丫头回了她的小家，隔窗而望，小屋里寂静无声，一团漆黑。姐妹两个一夜没合眼，一直等到雄鸡高唱，张子强依旧是没有半点消息，一个活生生的大男人就这样无缘无故地失踪了。

天光大亮，她俩匆匆吃了几口东西，再一次奔向了天桥。

张子强的把式场设在公平市场的西边，正对着一家买馅饼和煎饺的小饭馆。此时，场子里一片冷清，只有几条长板凳凌乱地锁在空地上，一个索钱的竹笸箩倒扣在墙角。通常，逛天桥的游客都是中午时分才会赶往这里，所以，头午便少有人迹，只看到一个破衣拉撒的乞丐蜷缩在小饭馆的廊下。

林雪梅牵着黑丫头的手朝那乞丐凑近过去，时近仲春，天气骤暖，这个蓬头垢面的男人却依旧穿着棉裤棉袄，肮脏的冬衣到处开花，绽露着一绺绺灰白的棉絮。他埋着头，紧靠在一个充作炉灶的汽油桶旁，怀里搂着一个豁了口的破砂锅，砂锅里装着半下炭灰和几个已经燃尽了的煤球。

林雪梅轻轻晃了晃他的肩膀，"这位大哥，跟您打听个事儿成吗？"

乞丐缓缓地抬起了头，睁开了布满眵毛糊的双眼，把一只脏手哆哆嗦嗦伸了出来，"打算……打算问事儿，先给钱。"

闻声见脸，她两个蓦然惊呆了，此人竟然是新民会南城会长刘连仲！

"你们别……别用这种眼神看我，"刘连仲的嘴里像含着半个肉圆，叽里咕噜，含混不清，"世事无常，落……落架的凤凰不如……鸡，问事儿行，拿……拿钱！"显然，这一刻他也认出了她俩。

一个曾经烜赫一时的恶霸，一个曾经颐指气使的权贵，怎么就一下要了饭呢？林雪梅好想问个究竟，不料，他自己却主动开了口："眨眼之间，钱就没……没了，官没了，房……房子也没了，老婆也跟人……跑了，天底下，没人比……比我更傻，我就是一个……一个大……大傻……！"

黑丫头不想听他啰嗦，"你认识对面场子里耍石锁的大张吗？看见他去哪儿了吗？"

"我看……看见了，想知道，拿钱！"刘连仲抹了一把嘴边的涎水，把干巴巴的手再次伸到了她俩面前。

林雪梅从兜里掏出一张钞票塞给了他，"你告诉我俩，他怎么了？"

"被人……绑走了，用麻袋往头上……一套，就……就绑走了。"

"这是多早的事？快说呀！"黑丫头急不可耐地攥住了刘连仲的手。

"拿……拿钱。"

林雪梅紧忙又拿出一张钞票给了他。

"昨儿……晚半晌，天刚擦黑，我看见大张收……收了摊，正……正准备回家，这时候，就……"

"知道是什么人干的吗？"林雪梅没等他开口，先将一张钱票拍到了他手上。

刘连仲用手在脑后比划了一下，"小……小辫儿，明白吗？总共七八个……人，拿麻袋往大张头……头上一蒙，架起来就跑，我还听他们说，回去要让美子小姐请……请他们喝酒。"

林雪梅了然于心，拉起师姐就跑。黑丫头问她美子小姐是谁，她说就是金盈儿，接着又反问师姐是否得罪过她，黑丫头想了想，便提起了两年前自己和张子强陪白大爷去东方饭店的事。

林雪梅一脸凝重，"显然，她这是在报复！心眼儿比针鼻儿还小。明白不？这会儿张哥八成就在侦缉队的手上，事不宜迟，咱得马上去找他们。"

侦缉队的办公室里，崇小辫儿和几个手下正聚在一起喝小酒。黑丫头进了门就是一声喝问："崇小辫儿，说，你把我丈夫弄哪儿去了？"

崇小辫儿先是一怔，随后抿了一口酒，嘿嘿笑道："哟，这事儿可够着新鲜，大白天的竟有人跑我这儿找丈夫来了！妞儿，瞧清楚了，这儿是侦缉队，不是收容所，自己的爷们儿不说把他看好了，倒跑到我这儿犯横来了。"

"有人看见了，就是你把我丈夫张子强抓走的，明说，把他放了两拉倒，要不然，姑奶奶今儿跟你们没完！"黑丫头双手叉腰毫无惧色。

不料，崇小辫儿不仅没恼，反倒点了头，"你说谁？张子强啊，早说呀，就是天桥要把式的那个张大个儿吧，有，我这儿有这么一号。"

林雪梅质问道："平白无故你们凭什么胡乱抓人？还有没有王法了？"

"林小姐，这你可就说错了，他不是被抓，他是被派了劳工了，日本人的差遣，这事儿和我们哥儿几个说不着。"

"你们这是官报私仇！"黑丫头怒气冲冲，跨上一步就要掀桌子。

"别急，听我说。"崇小辫儿手扶桌边站起来，"这回，既不是让他上开滦去挖煤，也不是上鞍山去炼铁，这是一趟美差，他去了日本了，今儿头午塘沽的火轮船。跟你说，这趟差事可不是谁想去就能去得了的，我们小哥儿几个争着抢着都去不成呢。"

黑丫头大为诧异，"上日本干吗？莫非小鬼子……"

"要不怎么说他张大个儿有福呢，明说吧，现而今日本的男人都出国当了兵，那些个日本娘儿们就全都守了活寡，你想，堂堂大日本帝国不能绝了后不是？为此，他们就精挑细选了一些模样好身体壮的中国小伙子去了日本。"

"无耻！"黑丫头只气得脸色煞白，浑身颤抖，张着嘴再也说不出别的话。

"这是你说，你家爷们儿可不会这么认为，日本娘儿们好啊，个个长得细皮嫩肉，都跟江米人似的，到了那儿，他可是天天当新郎，夜夜换新娘啊……"

一番话引得几个男人发出了一片浪笑。

林雪梅拉起师姐就走，"走，去塘沽，去日本，无论如何咱也得把张哥找回来！"

"去，去呀，"崇小辫儿一脸坏笑，"别说你们根本去不了日本，就是真去了也找不着，退一步说，即使找着了，张子强怕也早就成了一堆药渣儿了！"

"就是成了灰，我也得把他找回来！"黑丫头不明白"药渣儿"是个什么意思，但她知道这绝不是句好话，现下她一点主张也没有，感到了空前的绝望，她只能在临走之前把心中的愤怒发泄出来："日本人，还有你们，都是流氓，臭流氓！"

二人行走在大街上，突然，一阵刺耳的警笛声响起，惊得她俩打了个激灵，放眼看去，只见街面上的所有店铺都关着门上着板，路上的行人一个个全都驻足在原地，且默默地低下了头。几个端着长枪的日本兵正站在一处高台上，虎视眈眈地盯视着下方。

林雪梅悄悄问了一句："今儿是几儿呀？"

"8号。"黑丫头边走边说。

林雪梅猛地想起，自2月份开始，日本人把每月的8号和9号定为了"决战生活日"，逢是这两天，所有的买卖商户一律都要停业，而且禁烟、禁娼、禁酒，中午11点59分全市统一鸣警笛，届时，街上一切车辆停驶，所有的行人都必须为圣战胜利默祷一分钟。想至此，她拽住了黑丫头的手，紧忙停住了脚步，"姐，咱照样学样吧，好汉不吃眼前亏，早早晚晚有跟他们算总账的时候！"

黑丫头不得不低下了头，与此同时，咬牙切齿地骂了一句："小鬼子，一个也别剩，都去死吧！"

二十八

只哭得空中的飞鸟难展翅，只哭得山中的猛虎似绵羊，

只哭得神愁鬼惨天地暗，只哭得愁云滚滚日无光，

正哭间山崩地裂一声响，呼啦啦把那长城哭倒了一段墙。

——京韵大鼓《孟姜女》

园子里一张被人垫在屁股底下的旧报纸，让金三省的精神彻底崩溃了，报纸上面刊登着金盈儿认日本人中村喜赖做干爹的一则消息。一瞬间，他的脑袋仿佛被炸开了一般，火光飞溅，轰隆作响！万万想不到，自己的女儿竟变得这般低三下四、寡廉鲜耻，竟至忘了国家，忘了祖宗，忘了父母，心甘情愿地跪倒在小鬼子面前，卖身投靠，认贼作父！他的心一下便碎了，碎得再也难以收拾……

他无处发泄自己心中的怨怒，一把扯断了大三弦上的所有丝弦。

黑丫头唱罢开场由台上走下来，心事重重地来到正在化妆的林雪梅的身旁，"梅子，我打算好了，我必须得走，去日本！"

林雪梅放下了手中的眉笔，"你真的要去找张哥？"

"你不知道，这几天天天夜里我都梦见子强，梦见他让一帮白胖白胖的日本娘们儿包围着，瘦得皮包了骨头……"黑丫头话里带着哽咽。

"可这不是一件简单的事，你得想仔细了。首先说，路途遥远，要漂洋过海，坐火车去不了，必须得坐船，咱一个唱大鼓的，又上哪儿去淘换船票？还有，即使到了日本，语言不通，两眼一抹黑，人海茫茫，你又上哪儿去找他？"

"不管有多难我也得去，孟姜女千里寻夫，我是女人她也是女人，她能我也能！"

林雪梅不禁皱了眉头，"别急，容我想想，既然你决心已定，咱得把这事计划好了……"

黑丫头一扭脸，看到金三省闭着眼靠在椅子上，不由叹了口气，"瞧见没有，咱师父他又睡着了。自从挨了日本人的打，就一天价总睡。药吃了不少，怎么就不管事儿呢？"

林雪梅起身凑近过去，见师父虽紧闭着双眼，却有两股泪水从眼角处不住地向外流淌，"师父，您这是——"她不无担心地轻轻摇晃着他的肩膀。

"没想到啊，我金三省竟养了个孽种……与狼作伴，为虎作伥，叫我如何去见先人啊，我真不想活了……"说至此，金三省索性号啕起来。

林雪梅一眼看到他的手里攥着一张报纸，上面清楚地印着金盈儿和中村父子

的合影，立时明白了，"师父，这事儿我们早就知道了，大伙怕您经受不住，就一直没敢告诉您……您别想那么多，有我在，有黑丫头在，您不孤单，即使将来您爬不动挪不动了，我们俩也会养着您……"

"不是这么句话……"金三省紧紧拉着她俩的手，泪眼婆娑地说道，"现而今我只能是当她死了，可我跟她丢不起这个人啊……"

黑丫头接过话来："还有您不知道的呢，我们家子强让小鬼子给抓到日本去了，也是金盈儿犯的坏！包括你们几个让人从奉天给轰回来，也是她派崇小辫儿串通当地的日本人干的！"

金三省蒙了，一时不知该说什么才好，许久才喃喃地嘟囔道："什么都甭说了，看来，这个臭丫头是活腻烦了……"

黑丫头忽然问道："师父，您明白什么叫'药渣儿'吗？"随之，她把那天在侦缉队崇小辫儿说的话学了一遍。

金三省叹了口气，"唉，对你来说，这事儿知道不知道的有什么要紧？"

黑丫头执意要求，"您要是了解，就和我说说吧……"

金三省想了想，只好说道："这里边牵扯着一个故事。哪朝哪代不说了，只说皇上身边除了三宫六院七十二嫔妃，还有三千粉黛住在后宫里，他只有一个肉身子，又怎么能照顾得过来？由是，这些个青春年少的孤寂女子便日渐消瘦，无精打采，面色蜡黄。皇上闻之，派了一个太医前去诊治。太医见了这些女人心中立时了然，一笑说道：'待我给尔等开上一剂药吧，保证药到病除。'第二天他便把一个身强体壮的小伙子偷偷送进了后宫。时隔不久，太医再次前来探视，果不其然，只见佳丽们个个面色红润，神清气爽，与此前判若两人。太医不免一阵得意，开言问道：'尔等说说，我的药管不管用啊？'谁知，众女子指着委在墙角的一个骨瘦如柴的男人说道：'药倒是管用，只可惜现在就只剩了一堆药渣儿了！'"

听到这里，黑丫头的眼泪夺眶而出，扭头把身子背了过去。

突然，后台的小门"砰"的一声被人踹开了，十几个壮汉蜂拥而入，这帮人一律穿着白纺绸的裤褂，脚脖子上扎着黑缎子腿带，有一件湖蓝的绸大氅搭在臂弯上，进门之后自动闪在了两旁。接着，就见一身男装的金盈儿带着崇小辫儿从外面跨进来。

金三省只觉得脸似火烧，急忙把头转向了屋角。

崇小辫儿二话没说，打开一纸布告直接贴在了墙上。

聚在后台的艺人们不约而同地凑到了布告近前，崇小辫儿随即开了口："行了，别看了，就听我给尔等念叨念叨吧。市府决定，从4月1日起，要加收饭馆筵席税和剧场茶园娱乐税了，筵席税四抽一，娱乐税二抽一，也就是一半儿一半儿，每日一结，必须于头午十点之前把前一天的收入送往海王村财政厅。没什么可说的，尔等自应各守本分，照章纳税，否则，一切后果自负！"

"这还让不让人活了！"金三省疯了一般冲了上去，伸手就要去扯墙上的那张纸，不想，却被两个壮汉挡住了。

"金三爷，"崇小辫儿阴阳怪气地叫了一声，"看在我们队长金小姐的份上，我不得不尊您一声爷。您应该明白，这其实是日本人下的命令，日本人的话谁敢不听？我好心提醒您一句，千万别挑头闹事，宪兵队的牢门可敞着呢，您又不是没进去过，呆在里边是个什么滋味您自己清楚，倘若二回进去，再想出来可就没那么容易了。"

金三省蹦着高地骂起来，崇小辫儿的话触到了他的痛处，让他实在忍无可忍。

料不到，崇小辫儿竟毫无惧色，"有本事，您去跟日本人干，那才叫本事！"

金盈儿一直没说话，只轻咳一声，竖起眉毛瞪了崇小辫儿一眼。

"当然，诸位如果实在不想交税也不是一点儿辙没有，"崇小辫儿向着众人说道，"上天桥，去庙会，撂明地不收税。"

小鬼子这是要把作艺的人往死路上逼啊，这一碗开口饭眼见就吃不成喽！正是这一纸布告，让"三遗堂"的艺人们舍弃了茶园，奔了天桥。

胡翠珠知道，她已经失去自由，日夜处在了日本人的监视之中。客房外的走廊里布了岗，楼下的院子里也时时可见有宪兵在来回走动。田园正式告知她，自此不得单独外出，除了到外面去拍外景，其余的时间必须呆在客房里，一日三餐自会有人送上来。

她后悔自己一语不慎，让孙维本了解了她的意图，她痛恨这个一心只想占她便宜的猥琐男人，为了维护日本人的利益，公然出卖了她。现下她已经成为笼中之鸟，只能按照主人的指令去蹦跳，去鸣叫，去讨人欢心。

上午，下起了毛毛细雨，松本和田园一起走进了她的房间，说是趁着雨天歇工，要带她出去散散心，放松放松。她发现，松本的腰里鼓鼓囊囊的，像是别着枪。

汽车径直开往了天坛，一头扎进了神乐署。胡翠珠听人说过，这里原来是中央防疫处的办公场所，现而今被日本人占了，院里院外岗哨林立，一片森然。听到汽车喇叭响，一个医生模样的中年男子从大殿里迎出来，一手插在白大褂的衣兜里，一手打着伞，冷冰冰的脸上没有一丝笑容。

她注意到，往日宽敞的殿堂如今已被分隔成了一个个的小房间，墙壁和门窗一概刷成了白色，出来进去的人全都穿着医护服，捂着仅仅露出一双眼睛的大口罩。她搞不懂这里究竟是干什么的，更搞不懂日本人为什么要把自己带到这儿来。正在她茫然四顾之际，松本开了口："胡小姐，今日请你到这儿来，是想让你领略一项大日本帝国独一无二的最新科研成果，让你长一长见识。我相信，这对你我下一步的合作会大有益处。"

田园指着出来迎接的中年男子补充道："布川先生是这里的专家，他会让你大开眼界的。"

名叫布川的日本人引着他们来到拐角处的一间小屋，打开木门又有一道铁栅栏门现出来，透过铁条看进去，只见屋里安放着两张铁床，有一长一短两个老妇人躺卧在上面。一张简易的二屉桌横在两床之间，桌上摆着些冷却了的残汤剩饭。此时，有几个男护士被招呼过来，打开铁门，强行把两个老妇架到了地上。

松本嘿嘿一笑，"胡小姐，我出个谜给你猜猜，看着她们，你能猜出她俩的年岁吗？"

胡翠珠看到，这两个女人形容枯槁，头发花白，脸上布满了皱褶，其中个子较高的那个眼角处已经出现了老人斑。男护士得到指令，像摆弄牲口一样分别掰开了她们的嘴唇，令她们显露出了残缺不全的牙齿。

"我说不准，"胡翠珠迟疑地说道，"大概……应该有六十多了吧。"

田园一下笑出了声，"大错特错，胡小姐的眼力差得太远。你还是听一听布川先生怎么说吧。"

布川从衣袋里掏出两张卡片，说出的是一口标准的汉语，"这个高个儿女人生于1924年7月，即将满二十岁。矮个儿的生于1920年3月，今年二十四岁。"

胡翠珠大惊失色，走近一步，反复地在她们的脸上打量着，实在难以置信，这两个正值青春年华的女孩儿怎么会衰老成了这副模样。蓦然，她明白了，肯定是日本人在她们身上做了什么手脚，或许这就是他们所谓的科研成果，一时间自己的心脏止不住狂跳起来。

"二十岁的年龄，六十岁的模样，这一切全都归功于这个东西。"一支玻璃针管由布川的衣袋里摸出来，里面装着无色透明的液体，"这种药物叫做'速老液'，具有着一种超乎寻常的神奇作用，就是它，可以使年轻人在很短的时间里变成一个垂垂老者。"

胡翠珠难以压抑心中的愤怒，"你们怎么可以这么做？简直就是惨无人道！"

松本拍了拍她的肩膀，"据我所知，这两个女人都是我们的敌人，属于八路军的谍报人员，战争本身就是惨无人道的，是无所不用其极的。"

田园也把手按在了她的肩上，"胡小姐稍安勿躁，还是静下心听一听我们的专家讲讲其中的原理吧。"

布川面无表情地介绍道："众所周知，人体是由无数个细胞组成的，一个人从形成胚胎，细胞便开始了一次次的生长与分裂。通常人体细胞的寿命为2.4年，一生中分裂次数为五十次，这也就是说，如果不出意外，一个正常的人可以活到一百二十岁。我们的发明是，人为地为人体细胞注入一种新的物质——'脂褐质'，俗称'老年素'，由此刺激细胞缩短其生命周期，加速其分裂。直接显示的结果是，注射了'老年素'的人，皮肤会迅速松弛，皮下脂肪会迅速萎缩，食欲逐渐减退，饭量将大幅度减少，头发将由黑变白大量脱落，牙齿松脱，血压升高，体力衰退，只须在一两年之间，一个豆蔻年华的小姑娘，就会变成一个走路需要拄着拐杖的老太婆！"

胡翠珠感到周身寒透，像一丝不挂站在严冬的旷野上，一片片的鸡皮疙瘩不由自主地冒了出来，嘴唇开始不住哆嗦，再也说不出一句话。

"喂，知道我现在在想什么吗？"松本凑近她的脸庞，嘴角挂着笑容，"我在想，假如美丽的胡小姐被注射了这种药物，又将会出现什么情景呢？实在叫人难以想象啊。"

胡翠珠全然知晓了他们的用意，胸口上下不住起伏，气已经喘不匀，"你……你这是在威胁我吗？"

"这话可就说的无趣了，我不过和胡小姐开个玩笑而已。"松本笑容依旧。

"孙维本都和你们胡说了什么？"

"他只说，最近你的情绪好像有些波动。"

"我……"

"我知道胡小姐是个聪明人，不会放着通天大道不走，偏要去走那一步三摇的独木桥。"

田园轻轻抚了下她的面颊，"放心好了，我们是不会轻易让你这个丽人变成丑八怪的！要知道，大日本帝国需要你这张脸。"

胡翠珠只觉得心里一阵翻腾又一阵恶心，连退几步靠住了墙，手捂着嘴说道："让我出去，我想吐……"

吃罢午饭，金三省在黑丫头和林雪梅的搀扶下，缓步来到了天桥，师徒三人的场子就摆在张子强以往耍石锁的把式场上。睹物思人，看着这熟悉的环境，黑丫头便觉到鼻子一阵发酸，张子强那甩动石锁的矫健身影即在她眼前晃动起来。

"梅子，船票的事你跟冈本幽兰说了吗？"黑丫头强忍着眼泪问道，"一晃又半拉月了，人家这心里急得什么似的。"

"放心，你的事就是我的事，"林雪梅安慰道，"她这人我了解，既然答应帮咱，就肯定会去想办法，别急，今儿晚半响我再去催催。"

金三省看到，对面饭馆的廊檐下正有个乞丐蜷缩着，料到必是刘连仲，遂溜溜达达凑近过去，掏钱向饭馆掌柜的买了两个馅饼，转身递给了他。

"谁能知道……知道哪块云彩有……有雨哟！"刘连仲抬起了头，显然，他已经认出了金三省。

"嘿，真有你的，把我想说的话抢了！"金三省蹲在了他的身前，晃晃脑袋，不无遗憾，"说真格的，我也没想到您刘爷会要了饭。要怨，你只能怨小日本儿了。"

刘连仲像个饿狼，三口两口便把馅饼吞进了肚子里，"怨我自己个儿，怨金……金盈儿……她忒狠，我忒傻……"

"得嘞，"金三省又掏出几张钱票塞到了他手上，"好好活着吧您哪，喘气儿就比不喘强。"

工夫不大，陆陆续续有一些看客围在了场子四周，金三省拍拍屁股站起来，对着两个徒弟说道："过什么山唱什么歌，今儿就先让师父给你们露两手！早在三十年前我就跟我师父在这儿画过锅，摆过地，人都说，天桥的把式光说不练，其实不是不练，而是撂地更讲究说词，明天亮地、平地抠饼、话拢不住人不成。"

说着，他走到场子中央，首先朝看客们作了个罗圈揖，随后，满脸堆了笑，"在下金三省，携两位女徒来到此地，不为别的，就为给您添个乐子，凑个热闹。您既来到天桥，拿个仨子儿五个子儿的也不在乎，金银不怕碎，聚少而成多，多多少少微微了了俱是捧场。俗话说，既在江边站，就有望景心，您站住了，给钱不给钱的没关系，给钱是人情，不给钱是本分。俗话又说，没有君子不养艺人，没有财神爷就没有我们这些个号丧鬼。来到这儿就说明您有恻隐之心。时候也不早了，说的也不少了，下面，就由我金老三的爱徒小林子给诸位献上一段梅花大鼓，学艺不深，功夫不到，还请各位爷您多多包涵。"

林雪梅端着书鼓走上来，向着人群深鞠一躬，待弦子弹响，打板唱起了《摔镜架》。

唱罢三番，林雪梅端起小笸箩来到了众人面前，金三省放下手里的弦子，大声说道："各位爷，给多给少的没关系，只求您千万别走，千万别摇头，您这儿一摇头，我这儿一抓挠儿，咱小哥儿俩上哪儿玩儿去？您得点头，您要是一摇头，大伙儿就全摇头，都摇了头我们可就喝西北风去了！"

围观的人有往笸箩里扔钱的，也有的转身要走，此时，就听金三省再一次开了口："大伙瞧哎，就是那位——要走的那位，走就走呗，他还拽上一位，'咱走啊，姐夫！'哟呵，您瞧真了，好嘛，敢情这位的姐夫是个日本人！"

闻听此言，打算撤离的人全都不约而同地停下了脚步——显而易见，谁也不想当日本人的小舅子。

过后，黑丫头把师妹换下了场，敲击书鼓唱起了西河大鼓：

> 闲来没事出趟城西，见蝈蝈、蛐蛐在那儿吹牛皮。蛐蛐说："我吃了六棵大柳树。"蝈蝈说："我吞了八条大叫驴。"它们俩正在说大话，由西南来了一只大公鸡。这只公鸡可真愣，嘴一剔把蝈蝈吞在了肚子里。蛐蛐一见生了气，骂一声："无情无义的大公鸡，四两棉花你纺（访）一纺（访），姓蛐的不是好惹的。"蛐蛐它越说越恼越有气，磨磨牙，捋捋须，"唰儿吧咕唧"，也喂了大公鸡。

小小一段书帽须臾间唱完，正当黑丫头拿起笸箩打钱时，被站在最前面的一个男人揪住了衣领。

"臭丫头，知不知道你刚才唱的什么？好大的胆子，竟敢拿我们处长大人当众取笑！"说话的是个细高挑的男子，三十不到，一脸的蛮横。

见此，金三省慌忙跑过来，双手抱拳施礼不迭，"这位爷，有话好说您哪，小徒少不更事，有什么冒犯之处还望您多多指教。"

"我问你，知道我们处长姓什么吗？"细高挑松了手，向着身旁一个西装革履的胖子哈了一下腰。

"您这话说的，我又上哪儿去知道这位大爷的贵姓高名。"

"既这样，那你就给我听好了，我们处长他就姓曲！"

"噢，原来如此。"金三省倏忽间明白了，这二人要在此地寻衅找事，便有了逗弄他一番的心，"久仰久仰！我想多问一句，这位爷到底姓哪个曲呢？是屈心的屈，还是曲里拐弯的曲？"

"你……"

细高挑刚要发作，却被胖子拦住了，"大爷我姓文曲星的曲。"

"这回你听明白了吧？"细高挑把手指向了金三省的鼻子，"刚才那臭丫头愣说姓曲的吹牛皮，不知天高地厚，尤其可气的是，还让鸡给吃了，这不是成心和我们处长过不去吗？这不是成心寒碜我们处长吗？这不是成心让我们处长在大庭广众之下丢人现眼吗？"

"这您可就是没碴找碴了，"金三省回头看去，不知怎么，场子里已不见了林雪梅的身影，只好把心一横，"我们唱的是蛐蛐，一个人嫌狗不待见的草虫儿，碍着你们处长什么事了？缺钱你说话，就在刚才，我还拿钱打发了一个要饭的！"

"嘿，老梆子，你这是一心想见见血呀！"说着话，细高挑从腰里抽出一把匕首，照着金三省的肚子直接扎了过去。

在此危急时刻，忽见一团黑影跟跟跄跄冲到了细高挑的跟前，抢起一根枣木杆子打在了他的手腕上，接着，草窝似的一个脑袋撞将过去，把那小子顶得连退数步，一屁股坐在了地上。

黑丫头看得清楚，出手相援的人竟是乞丐刘连仲，不知他触动了哪一根神经，会冒着风险出面帮他们。

"王八蛋……呜……王八羔子……"刘连仲身子歪斜着，晃晃悠悠挥舞着棍子，嘴里不住地叫骂，舌头仿佛短了一块，话说得咿里呜噜听不真。

细高挑急慌慌爬起来去抓地上的匕首，见此，黑丫头一脚踩住了他的手腕，抢先一步把匕首拿在了自己手里。

胖子瞬间红了眼，不知从哪儿掏出一把手枪来，搂过金三省的脖子，把枪口抵在了他的太阳穴上。

就在这时，林雪梅领着一帮人风风火火跑了过来，将场子围了个严严实实。

金三省兴奋地看到，赶过来的都是天桥把式场上的字号人物，有耍钢叉的谭俊川、耍大刀的张宝忠、飞杠子的志六、摔跤的宝三，提刀携棍，足足十几号人，不由得再一次佩服了林雪梅的机敏，于关键时刻搬来了救兵，同时，心里也在暗暗感谢着这些个义字当头的江湖朋友。

林雪梅毫无惧色地来到了胖子跟前，轻轻拍了下他的肩膀，"曲先生，我师父六十了，已经活了多半辈子了，打死他实在没多大意思，也显不出你的能耐。要打，你就打我吧，我正在青春，还没结婚，好日子刚开了个头，打死我也不枉费你一颗子弹。不过，我得提前跟你说一句，小女子生来怕孤独，黄泉路上肯定得拉着你一起走！"

胖子望望四周怒视的眼睛，拿枪的手开始颤抖起来，腕子一软，胳膊便耷拉下来，皮笑肉不笑地说道："老少爷们儿，今儿这玩笑开大了，本来我只是打算

301

和他们师徒几个逗逗闷子，可谁知竟把您老几位惊动了过来，得，兄弟我认栽，回头有工夫我请各位喝茶。"说罢，冲着细高挑使个眼色，寻了条缝隙灰溜溜走了。

金三省向着武把式们一通作揖，嘴里连连道着谢。他看到刘连仲得意洋洋站在一旁，禁不住说了一句："大肚子，有劳你了！话说回来，搁平常，这种场合哪儿就轮到你了。"

刘连仲里里噜噜说了一句什么，逗得金三省忍俊不禁笑出了声。

众人皆一脸诧异，宝三问道："金三爷，这要饭的说什么了，竟让你如此开心？"

金三省说道："得，我就临时当一回翻译官吧，刘大肚子说，这俩孙子是软的欺负硬的怕，看见皇军就叫爸爸。"

闻听此言，众人不由得笑成了一团。

二十九

> 我许你，高节空心同竹韵，我重你，暗香疏影似梅花。
> 我爱你，骨格清奇无俗态，我喜你，性情高雅厌繁华。
> 我赏你，娇面如花花有愧，我敬你，风神似玉玉无瑕。
> 我哭你，椿萱早丧凭谁靠，我疼你，断梗飘蓬哪是家。
> ——京韵大鼓《哭黛玉》

自从上了明地，靳大红便不再让三伏接送，有谁见过撂地的大鼓妞儿坐自用车的？明显的平白无故招人耻笑。由是，三伏开始每日出去拉散座，原本他就不是个能闲得住的人。

傍晚，靳大红由天桥回到了家，惊喜地看到三伏已经把饭做好，小炕桌上摆着的竟然是一摞白面烙饼！

"我的娘哎！你这是打哪儿弄来的白面啊！"她的眼睛瞪得溜圆，似要努出来一般，"这要让日本人知道了，可是要杀头的！"

三伏只是笑，一语未发，转身从粮食柜里提出来一整袋白面。

靳大红迫不及待地掰下一角烙饼塞进嘴里，她记得，自己已经很久没吃过这东西了，香甜的感觉令她的喉咙大开，"快跟我说说是怎么回事？别总傻笑，像吃了蜜蜂屎似的。"

"这是俺中奖得来的！"三伏兴致勃勃地告诉她，下午他拉着客人去中央公园，正赶上"大东亚"煤油庄在公园里搭着大棚开奖，无论谁只要交五十块钱就能参加。头等奖是一辆僧帽牌的自行车，等而次之的是三袋、两袋、一袋的白面。桌子上放个竹筒，里面插着一些竹签，竹签上标有号码，一旦有人抽的竹签号码与他们摇出的奖号对上了，就算中了奖。于是，他禁不住就试了一把。

"想不到吧姐，俺的手气还真叫壮，一下就中了！你说，现下五十块钱能买什么？连一斤白面都买不了，况且有钱还根本买不着。俺觉出来了，这营生不错，比俺拉车强百倍！"

靳大红不想阻了他的兴头，"想不到你还长了一双金手，五十块钱就弄袋洋白面，值！"

三伏把一碗素炒萝卜条端上来，喜形于色，言犹未尽，"人走时气马走膘，兔子有运猎枪都打不着，下回他们办活动俺还去，多拿回几袋面就等于挣了钱。俺想好了，等攒够了钱，俺就光明正大地把姐娶了！"

靳大红一下愣了，忙不迭地说道："得，打住！咱可不能这么做，你以为你是谁？占一回便宜就行了，老天爷还能总让你中奖？他还能天天往下扔馅饼？知道这叫什么吗？这就叫赌博，俗话说，赌场之上无赢家。傻兄弟，见好就收吧你！"

三伏半晌无语，拿了几根小葱沾上辣椒糊裹在饼里，卷成一个圆筒慢吞吞咬着。

"没给七巧他俩送点儿过去？"靳大红主动转换了话题。

"给了。"三伏闷闷地应道。

"后院老奎呢？键儿那孩子一直亏嘴。"靳大红见他置之不理，又说道："问你呢。"

三伏不悦地抬起了头，"俺就不明白了，你为啥对这爷儿俩这么上心？是不是有什么事瞒着俺？"

"放屁！"靳大红由炕桌底下踹了他一脚，"他是我表哥，又不是两姓旁人，我关心关心又怎么了？"

三伏刷完了碗筷，靳大红端着盆出去倒水，抬头看见乔七巧两口子抱着孩子迈进了门槛，于是紧忙把水盆墩在桌上，喜不自禁地迎过去把酉儿抢过来，两只手撑在他的腋下举向了半空，随后，在酉儿脸上叭地亲了一口。

"大酉哟，一天没见你，可想死奶奶了……""大酉"是靳大红对这孩子专有的昵称。

乔七巧笑了笑，"姑儿，您还是真疼酉儿，有什么好吃的东西都想着他。"

"敢情，我要是有这么个儿子，给座金山都不换。"靳大红搂着孩子舍不得撒手。

冯雨桐向着三伏打趣道："兄弟，看来你得加把劲儿了，没见我大红姑急得眼睛里都冒了火？"

"姑儿，"乔七巧摸了摸靳大红的小腹，小声地问了一句，"您是不是已经有了？"

"看我肚子大了是不？"靳大红撇撇嘴，"这是吃混合面吃的，好几天都解不出大手涨出的气鼓儿。"

冯雨桐插进话来："我这儿正纳闷呢，眼下除了混合面，任什么都见不着，您这儿怎么会有白面呢？"

"还说呢，"靳大红瞥了三伏一眼，"瞎猫撞上了死耗子，让他中了煤油庄的奖，你们瞧瞧，乐得他嘴都咧到后脑勺了，一袋洋白面就让他忘了自己姓什么，居然说以后要把这事当个营生干。"

冯雨桐表情严肃地说道："三伏兄弟，可不能这么想，逢赌必输懂不懂？难道你没看见，日本人开了白面房子又开赌场，光天桥就有好几家，他们想干什么？他们就是想让咱中国人都病病快快、倾家荡产，然后好服服帖帖听他们执掌。明摆着，这煤油庄也是他日本鬼子开的，又怎么能让你把便宜占了去？你拉车，大红姑唱大鼓，挣多挣少都是辛苦钱，花着心里踏实，听我一句劝，可千万别心存侥幸，一旦上当，就晚了。"

靳大红接过了话茬："我的话你可以不听，你冯哥可是个知书达理的人，经的多见的广，听他的话总没错儿吧？"

三伏只好点了下头。

"庙会的生意怎么样？"靳大红把酉儿还给了乔七巧。她心里跟明镜似的，这一对夫妻之所以要不辞辛劳去赶庙会，全都是为了不抢她靳大红的饭碗。

"还能怎么样？"乔七巧轻叹了一口气，"左不过是听唱的人多，掏钱的人少。"

"最近，金盈儿没再找你们的麻烦吧？"

"没。一来她不知道俺们究竟住哪儿，二来俺俩跑庙会，今儿隆福寺明儿护国寺的，没准地方，她也找不着。"

三伏今日心里高兴，等那一家三口走了，主动打了一盆热水为靳大红烫了脚。撂地虽说辛苦，却免去了晚间的操劳，于是简单收拾一番二人便上了床。天气渐渐热起来，三伏脱得只剩了一条短裤，仰面朝天，光裸着古铜色的胸脯。

靳大红歪过身子盯着他的脸，眼睛里流露着如水的柔情，"三伏，还记得你冯哥跟你说的话吗？"

"记得，"三伏觉到有一只手抚上了自己的面颊，"他让俺别心存侥幸，小心上当。"

"不是这句。"

"那是哪句？"

"跟姐装傻。"靳大红撑起身体趴伏到了他的胸上，"他跟你说，要让你加吧劲儿，明白不？"

"俺明白……"三伏的呼吸开始变得急促起来。

"想不想让姐给你生个像大酉那样的胖小子？"

"想……"

"真想假想？"

"真的想……"

"那你还磨蹭什么？再不紧着下种，姐这块地可就老了……"靳大红急切地把手向着他的两腿之间伸了过去……

冈本幽兰即将离开北平，她约下林雪梅和黑丫头晚间到她的住所话别。

从天桥回来，林雪梅二人匆匆梳洗一番，穿过小马路敲开了对面小院的门。刚迈进客厅，看见一个年轻的日本军官端坐在椅子上，吓得黑丫头转身就跑，只以为冈本幽兰把她的事情泄露给了日本人。

冈本幽兰一把拽住了她的手，咯咯笑起来："怕什么，这是我弟弟，怪只怪我没提前给你们介绍。"

冈本的弟弟坐着没动，只微微弯了一下腰，"我叫冈本行二，恕我身体不便，失礼了。"

听了这句话她俩才发现他只有一条腿，一条空荡荡的裤管用绳子扎着多半截，心中不禁一阵恻然。

餐桌上已经摆好了几样小菜，还有一瓶日本清酒。冈本幽兰请大家落座，把酒杯一一斟满，这才开了口："在座的除了我的亲人就是我的朋友，临别之际，小酌几杯，以抒情怀。"

"你要去哪儿呢？回日本吗？"林雪梅抿了一口酒问道。

"不，我去延安。"说这句话时，幽兰的眼睛里闪现出了一种自豪的光芒。

看到林雪梅她俩一脸惊诧，行二把话头接了过来，"有件事姐姐可能没告诉你们，她是'在华日人反战同盟'的成员。这是个由一些在中国的日本人于1940年7月自发成立的反战组织，其纲领是'恢复日本人民的幸福，巩固世界和平'，具体任务是'一方面去攻击日本的侵略军队，一方面诱导日本士兵加入到反侵略的阵营里来'，虽然一度遭到重庆国民政府的遣散，但这一组织从始至终从来就没停止过活动。你们看——"他一面说，一面从身后拿过一张报纸，"这首发表在《新华日报》上的诗就是姐姐创作的。"

林雪梅看到，诗的题目是《我愿意》：

我愿意有一千只手，拉住日本士兵黄色的衣襟，我的兄弟，炮火无情，不要再去为战争狂人卖命，不要再去充当屠杀无辜的急先锋。

我愿意有一千张口，向着高山和平原齐声呐喊，反对侵略，保卫和平，齐心协力打倒万恶的法西斯，真心实意拥护中国的民族革命。

我愿意有一千条腿，跪在尘埃向中国人民谢罪，军国主义，罪孽深重，有良知的日本人快快觉醒，集合成一支不可抗拒的反战同盟！

幽兰神色凝重地说道："现在有一大批日本战俘在八路军的监管下，这次延安之行就是同盟总部派我去的，要我去做这些战俘的思想工作，争取让他们早一天觉悟，能够尽早结束这场罪恶的战争。"

林雪梅情不自禁地拉住了她的手，"姐姐，你太伟大了，真正的中国人都会记住你的！"

黑丫头无心喝酒吃菜，一直处在忐忑之中，此刻，试探着问了一句："幽兰姐姐，你走了，谁来管我的事呢？"

冈本幽兰莞尔一笑，转手从衣袋里掏出两张硬纸片放到了桌上，"你看看这是什么？"

黑丫头迫不及待地拿起一张，竟然是天津塘沽直抵日本北海道的船票，瞬间眼睛里淌出了泪水，"这是给我的吗？这真的是给我的？"她激动得再也不知说什么才好。

冈本幽兰点点头，"是以我和弟弟的名义买下的，船务公司不可能把票出售给中国人。这次，由行二陪你一起去，除了路上彼此照应，到了日本，他还可以联系一些人帮你寻找你的丈夫。"

听到这里，黑丫头忍不住哭起来，"谢谢姐姐了！日后我当牛做马也要报答姐姐！"

"还有，"冈本幽兰把自己的手帕递了过去，"为一路安全起见，你要按照日本女人的装束来打扮，也就是说，你来顶替我的身份，行二就是你的弟弟。"

林雪梅把满满的一盅酒倒进嘴里，挑起了大拇指，"姐姐你想得太周到了！可是我师姐不会日本话，一张嘴岂不漏了馅？"

"装哑巴，遇事往行二身上推。"说到这里，冈本幽兰站起身，从墙上摘下了她使用的三味线，满怀深情地对林雪梅说道："此一别，我俩还不知道什么时候再能见面，你是我在中国最好的朋友，最知心的姐妹，雪梅，这件乐器就送给你了，做个纪念吧。"

林雪梅站起来，与她拥抱在了一起，只简单地说了一句话，"姐姐保重！"

三天后，冈本幽兰和林雪梅一起送冈本行二、黑丫头上了船，望着逐波而去的客轮，两个人皆掩面而泣，难以自已。

离开北平不过才两天，林雪梅发现，这一座城市居然就有了变化。大街上一下子少了很多日本人，一队队虎视眈眈不可一世的宪兵也不见了踪影。偶尔碰见的几个多是些穿着老旧和服的女人，拥挤在菜摊、布点、鞋帽店的栏柜前，仿佛不要钱似的抢购着各种物品。间或还能看到有三三两两穿着带补丁裤子的日本孩子在宽街窄巷奔跑。

她带着满心的疑惑走进了师父家的小院，见巡警王豁子正在院子里与金三省纠缠。

"三爷，这回是请您参加'善民座谈会'，又不是让您上刑场，您这又是何必呢。"王豁子一副不达目的不罢休的神情。

金三省露出一脸的不屑，"您打听清楚了，我们这儿可没有骗民，全都是全须全尾儿。也别说，说到骗民倒还真有一个，小德子，让日本人骗的，大家伙儿都知道，可惜去年夏景天被活埋了。"

"三爷，您跟我打镲，这善民是良善的善，不是您说的那意思。"

"那就更不对了，现而今，北平还有日本人认可的良善之辈吗？听着都新鲜！"

"得，"王豁子无可奈何地说道，"您听明白了，您可是'北平中日善邻协会'点的名，我也是奉命行事，去不去的您自己个儿掂量着办。归其，我也是为了家里那几个要吃要喝的孩子，要不然我也不会干这个挨骂的差事。"

"谢谢您的好心，请吧您哪。"金三省手指大门，下了逐客令。

林雪梅上前搀了师父，金三省一边往屋里走一边仍不住地叨叨："小鬼子这会儿想起做善邻了，早干吗去了？明摆着，这是打不过了，要垮台了，才又想起了这一招，纯粹是儿媳妇的大肚子——装孙子！"

她发现，师父的手里攥着一团棉纱线，有一根尺来长拇指粗细的线绳子搭在胳膊上，不免感到有些奇怪，"师父，没事您编绳子干吗？"

金三省瞬间阴了脸，"闷得慌，想拴条哈巴狗玩玩。"

林雪梅把去塘沽的经过叙述了一遍，听着听着，金三省红了眼睛，"白丫头死了，黑丫头又走了，胡翠珠这个混蛋丫头也改了行，我金老三这是做的什么孽哟……"说到这儿，他忽然想起什么，急忙从桌上的胆瓶底下抽出一张纸条递给了林雪梅，"差不点儿忘了，这是昨儿晚上胡大明星托人给你带来的，我可跟你说，你还少管这个没良心的事。"

纸条上只简单地写着一行字：

雪梅，见字如面，速来东方饭店，我有要紧事找你。

林雪梅知道，事非紧急胡翠珠绝不会给她传递条子，遂放下给师父买的两盒天津大麻花，转身就走，身后响起了金三省的呼喊："早点儿回来，下午还要去撂地哪！"

她快步流星地跑到了东方饭店，等不及电梯，顺楼梯直奔了三楼。意想不到的是，师姐的房间外面竟布了岗，一个歪戴礼帽的特务拦挡了她的去路。这一变故让她感到了恐慌，但她很快就找到了一个理由，说自己是日本导演田园邀约到这里试镜头的，特务见她姿容秀丽，也真有着几分电影演员的模样，贫逗了几句就放了行。

房门一开，便有一股呛人的烟雾冲冒出来，令林雪梅不由自主地捂住了口鼻。她看到，胡翠珠衣衫不整地躺在里屋床上，一动不动像个死人，床头柜上的烟灰缸里堆满了烟蒂，有一瓶喝了一半的红酒放在旁边。

她顾不得去开窗户通风，径直奔到了床前，一面摇晃着胡翠珠的身体一面呼唤："姐，你这是怎么了？几天没见，你怎么就成了这副样子？"

胡翠珠缓缓地睁开了眼，一对美丽的眼睛里噙满了泪水，"梅子，你怎么才来呀，姐这回算是彻底完了……"

林雪梅一下子便猜到了原因，"你看到完整的本子了？难道还真是——"

胡翠珠坐起身，把《满洲之恋》的情节简要地叙述了一遍，"让我追着赶着嫁给一个双手沾满鲜血的小鬼子，还心甘情愿地为他生了一堆孩子……"说到这里，她再也控制不住一腔的悔恨，呜呜地哭起来。

"这也太欺负人了！这种电影咱不能拍，打死也不能拍！"林雪梅义愤填膺，眼里冒着火，想想，从衣袋里掏出一张硬纸片递到了胡翠珠的手上，"你看看吧，这是在河南周口时我从一件小鬼子的军装里翻出来的，你数数，短短的半年时间里，这个叫藤原的混蛋杀了咱多少中国人？总共十七个！里边还包括一个没出世的孩子！你再算算，自卢沟桥事变以来这七年里，又该有多少中国人死在日本人的手上？其中还有咱的姐妹白丫头……"她哽咽着再也说不下去。

"我明白，我不想拍，可他们威胁我……我怕死，我现在还不想死……梅子，我好后悔，后悔没听你的话，要是早早地跑去了平西，也就没有这些烦恼了。明天一早，他们就要拉我坐船去日本了，只要到了那儿，再说什么都没用了……"

林雪梅凑近窗户朝楼下看了一眼，只见有两个荷枪实弹的日本兵正在院子里转悠，立时绝望了。她发现，此刻师姐正眼巴巴地望着自己，但是她真的想不出一丁点儿办法。

"梅子，我知道，你帮不了我，现而今就是神仙也帮不了我了……这事只能靠我自己……看来，我只能舍了这张脸了……"

"这不是你舍不舍脸的事，要紧的是，拍完了这部片子，你就成了一个不折不扣的汉奸！"

胡翠珠像是没听到她在说什么，起身来到梳妆台前，对了镜子细细端详着自己的脸庞，舒展眉眼，轻启朱唇，露出一口珠贝般的牙齿，许久，发出了一丝苦笑。她转回头，向着林雪梅问道："告诉我，我这张脸真的像他们说的那么出众那么美丽吗？"

林雪梅不知道她究竟想说什么，只是默默地点了下头。

"打小，我就以我这张脸为骄傲，大人们也凭借我这张脸夸我长得像一个下凡的仙女。长大了，学艺登了台，看客们还是出于喜欢我这张脸，天天到园子里来捧我，为我送贺幛，为我鼓掌叫好。也是因为这张脸，日本人看上了我，引诱我拍电影，要利用我这张脸为所谓的中日亲善做宣传。多少次，暗地里我沾沾自喜，感谢爹娘给了我一张令无数女孩羡慕不已的脸，洋洋得意，甚至忘乎所以。然而，现而今恰恰是这一张脸，让我看花花谢了，看树树倒了，陷入了难以自拔的境地，我好恨这张脸，恨不能立刻让自己变成一个丑八怪！"胡翠珠热泪横流，不断抖动着消瘦的肩膀。

林雪梅劝慰道："车到山前必有路，只要你打定主意，即使到了日本，也会有逃离的机会。"

胡翠珠背过了身体，"行了，既然你帮不了我，留在这儿也无益，你还是赶紧走吧，我自己的事我自己想办法。"

林雪梅实在放心不下，"姐，就让我陪着你吧，顶大下午不去天桥了，我怕你万一……"

"怕我万一想不开寻死吗？不，我胡翠珠这会儿还不想死呢，我还打算日后亲眼看看小鬼子是怎么跪在地上向中国人求饶呢！再说，即使想死我也死不了，抹脖子上吊的东西这儿一样也没有，日本人早就防着我这招儿呢。"

"那我就陪你说说话，说不定待会儿就能想出什么好办法来呢。"

"林雪梅，你给我走人！马上走！"胡翠珠转过脸来，她勃然变色，五官扭曲，甚至带着一丝狰狞，"滚，从今往后我不想再看见你！"

"姐……"林雪梅拉住她的手，执拗地坚持着，"别赶我走，好吗？我真的好怕……"一面说一面流出了眼泪。

胡翠珠深深叹了口气，"也罢，既然你想在这儿待着，就待着好了。"她站起身，旁若无人地朝着卫生间走去。

"你想干吗？"林雪梅胆怯地问了一句。

"上厕所，肚子疼，好几天都没解大手了。"胡翠珠的语气显得格外平静。

半晌，卫生间里传出了一阵抽泣，悲痛得像一只受伤的野兽在哀号。

林雪梅一个激灵，腾身而起冲了过去，推了推紧闭的门，发现里面上着锁，一颗心立即狂跳起来，不由大声喊道："姐，你没事吧？开门，快把门打开……"

此时，一声凄厉的惨叫响起，林雪梅不敢怠慢，奋力一脚把门踹开，出现在眼前的情景令她失声惊叫起来，疯了一般扑到了师姐的近前。

胡翠珠仰躺在卫生间的砖地上，蜷作一团的身子在不停地抽搐，脸上流淌着浅黄色的液体，所到之处血肉模糊，且吱吱地冒着白烟，一个用来洗刷便池的硫酸瓶滚落在她的身旁……

"姐，你为什么非要这么做呀……"至此，林雪梅方明白刚才师姐所说的"舍了这张脸"的真正意思，然而，一切为时已晚。

三十

谁似汝托名汉相实为汉贼，你尚敢在广众之下枉夸张，

似汝这擅自为奴甘为逆党，带累得无辜百姓受灾殃。

真乃是罪不容诛人人唾骂，我恨不能寝尔皮食尔肉挖尔心饮尔血，

与国锄奸与民除害，才能够拨云见日把汉室重兴乐尧汤，

才趁了我的心肠。

——京韵大鼓《徐母骂曹》

抽筋拔骨的日子一天天地熬着。农历五月二十一，正逢酉儿一周岁的生日。天不亮冯雨桐就和三伏相约着去了马家堡，打算找当地的乡民买上一些肉蛋和蔬菜，几家人正正经经地热闹一番。

吃罢早饭，乔七巧抱着孩子走进了北屋，靳大红顾不得梳洗，喜眉笑眼地一把将酉儿抢在了怀里，左边亲一口右边再亲一口。床头早已预备下了书本、毛笔、算盘、鼓板、秤盘秤杆等物件，专等着人齐了为酉儿举行"抓周"的仪式。按照北平的老例，这一抓之举将决定小儿一生的命运前途。

"姑儿，你说咱酉儿会抓什么？俺就怕……"乔七巧不无担心地问了一句。

"就怕他去抓鼓板是不是？"靳大红朝地上呸了一口，"放心，大酉是干大事的人，顶不济也得抓本书念念。"

靳大红把酉儿放躺在床上，一面用手轻柔地抚摸着他的小肚子，一面哼唱着："胡撸胡撸肚儿，开小铺儿，不卖油盐，不卖酱醋……"

看着咯咯笑的儿子，乔七巧的脸上现出压抑不住的喜色，"姑儿，你说，这孩子也没吃啥好东西，咋就一天一个样呢？没想到，昨儿晚上冷不丁还叫了俺一声妈呢！"

"那是，我们大酉是谁？那可不是一般人能比得了的！"靳大红得意洋洋，像是在夸奖自己的孩子。

乔七巧关切地问道："姑儿，到现在你还是没怀上吗？照理说，你和俺三伏兄弟在一起也好几年了，也该着了。"

靳大红由不得叹了口气，"我也奇了怪了，种没少下，可咋就不见发芽长叶呢？许是我真的老了？不行了？"

"这事儿可不能心急，人都说，越急越不行。"乔七巧紧忙转移了话题，"俺想，咱人穷，拿不出钱请角儿，今儿咱就自己给自己办个喜庆堂会，您说成不？"

"这主意不错，"靳大红回过神来，"我给大酉来一段《满床笏》，句句都是喜

庆词儿。"

"俺也唱一段，就唱《五子夺魁》吧。对了，还有雪梅妹子，等她到了再问问她想唱什么。"

说话间，林雪梅搀着师父金三省走进了小院，手里还提着一兜又红又大的"五月鲜"蜜桃。金三省顾不得搭腔，直奔床前，一面端详着孩子一面赞不绝口："好相貌，好身量，长大了准定是个一等一的人才！"

林雪梅打趣地说道："乔姐姐，今儿晌午请我们吃什么呀？为了这顿饭，我师父可是连早点都没吃呢。"

金三省佯怒地瞪了徒弟一眼，"越来越有出息了，学会糟改师父了是不？瞧你说的，我就那么没起子①？"说罢，自己倒先笑起来。

乔七巧看看天色，不由得一阵焦躁，"这俩人到底是怎么了？一去不回头，说好了早去早回，家里一大帮子人等着他们买回东西张罗饭呢。"

靳大红也开始有点儿沉不住气了，"别是遇见什么事了吧？要不然不会到现在也不见人影……"

左等不来，右等不到，屋子里的空气一时凝结了，人人都紧闭了嘴，谁也不敢妄加揣测。

临近晌午头时，终于看到三伏跑了进来，一脸的惊慌，满头的热汗，手里的洋车拉得七扭八歪。

乔七巧抢先一步迎了上去，"你冯哥呢？他怎么没回来？"

三伏急喘了几口粗气，未曾开口，眼睛里已涌上了泪水，"出事了，出了大事了……"

乔七巧一个站不稳就要跌倒，被赶过来的靳大红及时揽在了怀里，"快说呀，到底出啥事了？"

三伏说，他俩到了马家堡，直接进了村，从村头串到村尾，费了好大的周折才买到几斤猪肉、一把鲜菜、半口袋棒子面。往回走时路过马家堡火车站，也就是这时候，看见有一列火车从远处开了过来，忽然听到轰隆一声巨响，眼瞅着火车爆炸起了火，一个跟头就翻了个儿。他俩暗叫一声不好，撒腿就跑，然而，冯雨桐腿脚稍稍慢了几步，竟被赶来的日本宪兵兜在了包围圈里。

听到这里，乔七巧一口气没喘上来，身子一软出溜到了地上。众人慌作了一团，一时间，喷水的、掐人中的忙个不停。

靳大红不由冲着三伏破口大骂："浑蛋玩意儿，你就这么一个人跑回来了？"

三伏一脸委屈，辩解道："俺手无寸铁的又能怎么着？看着冯大哥一伙人被押上了汽车，俺又一直跟到了东珠市口宪兵队，这才回来的……事后听说，翻个儿的火车是一列为小鬼子专设的304特快，这一下就炸死了二十多个日本高级军官！真解气！"

---

① 没起子：北京话，意为没出息。

这时，屋内的西儿猛地大声啼哭起来，哭得撕心裂肺，凄怆悲凉，这哭声似在昭示着什么，显得异常委屈，异常哀伤……

金盈儿接到孙维本的电话，约她晚上一起去西单新新影院看电影。片子是十年前出产的一部日本老片儿——由片冈千惠藏、山田五十铃主演的《风流活人剑》。搁在往常，她是不会赴这个约的，一来她对日本电影毫无兴趣，二来她早已厌烦了孙维本那一副小人嘴脸。然而，最近一段时间她感到了空前的寂寞，有家不能回，父亲见了她竟如同寇仇，一些相识的人也都像躲避瘟神一般躲避着她，干爹中村喜赖似乎也对她失去了新鲜感，连声招呼都没打便带着儿子太郎回了日本。因此，她迫切地需要刺激，在她看来，刺激和热闹基本是一回事。抽烟喝酒是刺激，打击报复也是一种刺激，把黑丫头的丈夫绑架到日本，令刘连仲倾家荡产一无所有，就让她享受到了极大的快感。她转念一想，下雨天打孩子，闲着也是闲着，甭管什么破电影，总比看墙强，况且还能和老情人斗斗嘴，于是，便爽然答应下来。电影又一次让她联想到了影星金焰，继而联想到了冯雨桐——一个让她心里一直放不下的人。

"好不央的，怎么又想起我来？"影院门口，金盈儿故作冷淡地对着孙维本问了一句。

"这话说的，"孙维本把一根奶油冰棍递到了她手上，"这场电影可轻易看不着，机会难得，忘了谁我也不能忘了你美子小姐不是？"

金盈儿撇撇嘴，"不就一部老掉牙的片子吗？有什么看头？再者说，我历来不喜欢日本电影，连个拥抱接吻的镜头都没有。"

"这会儿说多了没用，待会儿你就知道'轻易看不着'是怎么个意思了。"孙维本有意卖着关子。

观众开始陆续进场，孙维本凑近过去牵住了金盈儿的手。

"去，离我远点儿。"金盈儿一把甩开了他，"这阵子你不是一直跟在胡大明星的屁股后头吗？听说吃喝拉撒你一人全包了，这么殷勤，她就没赏你点儿什么？我想，至少也应该赏你盆洗脚水吧？"

孙维本一脸沮丧，"你难道没听说？胡翠珠这回算是彻底完了，一个大美人转眼之间就变成了一个活鬼！到现在谁也说不清究竟是怎么回事，她愣拿刷厕所的硫酸当了洗头水，烧得满脸都是伤疤。可惜了……一部电影拍了多一半彻底报废，把满洲映画的几个日本人气得恨不能立马剖了腹！"

"她那是自作自受，她那是咎由自取！"金盈儿解着恨地说道，"一个大鼓妞儿愣要当电影明星，想什么呢？她这叫小姐的身子丫鬟的命，她这叫心比天高命比纸薄！"

"唉，早知道会是这样，这部《满洲之恋》当初还真不如用你了。"

"少跟我说这片儿汤话，你孙大记者的眼睛里还能有我？"

"打我的脸是不？凭良心说，我孙维本可是一直把你美子小姐当女神敬着，您指向哪儿我打到哪儿，言听计从。"

"那好，既然这样，本小姐现在就交给你一个差事。你帮我打听个人，一个拉坠胡的男子，名叫冯雨桐，他这会儿在哪儿住，在哪儿撂地做场？我找了他好些日子了，他欠我一笔钱到现在一直没还。"

"这种事还用得着我？你手底下不是有一大帮人？"

"那帮小子个个都是吃货。"

孙维本神情一振，"今儿你算是问着了，打听别人兴许得费点儿事，打听冯雨桐我立马就能告诉你。"

"那你快说！"金盈儿一阵兴奋。

孙维本伸出了手，"别急，先说说，您老人家打算赏点儿什么？"

"赏你盆洗脚水，胡翠珠那儿你没喝够，我满足你。"金盈儿抛过去一个媚眼。

"事有凑巧，昨儿上午，也就是 7 月 11 日，马家堡火车站一辆日本军车让人炸了，冯雨桐不知怎么正好在现场，让日本人一下捂住了，没什么可说的，一帮人手铐脚镣一戴，统统宪兵队的干活。今儿头午我刚陪日本人给他过的堂。"

"你们打他了？给他上刑了？"

"明摆着，他又不是我爸爸，能轻饶了他？"

金盈儿怒了，伸手在他的大腿上狠劲地掐了一把。

"哎哟！谋害亲夫喽……"孙维本夸张地痛叫了一声。

"要不是周围有人，照顾你的面子，我大嘴巴早就抡上了！"金盈儿鼻子里哼了一声，"你能不能把他弄出来让我见一见？"

"这我就得先问问了，这个姓冯的跟你什么关系，竟如此上心？该不会是……"

"你甭管，直说，成不成吧？"

"我去想辙行不？中村太君正好不在北平，倒也是个机会。"趁着黑暗，孙维本悄悄把手朝金盈儿的裙子里摸去。

金盈儿眼望着屏幕，不动声色地在他的手背上击了一掌，"别老想占我便宜，有火没地儿撒找你那大明星去。再者说……"她侧过脸附在他的耳边小声说道："今儿正巧我'大姨妈'来了，不方便。"

孙维本果然触摸到了一块硬硬的布条，不由得一下泄了气。

电影开始了，金盈儿无心去看那片子究竟演的什么，脑子里不停地盘算着即将和冯雨桐的会面，这次，她想要寻求一个最终的结果。

不知过了多久，场内灯光大亮，电影放完了。金盈儿随着纷纷起身的观众站起来，不料，却被孙维本又拽回到座位上，"别急嘛，等一会儿，好戏还在后头……"

她不明就里地重新坐下来，看看四周，渐渐地整座影院仅剩了二十几个男女，他们抽着烟，聊着天，仿佛都在期待着什么。

看到金盈儿一脸疑惑，孙维本露出一丝坏笑，"等会儿还要放个加片儿，这种片子管保你从来没看过……"

约莫二十分钟过后，影院里的灯光再一次熄灭了，银幕上出现了一部彩色的欧美影片。现代城市，高楼大厦，一个金发碧眼的妙曼女子和一个绅士模样的强壮男人先后走进了饭店里的电梯。行至中途，电梯似是出了故障，咣当一声停了下来。接着，两个寂寞无聊的陌生男女开始相互挑逗，急切地搂抱在了一起，一边接吻一边疯狂地撕扯着对方的衣服。很快，两个人便一丝不挂赤裸了身体……

金盈儿看呆了，脸发烧，心狂跳，她实在想不明白世间怎么还会有这种电影。

片子很短，仅仅放了半个小时。金盈儿面色潮红，慵懒地瘫坐在椅子上，挣扎了几次才站起来。孙维本搀扶着她走出影院，招手把一辆洋车唤到了近前。

"二位，上哪儿您哪?"车夫问道。

金盈儿一把将孙维本拉上了车，抢先放了话："麻溜着，东方饭店!"

眼见着冯雨桐被两个宪兵押着走进了房间，金盈儿怒发冲冠，迎上前给了宪兵每人两个嘴巴——在北平，被赋予可以打日本人特权的中国人寥寥无几，金盈儿算一个。

"八嘎! 冯先生是我的朋友，你们怎么能这样对待他?"金盈儿气咻咻地骂道。

冯雨桐虽然卸了手铐脚镣，但拷打之后留下的伤痕却一时难以消除，他步履缓慢，脸色铁青，嘴角上凝结着紫红的血痂。

圆桌上摆着酒和菜，示意宪兵离开之后，金盈儿拥着冯雨桐坐了下来。

"冯哥，我知道马家堡火车爆炸案跟你无关，你就是想干这事也没有这个本事，对不? 说了归其，碰巧让你赶上了而已。"

"既然你这么说，我就回家了。"冯雨桐面无表情，站起来转身就走。

"别，小妹我还有话要说……"金盈儿慌忙扯住了他的手。

"我和你无话可说。"冯雨桐态度生硬，断然拒绝。

"冯哥，我想，你不会忘了吧，当初你们两口子乍到北平，可是连个胯骨轴的亲戚都没有，全凭着我金盈儿跑前跑后地替你们张罗、安排，你们才在这块生地上站住了脚，难道你就一丁点儿感激之情都没有?"

冯雨桐心情复杂，一时无语。

"是的，我不想隐瞒，自见你头一眼我就喜欢上了你，我所做的一切也都是由爱而发，可这有什么错吗?"金盈儿直勾勾地盯着他的眼睛。

冯雨桐毫不回避，依旧紧闭着嘴。

"你可以不说话，但听一听我经历过的一些往事总可以吧?"金盈儿为他斟满了一杯酒，又夹了一块红烧肉放到了他面前的布碟里，"前几年，我爸有件事犯在了刘连仲的手里，其实，这事和我爸根本无关，但是刘连仲说，此事说大就大，说小就小，说有就有，说没有就没有，全凭他一句话。因此，为了让我爸渡过难关，我就——"

"你就和刘大肚子上了床？"冯雨桐现出一脸鄙夷。

"我一个小女子无钱无势，你告诉我，我不这样做又能怎样？"

"我听明白了，这也就是今天你想和我说的话，对不？"

"冯哥你是个聪明人，我真的不想重复。"

"那好，直说，你究竟想让我做什么才能放了我？"

"这么些年了，难道你真的不明白小妹我的心思？"

"明白，像你当年那样，和你上床？"

"干吗要把话说得那么难听呢？和我好一次，成吗？就一次，然后，你就可以回到你老婆的身边。男欢女爱，天经地义，况且，你不说我不说，就不会有别人知道。我比你老婆年轻，长得比她漂亮，我身边有不少的男人都心急火燎地盼着我能赏给他们一个好脸呢，可谁让我心里边只有你呢？这件事对你来说并不难，说不定我还能给你们冯家生下个一男半女呢。"

冯雨桐面沉似水，"金盈儿，你听好了，哪怕天下的女子都死绝了，我也不会和你好！"

金盈儿未见一丝愠怒，"我想知道为什么？"

"因为，你根本就不配做一个女人！母性是女人与生俱来的天性，羞耻是女人深藏心底的良知，而你统统没有！你妒忌成性，浮浪放荡，你心狠手辣，丧心病狂，你认贼作父，为虎作伥，你……"冯雨桐只气得脸色煞白。

"这又是何必呢？好就好，不好就不好，用不着往我身上泼这么多脏水。"金盈儿端起一杯酒倒进嘴里，"我再说个故事给你听听吧。记得是我六七岁的时候，过春节，我爸给我买了两个寿星佬的呲花①，大脑门，白胡子，还穿着一身大红袍，可好看了。谁承想，晚饭前我后妈徐五姑领着她的儿子来认门，我爸为了讨她的好，没和我商量就把呲花转手给了小锛儿头。气得我呀小肚子鼓鼓的，你猜怎么着？我趁他们几个没注意，弄了两勺凉水顺呲花的窟窿眼灌了进去，既然我放不成，宁可把它毁了，你们也别想放！让你见笑了冯哥，打小我就是这个脾气，凡是我喜欢上的，就一定要想方设法弄到手，我若得不到，别人也休想得到！"

冯雨桐岂能听不出她话里的意思，眼泪禁不住流淌下来，他知道，此刻自己已经到了生死关头，必须做出明确的选择，要么服从，要么拒绝，拒绝即意味着死。他想到了相濡以沫的妻子，想到了活泼可爱的儿子，他舍不得离开他们，但即便如此，也绝不能让自己做出任何对不起他们的事情，哪怕只有一次。一次苟且就会让他一辈子生不如死！

"金小姐，你的话我听懂了，答案我已经告诉你了，有好梦还是留着你自己一个人做吧，我就不奉陪了。"冯雨桐渐渐冷静下来，语气竟出奇的平和。

金盈儿恨恨地咬着牙，"刘连仲还说过一句话，敬酒怎么吃，罚酒怎么吃，需要自己好好掂量！今儿我把这句话也一并送给你。"

冯雨桐懒得再搭理她，拿起酒杯一饮而尽，起身朝门口走去。

两个宪兵闪出来挡住了他的去路，抬眼看向金盈儿，等待着她的指令。

"你们领冯先生去参观参观，让他长长见识。"金盈儿的脸上现出了一丝狞笑。

由是，冯雨桐便看到了一幕令人难以想象的惨景：

刑讯室里用木板搭着一个三尺高的平台，几个日本宪兵牵着两条狼狗气势汹汹站在上面，与他们迎面而立的是两名遍体伤痕的囚犯，从衣装上看像是被俘虏的中国军人，狼狗跃跃欲试地瞪着血红的眼睛，吐露着长长的舌头。囚犯的身后即是平台的边沿，下方并排架着两口特大号的铁锅，此时炉火烧得正旺，沸腾的水不住地在锅里翻滚。

一个日本军官似是问了一句什么，两个囚犯只是抬头望天闭口不语。突然，宪兵们松了手，两条失去控制的狼狗便狂吠着扑了上去……

冯雨桐不敢继续看下去，随即紧紧地闭上了双眼，然而，锐利的惨叫声还是像风一样钻进了他的耳朵里，令他的心立刻缩成了一团，浑身打起了寒战。颤栗的同时，眼睛却不由自主地再度睁开了，他看到，其中一个囚徒已经被狼狗扑倒在地板上，血淋淋的皮肉成条地被撕捋下来，而另一个人则被逼得掉落在台下的铁锅里，滚开的水随即淹没了他的躯干和头颅，唯见两条胳膊两条腿如同冬日里飘舞的树枝在不停地摇摆。

冯雨桐拼着命地大喊了一声："狗娘养的金盈儿，你不得好死……"

半月后的一个早晨，靳大红出门去倒脏土，一眼看见有个蓝布包袱放在自家门外的地上。她立刻意识到这里边必定有事，看看四外无人，伴随着一阵杂乱的心跳轻轻解开了包袱的系扣。首先映入眼帘的是一封信，信皮上面的几个字她认识，写的是"吾妻七巧亲启"，信的下方则是一套布满血迹、破烂不堪的衣裤。

靳大红的眼睛里即刻涌出了泪水，她明白，必定是冯雨桐遭了难，八成已经不在人世，这套衣裤她曾亲眼见他穿在身上。她没有胆量独自把这个噩耗告诉给乔七巧，只好悄悄把三伏唤了出来，"你麻溜着，赶快把白雪遗白爷和林雪梅接过来，就说有急事。"

自冯雨桐被抓，众人就一直在想办法营救，此事甚至惊动了金三省，竟也老着脸找到了自己曾公开宣称"永不见面"的女儿金盈儿，然而，不论花钱还是求情，到最后连个人面都没见着。

看看人到齐了，靳大红才把事情的原委说了，望着血迹斑斑的衣裳，想到冯雨桐那仪表堂堂的相貌、敦厚善良的品性，在场的人不由得全都落了泪。

乔七巧此时正在屋里洗衣裳，酉儿坐在床上玩着一杆玩具小秤，小秤是冯雨桐亲手为儿子做的，秤盘用的香烟筒的铁盖，筷子做的秤杆，上面还用钢笔点上了一个个秤星。

看到一众人并排站在自己面前，乔七巧立刻神情紧张地站起来，任手上的肥皂沫随意滴淌，"有了雨桐的消息，是吗？"

小屋里寂静无声，人人都紧闭着嘴。她意识到了事有不妙，慌忙发问道："告诉俺，到底出了什么事？雨桐他究竟怎么了？"

还是没有人说话，林雪梅失控地率先哭了起来。

"啊，俺明白了，俺家雨桐是不是……走了？"乔七巧的心在撕裂，在抽搐。

靳大红把手中的信递给了她，忍不住掩面而泣。

乔七巧抹了一把眼泪，颤抖着手拆开了信封，只见信上写道：

七巧：

请不要再费心找我，也不要再设法救我，见此信时，我已经不在人世。人啊，不信命真的不行，为什么我就偏偏长得像了一个上海滩的影星，又是为什么偏偏就让我遇见了一个佻薄轻狂、寡廉鲜耻、具有极强的占有欲的女人？说白了，这一切都是命！

小鬼子眼见就要完蛋了，可我却要与你们永别了。我舍不得离开你和孩子，总感到在一起没待够，可我不能为此丧失我的人格，不能做出任何对不起你娘儿俩的事情，所以，我只能选择死！此时，我多么想再听你唱一回《宝钗扑蝶》啊，多么想再听一次酉儿那稚嫩的笑声啊，可惜做不到。其实，死对人来说并不可怕，可怕的是，人活着就已经没有了灵魂。我不是一个好丈夫，也不是一个好父亲，别恨我，我先走一步了！

幸亏有狱中的一个老乡帮我，要不然你也见不到这封信。记住，无论有多难也要把酉儿抚养成人，求你了！代我向同行长辈、好友问好！

夫雨桐绝笔

白雪遗哀伤地叹了口气，红着眼睛手托衣裳包呈到了乔七巧的面前。乔七巧把血衣紧紧地搂在胸口上，发出了一声椎心泣血的哭喊："哥啊，你这是成心不想让俺娘儿俩活了……"

小屋里仍然没有一个人说话，只响起一片呜咽声……

三十一

"一七"佳人闷坐绣楼，"乜斜"杏眼泪交流，
思想起"仁臣"儿夫出外去，一到"姑苏"老没回头。
昨夜晚"由求"公子带来的信，说儿夫在"江洋"翻船顺水漂流。
怒冲冲摘下"发花"摔在地，"怀来"就把汗巾抽，
"瑶条"丝绦拿在手，拴在"檐前"乱点头，
恶狠狠就把"梭拨"入，眼望"中东"一命休。
单等那"小言前儿""小仁臣儿"成人长大，纸化"灰堆"在坟头。
　　　　　　　　　　　　——京韵大鼓《十三辙韵歌》

几阵秋雨，几场风雪，转瞬到了 1945 年。乔七巧彻底脱离了歌场，终日病病恹恹，茶不思，饭不想，一副半死不活的状态。众人无论谁劝，也都是毫无作用。

这天上午，金三省带着林雪梅来打磨厂看望乔七巧，还特意提了半口袋小米，起因是前几日靳大红在和他闲聊时说秃噜了嘴，把冯雨桐临终前写的那封绝命书抖搂了出来。金三省不是傻子，焉能听不出金盈儿在这件事上应担的沉重，由此即产生了几分代女受过的歉疚。

面对乔七巧，金三省感到实实无地自容，简单安慰了她几句便回到了靳大红住的北屋，一面手搓着线绳，一面不无担心地对靳大红说道："说老实话，再这么下去，这人就完了，咱总不能眼瞅着她……要不然，你劝劝她再往前走一步？满打满算她还不到三十岁，长得又不寒碜，有了新的一夫一主，她也就不会总想着原来的爷们儿了。"

靳大红叹了口气，"你是不知道这小两口的感情有多深，让她改嫁，还不如打死她。"说到这儿，她忽然疑惑地瞪了金三省一眼，"师哥，你为什么这么热心？该不是您老人家惦记上她了吧？或是说您还想再娶一房家小？我可听说您一直对她——"

金三省的脸腾地红了，连带得深浅不一的麻子都放了红光，"揭师哥我的秃疮饹馇，是不？话既说到这儿，我也就不瞒你了，头些年我是对乔七巧有那么点儿意思，可你知道不？自打我让小鬼子关进了大牢，一通接一通东洋鬄的给，不光打坏了我的脑子，而且……而且让我丧失了那方面的能力，不光不想了，也不成了……这事除了你嫂子没人知道，原本我俩还想要个儿子，可这回我算是彻底绝了后了……谁说小鬼子一无是处？敢情小鬼子会治病，几巴掌就把我这好色的

毛病给治好了！这话也就是跟你说，我知道，再怎么着你也不会笑话自己的师哥不是？"

听了师哥的自嘲，靳大红立时红了眼睛，不知该说什么才好。

三伏手举两串山里红穿的糖葫芦兴冲冲走进来，高腔大嗓地喊道："服不服？俺这手真真就是一双金手，瞧见没有，镖子儿没花，白吃冰糖葫芦！"

靳大红知道，北平城里卖糖葫芦的小贩大多都带着签筒抽签的生意，料到他一准儿是小赌了一把中了彩头，急忙抢过一串，一边往嘴里塞着，一边呜呜噜噜对金三省说道："师哥，你还别说，我这傻兄弟还是真有个傻福气，回回他都能中奖……嗯，这东西真叫好吃，我也不知怎么了，这阵子总想吃酸的……"

正说着，林雪梅怀抱着酉儿引着乔七巧推门走进来，三伏紧忙把另一串递到了酉儿脸前，"叫，酉儿，叫干爹，干爹就把它给你……"

林雪梅扑哧笑了，"你这又是打哪儿论的？酉儿管我师姑叫奶奶，管你叫干爹，差着辈儿呢。"

大伙都笑了，只有乔七巧不为所动，呆呆地在一旁站着。三伏忽然说道："你们都说俺冯哥不在了，可小半年都过去了，活不见人死不见尸的，又算怎么回事呢？刚才俺拉着洋车从珠市口经过，正碰上有一辆囚车由打外头往宪兵队里开，隔着囚车的铁栅栏门俺看见了一个侧影，高矮胖瘦都像极了冯哥，你们说，冯哥他会不会……"

在场的人谁也没料到三伏会抽冷子冒出这么句话，一个个全都僵硬了表情，唯见乔七巧眼睛里放射了亮光，一把从林雪梅的怀里接过孩子，转身走了出去。

从这天起，每日里吃过早饭，乔七巧便抱着酉儿守在了东珠市口宪兵队的门外，顶着冬日刺骨的寒风，眼睛一眨不眨地盯视着所有进出的车辆，此外，还五次三番地向岗哨央求要见侦缉队的金盈儿。三伏无意中说出的一句话重新点燃了她的希望之火，她开始相信自己的丈夫并没死，至今还活在世上。

一周之后，乔七巧终于见到了金盈儿。当她被人领进侦缉队的办公室时，看到金盈儿正嘴叼着一根红头绳，站在一个男人身后，神情专注地为他编着脖子后面的小辫。

"盈儿妹子……"乔七巧怯怯地唤了一声，见她毫不理会，又改了口："金小姐……"

崇小辫儿白了她一眼，"喊谁呢你？我们小姐叫中村美子，真不懂规矩。"

金盈儿二臂交叉斜靠在办公桌前，现出一副睥睨的表情，"听说你找我都找了一个礼拜了，有什么事，说吧。"

乔七巧眼含热泪扑通一下跪倒在地上，"中村小姐，俺求你了，看在你我原本都是江湖人的份上，你就饶了他，发发慈悲把他放了吧……"

"他，他是谁？我怎么听不明白？"金盈儿故意装傻充愣。

"俺知道，你恨俺，想当初你金……你中村小姐的确是帮了俺俩不少的忙，没有你帮扶着，俺夫妻俩恐怕连顿饱饭都吃不上，千不该万不该，俺不该以怨报德，薄情寡义，你大人不计小人过，今儿俺娘儿俩在这儿给你赔不是了……"乔七巧此时别无所求，只要能让冯雨桐活着，无论让她干什么她都愿意。

金盈儿觉到此时自己仿佛就是一只猫，而面前跪着的这个女人就像是她爪子下摁着的一只老鼠，在吞噬之前，她要尽兴地戏耍她一番，"我帮过你们吗？我怎么不记得了？人都说我自私得很，小气得很，好像这辈子就没帮过任何人。"

乔七巧的眼泪如断了线的珠子在不住流淌，"俺听人说，冯雨桐他还活着，就关在宪兵队里，求求你让日本人放了他吧。俺知道，你稀罕俺家雨桐，你放心，只要你让俺见他一面，俺立马就抱着孩子回河南，俺给你俩腾地方，俺成全你俩，保证这辈子都不会再露面……"她的心裂开了口子，不住地向外渗血。

"你说的可是真的？"

"俺可以对天发誓，就是给你写下文书字据也成，只求你别伤害他……"

金盈儿得意之极，咧开大嘴笑出了声，"想不到你乔七巧也有今天，不是当初你骂我的时候了？还是我老爸说得对，天底下再没有什么比势力更强大的东西了，我金盈儿真得谢谢你这一番好意了，可惜呀，只可惜你来晚了一步……"

乔七巧不由打了个愣怔，"俺听不明白这是怎么句话……"

"明说，冯雨桐现在已经不在宪兵队了，早在半个月之前，他就畏罪潜逃了！"

"不可能，这绝对不可能，你这是在骗俺，糊弄俺，他就关在宪兵队的大牢里，前几天还有人看见过他，俺真的求你啦……"乔七巧不顾酉儿哭闹，把他放在了地上，对着金盈儿一下下磕起了响头。

"行了，就别跟我这儿演戏了，你跟我要人，我还想跟你要人呢，他可是爆炸军列的要犯，听着，哪天见着冯雨桐就赶紧把他送回来，要不然就拿你顶案！"金盈儿觉得委实好笑，冯雨桐的尸首是她亲自吩咐崇小辫儿几个丢在窑台的乱葬岗子上的，如今，怕是早就被野狗吃得只剩了一堆骨头。她不耐烦地指指地上的孩子，挥了挥手，崇小辫儿心领神会，上前一步抱起酉儿往外就走，乔七巧只得爬起身哭喊着追了出去。

黎明前的冬夜格外黑暗，格外寒冷。乔七巧在被子里蜷缩作一团，轻轻拍打着酉儿的后背，唱着哄他入睡的歌谣："嗷，嗷，睡着了，狼叼了，狗嚼了，剩下个脑袋鸡刨了……"不知是什么缘故，酉儿今夜睡得极不安稳，间隔着醒了四五次，每次睁开眼都是一阵莫名的啼哭，哭得揪心扒肝，无比哀伤，怎么哄都无济于事。她感到头昏沉沉的，仿佛被注入了一盆糨糊，两个眼皮涩涩地粘在了一起，急需一些泪水把它们润开，然而，现下她的眼睛里已经没有了眼泪，只剩了一层薄薄的愁雾。

忽然，由屋外吹进一股凉风，令她禁不住打了个寒噤。她裹了裹被头，眯着眼下意识地朝对面的房门看去，谁知，这一看竟让她一个激灵坐了起来：冯雨桐遍体伤痕站在地当央，瘦弱的身影飘飘忽忽像一只半空中的风筝。

"哥，是你吗？真的是你回来了吗？"乔七巧一阵惊喜，她打算爬起身去拽他，但不知怎么，整个身躯却犹如被绳索捆住了一般丝毫动弹不得。

"七巧，别害怕，是我。知道吗，我好想好想你们娘儿俩，想得心都碎了！"冯雨桐的声音带着颤抖。

"这半年，俺和酉儿也天天都在想你呀！"乔七巧发现他衣衫单薄，还赤着脚，心疼地呼唤道："哥，地上冷呀，快，快到床上来暖暖吧。"

冯雨桐连连摇头摆手，"这可不行，我不能……我怕吓着你们娘儿俩。"

"难道你真的像金盈儿说的从牢里逃出来了吗？既这样，为什么不早点儿来看俺？这阵子你又是躲在哪儿了？"

"这个坏女人说的话你也相信吗？实话跟你说七巧，我已经死了，好几个月之前就死了，就死在这个坏女人的手上！我好恨啊！记住，从今往后不要再四处找我，我会在奈何桥上等着你，三年五年，十年八年，一直等下去……"

"告诉俺，奈何桥在什么地方？俺好去找你呀……"乔七巧终于爬起来，她想去拉他的手，想把他拥进自己的怀里，然而，她扑了空，此时，屋子里已没有了冯雨桐的踪影，她一个跌扑摔在了地上。

床上的酉儿又一次醒了，哭声大作，涕泪横流。

三伏曾不止一次拉着客人从这家小院门口经过，但他从来没迈进过这道门槛，他听人说过，天桥一带少有的这一所小四合是日本人开设的赌场。

靳大红三番五次苦口婆心地劝过他，好男人绝不能沾赌，古往今来，没有一个赌棍会有好下场。冯雨桐和林雪梅也对他说过类似的话。然而，当下的处境让三伏感到了尴尬和难堪，堂堂七尺男儿竟让一个女人养着，自己几乎成为了一个吃软饭的角色。他知道靳大红对他是真心真意的好，他也并不因为她的年龄比着自己大了十几岁而心生嫌弃，他想和靳大红相厮相守一辈子，但是，必须光明正大地娶了她，两个人做一对名正言顺的夫妻，只有这样，他才能拥有一份男人应有的尊严。当然，他更不想让自己的儿女日后落下一个"私孩子"的骂名。为此，他急切地想赚钱，只有手里有了钱才能办他想要办的事。他清楚，自己身无长物，只有一副好身板，只会卖把子力气，显而易见，卖苦力永远发不了财，拉洋车挣下的那仨瓜俩枣永远不会让他梦想成真。由此，他便想到了赌，便有了寻机去赌一把的念头。

靳大红可曾赌过？没有，冯大哥和雪梅妹子赌过吗？也没有，那他们又凭着什么对他说三道四横加指责？说实在的，他三伏可是亲身体验过的，买煤油庄的彩票不就是赌吗？抽签白吃糖葫芦不也是赌吗？他可是一次也没输过！这靠的什么？靠的是手气！手是爹妈给的，手气是跟着手一起来的，人跟人哪能一样？

尽管三伏不止一次地思考过这个问题，但是他依旧没敢贸然迈进这道门槛。

这天上午，他拉了一个当铺掌柜的来到天桥的赌场，眼盯着雇主走进了小院，却没有回头的意思，从大门口探进去半颗脑袋，好奇地向里面张望。

"兄弟，进来，进来瞧瞧。"一个留小辫儿的男人从把边的屋里主动迎出来，脸上挂满了笑容。

三伏紧忙把头缩了回来，"不了，俺只是闲着没事瞧个热闹。"

"岂止是热闹，这院里有的全都是乐子！"崇小辫儿透着十分的热情，"钱多钱少没关系，钱多有大乐，钱少有小乐，赢是乐子，输也是乐子。"

三伏一面后退一面摆手，"不成，俺不好这个……再者说，俺啥也不会。"

"除了吃奶，人有天生就会的东西吗？我知道，你是拍输了钱，回家没法跟自己的老婆交代，对不？"

"不是，俺只是觉得自己笨，斗不过你们这些城里人。"

"兄弟，这你可就说错了，到这儿玩凭的是手气，手气是什么？手气就是命，和笨不笨没关系，和城里人乡下人也没关系，俗话说，人走时气马走膘，兔子有了运猎枪都打不着。"

"俺……俺今天刚拉了两个座，身上……不大方便。"

"这好办，你先进来试一把，赢了算你的，输了算我的，话说在头里，仅限头三把，不为别的，我就为交你这个朋友。"

三伏的心开始痒了，"你说话算数吗？该不是用好话诳俺吧？"

崇小辫儿从衣袋里掏出了一叠银联券，"你先拿着，这是一万，赢了呢你把它退给我，输了你只管拍拍屁股走人。"

三伏依旧有些犹豫，"俺琢磨不透，你为什么要这么做？"

"实话实说，咱这场子是日本人开的，中村太君的股东，不图别的，就图给北平的百姓提供个开心解闷的场所，请兄弟你进来玩也根本没打算赚你的钱，就为赚个人气。"崇小辫儿小心谨慎地一寸寸放着钓线。

三伏终于迈过了赌场的门槛。崇小辫儿先领着他挨间屋地参观了一遍，他实在没想到，一个赌，竟然有着如此之多的花样和门道，一时间，竟被各色各样的赌具和赌法弄了个眼花缭乱。崇小辫儿耐着心烦一一向他介绍，什么叫使用一百零八根象牙牌子的夺状元筹，什么又叫使用一百三十九根象牙牌子的围筹，什么是共计一百二十张叶子的纸牌，什么是总共五十四张的扑克牌，以及麻将、掷骰子、推牌九，而其中的斗纸牌一项就又分为梭儿和、打辞、开赏、打十和等若干种。

三伏的脑子里一时难以装下如此之多的事物，他想了想，直接选择了掷骰子。掷骰子玩法简单，而且自己也熟悉，小时候在乡下他即和小伙伴一起用它赌过炒蚕豆，一个正月玩下来，赢的铁蚕豆到开春都吃不完。这一种游戏不外乎就是讲究"小顺儿"、"大顺儿"、"报子"，几个人凑一块掷点儿比大小。

没料到，上场头一把他就掷了个"通吃"，两万块的筹码直接被他收入了囊中，喜得他想蹦高。

"怎么样，我没说错吧，凡是自己说自己傻的人，没一个是真傻的。"崇小辫儿恭维道，"兄弟你还是真有手气，你的手，应该说天生来就是一双置房子置地的金手！"

323

三伏故作矜持地摇了摇脑袋，"瞧你说的，哪有一把就能定输赢的？俺听人说过，赌场上先拿的是纸，后拿的才是钱。"

时在隆冬，小房子门窗紧闭，到处弥漫着水雾和烟气，三伏顾不得污浊的空气辣眼呛嗓子，索性脱去了棉袄，只剩了一件粗布的小褂。揣进兜里的筹码在逐渐增多，像一块块的火炭，令他浑身上下迅速地燥热起来。

眼见天将擦黑，三伏只得恋恋不舍地收了手。这一日，他首战告捷，大获全胜，除去退还崇小辫儿的那一万块，还净赚了三万多。诚然，打死他他也不会想到，这一切，全都是因着那留小辫儿的家伙在骰子上偷偷做了手脚。

三伏是怀揣着一摞钞票和满腔的憧憬往家走的，手里掌控的洋车竟感到如同纸糊的那般轻盈，凛冽的北风吹在脸上，也觉不到一丝寒冷。他认定，自今日起，他的生活便开启了新的一扇大门，迎接他的必将是一片坦途一片光明。手气啊，不服不行！

突然，一阵刺耳的警报声如狂风似的鸣响起来，街上行走的人们不约而同地趴伏在了地上，现下，防空已经成为了北平城里的头等大事，因为，隔三差五便会看到美国或者英国的飞机不分早晚地从天空中掠过。

"是你吗？三伏。"紧挨三伏的身旁趴着一个穿棉袍、戴皮帽的小伙子，问话就是从小伙子的嘴里发出的。

三伏侧了头打量过去，不由一下惊呆了，看到的居然是罗华章的笑脸，"罗……怎么会是你？你不是在平西吗，怎么还敢回北平呢？就不怕日本人认出你来把你再抓了去？"

"不怕，没啥大了不起的，我回来是因为有事情要办。"罗华章轻描淡写一语带过，转而问道："三伏兄弟，这些日子见到雪梅了吗，她还好吧？"

警报声无止无休地响着，他俩只能趴着交谈。

"她挺好的，就是总念叨你。"

罗华章沉默了片刻，"听我说三伏，小鬼子蹦跶不了几天了，眼见就要滚回老家了，告诉大家伙，一定要好好活着，好日子还在后头呢。还有，替我捎句话给雪梅，就说我每天都在想她。"

"放心，我会帮你照顾她的。"现下的三伏，对这个年轻人早已没有了妒忌，存在心底里的只有钦敬。

警报解除，三伏拍拍身上的尘土站起来，回转头看去，此时，罗华章已不知去向……

1月底，八路军集结各路兵力对守城的日军开了战，呼啸的枪炮声不时地划过北平的上空，一阵紧一阵松，令百姓们欢呼雀跃，奔走相告，感到了一种即将云开日出的振奋。

天桥明地上，金三省师徒俩坐在砖头上大眼瞪着小眼，到这儿已经有了一顿饭的工夫，却不见有一个人往前靠拢。虽说时下是冬天，可搁在往年，除去刮大风下大雪，总也断不了远来近往的游人，哪怕是冻得缩了脖子袖了手，也舍不得丢下这一场连说带唱的热闹。

"师父，"林雪梅轻唤一声，"咱不能总这么干坐着不是？要不然您把弦子弹起来，我先唱上几句，只当没事儿遛遛嗓子？兴许就能招几个人过来。"

"甭费那个劲了，现而今人们是让枪炮给镇住了，猫在家里不敢出来了。"金三省叹了口气。话音刚落，就有一阵密集的枪声由南边响起来，他扬扬眉毛接着说道："可我觉得这声音挺好听，跟年下炒崩豆似的。信不，这是八路军在攻永定门呢，说不定队伍里就有你那位姓罗的大学生……"

林雪梅兴奋得涨红了脸，"前儿三伏哥告诉我，他在前门大街见着罗华章了，说他就是黑了点儿，一点儿都没变模样。"

金三省不满地撇了撇嘴，"那他为什么不来看你？莫非说这小子变了心？"

"哪能呢！三伏说，看上去他像是带着任务，说不准就是八路军派他进城侦察的。"

"雪梅，我脑子不好，今年你到生日该多大了？"

"虚岁二十二，周岁二十一了。"

"嗯，大丫头了，可是该着了！"金三省发自内心地感慨着，"瞧瞧周围身边，像你这么大的，姑娘小子都好几个了。"

"您说什么哪！"林雪梅嗔怪道，"早早晚晚让您喝上喜酒不就得了。"

金三省心中一阵惆然，暗道：只怕是我这当师父的等不到那一天喽……

忽然，他似想起了什么，起身朝对面的小饭铺溜达过去，开口向掌柜的问道："怎么今儿没见刘大肚子呢，难道说这老小子挪了窝了？"

掌柜的一面翻着铛里的馅饼一面回答道："您是说那要饭的？回您话，打今儿起您永远都见不着他了——吹灯拔蜡蹬锅台了，一清早就让收尸队的用破席卷走了。瞧见没有，他那要饭的家什还在这儿撂着呢。"

金三省吃了一惊，想不到刘连仲到底还是做了倒卧①，看看墙根地上，果然还放着一个粗瓷碗，两根用树枝撅成的筷子，以及多半拉破砂锅，砂锅里尚存余着半下炭灰。"服了，我算彻底服了他了，死得真是时候啊！"

掌柜的不解地瞟了他一眼，"您的意思是——"

"老小子欠了不少的债呢，这一死，省得将后来大家伙再跟他找后账了……"金三省语带深意地甩下一句话，回头叫起林雪梅，打点了弦子和鼓，转身离去。

他看到，附近的几个场子也都歇了业，摆跤的宝三正裹着棉袍和徒弟下着五子棋，耍大刀的张宝忠正眼瞧着刀枪架在独自运气。

"瞧一瞧看一看，便宜货，大大的便宜啦！"一阵吆喝声揪着金三省的耳朵把他拽到了一个旧货摊前，只见平地铺着一领草席，席上摆放着钢笔、怀表、牛皮腰带、望远镜、毛毯等一些物件，一个三十不到的短腿男人跪坐在一旁，面无表

---

① 倒卧：北京话，意指因冻饿而暴尸街头的人。

情地呼喊着。

金三省觉得此人有些面熟，觑忽了双眼打量过去，这一看便差点咬了自己的舌头，卖货的竟然是几年前在宪兵队拷打过自己的那个日本军曹！只是他此时穿着便装，而且已经学会了使用汉语。

"你这些东西都是卖的吗？"金三省蹲到他的面前，不动声色地问了一句。

"是的，都是卖的，便宜大大的，请多关照！"日本人并没认出他。

"看上去都是些军用品啊，军用品你也敢出卖吗？"

"没有关系的，我需要钱的。"

"给你银联券行吗？"

"银元的可以，银联券的不行！"

金三省相中了一条草绿色的毛毯，八成新，厚厚的，伸手一摸就知道是纯羊毛织成，"这块破毯子要多少钱？"

日本军曹转转眼珠，"五块大洋。"

"可我只有三块。"金三省掏出三块银元在手心里掂了掂，银元相互撞击发出了悦耳的声响。他清楚，即使花五块钱也属于占了大便宜。

日本军曹犹豫了片刻，终于点了头，"成交！"

林雪梅也看出了其中的蹊跷，挽起师父小声问道："这家伙该不会是个日本人吧？这会儿怎么连他们都变卖起东西来了？"

"你猜得一点儿不错。这说明什么？这说明小鬼子就要完蛋了，他们这是收拾东西要回老家呢！"金三省喜悦得脸放了光。

林雪梅注意到，不远处有两个穿着和服的日本女人也在摆摊。耳听着城外隆隆的炮声，眼看着日本人无奈的举动，她真的觉得师父的话有道理。

师徒二人难得有今日这一场空闲，随心所欲地四处转悠着，穿过一片小树林，一所磨砖对缝的小四合吸引了林雪梅的眼球。

"嘿，想不到天桥这地界还有这么好的房子！"她紧走几步凑近过去，好奇地打量着，"师父，您以前知道这地方吗？"

"知道，这所宅子起初是肃忠亲王善耆家的宝局，现而今变成了日本人开设的赌场。"

林雪梅看到，院落的两扇黑漆大门洞开着，四面的房屋门窗紧闭，间或有一阵癫狂的呼叫声从窗缝里传出来，小院空空，只有一辆擦得锃光瓦亮的洋车不搭调地靠在墙根底下。

这辆洋车倏忽间牵动了林雪梅的神经，她禁不住把师父拉了过来，诧异地说道："奇怪，我这么觉得这像是我靳师姑的那辆车呢？"

"瞎扯，她上这儿干吗来？同样的车北平城不有的是？再者说，她从来也不好这个。"

"要不就是三伏……"

"这话就更不靠谱了，一个拉车的主儿，一天挣不了两壶醋钱，他能上这儿玩？赌场可是个填不满的无底洞。"

林雪梅沉默了，她一心想进去探个究竟，却被师父拽着手走开了。

"雪梅，我跟你说个事。"金三省的神情显得格外凝重，"昨儿你师姑告诉我，说乔七巧最近不怎么好，成天神神道道的，像得了癔症，还总说她半夜见到了冯雨桐，俩人还过了话，说冯雨桐就在一座桥上等着他们娘儿俩，让人听了浑身起鸡皮疙瘩。再有几天就要过年了，人都说每逢佳节倍思亲，这时候她肯定更不自在，我想，明儿你干脆就搬过去，和你乔姐姐做个伴，这样能多和她聊聊，也好开导开导她，你跟她说可千万别想不开。"说到这儿，他把刚买的毛毯交到了林雪梅的手里，"你把这床毯子也带过去，天冷，让她娘儿俩挡挡风寒。"

林雪梅感动了，点点头，眼睛里溅出了泪花。

"告诉七巧，就说我金三省对不起她……"金三省的声音里带着哭腔。

"师父，您别这么想，"林雪梅咬着牙说道，"真正对不起乔姐姐的是——"话到嘴边，她又把"金盈儿"三个字咽了回去。

夜半时分起了大风，刮得树木不住地飘摇，刮得门窗呼啦啦乱响。

乔七巧被冻醒了，黑暗中，她听到床前发出了一阵粗重的喘息声。

"哥，是你吗？"她慌忙地睁开了眼，果然看到有一团黑黢黢的影子在地上立着。

"七巧，你让我等得好苦，你怎么到现在还不来找我啊！"黑影飘忽不定，发出的声音却真真楚楚，"我一个人在那边好孤单，好冷清。"

"哥，对不起，你还能不知道俺的心思？俺一心盼着和你在一起，这些天俺找遍了四九城，可无论怎么都找不到你说的那座桥……"乔七巧的心在一阵阵绞痛。

"那好，这会儿你就收拾收拾跟我一起走吧，七巧，我先行一步，在外面等你……"

乔七巧感到无比的兴奋，她急匆匆地爬起来，很快就穿戴整齐，看看酉儿还在酣睡，于是取过一床小棉被将儿子紧紧包裹了，然后，抱起酉儿毅然决然地拉开了房门。

呼啸的北风将她推了一个趔趄，然而，她没有一丝一毫的彷徨，像一个奔赴战场的勇士，捯着碎步冲到了街上。

她看到，绰绰约约的一个身影在前方若即若离地引领着，不多会儿便来到了城墙外的护城河边。望着白晃晃结了冰的河面，她感到一阵欣然，这条道走得无疑是对的，有河的地方才会有桥，用不了多久，一家三口便会在桥上团圆了，自己日思夜想的愿望很快就要实现了！

酉儿骤然醒了，没哭也没闹，只是瞪着一双莫名的大眼盯着她，她笑了笑，低下头喃喃说道："乖儿子，娘这是要带你去见你爹呀，想他了吧？还记得你爹长得啥样吗？"

327

她走下一道斜坡直接来到了光溜溜的冰面上，义无反顾地朝前迈着大步，无视脚下不断发出的喀吱吱的响声，坦然得就像行走在园子里的舞台上。

　　突然，一个打滑令她仰面朝天摔倒了，屁股下面随即传出一声断裂的脆响，半截身子瞬间便浸泡在了河里，紧接着，四周出现了磨盘大的一个洞口，清晰可见浑浊的河水滚着浪花在她眼前奔腾。她奋力挣扎着，很快便搂着孩子站稳了脚跟，刺骨的冰水一下子漫到了她的腰际，但她却觉得自己的一颗心正在燃烧，放眼看去，一座熠熠生辉的木桥就架在前方，冯雨桐此时正站在桥头向她频频招手。

　　乔七巧双肘破开冰凌，搂着酉儿急切地向河心一步步趟去。

　　"哥，俺的亲人，等等俺，俺娘儿俩来了！"

三十二

伸手轻轻将佩剑拔，舞一回，脚步煞，挺身站立明月下，
将剑折弯撒手绷直当嘟嘟响，鬼神皆惊妖魔怕。
喊一声，喉咙大，恰似霹雳震天塌，弹剑作歌对月华，
说道是，茫茫天地几虚华，尽教奸究贼王化，
智谋岂愿春秋下，专杀人间祸根芽……

——岔曲《剑客吟》

2月12日，北平的《民声报》在头版头条的位置，发表了以《歌成绝响，凤去楼空》为题的文章，采用记者和艺人林雪梅对话的形式，详细地报道了河南坠子女艺人"盖中州"乔七巧殒命护城河的悲惨事件：

记　者：乔七巧芳华永逝，我感到格外悲痛。据我了解，在北平曲坛，乔七巧是个有着一定影响的大蔓儿，闻知她的噩耗，观众们的心情都十分沉重。林小姐，能谈谈你是怎么知道的乔七巧自杀的消息的吗？

林雪梅：首先纠正你一句，她不是自杀，她是被逼而亡。自从她的丈夫冯雨桐被害，乔七巧的精神便一下崩溃了，整日恍恍惚惚，甚而幻视幻听，两个人生前恩爱非常，冯哥的死对她无疑是一个致命的打击，如此，她才走上了绝路。我好后悔，悔之莫及！我师父对乔七巧的状况十分担忧，叫我去她住的地方陪她一阵，如果我当天晚上就搬过去，兴许就不会发生这一场悲剧了。我是第二天早上赶过去的，谁知，刚走到东河沿，就看见了从河里打捞上来的他们母子俩的尸体，你知道吗，她的孩子酉儿才刚刚一岁多，就……至死他都在紧紧地搂着母亲的脖子，掰都掰不开！我恨我自己，为什么如此迟钝，如此麻木，没能早一点守在她身边……（痛哭不止）这绝不是乔七巧个人的不幸，而是整个社会的悲哀，是整个中国的悲哀！

记　者：听说是你拿钱发送的她母子俩，你为什么会这么做？

林雪梅：不止我一个人，凡是和乔姐姐相熟的艺人都出了钱，出了力。我们行内有句话，"同在江湖内，都是苦命人"，还有一句叫做"江湖倒了江湖扶"，没多有少，这是我们业界的传统。平日里无论谁遇到了困难，大家都会伸出援助之手。

记　者：艺人们的这一种互助精神真的令人钦佩！听说乔七巧有个艺名，叫"盖中州"是吗？

329

林雪梅：是的，这个称号她当之无愧，无论她的人品还是艺品，皆令我钦敬。她的表演说唱俱佳，声情并茂，有着"喜、媚、脆"的特点，故而九城闻名，她尤其擅长《红楼》段子，生前曾有观众在送给她的贺幛上写道：'浅唱葬花疑似黛玉魂未去，悲歌换袂恍如晴雯梦中来。'这两句话即概括了她的艺术成就。如今，斯人已去，美妙的歌声已成绝响。只可叹，辽阔的中华大地，竟容不下一个鬻歌为生的弱女子！

记　者：究竟是什么原因造成的这种恶果呢？

林雪梅：八年了，众所周知，每个中国人心里都有一本账，还用我一个大鼓妞儿在这儿多说什么吗？

记　者：冯雨桐的死又是因为什么？

林雪梅：因为一个女人，一个数典忘祖、寡廉鲜耻的女人，她依仗着卖身投靠获得的势力，打着爱的旗号，致使冯雨桐含冤而死。我相信，死者的冤魂是绝不会放过她的，善有善报，恶有恶报，不是不报，时候未到。

记　者：能说得具体一点儿吗？

林雪梅：我不想再提起她，提起她的名字我便觉得恶心，想吐。

记　者：人死不能复生，活着的人还得继续活下去，再过两天就是乙酉年了，顺便问一句，林小姐有什么新的打算吗？

林雪梅：鸡年很快就到了，乡下人都知道，雄鸡一唱，天就要亮了，我在热切地期待着……

同一版上，还刊登了白雪遗为乔七巧题写的挽联：

《西湖》歌残，何人堪《会审》？

《思夫》梦少，无处可《扑蝶》①！

当晚，白雪遗邀请了几个业内的朋友到自己家里，说是有要事相商。当金三省夫妇和林雪梅走进客厅时，看到戴着老花镜的白雪遗正对着赵有禄大声朗读着《民生报》上的那篇访谈。

"好，这句话说到点子上了！"白雪遗手指着报纸赞叹道，"'这绝不是乔七巧个人的不幸，而是整个社会的悲哀，是整个中国的悲哀！'尤其是结尾的那句，'雄鸡一唱，天就要亮了'，语含深意，有琢磨头儿啊。"

金三省不无担心地问了一句："好是好，可会不会就因为这篇文章给咱丫头惹下什么麻烦啊？"

林雪梅接过了话头，"没啥大了不起的，顶多进去坐几天牢罢了，还能怎么着？"

白雪遗想了想，"估计日本人不会出手，怕就怕您家那位大小姐借机找她的

---

① 指四个河南坠子代表性曲目，即《游西湖》、《三堂会审》、《王二姐思夫》、《宝钗扑蝶》。

茬儿。"

"她敢！"金三省瞬间涨红了脸，"她敢说冯雨桐两口子的死与她无关？兴她做，还不兴别人说了？她真要是翻脸无情，六亲不认，存心和雪梅过不去，我就——"

徐五姑对着端茶进来的白家老太叹了口气，"您了说，盈儿这孩子咋就变成了这样呢……"

白雪遗引众人入了座，"今儿把几位请过来，主要是有件事想听听你们的意见。再有几个月就是祖师爷的生日了，今年大家伙推举我做了主持，届时，我打算把我这个长春会副会长辞了，这个差事我已经当了八年，如今我毕竟是六十好几的人了，眼见着蜡头儿烧桌子了，我想找个年轻的能服众的人把我替换下来，以便发挥更大的作用，你们说说有谁合适呢？"

赵有禄说出的话直截了当，"我老赵举双手赞成您的主张，依我看雪梅姑娘就挺合适，这丫头是咱老哥儿几个看着长大的，论人品，仗义！论脑子，好使！论台上的功夫，够个角儿了！扒拉扒拉周围这些个大鼓妞儿，敢说还真是没人能比！"

"赵大爷，您可千万别这么说，"林雪梅红到了脖子，"我还差得远呢。"

白雪遗把目光转向了金三省。金三省咳嗽了一声，"这事儿我就不好表态了，说她行，她是我徒弟，我不能自己个儿夸自己个儿；说她不行，我屈心，这孩子就一句话，我这当师父的自愧不如！"

白雪遗了然于胸，微微一笑，点了点头，"待会儿等大红到了，再听听她怎么说。"

天黑透了，一壶茶喝得几乎没了色，这才看到靳大红神色慌张地从外面跑进来，脸上还明显地挂着泪痕，"要了我的亲命了，好么央的，三伏不见了……"

众人尽皆一惊，忙问事情根由。靳大红哭诉道："从昨儿一早算起，他整整两天一宿没回家了！说起来有十来天了，我一直觉得他怪怪的，每日早出晚归，也不知他在忙活些什么。赶上哪一天他的话会出奇的多，像捡了狗头金，有几天又会一言不语，像个闷嘴葫芦。还有，昨儿早起出门的时候他一连三遍跟我说，这辈子一定会娶我，让我无论如何都要等他。今儿我溜溜找了他一整天，哪儿哪儿都没他的影儿，后来，我发现柜子里装钱的匣子空了，才知道他小子跑了……我从来没亏待过他呀，你们说，他这又是为的什么呢……"

事已至此，林雪梅不想再隐瞒，遂把那天在天桥赌场看见三伏那辆洋车的事说了出来。

"你们咋不早一点儿告诉我呀，这个挨千刀的，他这一准儿是染上了赌，输了钱没脸见我了，才……"靳大红鼻涕眼泪模糊成了一片，"现而今我已经怀了他的孩子，叫我一个妇道人家又该如何是好啊……"

众人都是头一次闻听此事，觉得终归算是一喜，徐五姑关切地问道："你还真有了？几个月了？三伏他知道不？"

"我四十有孕，只怕不定准，就先没跟他说……谁又能想到，他竟然把我一个人给闪了……"靳大红泣不成声。

金三省安慰道："得了，这小子也不是那无情无义之人，估计三天五日在外边混不下去了，自然就会回来的。"接着，转过脸又对林雪梅吩咐道："你姑儿既有了身孕，就需要有人照顾，待会儿吃完饭你就和她一块回打磨厂住吧，我这儿有你师娘就行了。"

说话间，饭菜摆上了桌：芥末墩儿、肉皮冻儿、黄豆嘴儿炒肉丁、白菜咕嘟豆腐，另有一盆白米饭。白雪遗面带羞愧地说道："让几位见笑了，虽说明儿就是除夕了，可我只有这点儿东西能拿出手了，就这也还是托街坊跑到张家口用旧衣服换来的。"

靳大红红着眼睛说道："您就别自责了，谁还不知道现下的日子有多难？不用说，过春节配给的那几斤大米，全让您老公母俩给端上来了……"

赵有禄试探着问了一句："白哥，有酒吗？"

白雪遗呵呵笑道："说起来到是存着一瓶好酒，可我想，今儿个咱就别喝了，我想留着等小鬼子滚蛋那天庆祝用呢！"

金三省夫妇相携着回到了家，令他俩感到诧异的是，两扇街门虚掩着，用手一推便开了，冷寂的院落里鸦雀无声，却隐隐约约闪烁着几缕灯光，原来，是许久未见的金盈儿回来了。

"新鲜，今儿这是刮的哪阵风，让中村小姐大驾光临了？"金三省夸张地拍着巴掌，"令金某人感到蓬荜生辉啊！"

堂屋里坐等的金盈儿主动迎下了台阶，挽起了他的臂膀，"嫌我了是不是？怪我没来看您是不是？消消气吧老爷子，今儿我就是提前给您拜年来了！"

金三省看到，八仙桌上摆着两坛绍兴黄酒，一摞用草绳捆着的蒲包，一个朱漆食盒。他摆脱了她的手，径自走到太师椅上坐了，翘起了二郎腿，"怎么，就您一人过来了？我记得，平日里不管走到哪儿，您美子小姐可都是前呼后拥的。"

徐五姑见金盈儿始终对自己爱答不理，不满地白了她一眼，摸着黑独自进了卧室。

金盈儿完全是一副小妇人的打扮，掏出一支烟点了，喷出了一个大大的烟圈，"我已经把那帮小子打发走了。他们跟我到这儿，一是替我把节礼提过来，二是顺便把那乡下丫头带走，可我屋里屋外找了个遍，也没见她的影儿，您能跟我说说，她上哪儿了吗？"

金三省实在没料到她的报复来得这么快，这么立竿见影，"怎么，你想抓她？"

"抓她那是便宜她，我要让她死！"金盈儿露出了一脸凶相。

"因为什么？"金三省强压着心头的怒火。

"您跟我装糊涂。"金盈儿从口袋里掏出一张报纸拍在桌子上，"在报上指着鼻子骂我，这还不算，还说什么'鸡一叫，天就明了'，明摆着，这就是在替抗日分子宣传！您不说我也知道，这丫头没地儿可去，不是在靳大红那儿，就是在白雪遗家。明儿一早我就带人过去，就不信逮不着她。"

金三省心中一阵慌乱，想了想，主动缓和了语气，"丫头，听爸一句，得饶人处且饶人，杀人不过头点地，我让雪梅给你当面赔个不是，你就放她一马吧……"

"门儿都没有！实话跟您说，办完了她这件事，我就可以无牵无挂地走了。"

"走？你……你要去哪儿？"

"日本，明儿晚上的飞机，先到上海，再坐船走。所以，今儿一是给您拜个年，二是跟您道个别。"

金三省瞬间明白了，日本人眼见着要完蛋了，她这是坚持不住要跑了，脑子里急速地转了几圈，一时有了主张，于是，故作伤感地呜咽道："好狠心啊你个臭丫头，把你老爸一人甩下不管了，我算是白养活你一场……"

"您这又是何必呢？甭多想，用不了多久，我还会回来的，说不定还会带老爸您去日本转一圈。"金盈儿指指桌上的酒，"想不想让我陪您喝两口？今儿我拿来的可都是您平常喜欢吃的菜。"

这句话正中金三省下怀，立马附和道："废话，我馋酒都馋小半年了。这么着，咱爷儿俩去你屋里喝，好好聊聊，省得吵着你妈。你先去厨房打开火烧壶开水，知道不，黄酒必须要喝烫的。"

眼见着金盈儿去了厨房，金三省急转身进了卧室，压低嗓音对徐五姑吩咐道："别开灯。快，快去大红家给林丫头报个信，让她赶紧找地方躲一躲，就说日本人要抓她！我去厨房缠着盈儿……"

一阵忙活过后，酒和菜摆好在西屋里。酒是绍兴花雕，泥坛子上贴着菱形的红纸，上写着"吉庆有余，富贵平安"几个黑字。菜肴是现成的，酱牛肉、素什锦、猪耳朵、煮花生米算是凉菜，其余便是几个荤素搭配的热炒，因为一直煴在食盒里，仍带着三分热气。

金盈儿从钵盂里提起酒壶，把二人的牛眼杯斟满，随之举起了杯，"得，老爷子，今儿就算您闺女给您拜年了，也一并向您辞行。"

金三省端然未动，"这头三杯是不是该你自己喝呀？"

金盈儿恶然一笑，"罚我，是不是？我知道，这几年您闺女给您丢人了，现眼了，您怨我，恨我，甚至盼我死的心都有，我没说错吧？可俗话说，'里亲外亲没有骨肉亲'，我毕竟是您的亲闺女，身体里流着您的血，再怎么着您也不能把我当做两姓旁人不是？行，就听您的，我自罚三杯，权当给您赔不是了！"说罢，接连把三杯酒倒进了嘴里。

这番话令金三省不由得产生了动摇，自觉地陪着饮了一口酒，"那你就跟我说说，你都错在哪儿了？"

"错？我有什么错？"金盈儿挑起了眉毛，"那是为了让您高兴，我不得不这

333

么说而已。"

"可你毕竟——"金三省怒火重燃，拍案而起，"你毕竟是当了汉奸！"

金盈儿不但没恼，反而连连点头，"对，没错儿，我是当了汉奸，可您明白不？北平城只要有日本人在，我不当汉奸，就还会有别人当汉奸，此情此景不会有任何改变。人无论男女，活一辈子就得登驰一辈子，正因为我当了汉奸，才没人敢欺负您，也正因为我当了汉奸，您才能在别人都吃糠咽菜的时候享受这么一桌子好酒好菜，否则——您别不爱听，连个热乎屁都吃不着！"

"我金某人宁愿死，也不食周粟！"金三省转身欲走，但是一想到自己的计划，又强压了火气坐下来。

金盈儿用筷子夹起两块猪耳朵，嬉皮笑脸地递到了金三省的嘴边，"老爷子，都怨我不好，惹您生气了，明儿就过年了，咱不说这些事成不成？您尝尝，这不是周粟，这可是您平常最得意的一口……"

金三省就坡下了驴，一面咀嚼一面赞道："嗯，别说，有嚼头儿，味儿还真地道……"

"要不要把我妈叫过来，让她也一起热闹热闹？"

金三省急忙抓住了她的手臂，"可别，这会儿她睡得正香，回头说我搅了她的觉，跟我闹起来我惹不起。"

"那行，咱爷儿俩接着喝。"金盈儿端起酒杯一饮而尽。

"盈儿，有件事跟你打听打听，日本人枪毙犯人的时候，是不是也给他弄顿好的吃？"

"奇怪，您怎么想起问这个？您说的那叫断头饭，在咱中国兴这个，日本人可不管这一套，一般说来行刑的头三天就不给东西吃了，省下点儿吃食还留着喂狗呢。"

"妈的，小鬼子真不是人揍的！"

"这话您算是说对了，我了解他们，还真就不是人揍的。"金盈儿已经有了几分醉意，脸涨得像块红布，"一者，无论老幼，个个都是色中恶鬼，逮着女人不累吐了血不撒手。二者，个个都是抠鸡屁股嘬手指头的小气鬼，打算占他们点儿便宜你可是痴心妄想。还有……"

金三省发现随身带的那根线绳子从衣袋露了出来，紧忙用手朝里塞了塞，他沉沉心，想做一次最后的努力，"丫头，老爸想最后问你一句，咱不去日本行吗？"

"怎么，怕您闺女一去就不回头了？哪儿能呢，我……我还打算明年开春，回来给您办……办六十大寿呢！"金盈儿迷离着双眼，嘴里开始拌了蒜，"到时候，一切由我金盈儿操办，搭彩棚，摆酒席，唱……唱堂会，不是说，唱大鼓的不能找唱戏的演堂会吗？我……我不信这个邪，打我这儿就得改了这个规矩，我要把四大名旦、四大须生，全……全都给您叫过来，让他们跪着唱，他们……就不敢趴着唱……您知道不？黑丫头也去了日本，找他爷们儿去了，小心别叫我碰上，碰上我就给她来个就地正法！所……所以说，日本我必须去，不去不成，明

长篇小说·大鼓妞儿

儿一早抓了那乡下丫头我就走，我要……我要去东京找我中村……干爹……"渐渐地已听不清她在说些什么，须臾，便见她趴在桌子上睡了过去。

金三省的一颗心彻底凉了，他定定心神，捧起桌上的半坛绍兴老酒，仰起脖子，鲸吞牛饮一般灌了下去，残余的酒浆顺着他的胡须滴落到胸脯，又从前胸流淌到了地上，"痛快！"他高喊一声，举起空酒坛狠狠地摔了下去，破碎之音在寂静的冬夜里显得格外浏亮，宛如旷野中放了一声响炮。

金三省看了看依旧在酣睡的金盈儿，从口袋里掏出了一根手指般粗细的线绳，自打知道金盈儿认日本人做了干爹的那天起，他就打定了主意——让她死！端详着自己用了半年工夫搓成的绳子，眼泪如泉涌般流淌下来，他攥住绳头直接缠绕到了女儿的脖颈上，随着动作，口中喃喃地说道："丫头，你走到今天这一步，错儿不全在你一个人身上，归其是你老爸不称职啊，人都说，'子不教，父之过'，千错万错就错在我没把你管好、教育好！我对不起你亲妈，也对不起你爷爷奶奶，更对不起金家的祖宗先人！别怪你老爸心狠，不顾骨肉亲情，说说吧，这几年你借日本人的势力经你手害了多少无辜的人？实在是不能再留着你了，只盼着你早一点儿托生，来世做一个规矩人！丫头啊，别担心，这绳子干净着呢，这是我一根线一根线亲手搓成的。丫头，别害怕，你不会孤单的，你只是先走一步而已，为父我随后就来陪你。一路走好吧丫头！"

说着，金三省用前胸压住了金盈儿的头，双手较力，死死地勒紧了绳子……只听到金盈儿发出了几声闷哼，紧接着，便如一条空布口袋从椅子出溜到地上。

金三省跪在地当央，向着正西磕了三个响头，"列祖列宗在上，不孝子孙金三省没脸见你们，我罪不容赦，只能以死谢罪了！冯先生，乔姑娘，你们就原谅我们父女俩吧！雪梅，师父我不能再拖累你了，别怪我……"

他顾不得去擦抹脸上的泪水，搬过一把椅子放在了房梁下，解下金盈儿脖子上的绳子，颤颤巍巍地爬到了椅子上，甩手将绳子从梁上穿过，牢牢地系了个死扣，随后，挺直身体，整整衣衫，用衣袖擦干了眼泪，两手扶住绳索，把脑袋钻进绳套里，接着，抬起一条腿，朝着椅子背奋力地蹬去……

林雪梅闻知师父的死讯悲痛欲绝，她想不明白，为什么眼瞅着日本人就要垮台，好日子即将到来，他却自寻了短见。师徒如父子，林雪梅一直牢记着这句话，为兑现这句诺言，她执亲子之礼，披麻戴孝为师父出了殡。师父生前曾几次向她表示过，自己这辈子别无所求，唯愿死后能住上一间像模像样的"好房子"。茵沉木、金丝楠的棺材她买不起，只能替师父打造了一具"杉木十三圆"，即使这样，她已经倾其所有，钱不够，还当了章红宝送给她的那只心爱的玉镯。令她忧愁的是，墓地一直没有着落，她只能把师父的灵柩和乔七巧的棺木放在一起，暂厝在鼓楼西的一座小庙里。

农历四月十八，北平城里的鼓曲艺人齐聚在了崇文门外东晓市的药王庙，来为本门的祖师爷周庄王拜寿。据说，周庄王原是出生在四月二十八，因与药王爷孙思邈的生日相重，艺人们遂往前提了十天。这一活动不啻是这些以唱曲为业的人们的节日，用不着谁来下通知，到了日子口儿大家便会不约而同地从四面八方赶过来。

林雪梅搀着凸挺着大肚子的靳大红走进配殿的小院，迎面遇见了胸佩"主持"红条的白雪遗。

"大红，你怎么也过来了？"白雪遗不无担心地问道，"这地方人来人往磕头碰脑的，就不怕挤着你？"

林雪梅附和道："还说呢，怎么劝都不听，刚才进大门的时候，就让一愣小子撞了一下，偏巧还就撞在了肚子上。"

"哪儿有那么娇气，我又不是没生——"靳大红一下顿住了，"一年就这么一次，我这当弟子的怎么着也得来进一份孝心不是？"

二人首先去签到处交了香火钱。按照惯例，每人须缴纳两吊铜钱，未出道的学徒减半，最后，会计人员会将一张张写有人名、钱数的黄纸条，张贴到大殿四周的墙上。这些钱，即包括了香资和礼拜之后聚餐的费用。林雪梅看到，今日来了足有一二百人，南城的多，北城的少，认识的多，不认识的少，乌乌泱泱站了一院子。

吉时已到，白雪遗一脸肃然，引领众人走进大殿，站在了祖师的牌位前，手拈三炷长香，嗓子里发出的仍是那一种古歌般的声韵："三拜九叩进佛堂，上供周祖祭庄王，今日来在长春会，四门弟子来上香……"诵罢，地上齐刷刷跪倒了一片。

"姑儿，您有身孕，不同往常，跪不下就别勉强，行个鞠躬礼也就行了。"林雪梅看看靳大红，劝了一句。

"那可不成，"靳大红一脸的虔诚，"今儿是给祖师爷祝寿，没他老人家能有咱这一伙子人吗？你扶着我点儿，我能行。"她双手托着凸起的肚子，双膝一弯跪在了平地上，正正规规磕了三个响头。

祭祀过后，白雪遗就提出了打算让林雪梅替换自己担任副会长的建议，"要说呢这在咱长春会也是个开天辟地的事情，一来，从没见有女人当过这长那长的，二来她又这么年轻，可实在说林姑娘确实堪当此任。首先第一条，她能把咱们大家伙装在心里，当做自己的亲人，大事小情考虑的全都是咱作艺的吃亏还是占便宜，为这，敢于挺身而出。第二，她为人仗义，用实际行动体现了咱江湖上讲究的义字为先的宗旨。第三——"

赵有禄往前迈出一步打断了他的话，"林姑娘的所作所为我们都看在了眼里，白爷，您不用再多说了，这新的副会长就是她了，我们大伙服气！"

真的是一呼百应，众人尽皆鼓起了掌，并要求她出面讲几句。

林雪梅涨红了脸站出来，"既然叔叔大爷、兄弟姐妹信任我，我就把这份责任担起来了。我没多大本事，但是会尽心竭力去做的。长春会是咱们艺人自己的会，它证明咱们不是一盘散沙，只要大家紧紧地拧成一股绳，就没人敢瞧不起咱们，小鬼子和汉奸也就甭想轻易欺负咱们。谁定的咱唱大鼓的就是下九流？咱坐着不比人矬，站着不比人矮，人也堂堂，艺也堂堂，咱不过就是靠嗓子靠精气神挣钱吃饭的人，中国大学的罗教授说得好，咱们在台上说的唱的都是中华民族的文化，所以，不仅要把它说好唱好，还要一辈一辈传下去！"

"好！说得好！""是这话，在理啊！"大殿里响起一片喝彩声。

最后，林雪梅提议，可否靠大伙儿集资，用长春会的名义买下一块义地，以安葬亡故的同行，不致令辛苦一生的叔叔大爷死后无处安身、暴尸荒野。这个想法立即得到了众人的响应，当场决定所有的园子连演三场搭桌戏，将全部票款集中起来完成这一善举。

林雪梅看到，有个黑纱遮面的女人此时正躲在殿柱的后面，怯怯懦懦，欲行又止，她马上就意识到了这个人是谁，紧忙分开人群跑了过去，然而，当她再次用目光搜寻时，胡翠珠已不见了踪影……

吃罢了聚餐的炒菜面，林雪梅搀着靳大红缓缓出了庙门。三伏一直杳无音讯，由她临时充当了车夫的角色。刚行至家门口，天上就打响了雷，下起了雨。

一进屋靳大红便开始叫嚷肚子疼。林雪梅猜想她是受了凉，顾不得去擦拭淋湿了的头发，急忙打开火，熬了一碗姜糖水端过来。

"说不让您去，您偏不听，不让您下跪，您也不听，还有个把月就要生了，您却一点儿都不当回事，这要是……"林雪梅不住嘴地埋怨着。

"我这人天生来就皮实。你懂什么？你又没怀过孩子。"靳大红依旧一副大大咧咧的神情，"祖师爷一年就过一回生日，作为后辈子孙，谁不到场谁就是不孝。"

"您猜我刚才在大殿里看见谁了？您一准儿想不到。"

"谁？"

"我大师姐，胡翠珠！"

"她来干什么？不是说她……"靳大红一怔，不由瞪大了眼睛。

"用东西蒙着脸。"林雪梅叹了口气，"师姐她准定是后悔了，说起来也真是可怜，我觉得她再有不是，咱也不能嫌弃她，应该帮她一把。"

喝了姜糖水，靳大红似乎感觉好些，盖了薄被昏昏睡去。

夜半时分，一声惊雷把林雪梅炸醒，一个鲤鱼打挺坐起来，借着闪电的亮光，她看见睡在一旁的靳大红正在床上翻滚，嘴里不停地呼喊着："三伏，你个王八蛋，你这是去哪儿了呀……快来呀三伏，帮帮我……"她的手死命地抓扯着床单，呼吸急促，鼻翼大张，脸上布满了汗水，痛苦得五官挪位变了形。

"姑儿，您这是怎么了？是不是——"

"肚子疼得厉害，快，快去……去请接生的潘姥姥，我恐怕是要生了……"

林雪梅慌忙穿衣下地，抬头看看窗外，只见电闪雷鸣，暴雨瓢泼，刚寻了一块雨布披在身上，又被靳大红叫住了，"来不及了梅子……我经验过，快，直接用车拉我走……衣柜里有一些洗干净的旧铺陈，把它带上……"

"咱直接去医院吧，还是医院把牢！"林雪梅一面搀扶着她上了洋车，一面与她商量。

"上西单潘姥姥家!"靳大红断然拒绝,"听人说,医院里……管接生的大都是些男大夫,我可不能去现那个眼……"

尽管披着雨布、戴着草帽,没走出打磨厂林雪梅就被大雨浇得里外湿透。她艰难地迈动着脚步,狂风带着呼啸从西南吹过来,挟裹了黄豆大的雨点击打在她的脸上,令她感到了涩涩的痛。忽然,车厢里的靳大红踩响了脚铃,喝止了她,"梅子,不好,他……他马上就要出来了……"

林雪梅抬头看去,一个巨大的黑影正矗立在面前,将人和车笼罩在其中,知道已经到了前门楼子底下,此时容不得她有半点儿的犹豫,努把劲径直把车拉进了城门洞里。

她撩开车帘,借着不远处飘过来的朦胧的灯光,看到靳大红已然出溜在车座下方,湿漉漉的裤子褪到了膝下,一股股浑浊的液体在她的身下不住流淌,黑森森的一个小脑瓜在蠕动着,渐渐透露出来。

"帮帮我,用手扶着他的头,和我一起用力,啊……使点儿劲儿,就要成了……"

一个沾满血迹的肉团终于被压挤出来,"梅子,带着剪子没有?快……"

林雪梅茫然地摇了摇头,情急之中,飞快地跑了出去,不大一会儿,手拿着一块碎玻璃返了回来。

"姑儿,是个小小子呢,你有了儿子啦!好可爱哟……"林雪梅欣喜地告诉靳大红,话音刚落,那婴儿便发出了响亮的一声啼哭。

她抱着孩子凑近过去,"您这会觉得怎样了?"

"不行,"靳大红气若柔丝地回了一句,"好像……我感觉,肚子里还有一个……"

果然,约莫一个小时之后,又有一个女婴生了下来。

一男一女龙凤胎啊,天大的造化,天大的福分哟!靳大红的眼睛里噙着幸福的泪水,心中在不住地念叨:三伏,我的良人,快回来看看吧,从今天起你有了后了,一双儿女都在等着盼着你啊……

"给他俩起个名儿吧,姑儿。"

"大名要等他们的爹——你三伏哥起,我就先给他们起个小名儿吧。"靳大红想了一阵,"小小子叫个弦儿,小丫头叫个唱儿吧。"

"您这是——"

"长大了,让他们兄妹俩一个弹弦儿,一个唱大鼓!你说过,咱唱大鼓的不丢人,咱唱的是中国的文化!"

不知不觉间,风停了,雨住了,天光骤然明亮了,一道绚丽的彩虹高挂在天际,犹如一座鲜花扎就等待迎接胜利的凯旋门。

远处,再次响起了八路军攻城的枪炮声,越来越密集,越来越紧凑……